So finster die Nacht

JOHN AJVIDE LINDQVIST

SO FINSTER DIE NACHT

THRILLER

Aus dem Schwedischen von
PAUL BERF

Weltbild

Die schwedische Originalausgabe erschien 2004 unter dem Titel
Låt den rätte komma in bei Ordfront förlag, Stockholm.

Besuchen Sie uns im Internet:
www.weltbild.de

Genehmigte Lizenzausgabe für Verlagsgruppe Weltbild GmbH,
Steinerne Furt, 86167 Augsburg
Copyright der Originalausgabe © 2004 by John Ajvide Lindqvist
Copyright der deutschsprachigen Ausgabe © 2007 by
Verlagsgruppe Lübbe GmbH & Co. KG, Bergisch Gladbach
Übersetzung: Paul Berf
Umschlaggestaltung: Johannes Frick, Augsburg
Umschlagmotiv: Plainpicture GmbH & Co. KG, Hamburg
(© plainpicture/alt-6); Trevillion Images, London (© Paul Knight)
Gesamtherstellung: CPI Moravia Books s.r.o., Pohorelice
Printed in the EU

ISBN 978-3-8289-9101-9

2011   2010   2009   2008
Die letzte Jahreszahl gibt die aktuelle Lizenzausgabe an.

FÜR MIA, MEINE MIA

DER ORT

Blackeberg.

Man denkt vielleicht: Kokosbällchen, denkt vielleicht: Drogen. *Ein anständiges Leben.* Denkt: U-Bahn-Station, Vorort. Danach denkt man nicht viel mehr. Dort werden wohl Menschen leben wie andernorts auch. Zu diesem Zweck wurde der Ort immerhin gebaut; weil die Menschen irgendwo leben mussten.

Es ist kein natürlich gewachsener Ort, oh nein. Hier ist alles von Beginn an in Wohneinheiten eingeteilt gewesen. Die Leute durften in etwas einziehen, das es bereits gab. Erdfarbene Betonbauten, hingeworfen in die Vegetation.

Als sich diese Geschichte zuträgt, existiert Blackeberg als Ort seit dreißig Jahren. Man könnte sich einen Pioniergeist vorstellen. Die Mayflower; ein unbekanntes Land. Ja. Man könnte sich die unbewohnten Häuser vorstellen, die auf ihre Bewohner warten.

Und dort kommen sie!

Mit Sonnenschein und Visionen in den Augen ziehen sie über die Tranebergsbrücke heran. Wir schreiben das Jahr 1952. Mütter tragen ihre Kleinen auf dem Arm oder schieben sie in Kinderwagen, halten sie an der Hand. Väter tragen keine Hacken und Spaten, sondern Küchenmaschinen und funktionelle Möbel. Vermutlich singen sie etwas. Vielleicht die Internationale. Oder »In dich habe ich gehoffet, Herr«, je nach Veranlagung.

Alles ist groß. Alles ist neu. Alles ist modern.

Aber so war es natürlich nicht.

Sie kamen mit der U-Bahn. Oder mit Wagen, Umzugswagen. Einer nach dem anderen tröpfelten sie in die vorgefertigten Wohnungen und hatten Sachen dabei. Die Sachen sortierten sie in genormte Fächer und Regale, ihre Möbel stellten sie in Formation auf die Linoleumböden und kauften neue, um die Lücken zu schließen.

Als sie fertig waren, blickten sie auf und schauten über das Land, das ihnen gegeben worden war. Traten aus ihren Türen und sahen, dass alles Land bereits urbar gemacht war. Man brauchte sich nur noch in das zu fügen, was es schon gab.

Es gab ein Einkaufszentrum. Es gab großzügig bemessene Spielplätze für die Kinder. Es gab weitläufige Grünflächen gleich um die Ecke. Es gab zahlreiche autofreie Spazierwege.

Ein guter Ort. Man sagte es einander am Küchentisch ein, zwei Monate, nachdem man eingezogen war.

»Wir haben es mit diesem Ort gut getroffen.«

Nur eines fehlte. Eine Geschichte. In der Schule mussten die Kinder keine Referate über Blackebergs Vergangenheit halten, weil es keine gab. Oder doch. Da war etwas mit einer Mühle. Einem Tabakbaron. Mit seltsamen alten Gebäuden unten am Wasser. Aber das war schon lange her und hatte keinerlei Verbindung zur Gegenwart.

Wo heute die dreistöckigen Häuser stehen, war früher nur Wald.

Die Mysterien der Vergangenheit lagen außer Reichweite; man hatte nicht einmal eine Kirche. Ein Ort mit zehntausend Einwohnern, ohne Kirche.

Das sagt so einiges über die Modernität und Rationalität dieses Orts. Es sagt so einiges darüber, wie frei man sich von den Heimsuchungen und dem Schrecken der Geschichte wähnte.

Es erklärt zumindest teilweise, wie unvorbereitet man war.

Niemand sah sie einziehen.

Als es der Polizei im Dezember endlich gelang, den Spediteur ausfindig zu machen, der den Umzugswagen gefahren hatte, wusste er nicht viel zu berichten. In seinem Auftragsbuch für 1981 stand lediglich: »18. Okt.: Norrköping-Blackeberg (Stockholm)«. Er erinnerte sich noch, dass es ein Mann mitsamt Tochter gewesen war, ein süßer Fratz.

»Und, ja richtig. Sie hatten nur wenige Sachen. Eine Couch, Sessel, ein Bett. So gesehen wenig Arbeit. Und ... na ja, sie wollten nachts umziehen. Ich habe gesagt, dann wird es aber teurer wegen des Nachtzuschlags und so. Aber das schien kein Problem zu sein. Hauptsache, wir fuhren nachts. Das war irgendwie wichtig. Ist was passiert?«

Der Spediteur erfuhr, worum es ging, wen er in seinem Wagen gefahren hatte. Er riss die Augen auf, schaute auf die Buchstaben in seinem Auftragsbuch.

»Das gibt's ja nicht ...«

Sein Mund verzog sich zu einer Grimasse, als habe ihn Ekel vor der eigenen Handschrift gepackt.

18. Okt.: Norrköping-Blackeberg (Stockholm)

Er hatte sie gefahren. Den Mann und das Mädchen.

Er würde es niemandem erzählen. Niemals.

ERSTER TEIL

Wohl dem, der einen solchen Freund hat

> *Liebeskummer*
> *lohnt sich nicht*
> *my Darling!*
> Siw Malmkvist – Liebeskummer lohnt sich nicht

> *I never wanted to kill, I am not naturally evil*
> *Such things I do*
> *Just to make myself more attractive to you*
> *Have I failed?*
> Morrissey – The last of
> the famous international playboys

MITTWOCH, 21. OKTOBER 1981

»Und was glaubt ihr, was das hier ist?«

Gunnar Holmberg, Polizeikommissar aus Vällingby, hielt eine kleine Tüte in die Höhe, die mit einem weißen Pulver gefüllt war.

Möglicherweise Heroin, doch das wagte niemand auszusprechen. Niemand wollte in den Verdacht geraten, sich bei so etwas auszukennen. Insbesondere dann nicht, wenn man einen Bruder oder der Bruder einen Freund hatte, der sich mit so etwas abgab. Sich einen Schuss setzte. Sogar die Mädchen blieben stumm. Der Polizist schüttelte die Tüte.

»Meint ihr vielleicht, das wäre Backpulver? Mehl?«

Verneinendes Gemurmel. Der Polizist sollte auch nicht denken, dass Klasse 6 b aus lauter Idioten bestand. Es ließ sich zwar unmöglich erkennen, was in der Tüte war, aber in dieser Schulstunde ging es nun einmal um Drogen, sodass man gewisse Schlussfolgerungen ziehen konnte. Der Polizist wandte sich an die Lehrerin.

»Was bringt ihr denen im Haushaltunterricht eigentlich bei?«

Die Lehrerin lächelte und zuckte mit den Schultern. Die Klasse lachte; der Bulle war okay. Einige Jungen hatten vor Beginn der Stunde sogar seine Pistole anfassen dürfen. Sie war zwar nicht geladen, aber immerhin.

Es brodelte in Oskars Brust. Er kannte die Antwort auf die Frage, und es tat ihm innerlich weh, nichts zu sagen, wenn er etwas wusste. Er wollte, dass der Polizist ihn anschaute. Ihn anschaute und etwas zu ihm sagte, wenn er die richtige Antwort gab. Es war dumm von ihm, dies zu tun, das wusste er, trotzdem streckte er die Hand in die Höhe.

»Ja?«

»Das ist Heroin, oder?«

»Das ist es.« Der Polizist sah ihn freundlich an. »Wie hast du es erraten?«

Köpfe wandten sich zu ihm um, waren neugierig, was er nun antworten würde.

»Ach, ich . . . lese viel und so.«

Der Polizist nickte.

»Das ist gut. Lesen ist gut.« Er schüttelte die kleine Tüte. »Dazu hat man leider keine Zeit mehr, wenn man das hier nimmt. Was glaubt ihr, wie viel könnte dieser Beutel hier wohl wert sein?«

Oskar musste nichts mehr sagen. Er hatte seinen Blick und seine Worte bekommen, hatte dem Polizisten sogar sagen dürfen, dass er viel las. Das war mehr, als er zu hoffen gewagt hatte.

Er träumte sich fort. Sah den Polizisten nach der Schulstunde zu ihm kommen und sich für ihn interessieren, sich zu ihm setzen. Dann würde er ihm alles erzählen. Und der Polizist würde ihn verstehen. Ihm über die Haare streichen und sagen, dass er ein guter Junge war; ihn hochheben, ihn im Arm halten und sagen . . .

»Verdammte Petze.«

Jonny Forsberg bohrte ihm einen gestreckten Finger in die Seite. Jonnys Bruder gehörte zu den Junkies, und Jonny kannte eine Menge Worte, die sich die anderen Jungen in der Klasse rasch gemerkt hatten. Jonny wusste vermutlich exakt, wie viel diese Tüte wert war, war aber keine Petze. Redete nicht mit den Bullen.

Es war Pause, und Oskar trödelte unentschlossen bei den Kleiderhaken herum. Jonny wollte ihm wehtun – wie konnte er ihm am besten aus dem Weg gehen? Indem er im Schulflur blieb, oder indem er nach draußen ging? Jonny und die anderen aus seiner Klasse stürmten auf den Schulhof hinaus.

Ja richtig; der Polizist würde mit seinem Streifenwagen auf dem Schulhof stehen, und wer Interesse hatte, durfte zu ihm kommen und ihn sich anschauen. Jonny würde es nicht wagen, sich auf ihn zu stürzen, solange der Polizist dabei war.

Oskar ging zu den Türen und blickte durch die Glasscheibe. Seine Klassenkameraden hatten sich wie erwartet ausnahmslos um den Wagen des Polizisten geschart. Auch Oskar wäre gerne dort gewesen, aber das hatte keinen Sinn. Jemand würde ihm ein Knie in den Bauch rammen, ein anderer seine Unterhose in die Poritze hochziehen, Polizist hin oder her.

Doch er bekam zumindest eine Galgenfrist, diese Pause. Er ging auf den Schulhof hinaus und schlich sich auf die Rückseite des Schulgebäudes, zu den Toiletten.

In der Schultoilette lauschte er, räusperte sich. Das Geräusch hallte zwischen den Kabinen. Schnell zog er den Pinkelball aus seiner Unterhose, ein Stück Schaumgummi von der Größe einer Mandarine, das er sich aus einer alten Matratze zurechtgeschnitten hatte und das eine Öffnung hatte, in die er seinen Pimmel stecken konnte. Er roch daran.

War ja klar, natürlich hatte er sich ein bisschen in die Hose gemacht. Er spülte den Ball unter dem Wasserhahn aus, wrang möglichst viel Wasser heraus.

Inkontinenz. So nannte man das. Das hatte er in einer Broschüre gelesen, die er heimlich in der Apotheke eingesteckt hatte. Größtenteils etwas, das alte Schachteln hatten.

Und ich.

Man könne Hilfsmittel kaufen, stand in der Broschüre, aber

er hatte nicht die Absicht, sein Taschengeld dafür zu vergeuden, sich in der Apotheke zu schämen. Und Mama würde er ganz bestimmt nichts erzählen; sie würde ihn sonst derart bemitleiden, dass er krank werden würde.

Er hatte seinen Pinkelball, und solange es nicht schlimmer wurde, funktionierte das ganz gut.

Schritte vor der Tür, Stimmen. Den Ball in die Hand gepresst, schob er sich in eine der Kabinen und schloss hinter sich ab, als die Tür geöffnet wurde. Lautlos stieg er auf den Toilettensitz und kauerte sich so zusammen, dass seine Füße nicht zu sehen sein würden, falls jemand unter der Tür hindurchsah. Er versuchte, nicht zu atmen.

»Schweiiinchen?«

Jonny, natürlich.

»Schweinchen, bist du hier?«

Und Micke. Die beiden Übelsten. Nein. Tomas war gemeiner, aber er machte nur selten bei etwas mit, das mit Schlägen und Schrammen zu tun hatte. Dafür war er zu smart. Tomas stand vermutlich draußen und schleimte sich bei dem Polizisten ein. Wenn sie den Pinkelball entdeckten, würde Tomas dies weidlich ausnutzen, um ihn dauerhaft zu beleidigen und zu demütigen. Jonny und Micke würden ihm nur ein paar knallen und es dabei belassen. In gewissem Sinne hatte er also Glück . . .

»Schweinchen? Wir wissen, dass du hier bist.«

Sie versuchten die Tür zu öffnen. Rüttelten an der Tür. Schlugen gegen die Tür. Oskar schlang die Arme um die Knie und biss die Zähne zusammen, um nicht loszuschreien.

Geht weg! Lasst mich in Ruhe! Warum könnt ihr mich nicht einfach in Ruhe lassen?

Jetzt sprach Jonny mit samtener Stimme.

»Kleines Schweinchen, wenn du nicht bald herauskommst, müssen wir dich nach der Schule einkassieren. Willst du das?«

Einen Moment lang wurde es still, und Oskar atmete vorsichtig aus.

Dann attackierten sie die Tür mit Tritten und Schlägen. Es donnerte in der Toilette, und der Türhaken wurde nach innen gebogen. Er sollte aufmachen, zu ihnen hinausgehen, bevor sie wütend wurden, aber er konnte es einfach nicht.

»Schweiiinchen?«

Er hatte die Hand hochgereckt und behauptet, dass es ihn gab, dass er etwas konnte. Das war verboten. Zumindest ihm. Sie fanden alle möglichen Gründe dafür, dass er gequält werden musste; er war zu dick, zu hässlich, zu eklig. Doch das eigentliche Problem bestand im Grunde darin, dass er überhaupt existierte, und jede Erinnerung an seine Existenz war ein Verbrechen.

Vermutlich würden sie ihn nur »taufen«. Seinen Kopf in die Toilette tauchen und abziehen. Unabhängig davon, was sie sich einfallen ließen, war er stets unglaublich erleichtert, wenn es vorbei war. Warum konnte er also nicht den Türhaken anheben, der ohnehin jeden Moment aufspringen würde, und sie ihren Spaß haben lassen?

Er starrte auf den Türhaken, der mit einem Knacken aus seiner Gabel gebogen wurde, auf die Tür, die sich schlagartig öffnete und gegen die Kabinenwand knallte, auf Micke Siskovs triumphierend lächelndes Gesicht und wusste warum.

Weil das Spiel so nicht lief.

Er hatte den Türhaken nicht angehoben, sie waren nicht innerhalb von drei Sekunden über die Kabinenwand zu ihm hineingeklettert, weil es gegen die Spielregeln gewesen wäre.

Der Rausch der Jäger gebührte ihnen, der Schrecken des Opfers ihm. Hatten sie ihn gestellt, war der Spaß vorbei, und die eigentliche Bestrafung eher eine Pflicht, die erfüllt werden musste. Gab er zu früh auf, lief er Gefahr, dass sie ihre Energie nicht für die Jagd, sondern für seine Bestrafung einsetzen würden. Das wäre schlimmer.

Jonny Forsberg schob den Kopf vor.

»Hör mal, wenn du scheißen willst, musst du aber den Deckel aufmachen. Jetzt schrei gefälligst wie ein Schwein.«

Oskar schrie wie ein Schwein. Das gehörte dazu. Schrie er wie ein Schwein, bestraften sie ihn manchmal nicht. Diesmal strengte er sich ganz besonders an, weil er fürchtete, sie könnten ihn sonst während der Bestrafung zwingen, die Hand zu öffnen, und bei der Gelegenheit sein ekliges Geheimnis entdecken.

Er rümpfte die Nase zu einer Schweineschnauze und grunzte und schrie, grunzte und schrie. Jonny und Micke lachten.

»Oh Scheiße, Schweinchen. Weiter.«

Oskar machte weiter. Kniff die Augen zusammen und machte weiter. Ballte die Hände so fest zu Fäusten, dass sich die Fingernägel in seine Handteller bohrten, und machte weiter. Er grunzte und schrie, bis er einen seltsamen Geschmack im Mund hatte. Da hörte er auf und öffnete die Augen.

Sie waren gegangen.

Er blieb zusammengekrümmt auf dem Toilettendeckel sitzen und starrte zu Boden. Auf den Kacheln unter ihm war ein roter Fleck. Noch während er hinsah, fiel ein weiterer Tropfen Blut von seiner Nase zu Boden. Er zog etwas Toilettenpapier von der Rolle und hielt es sich vor die Nase.

Das passierte ihm manchmal, wenn ihn die Angst packte. Er bekam Nasenbluten, einfach so, was ihm ein paar Mal geholfen hatte, als sie ihn eigentlich schlagen wollten, dann jedoch darauf verzichteten, weil er bereits blutete.

Oskar Eriksson saß zusammengekauert mit einem Papierbausch in der einen Hand und dem Pinkelball in der anderen. Er blutete, bepinkelte sich, redete zu viel. Er leckte aus jedem

18

Loch, das er hatte. Bald würde er bestimmt auch noch in die Hose kacken. Das Schweinchen.

Er stand auf, verließ die Toilette. Tat nichts gegen den Blutfleck auf dem Fußboden. Soll ihn doch ruhig jemand sehen, soll sich doch jemand wundern und glauben, dass hier ein Mensch getötet worden ist, weil hier ein Mensch getötet worden war. Zum hundertsten Mal.

Håkan Bengtsson, ein fünfundvierzigjähriger Mann mit stetig rundlicherem Bauch, schütter werdenden Haaren und einem den staatlichen Behörden unbekannten Wohnsitz saß in der Bahn, schaute aus dem Fenster und studierte, was fortan sein neues Zuhause sein würde.

Ehrlich gesagt war es ein bisschen hässlich. Norrköping war pittoresker gewesen. Trotzdem sahen diese westlichen Vororte bei weitem nicht so schlimm aus wie die Stockholmer Trabantenstädte, die er im Fernsehen gesehen hatte; Kista und Rinkeby und Hallonbergen. Hier war es anders.

»NÄCHSTER HALT: RÅCKSTA.«

Ein wenig runder und sanfter. Obwohl, hier stand zur Abwechslung ein richtiger Wolkenkratzer.

Er legte den Kopf in den Nacken, um bis zur obersten Etage von Vattenfalls Bürokomplex schauen zu können. Er konnte sich an kein vergleichbares Gebäude in Norrköping erinnern. Allerdings war er dort auch niemals im Stadtzentrum gewesen.

An der nächsten Haltestelle musste er aussteigen, oder nicht? Er warf einen Blick auf die Karte des U-Bahn-Netzes, die über der Ausstiegstür klebte. Ja. An der nächsten.

»VORSICHT AN DEN TÜREN. DIE TÜREN SCHLIESSEN.«

Es sah ihn doch keiner an?

Nein, in seinem Wagen saß nur eine Hand voll Menschen, die ausnahmslos in ihre Abendzeitungen vertieft waren. Morgen würden diese Blätter über ihn berichten.

Sein Blick fiel auf ein Werbeplakat für Unterwäsche. Eine Frau posierte aufreizend in einem schwarzen Spitzenslip und BH. Es war verrückt. Überall nackte Haut. Dass so etwas überhaupt erlaubt war. Welche Auswirkungen hatte das eigentlich auf die Köpfe der Menschen, auf die Liebe?

Seine Hände zitterten, und er ließ sie auf den Knien liegen. Er war so schrecklich nervös.

»Gibt es denn wirklich keinen anderen Weg?«

»Meinst du, ich würde dir das zumuten, wenn es einen anderen Weg gäbe?«

»Nein, aber . . .«

»Es gibt keinen anderen Weg.«

Es gab keinen anderen Weg. Man musste es einfach tun. Und durfte es nicht vermasseln. Er hatte im Telefonbuch den Stadtplan studiert und ein Waldstück ausgewählt, das ihm geeignet erschien, daraufhin seine Tasche gepackt und sich auf den Weg gemacht.

Das Adidaszeichen hatte er mit dem Messer abgetrennt, das nun in der Tasche zwischen seinen Füßen lag. Dies gehörte zu den Dingen, die in Norrköping schiefgelaufen waren. Jemand hatte sich an die Marke der Tasche erinnert, woraufhin die Polizei sie in dem Müllcontainer gefunden hatte, in den er sie unweit ihrer Wohnung geworfen hatte.

Heute würde er die Tasche mit nach Hause nehmen. Sie eventuell in kleine Fetzen schneiden und die Toilette hinunterspülen. Machte man das so?

Wie machte man das eigentlich?

»AUSSTIEG FÜR SÄMTLICHE FAHRGÄSTE.«

Die Bahn spuckte ihre Fracht aus, und Håkan folgte mit der

Tasche in der Hand. Sie erschien ihm schwer, obwohl das Einzige darin, was etwas wog, der Druckbehälter war. Er bemühte sich, normal zu gehen, und nicht wie ein Mann, der zu seiner eigenen Hinrichtung unterwegs war. Er durfte den Leuten nicht auffallen.

Doch seine Beine waren schwer wie Blei, wollten sich auf den Bahnsteig ergießen und erstarren. Und wenn er einfach stehen blieb? Wenn er sich mucksmäuschenstill hinstellte, keinen Muskel rührte und einfach dastand? Darauf wartete, dass sich die Nacht herabsenken würde, darauf, dass er jemandem ins Auge fiel, der telefonierte, damit ... ihn jemand abholte. Ihn irgendwohin brachte.

Er ging weiter in normalem Schritttempo. Rechtes Bein, linkes Bein. Er durfte sich nicht drücken. Grauenvolle Dinge würden geschehen, wenn er sich drückte. Die denkbar schrecklichsten.

Als er die Sperren hinter sich gelassen hatte, schaute er sich um. Er hatte einen schlechten Orientierungssinn. In welcher Richtung lag jetzt das Waldstück? Er konnte natürlich niemanden fragen, musste es auf gut Glück versuchen. Einfach losstiefeln, die Sache hinter sich bringen. Rechtes Bein, linkes Bein.

Es muss einen anderen Weg geben.

Aber ihm fiel keiner ein. Es gab gewisse Voraussetzungen, gewisse Kriterien. Dies war der einzige Weg, sie alle zu erfüllen.

Er hatte es zwei Mal getan, und beide Male hatte er es vermasselt. In Växjö war es nicht ganz so schlimm gewesen, aber immerhin schlimm genug, um einen Umzug zu erzwingen. Heute würde er seine Sache besser machen, viel Lob einstreichen.

Zärtlichkeiten womöglich.

Zwei Mal. Er war bereits verdammt. Was spielte ein drittes Mal da noch für eine Rolle? Nicht die geringste. Das Urteil der Gesellschaft würde vermutlich gleich ausfallen. Lebenslänglich.

Und das moralische? Wie viele Runden mit dem Schwanz, König Minos?

Der Parkweg, auf dem er ging, beschrieb ein Stück voraus, am Waldsaum, eine Kurve. Das musste der Wald sein, den er auf dem Stadtplan gesehen hatte. Der Druckbehälter und das Messer klirrten gegeneinander. Er versuchte die Tasche zu tragen, ohne sie zu rütteln.

Vor ihm bog ein Kind auf den Weg ein. Ein etwa achtjähriges Mädchen auf dem Nachhauseweg von der Schule, die Schultasche schlug ihr gegen die Hüfte.

Nein! Niemals!

Es gab für alles eine Grenze. Ein so kleines Kind kam nicht in Frage. Dann lieber er selbst, bis er tot umfiel. Das Mädchen sang etwas. Er ging schneller, um ihr näher zu kommen, um besser hören zu können.

»Du kleiner Sonnenschein schaust herein

durchs Fenster in mein Zimmerlein . . .«

Sangen die Kinder das heutzutage noch? Vielleicht war die Lehrerin des Mädchens schon etwas älter. Wie schön, dass es dieses Lied noch gab. Er wäre gerne näher herangegangen, um noch besser hören zu können, ja, so nahe, dass es ihm möglich gewesen wäre, den Duft ihrer Haare zu riechen.

Er wurde langsamer, durfte jetzt bloß keinen Unsinn machen. Das Mädchen verließ den Parkweg, ging auf einem schmaleren Pfad in den Wald hinein. Vermutlich wohnte es in den Häusern hinter dem Wald. Dass die Eltern es wagten, das Mädchen so gehen zu lassen, ganz allein. So klein.

Er blieb stehen, ließ das Mädchen den Abstand zu ihm vergrößern, im Wald verschwinden.

Geh nun ruhig weiter, meine Kleine. Bleib zum Spielen nicht im Wald.

Er wartete ungefähr eine Minute, lauschte einem Buchfinken, der neben ihm in einem Baum sang. Dann folgte er dem Mädchen.

✳

Oskar war auf dem Heimweg; sein Kopf war schwer. Er fühlte sich immer besonders schlecht, wenn es ihm geglückt war, einer Bestrafung auf diese Art zu entgehen; indem er sich zum Schweinchen oder zu etwas anderem machte. Schlechter als nach einer Bestrafung. Er wusste, dass es so war, konnte sich trotzdem nie dazu durchringen, die Strafe anzunehmen, wenn sie nahte. Lieber erniedrigte er sich zu allem möglichen. Es fehlte ihm am nötigen Stolz.

Robin Hood und Spiderman hatten ihren Stolz. Wenn Sir John oder Doktor Octopus sie in die Ecke drängten, spuckten sie der Gefahr ins Gesicht, selbst wenn keine Möglichkeit mehr bestand, ihnen zu entkommen.

Aber was wusste so einer wie Spiderman denn schon? Ihm gelang doch trotzdem immer die Flucht, obwohl es zunächst völlig ausgeschlossen zu sein schien. Er war eine Comicfigur und musste bis zum nächsten Heft überleben. Er hatte seine Spinnenkräfte, Oskar sein Schweinegrunzen. Alle Mittel waren recht, um zu überleben.

Oskar hatte das Bedürfnis, sich selber zu trösten. Er hatte einen grauenvollen Tag gehabt und würde sich jetzt dafür ein wenig entschädigen. Obwohl er dort Gefahr lief, Jonny und Micke zu begegnen, ging er zum Einkaufszentrum von Blackeberg, zum Sabis. Er schlurfte den zickzack aufwärts führenden Gehsteig hinauf, statt die Treppen zu nehmen, sammelte sich. Es war wichtig, ruhig zu wirken, nicht zu schwitzen.

Vor einem Jahr war er im Konsum-Supermarkt beim Klauen

erwischt worden. Der Mann vom Wachdienst wollte Mama anrufen, aber sie war auf der Arbeit gewesen, und Oskar kannte die Telefonnummer nicht, nein, nein. Eine Woche lang hatte Oskar sich jedes Mal geängstigt, wenn das Telefon klingelte, doch dann war statt eines Anrufs ein an seine Mutter adressierter Brief gekommen.

Vollkommen idiotisch. Es stand sogar »Die Polizei im Regierungsbezirk Stockholm« auf dem Briefumschlag, und Oskar hatte ihn natürlich aufgeschlitzt, von seinem Verbrechen gelesen, Mamas Unterschrift gefälscht und den Brief anschließend zurückgeschickt, um zu bestätigen, dass er ihn gelesen hatte. Feige mochte er ja sein, aber dumm war er nicht.

Und was hieß hier eigentlich feige? War es etwa feige, was er jetzt tat? Er stopfte sich die Taschen seines Steppanoraks voll mit Daim, Mars, Nuts und Bounty. Schließlich schob er sich noch eine Tüte Gummibärchen zwischen Hosenbund und Bauch; ging zur Kasse und bezahlte für einen Lutscher.

Auf dem Heimweg ging er hoch erhobenen Hauptes und leichten Schritts. Er war nicht das Schweinchen, auf dem alle herumtrampeln konnten, er war der Meisterdieb, der allen Gefahren trotzte und überlebte. Er konnte jeden täuschen.

Als er über den Durchgang seinen Hinterhof erreicht hatte, war er in Sicherheit. Keiner seiner Feinde wohnte in diesem Block, einem unregelmäßig geformten Zirkel innerhalb des größeren Zirkels der Ibsengatan. Ein doppelter Befestigungsring. Hier war er sicher. Auf diesem Hinterhof war ihm im Großen und Ganzen noch nie etwas Schlimmes passiert.

Hier war er aufgewachsen, und hier hatte er Spielkameraden gehabt, bevor er in die Schule kam. Erst in der fünften Klasse war er allmählich zu einem Außenseiter geworden. Gegen Ende des fünften Schuljahres hatte man ihn endgültig als Sündenbock abgestempelt, was sich auch auf Spielkameraden über-

24

trug, die nicht in seine Klasse gingen. Immer seltener riefen sie ihn an, um zu fragen, ob er mit ihnen spielen wollte.

Zu jener Zeit hatte er auch das Buch für seine Zeitungsausschnitte angelegt. Das Buch, mit dem er sich jetzt zu Hause vergnügen würde.

HIIIINNN!

Ein surrendes Geräusch ertönte, und irgendetwas prallte gegen seine Füße. Ein dunkelrotes, ferngesteuertes Auto setzte zurück, wendete und fuhr in rasendem Tempo den Hang zum Eingang seines Hauses hinauf. Hinter den Dornensträuchern, die rechts hinter dem Durchgang wuchsen, stand mit einer langen Antenne, die von seinem Bauch abstand, Tommy und lachte kurz.

»Da hast du dich gewundert, was?«

»Ganz schön schnell.«

»Ja. Willst du es kaufen?«

». . . wie viel?«

»Dreihundert.«

»Nee. Die hab ich nicht.«

Tommy winkte Oskar mit dem Zeigefinger zu sich, wendete das Auto am Hang und ließ es mit Renngeschwindigkeit herabfahren, stoppte es schlenkernd vor seinen Füßen, klopfte darauf und sagte leise:

»Kostet neunhundert im Geschäft.«

»Ja.«

Tommy betrachtete das Auto, musterte anschließend Oskar von Kopf bis Fuß.

»Wie wär's mit zweihundert? Es ist echt nagelneu.«

»Ja, es ist toll, aber . . .«

»Aber?«

»Nee.«

Tommy nickte, setzte das Auto wieder ab und ließ es zwischen die Sträucher fahren, sodass die großen, genoppten Räder vib-

25

rierten, lenkte es um die Teppichstange und auf die Straße, weiter den Hang hinab.

»Darf ich mal probieren?«

Tommy sah Oskar an, als wollte er abschätzen, ob dieser würdig war oder nicht, reichte ihm daraufhin die Fernsteuerung und zeigte auf Oskars Oberlippe.

»Hast du Prügel bezogen? Du hast da Blut.«

Oskar fuhr sich mit dem Zeigefinger über die Lippe, ein paar braune Körner blieben daran hängen.

»Nee, das war nur . . .«

Nicht erzählen. Das brachte ja doch nichts. Tommy war drei Jahre älter als er. Cool. Er würde ihm nur erzählen, dass man zurückschlagen musste, und Oskar würde »ja klar« sagen, und das einzige Ergebnis würde sein, dass er in Tommys Achtung noch weiter gesunken war.

Oskar steuerte den Wagen eine Weile und schaute anschließend zu, als Tommy ihn steuerte. Er hätte sich gewünscht, zweihundert Mäuse zu haben, denn dann hätten Tommy und er ein Geschäft abschließen können. Sie hätten etwas Gemeinsames gehabt. Er vergrub die Hände in den Jackentaschen und stieß auf die Süßigkeiten.

»Willst du ein Daim?«

»Nee, mag ich nicht.«

»Was ist mit Mars?«

Tommy blickte von der Fernsteuerung auf, lächelte.

»Hast du beides?«

»Ja.«

»Geklaut?«

». . . ja.«

»Okay.«

Tommy streckte die Hand aus, und Oskar legte ein Mars darauf, das Tommy in die Gesäßtasche seiner Jeans schob.

»Danke. Tschüss.«

»Tschüss.«

Als Oskar in die Wohnung gekommen war, legte er alle Süßigkeiten auf sein Bett. Er würde mit dem Daim anfangen, um sich anschließend durch die Schokoriegel zu essen und mit einem Bounty abzuschließen, seinem Lieblingsriegel. Danach kamen die Gummibärchen an die Reihe, die gleichsam den Mund ausspülten.

Er sortierte die Süßigkeiten in einer Reihe auf dem Fußboden neben dem Bett, in der Essordnung. Im Kühlschrank entdeckte er eine halb volle Flasche Coca-Cola, die Mama mit einem Stück Frischhaltefolie verschlossen hatte. Perfekt. Er mochte Coca-Cola lieber, wenn sie schon ein wenig abgestanden war, vor allem zu Süßigkeiten.

Er entfernte die Folie, stellte die Flasche neben den Süßigkeiten auf den Fußboden, legte sich bäuchlings aufs Bett und studierte sein Bücherregal. Eine fast komplette Sammlung der Serie *Gänsehaut*, hier und da ergänzt durch *Die besten Reißer aus Gänsehaut*.

Das Fundament seiner Sammlung bildeten zwei Papptüten voller Bücher, die er für zweihundert Kronen über eine Annonce in einem Anzeigenblättchen erstanden hatte. Er hatte die U-Bahn in den südlich der Innenstadt gelegenen Vorort Midsommarkransen genommen und war der Wegbeschreibung gefolgt, bis er die Wohnung gefunden hatte. Der Mann, der ihm öffnete, war fett und krankhaft blass gewesen und hatte mit leicht zischelnder Stimme gesprochen. Glücklicherweise hatte er Oskar nicht zu sich hineingebeten, nur die Papptüten mit den Büchern auf die Treppe hinausgetragen, die beiden Hunderter mit einem Kopfnicken in Empfang genommen und »Viel Vergnügen« gesagt, um anschließend die Tür zu schließen.

Sein Verhalten hatte Oskar beunruhigt. Er hatte in den Antiquariaten an der Götgatan monatelang nach älteren Titeln der Buchreihe gesucht, und der Mann hatte am Telefon behauptet, es handele sich bei den Büchern gerade um diese älteren Titel. Die ganze Sache war irgendwie zu glatt gegangen.

Sobald Oskar außer Sichtweite gekommen war, hatte er die Tüten abgesetzt und durchgesehen. Er war nicht getäuscht worden. Einundvierzig Bücher von Band 2 bis Band 46.

Diese Bücher konnte man nicht mehr kaufen. Zweihundert Mäuse!

Kein Wunder, dass er sich vor dem Mann ein wenig gefürchtet hatte. Er hatte nicht weniger getan, als dem Drachen seinen Schatz abzuluchsen!

Trotzdem ging doch nichts über sein Buch mit Zeitungsausschnitten.

Er zog es aus dem Versteck unter dem Stapel aus Comicheften hervor. Das Buch selbst war nur ein großer Zeichenblock, den er bei Åhléns in Vällingby geklaut hatte; das Ding unter den Arm geklemmt, war er einfach so hinausgestiefelt – wer behauptete, dass er feige war? –, aber der Inhalt...

Er öffnete das Daim, biss ein ordentliches Stück ab, genoss das durchdringende Knirschen zwischen den Zähnen und schlug das Buch auf. Der erste Ausschnitt stammte aus *Hemmets Journal*: die Geschichte einer Giftmörderin in den USA der vierziger Jahre. Es war ihr gelungen, vierzehn alte Menschen mit Arsen zu vergiften, ehe sie erwischt, verurteilt und auf dem elektrischen Stuhl hingerichtet wurde. Sie hatte passenderweise darum gebeten, per Giftspritze getötet zu werden, aber der Bundesstaat, in dem sie ihre Taten verübt hatte, benutzte den Stuhl, und auf dem Stuhl endete sie.

Das war einer von Oskars großen Träumen: zuschauen zu dürfen, wenn jemand auf dem elektrischen Stuhl hingerichtet wurde. Er hatte gelesen, das Blut beginne zu kochen, der Körper winde sich in unmöglichen Winkeln. Er stellte sich außerdem vor, dass die Haare Feuer fingen, besaß dafür jedoch keine schriftlichen Belege.

Trotzdem echt irre.

Er blätterte weiter. Der nächste Ausschnitt stammte aus *Aftonbladet* und handelte von einem schwedischen Mörder, der seine Opfer zerstückelt hatte. Ein halbscharfes Passbild. Der Mann sah aus wie du und ich. Trotzdem hatte er zwei homosexuelle Prostituierte in seiner privaten Sauna ermordet, sie mit einer elektrischen Motorsäge zerstückelt und hinter der Sauna vergraben. Oskar schob sich den letzten Bissen Daim in den Mund und betrachtete eingehend das Gesicht des Mannes. Wie du und ich.

Das könnte ich in zwanzig Jahren sein.

Håkan hatte eine gute Stelle gefunden, um jemandem aufzulauern, die Sicht auf den Waldweg war in beide Richtungen gut. Etwas tiefer im Wald hatte er eine geschützte Mulde mit einem Baum in der Mitte entdeckt und die Tasche mit der Ausrüstung dort abgestellt. Der kleine Druckbehälter mit Halothan hing an einer Schlaufe unter seinem Mantel.

Nun musste er nur noch warten.

*Groß wollte ich auch einmal werden
und so vernünftig wie Vater und Mutter*

Seit seiner eigenen Schulzeit hatte er dieses Lied niemanden mehr singen hören. War es von Alice Tegnér? Es gab so viele schöne Lieder, die einfach verschwunden waren, die keiner mehr sang. Überhaupt verschwindet alles Schöne.

Der fehlende Respekt vor dem Schönen. Das kennzeichnete die Gesellschaft von heute. Die Werke der großen Meister wurden höchstens noch für ironische Anspielungen oder für

Reklame genutzt. Zum Beispiel Michelangelos »Die Erschaffung Adams«, bei dem man an Stelle des Lebensfunkens eine Jeans eingefügt hatte.

Das Entscheidende an dem Bild, so wie er es sah, waren diese beiden monumentalen Körper, die einzig in zwei Zeigefinger mündeten, die einander fast, aber eben nur fast berührten. Zwischen ihnen lag eine millimetergroße Leere. Und in dieser Leere: das Leben. Die mächtigen plastischen Dimensionen und der Detailreichtum des Freskos bildeten nur einen Rahmen, ein Beiwerk, um desto stärker den leeren Raum in seiner Mitte hervorzuheben. Den leeren Punkt, der alles enthielt.

Und an seine Stelle hatte man nun also eine Jeans platziert.

Es näherte sich jemand auf dem Weg. Er ging in die Hocke, das Blut pochte ihm in den Ohren. Nein. Ein älterer Mann mit Hund. Doppelfehler. Zum einen ein Hund, den man erst zum Schweigen bringen musste, zum anderen schlechte Qualität.

Viel Lärm um nichts.

Er sah auf die Uhr. In knapp zwei Stunden würde es dunkel sein. War innerhalb der nächsten Stunde keine passende Zielperson aufgetaucht, würde er den Erstbesten nehmen müssen. Er musste vor Einbruch der Dunkelheit wieder zu Hause sein.

Der Mann sagte etwas. Hatte er ihn etwa gesehen? Nein, er sprach mit seinem Hund.

»Jaaa, du musstest ja wirklich driiingend, meine Kleine. Wenn wir zu Hause sind, bekommst du Leberwurst. Eine dicke Scheibe Leberwurst bekommst du von Papa.«

Der Halothanbehälter drückte gegen Håkans Brust, als er den Kopf in die Hände legte und seufzte. Diese armen Menschen. Diese armen, einsamen Menschen in einer Welt ohne Schönheit.

Er fror. Der Wind war im Laufe des Nachmittags kalt geworden, und er überlegte, ob er seinen Regenmantel aus der Tasche holen und anziehen sollte, um sich vor ihm zu schützen. Nein. Der Mantel würde ihn unbeweglich machen, wenn er schnell sein musste. Außerdem erregte er in dem Mantel womöglich vorzeitig Verdacht.

Zwei etwa zwanzig Jahre alte Mädchen gingen vorbei. Nein. Zwei schaffte er nicht. Er schnappte ein paar Gesprächsfetzen auf.

»... dass sie es jetzt behalten will.«
»... ist ein Idiot. Er muss doch begreifen, dass er...«
»... ihre Schuld, weil... mit der Pille wäre das nicht...«
»Aber er muss doch nun wirklich...«
»... stell dir mal vor... der als Vater...«

Eine Freundin, die ein Kind erwartete. Ein Junge, der sich seiner Verantwortung nicht stellen wollte. So war es. Immer und überall. Alle dachten nur noch an sich. Mein Glück, mein Erfolg war alles, was einem zu Ohren kam. Liebe heißt, einem anderen Menschen sein Leben zu Füßen zu legen, und dazu sind die Menschen von heute nicht mehr fähig.

Die Kälte fraß sich in seine Glieder, er würde so oder so steif sein. Er schob die Hand in den Mantel, presste den Hebel des Druckbehälters. Ein zischender Laut. Es funktionierte. Er ließ den Hebel wieder los.

Er schlug die Arme mehrfach um sich. Jetzt soll gefälligst jemand kommen. Allein. Er schaute auf die Uhr. Noch eine halbe Stunde. Jetzt soll einer kommen. Der Liebe und des Lebens zuliebe.

Doch im Herzen ein Kind will ich sein
denn Kinder in Gottes Reich sind daheim

Es dämmerte bereits, als Oskar das ganze Buch durchgeblättert und alle Süßigkeiten aufgegessen hatte. Wie üblich nach so viel Süßem fühlte er sich vollgefressen und hatte vage Schuldgefühle.

Mama kam erst in zwei Stunden. Dann würden sie essen. Anschließend würde er die Hausaufgaben in Englisch und Mathe machen. Danach würde er vielleicht ein Buch lesen oder mit Mama fernsehen. Heute Abend kam nichts Besonderes im Fernsehen. Dann würden sie Kakao trinken und Zimtschnecken essen, sich ein wenig unterhalten. Daraufhin würde er ins Bett gehen und aus Angst vor dem nächsten Tag nicht einschlafen können.

Wenn er doch jemanden anrufen könnte. Er konnte natürlich Johan anrufen und hoffen, dass dieser nicht schon etwas anderes vorhatte.

Johan ging in seine Klasse, und sie hatten eigentlich viel Spaß, wenn sie zusammen waren, aber wenn Johan die Wahl hatte, wurde Oskar stets ausgemustert. Johan rief Oskar an, wenn ihm langweilig war, nicht umgekehrt.

Es war ganz still in der Wohnung. Nichts geschah. Die Betonwände schlossen sich um ihn. Er setzte sich auf sein Bett und legte die Hände auf die Knie, sein Bauch war vor Süßigkeiten ganz prall.

Als würde etwas passieren. Jetzt.

Er hielt die Luft an, lauschte. Eine klebrige Angst ergriff schleichend Besitz von ihm. Irgendetwas kam näher. Ein farbloses Gas sickerte aus den Wänden, drohte Gestalt anzunehmen, ihn zu verschlucken. Er saß starr, hielt die Luft an und lauschte. Wartete.

Der Augenblick ging vorüber. Oskar begann wieder zu atmen.

Er ging in die Küche, trank ein Glas Wasser und zog das größte Küchenmesser von der magnetischen Leiste. Prüfte die

Klinge am Daumennagel, wie Papa es ihm beigebracht hatte. Stumpf. Er zog das Messer zwei, drei Mal durch den Messerschleifer und prüfte es von Neuem. Ein mikroskopisch kleiner Splitter wurde aus seinem Daumennagel geschnitten.

Gut.

Er wickelte als provisorisches Futteral eine Abendzeitung um das Messer, klebte sie mit Tesafilm zusammen und presste das Paket zwischen Hosenbund und linke Hüfte. Nur der Griff ragte noch heraus. Er versuchte zu gehen. Die Klinge war seinem linken Bein im Weg, und er winkelte sie zur Leiste hin. Es war zwar unbequem, aber es ging.

Im Flur zog er seine Jacke an. Dann fielen ihm die zahlreichen Süßigkeitenverpackungen ein, die in seinem Zimmer auf dem Fußboden verstreut lagen. Er sammelte sie ein und stopfte sie für den Fall in die Jackentasche, dass Mama vor ihm nach Hause käme. Er würde die Verpackungen im Wald unter einen Stein legen können.

Er vergewisserte sich nochmals, dass er keine Beweise hinterlassen hatte.

Das Spiel hatte begonnen. Er war jetzt ein gefürchteter Massenmörder. Vierzehn Menschen hatte er mit seinem scharfen Messer bereits getötet, ohne auch nur eine einzige Spur zu hinterlassen. Kein Haar, kein Bonbonpapier. Die Polizei fürchtete ihn.

Nun würde er in den Wald hinausgehen und sich sein nächstes Opfer suchen.

Seltsamerweise wusste er bereits, wie das Opfer hieß, wie es aussah. Es war Jonny Forsberg mit seinen langen Haaren und seinen großen, boshaften Augen. Er würde um sein Leben betteln und flehen und schreien wie ein Schwein, aber vergebens. Das Messer behielt das letzte Wort: Die Erde soll sein Blut trinken.

Oskar hatte die Worte in einem Buch gelesen, und sie gefielen ihm.

»Die Erde soll sein Blut trinken.«

Während er die Wohnungstür abschloss und durch die Haustür ins Freie trat, die linke Hand auf dem Griff des Messers ruhend, wiederholte er sie wie ein Mantra.

Die Erde soll sein Blut trinken. Die Erde soll sein Blut trinken.

Der überdachte Durchgang, durch den er auf den Hinterhof gelangt war, lag am rechten Ende der Häuserzeile, aber er ging nach links, an zwei Hauseingängen vorbei und über die Einfahrt hinaus, auf der Autos auf den Hof gelangen konnten. Er verließ den inneren Befestigungsring, überquerte die Ibsengatan und ging einen Hang hinab. Verließ den äußeren Befestigungsring. Ging weiter Richtung Wald.

Die Erde soll sein Blut trinken.

Zum zweiten Mal an diesem Tag war Oskar beinahe glücklich.

✳

Es blieben nur noch zehn Minuten bis zu der Uhrzeit, die Håkan als letztmöglichen Zeitpunkt festgelegt hatte, als sich auf dem Weg ein einzelner Junge näherte. Soweit Håkan sehen konnte, war er dreizehn oder vierzehn Jahre alt. Perfekt. Er hatte geplant, geduckt zum anderen Ende des Wegs zu laufen und dem Auserwählten anschließend entgegenzugehen.

Doch auf einmal waren seine Beine tatsächlich gelähmt. Der Junge ging unbeschwert den Weg herab, und die Zeit wurde immer knapper. Jede Sekunde, die verstrich, verringerte seine Chancen auf eine makellose Durchführung. Trotzdem verweigerten ihm seine Beine den Dienst. Er stand wie paralysiert und starrte, während der Auserwählte, der Perfekte, sich weiterbewegte, bald auf gleicher Höhe mit ihm sein würde, direkt vor ihm. In ein paar Sekunden würde es zu spät sein.

Ich muss. Muss. Muss.

Tat er es nicht, musste er sich das Leben nehmen. Er konnte einfach nicht mit leeren Händen nach Hause kommen. So war es nun einmal. Entweder der Junge. Oder er selbst. Er hatte die Wahl.

Er setzte sich – zu spät – in Bewegung. Jetzt stolperte er durch den Wald heran, kam direkt auf den Jungen zugerannt, statt ihm ruhig und ungezwungen auf dem Weg zu begegnen. Idiot. Versager. Jetzt würde der Junge misstrauisch werden, auf der Hut sein.

»Hallo!«, rief er. »Entschuldige bitte!«

Der Junge blieb stehen. Wenigstens lief er nicht gleich weg, Gott sei Dank. Er musste etwas sagen, eine Frage stellen. Er ging zu dem Jungen, der abwartend auf dem Weg stand.

»Ja, entschuldige bitte, aber ... wie viel Uhr ist es?«

Der Junge schielte auf Håkans Armbanduhr.

»Meine Uhr ist stehen geblieben.«

Der Körper des Jungen war angespannt, als er auf seine Armbanduhr blickte. Das ließ sich nicht ändern. Håkan schob die Hand in den Mantel und legte den Zeigefinger auf den Hebel des Druckbehälters, während er auf die Antwort des Jungen wartete.

Oskar ging den Hügel neben der Druckerei hinunter. Das Völlegefühl im Bauch war berauschender Anspannung gewichen. Auf seinem Weg zum Wald hatte die Fantasie um sich gegriffen und war nun Wirklichkeit geworden.

Er sah die Welt mit den Augen eines Mörders, oder jedenfalls so weit mit den Augen eines Mörders, wie seine knapp dreizehn-jährige Fantasie dies zuließ. Es war eine schöne Welt. Eine Welt, die er vollkommen kontrollierte, die vor seinen Entscheidungen zitterte.

Er ging den Waldweg hinab, war auf der Suche nach Jonny Forsberg.

Die Erde soll sein Blut trinken.

Es wurde allmählich dunkel, und die Bäume umschlossen ihn wie eine stumme Menschenmenge, beobachteten noch jede kleinste Bewegung des Mörders, fürchteten, einer von ihnen könnte der Auserkorene sein. Doch der Mörder bewegte sich zwischen ihnen hindurch und an ihnen vorbei; er hatte sein Opfer bereits erblickt.

Jonny Forsberg stand etwa fünfzig Meter vom Weg entfernt auf einer Anhöhe. Er hatte die Hände in die Hüften gestemmt, sein höhnisches Lächeln ins Gesicht geschmiert. Er dachte wohl, dass die Sache wie immer laufen würde. Dass er Oskar auf die Erde zwingen, ihm die Nase zuhalten und Tannennadeln und Moos in seinen Mund pressen würde, oder etwas anderes in der Art.

Doch da hatte er sich getäuscht. Es war nicht Oskar, der sich ihm hier näherte, es war der Mörder, und die Hand des Mörders schloss sich nun fest um den Griff des Messers, machte sich bereit.

Der Mörder ging langsam und würdevoll zu Jonny Forsberg, sah ihm in die Augen, sagte: »Hallo, Jonny.«

»Hallo, kleines Schweinchen. Darfst du so spät überhaupt noch draußen sein?«

Der Mörder zog sein Messer heraus. Und stach zu.

❄

»Ungefähr Viertel nach fünf.«

»Okay. Danke.«

Der Junge ging nicht weiter, stand einfach da und starrte Håkan an, der selber einen Schritt zu machen versuchte. Der Junge rührte sich nicht von der Stelle, seine Augen blieben auf Håkan gerichtet. Die Sache ging vollkommen schief. Natürlich roch der Junge den Braten. Eine Person war aus dem Unterholz herangestürmt, um nach der Uhrzeit zu fragen, und hatte nun ihre Hand in den Mantel geschoben wie eine Napoleon-Kopie.

»Was haben Sie da?«

Der Junge nickte in Richtung seiner Herzregion. Håkans Kopf war leer, er wusste nicht, was er tun sollte. Er holte den Druckbehälter heraus und zeigte ihm den Jungen.

»Was ist denn das, eh?«

»Halothan.«

»Warum haben Sie das dabei?«

»Weil . . .« Er fingerte an dem schaumgummiverkleideten Mundstück herum und überlegte fieberhaft, was er antworten sollte. Er konnte nicht lügen. Das war sein Fluch. »Ja, weil . . . es gehört zu meinem Job.«

»Was denn für ein Job?«

Der Junge hatte sich ein bisschen entspannt. Eine Sporttasche ganz ähnlich der, die er selber oben in der Mulde abgestellt hatte, baumelte an seiner Hand. Mit der Hand, die den Druckbehälter hielt, machte Håkan eine Geste zu der Tasche hin.

»Gehst du zu einem Training?«

Als der Junge auf die Tasche herabschaute, sah er seine Chance gekommen.

Beide Arme schossen nach vorn, die freie Hand legte sich um den Hinterkopf des Jungen, das Mundstück des Druckbehälters

37

wurde auf den Mund des Jungen gepresst, und der Hebel ganz herabgedrückt. Ein Zischeln wie von einer großen Schlange ertönte, und der Junge versuchte seinen Kopf fortzuzerren, aber er saß zwischen Håkans Händen in einem Schraubstock der Verzweiflung.

Der Junge warf sich zurück, und Håkan folgte seiner Bewegung. Das Zischeln der Schlange übertönte alle anderen Geräusche, als sie auf die Sägespäne des Waldwegs stürzten. Håkan hielt den Kopf des Jungen krampfhaft zwischen den Händen fest und presste das Mundstück an seinen Platz, während sie sich auf dem Weg herumwälzten.

Nach einigen tiefen Atemzügen erschlaffte der Junge allmählich in seinem Griff. Håkan hielt das Mundstück an Ort und Stelle und ließ den Blick umherschweifen.

Keine Zeugen.

Das Zischeln aus dem Druckbehälter legte sich wie eine bösartige Migräne auf sein Gehirn. Er ließ den Hebel einrasten, zog seine freie Hand unter dem Nacken hervor, zog das Gummiband heraus und streifte es dem Jungen über den Kopf. Jetzt war das Mundstück fixiert.

Er erhob sich mit schmerzenden Armen und betrachtete seine Beute.

Der Junge lag mit ausgestreckten Armen, das Mundstück bedeckte Nase und Mund, und der Halothanbehälter lag auf seiner Brust. Håkan schaute sich nochmals um, holte die Tasche des Jungen und legte sie ihm auf den Bauch. Anschließend hob er das komplette Paket an und trug es zu der Mulde hinauf.

Der Junge war schwerer, als er gedacht hätte. Viele Muskeln. Bewusstloses Gewicht.

Er keuchte unter der Anstrengung, den Jungen über den morastigen Waldboden zu tragen, während das Zischeln aus dem Druckbehälter ihm wie ein gezahntes Messer in die Ohren

38

schnitt. Er keuchte bewusst lauter als nötig, um das Geräusch zu verdrängen.

Der Schweiß lief ihm den Rücken hinab, und seine Arme waren taub, als er schließlich die Mulde erreichte. Dort lud er den Jungen an der tiefsten Stelle ab und legte sich anschließend neben ihn. Er drehte das Halothangas ab und entfernte das Mundstück. Es wurde still. Die Brust des Jungen hob und senkte sich. In spätestens acht Minuten würde er aufwachen. Doch das würde er nicht.

Håkan lag neben dem Jungen, musterte sein Gesicht, liebkoste es mit dem Zeigefinger. Anschließend rückte er näher an den Jungen heran, nahm seinen willenlosen Körper in die Arme und presste ihn an sich. Er küsste den Jungen zärtlich auf die Wange, wisperte ihm »Verzeih mir« ins Ohr und stand auf.

Tränen wollten ihm in die Augen steigen, als er den wehrlosen Körper auf dem Erdboden liegen sah. Er konnte es immer noch lassen.

Parallele Welten. Ein tröstlicher Gedanke.

Es gab eine parallele Welt, in der er nichts von all dem tat, was er nun tun würde. Eine Welt, in der er nun seines Weges ging und zuließ, dass der Junge aufwachte und sich fragte, was geschehen war.

Aber in dieser Welt war es anders. In dieser Welt ging er nun zu seiner Tasche und öffnete sie. Die Zeit drängte. Schnell zog er den Regenmantel über seine Kleider und holte die Ausrüstung heraus. Das Messer, ein Seil, einen großen Trichter und einen 5-Liter-Plastikkanister.

Er legte alles neben dem Jungen auf die Erde, betrachtete den blutjungen Körper ein letztes Mal. Dann griff er nach dem Seil und machte sich an die Arbeit.

❄

Er stach und stach und stach. Nach dem ersten Stich hatte Jonny erkannt, dass es diesmal nicht so laufen würde wie sonst. Während Blut aus einer tiefen Wunde in seiner Wange floss, versuchte er zu fliehen, aber der Mörder war schneller. Mit zwei flinken Schnitten durchtrennte er die Sehnen auf der Rückseite der Knie, und Jonny stürzte hin, wand sich im Moos, bat um Gnade.

Doch der Mörder ließ sich nicht erweichen. Jonny schrie wie ein . . . Schwein, als der Mörder sich auf ihn warf, und die Erde trank sein Blut.

Ein Stich für das in der Toilette heute. Einer dafür, dass du mich überredet hast, beim Knöchelpokern mitzumachen. Die Lippen schneide ich dir für alles ab, was du zu mir gesagt hast.

Jonny leckte aus allen Löchern und konnte nichts Böses mehr sagen oder tun. Er war seit langem tot. Zu guter Letzt punktierte Oskar seine stierenden Augäpfel, tschik, tschik, stand auf und betrachtete sein Werk.

Große Mengen des morschen, umgestürzten Baums, welcher der liegende Jonny gewesen war, hatte er losgestochen, sodass der Stamm von seinen Stichen durchlöchert war. Späne lagen um den Fuß des gesunden Baums verstreut, der Jonny gewesen war, als er noch stand.

Seine rechte Hand, die Messerhand, blutete. Es war ein kleiner Einschnitt nahe am Handgelenk; die Klinge musste beim Zustechen in die Hand hinaufgerutscht sein. Kein gutes Messer für diesen Zweck. Er leckte an seiner Hand, säuberte die Wunde mit der Zunge. Es war Jonnys Blut, das er trank.

Er wischte die letzten Reste Blut an dem Zeitungsfutteral ab, steckte das Messer hinein und machte sich auf den Heimweg.

Der Wald, der ihm in den letzten zwei Jahren stets bedrohlich erschienen war, als ein Schlupfwinkel seiner Feinde, war nun sein Heim und seine Zuflucht. Die Bäume zogen sich respektvoll zurück, als er vorüberging. Er verspürte nicht den leisesten Hauch von Furcht, obwohl es allmählich richtig dunkel wurde. Er fürchtete sich auch nicht vor dem nächsten Tag, was immer er mit sich führen mochte. Diese Nacht würde er gut schlafen.

Als er wieder auf dem Hinterhof war, setzte er sich noch eine Weile auf den Rand eines Sandkastens, um sich zu beruhigen, ehe er nach Hause ging. Morgen würde er sich ein besseres Messer besorgen, ein Messer mit Parierschutz, oder wie das hieß ... Parierstange, damit er sich nicht wieder schnitt. Denn das würde er noch öfter machen.

Es war ein gutes Spiel.

DONNERSTAG, 22. OKTOBER

Mama standen Tränen in den Augen, als sie Oskars Hand über den Küchentisch hinweg in ihre nahm und fest drückte.

»Du darfst auf gar keinen Fall mehr in den Wald gehen, hörst du?«

In Vällingby war gestern ein Junge in Oskars Alter ermordet worden. Es hatte nachmittags in den Zeitungen gestanden, und Mama war außer sich gewesen, als sie nach Hause kam.

»Das hättest genauso gut du ... ich mag gar nicht daran denken.«

»Aber das war doch in Vällingby.«

»Und du meinst, jemand, der Kindern etwas antun will, kann keine zwei Haltestellen mit der U-Bahn fahren? Oder das Stück zu Fuß gehen? Zu uns nach Blackeberg kommen und das Gleiche noch einmal machen? Bist du eigentlich oft im Wald?«

»Nee.«

»Du gehst nicht mehr vom Hof, solange das ... Bis sie ihn verhaftet haben.«

»Soll ich etwa nicht mehr zur Schule gehen?«

»Doch, du sollst zur Schule gehen. Aber nach der Schule gehst du schnurstracks nach Hause und gehst höchstens auf den Hof, bis ich nach Hause komme.«

»Und dann?«

Die Sorge in Mamas Augen vermischte sich mit Zorn.

»Willst du etwa ermordet werden? Was? Möchtest du in den Wald gehen und ermordet werden, und ich sitze dann hier und

warte und mache mir Sorgen, während du im Wald liegst und . . .
bestialisch zerstückelt worden bist von einem . . .«

Ihr schossen Tränen in die Augen. Oskar legte seine Hand
auf ihre.

»Ich werde nicht in den Wald gehen. Ich verspreche es.«

Mama strich ihm über die Wange.

»Mein Schatz. Du bist doch alles, was ich habe. Dir darf nichts
zustoßen. Sonst sterbe ich auch.«

»Mhm. Wie ist es passiert?«

»Was?«

»Na das. Der Mord.«

»Woher soll ich das wissen? Er ist von irgendeinem Irren mit
einem Messer ermordet worden. Er ist tot. Das Leben seiner
Eltern ein einziger Scherbenhaufen.«

»Steht das nicht in der Zeitung?«

»Ich konnte das einfach nicht lesen.«

Oskar griff nach der Abendzeitung und blätterte darin. Vier
Seiten waren dem Mord gewidmet.

»Du sollst das nicht lesen.«

»Nee, ich guck doch nur. Kann ich die Zeitung haben?«

»Du sollst darüber nichts lesen. Diese ganzen Horrorgeschich-
ten und was du da alles liest sind nicht gut für dich.«

»Ich will doch nur gucken, ob was im Fernsehen kommt.«

Oskar stand auf, um mit der Zeitung in sein Zimmer zu gehen.
Mama umarmte ihn unbeholfen und presste ihre feuchte Wange
an seine.

»Mein kleiner Liebling. Du begreifst doch, dass ich mir Sorgen mache, nicht? Wenn dir etwas zustoßen würde . . .«

»Ich weiß, Mama. Ich weiß. Ich passe schon auf.«

Oskar erwiderte schwach ihre Umarmung, wand sich dann
aus ihren Armen und ging in sein Zimmer, während er sich
Mamas Tränen von der Wange wischte.

43

Diese Sache war echt unglaublich.

Verdammt, wenn er es richtig verstanden hatte, war dieser Typ also ungefähr zur gleichen Zeit ermordet worden, als er selber draußen im Wald gespielt hatte. Leider war jedoch nicht Jonny Forsberg ermordet worden, sondern irgendein unbekannter Typ aus Vällingby.

In Vällingby hatte an dem Nachmittag Trauerstimmung geherrscht. Er hatte die Schlagzeilen schon gesehen, ehe er dorthin kam, und vielleicht hatte er sich das auch nur eingebildet, aber er hatte den Eindruck gehabt, dass die Leute auf dem Platz im Ortszentrum leiser gesprochen hatten, langsamer gegangen waren als sonst.

Im Eisenwarengeschäft hatte er ein unglaublich schniekes Jagdmesser für dreihundert Mäuse geklaut. Für den Fall, dass er erwischt wurde, hatte er sich eine Erklärung zurechtgelegt.

»Entschuldigung, Onkel. Aber ich habe so große Angst vor dem Mörder.«

Wenn nötig, hätte er bestimmt auch ein paar Tränen kullern lassen können. Sie hätten ihn gehen lassen. Hundert pro. Aber er wurde nicht erwischt, und das Messer lag jetzt in dem Versteck neben seinem Buch mit den Zeitungsausschnitten.

Er musste nachdenken.

War es möglich, dass sein Spiel auf irgendeine Art zu dem Mord geführt hatte? Er glaubte es zwar nicht, aber der Gedanke ließ sich nicht gänzlich ausschließen. In den Büchern, die er gelesen hatte, wimmelte es nur so von solchen Dingen. Ein Gedanke an einem Ort führte zu einem bestimmten Vorfall an einem anderen.

Telekinese, Voodoo.

Aber wo, wann und vor allem wie genau war der Mord geschehen? Handelte es sich um eine große Zahl von Stichen auf einen liegenden Körper, musste er ernsthaft die Möglichkeit in

44

Betracht ziehen, dass seine Hände über eine furchtbare Macht verfügten. Eine Macht, die er zu steuern lernen musste.

Oder ist es etwa so, dass . . . der Baum der . . . Vermittler ist.

Der morsche Baum, auf den er eingestochen hatte. War vielleicht gerade dieser Baum irgendwie speziell, sodass sich alles, was man dem Baum antat, anschließend . . . verbreitete?

Details.

Oskar las jeden einzelnen Artikel, in dem es um den Mord ging. Auf einem Foto war der Polizist abgebildet, der in ihrer Schule gewesen war und über Drogen gesprochen hatte. Er konnte keine näheren Angaben machen. Spezialisten von der Spurensicherung waren hinzugezogen worden, um Spuren zu sichern. Man musste die Ergebnisse abwarten. Ein Bild von dem Jungen, der ermordet worden war, dem Jahrbuch seiner Schule entnommen. Oskar hatte ihn noch nie gesehen. Sein Aussehen erinnerte ihn an Jonny oder Micke. Vielleicht gab es einen Oskar in der Schule von Vällingby, der nun befreit worden war.

Der Junge war auf dem Weg zum Handballtraining in der Vällingbyhalle gewesen, dort jedoch niemals angekommen. Das Training begann um halb sechs. Der Junge hatte vermutlich gegen fünf das Haus verlassen. Irgendwann in dieser Zeitspanne war es passiert. Oskar wurde schwindlig. Das kam haargenau hin. Und er war im Wald ermordet worden.

Ist es so? Bin ich es, der . . .

Ein sechzehnjähriges Mädchen hatte die Leiche gegen acht Uhr abends gefunden und die Polizei in Vällingby alarmiert. Das Mädchen hatte einen »schweren Schock« erlitten, was nur bedeuten konnte, dass der Körper irgendwie verstümmelt gewesen sein musste. Sonst schrieben sie nur »Schock«.

Was hatte dieses Mädchen nach Einbruch der Dunkelheit im Wald zu suchen. Vermutlich unwichtig. Sie hat Tannenzapfen gesammelt, sonst irgendwas gemacht. Aber warum stand nirgendwo, wie der Junge ermordet worden war? Es gab nur ein Bild vom Tatort. Das zuckerstangengestreifte Plastikband der Polizei, aufgespannt um eine nichtssagende Mulde im Wald, in deren Mitte ein großer Baum stand.

Morgen oder übermorgen würden Bilder des gleichen Ortes abgedruckt werden, der dann jedoch voller brennender Kerzen und Schilder mit Aufschriften wie »WARUM?« und »WIR VERMISSEN DICH« sein würde. Oskar kannte die ganze Leier; er hatte mehrere ähnliche Fälle in seinem Buch.

Vermutlich war das alles reiner Zufall. Aber wenn nicht?

Oskar lauschte an der Tür. Mama spülte. Er legte sich bäuchlings aufs Bett und holte das Jagdmesser heraus. Der Griff war der Form einer Hand angepasst, und das Messer wog mit Sicherheit drei Mal so viel wie das Küchenmesser, das er gestern benutzt hatte.

Er stand auf und stellte sich mit dem Messer in der Hand mitten ins Zimmer. Es war schön, verlieh der Hand, die es hielt, Macht.

In der Küche klirrte Porzellan. Er stach ein paar Mal in die Luft. Der Mörder. Wenn er gelernt hatte, seine Kraft zu steuern, würden Jonny, Micke und Tomas ihn nie wieder quälen. Er wollte schon einen weiteren Ausfallschritt machen, hielt dann jedoch inne. Man konnte ihn vom Hof aus sehen. Draußen war es dunkel, und in seinem Zimmer brannte Licht. Er warf einen Blick auf den Hof, sah aber nur sein eigenes Spiegelbild in der Fensterscheibe.

Der Mörder.

Er verstaute das Messer wieder in dem Versteck. Es war nur ein Spiel. So etwas passierte nicht wirklich. Dennoch musste er Details erfahren. Musste sie jetzt erfahren.

✳

46

Tommy saß im Sessel und blätterte in einer Motorrad-Illustrierten, nickte und grummelte. Ab und zu hielt er die Zeitschrift Lasse und Robban hin, die auf der Couch saßen, und zeigte ihnen ein besonders interessantes Bild, kommentierte Hubraum und Höchstgeschwindigkeit. Die nackte Glühbirne an der Decke spiegelte sich im Hochglanzpapier, warf blasse Lichtreflexe an die Zementwand, an die Bretterwände.

Er spannte sie auf die Folter.

Tommys Mutter war mit Staffan zusammen, der Polizist in Vällingby war. Tommy mochte Staffan nicht sonderlich, im Gegenteil. Der Kerl war ein zeigefingerwedelnder, schmieriger Typ. Noch dazu religiös. Aber von seiner Alten erfuhr Tommy so einiges, was Staffan seiner Alten im Grunde nicht erzählen durfte und was seine Alte eigentlich nicht Tommy erzählen durfte, aber...

Auf die Art hatte er beispielsweise herausgefunden, wie der Stand der Ermittlungen im Fall des Einbruchs in ein Rundfunkgeschäft am Islandstorget war. Den er, Robban und Lasse auf dem Gewissen hatten.

Von den Tätern fehlte jede Spur. So hatte seine Mutter sich wörtlich ausgedrückt: »Von den Tätern fehlt jede Spur.« Staffans Worte. Sie hatten nicht einmal eine Beschreibung des Autos.

Tommy und Robban waren sechzehn Jahre alt und gingen aufs Gymnasium. Lasse war neunzehn, und mit seinem Kopf stimmte etwas nicht, er sortierte Blechteile bei LM Ericsson in Ulvsunda. Aber einen Führerschein hatte er. Und einen weißen Saab, Baujahr 74, dessen Nummernschild sie vor dem Einbruch mit einem Filzschreiber geändert hatten. Vergebliche Liebesmühe, da ohnehin niemand das Auto gesehen hatte.

Ihre Beute hatten sie in dem unbenutzten Katastrophenschutzraum verstaut, der dem Kellerverschlag gegenüber lag, der ihr

Clubraum war. Die Kette an der Tür hatten sie mit einem Bolzenschneider durchtrennt und anschließend ein neues Schloss vorgelegt. Sie wussten nicht so recht, wie sie das ganze Zeug losschlagen sollten, es war ihnen vor allem um den Einbruch selbst gegangen. Lasse hatte einem Arbeitskollegen für zweihundert Mäuse einen Kassettenrekorder verkauft, aber das war auch schon alles.

Darüber hinaus war es ihnen am sichersten erschienen, sich mit den Sachen erst einmal bedeckt zu halten und vor allem nicht Lasse den Verkauf in die Hände nehmen zu lassen, weil er »die Weisheit nicht gerade mit Löffeln gefressen hatte«, wie Tommys Mutter es formulierte. Aber mittlerweile waren seit dem Einbruch zwei Wochen vergangen, und außerdem hatte die Polizei inzwischen ganz andere Sorgen.

Tommy blätterte in der Illustrierten und lächelte in sich hinein. Ja, ja. Jede Menge anderer Sorgen. Robban trommelte klatschend Trommelschläge auf seinen Oberschenkel.

»Jetzt komm schon. Lass hören.«

Tommy hielt ihm die Zeitschrift hin.

»Kawasaki. Dreihundert Kubik. Direkteinspritzung und ...«

»Hör auf. Lass hören.«

»Was denn ... etwas über den Mord?«

»Ja!«

Tommy biss sich auf die Lippe, schien zu überlegen.

»Wie war das noch gleich ...«

Lasse lehnte seinen langen Körper auf der Couch vor, klappte zusammen wie ein Klappmesser.

»Mensch! Jetzt lass hören!«

Tommy legte die Zeitschrift weg und fixierte Lasse mit den Augen.

»Bist du denn auch sicher, dass du es hören willst? Ist ziemlich eklig.«

»Ach was!«

Lasse riss sich zusammen, aber Tommy sah die Besorgnis in seinen Augen. Man brauchte nur eine üble Fratze zu ziehen, mit seltsamer Stimme zu sprechen und sich weigern, damit aufzuhören, um Lasse gehörig Angst einzujagen. Einmal hatten Tommy und Robban sich mit den Schminkutensilien von Tommys Mutter als Zombies geschminkt, die Glühbirne an der Decke herausgedreht und auf Lasse gewartet. Das Ganze hatte damit geendet, dass Lasse in die Hose machte und Robban sich ein blaues Auge genau an der Stelle einhandelte, wo er sich mit dunkelblauem Lidschatten geschminkt hatte. Seither waren sie vorsichtiger damit, Lasse Angst einzujagen.

Jetzt rutschte Lasse unruhig auf der Couch hin und her und verschränkte die Arme vor der Brust, als wollte er auf die Art zeigen, dass er auf alles vorbereitet war.

»Na gut, also schön ... man darf wohl sagen, es war kein gewöhnlicher Mord. Als sie den Jungen gefunden haben ... hing er an einem Baum.«

»Was denn? Er ist erhängt worden?«, fragte Robban.

»Ja, erhängt. Aber nicht am Hals. Das Seil war um seine Füße geschlungen. Er hing mit dem Kopf nach unten. An dem Baum.«

»Also wie jetzt, davon stirbt man doch nicht.«

Tommy sah Robban lange an, als hätte dieser soeben einen interessanten Gedanken geäußert, fuhr anschließend fort:

»Nein. Das tut man nicht. Aber seine Kehle war aufgeschlitzt. Und davon stirbt man. Der ganze Hals. Aufgeschlitzt. Wie eine ... Melone.« Er fuhr sich mit dem Zeigefinger über den Hals, um ihnen zu zeigen, welchen Weg das Messer genommen hatte.

Lasses Hand schoss an seinen Hals, als wollte er ihn schützen. Er schüttelte langsam den Kopf. »Aber warum hing er so?«

»Tja, was meinst du?«

»Ich weiß es nicht.«

Tommy zwickte sich in die Unterlippe und schien nachzugrübeln.

»Jetzt werde ich euch mal etwas Seltsames erzählen. Man schneidet jemandem die Kehle durch, sodass er stirbt. Da kommt doch eine Menge Blut heraus. Oder nicht?« Lasse und Robban nickten. Tommy verweilte einen Moment in ihrer Erwartung, ehe er die Bombe platzen ließ.

»Aber auf der Erde unter dem hängenden Jungen. Da gab es praktisch kein Blut. Nur ein paar Tropfen. Und dabei muss er mehrere Liter aus sich herausgepumpt haben. Als er da hing.«

Es wurde still in dem Kellerverschlag. Lasse und Robban starrten mit leeren Augen vor sich hin, bis Robban sich aufrichtete und sagte: »Ich weiß es. Er ist woanders ermordet worden. Und anschließend dort aufgehängt worden.«

»Mhmm. Aber warum hat er ihn dann aufgehängt? Wenn man jemanden ermordet hat, will man die Leiche doch loswerden.«

»Er ist vielleicht ... nicht ganz dicht.«

»Mag sein. Aber ich glaube etwas ganz anderes. Habt ihr schon mal gesehen, was sie im Schlachthof mit den Schweinen machen? Ehe sie zerlegt werden, lässt man sie ausbluten. Und wisst ihr, wie man das macht? Man hängt die Schweine kopfüber an einen Haken. Und schneidet ihnen die Kehle durch.«

»Du meinst also ... wie jetzt, dass der Junge ... dass der Mörder vorhatte, ihn zu schlachten?«

»Häää?« Lasse sah unsicher von Tommy zu Robban, und dann wieder zu Tommy, um zu sehen, ob sie ihn auf den Arm nehmen wollten. Er fand keinerlei Anzeichen dafür, und sagte:

»Macht man das wirklich? Mit den Schweinen?«

»Ja, was dachtest du denn?«

»Ich dachte, es wäre eine Art ... Maschine.«

»Meinst du, dadurch würde es besser?«

»Nein, aber ... leben sie denn noch? Wenn sie ... aufgehängt werden?«

»Ja. Sie leben noch. Und zappeln. Und schreien.«

Tommy ahmte ein schreiendes Schwein nach, und Lasse versank in der Couch, starrte auf seine Knie. Robban stand auf, ging ein paar Schritte auf und ab und setzte sich erneut auf die Couch.

»Aber das passt doch alles nicht zusammen. Wenn der Mörder vorgehabt hätte, ihn zu schlachten, müsste da doch Blut sein.«

»Du hast gesagt, dass er vorhatte, ihn zu schlachten. Ich glaube das nicht.«

»Ach nee. Und was glaubst du?«

»Ich glaube, dass er scharf auf das Blut war. Dass er den Typen deshalb ermordet hat. Um an das Blut heranzukommen. Dass er es mitgenommen hat.«

Robban nickte bedächtig, kratzte mit dem Finger am Wundschorf eines großen Pickels im Mundwinkel. »Aber was will er damit? Will er es trinken, oder was?«

»Zum Beispiel, ja.«

Tommy und Robban versanken in Fantasiebildern von dem Mord und dem, was danach geschehen war. Nach einer Weile hob Lasse den Kopf und sah sie fragend an. Ihm standen Tränen in den Augen.

»Sterben sie schnell, die Schweine?«

Tommy sah ihm ernst in die Augen.

»Nein.«

✳

»Ich gehe was raus.«

»Nein . . .«

»Ich bin nur auf dem Hof.«

»Du gehst sonst nirgendwohin.«

»Nein, nein.«

»Soll ich dich rufen, wenn . . .«

»Nee. Ich komme von selbst. Ich habe eine Uhr an. Ruf mich nicht.«

Oskar zog seine Jacke, die Mütze an. Den Fuß halbwegs in den Stiefel geschoben, hielt er inne, ging leise in sein Zimmer zurück und holte das Messer heraus, schob es sich unter die Jacke. Band sich die Schuhe zu. Erneut ertönte Mamas Stimme aus dem Wohnzimmer.

»Es ist kalt draußen.«

»Ich habe meine Mütze.«

»Auf dem Kopf?«

»Nein. Auf dem Fuß.«

»Das ist nicht lustig. Du weißt, wie das mit deinen . . . «

»Bis gleich.«

». . . Ohren ist.«

Er ging hinaus, sah auf die Uhr. Viertel nach sieben. Eine Dreiviertelstunde bis zum Fernsehen. Vermutlich waren Tommy und die anderen unten in ihrem Kellerverschlag, aber dorthin traute er sich nicht. Tommy war in Ordnung, aber die anderen . . . Vor allem, wenn sie geschnüffelt hatten, konnten sie auf die seltsamsten Ideen kommen.

Also ging er zum Spielplatz in der Mitte des Hinterhofs. Zwei Bäume mit zerfurchter Rinde, die sie gelegentlich als Fußballtor benutzten, ein Klettergerüst mit Rutsche, ein Sandkasten und eine Schaukel mit drei Autoreifen, die an Ketten hingen. Er setzte sich in einen der Reifen und schaukelte sachte.

52

Er mochte diesen Platz am Abend. Um ihn herum das große Viereck aus hunderten erhellter Fenster, während er selber in der Dunkelheit saß. Gleichzeitig geborgen und allein. Er zog das Messer aus der Scheide. Die Klinge war so blank, dass er sehen konnte, wie sich die Fenster darin spiegelten. Der Mond.

Ein blutiger Mond . . .

Oskar stand von der Schaukel auf, schlich zu einem der Bäume, sprach zu ihm.

»Was glotzt du denn so, du verdammter Idiot? Willst du sterben, oder was?«

Der Baum antwortete nicht, und Oskar trieb das Messer vorsichtig in ihn hinein. Er wollte die glänzende Spitze nicht beschädigen.

»So ergeht es einem, wenn man mich anglotzt.«

Er drehte das Messer, bis sich ein kleiner Span aus dem Baum löste. Ein Stück Fleisch. Er flüsterte: »Jetzt schrei wie ein Schwein.«

Er hielt inne. Meinte ein Geräusch gehört zu haben. Das Messer an der Hüfte schaute er sich um. Hob das Messer an die Augen, betrachtete es. Die Klinge glänzte noch wie vorher. Er benutzte die Klinge als Spiegel und winkelte sie in Richtung Klettergerüst. Da stand jemand, der dort kurz zuvor noch nicht gestanden hatte. Eine verwischte Kontur auf dem reinen Stahl. Er senkte das Messer und schaute zum Klettergerüst. Tatsächlich. Aber es war nicht der Vällingbymörder. Es war ein Kind.

Das Licht reichte aus, um zu erkennen, dass es ein Mädchen war, das er noch nie auf dem Hof gesehen hatte. Oskar machte einen Schritt auf das Klettergerüst zu. Das Mädchen rührte sich nicht vom Fleck. Es stand einfach da und sah ihn an.

Er machte noch einen Schritt und bekam plötzlich Angst. Wovor? Vor sich selbst. Das Messer fest im Griff bewegte er sich auf das Mädchen zu, um auf es einzustechen. Das stimmte natürlich nicht. Aber für einen kurzen Moment hatte er es so empfunden. Wieso bekam das Mädchen keine Angst?

Er blieb stehen, schob das Messer in die Scheide zurück und verstaute es unter der Jacke.

»Hallo.«

Das Mädchen antwortete nicht. Oskar war jetzt so nah, dass er sehen konnte, es hatte dunkle Haare, ein kleines Gesicht, große Augen. Weit offene Augen, die ihn ruhig ansahen. Seine Hände lagen auf dem Geländer des Klettergerüsts.

»Hallo, habe ich gesagt.«

»Ich habe es gehört.«

»Warum hast du mir dann nicht geantwortet?«

Das Mädchen zuckte mit den Schultern. Seine Stimme war nicht so hell, wie er erwartet hatte. Sie klang nach jemandem in seinem eigenen Alter.

Das Mädchen sah seltsam aus. Halblange, schwarze Haare. Ein rundes Gesicht, eine kleine Nase. Wie eine dieser Ausschneidepuppen auf den Kinderseiten von *Hemmets Journal.* Sehr ... süß. Aber etwas war seltsam. Es trug weder Mütze noch Jacke, nur einen dünnen, rosa Pullover, obwohl es kalt war.

Das Mädchen ruckte mit dem Kopf in Richtung des Baums, auf den Oskar eingestochen hatte.

»Was machst du da?«

Oskar errötete, aber das sah man im Dunkeln doch hoffentlich nicht?

»Trainieren.«

»Und wofür?«

»Für den Fall, dass der Mörder kommt.«

»Welcher Mörder?«

»Der aus Vällingby. Der den Jungen erstochen hat.«

Das Mädchen seufzte, schaute zum Mond auf. Dann lehnte es sich vor.

»Hast du Angst?«

»Nein, aber ein Mörder, da ist es doch . . . ist es doch gut, wenn man . . . sich verteidigen kann. Wohnst du hier?«

»Ja.«

»Wo denn?«

»Da.« Das Mädchen zeigte auf die Eingangstür zu Oskars Nachbarhaus. »Neben dir.«

»Woher weißt du, wo ich wohne?«

»Ich habe dich schon mal durchs Fenster gesehen.«

Oskars Wangen glühten. Während er sich etwas einfallen zu lassen versuchte, das er sagen konnte, sprang das Mädchen von dem Klettergerüst herab und landete vor ihm. Ein Sprung von mehr als zwei Metern.

Sie muss im Turnverein sein oder so.

Das Mädchen war fast so groß wie er selbst, aber wesentlich schlanker. Der rosa Pullover schmiegte sich an den schmächtigen Oberkörper, an dem es nicht die geringste Andeutung von Brüsten gab. Seine Augen waren schwarz und riesengroß in dem kleinen, bleichen Gesicht. Es hielt ihm eine Hand entgegen, als halte es etwas zurück, was sich ihm näherte. Seine Finger waren lang, dünn, wie Zweige.

»Wir können keine Freunde werden. Nur dass du es weißt.«

Oskar verschränkte die Arme vor der Brust. Durch die Jacke spürte er den Umriss des Messergriffs unter der Hand.

»Und wieso nicht?«

Ein Mundwinkel des Mädchens hob sich zu einer Art Lächeln.

»Braucht es dafür einen Grund? Ich sage nur, wie es ist. Damit du Bescheid weißt.«

»Ja, ja.«

Das Mädchen wandte sich um, ließ Oskar stehen und ging auf sein Haus zu. Als es ein paar Schritte weit gekommen war, sagte

Oskar: »Ja, meinst du etwa, ich will mit dir befreundet sein? Bei dir piept's wohl.«

Das Mädchen blieb stehen. Rührte sich einen Moment nicht. Machte dann kehrt und ging zu Oskar zurück, stellte sich vor ihn. Flocht die Finger ineinander und ließ die Arme herabhängen.

»Was hast du gesagt?«

Oskar verschränkte die Arme fester vor der Brust, presste die Hand gegen den Messergriff und schaute zu Boden.

»Du bist doch dumm . . . wenn du so etwas sagst.«

»Bin ich?«

»Ja.«

»Dann entschuldige bitte. Aber es ist so.«

Sie rührten sich nicht, standen einen halben Meter voneinander entfernt. Oskar sah weiterhin zu Boden. Ein seltsamer Geruch schlug ihm von dem Mädchen entgegen.

Vor einem Jahr hatte sich sein Hund Bobby eine Infektion an den Pfoten geholt, und sie hatten ihn einschläfern lassen müssen. Am letzten Tag war Oskar nicht in die Schule gegangen, hatte stundenlang neben dem kranken Hund gelegen und Abschied genommen. Bobby hatte damals so gerochen wie das Mädchen. Oskar rümpfte die Nase.

»Bist du das, was hier so komisch riecht?«

»So ist es wohl.«

Oskar blickte auf. Er bereute seine Worte. Das Mädchen sah so . . . zerbrechlich aus in seinem dünnen Pullover. Er senkte die Arme und machte eine Geste in Richtung des Mädchens. »Frierst du gar nicht?«

»Nein.«

»Warum nicht?«

Das Mädchen runzelte die Stirn, verzog das Gesicht und sah einen Moment lang viel, viel älter aus, als es war. Wie eine alte Frau, die den Tränen nahe war.

»Ich habe wohl vergessen, wie man das macht.«

Das Mädchen wandte sich schnell um und ging zu seinem Hauseingang. Oskar blieb stehen und sah ihm nach. Als es die schwere Tür erreichte, glaubte Oskar, dass es mit beiden Händen würde zupacken müssen, um sie öffnen zu können. Aber es legte im Gegenteil nur eine Hand auf die Klinke und riss die Tür so fest auf, dass sie gegen den Metallstopper am Boden krachte, zurückschlug und sich hinter ihm schloss.

Er vergrub die Hände in den Jackentaschen und war traurig. Er dachte an Bobby. Daran, wie er ausgesehen hatte, als er in dem Sarg lag, den Papa geschreinert hatte. An das Kreuz, das er im Werkunterricht geschnitzt hatte und das kaputtgegangen war, als sie es in den gefrorenen Boden schlagen wollten.

Er sollte ein neues machen.

Freitag, 23. Oktober

Håkan saß erneut in der Bahn, war auf dem Weg in die Innenstadt. Zehn zusammengerollte, von einem Gummi umschlossene Tausender lagen in seiner Hosentasche. Er würde Gutes mit ihnen tun. Er würde ein Leben retten.

Zehntausend Kronen waren viel Geld, und wenn man an die Kampagne von *Save the Children* dachte, »Tausend Kronen können ein Jahr lang eine ganze Familie ernähren« und so weiter, sollte es doch wohl möglich sein, für zehntausend ein Leben in Schweden zu retten, oder etwa nicht?

Aber wessen? Wo?

Man konnte das Geld ja schlecht dem erstbesten Junkie in die Hände drücken. Jedenfalls sollte es ein junger Mensch sein. Er wusste, dass es lächerlich war, aber im Idealfall sollte es genauso ein weinendes Kind sein wie auf den Plakaten. Ein Kind, das mit Tränen in den Augen das Geld annahm und ... und was?

Ohne zu wissen warum, stieg er am Odenplan aus, ging zur Stadtbücherei hinab. Als er noch in Karlstad lebte, als Schwedischlehrer in der Sekundarstufe I unterrichtete und ein Haus besaß, war in seinen Kreisen allgemein bekannt gewesen, dass die Stadtbücherei in Stockholm ein ... guter Ort war.

Erst als er die große Rotunde der Bücherei erblickte, vertraut von Bildern in Büchern und Zeitungen, wusste er, dass er deshalb hier ausgestiegen war. Weil es ein guter Ort war. Jemand in seinen Kreisen, vermutlich Gert, hatte erzählt, wie man es anstellte, wenn man dort Sex kaufte.

Er hatte das niemals getan. Sich Sex gekauft.

Einmal hatten Gert, Tommy und Ove einen Jungen aufgetan, dessen Mutter einer von Oves Bekannten aus Vietnam angeschleppt hatte. Der Junge mochte vielleicht zwölf gewesen sein und wusste, was von ihm erwartet wurde, für seine Dienste wurde er gut entlohnt. Trotzdem konnte Håkan sich nicht dazu durchringen. Er hatte an seiner Cola-Rum genippt und den nackten Körper des Jungen sehr genossen, als er sich in dem Zimmer drehte, in dem sie sich versammelt hatten.

Doch dann war es aus gewesen.

Die anderen hatten von dem Jungen nacheinander einen geblasen bekommen, aber als Håkan an der Reihe war, verkrampfte er sich innerlich. Die ganze Situation war einfach zu ekelerregend. Der Raum roch nach Erregung, Alkohol und Keimen. Ein Tropfen von Oves Sperma glänzte auf der Wange des Jungen. Håkan schob den Kopf des Jungen von sich, als dieser sich über seinen Unterleib beugte.

Die anderen hatten ihn beschimpft, ihm schließlich regelrecht gedroht. Er war Zeuge gewesen, nun sollte er zum Mittäter werden. Sie verhöhnten ihn wegen seiner Skrupel, doch die waren gar nicht das Problem. Das Ganze war einfach nur so schäbig. Das einzige Zimmer in Åkes Zweitwohnung, die vier nicht zueinander passenden Sessel, die speziell aus diesem Anlass zusammengerückt worden waren, die Tanzmusik, die im Radio lief.

Er bezahlte seinen Anteil an dem Vergnügen und sah die anderen danach nie wieder. Er hatte seine Zeitungen und Fotos, seine Filme. Das musste reichen. Vermutlich hatte er darüber hinaus Skrupel, die sich dieses eine Mal in einem intensiven Ekel vor der Situation manifestiert hatten.

Aber warum bin ich dann auf dem Weg zur Stadtbücherei?

Anscheinend wollte er ein Buch ausleihen. Das Feuer vor drei

Jahren hatte sein ganzes Leben verschluckt, unter anderem auch seine Bücher. Ja. *Das Geschmeide der Königin* von Almqvist würde er sich ausleihen können, ehe er seine gute Tat in Angriff nahm.

Jetzt am Vormittag war in der Bücherei nicht viel los. Größtenteils ältere Männer und Studenten hielten sich in ihr auf. Er hatte das Buch, nach dem er suchte, schnell gefunden, las die ersten Worte

Tintomara! Zwei Dinge sind weiß
Unschuld-Arsen

und stellte es ins Regal zurück. Er hatte ein schlechtes Gefühl bei den Worten. Das Buch erinnerte ihn an sein früheres Leben.

Er hatte dieses Buch geliebt, es im Unterricht benutzt. Die einleitenden Worte zu lesen weckte die Sehnsucht nach einem Lesesessel in ihm. Und dieser Lesesessel sollte in einem Haus stehen, das ihm gehörte, in einem Haus voller Bücher, und er würde wieder eine Stelle haben und er würde und er wollte. Aber er hatte die Liebe gefunden, und sie allein diktierte nunmehr die Bedingungen. Kein Sessel.

Er rieb sich die Hände, als wollte er das Buch ausradieren, das sie gehalten hatten, und betrat einen kleineren Lesesaal.

Lange Tische mit lesenden Menschen. Worte, Worte, Worte. Am hinteren Ende des Saals saß ein junger Bursche in einer Lederjacke und wippte auf seinem Stuhl, während er gelangweilt in einem Bilderbuch blätterte. Håkan bewegte sich in seine Richtung, gab vor, das Regal mit Geologiebüchern zu studieren, schielte ab und an zu dem Jungen hin. Schließlich schaute der Junge auf, begegnete seinem Blick und hob die Augenbrauen wie zu einer Frage:

Willst du?

Nein, er wollte doch gar nicht. Der Junge war etwa fünfzehn

Jahre alt, hatte ein plattes, osteuropäisches Gesicht, Pickel und schmale, tief liegende Augen. Håkan zuckte mit den Schultern und verließ den Lesesaal.

Vor dem Haupteingang holte der Junge ihn ein, machte eine Geste mit dem Daumen und fragte: »Fire?« Håkan schüttelte den Kopf. »Don't smoke.«

»Okay.«

Der Junge holte ein Plastikfeuerzeug heraus, zündete sich eine Zigarette an, blinzelte ihn durch den Rauch hindurch an.

»What you like?«

»No, I ...«

»Young? You like young?«

Er zog sich von dem Jungen zurück, entfernte sich vom Haupteingang, wo jeden Augenblick jemand vorbeikommen konnte. Er musste nachdenken. Er hatte nicht geglaubt, dass es so einfach sein würde. Es war doch nur eine Art Spiel gewesen, er hatte nur schauen wollen, ob Gerts Worte der Wahrheit entsprachen.

Der Junge folgte ihm, stellte sich neben ihn an die Mauer.

»How? Eight, nine? Is difficult, but ...«

»NO!«

Sah er so verdammt pervers aus? Ein bescheuerter Gedanke. Weder Ove noch Torgny hatten auch nur im Geringsten ... speziell ausgesehen. Es waren ganz normale Männer mit ganz normalen Jobs gewesen. Nur Gert, der nach dem Tod seines Vaters von seinem riesigen Erbe lebte und sich wirklich alles erlauben konnte, sah nach seinen zahlreichen Reisen ins Ausland inzwischen tatsächlich regelrecht widerwärtig aus. Ein schlaffer Zug um den Mund, ein Schleier auf den Augen.

Der Junge verstummte, als Håkan die Stimme hob, musterte ihn aus seinen Augenschlitzen. Zog an seiner Zigarette, ließ sie zu Boden fallen und trat darauf. Er breitete die Arme aus.

»What?«

»No, I just . . . «

Der Junge trat einen halben Schritt näher.

» *What* ?«

»I . . . maybe . . . twelve?«

»Twelve? You like twelve?«

»I . . . yes.«

»Boy.«

»Yes.«

»Okay. You wait. Number two.«

»Excuse me?«

»Number two. Toilet.«

»Oh. Yes.«

»Ten minutes.«

Der Junge zog den Reißverschluss seiner Lederjacke zu und verschwand die Treppen hinunter.

Zwölf Jahre. Toilette zwei. Zehn Minuten.

Diese Sache war richtig, richtig dumm. Wenn nun ein Polizist kam. Nach all den Jahren wusste die Polizei doch mit Sicherheit, was hier vorging. Dann wäre er erledigt. Man würde ihn mit dem Job in Verbindung bringen, den er vorgestern erledigt hatte, und dann wäre alles aus. Er konnte das nicht machen.

Geh zu den Toiletten und schau dir nur mal an, wie es da aussieht.

Die Toiletten waren menschenleer. Ein Pissoir und drei Kabinen. Nummer zwei war offenbar die in der Mitte. Er steckte eine Ein-Kronen-Münze in das Türschloss, öffnete und trat ein, schloss die Tür hinter sich und setzte sich auf den Toilettenstuhl.

Die Wände der Kabine waren vollgekritzelt. Nicht unbedingt die Art von Worten, die man in einer Stadtbücherei erwartet hätte. Das eine oder andere literarische Zitat:

»HARRY ME, MARRY ME, BURY ME, BITE ME«

vor allem jedoch obszöne Zeichnungen und Witze:

»Schwanz verbrannt, Nutte kichert, hoffentlich Allianz versichert. Such nicht nach Witzen an der Wand, den größten hältst du in der Hand«,

sowie eine ungewöhnlich große Zahl von Telefonnummern, die man anrufen konnte, wenn man spezielle Wünsche hatte. Zwei von ihnen trugen das Zeichen, waren vermutlich authentisch und stammten nicht nur von jemandem, der sich mit einem anderen einen Scherz erlauben wollte.

So. Jetzt hatte er sich alles angeschaut. Jetzt sollte er lieber gehen. Man konnte nie wissen, was sich dieser Typ in der Lederjacke einfallen ließ. Er stand auf, pinkelte in die Toilette, setzte sich wieder hin. Warum hatte er gepinkelt? Er hatte doch gar nicht gemusst. Er wusste, warum er gepinkelt hatte.

Für den Fall der Fälle.

Die Tür zum Toilettenraum wurde geöffnet. Er hielt die Luft an. Etwas in ihm hoffte, es wäre die Polizei. Ein großer männlicher Polizist, der die Tür zur Kabine auftreten und ihn mit einem Schlagstock misshandeln würde, ehe er ihn wegsperrte.

Tuschelnde Stimmen, federnde Schritte, ein leises Klopfen an der Tür.

»Ja?«

Erneutes Klopfen. Er schluckte einen dicken Klumpen Speichel und schloss auf.

Vor der Tür stand ein etwa elf, zwölf Jahre alter Junge. Blonde Haare, zwiebelförmiges Gesicht. Schmale Lippen und große blaue Augen, die vollkommen ausdruckslos waren. Ein roter Steppanorak, der ihm ein wenig zu groß war. Direkt hinter ihm stand der ältere Junge mit der Lederjacke. Er hielt fünf Finger in die Höhe.

»Five hundred.« Er sprach »hundred« wie »chundred« aus.

63

Håkan nickte, und der ältere Junge schob den Jüngeren mit sanftem Nachdruck in die Kabine und schloss die Tür. Waren fünfhundert nicht ganz schön teuer? Nicht, dass es eine Rolle gespielt hätte, aber ...

Er betrachtete den Jungen, den er gekauft hatte. Gemietet. Nahm er irgendwelche Drogen? Vermutlich. Seine Augen waren geistesabwesend, nicht fokussiert. Der Junge stand einen halben Meter entfernt an die Tür gepresst. Er war so klein, dass Håkan nicht den Kopf heben musste, um ihm in die Augen zu sehen.

»Hello.«

Der Junge antwortete nicht, schüttelte nur den Kopf, zeigte auf Håkans Unterleib und machte eine Geste mit dem Finger: *Öffne deinen Hosenstall.* Er gehorchte. Der Junge seufzte, machte erneut eine Geste mit dem Finger: *Hol den Penis heraus.*

Seine Wangen liefen rot an, als er dem Jungen gehorchte. So war es. Er gehorchte dem Jungen. Er war bei dieser Sache vollkommen willenlos. Es war nicht er, der dies tat. Sein kurzer Penis war nicht im mindesten erigiert, reichte mit knapper Not auf den Toilettendeckel hinab. Es kitzelte, als die Eichel die harte Unterlage berührte.

Er blinzelte, versuchte die Gesichtszüge des Jungen so umzuformen, dass sie den Zügen seines Geliebten ähnlicher wurden. Es gelang ihm nicht sonderlich gut. Sein Geliebter war schön. Das war dieser Junge nicht, der sich nun auf die Knie fallen ließ und seinen Kopf zu Håkans Unterleib vorschob.

Der Mund.

Mit dem Mund des Jungen stimmte etwas nicht. Er legte seine Hand auf die Stirn des Jungen, bevor der Mund sein Ziel erreichen konnte.

»Your mouth?«

Der Junge schüttelte den Kopf und presste seine Stirn gegen

Håkans Hand, um seine Arbeit fortzusetzen. Aber das ging jetzt nicht mehr. Er hatte schon einmal davon gehört.

Er streckte den Daumen zur Oberlippe des Jungen aus und hob sie an. Der Junge hatte keine Zähne. Jemand hatte ihm die Zähne ausgeschlagen oder sie gezogen, damit er seine Arbeit besser verrichten konnte. Der Junge richtete sich auf; ein raschelnder, wispernder Laut vom Steppanorak, als er seine Arme vor der Brust verschränkte. Håkan steckte seinen Penis in die Hose zurück, zog den Reißverschluss zu, starrte zu Boden.

Nicht so. Niemals so.

Etwas schob sich in sein Blickfeld. Eine ausgestreckte Hand. Fünf Finger. Fünfhundert.

Er holte die Rolle mit den Geldscheinen aus der Tasche und reichte sie dem Jungen. Der Junge streifte das Gummiband ab, strich mit dem Zeigefinger über den Rand der zehn Papierscheine, zog das Gummiband wieder darüber und hielt die Rolle in die Höhe.

»Why?«

»Because . . . your mouth. Maybe you can . . . get new teeth.«

Der Junge lächelte tatsächlich. Es war zwar kein strahlendes Lächeln, aber seine Mundwinkel gingen immerhin ein wenig hoch. Vielleicht lächelte er auch nur über Håkans Dummheit. Der Junge dachte nach, zog dann einen Tausender von der Rolle und stopfte ihn in die äußere Tasche der Jacke, die Rolle selbst in die Innentasche. Håkan nickte.

Der Junge schloss die Tür auf, zögerte. Dann drehte er sich zu Håkan um, strich ihm über die Wange.

»Sank you.«

Håkan legte seine Hand auf die Hand des Jungen, presste sie an seine Wange, schloss die Augen. Wenn das doch jemand könnte.

»Forgive me.«

65

»Yes.«

Der Junge zog seine Hand zurück. Ihre Wärme war noch auf Håkans Wange, als sich die Tür des Toilettenraums hinter ihm schloss. Håkan blieb auf der Toilette sitzen, starrte etwas an, das jemand auf den Türrahmen gekritzelt hatte.

»WER IMMER DU BIST. ICH LIEBE DICH.«

Gleich darunter hatte ein anderer geschrieben:

»WILLST DU EINEN SCHWANZ?«

Die Wärme auf seiner Wange war längst verflogen, als er zur U-Bahn ging und für seine letzten Kronen eine Abendzeitung kaufte. Vier Seiten waren dem Mord gewidmet. Unter anderem hatte man ein Bild der Mulde abgedruckt, in der er ihn verübt hatte. Sie war jetzt voller Kerzen, Blumen. Er betrachtete das Bild und empfand nicht viel.

Wenn ihr nur wüsstet. Vergebt mir, aber wenn ihr nur wüsstet.

Auf dem Heimweg von der Schule blieb Oskar unter den beiden Fenstern stehen, die zu ihrer Wohnung gehörten. Das nächstgelegene befand sich nur zwei Meter vom Fenster seines eigenen Zimmers entfernt. Die Jalousien waren heruntergelassen und die Fenster hellgraue Rechtecke, umrahmt von dunkelgrauem Beton. Das sah verdächtig aus. Vermutlich war es eine ... seltsame Familie.

Fixer.

Oskar schaute sich um, betrat anschließend das Haus und betrachtete die Tafel mit den Namen der Mieter. Fünf Nachnamen, die säuberlich mit Plastikbuchstaben buchstabiert waren. Ein Platz war leer. Der Name, der dort früher gestanden hatte, »HELLBERG«, war dort so lange gewesen, dass er sich als eine dunklere Kontur von der sonnengebleichten Samttafel absetzte.

Aber es gab keine neuen Plastikbuchstaben. Nicht einmal einen Zettel.

Er joggte die beiden Treppen zu ihrer Tür hinauf. Dort war es das Gleiche. Nichts. Das Namensschild des Briefeinwurfs war ohne Buchstaben. Als wäre die Wohnung unbewohnt.

Hatte sie etwa gelogen? Vielleicht wohnte sie ja überhaupt nicht hier. Aber sie war doch in dieses Haus gegangen. Sicher. Aber das hätte sie so oder so tun können. Wenn sie –

Im Erdgeschoss öffnete sich die Haustür.

Er wandte sich von der Tür ab und ging rasch die Treppen hinab.

Hauptsache, es war nicht sie. Sodass sie womöglich auf die Idee kam, dass er ... Aber sie war es nicht.

Auf halbem Weg die zweite Treppe hinunter begegnete Oskar einem Mann, den er noch nie gesehen hatte. Einem kleinen, relativ korpulenten Mann, der eine Halbglatze hatte und so breit lächelte, dass es nicht mehr normal war.

Der Mann erblickte Oskar, hob den Kopf und nickte, den Mund nach wie vor zu diesem Zirkuslächeln verzogen.

Unten in der Tür blieb Oskar stehen, lauschte. Er hörte, dass ein Schlüssel herausgezogen und eine Tür geöffnet wurde. Ihre Tür. Der Mann war also vermutlich ihr Vater. Oskar hatte zwar noch nie einen so alten Fixer gesehen, aber der Mann sah wirklich total krank aus.

Kein Wunder, dass sie verrückt war.

Oskar ging zum Spielplatz, setzte sich auf den Rand des Sandkastens und behielt ihr Fenster im Auge, um zu sehen, ob die Jalousien hochgezogen wurden. Sogar das Badezimmerfenster schien von innen abgedeckt zu sein; die milchige Glasscheibe war dunkler als bei den anderen Badezimmerfenstern.

Er holte seinen Zauberwürfel aus der Jackentasche. Es knackte und knirschte, wenn man an ihm drehte. Eine Kopie. Das Original ließ sich wesentlich leichter drehen, kostete aber fünf Mal so viel und war nur in dem gut bewachten Spielzeuggeschäft in Vällingby erhältlich.

Zwei Seiten hatte er gelöst, und auf der dritten fehlte ihm nur noch ein einziges, lächerliches Quadrat. Aber man bekam die richtige Farbe nicht an die richtige Stelle, ohne die beiden gelösten Seiten wieder kaputtzumachen. Er hatte einen Artikel aus *Expressen* aufbewahrt, in dem verschiedene Drehsysteme beschrieben waren – auf die Art war es ihm gelungen, zwei Seiten zu schaffen, aber ab der dritten wurde die Sache erheblich schwerer.

Er betrachtete den Würfel, versuchte die Lösung herbeizudenken, statt zu drehen, aber es klappte nicht. Sein Gehirn kam irgendwie nicht mit. Er presste den Würfel an die Stirn, versuchte in sein Innerstes einzudringen. Keine Antwort. Er stellte den Würfel auf den Rand des Sandkastens, einen halben Meter entfernt, starrte ihn an.

Dreh dich, dreh dich, dreh dich.

Man nannte es Telekinese. In den USA hatte man entsprechende Versuche gemacht. Es gab Menschen, die so etwas konnten. *Extra Sensory Perception.* Oskar hätte alles dafür gegeben, so etwas zu können.

Und vielleicht . . . vielleicht konnte er es auch.

Der Schultag war gar nicht so übel gewesen. Tomas Ahlstedt hatte ihm den Stuhl wegzuziehen versucht, als er sich im Speisesaal setzen wollte, aber er hatte es noch rechtzeitig gemerkt. Das war alles gewesen. Er würde mit seinem Messer zu dem Baum im Wald gehen und ein ernsthafteres Experiment durchführen. Sich nicht so erregen wie gestern.

Beherrscht und systematisch würde er auf den Baum einstechen, ihn zerschneiden und sich dabei stets Tomas Ahlstedts Gesicht vor Augen führen. Obwohl . . . da war noch die Sache mit dem Mörder. Dem richtigen Mörder, der irgendwo frei herumlief.

Nein. Er musste warten, bis der Mörder gefasst war. Andererseits; wenn es ein normaler Mörder war, würde sein Experiment ohnehin sinnlos sein. Oskar betrachtete den Würfel, dachte einen Strahl, der von seinen Augen zu ihm führte.

Dreh dich, dreh dich, dreh dich.

Es passierte nichts. Oskar steckte den Würfel in die Tasche, stand auf, wischte etwas Sand von seiner Hose. Er schaute zu ihrem Fenster hinauf. Die Jalousien waren nach wie vor heruntergelassen.

Er ging ins Haus, um an seinem Buch zu arbeiten, wollte die Artikel über den Vällingbymord ausschneiden und einkleben. Es würden mit der Zeit vermutlich ziemlich viele werden. Vor allem, wenn es noch einmal passierte. Insgeheim hoffte er ein wenig, dass es so kam. Am liebsten in Blackeberg.

Damit die Polizei in die Schule kam, damit die Lehrer ernst und besorgt wurden, damit diese Stimmung entstand, die er so sehr mochte.

»Nie wieder. Ganz gleich, was du sagst.«

»Håkan ...«

»Nein. Die Antwort ist nein.«

»Ich sterbe.«

»Dann stirb.«

»Meinst du das ernst?«

»Nein. Das tue ich nicht. Aber du kannst es doch ... selber.«

»Ich bin immer noch zu schwach.«

»Du bist nicht schwach.«

»Dafür zu schwach.«

»Tja, dann weiß ich auch nicht weiter. Ich mache es jedenfalls nicht mehr. Es ist so ... widerwärtig, so ...«

»Ich weiß.«

»Das tust du nicht. Für dich ist es anders, es ist ...«

»Was weißt du schon darüber, wie es für mich ist?«

»Nichts. Aber du bist zumindest ...«

»Denkst du, ich ... genieße es?«

»Ich weiß es nicht. Tust du?«

»Nein.«

»Also nicht. So, so. Nun ja, wie dem auch sei ... ich mache es jedenfalls nicht noch einmal. Vielleicht hast du ja andere Gehilfen gehabt, die ... tauglicher waren als ich.«

» ...«

»Hast du?«

»Ja.«

»Aha ...«

»Håkan? Du ...?«

»Ich liebe dich.«

»Ja.«

»Liebst du mich auch? Wenigstens ein bisschen?«

»Würdest du es noch einmal tun, wenn ich sagen würde, dass ich dich liebe?«

»Nein.

»Du meinst, ich soll dich auch so lieben?«

»Du liebst mich doch nur, wenn ich dir helfe, am Leben zu bleiben.«

»Ja. Ist das nicht Liebe?«

»Wenn ich nur glauben könnte, dass du mich auch lieben würdest, wenn ich es nicht täte ...«

»Ja?«

» ... dann würde ich es vielleicht tun.«

»Ich liebe dich.«

»Ich glaube dir nicht.«

»Håkan. Ich halte noch ein paar Tage durch, aber dann ...«

»Dann sieh gefälligst zu, dass du anfängst, mich zu lieben.«

❄

Freitagabend beim Chinesen. Es ist Viertel vor acht, und die ganze Clique ist versammelt. Außer Karlsson, der zu Hause hockt und *Erkennen Sie die Melodie* schaut, und das ist vielleicht auch gut so. An dem Mann hat man nicht viel Freude. Er schaut sicher später noch vorbei, wenn die Sendung vorbei ist, um damit anzugeben, wie viele Fragen er beantworten konnte.

An dem Ecktisch für sechs Personen sitzen im Moment Lacke, Morgan, Larry und Jocke. Jocke und Lacke diskutieren, welche Fischarten sich gleichermaßen in Süß- wie Salzwasser wohlfühlen. Larry liest die Abendzeitung, und Morgan wippt mit dem Bein, stampft den Takt zu irgendeiner anderen Musik als dem chinesischen Gedudel, das leise aus den versteckten Boxen kommt.

Der Inhaber des Restaurants hatte wegen seiner satirischen Karikaturen der Machthaber während der Kulturrevolution aus China flüchten müssen. Inzwischen hat er sein Talent stattdessen an seinen Stammgästen erprobt. An den Wänden hängen zwölf liebevolle Tuschkarikaturen.

Die Jungs. Und Virginia. Die Porträts der Jungs sind Nahaufnahmen, in denen die Unregelmäßigkeiten ihrer Physiognomien betont werden.

Larrys zerfurchtes, nahezu ausgehöhltes Gesicht und seine riesigen, abstehenden Ohren lassen ihn aussehen wie einen lieben, aber ausgehungerten Elefanten.

Bei Jocke hat der Künstler die groben, zusammengewachse-

71

nen Augenbrauen betont und in Dornengestrüppe verwandelt, in denen ein Vogel – möglicherweise eine Nachtigall – sitzt und singt.

Morgan hat sich aufgrund seines Kleidungsstils Züge des späten Elvis leihen dürfen. Kräftige Koteletten und einen »Hunka-hunka-love, baby«-Ausdruck in den Augen. Sein Kopf sitzt auf einem kleinen Körper, der in Elvis-Pose eine Gitarre hält. Morgan ist von seinem Porträt weitaus angetaner, als er zugeben möchte.

Lacke sieht vor allem betrübt aus. Seine Augen sind vergrößert worden und haben einen übertrieben leidenden Ausdruck bekommen. In seinem Mund steckt eine Zigarette, und der Rauch, der von ihr aufsteigt, hat sich über seinem Kopf zu einer Regenwolke verdichtet.

Virginia ist die Einzige, die von Kopf bis Fuß porträtiert ist. Im Abendkleid, strahlend wie ein Stern in funkelnden Pailletten, steht sie mit ausgebreiteten Armen, umgeben von einer Schweineschar, die sie verständnislos anblickt. Auf Virginias Wunsch hat der Inhaber eine zweite, exakt gleiche Zeichnung angefertigt, die Virginia nach Hause mitnehmen konnte.

Dann sind da noch die anderen. Ein paar, die nicht zu ihrer Clique gehören. Ein paar, die nicht mehr kommen. Ein paar, die gestorben sind.

Charlie ist die Eingangstreppe des Mietshauses hinuntergefallen, als er nach einem Abend im Restaurant auf dem Heimweg war, und hat sich auf dem gesprenkelten Betonboden den Schädel gebrochen. Gurke litt an einer Schrumpfleber und starb an einer Blutung in der Kehle. Zwei Wochen vor seinem Tod hatte er eines Abends sein Hemd hochgezogen und ihnen gezeigt, dass ein rotes Spinnennetz aus Adern von seinem Nabel ausstrahlte. »Verdammt teure Tätowierung«, hatte er gesagt, und kurz darauf war er tot. Sie hatten sein Andenken geehrt, indem sie sein Porträt auf ihren Tisch gestellt und ihm den ganzen Abend zugeprostet hatten.

Von Karlsson existiert kein Porträt.

Dieser Freitagabend wird der letzte sein, den sie gemeinsam verbringen. Morgen wird einer von ihnen für immer fort sein. Ein weiteres Porträt, das an der Wand hängt, und nur noch eine Erinnerung ist. Danach wird nichts mehr so sein wie früher.

Larry ließ die Zeitung sinken, legte seine Lesebrille auf den Tisch und trank einen Schluck Bier. »Ja, verdammt. Was mag in einem solchen Menschen nur vorgehen?«

Er zeigte den anderen die Zeitung, in der über einem Bild der Vällingbyschule und einem kleineren Foto von einem Mann mittleren Alters »DIE KINDER SIND SCHOCKIERT« stand. Morgan warf einen Blick auf die Zeitung, zeigte.

»Ist das der Mörder?«

»Nee, das ist der Schuldirektor.«

»Ich finde, er sieht aus wie ein Mörder. Ein typischer Mörder.«

Jocke streckte die Hand nach der Zeitung aus.

»Darf ich mal sehen …«

Larry reichte ihm die Zeitung, und Jocke hielt sie sich im Abstand einer Armlänge vor die Augen, musterte das Bild.

»Also ich finde, er sieht eher aus wie ein konservativer Politiker.«

Morgan nickte.

»Sag ich doch.«

Jocke hielt die Zeitung Lacke hin, sodass er das Bild sehen konnte.

»Was meinst du?«

Lacke sah es sich widerwillig an.

»Ach, ich weiß nicht. Ich finde das Ganze einfach nur verdammt deprimierend.«

Larry hauchte seine Brillengläser an und putzte sie mit seinem Hemd.

»Sie schnappen ihn. Mit so was kommst du nicht davon.«

Morgan trommelte mit den Zeigefingern auf dem Tisch, streckte sich nach der Zeitung.

»Wie hat Arsenal gespielt?«

Larry und Morgan gingen dazu über, die derzeit schlechte Qualität des englischen Fußballs zu diskutieren. Jocke und Lacke schwiegen eine Weile, tranken ihr Bier und zündeten sich Zigaretten an. Dann fing Jocke an, über den Kabeljau zu sprechen, der aus der Ostsee verschwinden würde. So ging der Abend dahin.

Karlsson tauchte nicht mehr auf, aber gegen zehn betrat ein Mann das Lokal, den keiner von ihnen je zuvor gesehen hatte. Die Unterhaltung war in der Zwischenzeit lebhafter geworden, und niemand beachtete den neuen Gast, bis er sich allein an einen Tisch am anderen Ende des Restaurants gesetzt hatte.

Jocke lehnte sich zu Larry vor.

»Was ist denn das für einer?«

Larry schaute diskret, schüttelte den Kopf.

»Keine Ahnung.«

Der Neue bekam einen großen Whisky und kippte ihn schnell herunter, bestellte noch einen. Morgan blies pfeifend Luft aus.

»Da wird nicht lange gefackelt.«

Der Mann schien nicht zu bemerken, dass er beobachtet wurde. Er saß nur still an seinem Tisch, musterte seine Hände und sah aus, als wäre das gesamte Elend der Welt in einen Rucksack gepackt und auf seinen Schultern abgeladen worden. Er trank schnell seinen zweiten Whisky und bestellte einen dritten.

Der Kellner beugte sich zu ihm hinab und sagte etwas. Der Mann stocherte mit der Hand in seiner Tasche und zeigte einige Geldscheine. Der Kellner machte eine Geste mit den Händen, als hätte er es so doch nicht gemeint, obwohl er es natürlich genau so gemeint hatte, und ging das Getränk holen.

Es konnte kaum überraschen, dass die Kreditwürdigkeit des Mannes in Zweifel gezogen wurde. Seine Kleider waren zerknittert und fleckig, als hätte er an einem Ort in ihnen genächtigt, an dem man keinen Schlaf finden konnte. Der Haarkranz um seinen kahlen Scheitel war nicht gestutzt und hing halb über die Ohren. Sein Gesicht wurde von einer großen, hellroten Nase und einem vorstehenden Kinn dominiert. Dazwischen saß ein Paar relativ großer, voller Lippen, die sich ab und zu bewegten, als spräche der Mann mit sich selbst. Als der Whisky vor ihm auf den Tisch gestellt wurde, verzog er keine Miene.

Die Clique setzte ihre kurzzeitig unterbrochene Diskussion fort: Es ging um die Frage, ob Ulf Adelsohn ein noch schlimmerer Parteivorsitzender der Konservativen sein würde als sein Vorgänger Gösta Bohman. Nur Lacke schielte gelegentlich noch zu dem einsamen Mann hinüber. Nach einiger Zeit, als der Mann einen weiteren Whisky bestellt hatte, sagte er: »Sollten wir ihn nicht ... fragen, ob er sich zu uns setzen will?«

Morgan warf über die Schulter einen Blick auf den Mann, der inzwischen noch mehr auf seinem Stuhl zusammengesackt war. »Nee, warum sollten wir? Seine Frau hat ihn verlassen, die Katze ist tot und das Leben eine Hölle. Das weiß ich auch so.«

»Vielleicht lädt er uns ein.«

»Das ist was anderes. Dann kann er auch noch Krebs haben.« Morgan zuckte mit den Schultern. »Mir soll es egal sein.«

Lacke sah Larry und Jocke an. Sie gaben mit kleinen Gesten zu verstehen, dass es okay war, und Lacke stand auf und ging zu dem Tisch des Mannes.

»Wir fragen uns, ob du vielleicht Lust hast ... dich zu uns zu setzen?«

Der Mann schüttelte sachte den Kopf und machte eine schläfrig träge, verneinende Handbewegung.

»Nein danke. Aber setz dich ruhig.«

Lacke zog den Stuhl heraus und setzte sich. Der Mann kippte den letzten Schluck in seinem Glas herunter und winkte den Kellner herbei.

»Möchtest du was? Ich lade dich ein.«

»Ja, wenn das so ist. Das Gleiche wie du.«

Lacke wollte das Wort »Whisky« nicht in den Mund nehmen, weil es vermessen klang, jemanden darum zu bitten, einem so etwas Teures auszugeben, aber der Mann nickte nur, und als der Kellner sich näherte, machte er mit seinen Fingern ein V-Zeichen und zeigte auf Lacke. Lacke lehnte sich auf seinem Stuhl zurück. Wie lange war es her, dass er in einer Kneipe Whisky getrunken hatte? Drei Jahre? Mindestens.

Der Mann machte keine Anstalten, ein Gespräch anzufangen, sodass Lacke sich räusperte und sagte: »Es ist kalt geworden.«

»Ja.«

»Wird sicher bald schneien.«

»Mmm.«

Die Whiskygläser wurden auf den Tisch gestellt und machten ein Gespräch für eine Weile überflüssig. Auch Lacke bekam einen Doppelten und spürte die Blicke seiner Clique im Rücken. Nach zwei kleineren Schlucken hob er das Glas.

»Na dann Prost. Und vielen Dank.«

»Prost.«

»Wohnst du in der Nähe?«

Der Mann stierte ins Leere, schien über die Frage nachzugrübeln, als wäre dies etwas, worüber er selber noch nie nach-

gedacht hatte. Lacke konnte nicht erkennen, ob sein Kopf-
wackeln eine Antwort auf die Frage sein sollte, oder Teil eines
stummen Selbstgesprächs war.

Lacke trank noch einen Schluck und beschloss, wenn der
Mann auch seine nächste Frage nicht beantwortete, wollte er in
Ruhe gelassen werden, mit niemandem sprechen. Dann würde
Lacke sein Glas nehmen und sich wieder zu den anderen gesel-
len. Er hatte getan, was einem die Höflichkeit gebot, wenn man
eingeladen wurde. Er hoffte, der Mann würde ihm nicht antworten.

»Ja ja. Und was treibst du so, um die Zeit totzuschlagen?«

»Ich ...«

Der Mann runzelte die Stirn, und seine Mundwinkel zogen
sich krampfhaft zu einer grinsenden Grimasse in die Höhe,
fielen wieder zurück.

»... helfe ein wenig aus.«

»Aha. Und wobei?«

Eine Art Erkenntnis strich hinter der durchsichtigen Netzhaut
vorüber, und der Blick des Mannes begegnete Lackes. Lacke
spürte einen leisen Schauer im Rückgrat, als hätte ihn über dem
Steißbein eine Ameise gebissen.

Der Mann strich sich über die Augen, fischte ein paar Hunderter aus seiner Hosentasche, legte sie auf den Tisch und stand
auf.

»Entschuldige, ich muss ...«

»Ist schon okay. Danke für den Whisky.«

Lacke erhob sein Glas in Richtung des Mannes, doch dieser
war bereits auf dem Weg zur Garderobe, zog linkisch seinen Mantel vom Haken und verließ das Lokal. Lacke blieb mit dem
Rücken zur Clique sitzen, betrachtete den kleinen Haufen Geldscheine. Fünf Hunderter. Ein doppelter Whisky kostete sechzig,
und es waren fünf, vielleicht auch sechs getrunken worden.

Lacke schielte zur Seite. Der Kellner kassierte gerade bei einem älteren Paar, den einzigen Essensgästen. Beim Aufstehen zerknüllte Lacke schnell einen Hunderter in seiner Hand, schob die Hand in die Hosentasche und kehrte an seinen Stammtisch zurück.

Auf halbem Weg fiel ihm noch etwas ein, und er kehrte zu dem Tisch zurück und leerte den Rest aus dem Glas des Mannes in sein eigenes, nahm es mit.

Ein typischer gelungener Abend.

※

»Aber heute kommt doch *Erkennen Sie die Melodie!*«

»Ja, ich komme ja auch.«

»Es fängt in . . . einer halben Stunde an.«

»Ich weiß.«

»Was willst du denn jetzt noch draußen?«

»Ich will nur noch was raus.«

»Ja, du musst *Erkennen Sie die Melodie* ja nicht sehen. Ich kann auch alleine fernsehen. Wenn du unbedingt raus musst.«

»Ja aber, ich . . . ich komme doch gleich.«

»Ja, schon gut. Dann warte ich noch damit, die Crêpes aufzuwärmen.

»Nein, du kannst . . . ich komme gleich.«

Oskar war hin und her gerissen. *Erkennen Sie die Melodie* gehörte zu den Sendungen, die seiner Mutter und ihm heilig waren. Mama hatte Crêpes mit Krabbenfüllung gemacht, die sie vor dem Fernseher essen wollten. Er wusste, dass er Mama enttäuschte, wenn er jetzt aus dem Haus ging, statt dazusitzen und . . . mit ihr zu warten.

Aber seit Einbruch der Dämmerung hatte er aus dem Fenster geschaut, und vor Kurzem war das Mädchen aus der Tür des

Nachbarhauses getreten und zum Spielplatz gegangen. Er hatte sich augenblicklich vom Fenster zurückgezogen. Sie durfte nicht glauben, dass er ...

Anschließend hatte er noch fünf Minuten gewartet, ehe er sich anzog und hinausging. Er setzte keine Mütze auf.

Auf dem Spielplatz war von dem Mädchen nichts zu sehen, vermutlich hockte sie wie gestern irgendwo im Klettergerüst. Die Jalousien vor ihrem Fenster waren noch immer heruntergelassen, aber es brannte Licht in der Wohnung. Außer im Badezimmer, einem schwarzen Viereck.

Oskar setzte sich auf den Rand des Sandkastens und wartete wie auf ein Tier, das aus seinem Bau kommen soll. Er wollte nur kurz so sitzen. Kam das Mädchen nicht, würde er wieder hineingehen, als wäre nichts gewesen.

Er holte seinen Zauberwürfel heraus und drehte an ihm, um etwas zu tun zu haben. Er hatte es satt gehabt, auf dieses eine Eckquadrat Rücksicht zu nehmen, und drehte am ganzen Würfel, um noch einmal ganz von vorne anzufangen.

Das Knacken des Würfels wurde in der kalten Luft verstärkt, klang wie eine kleinere Maschine. Aus den Augenwinkeln sah Oskar, dass sich das Mädchen auf dem Klettergerüst aufrichtete. Er drehte weiter, um mit einer neuen einfarbigen Seite anzufangen. Das Mädchen stand still. Er verspürte ein leichtes Grummeln im Magen, beachtete das Mädchen jedoch nicht weiter.

»Du bist wieder hier?«

Oskar hob den Kopf, tat erstaunt, ließ ein paar Sekunden verstreichen und sagte dann:

»*Du* bist wieder hier?«

Das Mädchen sagte nichts, und Oskar drehte weiter. Seine Finger waren steif. Es war schwer, in der Dunkelheit die Farben zu unterscheiden, sodass er ausschließlich an der weißen Seite arbeitete, die sich noch am leichtesten erkennen ließ.

»Warum sitzt du da?«

»Warum stehst du da?«

»Ich möchte meine Ruhe haben.«

»Ich auch.«

»Dann geh nach Hause.«

»Geh doch selbst. Ich wohne hier schon länger als du.«

Das saß. Die weiße Seite war fertig, und es war schwierig weiterzumachen. Die anderen Farben waren nichts als eine dunkelgraue Masse. Er drehte auf gut Glück weiter.

Als er das nächste Mal aufblickte, stand das Mädchen auf der obersten Stange und sprang herab. Es kribbelte in Oskars Bauch, als sie auf dem Erdboden landete; hätte er den gleichen Sprung versucht, hätte er sich wehgetan. Das Mädchen landete dagegen sanft wie eine Katze, kam zu ihm. Er wandte seine Aufmerksamkeit wieder dem Würfel zu. Es blieb vor ihm stehen.

»Was ist das?«

Oskar schaute das Mädchen, den Würfel, dann wieder das Mädchen an.

»Das hier?«

»Ja.«

»Weißt du das nicht?«

»Nein.«

»Ein Zauberwürfel.«

»Was hast du gesagt?«

Oskar sprach die Worte übertrieben deutlich aus.

»Zau-ber-wür-fel.«

»Und was ist das?«

Oskar zuckte mit den Schultern.

»Ein Spielzeug.«

»Ein Puzzle?«

»Ja.«

Oskar hielt dem Mädchen den Würfel hin.

»Willst du es mal probieren?«

Es nahm ihm den Würfel aus der Hand, drehte ihn, betrachtete ihn von allen Seiten. Oskar musste lachen. Es sah aus wie ein Affe, der eine Frucht untersuchte.

»Hast du wirklich noch keinen gesehen?«

»Nein. Wie geht das?«

»So...«

Oskar erhielt den Würfel zurück, und das Mädchen setzte sich neben ihn. Er zeigte ihr, wie man drehte, und erklärte, dass man so lange drehen musste, bis alle Seiten einfarbig waren. Es nahm den Würfel und begann zu drehen.

»Siehst du die Farben?«

»Aber selbstverständlich.«

Er betrachtete das Mädchen verstohlen, während es sich auf den Würfel konzentrierte. Es trug den gleichen rosa Pullover wie gestern, und er fand es unfassbar, dass das Mädchen nicht fror. Ihm selber wurde trotz Jacke vom Stillsitzen allmählich kalt.

Aber selbstverständlich.

Sie redete auch komisch. Wie eine Erwachsene. War sie womöglich sogar älter als er, obwohl sie so schmächtig war? Ihr schmaler, weißer Hals ragte aus dem Kragen des Rollkragenpullovers heraus, mündete in einem markanten Kieferknochen. Wie eine Schaufensterpuppe.

Doch jetzt drang ein Lufthauch in Oskars Richtung, und er schluckte, atmete durch den Mund. Die Schaufensterpuppe stank.

Wäscht sie sich nicht?

Aber dieser Geruch war schlimmer als bloß alter Schweiß. Es war eher der Geruch, den eine infizierte Wunde verströmte, sobald man den Wundverband entfernte. Und ihre Haare ...

81

Als er es wagte, das Mädchen etwas eingehender in Augenschein zu nehmen, da es voll und ganz auf den Würfel fixiert war, sah er, dass seine Haare ganz verklebt waren und zottelig und verfilzt auf dem Kopf lagen. Als wären sie voller Leim oder ... Lehm.

Während er das Mädchen musterte, sog er Luft durch die Nase ein, und der Impuls, sich zu übergeben, kitzelte in seinem Hals. Er stand auf, ging zu den Schaukeln und setzte sich. Man konnte sich nicht in seiner Nähe aufhalten. Dem Mädchen schien das egal zu sein.

Nach einer Weile stand er auf und ging zu dem Mädchen, das immer noch völlig in den Würfel vertieft war.

»Du. Ich muss jetzt nach Hause.«

»Mmm.«

»Der Würfel ...«

Das Mädchen hielt inne, zögerte einen Moment und hielt ihm dann wortlos den Würfel hin. Oskar nahm ihn, sah es an und gab ihm anschließend den Würfel zurück.

»Du kannst ihn dir ausleihen. Bis morgen.«

Es nahm ihn nicht an.

»Nein.«

»Warum denn nicht?«

»Ich bin morgen vielleicht gar nicht hier.«

»Dann sagen wir eben bis übermorgen. Aber länger darfst du ihn nicht behalten.«

»Danke. Ich werde morgen wohl doch hier sein.«

»Hier?«

»Ja.«

»Okay. Tschüss.«

»Tschüss.«

Als Oskar sich umdrehte und das Mädchen zurückließ, hörte er erneut das leise Knirschen des Würfels. Anscheinend wollte es so sitzen bleiben, in seinem dünnen Pullover. Seine Eltern mussten ... anders sein, wenn sie ihre Tochter so aus dem Haus gehen ließen. Man konnte sich doch eine Blasenentzündung holen.

❄

»Wo bist du gewesen?«

»Ausgegangen.«

»Du bist betrunken.«

»Ja.«

»Wir haben doch gesagt, dass du damit aufhören sollst.«

»Das hast du gesagt. Was ist das?«

»Ein Puzzle. Es ist nicht gut, dass du ...«

»Woher hast du es?«

»Ich habe es mir geliehen. Håkan, du musst ...«

»Und von wem?«

» ...«

»Håkan. Tu das nicht.«

»Dann mach mich glücklich.«

»Was soll ich tun?«

»Lass mich dich berühren.«

»Ja. Unter einer Bedingung.«

»Nein. Oh nein. Dann eben nicht.«

»Morgen. Du musst.«

»Nein. Nicht noch einmal. Was heißt hier eigentlich ›geliehen‹? Du leihst dir doch sonst nie etwas. Was ist das überhaupt?«

»Ein Puzzle.«

»Hast du nicht schon genug Puzzle? Du interessierst dich mehr für deine Puzzle als für mich. Puzzle. Bussi. Puzzle. Von wem hast du das? VON WEM DU DAS HAST, frage ich!«

83

»Håkan, hör auf.«

– – –

»Ich bin so verdammt unglücklich.«

»Hilf mir. Nur noch einmal. Dann bin ich stark genug, alleine zurechtzukommen.«

»Das ist es ja eben.«

»Du willst nicht, dass ich alleine zurechtkomme.«

– – –

»Was willst du dann noch von mir. Wenn es so weit ist?«

»Ich liebe dich.«

»Das ist ja überhaupt nicht wahr.«

»Doch. In gewissem Sinne schon.«

»So etwas gibt es nicht. Entweder liebt man oder man liebt nicht.«

»Ist das so?«

»Ja.«

»Dann weiß ich es nicht.«

Samstag, 24. Oktober

»Die Mystik des Vororts besteht in der Abwesenheit eines Rätsels.«
Johan Eriksson

Am Samstagmorgen lagen drei dicke Stapel Reklamezettel vor Oskars Wohnungstür. Mama half ihm, sie zu falten. Drei verschiedene Zettel in jeder Wurfsendung, insgesamt vierhundertachtzig Wurfsendungen. Jede ausgeteilte Sendung brachte ihm im Schnitt vierzehn Öre ein. Hatte er Pech, war es nur ein Zettel, was sieben Öre einbrachte. Bestenfalls (und schlimmstenfalls, weil es eine elende Falterei war) waren es fünf Zettel, für die er fünfundzwanzig Öre bekam.

Er hatte es ganz gut getroffen, da zu seinem Bezirk die Hochhäuser gehörten. Dort wurde er in weniger als einer Stunde einhundertfünfzig Zettel los. Für die komplette Runde benötigte er inklusive eines Zwischenstopps zu Hause zum Nachfüllen ungefähr vier Stunden. Wenn zu jeder Sendung fünf Zettel gehörten, benötigte er zwei Zwischenstopps zum Auffüllen.

Die Zettel sollten bis spätestens Dienstagabend ausgeteilt sein, aber er erledigte immer alles gleich samstags. Er wollte es hinter sich bringen.

Oskar saß faltend auf dem Küchenfußboden, Mama am Tisch. Es war keine Arbeit, die einem Spaß machte, aber ihm gefiel das Chaos, das dadurch in der Küche entstand. Die große Unordnung, die Schritt für Schritt in Ordnung verwandelt wurde, in zwei, drei, vier randvoll gefüllte Papptüten mit säuberlich gefalteten Reklamezetteln.

Mama legte einen weiteren gefalteten Stapel in die Tüte, schüttelte den Kopf.

»Ich weiß nicht, im Grunde gefällt mir das nicht.«

»Was denn?«

»Du darfst nicht ... also wenn jemand die Tür öffnet oder so ... dann darfst du nie ...«

»Nee. Warum sollte ich das tun?«

»Es gibt so viele merkwürdige Menschen.«

»Ja.«

Dieses Gespräch führten sie in einer oder anderer Form fast jeden Samstag. Am Freitagabend war Mama sogar noch der Meinung gewesen, dass er wegen des Mörders an diesem Samstag überhaupt keine Reklame austeilen sollte. Aber Oskar hatte hoch und heilig versprochen, wie am Spieß zu schreien, falls jemand ihn auch nur ansprach, und Mama hatte nachgegeben.

Es war noch nie vorgekommen, dass jemand versucht hatte, Oskar zu sich einzuladen oder etwas in der Art. Einmal war so ein alter Knacker herausgekommen und hatte ihn beschimpft, weil Oskar ihm »diesen ganzen Mist in den Briefkasten stopfte«, aber seither hatte er einfach keine Zettel mehr in den Kasten des Alten geworfen.

Dann musste der alte Knacker eben leben, ohne zu wissen, dass er im Damensalon diese Woche einen kompletten Haarschnitt mit Dauerwelle für zweihundert Kronen bekommen konnte.

Gegen halb zwölf waren alle Zettel gefaltet, und er machte sich auf den Weg. Es hatte keinen Sinn, die ganzen Zettel in den Müll zu werfen oder so; sie riefen die Leute an und fragten nach, machten Stichproben. Das hatte man ihm eingetrichtert, als er vor einem halben Jahr angerufen und sich für den Job gemeldet hatte. Vielleicht bluffften sie auch nur, aber er traute sich nicht, es zu riskieren. Außerdem hatte er im Grunde nichts gegen den Job. Jedenfalls nicht in den ersten beiden Stunden.

In ihnen spielte er beispielsweise, dass er ein Agent in geheimer Mission war, dessen Aufgabe darin bestand, Propaganda gegen den Feind zu verbreiten, der das Land besetzt hatte. Er sauste von einem Hauseingang zum nächsten, immer auf der Hut vor den Soldaten des Feindes, die durchaus auch einmal als harmlose alte Frauen mit Hunden verkleidet sein mochten.

Oder aber er tat so, als wäre jedes Haus ein hungriges Tier, ein Drache mit sechs Mündern, dessen einzige Kost das als Reklamezettel getarnte Jungfernfleisch war, das er dem Drachen in den Rachen schob. Die Zettel schrien in seinen Händen, wenn er sie in den Schlund des Untiers steckte.

In den letzten beiden Stunden – wie heute, einige Zeit nach Beginn seiner zweiten Runde – stellte sich eine Art Stummheit ein. Die Beine trabten weiter, und die Arme führten ihre Bewegungen rein mechanisch aus.

Die Tüte abstellen, sich sechs Sendungen unter den linken Arm klemmen, die Eingangstür öffnen, die erste Tür, den Briefeinwurf mit der linken Hand öffnen, eine Reklamesendung in die rechte nehmen, sie einwerfen. Die zweite Tür ... und so weiter.

Als er schließlich zu seiner eigenen Häuserreihe gelangte, zur Tür des Mädchens, blieb er davor stehen und lauschte. Ein Radio spielte leise. Das war alles. Er schob die Reklame in den Briefschlitz und wartete. Niemand kam, um sie aufzuheben.

Wie üblich beendete er seine Arbeit an der eigenen Wohnungstür, schob eine Reklame in den Briefschlitz, schloss die Tür auf, zog sie heraus und warf sie in den Mülleimer.

Fertig. Jetzt war er siebenundsechzig Kronen reicher.

Mama war zum Einkaufen nach Vällingby gefahren. Also hatte Oskar die Wohnung für sich allein, wusste aber nicht, was er mit ihr anstellen sollte.

Er öffnete in der Küche die Schubladen unter der Spüle,

schaute hinein. Besteck und Schneebesen und Backofenthermometer. In einer anderen Schublade Stifte und Blätter, eine Reihe von Karteikarten mit Rezepten für verschiedene Gerichte, die Mama zunächst abonniert, dann aber nicht länger bezogen hatte, weil sie alle so teure Zutaten enthielten.

Er ging ins Wohnzimmer, öffnete die Schränke.

Mamas Häkel- oder vielleicht auch Stricksachen. Eine Mappe mit Rechnungen und Quittungen. Das Fotoalbum, das er sich schon tausend Mal angesehen hatte. Alte Illustrierte mit immer noch ungelösten Kreuzworträtseln. Eine Lesebrille im Etui. Ein Nähkästchen. Eine kleine Holzkiste mit Mamas und Oskars Pass, ihren Erkennungsmarken (er hatte gebeten, seine um den Hals tragen zu dürfen, aber Mama hatte erklärt, nur im Kriegsfall), eine Fotografie und ein Ring.

Er durchforstete Schubladen und Schränke, als wäre er auf der Suche nach etwas Bestimmtem, ohne zu wissen, was dies sein könnte. Ein Geheimnis. Etwas, das alles verändern würde. Zum Beispiel plötzlich, zuhinterst in einem der Schränke ein Stück faulendes Fleisch zu finden. Oder einen aufgeblasenen Ballon. Was auch immer. Etwas Fremdes.

Er holte das Foto heraus und betrachtete es.

Es war aus Anlass seiner Taufe gemacht worden. Mama hielt ihn im Arm, schaute in die Kamera. Sie war damals schlank. Oskar war in ein Taufkleid mit einem langen blauen Band gehüllt. Neben Mama stand Papa, unbequem in einen Anzug gezwängt. Er schien nicht zu wissen, was er mit seinen Händen anfangen sollte, weshalb er sie steif an den Seiten hinabstreckte, fast in Habachtstellung stand. Er blickte direkt auf das Baby in Mamas Armen. Über den dreien schien die Sonne.

Oskar hielt sich die Aufnahme näher vor die Augen, studierte Papas Gesichtsausdruck. Er sah stolz aus. Stolz und extrem ... unbeholfen. Ein Mann, der sich freute, Vater geworden zu sein, aber nicht recht wusste, wie er sich jetzt verhalten sollte. Wie man das machte. Man hätte meinen können, er sähe das Baby zum ersten Mal, obwohl Oskar erst ein halbes Jahr nach seiner Geburt getauft worden war.

Mama hielt Oskar dagegen in einem sicheren, gleichzeitig jedoch auch entspannten Griff. Ihr Blick in die Kamera war weniger stolz als ... argwöhnisch. Komm bloß nicht näher, sagte dieser Blick. Ich beiß dich in die Nase.

Papa stand ein wenig vorgelehnt, als würde auch er gerne näher kommen, sich aber nicht trauen. Das Bild zeigte keine Familie. Es zeigte einen Jungen und seine Mutter. Und neben den beiden einen Mann, vermutlich den Vater. Jedenfalls nach seinem Gesichtsausdruck zu urteilen.

Aber Oskar liebte seinen Vater, und das tat Mama auch. In gewissem Sinne. Obwohl es ... war, wie es war. Wie die Dinge sich entwickelt hatten.

Oskar holte den Ring heraus und las, was auf seiner Innenseite stand: *Erik 22/4/1967.*

Sie hatten sich scheiden lassen, als Oskar zwei Jahre alt gewesen war. Keiner der beiden hatte einen neuen Ehepartner gefunden. »Es hat sich einfach nicht ergeben.« Sie benutzten beide die gleiche Formulierung.

Er legte den Ring zurück, schloss die Holzkiste und stellte sie wieder in den Schrank. Er überlegte, ob Mama sich den Ring gelegentlich ansah, warum sie ihn aufbewahrt hatte. Immerhin war er aus Gold und bestimmt zehn Gramm schwer. Das hieß, dass er ungefähr vierhundert Kronen wert war.

Oskar zog erneut Jacke und Mütze an, ging auf den Hinterhof hinaus. Es dämmerte bereits, obwohl es gerade erst vier Uhr war. Es war völlig ausgeschlossen, jetzt noch in den Wald zu gehen.

Vor dem Haus ging Tommy vorbei und blieb stehen, als er Oskar sah.

»Hi.«

»Hi.«

»Was liegt an?«

»Ach nichts, ich habe Reklame ausgeteilt und … weiß nicht.«

»Lohnt sich das?«

»Geht so. Siebzig, achtzig Kronen. Jedes Mal.«

Tommy nickte.

»Willst du einen Walkman kaufen?«

»Weiß nicht. Was denn für einen?«

»Einen Sony. Für fünfzig Mäuse.«

»Neu?«

»Ja. In der Verpackung. Mit Kopfhörer. Fünfzig Mäuse.«

»Ich hab kein Geld. Jetzt nicht.«

»Du hast doch gesagt, du hättest siebzig, achtzig Mäuse verdient.«

»Ja, aber ich bekomme mein Geld einmal im Monat. In einer Woche.«

»Okay. Aber wie wär's, wenn du ihn jetzt bekommst. Und dann bekomme ich das Geld, wenn du wieder welches hast.«

»Ja …«

»Okay. Geh runter, und warte da auf mich, dann gehe ich ihn holen.«

Tommy machte eine Kopfbewegung in Richtung Spielplatz, und Oskar ging hinunter und setzte sich auf eine Bank, stand aber sofort wieder auf, ging zu dem Klettergestell und sah sich um. Kein Mädchen. Schnell ging er zurück zu der Bank und setzte sich, als hätte er etwas Verbotenes getan.

Kurz darauf kam Tommy und gab ihm den Karton.

»Fünfzig Mäuse in einer Woche, okay?«

»Mm.

»Was hörst du denn so?«

»Kiss.«

»Welche hast du?«

»Alive.«

»Destroyer hast du nicht? Wenn du willst, kannst du sie dir leihen und aufnehmen.«

»Ja, klasse.«

Oskar hatte das Doppelalbum *Alive* von Kiss, hatte es sich vor ein paar Monaten gekauft, hörte es aber nie. Er sah sich vor allem die Bilder von den Konzerten an. Mit ihren geschminkten Gesichtern sahen sie wirklich super aus. Lebendige Horrorgestalten. Und »Beth«, bei dem Peter Criss Sänger war, gefiel ihm auch, aber die anderen Stücke waren ihm zu ... sie hatten irgendwie keine Melodien. Vielleicht war *Destroyer* ja besser.

Tommy stand auf und wollte gehen. Oskar hielt den Karton fest umklammert.

»Tommy?«

»Ja?«

»Der Typ. Der da ermordet worden ist. Weißt du irgendwie ... wie er ermordet wurde.«

»Ja. Man hat ihn an einen Baum gehängt und ihm die Kehle aufgeschlitzt.«

»Er wurde also nicht ... erstochen? Der Mörder hat nicht irgendwie auf ihn eingestochen. Auf seinen Körper?«

»Nein, nur eine einzige Wunde am Hals. Siiittt.«

»Okay.«

»Ist noch was?«

»Nee.«

»Bis bald.«

»Ja.«

Oskar blieb noch einen Moment auf der Bank sitzen, dachte nach. Der Himmel war dunkellila, der erste Stern – oder war es die Venus? – bereits deutlich zu sehen. Er stand auf und ging

hinein, um den Walkman zu verstecken, bevor Mama nach
Hause kam.

Heute Abend würde er das Mädchen treffen, seinen Würfel
zurückbekommen. Die Jalousien waren immer noch heruntergelassen. Wohnte sie dort wirklich? Was machte sie da drinnen
nur den ganzen Tag? Hatte sie Freunde?

Vermutlich nicht.

❄

»Heute Abend . . .«

»Was hast du denn gemacht?«

»Mich gewaschen?«

»Das tust du doch sonst nicht.«

»Håkan, heute Abend musst du . . .«

»Meine Antwort ist nein.«

— — —

»Bitte?«

»Es geht nicht um . . . Etwas anderes. Was immer es ist. Sag es,
und ich tue es. Bedien dich um Himmels willen bei mir. Hier.
Hier hast du ein Messer. Nicht. Okay, dann muss ich es wohl . . .«

»Lass das!«

»Aber warum denn? Lieber so als anders. Warum hast du dich
gewaschen? Du riechst ja nach . . . Seife.«

»Was willst du, was soll ich tun?«

»Ich kann nicht!«

»Nein.«

»Was hast du vor?«

»Ich werde selber gehen.«

»Musst du dich deshalb waschen?«

»Håkan . . .«

»Ich helfe dir bei allem anderen. Was immer du willst, ich . . .«

»Ja, ja. Schon gut.«

»Verzeih mir.«

»Ja.«

»Sei vorsichtig. Ich – sei vorsichtig.«

❄

Kuala Lumpur, Pnom Penh, Mekong, Rangun, Tschungking...

Oskar betrachtete das Arbeitsblatt, das er gerade ausgefüllt hatte, eine Wochenendhausaufgabe. Die Namen sagten ihm nichts, sie waren nur Buchstabenklumpen. Es lag eine gewisse Befriedigung darin, sie im Atlas nachzuschlagen und zu sehen, dass es tatsächlich Städte und Flüsse an den Orten gab, an denen sie auf dem Arbeitsblatt eingezeichnet waren, aber ...

Nun ja, er würde es auswendig lernen und sich von Mama abhören lassen. Er würde auf die Punkte zeigen und die fremden Worte aussprechen können. Tschungking, Pnom Penh. Mama würde beeindruckt sein. Und sicher, diese ganzen komischen Namen an weit entfernten Orten waren schon recht spaßig, aber ...

Warum?

Im vierten Schuljahr hatten sie Arbeitsblätter zur schwedischen Geografie bearbeitet. Damals hatte er auch alles auswendig gekonnt. War er gut darin gewesen. Aber jetzt?

Er versuchte, sich den Namen auch nur eines schwedischen Flusses in Erinnerung zu rufen.

Äskan, Väskan, Piskan ...

So ähnlich. Ätran vielleicht. Ja. Aber wo lag dieser Fluss? Keine Ahnung. Und mit Tschungking und Rangun würde es in ein paar Jahren genauso sein.

Alles ist sinnlos.

Diese Orte gab es überhaupt nicht. Und selbst wenn es

sie gab . . . er würde ja doch niemals dorthin kommen. Tschungking? Was sollte er jemals in Tschungking zu suchen haben? Die Stadt war nur eine große, weiße Fläche und ein kleiner Punkt.

Er betrachtete die geraden Linien, auf denen seine krakelige Handschrift balancierte. Das war die Schule. Mehr war da nicht dran. Das hier war die Schule. Sie überhäuften einen mit Dingen, die man tun sollte, und man tat sie. Diese Orte waren einzig zu dem Zweck erschaffen worden, dass Lehrer ihre Arbeitsblätter austeilen konnten. Es hatte keine Bedeutung. Er hätte ebenso gut Tjippiflax, Bubbelibäng und Spitt auf die Linien schreiben können. Es wäre genauso passend gewesen.

Der einzige Unterschied bestünde darin, dass seine Lehrerin sagen würde, es sei falsch. Es heiße anders. Sie würde auf die Karte zeigen und sagen: »Schau her, es heißt doch Tschungking, nicht Tjippiflax.« Wirklich überzeugend war das nicht. Irgendwer hatte sich doch auch einfallen lassen, was im Schulatlas stand. Nichts sagte einem, dass es real war. Vielleicht war die Erde in Wahrheit eine Scheibe, was jedoch aus irgendeinem Grund geheim gehalten wurde.

Schiffe, die über den Rand stürzen. Drachen.

Oskar stand vom Tisch auf. Das Arbeitsblatt war erledigt, mit Buchstaben ausgefüllt, die seine Lehrerin akzeptieren würde. Das war alles.

Es war schon nach sieben, war das Mädchen schon herausgekommen? Er legte die Hände beschirmend um den Kopf, um in die Dunkelheit hinausspähen zu können. Bewegte sich unten auf dem Spielplatz nicht etwas?

Er ging in den Flur hinaus. Mama saß im Wohnzimmer und strickte, oder vielleicht häkelte sie auch.

»Ich geh noch was nach draußen.«

»Willst du schon wieder rausgehen? Ich sollte dich doch abhören.«

»Ja. Das machen wir dann später.«

»Ging es nicht um Asien?«

»Was?«

»Bei deinem Arbeitsblatt. Da ging es doch um Asien, oder?«

»Ja, ich glaube schon. Tschungking.«

»Wo liegt das? In China?«

»Weiß nicht.«

»Du weißt es nicht? Aber ...«

»Ich komme dann gleich.«

»Ja. Sei vorsichtig. Hast du deine Mütze?«

»Ja, klar.«

Oskar stopfte seine Mütze in die Jackentasche und ging hinaus. Auf halbem Weg zum Spielplatz hatten sich seine Augen an die Dunkelheit gewöhnt, und er sah das Mädchen oben auf dem Klettergerüst sitzen. Er ging hin und blieb mit den Händen in den Taschen unter ihr stehen.

Sie sah heute anders aus, trug zwar immer noch den rosa Pullover – hatte sie keinen anderen? – aber ihre Haare waren nicht mehr so verfilzt. Sie lagen glatt, schwarz, schmiegten sich an ihren Kopf.

»Hi.«

»Hallo.«

»Hallo.«

Nie wieder würde er »hi« zu jemandem sagen. Es klang so unglaublich lächerlich. Das Mädchen stand auf.

»Komm herauf.«

»Okay.«

Oskar kletterte auf das Gerüst hinauf, stellte sich neben sie, sog diskret Luft durch die Nase ein. Sie roch nicht mehr schlecht.

»Rieche ich jetzt besser?«

Oskars Gesicht lief rot an. Das Mädchen lächelte und hielt ihm etwas hin. Seinen Würfel.

»Danke fürs Ausleihen.«

Oskar nahm den Würfel und betrachtete ihn, schaute noch einmal hin. Er hielt ihn ins Licht, drehte ihn und musterte alle Seiten. Das Rätsel war gelöst. Alle Seiten waren einfarbig.

»Hast du ihn auseinander genommen?«

»Wie meinst du das?«

»Also . . . ihn in Einzelteile zerlegt und . . . die Teile richtig zusammengesetzt.«

»Kann man das machen?«

Oskar tastete den Würfel ab, um zu überprüfen, ob einzelne Teile nach dem Auseinandernehmen lose saßen. Er selber hatte es einmal gemacht und sich darüber gewundert, wie wenige Drehungen erforderlich waren, um den Überblick zu verlieren und nicht mehr in der Lage zu sein, die Seiten einfarbig hinzubekommen. Die Einzelteile hatten zwar nicht lose gesessen, als er ihn auseinander genommen hatte, aber sie konnte doch unmöglich die Lösung gefunden haben?

»Du musst ihn auseinander genommen haben.«

»Nein.«

»Du hattest ihn vorher doch noch nie gesehen.«

»Nein. Das hat Spaß gemacht. Danke.«

Oskar hielt den Würfel vor seine Augen, als könnte dieser ihm erzählen, wie es zugegangen war. Aus irgendeinem Grund war er sich fast sicher, dass ihn das Mädchen nicht belog.

»Wie lange hast du dafür gebraucht?«

»Ein paar Stunden. Jetzt würde es schneller gehen.«

»Unglaublich.«

»So schwer ist es überhaupt nicht.«

Sie wandte sich zu ihm um. Ihre Pupillen waren so groß, dass sie fast die ganzen Augen ausfüllten, das Licht aus den Hauseingängen wurde von der schwarzen Fläche reflektiert, sodass es aussah, als hätte sie eine ferne Stadt in ihrem Kopf.

Der Rollkragenpullover, am Hals weit hochgezogen, betonte ihre weichgezeichneten Züge noch zusätzlich, sodass sie aussah wie ... wie eine Comicfigur. Die Haut, die Konturen waren wie ein hölzernes Buttermesser, das man wochenlang mit feinstem Sandpapier abgeschliffen hat, bis das Holz wie Seide ist.

Oskar räusperte sich.

»Wie alt bist du?«

»Was schätzt du?«

»Vierzehn, fünfzehn.«

»Seh ich so aus?«

»Ja, oder ... nein, aber ...«

»Ich bin zwölf.«

»Zwölf!«

Hurra. Sie war vermutlich jünger als Oskar, der in einem Monat dreizehn wurde.

»Wann hast du Geburtstag?«

»Weiß nicht.«

»Du weißt es nicht? Ja aber ... an welchem Datum ist dein Geburtstag?«

»Ich feiere ihn nicht.«

»Aber deine Mutter und dein Vater müssen ihn doch wissen!«

»Nein. Meine Mama ist tot.«

»Oh. Aha. Wie ist sie gestorben?«

»Ich weiß es nicht.

»Weiß dein ... Vater das denn nicht?«

»Nein.«

»Aber ... wie jetzt ... du bekommst keine Geschenke und so?«

Sie machte einen Schritt auf ihn zu. Der Rauch ihres Atems verbreitete sich auf seinem Gesicht, und die Lichter der Stadt in ihren Augen erloschen, als sie in Oskars Schatten trat. Die Pupillen waren zwei murmelgroße Löcher in ihrem Kopf.

Sie ist traurig. Wahnsinnig, wahnsinnig traurig.

»Nein. Ich bekomme keine Geschenke. Nie.«

Oskar nickte steif. Die Welt um ihn herum existierte nicht mehr. Es gab nur noch diese beiden schwarzen Löcher im Abstand eines Atemzugs. Der Rauch aus ihren Mündern vermischte sich, stieg hoch, löste sich auf.

»Möchtest du mir ein Geschenk machen?«

»Ja.«

Seine Stimme war nicht einmal mehr ein Flüstern. Nur ein Hauchen, das in seiner Mundhöhle geformt wurde. Das Gesicht des Mädchens war ganz nah. Oskars Blick wurde von seiner samtig zarten Wange angezogen.

Deshalb sah er nicht, wie sich die Augen des Mädchens veränderten, schmäler wurden, einen anderen Ausdruck annahmen. Wie die Oberlippe hochgezogen wurde und zwei kleine, schmutzig weiße Reißzähne entblößte. Er sah nur die Wange, und während sich die Zähne seinem Hals näherten, hob er die Hand und strich dem Mädchen über die Wange.

Es hielt inne, erstarrte einen Augenblick und zog sich zurück. Die Augen nahmen ihr früheres Aussehen wieder an, die Lichter der Stadt wurden von Neuem entzündet.

»Was hast du getan?«

»Entschuldige . . . ich . . .«

»Was. Hast du getan?«

»Ich . . .«

Oskar sah die Hand an, die den Würfel hielt, lockerte seinen Griff um ihn. Er hatte ihn so fest umklammert, dass die Kanten dunkle Abdrücke in seiner Hand hinterlassen hatten. Er hielt dem Mädchen den Würfel hin.

»Möchtest du ihn haben? Ich schenke ihn dir.«

Es schüttelte sachte den Kopf.

»Nein. Er gehört dir.«

»Wie . . . heißt du?«

»Eli.«

»Ich heiße Oskar. Wie heißt du? Eli?«

». . . ja.«

Das Mädchen wirkte plötzlich rastlos. Sein Blick flackerte hin und her, als suchte es nach etwas in seiner Erinnerung, nach etwas, das es nicht finden konnte.

»Ich . . . muss jetzt gehen.«

Oskar nickte. Das Mädchen sah ihm einige Sekunden unverwandt in die Augen und wandte sich dann ab, um zu gehen. Es erreichte den oberen Rand der Rutsche und zögerte kurz. Setzte sich dann und rutschte hinab, ging auf die Tür seines Hauses zu. Oskar hielt den Würfel fest in der Hand.

»Kommst du morgen?«

Das Mädchen blieb stehen, sagte leise Ja, ohne sich umzudrehen, ging weiter. Oskars Augen folgten ihm. Es ging nicht ins Haus, sondern zu dem Durchgang, durch den man den Hinterhof verließ, und verschwand.

Oskar betrachtete den Würfel in seiner Hand. Unglaublich.

Er drehte eine Sektion einmal weiter, sodass sich die Einheitlichkeit auflöste. Anschließend drehte er sie wieder zurück, wollte den Würfel so lassen. Eine Zeit lang.

❄

Jocke Bengtsson lachte auf dem Heimweg vom Kino leise in sich hinein. Die Komödie über eine Pauschalreise auf die Kanaren war wirklich urkomisch gewesen. Besonders die beiden Saufkumpane, die während des ganzen Films Peppes Bodega suchten. Als der eine seinen sternhagelvollen Kumpel im Rollstuhl durch den Zoll fuhr: »invalido«. Oh ja, verdammt lustig.

Vielleicht sollte man ja selber mit einem der Jungs mal eine Reise machen. Aber mit wem konnte man fahren?

Karlsson war so langweilig, dass sich einem die Zehen aufrollten, er würde einem schon nach zwei Tagen mächtig auf den Senkel gehen. Morgan konnte ziemlich unangenehm werden, wenn er zu viel soff, und das würde er garantiert tun, wenn es so billig war. Larry war okay, aber so verdammt gebrechlich. Am Ende musste man ihn womöglich auch in einem Rollstuhl herumbugsieren. »Invalido«.

Nein, der Einzige, der in Frage kam, war Lacke.

Sie könnten da unten eine Woche lang richtig Spaß haben. Andererseits war Lacke arm wie eine Kirchenmaus und würde sich so etwas niemals leisten können. Jeden Abend schnorrte er Bier und Kippen. Jocke hatte nichts dagegen, aber für eine Reise auf die Kanaren hatte Lacke einfach nicht das nötige Kleingeld.

Man musste den Tatsachen wohl ins Auge sehen; keiner der Jungs vom Chinesen taugte als Reisebegleitung.

Konnte er alleine reisen?

Aber ja, Stig-Helmer hatte es schließlich auch gemacht. Obwohl er völlig neben der Spur war. Aber dann hatte er ja Ole getroffen. Und eine Braut gefunden und alles. Das wäre wirklich gar nicht so dumm. Acht Jahre war es mittlerweile her, dass Maria ihn verlassen und den Hund mitgenommen hatte, und seither hatte er kein einziges Mal im biblischen Sinne eine Frau erkannt.

Aber würde es überhaupt eine geben, die ihn haben wollte? Vielleicht. Jedenfalls sah er nicht so beschissen aus wie Larry. Der Alkohol hatte zwar von seinem Gesicht und Körper Tribut gefordert, aber er hatte die Sache halbwegs im Griff. Heute hatte er beispielsweise noch keinen Tropfen getrunken, obwohl es schon fast neun war. Jetzt würde er jedenfalls nach Hause gehen und zwei, drei Gin Tonic trinken, ehe er zum Chinesen ging.

Über die Sache mit der Reise musste man wohl noch einmal in Ruhe nachdenken. Wahrscheinlich würde daraus genauso viel werden wie aus allem anderen, was man in den letzten Jahren tun oder anpacken wollte: nichts. Aber man durfte doch wohl noch träumen.

Er ging den Parkweg zwischen Holbergsgatan und Blackebergschule hinab. Es war einigermaßen dunkel, die Laternen standen in einem Abstand von vielleicht dreißig Metern, und das chinesische Restaurant schimmerte wie eine Leuchtboje auf der Anhöhe zu seiner Linken.

Sollte er heute Abend mal richtig auf den Putz hauen? Direkt zum Chinesen gehen und ... nee. Das wurde zu teuer. Dann würden die anderen denken, er hätte im Lotto gewonnen, und ihn für einen verdammten Geizkragen halten, wenn er nicht alle freihielt. Da ging er lieber nach Hause und verschaffte sich erst einmal eine ordentliche Grundlage.

Er ging unterhalb der Wäscherei vorbei, ihr Schornstein mit seinem einsamen roten Auge, das dumpfe Dröhnen aus ihren Eingeweiden.

Eines Nachts, als er gründlich abgefüllt nach Hause gegangen war, hatte er eine Art Halluzination gehabt und gesehen, wie sich der Schornstein vom Gebäude löste und knurrend und zischend auf ihn zukommend den Hang herunterrutschte.

Er hatte sich auf dem Parkweg zusammengekauert und die Hände schützend über den Kopf gehalten und auf den Einschlag gewartet. Als er die Arme schließlich wieder gesenkt hatte, stand der Schornstein, wo er immer gestanden hatte, imposant und unverrückbar.

Die Laterne vor der Unterführung unter der Björnsonsgatan war kaputt und der Weg unter der Brücke ein Gewölbe aus

101

Dunkelheit. Hätte er einen im Kahn gehabt, wäre er vermutlich die Treppen neben der Brücke hinaufgestiegen und hätte die Björnsonsgatan genommen, obwohl es ein kleiner Umweg war. Wenn er genügend getankt hatte, konnte er im Dunkeln verdammt seltsame Visionen bekommen, weshalb er auch immer bei Licht schlief. Aber jetzt war er stocknüchtern.

Er hatte nicht übel Lust, trotzdem die Treppen zu nehmen. Die Suffvisionen sickerten allmählich auch im nüchternen Zustand in seine Wahrnehmung der Welt ein. Er stand regungslos auf dem Parkweg und fasste die Lage für sich zusammen:

»Ich fange an, eine weiche Birne zu bekommen.«

Jetzt sieh es doch mal so, Jocke. Wenn du dich nicht zusammenreißt und das kurze Stück durch die Unterführung latschst, wirst du auch nie auf die Kanaren kommen.

Warum nicht?

Nun, weil du immer gleich die Biege machst, sobald das kleinste Problem auftaucht. Das Gesetz des geringsten Widerstands, in jeder Lebenslage. Glaubst du wirklich, du packst es, in einem Reisebüro anzurufen, dir einen neuen Pass zu besorgen, dir Sachen für die Reise zu kaufen, ganz generell den Sprung ins Unbekannte zu wagen, wenn du es nicht einmal packst, das kleine Stück zu gehen?

Da ist was dran. Also was soll's. Wenn ich jetzt unter dieser Brücke hindurchgehe, dann heißt das, ich werde auf die Kanaren fahren, daraus kann wirklich etwas werden?

Ich könnte mir vorstellen, dass du gleich morgen anrufst und die Tickets bestellst. Teneriffa, Jocke. Teneriffa.

Er setzte sich erneut in Bewegung, füllte seinen Kopf mit sonnigen Stränden und Drinks mit Papierschirmchen. Und ob er reisen würde. Heute Abend würde er nicht zum Chinesen gehen, oh nein. Er würde zu Hause bleiben und in Reiseprospekten blättern. Acht Jahre. Es war verdammt nochmal an der Zeit, sich ein bisschen zusammenzureißen.

Er dachte gerade an Palmen und überlegte, ob es auf den Kanarischen Inseln welche gab oder nicht, ob er in dem Film Palmen gesehen hatte, als er das Geräusch hörte. Eine Stimme. Er blieb mitten unter der Brücke stehen, lauschte. Eine jammernde Stimme drang von der Wand des Brückengewölbes zu ihm.

»Hilfe ...«

Seine Augen gewöhnten sich allmählich an die Dunkelheit, aber er konnte nur die Konturen von Laub erkennen, das der Wind unter die Brücke geweht hatte, wo es in Haufen lag. Es klang wie die Stimme eines Kindes.

»Hallo? Ist da jemand?«

»Hilfe ...«

Er schaute sich um. Kein Mensch in der Nähe. Es raschelte in der Dunkelheit, jetzt konnte er eine Bewegung zwischen den Blättern ausmachen.

»Bitte helfen Sie mir.«

Er hatte große Lust, einfach weiterzugehen, aber das ging natürlich nicht. Ein Kind war verletzt, womöglich von jemandem überfallen worden ...

Der Mörder!

Der Vällingbymörder war nach Blackeberg gekommen, aber diesmal hatte sein Opfer überlebt.

Oh, verdammt.

Er wollte in nichts hineingezogen werden. Er würde doch nach Teneriffa fahren und so. Aber da war nichts zu machen. Er ging ein paar Schritte auf die Stimme zu. Die Blätter knirschten unter seinen Füßen, und nun konnte er den Körper sehen. Er lag wie ein Fötus zusammengekauert in den welken Blättern.

Oh verdammt, oh verdammt.

»Was ist passiert?«

»Helfen Sie mir ...«

103

Jockes Augen hatten sich inzwischen an die Dunkelheit gewöhnt, und er sah das Kind einen weißen Arm nach ihm ausstrecken. Der Körper war nackt, vermutlich vergewaltigt. Nein. Als er unmittelbar vor dem Kind stand, sah er, dass es nicht nackt war, sondern einen hellrosa Pullover trug. Wie alt? Zehn, zwölf Jahre. Womöglich war er von ein paar »Kameraden« verprügelt worden. Oder sie. Bei einem Mädchen wäre dies allerdings weniger wahrscheinlich.

Er ging neben dem Kind in die Hocke, nahm die Kinderhand in seine.

»Was ist denn passiert?«

»Helfen Sie mir. Heben Sie mich hoch.«

»Bist du verletzt?«

»Ja.«

»Was ist denn passiert?«

»Heben Sie mich hoch . . .«

»Du hast doch nichts am Rücken, oder?«

Er war während seines Wehrdienstes Sanitäter gewesen und wusste deshalb, dass man Menschen, die eine Rücken- oder Nackenverletzung hatten, nicht bewegen durfte, ohne vorher den Kopf zu fixieren.

»Es ist nicht der Rücken?«

»Nein. Heben Sie mich hoch.«

Was zum Teufel sollte er nur tun? Wenn er das kleine Ding in seine Wohnung mitnahm, konnte die Polizei womöglich auf die Idee kommen . . .

Er würde sie oder ihn zum Chinesen tragen und dort einen Krankenwagen rufen müssen. Ja. Das war die Lösung. Der Körper des Kindes war relativ klein und dünn, vermutlich war es ein Mädchen, und obwohl er nicht in bester körperlicher Verfassung war, würde er es wahrscheinlich schaffen, es das kurze Stück zu tragen.

104

»Okay. Ich trag dich in ein Lokal, wo wir telefonieren können, okay?«

»Ja ... danke.«

Dieses »danke« zerriss ihm beinahe das Herz. Wie hatte er nur zögern können? Was war er eigentlich für ein Idiot? Na ja, er hatte sich eines Besseren besonnen, jetzt würde er dem Mädchen helfen. Er schob seinen linken Arm unter ihre Kniekehlen, legte den anderen Arm unter ihren Hals.

»Okay. Jetzt hebe ich dich hoch.«

»Mmm.«

Sie wog fast nichts. Es war unglaublich leicht, sie anzuheben. Das konnten höchstens fünfundzwanzig Kilo sein. Vielleicht war sie ja unterernährt. Miserable Familienverhältnisse, Magersucht. Vielleicht war sie von ihrem Stiefvater misshandelt worden oder so. Es war zum Heulen.

Das Mädchen legte die Arme um seinen Hals und lehnte seine Wange an seine Schulter. Er würde das schon packen.

»Wie geht es dir?«

»Gut.«

Er lächelte. Wärme durchströmte ihn. Er war trotz allem ein guter Mensch. Er sah die Gesichter der anderen schon vor sich, wenn er das Mädchen ins Restaurant trug. Erst würden sie ihn fragen, was er jetzt wieder angestellt hatte, um anschließend mit immer größerer Hochachtung zu sagen: »Gut gemacht, Jocke«, und so weiter.

Er machte kehrt, um zum Chinesen zu gehen, war ganz versunken in seine Fantasiebilder von einem neuen Leben, dem Aufrappeln von ganz unten, das er soeben in die Tat umsetzte, als er den Schmerz im Hals spürte. Was zum Teufel? Es fühlte sich an, als hätte ihn eine Wespe gestochen, und seine linke Hand wollte hinfassen, sie verscheuchen, nach ihr tasten. Aber er konnte ja schlecht das Kind loslassen.

105

Dümmlich versuchte er den Kopf zu senken, um zu schauen, was das war, obwohl er in diesem Winkel natürlich überhaupt nichts sehen konnte. Außerdem konnte er den Kopf gar nicht senken, weil der Kiefer des Mädchens an sein Kinn gepresst lag. Ihr Griff um seinen Nacken wurde fester und der Schmerz intensiver. Jetzt verstand er.

»Verdammt, was tust du da?«

Am Kinn spürte er die Kiefer des Mädchen auf und ab mahlen, während der Schmerz in seinem Hals immer größer wurde. Ein warmes Rinnsal lief seine Brust hinab.

»Scheiße, hör auf!«

Er ließ das Mädchen los. Es war nicht einmal ein bewusster Gedanke, nur ein Reflex; *ich muss diesen Mist von meinem Hals wegbekommen.*

Doch das Mädchen fiel nicht. Stattdessen nahm es seinen Nacken in einen eisernen Griff – mein Gott, war dieser kleine Körper stark! – und schlang die Beine um seine Hüften. Wie eine Hand mit vier Fingern, die sich um eine Puppe schlossen, klammerte es sich an ihn, während die Kiefer mahlten und mahlten.

Jocke packte seinen Kopf, versuchte ihn vom eigenen Hals fortzudrücken, aber es war, als versuchte man, mit bloßen Händen einen Birkenporling vom Stamm der Birke zu reißen. Er saß wie angeleimt auf ihm. Das Mädchen umklammerte ihn jetzt so fest, dass es die Luft aus seiner Lunge presste und ihm nicht gestattete, neue einzuatmen. Er stolperte rückwärts, schnappte nach Luft.

Die Kiefer des Mädchens mahlten nicht mehr, mittlerweile hörte man nur noch ein leises Schlürfen. Nicht einen Augenblick lockerte sich sein Griff, im Gegenteil, seit es saugte, war er sogar noch fester geworden. Ein gedämpftes Knirschen, und seine Brust wurde von Schmerz erfüllt. Mehrere Rippen waren gebrochen.

Zum Schreien fehlte ihm die Luft. Kraftlos schlug er mit den Fäusten auf den Kopf des Mädchens ein, während er zwischen dem trockenen Laub umhertaumelte. Die Welt drehte sich. Die fernen Parklaternen tanzten wie Glühwürmchen vor seinen Augen.

Er verlor das Gleichgewicht und fiel rücklings hin. Das letzte Geräusch, das er hörte, waren einige Blätter, die unter seinem Hinterkopf zerbröselten. Eine Mikrosekunde später traf sein Kopf den Asphalt, und die Welt verschwand.

Oskar lag hellwach in seinem Bett und starrte die Tapete an.

Er und Mama hatten die Muppets gesehen, aber er hatte kaum der Handlung folgen können. Miss Piggy war wütend gewesen, und Kermit hatte nach Gonzo gesucht. Einer der beiden alten Griesgrame war aus der Loge gefallen. Warum er gefallen war, hatte Oskar nicht mitbekommen. Er war mit seinen Gedanken woanders gewesen.

Hinterher hatten Mama und er Kakao getrunken und Zimtschnecken gegessen. Oskar wusste noch, dass sie sich unterhalten hatten, erinnerte sich jedoch nicht mehr, worüber sie gesprochen hatten. Möglicherweise darüber, die Küchenbank blau zu streichen.

Er starrte die Tapete an.

Die gesamte Wand, an der sein Bett stand, wurde von einer Fototapete bedeckt, die eine Lichtung in einem großen Wald zeigte. Breite Baumstämme und grüne Blätter. Wenn er so dalag, ließ seine Fantasie zwischen den Blättern in unmittelbarer Nähe seines Kopfes Gestalten auftauchen. Zwei Figuren erblickte er immer sofort, wenn er hinsah. Um die anderen heraufzubeschwören, musste er sich anstrengen.

Jetzt hatte die Wand eine andere Bedeutung bekommen. Denn jenseits der Wand, jenseits des Waldes, gab es ... Eli. Oskar hatte die Hand gegen die grüne Fläche gepresst und sich vorzustellen versucht, wie es auf der anderen Seite aussah. Hatte sie dort ihr Schlafzimmer? Lag sie jetzt in ihrem Bett? Er verwandelte die Wand in Elis Wange, strich über die grünen Blätter, über ihre weiche Haut.

Stimmen auf der anderen Seite.

Er hörte auf, über die Tapete zu streichen, und lauschte. Eine helle und eine dunkle Stimme. Eli und ihr Vater. Es klang, als würden sie sich streiten. Er presste das Ohr gegen die Wand, um besser hören zu können. Mist. Wenn er doch nur ein Glas gehabt hätte. Er traute sich nicht aufzustehen und eines zu holen, vielleicht würden sie dann in der Zwischenzeit verstummen.

Was sagen sie?

Es war Elis Vater, der so wütend klang, Elis Stimme war kaum zu hören. Oskar mühte sich, Worte zu verstehen. Er hörte nur einzelne Flüche und »...schrecklich GRAUSAM«, dann rumste es, als wäre etwas umgekippt. Schlug er sie etwa? Hatte er zugesehen, als Oskar ihr über die Wange strich und ... war das möglich?

Jetzt sprach nur Eli. Von dem, was sie sagte, konnte Oskar kein Wort verstehen, er hörte nur den sanften Klang ihrer Stimme, die mal lauter, mal leiser wurde. Würde sie so reden, wenn man sie geschlagen hätte? Er durfte sie nicht schlagen. Oskar würde ihn töten, wenn er sie schlug.

Er wünschte sich, er könnte durch die Wand vibrieren wie Flash, der Superheld. Er wollte durch die Wand verschwinden, durch den Wald und auf der anderen Seite wieder herauskommen und sehen, was dort vorging, ob Eli Hilfe oder Trost brauchte, was auch immer.

Jetzt war es still hinter der Wand. Nur das Herz, das seine

saugenden Wirbelschläge in seinem Ohr schlug, war noch zu hören.

Er stieg aus dem Bett, ging zu seinem Tisch, kippte eine Reihe von Radiergummis aus, die in einem Plastikbecher lagen. Nahm den Becher mit ins Bett und setzte das offene Ende an die Wand, den Boden ans Ohr.

Das Einzige, was er hörte, war ein entferntes Klappern, das mit Sicherheit nicht aus dem Nachbarzimmer kam. Was machten sie nur? Er hielt die Luft an. Plötzlich ertönte ein lauter Knall.

Ein Pistolenschuss!

Er hatte eine Pistole herausgesucht und – nein, die Wohnungstür war so fest zugeschlagen worden, dass die Wände wackelten.

Er sprang aus dem Bett und trat ans Fenster. Wenige Sekunden später kam ein Mann heraus. Elis Vater. Er hatte eine Tasche in der Hand, ging mit schnellen, wütenden Schritten zum Durchgang und verschwand.

Was soll ich tun? Ihm folgen? Aber warum?

Er legte sich wieder ins Bett. Das war nur seine Fantasie, die hier ein bisschen zu lebhaft wurde. Eli und ihr Vater hatten sich gestritten, das taten Oskar und Mama manchmal auch. Es kam sogar vor, dass Mama einfach fortging, wenn es besonders schlimm gewesen war.

Aber nicht mitten in der Nacht.

Mama drohte ihm manchmal auszuziehen, wenn sie fand, dass er böse gewesen war. Oskar wusste, dass sie es niemals tun würde, und Mama wusste, dass Oskar dies wusste. Elis Vater hatte dieses Drohspiel womöglich einen Schritt weitergetrieben und war mitten in der Nacht abgehauen, mit Tasche und allem.

Oskar lag in seinem Bett, hatte Handflächen und Stirn gegen die Wand gepresst.

Eli, Eli. Bist du da? Hat er dir wehgetan? Bist du traurig? Eli . . .

Es klopfte an Oskars Tür, und er zuckte zusammen. Für einen

wahnsinnigen Augenblick glaubte er, Elis Vater sei gekommen, um sich ihn vorzuknöpfen.

Aber es war Mama. Sie tapste in Oskars Zimmer.

»Oskar? Schläfst du?«

»Mmm.«

»Ich muss schon sagen ... was haben wir da bloß für Nachbarn bekommen. Hast du das gehört?«

»Nee.«

»Aber ja, das musst du doch gehört haben. Er hat geschrien und die Tür zugeknallt wie ein Irrer. Mein Gott. Manchmal ist man schon froh, dass man keinen Mann hat. Die arme Frau. Hast du sie mal gesehen?«

»Nein.«

»Ich auch nicht. Ihn übrigens auch nicht. Die Jalousien sind den ganzen Tag unten. Vermutlich Alkoholiker.«

»Mama.«

»Ja?«

»Ich will jetzt schlafen.«

»Ja, entschuldige, mein kleiner Schatz. Ich bin nur so ... Gute Nacht. Schlaf gut.«

»Mm.«

Mama ging hinaus und schloss vorsichtig die Tür hinter sich. Alkoholiker? Ja, das klang plausibel.

Oskars Vater war Quartalssäufer; deshalb waren er und Mama nicht mehr zusammen. Papa bekam manchmal auch solche Wutanfälle, wenn er betrunken war. Er schlug sich zwar nicht, grölte aber manchmal derart, dass er heiser wurde, knallte Türen zu und zerschlug Sachen.

Ein Teil von Oskar freute sich über diesen Gedanken. Es war gemein, aber wahr. Wenn Elis Papa ein Alki war, hatten sie etwas gemeinsam, etwas, das sie miteinander teilen konnten.

Oskar lehnte erneut Stirn und Hände gegen die Wand.

Eli, Eli. Ich weiß, wie es dir ergeht. Ich werde dir helfen. Ich werde dich retten.

Eli . . .

❉

Die Augen waren weit aufgerissen, glotzten blind zur Decke der Unterführung. Håkan strich noch mehr welkes Laub fort, und der dünne, rosafarbene Pullover, den Eli stets trug, kam zum Vorschein, lag hingeworfen auf der Brust des Mannes. Håkan hob ihn auf, wollte ihn an seine Nase halten, um an ihm zu riechen, hielt jedoch inne, als er fühlte, dass der Pullover klebrig war.

Er ließ ihn auf die Brust des Mannes zurückfallen, holte seinen Flachmann heraus und nahm drei große Schlucke. Der Schnaps schoss seine Feuerzungen in Håkans Hals, leckte sich durch seinen Magen. Die Blätter raschelten unter seinem Po, als er sich auf den kalten Steinboden setzte und den Toten betrachtete.

Mit dem Kopf des Mannes stimmte etwas nicht.

Er wühlte in seiner Tasche, fand die Taschenlampe, kontrollierte, dass auf dem Parkweg niemand kam, schaltete die Lampe an und beleuchtete den Mann. Sein Gesicht war im Schein der Taschenlampe wächsern weißgelb, der Mund hing halb offen, als wollte er etwas sagen.

Håkan schluckte. Der bloße Gedanke daran, dass diesem Mann vergönnt gewesen war, seinem Geliebten näher zu kommen, als es ihm selber jemals erlaubt gewesen war, wiederte ihn an. Seine Hand suchte von Neuem nach dem Flachmann, wollte die plötzliche Angst fortbrennen, hielt dann jedoch inne.

Der Hals.

Um den gesamten Hals des Mannes verlief eine Art breites,

111

rotes Band. Håkan beugte sich über ihn und sah die Wunde, die Eli geöffnet hatte, um an das Blut heranzukommen –

die Lippen auf seiner Haut

– doch das erklärte nicht das Hals ... band ...

Håkan schaltete die Taschenlampe aus, holte tief Luft und lehnte sich unfreiwillig zurück in dem engen Freiraum, sodass der Zement des Brückengewölbes über den schütter werdenden Fleck auf seinem Scheitel schrammte. Als Reaktion auf den brennenden Schmerz biss er die Zähne zusammen.

Die Haut am Hals des Mannes war aufgesprungen, weil ... weil der Kopf herumgedreht worden war. Einmal um sich selbst. Das Genick war gebrochen.

Håkan schloss die Augen, atmete sachte ein und aus, um sich zu beruhigen und den Impuls einzudämmen, fortzulaufen, fort von ... dem hier. Das Brückengewölbe drückte gegen seinen Kopf, unter ihm war der Steinboden. Links und rechts ein Parkweg, auf dem Menschen kommen konnten, die dann die Polizei rufen würden. Und vor ihm ...

Es ist nur ein toter Mensch.

Ja. Aber ... der Kopf.

Der Gedanke, dass der Kopf lose saß, war ihm unbehaglich. Er würde nach hinten fallen, sich vielleicht sogar ablösen, wenn er den Körper anhob. Er kauerte sich zusammen und legte die Stirn auf die Knie. Dies hatte sein Geliebter getan. Mit bloßen Händen.

Er spürte eine kribbelnde Übelkeit in der Kehle, als er sich das Geräusch vorstellte. Das Knacken, wenn der Kopf herumgedreht wurde. Er wollte diesen Körper nicht mehr berühren. Er würde hier sitzen bleiben. Wie Belaqua am Fuße des Fegefeuerbergs auf das Morgengrauen wartet, auf ...

Menschen näherten sich von der U-Bahn-Station. Er legte sich zwischen die Blätter, dicht neben den Toten, presste die Stirn auf den eiskalten Stein.

Warum? Warum das ... mit dem Kopf?

Die Infektion durfte das Nervensystem nicht erreichen. Der Körper musste abgeschottet werden. Das war alles, was er darüber erfahren hatte. Bis jetzt hatte er es nicht verstanden. Nun verstand er.

Die Schritte kamen in kürzeren Abständen, die Stimmen wurden schwächer. Sie gingen die Treppe hinauf. Håkan setzte sich wieder auf, betrachtete die Konturen des toten, gähnenden Gesichts. Dann hätte sich dieser Körper also tatsächlich wieder aufgerichtet, die Blätter von seinem Körper abgestreift, wenn er nicht ... abgeschottet worden wäre?

Ein schrilles Lachen entfuhr ihm, flatterte unter dem Brückengewölbe wie Vogelgezwitscher. Er schlug sich mit der Hand so fest auf den Mund, dass es wehtat. Das Bild. Von der Leiche, die sich aus dem Blätterhaufen erhob und mit schlaftrunkenen Bewegungen tote Blätter von ihrer Jacke strich.

Was sollte er mit dem Körper anstellen?

Ungefähr achtzig Kilo Muskeln, Fett, Knochen, mussten fortgeschafft werden. Zermahlen, zerhackt, vergraben, verbrannt werden.

Das Krematorium.

Ja natürlich. Er konnte den Körper dorthin tragen, einbrechen und heimlich Feuer machen. Oder ihn einfach wie ein Findelkind vor den Toren ablegen und hoffen, dass ihre Lust, Feuer machen zu dürfen, so unbändig war, dass sie keinen Gedanken daran verschwendeten, die Polizei einzuschalten.

Nein. Es gab nur eine Alternative. Rechterhand verlief der Parkweg durch den Wald und zum Krankenhaus. Zum Wasser.

Er stopfte den blutigen Pullover unter die Jacke der Leiche, hängte sich die Tasche über die Schulter und schob seine Hände unter die Kniekehlen und den Rücken der Leiche. Richtete sich auf, taumelte kurz, stand. Der Kopf der Leiche fiel wie erwartet in einem widernatürlichen Winkel nach hinten, die Kiefer schlossen sich klackend.

Wie weit war es bis zum Wasser? Ein paar hundert Meter vielleicht. Und wenn jemand kam? Dann war es, wie es war. Dann war es aus. In gewisser Weise wäre das schön.

Aber es kam niemand, und am Wasser kroch er mit schweißdampfender Haut auf den Stamm einer Trauerweide hinaus, der sich fast waagerecht über die Wasseroberfläche hinausstreckte. Er hatte zwei große Steine vom Uferrand mit Seilen an den Füßen der Leiche befestigt.

Nachdem er ein längeres Seilende zu einer Schlaufe um den Brustkorb der Leiche geschlungen hatte, schleifte er den Körper möglichst weit ins Wasser hinaus und löste anschließend das Seil.

Er blieb noch eine Weile auf dem Baumstamm sitzen, die Füße knapp über dem Wasser baumelnd, blickte in den schwarzen Spiegel hinab, der von immer seltener aufsteigenden Luftblasen gekräuselt wurde.

Er hatte es getan.

Trotz der Kälte lief ihm brennend der Schweiß in die Augen, und sein ganzer Körper schmerzte unter der Kraftanstrengung, aber er hatte es getan. Direkt unter seinen Füßen lag der tote Körper verborgen vor der Welt. Es gab ihn nicht. Es stiegen keine Luftblasen mehr auf, und es gab nichts ... gar nichts, was darauf hindeutete, dass dort unten eine Leiche war.

Im Wasser spiegelten sich Sterne.

ZWEITER TEIL

Verletzung

> *... und sie nahmen Kurs auf Gegenden, in denen Martin*
> *nie zuvor gewesen war, weit jenseits von*
> *Tyska Botten und Blackeberg – und*
> *dort verlief die Grenze der bekannten Welt.*
> Hjalmar Söderberg – Martin Bircks Jugend

> *Doch wessen Herz einst die Waldfrau stahl*
> *der erhält es nimmer zurück.*
> *Träume im Mondschein seine Seele ersehnt*
> *Nie kann eine Gattin er lieben ...*
> Viktor Rydberg – Die Waldfrau

Am Sonntag brachten die Zeitungen einen detaillierteren Artikel über den Vällingbymord. Die Schlagzeile lautete:

»WURDE ER DAS OPFER EINES RITUALMÖRDERS?«

Bilder des Jungen, der Mulde im Wald, des Baums.

Der Mörder von Vällingby war mittlerweile nicht mehr das Gesprächsthema in aller Munde. In der Mulde im Wald waren die Blumen verwelkt und die Kerzen erloschen. Die zuckerstangengestreiften Plastikbänder der Polizei waren entfernt, Spuren, die man gefunden hatte, gesichert worden.

Der Artikel vom Sonntag brachte neuen Schwung in die Diskussionen. Immerhin deutete die Bezeichnung »Ritualmörder« an, dass sich dasselbe wieder ereignen würde, oder etwa nicht? Ein Ritual ist schließlich immer etwas, das sich wiederholt.

Alle, die jemals den Weg gegangen oder auch nur in seiner Nähe gewesen waren, hatten etwas zu erzählen. Wie unheimlich es einem in diesem Waldstück zumute war. Oder aber wie friedlich und schön es in diesem Waldstück war, man hatte doch nicht ahnen können ...

Alle, die den Jungen gekannt hatten, und sei es noch so flüchtig, wussten zu berichten, welch ein feiner junger Mann er gewesen war und welch eine Bestie von Mensch doch der Mörder sein musste. Man zog den Mord gerne als Beispiel für Fälle heran, in denen die Todesstrafe ihre Berechtigung hätte, auch wenn man grundsätzlich natürlich dagegen war.

Eins aber fehlte. Ein Bild des Mörders. Man starrte auf die

nichtssagende Mulde, das lächelnde Gesicht des Jungen. In Ermangelung eines Bildes der Person, die diesen Mord begangen hatte, war es gleichsam einfach ... passiert.

Das war unbefriedigend.

Am Montag, den 26. Oktober, ließ die Polizei über Rundfunk und Presse verlautbaren, man habe die größte Menge Rauschgift beschlagnahmt, die in Schweden jemals entdeckt worden war, und fünf Libanesen verhaftet.

Libanesen.

Das war zumindest etwas, das man verstehen konnte. Fünf Kilo Heroin. Und fünf Libanesen.

Ein Kilo pro Libanese.

Die Libanesen hatten noch dazu die schwedischen Sozialversicherungssysteme geschröpft, während sie ihren Stoff schmuggelten. Zwar gab es ebenso wenig Fotos von den Libanesen, aber das war auch nicht nötig. Wie ein Libanese aussieht, weiß man doch. Araber. Ja, ja.

Man spekulierte, ob der Ritualmörder ebenfalls Ausländer war. Es erschien naheliegend. Gab es in den arabischen Ländern nicht irgendwelche blutigen Rituale? Der Islam. Die schickten ihre Kinder doch mit Plastikkreuzen los oder was sie da um den Hals hängen hatten. Als Minenräumer. Das hatte man jedenfalls gehört. Grausame Menschen. Iran. Irak. Libanesen.

Doch am Montag verbreitete die Polizei ein Phantombild des Mörders, das bereits in den Abendzeitungen des gleichen Tages abgedruckt werden konnte. Ein junges Mädchen hatte ihn gesehen. Man hatte sich Zeit gelassen, war sorgfältig vorgegangen, als man das Bild erstellte.

Ein ganz gewöhnlicher Schwede. Mit gespenstischem Aussehen, einem leeren Blick. Man war sich einig, ja genau, so sah ein Mörder aus. Mühelos konnte man sich vorstellen, wie sich dieses maskenhafte Gesicht in der Mulde anschlich und ...

118

Alle in den westlichen Vororten Stockholms, die dem Phantombild ähnelten, mussten sich lange, abschätzende Blicke gefallen lassen. Sie gingen nach Hause und betrachteten sich im Spiegel, konnten keinerlei Ähnlichkeit entdecken. Abends, im Bett, überlegten sie, ob sie am nächsten Tag ihr Äußeres verändern sollten, oder würde das verdächtig wirken?

Sie hätten sich nicht sorgen müssen. Die Leute sollten mit ihren Gedanken schon bald woanders sein und Schweden ein anderes Land werden. Eine verletzte Nation. Denn das war das Wort, das man ständig benutzte: Verletzung.

Während die Phantombildähnlichen in ihren Betten liegen und über eine neue Frisur nachsinnen, ist in unmittelbarer Nähe des südschwedischen Karlskrona ein sowjetisches U-Boot auf Grund gelaufen. Seine Motoren jaulen und hallen durch die Schären, als es freizukommen versucht, aber niemand fährt hinaus, um der Sache nachzugehen.

Erst Mittwochmorgen wird es rein zufällig entdeckt werden.

Mittwoch, 28. Oktober

Beim Mittagessen machten in der Schule Gerüchte die Runde. Ein Lehrer hatte in der kurzen Pause Radio gehört, seiner Klasse davon erzählt, und in der Mittagspause wussten es alle.

Die Russen waren gekommen.

In der letzten Woche war der Mörder von Vällingby das große Gesprächsthema gewesen. Mehrere hatten ihn gesehen, einige behaupteten sogar, von ihm attackiert worden zu sein.

Man hatte in jeder zwielichtigen Gestalt, die an der Schule vorbeikam, den Mörder gesehen. Als ein älterer Mann in schmierigen Kleidern die Abkürzung über den Schulhof nahm, waren die Kinder schreiend davongelaufen und hatten sich im Schulgebäude versteckt. Ein paar von den abgebrühteren Jungen hatten sich mit Hockeyschlägern bewaffnet und darauf eingerichtet, ihn niederzuschlagen. Glücklicherweise hatte irgendwer in dem Mann einen der Penner erkannt, die immer vor dem Einkaufszentrum herumhingen. Man ließ ihn laufen.

Jetzt aber waren die Russen gekommen. Man wusste nicht viel über diese Russen. Ein Deutscher, ein Russe und Klein Fritzchen. Im Eishockey waren sie die Besten. Sie hießen Sowjetunion. Sie und die Amerikaner flogen ins Weltall. Die Amerikaner hatten eine Neutronenbombe gebaut, um sich vor den Russen zu schützen.

»Glaubst du, die Russen haben auch eine Neutronenbombe?«

Johan zuckte mit den Schultern. »Hundert pro. Vielleicht haben sie sogar eine auf dem U-Boot.«

»Muss man nicht ein Flugzeug haben, um Bomben abwerfen zu können?«

»Nee. Die haben die Dinger in Raketen, die überallhin abzischen.«

»Die Menschen sterben, und die Häuser bleiben stehen.«

»Genau.«

»Ich frage mich, was mit den Tieren ist.«

Johan überlegte einen Moment.

»Die sterben bestimmt auch. Jedenfalls die großen.«

Sie saßen auf dem Rand des Sandkastens, in dem momentan keine kleineren Kinder spielten. Johan hob einen großen Stein auf und warf ihn so, dass der Sand aufspritzte. »Peng! Alle sind tot!«

Oskar hob einen kleineren Stein auf.

»Nein! Da hat noch einer überlebt! Zisch! Raketen in den Rücken!«

Sie warfen Steine und Kies, löschten alle Städte der Welt aus, bis hinter ihnen eine Stimme ertönte.

»Was zum Teufel treibt ihr da?«

Sie drehten sich um. Jonny und Micke. Jonny hatte die Frage gestellt. Johan ließ den Stein fallen, den er in der Hand gehalten hatte.

»Nee, wir haben nur . . .«

»Dich hab ich nicht gefragt. Schweinchen? Was treibt ihr da?«

»Steine werfen.«

»Und warum?«

Johan hatte sich einen Schritt entfernt, war ganz darauf konzentriert, seine Schuhe zuzubinden.

»Weil . . . einfach so.«

Jonny betrachtete den Sandkasten und machte eine weit ausholende Geste mit der Hand, die Oskar zusammenzucken ließ.

»Hier sollen doch die kleineren Kinder spielen. Kapierst du das nicht? Du machst ja den ganzen Sandkasten kaputt.«

Micke schüttelte betrübt den Kopf. »Sie könnten hinfallen und sich an den Steinen wehtun.«

»Die wirst du jetzt schön wieder aufheben, Schweinchen.«

Johan war immer noch mit seinen Schuhen beschäftigt.

»Hörst du, was ich dir sage? Du wirst die jetzt aufheben.«

Oskar rührte sich nicht vom Fleck, konnte sich nicht entscheiden, was er tun sollte. Der Sandkasten war Jonny natürlich vollkommen egal. Es war nur das Übliche. Es würde mindestens zehn Minuten dauern, alle Steine wieder aufzuheben, die sie geworfen hatten, und Johan würde ihm nicht helfen. Es konnte jeden Moment klingeln.

Nein.

Das Wort traf Oskar wie eine Erleuchtung. Wie einen Menschen, der zum ersten Mal das Wort »Gott« in den Mund nimmt und tatsächlich Gott meint.

Das Bild seiner selbst, der Steine aufhob, nachdem die anderen hineingegangen waren, nur weil Jonny es gesagt hatte, war in seinem Kopf vorbeigeflimmert. Aber auch noch etwas anderes. In dem Sandkasten stand ein ähnliches Klettergerüst wie auf Oskars Hinterhof.

Oskar schüttelte den Kopf.

»Was soll denn das jetzt wieder?«

»Nein.«

»Was heißt hier nein? Du bist wohl schwer von Begriff. Ich hab dir gesagt, du sollst sie aufheben, und dann machst du das gefälligst auch.«

»Nein.«

Es klingelte. Jonny blieb stehen und sah Oskar an. »Du weißt, was das heißt, nicht? Micke.«

»Ja.«

»Wir schnappen ihn uns nach der Schule.«

Micke nickte. »Bis nachher, Schweinchen.«

Jonny und Micke gingen hinein. Johan stand auf, war fertig mit seinen Schuhen.

»Das war verdammt bescheuert.«

»Ich weiß.«

»Warum zum Teufel hast du das gemacht?«

»Weil . . .« Oskar warf einen Blick auf das Klettergerüst. »Weil es sich einfach so ergeben hat.«

»Idiot.«

»Ja.«

Als der Unterricht vorbei war, blieb Oskar noch in der Schule. Er legte zwei leere Blätter auf sein Pult, holte sich das Lexikon vom hinteren Ende des Klassenzimmers, blätterte darin.

Mammut . . . Medici . . . Mongole . . . Morpheus . . . Morse.

Ja. Da war es. Die Punkte und Striche des Morsealphabets nahmen eine Viertelseite ein. Mit großen, deutlichen Buchstaben begann er, den Code auf das eine Blatt zu übertragen:

A = · —

B = — · · ·

C = — · — ·

Und so weiter. Als er fertig war, wiederholte er das Ganze auf dem zweiten Blatt, war mit dem Ergebnis jedoch nicht zufrieden. Er warf die Blätter fort und begann wieder von vorn, zeichnete die Zeichen und Buchstaben noch ordentlicher.

Eigentlich war nur wichtig, dass eine Seite schön wurde: das Blatt, das Eli bekommen sollte. Aber die Arbeit machte ihm Spaß und gab ihm einen Grund, sitzen zu bleiben.

Eli und er hatten sich jetzt eine Woche lang jeden Abend getroffen. Gestern hatte Oskar ausprobiert, an die Wand zu klop-

123

fen, ehe er hinausging, und Eli hatte ihm geantwortet. Anschließend hatten sie gleichzeitig das Haus verlassen. Daraufhin war Oskar die Idee gekommen, ihre Verständigung durch eine Art System zu verbessern, und da es das Morsealphabet bereits gab ...

Er musterte die fertigen Blätter. Schön. Das würde Eli sicher gefallen. Genauso wie sie Puzzles, Systeme mochte. Er faltete die Blätter zusammen, legte sie in den Ranzen, ließ die Arme auf dem Pult liegen. Er spürte ein Ziehen im Magen. Auf der Uhr im Klassenzimmer war es zwanzig nach drei. Er holte sein Buch aus dem Pult, Stephen Kings *Feuerteufel*, und las darin, bis es vier war.

Sie konnten ja wohl kaum zwei Stunden auf ihn gewartet haben?

Hätte er die Steine einfach aufgehoben, wie Jonny gesagt hatte, wäre er jetzt längst zu Hause gewesen und hätte sich okay gefühlt. Ein paar Steine aufzuheben war nun wahrlich nicht das Schlimmste, was sie ihm befohlen hatten. Er bereute, was er getan hatte.

Und wenn er es jetzt machte?

Seine Strafe würde morgen eventuell etwas milder ausfallen, wenn er erzählte, dass er nach der Schule noch geblieben war und ...

Ja, das war die Lösung.

Er packte seine Sachen und ging zum Sandkasten hinaus. Es dauerte doch nur zehn Minuten, die Sache zu erledigen. Wenn er es morgen erzählte, würde Jonny schallend lachen, ihm einen Klaps auf den Kopf geben und »tüchtiges, kleines Schweinchen« oder etwas in der Art sagen. Aber das war trotz allem besser.

Er schielte zum Klettergerüst hinauf, stellte seine Schultasche neben dem Sandkasten ab und fing an, die Steine aufzuheben. Zuerst die großen. London, Paris. Während er die Steine aufhob, spielte er, dass er die Welt nun rettete, von den schrecklichen Neutronenbomben befreite. Sobald die Steine aufgehoben wurden, krabbelten die überlebenden Menschen aus den Ruinen ihrer Häuser wie Ameisen aus einem Ameisenhaufen. Aber die Neutronenbomben beschädigten doch gar keine Häuser? Na schön, dann waren eben auch ein paar Atombomben abgeworfen worden.

Als er zum Rand des Sandkastens ging, um eine Ladung Steine loszuwerden, standen sie einfach da. Er hatte sie nicht kommen hören, war zu sehr in sein Spiel vertieft gewesen. Jonny, Micke. Und Tomas. In den Händen trugen alle drei lange, dünne Haselstrauchzweige. Peitschen. Jonny zeigte mit seiner Peitsche auf einen Stein.

»Da liegt noch einer.«

Oskar ließ die Steine fallen, die er in den Händen trug, griff nach dem Stein, auf den Jonny zeigte. Jonny nickte. »Gut. Wir haben auf dich gewartet, Schweinchen. Ziemlich lange gewartet.«

»Dann ist Tomas gekommen und hat uns erzählt, dass du hier bist«, sagte Micke.

Tomas' Augen waren ausdruckslos. In der Grundschule waren Oskar und er Freunde gewesen, hatten oft auf Tomas' Hinterhof gespielt, aber nach dem Sommer zwischen viertem und fünftem Schuljahr hatte Tomas sich verändert. Er redete anders, erwachsener. Oskar wusste, dass die Lehrer Tomas für den intelligentesten Jungen der Klasse hielten. Man merkte es daran, wie sie mit ihm sprachen. Er hatte einen Computer, wollte Arzt werden.

Oskar wollte den Stein in seiner Hand Tomas ins Gesicht schleudern. In den Mund, der sich nun öffnete und sprach.

»Willst du nicht weglaufen? Nun lauf schon.«

Es zischte, als Jonny seine Rute durch die Luft sausen ließ. Oskars Hand schloss sich fester um den Stein.

Warum laufe ich nicht.

Er spürte schon jetzt den brennenden Schmerz auf den Beinen, wenn ihn die Peitsche traf. Wenn er es bis auf den Parkweg schaffte, wo unter Umständen Erwachsene waren, würden sie es nicht wagen, ihn zu schlagen.

Warum laufe ich nicht.

Weil er ohnehin keine Chance hatte. Sie würden ihn niederringen, noch ehe er fünf Schritte weit gekommen war.

»Tut das nicht.«

Jonny drehte den Kopf, tat, als hätte er nicht verstanden.

»Was hast du gesagt, Schweinchen?«

»Tut das nicht.«

Jonny wandte sich Micke zu.

»Er meint, wir sollen das nicht tun.«

Micke schüttelte den Kopf.

»Aber wir haben uns doch so schöne ...« Er wedelte mit seiner Rute.

»Was meinst du, Tomas?«

Tomas betrachtete Oskar, als wäre er eine Ratte, die, noch lebend, in ihrer Falle zappelte.

»Ich meine, das Schweinchen hat eine Abreibung verdient.«

Sie waren zu dritt. Sie hatten Peitschen. Es war eine extrem unangenehme Situation. Er würde Tomas den Stein ins Gesicht werfen oder ihn schlagen können, wenn er näher kam. Später würde es dann ein Gespräch mit dem Rektor geben und so weiter. Aber man würde Verständnis haben. Drei Burschen mit Peitschen.

Ich war ... verzweifelt.

Er war überhaupt nicht verzweifelt. Im Gegenteil, trotz seiner Angst war er ganz ruhig, seitdem er sich entschieden hatte. Dann würden sie ihn eben auspeitschen, Hauptsache, dies gab ihm einen Grund, Tomas den Stein in sein ekelhaftes Gesicht zu hämmern.

Jonny und Micke kamen näher. Jonny versetzte Oskar einen Hieb auf den Oberschenkel, worauf Oskar sich unter dem brennenden Schmerz krümmte. Micke trat hinter ihn und packte seine Arme.

Nein.

Jetzt konnte er nicht mehr werfen. Jonny hieb ihm auf die Beine, drehte sich wie Robin Hood im Film, schlug erneut zu.

Oskars Beine brannten von den Schlägen. Er wand sich in Mickes Griff, konnte sich jedoch nicht befreien. Ihm stiegen Tränen in die Augen. Er schrie. Jonny versetzte Oskar einen letzten harten Peitschenhieb, der Mickes Bein berührte, sodass dieser aufschrie: »Scheiße, pass doch auf!«, jedoch nicht seinen Griff lockerte.

Eine Träne lief Oskars Wange hinab. Das war ungerecht! Er hatte die Steine doch aufgehoben, er hatte sich ihnen doch gebeugt, warum mussten sie ihm trotzdem wehtun?

Der Stein, den er die ganze Zeit umklammert hatte, fiel ihm aus der Hand, und er brach endgültig in Tränen aus.

Mit mitleidiger Stimme sagte Jonny:

»Das Schweinchen flennt.«

Jonny schien zufrieden. Die Sache war für heute erledigt. Er gab Micke das Zeichen, Oskar loszulassen. Die Weinkrämpfe und die Schmerzen in den Beinen ließen Oskar am ganzen Körper zittern. Seine Augen waren voller Tränen, als er den Kopf in ihre Richtung hob und Tomas' Stimme hörte.

»Und was ist mit mir?«

Micke packte erneut Oskars Arme, und durch den Nebel, der seine Augen verschleierte, sah er Tomas auf sich zukommen. Er schluchzte:

»Bitte, tu das nicht.«

Tomas hob seine Rute und schlug zu. Ein einziges Mal. Oskars Gesicht explodierte, und er zuckte so heftig zur Seite, dass Micke ihn nicht mehr halten konnte oder wollte und sagte: »Verdammt, Tomas. Das war jetzt aber echt . . .«

Jonny klang wütend.

»*Du* kannst gefälligst mit seiner Alten reden.«

Oskar hörte nicht, was Tomas erwiderte. Wenn er denn etwas erwiderte.

Ihre Stimmen entfernten sich, sie ließen ihn mit dem Gesicht im Sand liegen. Seine linke Wange brannte. Der Sand war kalt, kühlte seine brennenden Beine. Er wollte auch die Wange in den Sand legen, wusste jedoch, dass er dies lieber lassen sollte.

Er blieb so lange liegen, bis er anfing zu frieren. Schließlich setzte er sich auf und tastete vorsichtig seine Wange ab. Er hatte Blut an den Fingern.

Er ging zur Schulhoftoilette, betrachtete sich im Spiegel. Seine Wange war angeschwollen und von halb geronnenem Blut bedeckt. Tomas musste so fest zugeschlagen haben, wie er nur konnte. Oskar wusch seine Wange ab und schaute erneut in den Spiegel. Die Wunde blutete nicht mehr, war nicht tief. Aber sie verlief fast über die ganze Wange.

Mama. Was soll ich ihr sagen . . .

Die Wahrheit. Er wollte getröstet werden. In einer Stunde kam Mama nach Hause. Dann würde er ihr erzählen, was sie ihm angetan hatten, und sie würde völlig außer sich sein und ihn immer und immer wieder umarmen, und er würde in ihre Arme sinken, in ihre Tränen, und sie würden gemeinsam weinen.

Dann würde sie Tomas' Mutter anrufen. Dann würde sie Tomas' Mutter anrufen und sich mit ihr streiten und anschließend bittere Tränen darüber vergießen, wie gemein Tomas' Mutter war und dann . . .

Der Werkunterricht.

Es war ein Unfall beim Werken passiert. Nein. Dann würde sie womöglich seinen Lehrer anrufen.

Oskar musterte die Wunde im Spiegel. Wie konnte man sich so verletzen? Er war vom Klettergerüst gefallen. Das klang zwar wenig glaubwürdig, aber Mama würde es vermutlich glauben wollen. So konnte sie dennoch Mitleid mit ihm haben und ihn trösten, aber ohne das andere. Das Klettergerüst.

In seiner Hose war es kalt. Oskar knöpfte sie auf und sah nach. Seine Unterhose war durchnässt. Er holte den Pinkelball heraus und spülte ihn aus. Er wollte ihn schon wieder in die nasse Unterhose zurücklegen, hielt dann jedoch inne und betrachtete sich im Spiegel.

Oskar. Das da ist . . . Ooooskar.

Er hob den ausgespülten Pinkelball an, setzte ihn sich auf die Nase. Wie eine Clownsnase. Der gelbe Ball und die rote Wunde auf seiner Wange. Oskar. Er sperrte die Augen auf, versuchte wahnsinnig auszusehen. Ja. Das sah richtig unheimlich aus. Er sprach zu dem Clown im Spiegel.

»Jetzt ist Schluss. Hast du gehört? Jetzt ist es genug.«

Der Clown antwortete nicht.

»So kann es nicht weitergehen. Das darf nie wieder passieren, hast du gehört?«

Oskars Stimme hallte in der leeren Toilette wider.

»Was soll ich tun? Nun sag schon, was soll ich tun?«

Er verzerrte sein Gesicht zu einer Grimasse, dass es in seiner Wange spannte, verstellte seine Stimme und machte sie so heiser und dunkel, wie er nur konnte. Der Clown sprach.

». . . töte sie . . . töte sie . . . töte sie . . .«

Oskar schauderte. Das war tatsächlich ein wenig unheimlich. Es klang wirklich wie eine andere Stimme, und das Gesicht im Spiegel war nicht seins. Er nahm den Pinkelball von der Nase, stopfte ihn wieder in die Unterhose.

Der Baum.

Nicht dass er ernstlich daran geglaubt hätte, aber ... er würde auf den Baum einstechen. Vielleicht. Vielleicht. Wenn er sich wirklich konzentrierte ...

Vielleicht.

Oskar holte seine Tasche und eilte nach Hause, beschwor vor seinem inneren Auge herrliche Bilder herauf.

Tomas sitzt an seinem Computer, als er den ersten Stich spürt, begreift jedoch nicht, woher er kommt. Er taumelt in die Küche, während Blut aus seinem Bauch strömt: »Mama, Mama, jemand ersticht mich.«

Tomas' Mutter würde dort stehen. Die Mutter, die ihren Tomas immer in Schutz nahm, ganz gleich, was er anstellte. Sie würde dastehen und vor Entsetzen wie gelähmt sein. Während die Stiche Tomas' Körper immer mehr durchlöcherten.

Er bricht in einer Blutlache auf dem Küchenfußboden zusammen, »... Mama ... Mama«, während das unsichtbare Messer seinen Bauch aufschlitzt, sodass sich die Eingeweide auf das Linoleum ergießen.

Nicht, dass es so funktionieren würde.

Aber trotzdem.

Die ganze Wohnung stank nach Katzenpisse.

Giselle lag auf seinem Schoß und schnurrte. Bibi und Beatrice balgten sich auf dem Fußboden. Manfred presste wie üblich seine Schnauze ans Fenster, während Gustaf Manfreds Aufmerksamkeit auf sich zu ziehen versuchte, indem er ihn mit dem Kopf in die Seite knuffte.

Måns und Tufs und Cleopatra dösten auf dem Sessel; Tufs' Pfote spielte mit ein paar losen Fäden. Karl-Oskar versuchte auf das Fensterbrett hinaufzuhüpfen, sprang jedoch vorbei und fiel rücklings auf den Boden. Er war auf einem Auge blind.

Lurvis lag im Flur und belauerte den Briefeinwurf, war jederzeit bereit, aufzuspringen und zuzuschlagen, wenn Reklame kam. Vendela lag auf der Hutablage und betrachtete Lurvis; ihre deformierte rechte Vorderpfote hing zwischen den Gitterstäben herab, zuckte gelegentlich.

Ein paar Katzen waren in der Küche und fraßen oder dösten auf dem Tisch und den Stühlen. Fünf lagen im Schlafzimmer auf dem Bett. Ein paar andere hatten ihre Lieblingsplätze in Schränken, die sie inzwischen selber öffnen konnten.

Seit Gösta die Katzen auf Druck der Nachbarn nicht mehr hinausließ, kam kein frisches Genmaterial mehr hinzu. Die meisten Jungen, die geboren wurden, waren entweder schon tot oder doch so missgebildet, dass sie binnen weniger Tage starben. Gut die Hälfte der achtundzwanzig Katzen, die in Göstas Wohnung lebten, hatte irgendeinen Defekt. Sie waren blind oder taub und zahnlos oder hatten motorische Probleme.

Er liebte sie alle.

Gösta kraulte Giselle hinter dem Ohr.

»Jaa ... Liebes ... was sollen wir nur tun? Du weißt es nicht? Nein, ich auch nicht. Aber etwas müssen wir doch tun, oder nicht? Mann kann das doch nicht einfach so laufen lassen. Das war doch Jocke. Ich kannte ihn. Und jetzt ist er tot. Aber das weiß keiner. Denn keiner hat gesehen, was ich gesehen habe. Hast du es gesehen?«

Gösta senkte den Kopf, flüsterte.

»Es war ein Kind. Ich habe es unten auf der Straße vorbeikommen sehen. Es hat unter der Brücke auf Jocke gewartet. Er ist darunter verschwunden ... und nicht wieder herausgekommen. Am nächsten Morgen war er fort. Aber er ist tot. Ich weiß es.

Was?

Nein, ich kann nicht zur Polizei gehen. Kommt überhaupt nicht in Frage. Dann würden jede Menge Leute kommen und fragen ... warum ich nichts gesagt habe. Mir so eine Lampe ins Gesicht halten.

Es ist jetzt drei Tage her. Oder vier. Ich weiß es nicht genau. Was ist heute für ein Tag? Sie werden Fragen stellen. Ich kann das nicht tun.

Aber irgendetwas müssen wir doch tun.

Was sollen wir nur tun?«

Giselle blickte zu ihm auf, leckte anschließend seine Hand.

Als Oskar aus dem Wald nach Hause kam, war das Messer von morschen Holzfasern verschmutzt. Er wusch es unter dem Küchenhahn sauber, trocknete es mit einem Handtuch ab, das er anschließend mit kaltem Wasser tränkte, auswrang und an seine Wange hielt.

Bald würde Mama nach Hause kommen. Er musste wieder aus dem Haus, brauchte noch etwas Zeit – er war noch immer den Tränen nah, seine Beine brannten. Er holte den Schlüssel aus dem Küchenschrank, schrieb einen Zettel: »Komme gleich, Oskar.« Daraufhin legte er das Messer an seinen Platz zurück und ging in den Keller hinunter. Er schloss die schwere Tür auf, schob sich hinein.

Er mochte den Kellergeruch. Es war ein vertrauter Duft aus Holz, alten Sachen und Muff. Spärliches Licht sickerte auf Bodenhöhe zum Fenster herein, und in der Dunkelheit deutete der Keller Geheimnisse, verborgene Schätze an.

Linkerhand verlief ein langgestreckter Gang, an dem vier Kellerverschläge lagen. Wände und Türen waren aus Holz, die Türen mit größeren oder kleineren Vorhängeschlössern gesichert. Eine der Türen hatte verstärkte Scharniere: Dort war einmal eingebrochen worden.

An der Holzwand am hinteren Ende des Gangs stand mit Filzstift geschrieben »KISS«. Die »S« hatten die Form von auseinander gezogenen, spiegelverkehrten »Z«.

Was ihn interessierte, befand sich an der gegenüberliegenden Wand des Gangs. Der Müllkeller. Dort hatte Oskar bereits einen funktionierenden Leuchtglobus gefunden, der nun in seinem Zimmer stand, sowie eine Reihe alter Ausgaben von *Hulk*. Unter anderem.

Heute lag dort jedoch kaum etwas. Der Keller musste erst kürzlich geleert worden sein. Ein paar Zeitungen, ein paar Aktenordner, die »Englisch« und »Schwedisch« beschriftet waren. Ordner hatte Oskar genug. Vor einem Jahr hatte er einen ganzen Haufen aus dem Container vor der Druckerei gerettet.

Er ging weiter durch den Keller, wieder hinaus und zum nächsten Hauseingang der Häuserzeile, Tommys Eingang. Dort ging er bis zur nächsten Kellertür, schloss auf und trat ein. Dieser Keller roch anders; ein schwacher Duft von Farbe oder Lösungsmitteln hing in der Luft.

Hier befand sich auch der Schutzraum der Häuserzeile. Er war einmal in ihm gewesen, vor drei Jahren, als ein paar von den älteren Jungen dort einen Boxclub hatten. Eines Nachmittags hatte er Tommy begleiten und zuschauen dürfen. Die Jungen hatten mit Boxhandschuhen an den Händen aufeinander eingedroschen, und Oskar hatte sich ein bisschen gefürchtet. Das Stöhnen und der Schweiß, die angespannten, konzentrierten Körper, das Geräusch der Schläge, das von den dicken Betonwänden verschluckt wurde. Dann hatte sich jemand verletzt oder so, und die Drehräder, die man bewegen musste, um die Riegel von der Eisentür fortzuziehen, waren mit Ketten und Vorhängeschlössern gesichert worden. Schluss mit dem Boxen.

Oskar schaltete das Licht an und ging zum Schutzraum. Wenn die Russen kamen, würden man ihn sicher wieder aufschließen.

Wenn sie den Schlüssel nicht verloren hatten.

Oskar stand vor der massiven Eisentür, und der Gedanke tauchte auf, dass hier jemand ... dass hier etwas eingeschlossen war und die Ketten und Schlösser deshalb da waren. Ein Monster.

Er lauschte. Entfernte Laute drangen von der Straße und von Menschen herein, die in den Wohnungen über seinem Kopf Dinge taten. Er mochte den Keller wirklich sehr. Man fühlte sich in ihm wie in einer anderen Welt, während man gleichzeitig wusste, dass es die Welt da draußen, über einem, noch gab, wenn man sie benötigte. Hier unten aber war es still, und niemand kam und sagte etwas oder machte etwas mit einem. Es gab nichts, was man tun musste.

Gegenüber vom Schutzraum lag der Verschlag des Kellerclubs. Verbotenes Terrain.

Sie hatten kein Schloss, was aber noch lange nicht hieß, dass jeder hineindurfte. Er atmete tief durch und öffnete die Tür.

Es gab nicht viel in dem Kellerverschlag. Eine durchgesessene Couch und einen ebenso durchgesessenen Sessel. Einen Teppich auf dem Fußboden. Eine Kommode, deren Lack abblätterte. Von der Lampe im Kellergang verlief ein zusätzliches, heimlich angeschlossenes Stromkabel zu einer nackten Glühbirne, die an einem Haken an der Decke hing. Sie war aus.

Zwei, drei Mal war er schon hier unten gewesen und wusste, dass man nur an der Glühbirne drehen musste, wenn man Licht machen wollte. Aber er traute sich nicht. Das Licht, das durch die Ritzen der Bretterwand hereinsickerte, reichte ihm völlig. Sein Herz schlug schneller. Wenn sie ihn hier erwischten, würden sie ...

Was? Ich weiß es nicht. Das ist ja gerade das Furchtbare. Nicht schlagen, aber . . .

Er kniete sich auf den Teppich, hob ein Couchpolster an. Darunter befanden sich zwei Tuben Kleber, eine Rolle Plastiktüten und eine Röhre Feuerzeuggas. Unter dem Polster in der anderen Ecke der Couch lagen die Pornos. Ein paar zerlesene Exemplare Penthouse und Playboy.

Er nahm sich einen Playboy und rückte näher an die Tür heran, wo es etwas heller war. Immer noch auf den Knien legte er die Illustrierte vor sich auf den Fußboden, blätterte darin. Sein Mund war ausgedörrt. Die Frau auf dem Foto lag in einem Liegestuhl und trug nur ein Paar hochhackige Schuhe. Sie presste ihre Brüste zusammen und spitzte den Mund. Ihre Beine waren gespreizt, und mitten in dem Haarbusch zwischen ihren Schenkeln verlief ein Striemen rosa Fleisch mit einer Ritze in der Mitte.

Wie kommt man da rein?

Er kannte die Worte aus Gesprächsfetzen, die er gehört, Graffitis, die er gelesen hatte. Die Fotze. Das Loch. Die Schamlippen. Aber da war doch gar kein Loch. Nur diese Ritze. Sie hatten in der Schule Sexualunterricht gehabt, und er wusste, dass es dort einen . . . Tunnel geben sollte, der bei der Möse begann. Aber in welche Richtung verlief er? Geradeaus nach innen oder aufwärts oder . . . es ließ sich nicht erkennen.

Er blätterte weiter. Erzählungen von Lesern. Ein Schwimmbad. Eine Kabine im Umkleideraum der Mädchen. *Die Brustwarzen unter ihrem Badeanzug wurden steif. Mein Schwanz pochte wie ein Hammer in der Badehose. Sie packte die Kleiderhaken, wandte mir ihren kleinen Hintern zu und winselte: »Nimm mich, nimm mich jetzt.«*

Passierte das die ganze Zeit; hinter verschlossenen Türen, an Orten, an denen man es nicht sah?

Er hatte gerade eine neue Geschichte über ein Familientreffen angefangen, das eine unerwartete Wendung nahm, als er hörte, dass die Kellertür geöffnet wurde. Er schlug die Illustrierte zu, legte sie unter das Couchpolster zurück und wusste nicht, was er tun sollte. Seine Kehle schnürte sich zusammen, er wagte nicht zu atmen. Schritte im Gang.

Großer Gott, lass sie nicht herkommen. Lass sie nicht herkommen.

Krampfhaft umklammerte er mit den Händen seine Kniescheiben, biss die Zähne so fest zusammen, dass seine Kiefer schmerzten. Die Tür wurde geöffnet. Dahinter stand Tommy und blinzelte.

»Was zum Teufel?«

Oskar wollte etwas sagen, aber seine Kiefer hatten sich verkrampft. Er kniete nur mitten auf dem Teppich aus Licht, der von der Tür ausgerollt worden war, schnappte durch die Nase nach Luft.

»Was zum Henker machst du hier? Und was hast du da gemacht?«

Praktisch ohne seine Kiefer zu bewegen, gelang es Oskar herauszubringen: ». . . nichts.«

Tommy machte einen Schritt in den Kellerverschlag, baute sich vor ihm auf.

»Mit deiner Backe, meine ich. Was hast du da gemacht?«

»Ich . . . nichts.«

Tommy schüttelte den Kopf, schraubte an der Glühbirne, sodass es hell wurde, und schloss die Tür. Oskar kam auf die Beine, stellte sich mitten in den Raum, die Arme steif an den Seiten herabhängend, war unsicher, was er jetzt tun sollte. Er machte einen Schritt Richtung Tür. Tommy ließ sich seufzend in den Sessel fallen, zeigte auf die Couch.

»Setz dich.«

Oskar setzte sich auf das mittlere Polster der Couch, unter dem nichts lag. Tommy schwieg einen Moment und schaute ihn an. Dann sagte er: »Und? Dann lass mal hören.«

»Was denn?«

»Was du mit deiner Backe gemacht hast.«

»... ich ... ich bin nur ...«

»Dich hat einer verprügelt, was? Was?«

»... ja ...«

»Und warum?«

»Keine Ahnung.«

»Wie bitte? Die verprügeln dich einfach so, ohne Grund?«

»Ja.«

Tommy nickte, zupfte an ein paar losen Fäden, die vom Sessel herabhingen. Holte eine Dose mit Kautabak in Portionsbeuteln heraus, schob sich einen Beutel unter die Oberlippe und hielt Oskar die runde Dose hin.

»Möchtest du?«

Oskar schüttelte den Kopf. Tommy steckte die Dose wieder ein, schob den Beutel mit der Zunge an die richtige Stelle, lehnte sich im Sessel zurück und verschränkte die Hände auf dem Bauch.

»So so. Und was treibst du hier?«

»Ach, ich wollte nur ...«

»Dir ein paar Bräute angucken? Was? Denn du schnüffelst doch etwa nicht, oder? Komm her.«

Oskar stand auf, ging zu Tommy.

»Komm näher. Hauch mich mal an.«

Oskar kam seiner Aufforderung nach, und Tommy nickte, zeigte auf die Couch und sagte Oskar, er solle sich wieder setzen.

»Lass bloß die Finger davon, verstanden?

»Ich habe nicht ...«

»Nein, hast du nicht. Aber du sollst die Finger davon lassen, verstanden? Es ist nicht gut. Kautabak ist gut. Nimm lieber den.« Er machte eine Pause. »Und? Willst du hier herumsitzen

137

und mich den ganzen Abend anglotzen?« Er zeigte auf das Couchpolster neben Oskar. »Oder willst du noch was lesen?«

Oskar schüttelte den Kopf.

»Also nicht. Dann geh nach Hause. Die anderen kommen gleich und werden nicht besonders glücklich darüber sein, dich hier zu sehen. Geh jetzt nach Hause.«

Oskar stand auf.

»Und dann ...« Tommy sah ihn an, schüttelte den Kopf, seufzte. »Nein, schon gut. Geh nach Hause. Und du? Komm nicht mehr her.«

Oskar nickte, öffnete die Tür. In der Türöffnung blieb er stehen.

»Entschuldige.«

»Ist schon okay. Komm nur nicht mehr her. Du, übrigens. Was ist mit dem Geld?«

»Bekomme ich morgen.«

»Alles klar. Ach ja. Ich hab dir eine Kassette mit Destroyer und Unmasked gemacht. Hol sie dir die Tage mal ab.«

Oskar nickte, hatte einen Kloß im Hals. Wenn er noch länger stehen bliebe, würde er losheulen. Also flüsterte er: »Danke«, und ging.

Tommy blieb im Sessel sitzen, saugte an dem Tabak und betrachtete die Wollmäuse, die sich unter der Couch angesammelt hatten.

Hoffnungslos.

Oskar würde bis zum Ende der neunten Klasse Prügel beziehen. Er war der Typ dafür. Tommy hätte gerne etwas unternommen, aber wenn sich die Sache erst einmal eingespielt hatte, war es gelaufen. Dann konnte man nichts mehr tun.

Er zog ein Feuerzeug aus der Tasche, setzte es sich an den Mund und ließ Gas hineinströmen. Als sich seine Mundhöhle kalt anfühlte, zog er das Feuerzeug fort, zündete es an, atmete aus.

Eine Verpuffung vor seinem Gesicht. Das stimmte ihn auch nicht froher. Er war rastlos; stand auf und machte ein paar Schritte auf dem Teppich. Staubbäusche wirbelten über den Boden.

Was soll man verdammt nochmal tun?

Er schritt den Teppich ab, dachte, dass er im Gefängnis war. Man kommt nicht frei. Man war nun einmal hier gelandet, da musste man das Beste daraus machen, bla, bla. Blackeberg. Er würde fortgehen, er würde . . . Seemann oder etwas anderes werden. Was auch immer.

Das Deck scheuern, Kuba ansteuern, hei und ho.

Ein Besen, der so gut wie nie benutzt wurde, lehnte an der Wand. Er nahm ihn, begann zu kehren. Staub stieg ihm in die Nase. Als er eine Weile gekehrt hatte, fiel ihm ein, dass es gar kein Kehrblech gab. Also kehrte er den Staub unter die Couch.

Besser ein bisschen Dreck in den Ecken als eine saubere Hölle.

Er blätterte in einem Porno, legte ihn wieder zurück. Wickelte sich seinen Schal um den Hals und zog zu, bis er das Gefühl hatte, sein Kopf würde platzen, ließ los. Stand auf, machte ein paar Schritte auf dem Teppich. Sank auf die Knie, betete zu Gott.

Gegen halb sechs kamen Robban und Lasse. Da saß Tommy zurückgelehnt in seinem Sessel und erweckte den Eindruck, als könnte nichts seine gute Laune trüben. Lasse saugte an den Lippen, wirkte nervös. Robban grinste und versetzte Lasse einen Schlag auf den Rücken.

»Lasse braucht noch ein Kassettendeck.«

Tommy hob die Augenbrauen.

»Und warum?«

»Erzähl mal, Lasse.«

Lasse schnaubte, traute sich nicht, Tommy in die Augen zu sehen.

»Äh . . . da ist so ein Typ auf der Arbeit . . .«

»Der eins kaufen will?«

»Mmm.«

Tommy zuckte mit den Schultern, erhob sich aus dem Sessel und pflückte den Schlüssel zum Schutzraum aus der Polsterung. Robban wirkte enttäuscht, hatte vermutlich eine amüsante Strafpredigt erwartet, aber das war Tommy egal. Von ihm aus konnte Lasse auf der Arbeit ruhig über Lautsprecher »DIEBESGUT ZU VERKAUFEN!« ausposaunen, wenn er Lust hatte. Es spielte keine Rolle.

Tommy schob Robban zur Seite, trat in den Kellergang hinaus, öffnete das Vorhängeschloss, zog die Kette aus dem Drehrad und warf sie Robban zu. Die Kette entglitt Robbans Händen, rasselte zu Boden.

»Was ist los mit dir? Bist du sauer, oder was?«

Tommy schüttelte den Kopf, drehte am Rad des Schließmechanismus und drückte die Tür auf. Die Neonröhre im Schutzraum war kaputt, aber es fiel genug Licht aus dem Gang herein, um die aufgestapelten Kartons an der Wand erkennen zu können. Tommy hob ein Kassettendeck herab und übergab es Lasse.

»Viel Spaß damit.«

Lasse sah unsicher zu Robban, als erhoffte er sich von diesem Beistand bei dem Versuch, Tommys Verhalten zu deuten. Robban verzog das Gesicht zu einer Grimasse, die alles Mögliche bedeuten konnte, und wandte sich an Tommy, der wieder abschloss.

140

»Was Neues von Staffan gehört?«

»Nee.« Tommy ließ das Vorhängeschloss einrasten, seufzte. »Ich bin morgen Abend bei ihm zum Essen eingeladen. Mal sehen.«

»Zum Essen?«

»Ja, na und?«

»Nee, schon gut. Ich dachte nur irgendwie, Bullen würden mit ... Benzin oder so laufen.«

Lasse prustete los, war froh darüber, dass die gedrückte Stimmung verflog.

»Benzin ...«

❊

Er hatte Mama angelogen. Sie hatte ihm geglaubt. Jetzt lag er auf seinem Bett, und ihm war schlecht.

Oskar. Der Typ in dem Spiegel da. Wer ist das? Ihm passiert alles Mögliche. Schlimme Dinge. Gute Dinge. Seltsame Dinge. Aber wer ist er? Jonny schaut ihn an und sieht das Schweinchen, das Prügel beziehen soll. Mama schaut und sieht ihren kleinen Liebling, dem nichts Böses zustoßen darf.

Eli schaut und sieht ... was?

Oskar drehte sich zur Wand, zu Eli. Die beiden Figuren lugten aus dem Laubwerk heraus. Seine Wange war noch wund und geschwollen, auf der Wunde hatte sich eine Kruste gebildet. Was sollte er Eli sagen, wenn Eli heute Abend kam?

Das eine hing mit dem anderen zusammen. Was er ihr sagen würde, hing davon ab, was er für sie war. Eli war neu für ihn, und darum hatte er die Chance, ein anderer zu sein, etwas anderes zu sagen als zu anderen.

Wie stellt man es eigentlich an? Dass einen jemand mag?

Auf der Uhr, die auf dem Schreibtisch stand, war es Viertel

nach sieben. Er schaute in das Laub, versuchte neue Figuren zu finden, hatte einen kleinen Zwerg mit spitzer Mütze sowie einen auf dem Kopf stehenden Troll ausgemacht, als an die Wand geklopft wurde.

Tock-tock-tock.

Ein vorsichtiges Klopfen. Er gab Antwort.

Tock-tock-tock.

Wartete. Ein paar Sekunden später ertönte ein neuerliches Klopfen.

Tock-tocktocktock-tock.

Er ergänzte die beiden fehlenden: *tock-tock.*

Wartete. Kein weiteres Klopfen.

Er nahm den Zettel mit dem Morsealphabet, zog seine Jacke an, verabschiedete sich von Mama und ging zum Spielplatz hinunter. Er war erst auf halbem Weg, als sich Elis Haustür öffnete und sie herauskam. Sie trug Turnschuhe, eine Jeans und einen schwarzen Collegepullover, auf dem mit Silberschrift »Star Wars« stand.

Erst dachte er, es wäre sein eigener Pullover; er hatte den gleichen, hatte ihn vorgestern getragen, jetzt war er in der Wäsche. Hatte sie sich etwa nur deshalb den gleichen gekauft, weil er so einen hatte?

»Hi.«

Oskar öffnete den Mund, um das »Hallo« zu sagen, das ihm schon auf den Lippen gelegen hatte, schloss wieder den Mund. Öffnete ihn erneut, um »hi« zu sagen, überlegte es sich dann aber anders und sagte schließlich doch »hallo«.

Eli bekam eine steile Falte zwischen den Augenbrauen.

»Was ist mit deiner Wange passiert?«

»Ach, ich ... bin gefallen.«

Oskar ging weiter Richtung Spielplatz, Eli folgte ihm. Er ging am Klettergerüst vorbei, setzte sich auf eine Schaukel. Eli setzte sich auf die Nachbarschaukel. Schweigend schwangen sie eine Weile vor und zurück.

»Das hat jemand getan, nicht wahr?«

Oskar schaukelte ein paarmal.

»Ja.«

»Wer?«

»Ein paar ... Freunde.«

»Freunde?«

»Ein paar aus meiner Klasse.«

Oskar gab der Schaukel mehr Schwung, griff den Faden auf.

»In welche Schule gehst du eigentlich?«

»Oskar.«

»Ja?«

»Halt mal an.«

Er bremste mit den Füßen, schaute vor sich auf die Erde.

»Ja, was ist?«

»Du ...«

Sie streckte ihre Hand aus, ergriff seine, und er stoppte endgültig, sah Eli an. Ihr Gesicht war vor den erleuchteten Fenstern hinter ihr kaum mehr als eine Silhouette. Natürlich war es Einbildung, aber er hatte das Gefühl, dass ihre Augen leuchteten. Zumindest waren sie das Einzige, was er von ihrem Gesicht deutlich erkennen konnte.

Mit der anderen Hand berührte sie die Wunde, und das Seltsame geschah. Ein anderer, ein viel älterer, härterer Mensch presste sich gegen die Innenseite ihrer Haut. Oskar lief ein kalter Schauer über den Rücken, als hätte er in ein Eis gebissen.

»Oskar. Lass das nicht zu. Hörst du? Lass das nicht zu.«

»... nein.«

»Du musst zurückschlagen. Du hast noch nie zurückgeschlagen, oder?

»Nein.«

143

»Fang jetzt damit an. Schlag zurück. Hart.«

»Sie sind zu dritt.«

»Dann musst du härter zuschlagen. Benutze Waffen.«

»Ja.«

»Steine. Stöcke. Schlag sie mehr, als du dich eigentlich traust. Dann hören sie auf.«

»Und wenn sie zurückschlagen?«

»Du hast ein Messer.«

Oskar schluckte. In diesem Moment, mit Elis Hand in seiner, mit ihrem Gesicht vor sich, schien alles so selbstverständlich. Aber wenn sie schlimmere Dinge machten, sobald er Widerstand leistete, wenn sie . . .

»Ja. Aber was ist, wenn sie . . .«

»Dann helfe ich dir.

»Du? Du bist doch . . .«

»Ich kann dir helfen, Oskar. Das . . . kann ich.«

Eli drückte Oskars Hand. Er erwiderte ihren Händedruck, nickte. Aber Elis Griff wurde noch fester. So fest, dass es ein bisschen wehtat. *Wie stark sie ist.*

Eli löste ihren Griff, und Oskar zog den Zettel heraus, den er in der Schule geschrieben hatte, strich ihn glatt und reichte ihn ihr. Eli runzelte die Stirn.

»Was ist das?«

»Komm, wir gehen ins Licht.«

»Nein, ich kann es sehen. Aber was ist es?«

»Das Morsealphabet.«

»Ja, ja. Schon klar. *Super.*«

Oskar kicherte. Sie sagte es so unglaublich . . . wie hieß das? . . . gekünstelt. Das Wort passte irgendwie nicht in ihren Mund.

»Ich dachte mir . . . dann können wir . . . uns besser durch die Wand unterhalten.«

144

Eli nickte und schien zu überlegen, was sie als Nächstes sagen sollte. Meinte dann:

»Das ist schön.«

»Echt klasse?«

»Ja. *Echt klasse.* Echt klasse.«

»Du bist ein bisschen verrückt, weißt du das?«

»Bin ich?«

»Ja. Aber das ist schon okay.«

»Dann wirst du mir wohl zeigen müssen, was ich zu tun habe. Um nicht verrückt zu sein.«

»Ja. Soll ich dir was zeigen?«

Eli nickte.

Oskar führte ihr seinen Spezialtrick vor. Er setzte sich auf die Schaukel, auf der er zuvor gesessen hatte, holte Schwung. Mit jeder Pendelbewegung der Schaukel, mit jedem Quäntchen, das Oskar höher stieg, wuchs das Gefühl in seiner Brust: Freiheit.

Die hell erleuchteten Wohnungsfenster schossen an ihm vorbei wie bunte, leuchtende Striche, und er schaukelte immer höher. Der Spezialtrick gelang ihm nicht immer, aber heute würde er es schaffen, denn er war leicht wie eine Feder und konnte beinahe fliegen.

Als die Schaukel so hoch stieg, dass die Ketten beim Zurückschwingen kurz erschlafften und anschließend ruckten, spannte er den ganzen Körper an. Die Schaukel schoss ein weiteres Mal zurück, und auf dem höchsten Punkt der nächsten Vorwärtsbewegung ließ er die Ketten los und schob die Beine mit aller Kraft nach oben, nach vorn. Die Beine beschrieben einen Bogen durch die Luft, und er landete auf den Füßen, ging möglichst tief in die Hocke, um die Schaukel nicht gegen den Kopf zu bekommen, und als die Schaukel ihn passiert hatte, richtete er sich auf und breitete die Arme aus. Perfekt.

Eli applaudierte, rief: »Bravo!«

Oskar fing die schwingende Schaukel ab, führte sie zur Ausgangsposition zurück, setzte sich. Wieder einmal war er dankbar für die Dunkelheit, die ein triumphierendes Lächeln verbarg, das er nicht unterdrücken konnte, obwohl es in seiner Wunde zog. Elis Applaus verklang, aber das Lächeln blieb.

Nun würde alles anders werden. Natürlich konnte man niemanden töten, indem man auf einen Baum einstach. Er war doch nicht blöd.

DONNERSTAG, 29. OKTOBER

Håkan saß auf dem Fußboden des schmalen Flurs und lauschte dem Plätschern aus dem Badezimmer. Er hatte die Knie so angezogen, dass seine Fersen die Pobacken berührten, sein Kinn auf den Knien ruhte. Die Eifersucht war eine fette, kreideweiße Schlange in seiner Brust. Sie wand sich langsam, rein wie Unschuld und mit kindlicher Deutlichkeit.

Entbehrlich. Er war ... entbehrlich.

Als er gestern Abend in seinem Bett gelegen hatte, war das Fenster einen Spaltbreit offen gewesen. Er hatte gehört, wie Eli sich von diesem Oskar verabschiedete. Ihre hellen Stimmen, ihr Lachen. Eine ... Leichtigkeit, die er niemals anzubieten haben würde. Zu ihm gehörten der bleischwere Ernst, die Forderungen, die Lust.

Er hatte geglaubt, sein Geliebter wäre genauso. Er hatte in Elis Augen gesehen und die Weisheit und Teilnahmslosigkeit eines uralten Menschen erblickt. Anfangs hatte ihn das erschreckt; Samuel Becketts Augen in Audrey Hepburns Gesicht. Dann aber hatte es ihm Geborgenheit geschenkt.

Besser hatte es überhaupt nicht kommen können. Der junge, grazile Körper, der seinem Leben Schönheit verlieh, während ihm gleichzeitig jede Verantwortung abgenommen wurde. Nicht er traf die Entscheidungen. Außerdem brauchte er sich für seine Lust nicht schuldig zu fühlen; sein Geliebter war älter als er. Kein Kind. Hatte er geglaubt.

Aber seit die Sache mit Oskar begonnen hatte, war etwas

geschehen. Eine … Regression. Eli benahm sich immer mehr wie das Kind, das sein Aussehen andeutete; Eli hatte begonnen, die Glieder schlenkern zu lassen, kindliche Ausdrücke, Worte zu benutzen. Wollte spielen. Zum Beispiel Schlüssel verstecken. Neulich abends hatten sie Schlüssel verstecken gespielt. Eli war wütend geworden, als Håkan nicht den erforderlichen Enthusiasmus für das Spiel zeigte, hatte daraufhin versucht ihn zu kitzeln, um ihn zum Lachen zu bringen. Er hatte die Berührung genossen.

Natürlich war das anziehend. Diese Freude, dieses … Leben. Gleichzeitig war es erschreckend, weil es ihm so fern war. Er war geiler und ängstlicher, als er es seit ihrer ersten Begegnung jemals gewesen war.

Gestern Abend hatte sich sein Geliebter in Håkans Zimmer eingeschlossen und dort eine halbe Stunde gelegen und an die Wand geklopft. Als Håkan der Zugang zu dem Zimmer wieder gewährt wurde, sah er, dass ein Zettel mit Zeichen über seinem Bett klebte. Das Morsealphabet.

Als er sich schlafen gelegt hatte, war er versucht gewesen, selber eine Nachricht an Oskar zu klopfen. Ein paar Worte darüber, was Eli wirklich war. Stattdessen hatte er den Code auf einem Zettel abgeschrieben, damit er in Zukunft entschlüsseln konnte, was die beiden einander sagten.

Håkan senkte den Kopf, lehnte die Stirn auf die Knie. Das Plätschern im Badezimmer war verstummt. So konnte es nicht weitergehen. Er war kurz davor zu platzen. Vor Lust, vor Eifersucht.

Der Badezimmerschlüssel wurde gedreht und die Tür geöffnet. Eli stand vor ihm. Vollkommen nackt. Rein.

»Du sitzt hier?«

»Ja. Du bist schön.«

»Danke.«

»Kannst du dich nicht umdrehen?«

»Und warum?«

»Weil . . . ich es will.«

»Ich aber nicht. Mach mir mal Platz.«

»Ich sage vielleicht etwas . . . wenn du es tust.«

Eli sah Håkan fragend an, drehte sich dann um hundert-
achtzig Grad, kehrte ihm den Rücken zu. Speichel strömte in
Håkans Mund, er musste schlucken, schaute. Er empfand kör-
perlich, dass seine Augen geradezu aßen, was sie vor sich hatten.
Das Schönste auf der ganzen Welt. Im Abstand einer Armlänge.
Unendlich fern.

»Hast du . . . Hunger?«

Eli wandte sich wieder um.

»Ja.«

»Ich tue es. Aber ich will als Entgelt etwas haben.«

»Sag.«

»Eine Nacht. Ich will eine Nacht haben.«

»Ja.«

»Darf ich das?«

»Ja.«

»Bei dir liegen? Dich berühren?«

»Ja.«

»Darf ich . . .«

»Nein. Mehr nicht. Aber das. Ja.«

»Dann tue ich es. Heute Abend.«

Eli ging neben ihm in die Hocke. Es brannte in Håkans Handflächen. Er wollte Eli liebkosen, durfte es nicht. Heute Abend.
Elis Blick wanderte zur Decke, er sagte:

»Danke. Aber was ist, wenn jemand . . . dieses Bild in der Zeitung . . . es gibt Menschen, die wissen, dass du hier wohnst.«

»Das habe ich bedacht.«

»Wenn jemand tagsüber hierher käme . . . während ich ruhe . . .«

149

»Ich sage doch, ich habe es bedacht.«

»Inwiefern?«

Håkan nahm Eli an der Hand, stand auf und ging in die Küche, öffnete die Vorratskammer, holte ein Marmeladenglas mit einem gläsernen Schraubverschluss heraus. Eine durchsichtige Flüssigkeit füllte das halbe Glas.

Er erläuterte, was er sich überlegt hatte. Eli schüttelte heftig den Kopf.

»Das kannst du nicht tun.«

»Ich kann. Begreifst du jetzt ... wie viel mir an dir liegt?«

Als Håkan letzte Vorbereitungen traf, verstaute er das Marmeladenglas zusammen mit der übrigen Ausrüstung in der Tasche. Eli hatte sich inzwischen angezogen und wartete im Flur, als Håkan herauskam, lehnte sich vor und drückte einen leichten Kuss auf seine Wange. Håkan blinzelte, betrachtete lange Elis Gesicht.

Ich bin verloren.

Dann rief ihn die Pflicht.

Morgan löffelte eins nach dem anderen seine *Vier kleinen Gerichte* in sich hinein, schenkte dem Reis, der in einer Schale daneben stand, kaum Beachtung. Lacke lehnte sich vor, sagte leise:

»Du, könnte ich den Reis haben?«

»Nur zu. Willst du auch was von der Sauce?«

»Nee. Ich nehme einfach ein bisschen Sojasauce.«

Larry lugte über den Rand seiner Abendzeitung und verzog das Gesicht zu einer Grimasse, als Lacke die Reisschale nahm und mit einem Gluck-gluck-gluck Sojasauce darüber goss und

Reis in sich hineinschaufelte, als hätte er seit Tagen nichts mehr gegessen. Larry zeigte auf die frittierten Krabben, die sich auf Morgans Teller türmten.

»Kannst ja mal ein bisschen was abgeben.«

»Ja, ja. Sorry. Willst du eine Krabbe?«

»Nee, dann spielt mein Magen verrückt. Aber Lacke.«

»Willst du eine Krabbe, Lacke?«

Lacke nickte und schob ihm die Reisschale hin. Morgan legte mit großer Geste zwei frittierte Krabben hinein, fügte noch ein paar hinzu. Lacke dankte und stürzte sich auf die Krabben.

Morgan brummte und schüttelte den Kopf. Seit Jockes Verschwinden war Lacke nicht mehr er selbst. Er war schon vorher knapp bei Kasse gewesen, aber jetzt trank er mehr und hatte deshalb für feste Nahrung keine Öre mehr übrig. Die Sache mit Jocke war schon seltsam, aber doch nichts, weshalb man gleich aus den Latschen kippen musste. Vier Tage war er jetzt fort, und was wusste man schon? Immerhin konnte er auch eine Lady kennen gelernt haben und nach Tahiti verduftet sein, alles war möglich. Er würde schon wieder auftauchen.

Larry legte die Zeitung fort, schob seine Brille in die Stirn, rieb sich die Augen und sagte: »Wisst ihr, wo es hier Schutzräume gibt?«

Morgan grinste. »Wieso? Willst du Winterschlaf halten?«

»Nein, aber dieses U-Boot. Wenn es nun rein theoretisch eine richtige Invasion wäre ...«

»Kannst du in unseren kommen. Ich war unten und habe ihn mir angeschaut, als vor ein paar Jahren ein Typ vom Verteidigungssoundso da war, um ihn zu inspizieren. Gasmasken, Konservendosen, Tischtennisplatte, das volle Programm. Steht alles einfach so herum.«

»Eine Tischtennisplatte?«

151

»Ja klar, weißt du was? Wenn der Iwan an Land geht, sagen wir einfach: ›Immer mit der Ruhe, Jungs, legt eure Kalaschnikoffs ab, die Sache entscheiden wir lieber mit einem Pingpong-match.‹ Anschließend dürfen sich die Generäle angeschnittene Bälle zuspielen.«

»Die Russen spielen Pingpong?«

»Nee. Also erledigen wir die Sache mit links. Vielleicht bekommen wir ja das ganze Baltikum zurück.«

Lacke wischte sich mit einer Serviette übertrieben sorgfältig den Mund ab, sagte: »Jedenfalls ist es seltsam.«

Morgan zündete sich eine *John Silver* an. »Was denn?«

»Die Sache mit Jocke. Er hat immer Bescheid gesagt, wenn er irgendwohin wollte. Ihr wisst schon. Wenn er zu seinem Bruder auf Väddö wollte, war das für ihn eine große Sache. Er fing schon eine Woche im Voraus an, davon zu erzählen. Was er mit-nehmen würde, was sie vorhatten.«

Larry legte eine Hand auf Lackes Schulter.

»Du sprichst von ihm in der Vergangenheit.«

»Was? Ja. Also ich glaube wirklich, dass ihm etwas passiert ist. Ich glaube das.«

Morgan trank einen ordentlichen Schluck Bier, rülpste.

»Du glaubst, er ist tot.«

Lacke zuckte mit den Schultern, sah hilfesuchend Larry an, der das Muster auf den Servietten studierte. Morgan schüttelte den Kopf.

»No way. Das hätten wir erfahren. Das hat der eine Bulle doch gesagt, als sie da waren und die Tür geöffnet haben, dass sie dich anrufen, sobald es etwas Neues gibt. Nicht, dass ich den Bullen über den Weg trauen würde, aber … man müsste doch etwas gehört haben.«

»Er hätte anrufen müssen.«

»Mein Gott, seid ihr verheiratet oder was? Mach dir keine Sorgen. Er taucht schon wieder auf. Mit Rosen und Schokolade und dem Versprechen, so etwas nie, nie wieder zu tun.«

Lacke nickte resigniert und nippte an dem Bier, das Larry ihm unter der Bedingung ausgegeben hatte, dass Lacke ihm eins spendierte, sobald bessere Zeiten gekommen waren. Noch zwei Tage, höchstens. Dann würde er anfangen, auf eigene Faust zu suchen. Alle Krankenhäuser und Leichenschauhäuser anrufen und was man sonst noch alles tun konnte. Man ließ seinen besten Freund nicht im Stich. Wenn er krank oder tot oder was auch immer war. Man ließ ihn nicht im Stich.

Es war halb acht, und Håkan machte sich allmählich Sorgen. Er war planlos um das Gymnasium und die Vällingbyhalle herumgestrichen, wo viele Jugendliche unterwegs waren. Sportvereine trainierten, und das Schwimmbad war bis in den Abend hinein geöffnet, weshalb kein Mangel an möglichen Opfern herrschte. Das Problem bestand vielmehr darin, dass die meisten von ihnen in Gruppen unterwegs waren. Er hatte den Kommentar eines Mädchens aus einer Gruppe von dreien aufgeschnappt, ihre Mama sei »immer noch total psycho wegen diesem Mörder«.

Er hätte natürlich weiter weg fahren können, in einen Stadtteil, in dem seine Tat nicht in allen Köpfen herumspukte, aber dann lief er Gefahr, dass das Blut auf dem Heimweg schlecht wurde. Wenn er es schon machte, wollte er seinem Geliebten auch das Beste bieten. Und je frischer, je näher der Quelle, desto besser. Das hatte er erfahren.

Letzte Nacht war es richtig kalt geworden, die Temperaturen unter den Gefrierpunkt gefallen. Dadurch erregte es kaum Aufsehen, dass er eine Skimütze mit Löchern für Augen und Mund trug, die sein Gesicht verbarg.

Andererseits konnte er hier auch nicht endlos herumschleichen. Irgendwann würde jemand Verdacht schöpfen.

Und wenn er niemanden in die Finger bekam? Wenn er ohne Beute nach Hause kam? Sein Geliebter würde nicht sterben, dessen war er sich sicher. Das war ein Unterschied zum ersten Mal. Doch diesmal gab es einen anderen, einen wunderbaren Einsatz. Eine ganze Nacht. Eine ganze Nacht mit dem Körper seines Geliebten neben sich. Seine zarten, weichen Glieder, der flache Bauch, über den er sachte mit seiner Hand streichen würde. Eine Kerze im Schlafzimmer, deren Lichtschein über seidene Haut flackerte, die seine für eine Nacht.

Er rieb sich über das Geschlecht, das sehnsuchtsvoll pulsierte und schrie.

Ich muss mich beruhigen, ich muss . . .

Er wusste, was er tun würde. Es war zwar Wahnsinn, aber er würde es tun.

Er würde ins Schwimmbad gehen und sich dort sein Opfer suchen. Um diese Uhrzeit wurde es vermutlich von relativ wenigen Menschen besucht, und jetzt, nachdem er sich entschieden hatte, wusste er genau, wie er vorgehen würde. Sicher, es war gefährlich. Aber durchaus machbar.

Sollte es schief gehen, würde er den letzten Ausweg wählen. Aber es würde nicht schief gehen. Er sah alles im Detail vor sich, als er seine Schritte beschleunigte und Kurs auf den Eingang nahm. Er war wie im Rausch. Der Stoff seiner Skimütze wurde an der Nase feucht von kondensiertem Wasserdampf, als er heftig ein- und ausatmete.

Dies würde er seinem Geliebten heute Nacht erzählen können, ihm erzählen, während er mit zitternder Hand den festen, gewölbten Po streichelte, alles bis in alle Ewigkeit im Gedächtnis bewahrte.

Er betrat den Eingangsbereich, und der vertraute, milde

Chlorgeruch stieg ihm in die Nase. Die vielen Stunden, die er im Schwimmbad verbracht hatte. Mit den anderen oder allein. Die jungen Körper, die in greifbarer Nähe, jedoch außer Reichweite verschwitzt oder feucht glänzten. Nichts als Bilder, die man hegen und heraufbeschwören konnte, wenn man mit Toilettenpapier in der einen Hand in seinem Bett lag. Durch den Chlorgeruch fühlte er sich geborgen, heimisch. Er ging zur Kasse.

»Einmal, bitte.«

Die Kassiererin blickte von ihrer Illustrierten auf. Ihre Augen weiteten sich ein wenig. Er machte eine Geste zu seinem Gesicht, zur Mütze.

»Es ist kalt.«

Sie nickte unsicher. Sollte er die Mütze abziehen? Nein. Er wusste, wie er es anstellen musste, damit sie nicht misstrauisch wurde.

»Schrank?«

»Eine Kabine, bitte.«

Sie schob ihm einen Schlüssel zu, und er bezahlte. Während er sich von der Kasse abwandte, zog er seine Skimütze ab. So hatte sie zwar gesehen, dass er sie auszog, nicht aber sein Gesicht. Er war brillant. Schnellen Schrittes ging er zu den Umkleiden, blickte für den Fall, dass ihm jemand begegnete, zu Boden.

»Herzlich willkommen. Tretet ein in meine bescheidene Behausung.«

Tommy betrat an Staffan vorbei den Flur; hinter ihm hörte man schmatzende Laute, als seine Mutter und Staffan sich küssten. Staffan sagte leise: »Hast du . . .?«

»Nein. Ich dachte . . .«

»Mm. Wir werden . . .«

Erneutes Schmatzen. Tommy schaute sich ein wenig um. Er war bisher noch nie bei einem Bullen zu Hause gewesen und war deshalb widerwillig ein wenig neugierig darauf, wie es bei so jemandem aussah.

Doch schon im Flur erkannte er, dass Staffan kaum repräsentativ für das Polizeicorps sein konnte. Er hatte sich vorgestellt, dass es . . . nun ja, dass es wie in den Krimis aussah. Ein bisschen schmucklos und karg. Ein Ort, an dem man sich zwischendurch schlafen legte, wenn man ausnahmsweise nicht unterwegs war, um Ganoven zu jagen.

Also Typen wie mich.

Nein. Staffans Wohnung war . . . etepetete. Der Flur sah aus, als hätte ihn jemand eingerichtet, der alles aus diesen kleinen Katalogen kaufte, die als Reklame im Briefkasten lagen.

Hier hing ein Samtbild von einem Sonnenuntergang, dort stand eine kleine Almhütte mit einer Tante auf einem Stöckchen, das aus der Tür herausragte. Hier lag ein Spitzentuch auf dem Telefontischchen; neben dem Telefon stand eine Gipsfigur von einem Hund und einem Kind. Auf dem Sockel las er die Inschrift: »KANNST DU NICHT SPRECHEN?«

Staffan hob die Figur hoch.

»Tolles Ding, was? Nimmt je nach Wetter eine andere Farbe an.«

Tommy nickte. Entweder hatte Staffan sich die Wohnung von seinem alten Mütterlein speziell für diesen Besuch ausgeliehen, oder er war eindeutig nicht ganz richtig im Kopf. Staffan stellte behutsam die Figur zurück.

»Weißt du, ich sammle solche Dinge. Gegenstände, die anzeigen, wie das Wetter wird. Das hier zum Beispiel.«

Er stieß die Tante an, die aus der Almhütte herausschaute,

und sie schwang in die Hütte zurück, und heraus kam stattdessen ein kleines Männlein.

»Wenn das Weiblein draußen ist, wird das Wetter schlecht, und wenn das Männlein draußen ist . . .«

»Wird es noch schlechter.«

Staffan lachte auf, aber in Tommys Ohren klang es ein wenig gekünstelt.

»Es funktioniert nicht besonders gut.«

Tommy warf einen Blick auf seine Mutter, und was er sah, machte ihm beinahe Angst. Sie hatte immer noch den Mantel an, ihre Hände umklammerten einander krampfhaft, und sie hatte ein Lächeln aufgesetzt, das ein Pferd zum Scheuen gebracht hätte. Sie hatte panische Angst. Tommy beschloss, sich etwas Mühe zu geben.

»Also wie ein Barometer?«

»Ja, genau. So habe ich angefangen. Mit Barometern. Das Sammeln, meine ich.«

Tommy zeigte auf ein kleines Holzkreuz mit einem Silberjesus, das an der Wand hing.

»Ist das auch ein Barometer?«

Staffan sah Tommy an, das Kreuz, dann wieder Tommy, und wurde plötzlich ernst.

»Nein, das ist es nicht. Das ist Christus.«

»Der aus der Bibel.«

»Ja, genau.«

Tommy schob die Hände in die Taschen und ging ins Wohnzimmer. Tatsächlich, hier waren die Barometer. Ungefär zwanzig Stück in verschiedenen Ausführungen hingen hinter einer grauen Ledercouch mit einem Glastisch davor an der Wand.

Ihre Anzeigen stimmten nicht sonderlich genau überein. Viele Zeiger machten unterschiedliche Angaben, das Ganze ähnelte eher einer dieser Wände mit Uhren, auf denen die Uhrzeit in verschiedenen Teilen der Welt angegeben war. Er klopfte gegen das Glas eines Barometers, und der Zeiger ruckte ein wenig. Er wusste nicht, was es zu bedeuten hatte, aber aus irgendeinem Grund klopften die Leute immer gegen Barometer.

In einem Eckschrank mit Glasvitrinen standen zahlreiche kleine Pokale. Vier größere Pokale standen aufgereiht auf einem Klavier neben dem Schrank. An der Wand über dem Klavier hing ein großes Bild der Jungfrau Maria mit dem Jesuskind auf dem Arm. Sie stillte ihn mit diesem geistesabwesenden Ausdruck in den Augen, der zu sagen schien: »Womit habe ich das verdient?«

Staffan räusperte sich, als er das Zimmer betrat.

»Nun, Tommy. Hast du eine Frage?«

Tommy hatte genug Grips im Kopf, um zu begreifen, welche Frage man von ihm erwartete.

»Was sind das für Pokale?«

Staffan deutete mit der Hand auf die Blechungetüme auf dem Klavier.

»Meinst du die hier?«

Nein, du bescheuerter Mistkerl. Ich meine natürlich die Pokale, die im Vereinsheim am Fußballplatz stehen.

»Ja.«

Staffan zeigte auf eine etwa zwanzig Zentimeter hohe Silberfigur auf einem steinernen Sockel, die inmitten der Pokale auf dem Klavier stand. Tommy hatte sie für eine Skulptur gehalten, aber auch sie war offenkundig ein Preis. Die Figur stand breitbeinig mit gestreckten Armen, hielt eine Pistole, zielte.

»Pistolenschießen. Das da ist der erste Platz in der Bezirksmeisterschaft, das hier der dritte Platz bei den schwedischen Meisterschaften, Kaliber .45, stehend . . . und so weiter.«

Tommys Mutter kam herein und stellte sich neben Tommy.

»Staffan ist einer der fünf besten Pistolenschützen Schwedens.«

»Hast du dafür auch mal Verwendung?«
»Wie meinst du das?«
»Ich meine, ob du auf Leute schießen darfst.«
Staffan strich mit dem Finger über den Sockel eines Pokals und musterte anschließend den Finger.
»Es ist das Ziel jeglicher Polizeiarbeit, nicht auf Menschen schießen zu müssen.«
»Hast du es schon einmal gemacht?«
»Nein.«
»Aber du würdest gerne, was?«
Staffan atmete demonstrativ tief ein, ließ die Luft mit einem langen Seufzer entweichen.
»Ich werde mal ... nach dem Essen schauen.«
Das Benzin. Schauen, ob es brennt.
Staffan ging in die Küche. Tommys Mutter packte ihn am Ellbogen und flüsterte:
»Warum sagst du so etwas?«
»Ich frage doch nur.«
»Er ist ein guter Mensch, Tommy.«
»Ja. Das muss er wohl sein. Pistolenpreise und die heilige Jungfrau Maria. Besser geht's nicht, oder?«

Håkan begegnete auf seinem Weg durch das Schwimmbad keiner Menschenseele. Wie er bereits vermutet hatte, gab es um diese Uhrzeit nur wenige Badegäste. In der Umkleide standen zwei Männer in seinem Alter und zogen sich an. Übergewichtige, unförmige Körper. Verschrumpelte Geschlechtsteile unter hängenden Bäuchen. Die personifizierte Hässlichkeit.

Er fand seine Kabine, trat ein und schloss die Tür hinter sich ab. Die Vorbereitungen waren abgeschlossen. Sicherheitshalber zog er seine Skimütze wieder an, hakte den Halothanbehälter ab, hängte seinen Mantel an einen Haken, öffnete die Tasche und legte die Werkzeuge bereit. Messer, Seil, Trichter, Kanister. Er hatte den Regenmantel vergessen. Verdammt. Dann musste er sich eben ausziehen. Das Risiko, sich zu bekleckern, war groß, aber auf die Art würde er die Flecken stattdessen unter der Kleidung verbergen können, wenn er fertig war. Ja. Immerhin befand er sich in einem Schwimmbad. Nackt zu sein war hier nichts Besonderes.

Er prüfte die Tragfähigkeit des zweiten Hakens, indem er ihn mit beiden Händen packte und die Füße vom Boden hob. Er hielt, würde problemlos einen Körper tragen, der vermutlich dreißig Kilo leichter war als seiner. Die Höhe war allerdings ein Problem. Der Kopf würde nicht frei über dem Fußboden schweben, weshalb er versuchen musste, den Körper an den Knien festzuzurren. Es gab noch genug Raum zwischen dem Haken und dem oberen Rand der Kabine, sodass die Füße nicht herausragen würden. Das würde ansonsten wirklich verdächtig wirken.

Die beiden Männer schienen zu gehen. Er hörte ihre Stimmen.

»Und die Arbeit?«

»Das Übliche. Freiheit, Gleichheit und Brüderlichkeit.«

»Wie bitte?«

»Nur umgekehrt.«

Er kicherte; in seinem Kopf kippte die Stimmung. Er war zu erregt, atmete zu heftig. Sein Körper bestand aus Schmetterlingen, die in alle Richtungen davonfliegen wollten.

Ruhig. Ruhig. Ruhig.

Er atmete tief durch, bis ihm leicht schwindlig wurde, und zog sich dann aus. Faltete seine Kleider zusammen und legte sie in die Tasche. Die beiden Männer verließen den Umkleideraum. Es wurde still. Er probierte aus, sich auf die Bank zu stellen und hinauszuschauen. Doch, seine Augen lugten gerade so über den Rand. Drei Jungen, die dreizehn oder vierzehn Jahre alt sein mochten, kamen herein. Einer von ihnen klatschte einem anderen ein zusammengedrehtes Handtuch auf den Po.

»Scheiße, hör auf!«

Er senkte den Kopf. Weiter unten spürte er, wie seine Erektion in die Ecke gepresst wurde wie zwischen zwei feste, weit gespreizte Pobacken.

Ruhig. Ruhig.

Er lugte wieder über den Rand hinweg. Zwei Jungen hatten ihre Badehosen ausgezogen und beugten sich in ihre Schränke vor, um ihre Kleider herauszuholen. Sein Unterleib zog sich in einem einzigen heftigen Krampf zusammen, und das Sperma spritzte in die Ecke und lief auf die Bank hinunter, auf der er stand.

Jetzt. Ruhig.

Ja. Jetzt fühlte er sich besser. Aber das Sperma war nicht so gut. Spuren.

Er holte seine Strümpfe aus der Tasche und wischte die Ecke und die Bank trocken, so gut es ging. Dann legte er die Strümpfe in die Tasche zurück und setzte die Mütze auf, während er dem Gespräch der Jungen lauschte.

»... neuen Atari. Enduro. Willst du mitkommen und ein bisschen fahren?«

»Nee, ich muss noch ein paar Dinge ...«

»Und du?«

»Okay. Hast du denn zwei Joysticks?«

»Nein, aber ...«

»Sollen wir nicht erst noch meinen holen? Dann können wir beide fahren.«

»Okay. Tschüss, Matte.«

»Tschüss.«

Zwei Jungen schienen sich auf den Weg zu machen. Die Lage war perfekt. Einer würde zurückbleiben, ohne dass die anderen auf ihn warteten. Erneut wagte er einen Blick über den Kabinenrand. Zwei Jungen waren fertig und schon unterwegs nach draußen. Der dritte zog sich gerade die Strümpfe an. Håkan duckte sich, ihm war eingefallen, dass er die Mütze anhatte. Zum Glück hatten sie ihn nicht gesehen.

Er griff nach der Halothanflasche, legte die Finger auf den Hebel. Sollte er die Mütze anbehalten? Falls der Junge entkam. Falls jemand in den Umkleideraum kam. Falls ...

Verdammt. Es war ein Fehler gewesen, sich auszuziehen. Falls er schnell die Flucht ergreifen musste. Er hatte keine Zeit zu überlegen. Er hörte den Jungen seinen Schrank abschließen und Richtung Ausgang gehen. In fünf Sekunden würde er an der Kabinentür vorbeikommen. Für Erwägungen dieser Art war es jetzt zu spät.

In der Spalte zwischen Türrand und Wand sah er einen Schatten vorbeiziehen. Er blockierte alle Gedanken, drehte den Schlüssel, warf die Tür auf und stürzte hinaus.

Mattias drehte sich um und sah einen großen, weißen, nackten Körper mit einer Skimütze auf dem Kopf, der auf ihn zuschoss. Nur ein Gedanke, zwei Worte schossen ihm durch den Kopf, ehe sein Körper sich instinktiv nach hinten warf:

Der Tod.

Er schreckte vor dem Tod zurück, der ihn holen wollte. In der Hand hielt der Tod etwas Schwarzes. Dieses Schwarze flog nun auf sein Gesicht zu, und er sog Luft in die Lunge, um zu schreien.

Doch noch vor seinem Schrei war das Schwarze über ihm, bedeckte seinen Mund, seine Nase. Eine Hand packte seinen Hinterkopf, presste sein Gesicht in dieses Schwarze, Weiche.

Aus dem Schrei wurde nur ein ersticktes Jammern, und während er seinen verstümmelten Schrei hervorjaulte, hörte er ein Zischen wie von einer Nebelmaschine.

Erneut versuchte er zu schreien, aber als er einatmete, geschah etwas mit seinem Körper. Eine Betäubung breitete sich in allen Gliedern aus, und sein nächster Schrei war nur noch ein Piepsen. Er atmete von Neuem ein, und seine Beine gaben nach, bunte Schleier flatterten vor seinen Augen.

Er wollte nicht mehr, konnte nicht mehr schreien. Die Schleier bedeckten inzwischen sein ganzes Gesichtsfeld. Er hatte keinen Körper mehr. Die Farben tanzten.

Rücklings fiel er in den Regenbogen.

❄

Oskar hielt den Zettel mit dem Morsealphabet in der einen Hand und klopfte mit der anderen die Buchstaben gegen die Wand. Ein Klopfen mit dem Knöchel stand für einen Punkt, ein Schlag mit der flachen Hand für einen Strich, so hatten sie es ausgemacht.

Knöchel. Pause. Knöchel, Handteller, Knöchel, Knöchel. Pause. Knöchel, Knöchel. (E.L.I.)

I.C.H. G.E.H.E. R.A.U.S.

Wenige Sekunden später kam die Antwort.

I.C.H. K.O.M.M.E.

Sie trafen sich vor ihrer Haustür. In nur einem Tag hatte sie sich ... verändert. Vor einem Monat war eine jüdische Frau in der Schule gewesen, hatte ihnen vom Holocaust erzählt, Dias gezeigt. Eli sah jetzt ein bisschen so aus wie die Menschen auf diesen Bildern.

Das grelle Licht der Lampe über dem Hauseingang markierte die Schatten in ihrem Gesicht, als wären ihre Knochen dabei, durch die Haut zu dringen, als wäre die Haut dünner geworden. Und...

»Was hast du mit deinen Haaren gemacht?«

Er hatte geglaubt, das Licht ließe sie so aussehen, aber als er näher kam, sah er, dass durch ihre schwarzen Haare einige dicke weiße Strähnen liefen. Wie bei alten Menschen. Eli strich sich über die Haare, lächelte ihn an.

»Das verschwindet wieder. Was sollen wir machen?«

Oskar ließ ein paar Einkronenmünzen in der Tasche klirren.

»Büdchen?«

»Was?«

»Der Kiosk.«

»Mm. Wer Letzter wird, ist eine lahme Schnecke.«

Ein Bild blitzte in Oskars Kopf auf.

Schwarzweiße Kinder.

Dann lief Eli los, und Oskar tat es ihr nach. Obwohl sie so krank aussah, war sie deutlich schneller als er, flog geschmeidig über die Pflastersteine des Wegs, überquerte mit nur zwei Schritten die Straße. Oskar lief so schnell er konnte, war abgelenkt von diesem Bild.

Schwarzweiße Kinder?

Ja genau. Er lief gerade abwärts an der Bonbonfabrik vorbei, als es ihm einfiel. Alte Filme, wie sie immer sonntagnachmittags gezeigt wurden. *Das Rabenviertel.* Solche Dinge sagte man in diesen Filmen.

Eli wartete an der Straße auf ihn, zwanzig Meter vom Kiosk entfernt. Oskar joggte zu ihr, versuchte möglichst nicht zu keuchen. Er war mit Eli noch nie beim Kiosk gewesen. Sollte er ihr von der einen Sache erzählen? Ja.

»Du, weißt du eigentlich, dass man ihn ›Den Kiosk des Liebhabers‹ nennt?«

»Warum das?«

»Weil ... na ja, ich habe mal gehört, bei einem Elternabend ... da war einer, der meinte, ... also nicht zu mir, sondern ... ich habe es nur gehört. Er hat gesagt, der, dem es gehört, dass er ...«

Jetzt bereute er es. Es wurde albern. Peinlich. Eli breitete die Hände aus.

»Was denn?«

»Ach, dass der, dem es gehört ... dass er Damenbesuch im Kiosk hat. Also, du weißt schon, dass er ... wenn der Kiosk geschlossen hat ...«

»Ist das wahr?« Eli betrachtete den Kiosk. »Wo ist denn da Platz?«

»Eklig, nicht?«

»Ja.«

Oskar ging auf den Kiosk zu. Eli machte ein paar schnelle Schritte, schloss zu ihm auf, flüsterte: »Die müssen aber schlank sein!«

Beide kicherten. Sie traten in den Lichtschein des Kiosks. Eli verdrehte demonstrativ die Augen in Richtung des Kioskbesitzers, der in seinem Kiosk stand und auf einen kleinen Fernseher starrte.

»Ist er das?«

Oskar nickte.

»Der sieht ja aus wie ein Affe.«

Oskar wölbte seine hohle Hand um Elis Ohr, flüsterte: »Er ist vor fünf Jahren aus dem Zoo ausgebrochen. Sie suchen noch immer nach ihm.«

Eli kicherte und wölbte ihre Hand um Oskars Ohr. Ihr warmer Atem strömte in seinen Kopf.

165

»Tun sie gar nicht. Sie haben ihn stattdessen hier eingesperrt!«

Beide blickten zu dem Kioskbesitzer auf und begannen laut-
hals zu lachen; stellten sich den griesgrämigen Kioskbesitzer als
einen Affen in seinem Käfig vor, umgeben von Süßigkeiten. Als er
sie lachen hörte, wandte sich der Kioskbesitzer zu ihnen um und
runzelte seine riesigen Augenbrauen, wodurch er noch mehr
einem Gorilla ähnelte. Oskar und Eli mussten derart lachen, dass
sie fast hingefallen wären, pressten die Hände gegen ihre Mün-
der und versuchten, wieder ernst zu werden.

Der Kioskbesitzer lehnte sich zur Verkaufsluke vor.

»Wolltet ihr was?«

Eli wurde schnell ernst, zog die Hand vom Mund, ging zur
Luke und sagte: »Eine Banane, bitte.«

Oskar prustete und presste seine Hand fester gegen den
Mund. Eli drehte sich zu ihm um, legte den Zeigefinger an die
Lippen und ermahnte ihn mit gespielter Strenge, leise zu sein.
Der Kioskbesitzer rührte sich nicht.

»Ich habe keine Bananen.«

Eli stellte sich verständnislos.

»Keine Banaaanen?«

»Nein. Darf's etwas anderes sein?«

Oskars Kiefer hatten sich vor lauter unterdrücktem Lachen
verkrampft. Er entfernte sich wankend von dem Kiosk, lief ein
paar Schritte zum Briefkasten, stützte sich auf ihm ab und lachte
und prustete, dass er zittern musste. Eli kam zu ihm, schüttelte
den Kopf.

»Keine Bananen.«

Oskar keuchte hervor: »Hat er bestimmt ... alle selber ... gegessen.«

Oskar riss sich zusammen, presste die Lippen aufeinander,
holte seine vier Einkronenmünzen heraus und ging zur Luke.

»Eine gemischte Tüte.«

Der Kioskbesitzer stierte ihn an und begann mit einer Zange Süßigkeiten aus den Plastikbehältern im Schaufenster zu greifen und in eine Papiertüte fallen zu lassen. Oskar schielte zur Seite, um sich zu vergewissern, dass Eli auch zuhörte, sagte: »Vergessen Sie die Bananen nicht.«

Der Kioskbesitzer hielt inne.

»Ich habe keine Bananen.«

Oskar zeigte auf einen der Behälter.

»Ich meinte die Gummibananen.«

Er hörte Eli kichern und machte das Gleiche wie sie; legte einen Finger auf den Mund und ermahnte sie, ruhig zu sein. Der Kioskbesitzer schnaubte, legte zwei Gummibananen in die Tüte und überreichte diese anschließend Oskar.

Sie gingen zum Hof zurück. Noch ehe Oskar sich selber etwas genommen hatte, hielt er die Tüte Eli hin. Sie schüttelte den Kopf.

»Nein danke.«

»Magst du keine Süßigkeiten?«

»Ich vertrage sie nicht.«

»Keine Süßigkeiten?«

»Nein.«

»Och, das ist aber traurig.«

»Ja. Nein. Ich weiß ohnehin nicht, wie sie schmecken.«

»Hast du noch nie welche probiert?«

»Nein.«

»Aber woher weißt du dann, dass . . .«

»Ich weiß es einfach.«

So war es manchmal. Sie sprachen über etwas, Oskar fragte nach etwas, und es endete mit einem »es ist einfach so«, »ich weiß es einfach«. Keine nähere Erklärung. Dies gehörte zu den Dingen, die an Eli seltsam waren.

Blöd, dass er sie nicht einladen konnte, denn das war sein Plan gewesen. Ihr ganz viel anzubieten. So viel sie wollte. Und dann aß sie gar keine Süßigkeiten. Er schob sich eine Gummibanane in den Mund und schielte zu ihr hinüber.

Sie sah wirklich nicht besonders gesund aus. Und dann auch noch diese weißen Strähnen im Haar . . . In einer Geschichte, die Oskar gelesen hatte, waren die Haare einer Figur vollkommen weiß geworden, nachdem sie irgendetwas extrem erschreckt hatte. Aber das war Eli nicht passiert, oder doch?

Sie schaute sich nach beiden Seiten um, schlang die Arme um den Körper und sah ganz klein aus. Oskar bekam Lust, den Arm um sie zu legen, traute sich aber nicht recht.

Im Durchgang zum Hinterhof blieb Eli stehen und schaute zu ihrem Fenster hinauf. Es brannte kein Licht. Regungslos stand sie da, die Arme um den Körper gelegt, und sah zu Boden.

»Du, Oskar . . .«

Er tat es. Ihr ganzer Körper schien darum zu bitten, und irgendwoher nahm er den Mut, es zu tun. Er umarmte sie. Für einen schrecklichen Moment glaubte er, das Falsche getan zu haben, ihr Körper war steif, verschlossen. Er wollte sie schon wieder loslassen, als sie sich in seinen Armen entspannte. Der Knoten löste sich, und sie zog ihre Arme heraus, legte sie um seinen Rücken und presste sich zitternd an ihn.

Sie lehnte ihren Kopf auf seine Schulter, und so blieben sie stehen. Ihr Atem war auf seinem Hals. Schweigend umarmten sie sich. Oskar schloss die Augen und wusste: Das war das Größte. Das Licht der Lampe im Durchgang drang schwach durch seine geschlossenen Lider, legte eine rote Membran vor seine Augen. Das Größte.

Eli rückte mit ihrem Kopf näher an seinen Hals heran. Die Wärme ihres Atems wurde spürbarer. Muskel in ihrem Körper, die entspannt gewesen waren, spannten sich von Neuem. Ihre

Lippen berührten seinen Hals, und ein Schauer durchlief seinen Körper.

Plötzlich zuckte sie zusammen, löste sich aus der Umarmung und wich einen Schritt zurück. Oskar ließ die Arme fallen. Eli schüttelte den Kopf, als wollte sie sich von einem bösen Traum befreien, drehte sich um und ging zu ihrem Hauseingang. Oskar blieb stehen. Als sie die Tür öffnete, rief er ihr hinterher.

»Eli?« Sie wandte sich um. »Wo ist dein Vater?«

»Er wollte . . . mir etwas zu essen besorgen.«

Sie bekommt nichts zu essen. Das ist es.

»Du kannst bei uns etwas bekommen.«

Eli ließ die Tür los, ging zu ihm. Oskar überlegte in Windeseile, wie er das seiner Mutter beibringen sollte. Er wollte nicht, dass Mama Eli traf. Und umgekehrt. Vielleicht konnte er ein paar Brote schmieren und mit hinausnehmen. Ja, das würde das Beste sein.

Eli stellte sich vor ihn, sah ihm ernst in die Augen.

»Oskar. Hast du mich gern?«

»Ja. Sehr gern.«

»Wenn ich nun kein Mädchen wäre . . . würdest du mich dann trotzdem mögen?«

»Wie meinst du das?«

»Einfach so. Würdest du mich gern haben, wenn ich kein Mädchen wäre?«

»Ja . . . ich denke schon.«

»Sicher?«

»Ja. Warum fragst du?«

Jemand zerrte an einem klemmenden Fenster, dann wurde es geöffnet. Hinter Elis Kopf sah Oskar Mama den Kopf aus dem Fenster seines Zimmers stecken.

»Ooooskar!«

Eli zog sich schnell an die Wand zurück. Oskar ballte die Hände zu Fäusten, lief die Böschung hinauf, stellte sich unter das Fenster. Wie ein kleines Kind.

»Was ist denn!?«

»Huch! Da bist du. Ich dachte . . .«

»Was ist?«

»Es fängt jetzt an.«

»Ich weiß.«

Mama wollte noch mehr sagen, schloss jedoch den Mund und betrachtete ihn, wie er da unter dem Fenster stand, die Fäuste noch immer geballt, der ganze Körper angespannt.

»Was tust du?«

»Ich . . . ich komme.«

»Ja, weil . . .«

Seine Augen wurden vor Wut ganz feucht, und Oskar zischte: »Geh rein! Mach das Fenster zu. Geh rein!«

Mama starrte ihn noch einen Augenblick an. Dann huschte etwas über ihr Gesicht, und sie knallte das Fenster zu, ging fort. Oskar hätte sie gerne . . . nicht zurückgerufen, aber . . . ihr Gedanken zugesandt. In aller Ruhe erklärt, was los war. Dass sie so etwas nicht tun durfte, dass er eine . . .

Er lief die Böschung wieder hinunter.

»Eli?«

Sie war nicht da. Und sie war nicht ins Haus gegangen, das hätte er gesehen. Vermutlich war sie zur Bahn gegangen, um zu dieser Tante in der Stadt zu fahren, bei der sie immer nach der Schule war. So war es wohl.

Oskar trat in die dunkle Ecke, in die sie sich zurückgezogen hatte, als Mama ihn gerufen hatte. Stellte sich mit dem Gesicht zur Wand. Blieb so eine Weile stehen. Dann ging er hinein.

❄

Håkan schleifte den Jungen in die Kabine und schloss die Tür hinter sich ab. Der Junge hatte kaum einen Mucks von sich gegeben. Das Einzige, was jetzt noch Verdacht erregen konnte, war das Zischen aus der Gasflasche. Er musste schnell arbeiten.

Wenn er direkt mit dem Messer angreifen könnte, wäre alles so viel einfacher, aber nein, das ging nicht. Das Blut musste aus einem lebenden Körper kommen. Das war noch so etwas, das ihm erklärt worden war. Blut von Toten war nutzlos, geradezu schädlich.

Nun. Der Junge hier lebte. Seine Brust hob und senkte sich, atmete das betäubende Gas ein.

Er zurrte die Beine des Jungen gleich oberhalb der Knie mit dem Seil fest, legte die beiden Seilenden über den Haken und zog. Die Beine des Jungen hoben sich vom Boden.

Eine Tür öffnete sich, man hörte Stimmen.

Er hielt das Seil mit der einen Hand fest, drehte mit der anderen das Gas ab, entfernte das Mundstück. Die Betäubung würde einige Minuten anhalten, er musste möglichst lautlos weiterarbeiten, ganz gleich, ob da draußen Leute waren oder nicht.

Es waren mehrere Männer. Zwei, drei, vier? Sie sprachen über Schweden und Dänemark. Irgendein Länderspiel. Handball. Während sie sprachen, zog er den Körper des Jungen hoch. Der Haken knirschte, die Belastung kam aus einem anderen Winkel als vorhin, als er selber sich an ihn gehängt hatte. Die Männer draußen verstummten. Hatten sie etwas gehört? Er rührte sich nicht, atmete kaum. Hielt den Körper, dessen Kopf soeben vom Fußboden abgehoben hatte, in der gleichen Position.

Nein. Sie hatten nur kurz ihre Unterhaltung unterbrochen, sprachen jetzt weiter.

Redet weiter, redet weiter.

»Sjögrens Siebenmeter war doch absolut . . .«

»Was man nicht in den Armen hat, muss man eben im Köpf-
chen haben.«

»Er kann sie auch so ganz gut reinhämmern.«

»Also dieser Effet, ich fasse es einfach nicht, wie er das
macht . . .«

Der Kopf des Jungen hing einige Zentimeter über dem
Boden frei in der Luft. Jetzt . . .

Wo sollte er die Seilenden befestigen? Die Ritzen zwischen
den Brettern der Sitzbank waren zu schmal, um ein Seil hin-
durchzuziehen. Er konnte doch unmöglich mit einer Hand
arbeiten, während er mit der anderen das Seil festhielt. Dazu
fehlte ihm die Kraft. Die Seilenden in seinen geballten Fäusten
haltend, stand er still, schwitzte. Die Skimütze war warm, er
sollte sie besser ausziehen.

Später. Wenn es vorbei ist.

Der zweite Haken, er musste nur erst eine Schlaufe machen.
Schweiß lief ihm in die Augen, als er den Körper des Jungen
absenkte, damit das Seil erschlaffte und er eine Schlaufe binden
konnte. Anschließend zog er den Jungen wieder hoch und versuchte, sie um den Haken zu legen. Zu kurz. Er ließ den Jungen
wieder herab. Die Männer verstummten.

Nun geht schon! Geht!

In der neuerlichen Stille machte er weiter oben aus den Seilenden eine neue Schlaufe, wartete. Sie nahmen ihr Gespräch
wieder auf. Bowling. Die Erfolge der schwedischen Frauen in
New York. *Strike* und *spare*, und der Schweiß ließ seine Augen
brennen.

Heiß. Warum ist es nur so heiß.

Es gelang ihm, die Schlaufe um den Haken zu legen, und er
atmete auf. Konnten sie nicht endlich gehen?

Der Körper des Jungen hing nun in der richtigen Position,

172

jetzt galt es nur noch, schnell zur Tat zu schreiten, ehe er aufwachte, und konnten sie nicht gefälligst gehen. Aber sie schwelgten in Bowlingerinnerungen und ließen sich darüber aus, wie man früher gespielt hatte, und einer hatte mit dem Daumen in der Kugel festgehangen, und man hatte ihn ins Krankenhaus fahren müssen, um sie wieder entfernen zu lassen.

Er konnte nicht länger warten. Er setzte den Trichter auf den Kanister, stellte ihn an den Hals des Jungen, griff nach dem Messer. Als er sich umdrehte, um das Blut aus dem Jungen abzuzapfen, war das Gespräch draußen einmal mehr verstummt. Und die Augen des Jungen standen offen. Weit offen. Er hing kopfüber, und seine Pupillen irrten umher, suchten etwas, das sie fixieren konnten, versuchten zu verstehen. Sie verharrten bei Håkan, der nackt, mit dem Messer in der Hand, in der Kabine stand. Einen kurzen Moment sahen sie sich in die Augen.

Dann öffnete der Junge den Mund und schrie wie am Spieß.

Håkan schreckte zurück und stieß mit einem dumpfen Laut gegen die Kabinenwand. Sein verschwitzter Rücken rutschte über die Wand, und er hätte beinahe das Gleichgewicht verloren. Der Junge schrie immer weiter. Das Geräusch schallte durch die Umkleideräume, hallte zwischen den Wänden wider, wurde so verstärkt, dass es Håkan ohrenbetäubend vorkam. Seine Hand schloss sich fester um den Griff des Messers, und sein einziger Gedanke war: Er musste den Schrei des Jungen zum Verstummen bringen. Die Kehle öffnen, damit er nicht mehr schrie. Er ging vor dem Jungen in die Hocke.

Jemand hämmerte gegen die Tür.

»Hallo! Aufmachen!«

Håkan ließ das Messer fallen. Das Klirren, als es zu Boden fiel, wurde vom Hämmern und den unaufhörlichen Schreien des

Jungen fast gänzlich übertönt. Unter den Schlägen von draußen erzitterte die Tür in ihren Angeln.

»Aufmachen! Ich schlage die Tür ein!«

Aus. Es war aus. Er konnte nur noch eines tun. Die Geräusche um ihn herum verschwanden, und das Gesichtsfeld verengte sich zu einem Tunnel, als sein Kopf sich zur Tasche umwandte. Durch den Tunnel sah er seine Hand, die sich in die Tasche streckte und das Marmeladenglas herausholte.

Er plumpste mit dem Marmeladenglas in den Händen auf den Po, schraubte den Deckel ab. Wartete.

Sobald sie die Tür aufgebrochen hatten. Bevor sie ihm die Mütze abziehen konnten. Das Gesicht.

Inmitten des Geschreis und der Schläge an die Tür, dachte er an seinen Geliebten. An ihre gemeinsame Zeit. Er beschwor das Bild seines Geliebten als Engel herauf. Ein Engel in Jungengestalt, der nun aus dem Himmel herabstieg, seine Schwingen ausbreitete und kam, um ihn zu holen, ihn fortzutragen. An einen Ort, an dem sie für immer zusammen sein würden. Für immer.

Die Tür flog auf und krachte gegen die Wand. Der Junge schrie weiter. Im Gang standen drei mehr oder weniger bekleidete Männer. Sie starrten verständnislos auf die Szene vor ihnen.

Håkan nickte bedächtig, akzeptierte.

Dann schrie er:

»Eli! Eli!«

und goss sich die konzentrierte Salzsäure über das Gesicht.

»Lobet froh den Herrn, ihr jugendlichen Chöre!
Er höret gern ein Lied zu seiner Ehre:

174

Lobt froh den Herrn, lobt froh den Herrn!«

Staffan begleitete sich und Tommys Mutter auf dem Klavier. Von Zeit zu Zeit sahen sie sich in die Augen, lächelten und strahlten. Tommy saß auf der Ledercouch und litt. Er hatte unten an der Armlehne ein kleines Loch gefunden, und während Mama und Staffan sangen, widmete er sich der Aufgabe, es zu vergrößern. Sein Zeigefinger grub kreiselnd in der Polsterung, und er fragte sich, ob Staffan und Mama jemals auf dieser Couch miteinander geschlafen hatten. Unter den Barometern.

Das Essen war okay gewesen, eine Art mariniertes Hühnchen mit Reis. Nach dem Essen hatte Staffan Tommy den Safe gezeigt, in dem er seine Pistolen verwahrte. Er stand unter dem Bett im Schlafzimmer, und Tommy hatte sich dort das Gleiche gefragt. Hatten sie in diesem Bett miteinander geschlafen? Dachte Mama an Papa, während Staffan sie liebkoste? Wurde sie bei dem Gedanken an die Pistolen unter der Matratze geil? Wurde sie?

Staffan schlug den Schlussakkord an, ließ ihn verklingen. Tommy zog den Finger aus dem mittlerweile ziemlich großen Loch in der Couch. Mama nickte Staffan zu, nahm seine Hand und setzte sich neben ihn auf den Klavierhocker. Aus Tommys Blickwinkel hing die Jungfrau Maria genau über ihren Köpfen, als wäre dies ein Effekt, den sie von vornherein beabsichtigt, einstudiert hatten.

Mama sah Staffan an, lächelte und wandte sich an Tommy.

»Tommy. Es gibt da etwas, das wir dir erzählen möchten.«

»Ihr wollt heiraten?«

Mama zögerte. Falls sie das vorher mit Bühnenbild und allem geprobt hatten, dann war diese Replik offenkundig nicht inbegriffen gewesen.

»Ja. Was sagst du dazu?«

Tommy zuckte mit den Schultern.

»Okay. Tut das.«

»Wir dachten . . . vielleicht im Sommer.«

Mama sah ihn an, als wollte sie hören, ob er eventuell einen besseren Vorschlag hatte.

»Ja, ja. Sicher.«

Er steckte den Finger wieder in das Loch, beließ ihn dort. Staffan lehnte sich vor.

»Ich weiß natürlich, dass ich deinen . . . Papa nicht ersetzen kann. In keinster Weise. Aber ich hoffe, dass du und ich . . . einander kennen lernen können und . . . nun ja. Dass wir Freunde werden können.«

»Und wo werdet ihr wohnen?«

Mama sah plötzlich traurig aus.

»Wir, Tommy. Es geht hier auch um dich. Wir wissen es noch nicht. Aber wir überlegen, eventuell ein Haus in Ängby zu kaufen. Wenn das geht.«

»In Ängby.«

»Ja. Was hältst du davon?«

Tommy betrachtete die Platte des Glastisches, in der sich seine Mutter und Staffan halbdurchsichtig, wie Gespenster, spiegelten. Er kramte mit dem Finger in dem Loch, kratzte ein Stück Schaumgummi los.

»Teuer.«

»Wie bitte?«

»Ein Haus in Ängby ist teuer. Kostet viel Geld. Habt ihr so viel Geld?«

Staffan wollte gerade antworten, als das Telefon klingelte. Er strich Tommys Mutter über die Wange und ging zum Telefon im Flur. Mama setzte sich neben Tommy auf die Couch, fragte: »Gefällt dir das nicht?«

»Ich bin ganz begeistert.«

Aus dem Flur hörte man Staffans Stimme. Sie klang erregt.

»Das gibt's doch ... ja, ich komme sofort. Sollen wir ... nein, dann fahre ich direkt hin. Gut. Tschüss.«

Er kehrte ins Wohnzimmer zurück.

»Der Mörder ist im Schwimmbad von Vällingby. Auf der Wache ist keiner, also muss ich ...«

Er eilte ins Schlafzimmer, und Tommy konnte hören, dass der Safe geöffnet und wieder geschlossen wurde. Staffan zog sich um und kehrte kurz darauf in voller Polizeimontur zurück. Seine Augen wirkten leicht geisteskrank. Er gab Tommys Mutter einen Kuss auf den Mund und schlug Tommy aufs Knie.

»Ich muss sofort los. Weiß nicht, wann ich wieder zurück bin. Wir reden später weiter.«

Er hastete in den Flur, gefolgt von Tommys Mutter.

Tommy hörte »sei vorsichtig« und »ich liebe dich« und »bleibst du?«, während er zum Klavier ging und, ohne recht zu wissen warum, den Arm ausstreckte und nach der Skulptur des Pistolenschützen griff ... Sie wog schwer in seiner Hand, das waren mindestens zwei Kilo. Während Mama und Staffan sich voneinander verabschiedeten – *Die Sache gefällt ihnen. Der Mann, der in den Krieg zieht. Das schmachtende Weib –*, ging er auf den Balkon hinaus. Kalte Abendluft füllte seine Lunge, und er konnte zum ersten Mal seit Stunden atmen.

Er beugte sich über das Balkongeländer, sah, dass darunter dichte Sträucher wuchsen. Er hielt die Skulptur über das Geländer, ließ los. Raschelnd fiel sie in die Sträucher.

Mama trat auf den Balkon hinaus und stellte sich neben ihn. Sekunden später öffnete sich die Haustür, und Staffan kam heraus und eilte im Laufschritt zum Parkplatz. Mama winkte ihm zu, aber Staffan schaute nicht auf. Als er unter dem Balkon vorbeiging, musste Tommy kichern.

»Was ist?«, fragte Mama.

»Nichts.«

Nur, dass ein kleiner Kerl mit Pistole in den Sträuchern steht und auf Staffan zielt. Das ist alles.

Tommy fühlte sich trotz allem ganz okay.

✳

Die Truppe war durch Karlsson verstärkt worden, den einzigen der Jungs, der einen »richtigen Job« hatte, wie er selber es ausdrückte. Larry war Frührentner, Morgan jobbte gelegentlich auf einem Schrottplatz, und wovon Lacke lebte, wusste keiner so genau. Manchmal hatte er einfach ein bisschen Kohle.

Karlsson hatte eine feste Stelle im Spielzeuggeschäft von Vällingby. Früher hatte es ihm gehört, aber er war gezwungen gewesen, es auf Grund »wirtschaftlicher Probleme« zu verkaufen. Der neue Besitzer hatte ihn nach einer Weile eingestellt, denn es ließ sich nicht leugnen, wie Karlsson sagte, »dass man nach dreißig Jahren in der Branche über eine gewisse Erfahrung verfügt«.

Morgan lehnte sich auf seinem Stuhl zurück, spreizte die Beine und verschränkte die Hände im Nacken, starrte Karlsson an. Lacke und Larry warfen sich einen Blick zu. Jetzt ging es los.

»Ja, ja, Karlsson. Was tut sich denn so in der Spielzeugbranche? Habt ihr euch etwas Neues einfallen lassen, um den lieben Kindern ihr Taschengeld abzuluchsen?«

Karlsson schnaubte.

»Du weißt nicht, wovon du redest. Wenn hier jemandem etwas abgeluchst wird, dann mir. Du kannst dir überhaupt nicht vorstellen, welche Ausmaße diese Klauerei hat. Die Kinder ...«

»Ja, ja, ja. Ihr braucht doch nur neuen Plastikkrempel aus Korea für zwei Mäuse einkaufen und für einen Hunderter verkaufen, dann habt ihr das sofort wieder raus.«

»So etwas verkaufen wir nicht.«

»Nee, schon klar. Und was war das, was ich neulich in eurem Schaufenster gesehen habe? Diese Schlümpfe. Was ist das? Handgearbeitetes Qualitätsspielzeug aus Bengtfors, oder wie?«

»Ich finde, das ist eine ausgesprochen seltsame Bemerkung für eine Person, die Autos verkauft, die nur rollen, wenn man ein Pferd davor spannt.«

In diesem Stil ging es weiter. Larry und Lacke lauschten, lachten manchmal, warfen Kommentare ein. Wäre Virginia dabei gewesen, hätten sie ihre Hahnenkämme noch etwas höher gereckt und Morgan erst aufgehört, wenn Karlsson richtig wütend geworden war.

Aber Virginia war nicht da. Und Jocke auch nicht. Es wollte sich einfach nicht die rechte Stimmung einstellen, weshalb die Diskussion bereits ein wenig ermattete, als sich gegen halb neun langsam die Eingangstür öffnete.

Larry schaute auf und erblickte eine Person, der er es niemals zugetraut hätte, jemals einen Fuß in dieses Lokal zu setzen. Gösta. Die Stinkbombe, wie Morgan ihn nannte. Larry hatte mit Gösta ein paar Mal auf einer Bank unter den Hochhäusern zusammengesessen und geplauscht, aber hierher hatte er sich noch nie verloren.

Gösta sah mitgenommen aus. Er bewegte sich, als wäre er aus notdürftig verleimten Stücken zusammengesetzt, die auseinander zu fallen drohten, wenn er sich zu heftig bewegte. Er kniff die Augen zusammen und schwankte mit kleinen Bewegungen hin und her. Er war entweder sturzbetrunken oder krank.

Larry winkte. »Gösta! Komm und setz dich!«

Morgan wandte sich abrupt um, erblickte Gösta und meinte: »Oh, verdammt.«

Gösta manövrierte zu ihrem Tisch, als überquerte er ein Minenfeld. Larry zog den Stuhl neben sich heraus, machte eine einladende Geste.

»Willkommen im Club.«

Gösta schien ihn nicht zu hören, schlurfte aber dennoch zu dem Stuhl. Er trug einen abgewetzten Anzug mit Weste und Fliege, die Haare waren feucht gekämmt. Und er stank. Nach Pisse, Pisse und Pisse. Wenn man mit ihm im Freien zusammensaß, war der Gestank zwar auch unverkennbar, aber erträglich. In der Wärme des Lokals roch er jedoch derart beißend nach altem Urin, dass man durch den Mund atmen musste, um den Gestank ertragen zu können.

Jeder, selbst Morgan, gab sich redlich Mühe, damit das Gesicht nicht verriet, was die Nase roch. Der Kellner kam zu ihrem Tisch, zögerte, als er Göstas Geruch wahrnahm, und sagte:

»Was . . . darf es sein?«

Gösta schüttelte den Kopf, ohne den Kellner anzusehen. Der Kellner runzelte die Stirn, und Larry machte eine Geste; *ist schon in Ordnung, wir regeln das.* Der Kellner entfernte sich, und Larry legte die Hand auf Göstas Schulter.

»Was verschafft uns die Ehre?«

Gösta räusperte sich und sagte mit gesenktem Blick: »Jocke.«

»Was ist mit ihm?«

»Er ist tot.«

Larry hörte Lacke aufstöhnen. Er ließ seine Hand ermunternd auf Göstas Schulter liegen, spürte, dass dies nötig war.

»Woher weißt du das?«

»Ich habe es gesehen. Als es passierte. Als er getötet wurde.«

»Wann denn?«

»Am Samstag. Abend.«

Larry zog die Hand fort. »Letzten Samstag? Aber . . . hast du mit der Polizei geredet?«

Gösta schüttelte den Kopf.

»Das hab ich nicht über mich gebracht. Und ich . . . ich habe es auch nicht gesehen. Aber ich weiß es.«

Lacke hielt sich die Hände vors Gesicht, flüsterte: »Ich wusste es, ich wusste es.«

Gösta erzählte. Von dem Kind, das die Straßenlaterne, die der Brücke am nächsten stand, kaputtgeworfen hatte, anschließend unter der Brücke verschwunden war und gewartet hatte. Jocke, der unter ihr hindurchgehen wollte und nicht wieder herausgekommen war. Der schwache Abdruck, die Konturen eines Körpers in den welken Blättern am Morgen danach.

Als er fertig war, hatte der Kellner Larry schon eine geraume Weile wütende Zeichen gegeben, abwechselnd auf Gösta und die Tür gezeigt. Larry legte seine Hand auf Göstas Arm.

»Was meinst du. Sollen wir mal hingehen und es uns anschauen?«

Gösta nickte, und sie standen auf. Morgan leerte sein Bier in einem Zug, grinste Karlsson zu, der seine Zeitung nahm und in die Manteltasche schob, wie er es immer tat, der Geizkragen.

Nur Lacke blieb sitzen und spielte mit ein paar abgebrochenen Zahnstochern, die vor ihm auf dem Tisch lagen. Larry beugte sich zu ihm hinab.

»Kommst du nicht mit?«

»Ich wusste es. Ich habe es gespürt.«

»Ja. Willst du denn nicht mitkommen?«

»Doch. Ich komme. Geht schon mal vor.«

Als sie in die kalte Abendluft hinaustraten, wurde Gösta ruhiger. Er schlug ein solches Tempo an, dass Larry ihn bitten musste, langsamer zu gehen, die Pumpe wollte nicht mehr so recht. Karlsson und Morgan gingen Seite an Seite hinter ihnen; Morgan wartete darauf, dass Karlsson eine dumme Bemerkung machte, damit er ihm eine Standpauke halten konnte. Das würde gut tun. Doch selbst Karlsson schien in Gedanken zu sein.

Die zersprungene Laterne war ausgetauscht worden, und unter der Brücke war es einigermaßen hell. Sie standen zusammen und lauschten Gösta, während er erzählte und auf den Blätterhaufen zeigte, stampften mit den Füßen, um sie aufzuwärmen. Schlechte Durchblutung. Es hallte unter dem Brückengewölbe, als hätte sich eine ganze Armee in Marsch gesetzt. Als Gösta fertig war, sagte Karlsson:

»Einen Beweis gibt es ja im Grunde nicht.«

Das war die Art von Bemerkung, auf die Morgan nur gewartet hatte.

»Du hörst doch, was er sagt, verdammt. Glaubst du, er steht hier und lügt uns an?«

»Nein«, erwiderte Karlsson, als spräche er mit einem Kind, »aber ich denke, dass die Polizei nicht im gleichen Maße geneigt sein wird wie wir, seiner Geschichte Glauben zu schenken, solange es nichts gibt, was sie bestätigt.«

»Er ist doch ein Zeuge.«

»Glaubst du, das reicht?«

Larry ließ die Hand über die Blätterhaufen schweifen.

»Die Frage ist doch, wo er hin ist. Wenn es sich wirklich so abgespielt hat.«

Lacke näherte sich ihnen auf dem Parkweg, ging zu Gösta und zeigte auf die Erde.

»Da?«

Gösta nickte. Lacke vergrub die Hände in den Taschen, stand längere Zeit da und betrachtete die unregelmäßigen Muster auf den Blättern, als wären sie ein gigantisches Puzzle, das er lösen musste. Seine Kiefermuskeln bissen zu, entspannten sich, bissen zu.

»Also schön. Was sagt ihr?«

Larry ging zwei Schritte auf ihn zu.

»Es tut mir leid, Lacke.«

Lacke wedelte abwehrend mit der Hand, hielt sich Larry vom Leib.

182

»Was sagt ihr? Sollen wir uns den Teufel schnappen, der das getan hat, oder sollen wir nicht?«

Die anderen schauten in alle erdenklichen Richtungen, nur nicht zu Lacke. Larry wollte sagen, dass dies sicher schwierig, ja vermutlich sogar unmöglich sein würde, verzichtete jedoch darauf. Schließlich räusperte sich Morgan, ging zu Lacke und legte den Arm um seine Schulter.

»Wir werden ihn schnappen, Lacke. Das werden wir.«

Tommy schaute über das Geländer nach unten, meinte dort ein silbriges Schimmern sehen zu können. Es sah aus wie diese Dinger, mit denen das Fähnlein Fieselschweif nach Wettbewerben stets nach Hause kam.

»Woran denkst du?«, fragte Mama.

»Donald Duck.«

»Du magst Staffan nicht besonders, was?«

»Ist schon okay.«

»Ist es das?«

Tommy schaute Richtung Ortszentrum. Sah das große, rote Neon-V, das langsam über allem rotierte. Vällingby. Victory.

»Hat er dir die Pistolen gezeigt?«

»Warum fragst du?«

»Nur so. Hat er?«

»Ich verstehe nicht, was du meinst.«

»Das ist doch nicht so schwer. Hat er seinen Safe geöffnet, die Pistolen herausgeholt und sie dir gezeigt?«

»Ja. Wieso?«

»Wann hat er das getan?«

Mama strich etwas von ihrer Bluse, rieb sich über die Arme.

»Ich friere ein bisschen.«

»Denkst du an Papa?«

»Ja, das tue ich. Immer.«

»Immer?«

Mama seufzte, senkte den Kopf, um ihm in die Augen sehen zu können.

»Worauf willst du hinaus?«

»Worauf willst *du* hinaus?«

Tommys Hand ruhte auf dem Geländer, sie legte ihre auf seine. »Kommst du morgen mit zu Papa?«

»Morgen?«

»Ja. Es ist doch Allerheiligen.«

»Das ist übermorgen. Ja, tue ich.«

»Tommy . . .«

Sie löste seine Hände vom Geländer, drehte ihn zu sich um, umarmte ihn. Er blieb einen Moment lang steif stehen, machte sich dann frei und ging hinein.

Während er Jacke und Schuhe anzog, fiel ihm ein, dass er Mama vom Balkon herunterlocken musste, wenn er sich die Skulptur holen wollte. Er rief nach ihr, und sie eilte vom Balkon herein, hungerte nach einem Wort von ihm.

»Ja, also . . . grüß Staffan bitte von mir.«

Mamas Miene erhellte sich.

»Das werde ich tun. Du willst nicht bleiben?«

»Nee, ich . . . das kann ja die ganze Nacht dauern.«

»Da hast du Recht. Ich mache mir ein bisschen Sorgen.«

»Brauchst du nicht. Er kann ja schießen. Tschüss.«

»Tschüss . . .«

Die Wohnungstür schlug zu.

». . . mein Herz.«

❄

Ein dumpfes Krachen ertönte aus den Eingeweiden des Volvos, als Staffan ihn mit hoher Geschwindigkeit über die Bordsteinkante fuhr. Seine Kiefer knallten derart heftig zusammen, dass ihm der Kopf dröhnte. Einen Moment lang konnte er nichts sehen und hätte beinahe einen älteren Mann überfahren, der sich gerade zu der Menge der Schaulustigen gesellte, die sich um den Streifenwagen vor dem Haupteingang versammelt hatte.

Kriminalanwärter Larsson saß im Wagen und sprach ins Funkgerät. Wahrscheinlich rief er Verstärkung oder einen Krankenwagen. Staffan parkte hinter dem Streifenwagen, um den Weg für eine eventuell anrollende Verstärkung frei zu halten, sprang heraus und schloss ab. Er schloss sein Auto immer ab, selbst wenn er nur eine Minute weg war. Nicht etwa, weil er sich Sorgen machte, es könnte gestohlen werden, sondern weil er es sich so angewöhnt hatte, damit er um Gottes willen niemals vergaß, den Dienstwagen abzuschließen.

Er ging zum Haupteingang und bemühte sich angesichts der Schaulustigen Autorität auszustrahlen; er wusste sehr wohl, dass sein Äußeres auf die meisten Leute einen vertrauenerweckenden Eindruck machte. Einige Leute, die dort standen und glotzten, dachten vermutlich: »Aha, hier kommt der Mann, der das Ganze in den Griff bekommen wird.«

Kurz hinter der Eingangstür standen vier Männer in Badehosen und mit Handtüchern um die Schultern. Staffan ging an ihnen vorbei in Richtung Umkleideräume, aber einer der Männer rief: »Hallo, entschuldigen Sie bitte«, und tapste barfuß zu ihm.

»Ja, entschuldigen Sie, aber . . . unsere Kleider.«

»Was ist mit denen?«

»Wann können wir sie holen gehen?«

»Ihre Kleider?«

»Ja, sie sind im Umkleideraum, und wir dürfen nicht hinein.«

Staffan öffnete den Mund, um eine säuerliche Bemerkung darüber fallen zu lassen, dass die Kleider der Männer im Moment natürlich allerhöchste Priorität genießen würden, aber eine Frau in einem weißen T-Shirt näherte sich den Männern im gleichen Moment mit einem Bündel Bademäntel auf dem Arm. Staffan machte eine Geste zu der Frau hin und setzte seinen Weg Richtung Umkleideräume fort.

Unterwegs begegnete er einer weiteren Frau in weißem T-Shirt, die einen etwa zwölf-, dreizehnjährigen Jungen zum Eingangsbereich geleitete. Das Gesicht des Jungen setzte sich leuchtend rot von dem weißen Bademantel ab, in den er gehüllt war, seine Augen stierten ins Leere. Die Frau fixierte Staffan mit einem Blick, der beinahe vorwurfsvoll wirkte.

»Seine Mutter kommt ihn gleich holen.«

Staffan nickte. War der Junge . . . das Opfer? Genau das hätte er gerne fragen wollen, aber in der Hektik fiel ihm keine vernünftige Art ein, seine Frage in Worte zu fassen. Er würde wohl einfach davon ausgehen müssen, dass Holmberg den Namen und sonstige Angaben notiert und es für das Beste gehalten hatte, den Jungen seiner Mutter zu überantworten und von ihr zu Krankenwagen, Krisengesprächen, Therapie führen zu lassen.

Beschütze diese deine Kleinsten.

Staffan ging den Korridor hinab, lief die Treppe hinauf, während er im Stillen eine Danksagung für erwiesene Gnade abspulte und um Kraft für die Prüfung bat, die ihn erwartete.

War der Mörder tatsächlich noch im Gebäude?

Vor den Umkleideräumen, unter einem Schild mit dem einzigen Wort »HERREN«, standen passenderweise drei Herren und sprachen mit Holmberg. Nur einer von ihnen war vollständig angezogen. Einer der drei trug keine Hose, der Oberkörper des zweiten Mannes war nackt.

»Gut, dass du so schnell kommen konntest«, sagte Holmberg.

»Er ist noch da?«

Holmberg zeigte auf die Tür zu den Umkleideräumen.

»Da drin.«

Staffan machte eine Geste zu den drei Männern.

»Sind sie . . .?«

Noch ehe Holmberg dazu kam, etwas zu sagen, trat der Mann
ohne Hose einen halben Schritt vor und sagte nicht ohne Stolz:
»Wir sind Zeugen.«

Staffan nickte und sah Holmberg fragend an.

»Sollten sie nicht . . .«

»Doch, aber ich habe gewartet, bis du kommst. Er ist offensichtlich nicht aggressiv.« Holmberg wandte sich den drei Männern zu und sagte freundlich. »Wir werden uns bei Ihnen mel-
den. Es wird das Beste sein, Sie fahren jetzt nach Hause. Ach ja,
noch eins. Ich verstehe, dass es nicht ganz leicht für Sie sein
wird, aber versuchen Sie doch bitte, sich nicht hierüber zu
unterhalten.«

Der Mann ohne Hose lächelte schief, verständnisvoll.

»Sie meinen, es könnte jemand zuhören.«

»Nein, aber Sie könnten sich einbilden, Dinge gesehen zu
haben, die Sie in Wahrheit nicht gesehen haben, nur weil ein
anderer sie gesehen hat.«

»Ich nicht. Ich habe gesehen, was ich gesehen habe, und es
war das schrecklichste . . .«

»Glauben Sie mir. Es passiert den Besten. Wenn Sie uns jetzt
bitte entschuldigen würden. Vielen Dank für Ihre Hilfe.«

Die Männer zogen sich murmelnd in Richtung Korridor
zurück. Holmberg war gut bei so etwas, konnte mit den Leuten
reden. Er tat ja auch die meiste Zeit nichts anderes. Er fuhr in
die Schulen und hielt Vorträge über Rauschgift und die Arbeit

der Polizei. In letzter Zeit war er mit Sicherheit eher selten an einem Einsatz wie diesem beteiligt gewesen.

Ein metallisches Scheppern, als wäre etwas Blechernes umgekippt, ertönte aus dem Umkleideraum, und Staffan zuckte zusammen, horchte.

»Nicht aggressiv?«

»Er ist offensichtlich schwer verletzt, hat sich irgendeine Säure ins Gesicht gekippt.«

»Warum?«

Holmbergs Gesicht wurde ausdruckslos, er wandte sich zur Tür um.

»Wir werden wohl hineingehen und ihn fragen müssen.«

»Ist er bewaffnet?«

»Vermutlich nicht.«

Holmberg zeigte auf die Fensternische; auf der Marmorplatte lag ein großes Küchenmesser mit Holzgriff.

»Ich hatte keine Beweistüte. Außerdem hatte der Typ ohne Hose schon eine ganze Weile damit herumgespielt, bevor ich kam. Wir werden uns später darum kümmern müssen.«

»Sollen wir es da einfach liegen lassen?«

»Hast du einen besseren Vorschlag?«

Staffan schüttelte den Kopf und konnte in der nunmehr herrschenden Stille zwei Dinge unterscheiden. Einen schwachen, unrhythmischen Pfeiflaut aus dem Umkleideraum. Der Wind in einem Schornstein. Eine gesprungene Flöte. Das und einen Duft, von dem er anfangs geglaubt hatte, er wäre ein Teil des Chlorgeruchs, der im ganzen Schwimmbad hing. Aber da war noch etwas anderes. Ein scharfer, stechender Geruch, der in den Nasenlöchern kitzelte. Staffan rümpfte die Nase.

»Sollen wir . . .?«

Holmberg nickte, rührte sich jedoch nicht vom Fleck. Verheiratet und Kinder. Natürlich. Staffan zog seine Dienstwaffe aus dem Halfter, legte die andere Hand auf den Türgriff. Es war das dritte Mal im Laufe seiner zwölf Dienstjahre, dass er einen Raum mit gezogener Pistole betrat. Er wusste nicht, ob er das Richtige tat, aber niemand würde ihm Vorwürfe machen. Ein Kindermörder. In die Ecke getrieben, vielleicht verzweifelt, ganz gleich, wie schwer verletzt er sein mochte.

Er gab Holmberg ein Zeichen und öffnete die Tür.

Augenblicklich schlug ihnen der Gestank entgegen.

Er stach so in die Nase, dass einem Tränen in die Augen stiegen. Er hustete, zog ein Taschentuch heraus und hielt es sich vor Mund und Nase. Einige Male war er Feuerwehrleuten bei Hausbränden zur Hand gegangen, es war das gleiche Gefühl gewesen. Allerdings gab es hier keinen Rauch, sondern nur einen leichten Dunstschleier, der durch den Raum schwebte.

Großer Gott, was ist das?

Das monotone, abgehackte Geräusch ertönte weiterhin auf der anderen Seite der vor ihnen liegenden Schrankreihe. Staffan signalisierte Holmberg, am anderen Ende um die Schrankreihe herumzugehen, sodass sie aus zwei Richtungen kommen würden. Staffan ging zum einen Rand der Schrankreihe und lugte mit gesenkter Pistole um die Ecke.

Er sah einen umgekippten Papierkorb aus Blech und daneben einen liegenden, nackten Körper.

Holmberg tauchte auf der anderen Seite auf, signalisierte Staffan, ruhig vorzugehen, da keine unmittelbare Gefahr vorzuliegen schien. Es irritierte Staffan, dass Holmberg jetzt, da anscheinend keine Gefahr mehr drohte, das Kommando zu übernehmen versuchte. Er atmete durch das Taschentuch ein, nahm es vom Mund und sagte laut:

»Hallo. Hier spricht die Polizei. Hören Sie mich?«

Der Mann auf den Kacheln gab durch nichts zu verstehen, dass er Staffan hörte, ließ nur weiter mit dem Gesicht zum

Boden dieses einförmige Geräusch hören. Staffan trat zwei Schritte näher.

»Halten Sie die Hände so, dass ich sie sehen kann.«

Der Mann rührte sich nicht. Aber nachdem Staffan nun näher gekommen war, konnte er sehen, dass sein ganzer Körper zuckte. Das mit den Händen war überflüssig. Ein Arm lag auf dem Papierkorb, der andere ausgestreckt auf dem Fußboden. Die Handflächen waren geschwollen und rissig.

Säure . . . wie mag er aussehen . . .

Staffan hielt sich erneut das Taschentuch vor den Mund und ging zu dem Mann, während er die Pistole ins Halfter zurücksteckte, sich darauf verließ, dass Holmberg ihn deckte, falls etwas passierte.

Der Körper zuckte krampfhaft, und man hörte weiche, schmatzende Laute, wenn die nackte Haut von den Kacheln gezogen wurde und sich erneut festsaugte. Die Hand, die auf dem Boden lag, hüpfte wie eine Flunder auf einem Felsen. Und die ganze Zeit drang, zum Boden hinab, dieses Geräusch aus dem Mund:

»... eeiiieeeeiii ...«

Staffan gab Holmberg durch Zeichen zu verstehen, zwei, drei Schritte zurückzubleiben, und ging neben dem Körper in die Hocke.

»Können Sie mich hören?«

Der Mann verstummte. Plötzlich verdrehte sich der ganze Körper in einem Krampf und rollte herum.

Das Gesicht.

Staffan schreckte zurück, rutschte aus und landete auf dem Steißbein. Er biss die Zähne zusammen, um nicht loszuschreien, als der Schmerz fächerförmig in sein Kreuz ausstrahlte. Er kniff die Augen zusammen. Öffnete sie wieder.

Er hat kein Gesicht.

Staffan hatte einmal einen Fixer gesehen, der seinen Kopf im Drogenrausch mehrfach gegen eine Wand gehämmert hatte. Er hatte einen Mann gesehen, der an einem Benzintank geschweißt hatte, ohne den Tank vorher zu leeren, woraufhin ihm der Tank ins Gesicht explodiert war.

Doch nichts von all dem ähnelte diesem Anblick auch nur annähernd.

Die Nase war weggeätzt worden, und wo sie gesessen hatte, waren jetzt nur noch zwei Löcher im Kopf. Der Mund war zusammengeschmolzen, die Lippen bis auf einen kleinen Spalt im Mundwinkel versiegelt. Ein Auge war ausgelaufen auf das, was einmal eine Wange gewesen sein musste, aber das andere . . . das andere Auge stand weit offen.

Staffan starrte in dieses Auge, das Einzige, was in der unförmigen Masse als etwas Menschliches wiedererkennbar war. Das Auge war rot unterlaufen, und als es zu zwinkern versuchte, war da nur ein halber Hautfetzen, der darüber herabflatterte und wieder hochgezogen wurde.

Wo das restliche Gesicht hätte sein müssen, gab es nur noch Knorpel- und Knochenstücke, die zwischen unregelmäßig geformten Fleischpartien und schwarzen Stofffetzen herausstachen. Die nackten, glänzenden Muskelpartien zogen sich zusammen und entspannten sich, zappelten, als wäre der Kopf gegen ein Knäuel eben erst getöteter, zerhackter Aale eingetauscht worden.

Das ganze Gesicht, was einmal ein Gesicht gewesen war, führte ein Eigenleben.

Staffan musste würgen und hätte sich vermutlich übergeben, wenn sein Körper nicht so beschäftigt gewesen wäre, Schmerz in sein Rückgrat zu pumpen. Langsam zog er die Beine an und richtete sich auf die Schränke gestützt auf. Das gerötete Auge starrte ihn unablässig an.

»Das ist das grauenvollste . . .«

Holmberg ließ die Arme hängen und betrachtete den entstellten Körper auf dem Schwimmbadboden. Es war nicht nur das Gesicht. Die Säure hatte sich auch über den Oberkörper ergossen. Die Haut über einem Schlüsselbein war fort, und ein Teil des Knochens stach heraus, leuchtete weiß wie ein Stück Kreide in einem Frikassee.

Holmberg schüttelte den Kopf, hob und senkte mehrmals die Hand. Er hustete.

»Das ist das grauenvollste . . .«

❇

Es war elf Uhr, Oskar lag im Bett. Vorsichtig klopfte er die Buchstaben in die Wand.

E . . . L . . . I . . .

E . . . L . . . I

Keine Antwort.

Freitag, 30. Oktober

Die Jungen der Klasse 6 b standen in einer Reihe auf dem Gang unterhalb der Schule und warteten darauf, dass Lehrer Ávila ihnen grünes Licht gab. Alle hatten Sportbeutel oder Taschen in den Händen, denn gnade Gott jedem, der seine Sachen vergessen hatte oder keine überzeugenden Gründe vorbringen konnte, dem Sportunterricht fernzubleiben.

Sie standen im Abstand einer Armlänge voneinander entfernt, wie der Sportlehrer es ihnen an ihrem ersten Tag in der vierten Klasse beigebracht hatte, als er die Verantwortung für ihre Leibesertüchtigung von der Klassenlehrerin übernahm.

»Eine kerade Reihä! Armlänge Abstand!«

Lehrer Ávila war im Krieg Kampfpilot gewesen. Zwei, drei Mal hatte er die Jungen mit Geschichten von Luftkämpfen und Notlandungen in Weizenfeldern unterhalten. Sie waren beeindruckt gewesen. Man hatte Respekt vor ihm.

Eine Klasse, die in dem Ruf stand, aufmüpfig zu sein und sich schwer bändigen zu lassen, stellte sich gehorsam im Abstand einer Armlänge voneinander auf, obwohl der Lehrer nicht einmal in Sichtweite war. Wenn die Reihe nicht seinen Wünschen entsprach, ließ er sie weitere zehn Minuten warten oder blies ein versprochenes Volleyballspiel ab und ersetzte es durch Liegestütze und Situps.

Oskar hatte, wie die anderen auch, ziemliche Angst vor seinem Lehrer. Mit seinen kurzgeschorenen grauen Haaren und seiner Adlernase, seiner nach wie vor ausgezeichneten Kondition und seiner eisernen Faust war er kaum der geeignete Mensch, um einen schwächlichen, etwas übergewichtigen und gemobbten Jungen zu lieben oder zu verstehen. Aber in seinen Stunden herrschte strikte Disziplin. Weder Jonny, Micke noch Tomas wagten etwas zu tun, solange der Lehrer in der Nähe war.

Jetzt trat Jonny aus der Reihe und warf einen Blick zur Schule hinauf. Anschließend machte er den Hitlergruß und sagte:

»Kerade Reihä! Heut Brantschutzübung! Mit Seile!«

Einige lachten nervös. Ihr Lehrer hatte eine Vorliebe für Brandschutzübungen. Einmal pro Halbjahr mussten seine Schüler trainieren, sich mit Hilfe eines Seils aus den Fenstern herunterzulassen, während ihr Lehrer die ganze Prozedur mit der Stoppuhr verfolgte. Gelang es ihnen, den bisherigen Rekord zu schlagen, durften sie in der nächsten Stunde »Die Reise nach Jerusalem« spielen. Wenn sie es sich verdient hatten.

Jonny reihte sich schnell wieder ein. Zum Glück, denn nur wenige Sekunden später trat ihr Lehrer mit forschen Schritten aus dem Haupteingang der Schule und ging zur Sporthalle. Er sah geradeaus, würdigte die wartende Gruppe keines Blickes. Auf halbem Weg machte er eine *Kommt!*-Geste mit der Hand, ohne stehen zu bleiben, ohne sich ihnen zuzuwenden.

Die Reihe setzte sich in Bewegung, stets bemüht, den Abstand von einer Armlänge möglichst beizubehalten. Tomas, der hinter Oskar ging, trat Oskar gegen die Ferse, sodass er hinten aus dem Schuh rutschte. Oskar ging weiter.

Seit dem Vorfall mit den Peitschen vorgestern hatten sie ihn in Ruhe gelassen. Sie hatten ihn zwar nicht um Entschuldigung gebeten oder so, aber die Wunde auf seiner Wange war nicht zu übersehen, und offenkundig waren sie der Meinung, das reichte. Jedenfalls für eine Weile.

Eli.

Oskar krümmte die Zehen im Schuh, um ihn nicht zu verlieren, marschierte weiter Richtung Turnhalle. Wo war Eli? Oskar hatte gestern Abend am Fenster gestanden und hinausgespäht, um zu schauen, ob Elis Vater nach Hause kam. Stattdessen hatte er gegen zehn Uhr Eli aus dem Haus gehen sehen. Danach hatte es Schokolade und Zimtschnecken mit Mama gegeben, und er hatte ihre Heimkehr womöglich verpasst. Aber sie hatte seine Klopfzeichen nicht erwidert.

Die Klasse drängte in den Umkleideraum, die Reihe löste sich auf. Lehrer Ávila erwartete sie mit verschränkten Armen.

»Also gut. Heute Konditionstränning. Mit Reck, Kasten und Springseil.«

Allgemeines Stöhnen. Der Lehrer nickte.

»Wenn es gut ist, wenn ihr arbeiten, nächstes Mal wir haben Volkerball. Aber heute: Konditionstränning. Tempo!«

Es gab keinerlei Spielraum für Diskussionen. Man konnte schon froh sein, dass Völkerball in Aussicht gestellt wurde, und die Klasse zog sich eiligst um. Oskar achtete wie üblich darauf, den anderen den Rücken zuzukehren, wenn er seine Hose auszog. Der Pinkelball ließ den Inhalt seiner Unterhose seltsam aussehen. Oben in der Turnhalle waren die anderen bereits dabei, Kästen in Position zu schieben und das Reck aufzubauen. Johan und Oskar holten gemeinsam Turnmatten. Als alles fertig war, blies der Lehrer in seine Trillerpfeife. Es gab fünf Stationen, weshalb er sie in fünf Gruppen zu zwei Personen aufteilte.

Oskar und Staffe bildeten eine Gruppe, was gut war, weil Staffe als Einziger in der Klasse in Sport noch schlechter war als Oskar. Er war bärenstark, aber plump. Und dicker als Oskar. Dennoch ärgerte ihn niemand. Es gab etwas in Staffes Haltung, das einem sagte, wenn man sich mit ihm anlegte, würde es einem übel ergehen.

Der Lehrer blies in seine Trillerpfeife, und sie legten los.

Klimmzüge am Reck. Das Kinn über die Stange, wieder herunter, wieder herauf. Oskar schaffte zwei. Staffe schaffte fünf, dann hörte er auf. Pfiff. Situps. Staffe lag nur auf der Matte und glotzte an die Decke. Oskar machte halbe Situps bis zum nächsten Signal. Seilchen springen. Das konnte Oskar gut. Er trommelte immer weiter, während Staffe sich verhedderte. Als Nächstes folgten gewöhnliche Liegestütze. Staffe schaffte endlos viele. Am Ende der Kasten, der verdammte Kasten.

Hier war es besonders schön, mit Staffe zusammen zu sein. Oskar hatte zu Micke und Jonny und Olof hinübergeschielt und gesehen, wie sie vom Sprungbrett aus über den Kasten flogen. Staffe holte Schwung, lief, knallte auf das Sprungbrett, dass es knackte, und kam trotzdem nicht auf den Kasten. Er machte kehrt, um zurückzugehen. Der Lehrer ging zu ihm.

»Auf den Kasten!«

»Es geht nicht.«

»Du musst krischen.«

»Hä?«

»Krischen. Kriieschen. Los, hüpf!«

Staffe setzte die Hände auf den Kasten, hievte sich hinauf und kroch wie ein Faultier auf die andere Seite. Der Lehrer winkte, *komm!*, und Oskar lief los.

Irgendwann während dieser Schritte zum Kasten traf er seine Entscheidung.

Er würde es versuchen.

Sein Lehrer hatte ihm einmal gesagt, er dürfe vor dem Kasten keine Angst haben, das sei das Entscheidende. Normalerweise sprang er nicht ordentlich ab, weil er Angst hatte, das Gleichgewicht zu verlieren oder gegen den Kasten zu schlagen. Jetzt aber würde er aufs Ganze gehen und einfach so tun, als könnte er es. Lehrer Ávila schaute zu, und Oskar lief mit Vollgas auf das Sprungbrett zu.

Er dachte kaum an den Absprung, konzentrierte sich ganz darauf, dass er über den Kasten kommen wollte. Zum ersten Mal setzte er die Füße mit voller Wucht auf das Brett, ohne abzubremsen, und sein Körper flog wie von selbst davon, und die Hände wurden ausgestreckt, um sich abzustoßen und den Körper weiterzubefördern. Er schoss in solchem Tempo über den Kasten, dass er das Gleichgewicht verlor und auf der anderen Seite kopfüber landete. Aber er hatte ihn überwunden!

Er drehte sich um und sah seinen Lehrer an, der zwar weiß Gott nicht lächelte, aber immerhin aufmunternd nickte.

»Gut, Oskar. Nur mehr Gleichgewicht.«

Ávila blies in seine Pfeife, und sie durften eine Minute verschnaufen, bevor sie eine zweite Runde begannen. Diesmal gelang es Oskar, über den Kasten zu kommen und bei der Landung nicht das Gleichgewicht zu verlieren.

Der Lehrer beendete die Stunde mit einem Pfiff und ging in sein Zimmer, während sie die Sachen forträumten. Oskar fuhr die Räder des Kastens aus und schob ihn in den Geräteraum, tätschelte ihn wie ein tüchtiges Pferd, das sich endlich hatte bändigen lassen. Er stellte den Kasten an seinen Platz und ging zum Umkleideraum. Es gab da etwas, worüber er mit seinem Lehrer sprechen wollte.

Auf halbem Weg zur Tür wurde er aufgehalten. Ein Lasso aus einem Springseil flog über seinen Kopf und landete um seinen Bauch. Jemand hielt ihn fest. Hinter sich hörte er Jonnys Stimme: »Hoppla, Schweinchen.«

Er drehte sich um, sodass das Lasso über seinen Bauch rutschte und nun stattdessen um seinen Rücken lag. Jonny stand mit den Griffen des Springseils in den Händen vor ihm. Er führte sie auf und ab, schnalzte.

»Hopp, hopp.«

Oskar packte das Seil mit beiden Händen und ruckte die Griffe aus Jonnys Händen. Das Springseil klapperte hinter Oskar auf den Boden. Jonny zeigte darauf.

»Jetzt holst du es.«

Oskar packte das Springseil mit einer Hand in der Mitte und ließ es über seinem Kopf kreiseln, dass die Griffe gegeneinander klapperten, rief: »Fang!«, und ließ los. Das Springseil schoss auf und davon, und Jonny hielt sich instinktiv die Hände schützend vors Gesicht. Das Springseil flatterte über seinem Kopf vorbei und krachte hinter ihm gegen die Sprossenwand.

Oskar verließ die Turnhalle und lief die Treppen hinab. Das Herz trommelte in seinen Ohren. *Es hat angefangen.* Er nahm immer drei Stufen auf einmal, landete mit beiden Füßen auf dem Treppenabsatz, ging durch den Umkleideraum und ins Lehrerzimmer.

Dort saß sein Lehrer in Sportkleidung und telefonierte in einer fremden Sprache, vermutlich Spanisch. Das einzige Wort, das Oskar verstehen konnte, war »perro«, was seines Wissens »Hund« bedeutete. Der Lehrer forderte ihn durch ein Zeichen auf, sich auf den zweiten Stuhl im Raum zu setzen. Der Lehrer sprach weiter, weitere »perro«, während Oskar hörte, wie Jonny in den Umkleideraum kam und anfing, mit lauter Stimme zu sprechen.

Die Umkleide hatte sich bereits geleert, als Ávila fertig war mit seinem Hund. Er wandte sich Oskar zu.

»Nun, Oskar. Was wünschst du?«

»Ja also, ich wollte fragen ... dieses Training jeden Donnerstag.«

»Ja?«

»Kann man da mitmachen?«

»Du meinst Krafttraining im Schwimmbad?«

»Ja, genau. Kann man sich anmelden, oder ...«

»Du brauchst nicht anmelden. Nur kommen. Donnerstag Uhr sieben. Du willst das machen?«

»Ja, ich ... ja.«

»Das ist gut. Du trainierst. Dann du kannst Reck ... fünfzig Mal!«

Der Lehrer zeigte die Klimmzüge am Reck mit den Armen in der Luft. Oskar schüttelte den Kopf.

»Nee, aber ... ja, ich komme.«

»Dann wir sehen uns am Donnerstag. Gut.«

Oskar nickte, wollte gehen, sagte dann:

»Wie geht es dem Hund?«

»Dem Hund?«

»Ja, ich habe gehört, dass Sie ›perro‹ gesagt haben. Bedeutet das nicht Hund?«

Der Lehrer dachte einen Moment nach.

»Ah. Nicht ›perro‹. *Pero*. Das bedeutet ›aber‹. Wie in ›ich aber nicht‹. Das heißt *pero yo no*. Verstehst du? Willst du jetzt auch noch einen Spanischkurs belegen?«

Oskar lächelte, schüttelte den Kopf und erklärte, dass ihm das Krafttraining vorerst reichen würde.

Bis auf Oskars Kleider war der Umkleideraum leer. Oskar zog seine Turnhose aus und erstarrte. Seine Hose war fort. Natürlich. Dass er daran nicht gedacht hatte. Er sah sich in der Umkleide und den Toiletten um. Keine Hose.

Die Kälte zwackte in Oskars Beinen, als er nur in Turnhose nach Hause ging. Es hatte während der Sportstunde angefangen zu schneien. Die Schneeflocken fielen herab und schmolzen auf seinen nackten Beinen. Auf dem Hof blieb er unter Elis Fenster stehen. Die Jalousien waren heruntergelassen. Nichts rührte sich. Große Flocken liebkosten sein aufwärts gewandtes Gesicht. Er fing ein paar von ihnen mit der Zunge. Sie schmeckten gut.

❄

»Schau dir Ragnar an.«

Holmberg zeigte auf den Vällingby Torg hinaus, wo der fallende Schnee eine hauchfeine Schicht auf die kreisförmig verlegten Pflastersteine legte. Einer der Penner saß in einen großen Mantel gehüllt regungslos auf einer Bank, während ihn der Schnee allmählich in einen schlecht gerollten Schneemann verwandelte. Holmberg seufzte.

»Wenn er sich nicht bald bewegt, werde ich hinausgehen und nach ihm sehen müssen. Wie geht es dir?«

»Geht so.«

Staffan hatte ein Kissen auf seinen Schreibtischstuhl gelegt, um den Schmerz im Rückgrat zu dämpfen. Er hätte lieber gestanden oder noch lieber im Bett gelegen, aber der Bericht über die Ereignisse des Vorabends musste noch vor dem Wochenende ins Morddezernat.

Holmberg schaute in seinen Notizblock und klopfte mit dem Stift darauf.

»Die drei Männer, die im Umkleideraum waren. Sie haben ausgesagt, dass der Mörder, ehe er sich die Salzsäure ins Gesicht kippte, ›Eli, Eli!‹ geschrien hat, und ich frage mich . . .«

In Staffans Brust tat sein Herz einen Sprung, und er lehnte sich über den Schreibtisch.

»Das hat er gesagt?«

»Ja? Weißt du, was das . . .«

»Ja.«

Staffan lehnte sich mit einer heftigen Bewegung auf seinem

Stuhl zurück, und der Schmerz schoss einen Pfeil bis in seinen Haaransatz. Er umklammerte die Schreibtischkante, richtete sich auf und fuhr sich mit den Händen über das Gesicht. Holmberg beobachtete ihn.

»Verdammt, bist du mal beim Arzt gewesen?«

»Nee, das ist nur ... das geht vorbei. Eli, Eli.«

»Ist das ein Name?«

Staffan nickte bedächtig. »Ja ... es bedeutet ... Gott.«

»Aha, er hat Gott angerufen. Glaubst du, er ist erhört worden?«

»Was?«

»Gott. Glaubst du, Gott hat sein Rufen erhört? Angesichts der Umstände erscheint es jedenfalls wenig ... wahrscheinlich. Obwohl, auf diesem Gebiet bist du natürlich der Experte. Nicht wahr.«

»Es sind die letzten Worte Jesu am Kreuz. Mein Gott, mein Gott, warum hast du mich verlassen? *Eli, Eli, lema sabachtani?*«

Holmberg blinzelte und schaute in seine Notizen.

»Ja, genau.«

»Nach Markus und Matthäus.«

Holmberg nickte, lutschte an seinem Stift.

»Sollen wir das in unseren Bericht aufnehmen?«

Als Oskar aus der Schule nach Hause kam, zog er eine neue Hose an und ging zum Kiosk des Liebhabers, um sich eine Zeitung zu kaufen. Er hatte gehört, der Mörder sei gefasst worden, und wollte alles darüber wissen, es ausschneiden und aufheben.

Irgendetwas war seltsam, als er zum Kiosk ging, ganz unabhängig davon, dass es schneite, war irgendetwas anders als sonst.

Als er sich mit seiner Zeitung auf den Heimweg machte, begriff er, was es war. Er war nicht auf der Hut, sondern ging einfach. Er hatte den ganzen Weg zum Kiosk zurückgelegt, ohne Ausschau nach Leuten zu halten, die ihm womöglich etwas antun würden.

Er fing an zu laufen, lief den ganzen Weg nach Hause mit der Zeitung in der Hand, während Schneeflocken sein Gesicht leckten. Schloss die Wohnungstür hinter sich, ging zu seinem Bett, legte sich auf den Bauch, klopfte an die Wand. Keine Antwort. Er hätte jetzt gerne mit Eli gesprochen, ihr davon erzählt.

Er schlug die Zeitung auf. Das Schwimmbad von Vällingby. Streifenwagen. Krankenwagen. Mordversuch. Die Verletzungen des Mörders so geartet, dass sich eine Identifizierung schwierig gestaltete. Ein Bild vom Krankenhaus in Danderyd, in dem der Mann behandelt wurde. Rekapitulation des früheren Mords. Keine Kommentare.

Anschließend U-Boot, U-Boot, U-Boot. Erhöhte Alarmbereitschaft.

Es klingelte an der Tür.

Oskar sprang aus dem Bett, ging schnell in den Flur.

Eli, Eli, Eli.

Als er die Hand auf die Türklinke legte, hielt er inne. Und wenn es Jonny und die anderen waren? Nein, sie würden niemals einfach so zu ihm nach Hause kommen. Er öffnete. Vor der Tür stand Johan.

»Hi.«

»Ja ... hi.«

»Sollen wir was machen?«

»Ja ... was denn?«

»Weiß nicht. Irgendwas.«

»Okay.«

Oskar zog sich Schuhe und Jacke an, während Johan im Treppenhaus wartete.

»Jonny war ganz schön sauer. Eben in der Turnhalle.«

»Er hat meine Hose genommen, was?«

»Ja. Aber ich weiß, wo sie ist.«

»Wo denn?«

»Hinten. An der Schwimmhalle. Ich zeig's dir.«

Oskar dachte, dass Johan ihm die Hose in dem Fall ruhig hätte mitbringen können, sprach den Gedanken jedoch nicht aus. So weit reichte Johans Wohlwollen eben doch nicht. Oskar nickte und sagte: »Gut.«

Sie gingen zur Schwimmhalle und holten die Hose, die in einem Strauch hing. Anschließend liefen sie ein wenig herum. Sie formten Schneebälle und zielten auf Baumstämme. In einem Container fanden sie Elektrokabel, die man in Stücke schneiden und zu Geschossen für eine Schleuder formen können würde. Sie unterhielten sich über den Mörder, über das U-Boot und über Jonny, Micke und Tomas, der in Johans Augen nicht ganz dicht war.

»Total neben der Spur.«

»Dir tun sie doch nichts.«

»Nee. Aber trotzdem.«

Sie gingen zur Würstchenbude an der U-Bahn-Station und kauften sich jeder zwei so genannte Landstreicher. Eine Krone pro Stück; ein getoastetes Wurstbrot nur mit Senf, Ketchup, Hamburgerdressing und rohen Zwiebeln gefüllt. Es dämmerte. Johan unterhielt sich mit dem Mädchen in der Würstchenbude, und Oskar beobachtete die Bahnen, die kamen und gingen, dachte an die elektrischen Leitungen, die über den Schienen verliefen.

Mit einem intensiven Zwiebelgeschmack im Mund gingen sie zur Schule, wo sich ihre Wege trennten. Oskar sagte:

»Glaubst du, dass Leute auf die Leitungen über den Gleisen springen, um sich umzubringen?«

»Keine Ahnung. Bestimmt. Mein Bruder kennt einen, der auf die Strom führende Schiene gepisst hat.«

»Und was ist passiert?«

»Er ist gestorben. Der Strom fuhr durch die Pisse in seinen Körper.«

»Wie jetzt. Wollte er sterben?«

»Nee. Er war besoffen. Verdammt. Stell dir mal vor . . .«

Johan mimte, wie er seinen Schwanz herausholte und pinkelte, begann am ganzen Körper zu zucken. Oskar lachte.

An der Schule trennten sie sich, winkten. Oskar hatte sich die wiedergefundene Hose auf dem Heimweg um die Hüften gebunden und pfiff die Titelmelodie von *Dallas*. Es schneite nicht mehr, aber über allem lag eine weiße Decke. Die großen Milchglasscheiben der kleinen Schwimmhalle waren hell erleuchtet. Dorthin würde er Donnerstagabend gehen. Das Training aufnehmen. Stärker werden.

Freitagabend beim Chinesen. Auf der runden, stahlumrahmten Uhr an der Längswand, die so deplatziert wirkt zwischen all den Reispapierlampen und Golddrachen, ist es fünf vor neun. Die Jungs hocken über ihren Biergläsern und verlieren sich in den Landschaften auf den Tellerunterlagen. Draußen schneit es.

Virginia rührt in ihrem San Francisco und lutscht an ihrem Cocktailstab, der von einer kleinen Johnny-Walker-Figur gekrönt wird.

Wer war Johnny Walker? Wohin wollte er gehen?

Sie schlägt mit dem Cocktailstab gegen das Glas, und Morgan schaut auf.

»Willst du eine Rede halten?«

»Irgendwer muss es ja tun.«

Sie hatten es ihr erzählt. Alles, was Gösta über Jocke, die Brücke, das Kind berichtet hatte. Dann waren sie in Schweigen verfallen. Virginia klirrte mit dem Eis in ihrem Glas, betrachtete, wie sich das gedämpfte Licht der Deckenlampen in den halb geschmolzenen Eiswürfeln spiegelte.

»Eins verstehe ich nicht. Wenn das wirklich passiert ist, was Gösta erzählt. Wo ist er dann? Also Jocke.«

Karlssons Miene hellte sich auf, als wäre dies eine Gelegenheit, auf die er nur gewartet hatte.

»Das habe ich auch schon versucht zu sagen. Wo ist die Leiche? Wenn man ...«

Morgan hielt Karlsson einen warnenden Zeigefinger entgegen.

»Du nennst Jocke nicht ›die Leiche‹.«

»Wie soll ich ihn dann nennen? *Der Verblichene?*«

»Du sollst ihn gar nichts nennen, ehe wir nicht wissen, was passiert ist.«

»Aber das versuche ich doch gerade zu sagen. Solange wir keine L ... solange sie ihn nicht ... gefunden haben, können wir nicht ...«

»Wer sind denn *sie?*«

»Tja, was meinst du wohl? Die Hubschrauberdivision in Berga? Die Polizei natürlich.«

Larry rieb sich mit einem leisen Glucksen ein Auge.

»Das ist wirklich ein Problem. Solange sie ihn nicht gefunden haben, haben sie kein Interesse an der Sache, und solange sie kein Interesse daran haben, werden sie nicht nach ihm suchen.«

Virginia schüttelte den Kopf. »Dann müsst ihr eben zur Polizei gehen und sagen, was ihr wisst.«

»Ach, und was sollen wir deiner Meinung nach sagen?«, kollerte Morgan. »Hallo, jetzt lasst doch mal den ganzen Scheiß mit diesem Kindermörder, dem U-Boot und dem anderen Krempel liegen, denn wir sind drei fröhliche Saufkumpane, und einer unserer Zechbrüder ist verschwunden, und jetzt hat ein anderer von unseren Saufkumpanen erzählt, eines Abends, als er sich mächtig einen hinter die Binde gegossen hatte, da hat er gesehen ... ja, was eigentlich?«

»Und was ist mit Gösta? Er hat es doch gesehen, er ist es doch, der ...«

»Ja, ja. Sicher. Aber der ist doch so verdammt wirr. Raschele ein bisschen mit einer Uniform vor seiner Nase, und er bricht zusammen und ist reif für die Klapsmühle. Der packt das doch gar nicht. Verhöre und so.« Morgan zuckte mit den Schultern. »Die Sache ist gelaufen.«

»Wollt ihr es einfach dabei belassen?«

»Ja, was zum Teufel sollen wir denn sonst tun?«

Lacke, der sich während dieses Wortwechsels sein Bier einverleibt hatte, sagte etwas, aber so leise, dass die anderen es nicht verstanden. Virginia lehnte sich ihm entgegen und legte ihren Kopf auf seine Schulter.

»Was hast du gesagt?«

Lacke stierte auf die nebelverhangene Tuschlandschaft auf seiner Tellerunterlage und flüsterte: »Du hast gesagt. Dass wir ihn schnappen würden.«

Morgan hämmerte auf den Tisch, dass die Biergläser hochsprangen, streckte die Hand vor sich aus wie eine Klaue.

»Das werden wir auch. Aber dazu müssen wir erst einmal etwas haben, dem wir nachgehen können.«

Lacke nickte schlafwandlerisch und wollte aufstehen.

»Ich muss nur mal ...«

Seine Beine gaben nach, und er knallte begleitet vom Klirren fallender Gläser nach vorn auf den Tisch, sodass sich alle acht

Essensgäste umdrehten und hinüberschauten. Virginia packte Lackes Schulter und richtete ihn wieder auf. Lackes Augen waren weit weg.

»Entschuldigt, ich . . .«

Der Kellner eilte zu ihrem Tisch, dabei fieberhaft seine Hände an der Schürze abreibend. Er beugte sich zu Lacke und Virginia hinab und flüsterte wütend: »Dies ist ein Restaurant, kein Schweinestall.«

Virginia lächelte ihn herzallerliebst an, während sie Lacke auf die Beine half.

»Komm, Lacke, wir gehen zu mir.«

Mit einem vorwurfsvollen Blick auf die anderen Jungs ging der Kellner rasch zu Lacke und Virginia, stützte Lacke auf der anderen Seite, um den übrigen Gästen zu demonstrieren, dass er ebenso bedacht war wie sie, dieses für eine ruhige Mahlzeit so störende Element zu entfernen.

Virginia half Lacke in seinen schweren, altmodisch eleganten Mantel – ein Erbstück von seinem Vater, der vor ein paar Jahren gestorben war – und bugsierte ihn zur Tür.

Hinter sich hörte sie ein paar vielsagende Pfiffe von Morgan und Karlsson. Mit Lackes Arm auf ihrer Schulter wandte sie sich zu ihnen um und vergoss Krokodilstränen. Dann zog sie die Eingangstür auf und verließ das Restaurant.

Schnee fiel in großen, langsamen Flocken und schuf für die beiden einen Raum aus Kälte und Stille. Virginias Wangen röteten sich, als sie Lacke zum Parkweg führte. So war es besser.

❄

»Hallo. Ich sollte eigentlich meinen Papa treffen, aber er ist nicht gekommen und . . . dürfte ich vielleicht hereinkommen und kurz telefonieren?«

»Ja natürlich.«

»Darf ich hereinkommen?«

»Das Telefon steht gleich da drüben.«

Die Frau zeigte in den Flur; auf einem kleinen Tischchen stand ein graues Telefon. Eli stand weiterhin vor der Wohnungstür, war noch nicht eingeladen worden. Unmittelbar hinter der Tür stand ein gusseiserner Igel mit Piassavastacheln. Eli putzte sich die Schuhe an ihm ab, um zu übertünchen, dass sie nicht eintreten konnte.

»Darf ich wirklich?«

»Ja, ja. Komm herein, komm herein.«

Die Frau machte eine müde Geste; Eli war eingeladen. Die Frau schien das Interesse verloren zu haben und ging ins Wohnzimmer, aus dem das statische Rauschen eines Fernsehapparats zu Eli hinausdrang. Ein langes, gelbes Seidenband, das in den graumelierten Haaren der Frau verknotet war, schlängelte sich wie eine zahme Schlange den Rücken hinab.

Eli betrat den Flur, zog Schuhe und Jacke aus, hob den Hörer ab, wählte irgendeine Nummer, tat so, als spräche sie mit jemandem, legte wieder auf.

Sog Luft durch die Nase ein. Bratengeruch, Putzmittel, Erde, Schuhcreme, Winteräpfel, feuchter Stoff, Elektrizität, Staub, Schweiß, Tapetenkleister und … Katzenurin.

Ja. Eine pechschwarze Katze stand im Türrahmen zur Küche und fauchte. Ihre Ohren waren angelegt, das Fell gesträubt, der Rücken gebuckelt. Um den Hals trug sie ein rotes Band mit einem kleinen Metallzylinder, vermutlich konnte man einen Zettel mit Namen und Adresse hineinlegen.

Eli ging einen Schritt auf die Katze zu, die ihre Zähne bleckte, fauchte. Ihr Körper war sprungbereit. Noch ein Schritt.

Die Katze trat den Rückzug an, wich zurück, dabei weiter fauchend und den Blick auf Elis Augen richtend. Der Hass,

208

der ihren Körper durchzuckte, ließ den Metallzylinder erzittern. Sie maßen einander. Eli bewegte sich langsam vorwärts, zwang die Katze zurück, bis sie in der Küche war, und schloss die Tür.

Hinter ihr fuhr die Katze fort, zu fauchen und zu jaulen. Eli ging ins Wohnzimmer.

Die Frau saß auf einer Ledercouch, die so blankgewetzt war, dass sie das Fernsehlicht reflektierte. Sie saß aufrecht und schaute starr auf den bläulich flimmernden Bildschirm. In ihre Haare war an einer Seite eine gelbe Schleife gebunden. Auf der anderen Seite hatte sich die Schleife zu einem gelben Band gelöst. Auf dem Couchtisch vor ihr standen eine Schale mit Keksen und ein Käseteller mit drei verschiedenen Käsen, eine ungeöffnete Weinflasche und zwei Gläser.

Die Frau schien Elis Gegenwart überhaupt nicht wahrzunehmen, war ganz darauf konzentriert, was auf dem Bildschirm geschah. Ein Naturprogramm. Pinguine am Südpol.

»Das Männchen trägt das Ei auf seinen Füßen, damit es nicht mit der Eisfläche in Kontakt kommt.«

Eine Karawane von Pinguinen bewegte sich watschelnd durch eine Eiswüste. Eli setzte sich auf die Couch, neben die Frau, die ganz steif saß, so als wäre der Fernsehapparat ein strenger Lehrer, der sie gerade zurechtwies.

»Wenn das Weibchen drei Monate später zurückkehrt, sind die Fettvorräte des Männchens so gut wie aufgebraucht.«

Zwei Pinguine rieben ihre Schnäbel aneinander, begrüßten sich.

»Erwarten Sie Besuch?«

Die Frau zuckte zusammen und sah Eli sekundenlang verständnislos in die Augen. Die gelbe Schleife hob hervor, wie verlebt ihr Gesicht aussah. Sie schüttelte kurz den Kopf.

»Nein, bedien dich.«

Eli rührte sich nicht. Das Fernsehbild wechselte zu einem Panorama über Südgeorgien, untermalt von Musik. In der Küche war das Miauen der Katze einem ... flehenden Laut gewichen. Das Zimmer roch chemisch. Die Frau dünstete einen Krankenhausgeruch aus.

»Kommt jemand? Hierher?«

Erneut zuckte die Frau zusammen, als wäre sie geweckt worden, und wandte sich Eli zu. Diesmal wirkte sie allerdings gereizt, zwischen ihren Augenbrauen zeigte sich eine steile Falte.

»Nein. Es kommt keiner. Iss ruhig, wenn du willst.« Sie zeigte mit gestrecktem Zeigefinger der Reihe nach auf die drei Käse: »Camembert, Gorgonzola, Roquefort. Iss. Iss.«

Sie sah Eli auffordernd an, und Eli nahm einen Keks, steckte ihn sich in den Mund und kaute bedächtig. Die Frau nickte und wandte sich erneut dem Bildschirm zu. Eli spuckte die glibbrige Keksmasse in die Hand und ließ sie hinter der Armlehne auf den Fußboden fallen.

»Wann wirst du gehen?«, fragte die Frau.

»Bald.«

»Bleib ruhig, solange du willst. Mir macht das nichts aus.«

Eli rückte näher, als wollte sie den Bildschirm besser sehen können, bis sich ihre Arme berührten. Daraufhin geschah etwas mit der Frau. Ein Zittern durchlief sie, und sie sackte in sich zusammen, wurde weich wie ein aufgeschnittenes Kaffeepaket. Als sie nun Eli ansah, war ihr Blick sanft, verträumt.

»Wer bist du?«

Elis Augen waren zwanzig Zentimeter von ihren entfernt. Krankenhausgeruch entströmte dem Mund der Frau.

»Ich weiß es nicht.«

Die Frau nickte, streckte sich nach der Fernbedienung auf dem Couchtisch und schaltete den Fernsehton ab.

»Im Frühling erblüht Südgeorgien mit karger Schönheit ...«

Das Flehen der Katze war nun deutlich zu hören, aber die Frau schien es nicht weiter zu beachten. Sie zeigte auf Elis Schenkel. »Darf ich . . .«

»Ja, natürlich.«

Eli rückte ein wenig fort von der Frau, die ihre Beine unter sich zog und den Kopf auf Elis Schenkel bettete. Eli strich ihr sachte über die Haare. So saßen sie eine ganze Weile. Glänzende Walrücken durchbrachen die Meeresoberfläche, spritzten eine Wasserfontäne heraus, verschwanden.

»Erzähl mir etwas«, sagte die Frau.

»Was soll ich denn erzählen?«

»Etwas Schönes.«

Eli strich der Frau eine Haarsträhne hinters Ohr. Sie atmete jetzt ruhig, und ihr Körper war vollkommen entspannt. Eli sprach mit leiser Stimme.

»Einmal . . . vor sehr langer Zeit. Da gab es einen armen Bauern und seine Frau. Sie hatten drei Kinder. Einen Jungen und ein Mädchen, die alt genug waren, um zusammen mit den Erwachsenen zu arbeiten. Und dann noch einen kleinen Jungen, erst elf Jahre alt. Alle, die ihn sahen, sagten, er sei das schönste Kind, das sie jemals gesehen hätten.

Der Vater war leibeigener Bauer und musste viele Tagwerke für den Gutsbesitzer arbeiten, dem das Land gehörte. Deshalb kümmerten sich oftmals die Mutter und die Kinder um das Haus und den Garten der Familie. Der jüngste Junge war zu nicht viel zu gebrauchen.

Eines Tages schrieb der Gutsherr einen Wettbewerb aus, an dem alle Familien auf seinen Ländereien teilnehmen mussten. Alle, die einen Sohn im Alter von acht bis zwölf Jahren hatten. Es wurden keine Belohnungen oder Preise versprochen. Dennoch wurde es Wettbewerb genannt.

Am Tag des Wettbewerbs zog die Mutter mit ihrem Jüngsten

zum Schloss des Gutsherrn. Sie waren nicht allein. Sieben andere Kinder mit einem Elternteil oder beiden Eltern hatten sich bereits auf dem Schlosshof versammelt. Und weitere drei kamen noch hinzu. Arme Familien, die Kinder in den feinsten Kleidern, die sie besaßen.

Sie warteten den ganzen Tag auf dem Schlosshof. Als es dämmerte, trat ein Mann aus dem Schloss und erklärte, sie könnten nun eintreten.«

Eli lauschte dem Atem der Frau, er ging tief und langsam. Sie schlief. Ihre Atemluft schlug warm gegen Elis Knie. Gleich unter ihrem Ohr konnte Eli den Puls unter schlaffer, runzliger Haut ticken sehen.

Die Katze war verstummt.

Auf dem Bildschirm lief inzwischen der Abspann des Naturprogramms. Eli legte den Zeigefinger auf die Halsschlagader der Frau, spürte ihr pickendes Vogelherz unter den Fingerspitzen. Eli presste sich gegen die Rückenlehne der Couch und schob den Kopf der Frau vorsichtig nach vorn, sodass er auf Elis Knien ruhte. Der stechende Geruch des Roqueforts schwächte alle anderen Gerüche ab. Eli zog eine Decke von der Rückenlehne der Couch hinab, streckte sich und breitete sie über die Käsestücke.

Ein schwaches Säuseln; die Atmung der Frau. Eli beugte sich hinab, hielt ihre Nase dicht an die Schlagader der Frau. Seife, Schweiß, der Duft alter Haut … dieser Krankenhausgeruch … noch etwas anderes, der Eigengeruch der Frau. Und darunter, durch all dies hindurch: das Blut.

Die Frau brummte, als Elis Nase ihren Hals berührte, und wollte den Kopf drehen, aber Eli schlang einen Arm fest um Arme und Brust der Frau, hielt mit der anderen ihren Kopf fest. Öffnete den Mund so weit es ging, führte ihn zum Hals hinab, bis die Zunge gegen die Schlagader gepresst wurde, und biss zu. Verwandelte die Kiefer in einen Schraubstock.

Die Frau zuckte zusammen, als hätte sie ein elektrischer Schlag getroffen. Ihr Körper streckte sich, und die Füße schlugen mit solcher Wucht krachend gegen die Armlehne, dass die Frau fortgeschleudert wurde und die Frau mit ihrem Rücken auf Elis Schoß lag.

Blut spritzte in Schüben aus der offenen Arterie und plätscherte auf das braune Leder der Couch herab. Die Frau schrie und fuchtelte mit den Händen, riss die Decke vom Tisch. Ein Hauch von Schimmelkäse stieg Eli in die Nase, als sie sich der Länge nach auf die Frau warf, den Mund auf ihren Hals presste, in tiefen Schlucken trank. Die Schreie der Frau taten in den Ohren weh, und Eli ließ ihren Arm los, um ihr eine Hand auf den Mund legen zu können.

Die Schreie wurden erstickt, aber die freie Hand der Frau fegte über den Couchtisch, bekam die Fernbedienung zu fassen und schlug sie gegen Elis Kopf. Plastik splitterte, gleichzeitig ging der Fernsehton wieder an.

Die Titelmelodie von *Dallas* durchflutete den Raum, und Eli riss den Kopf vom Hals der Frau.

Das Blut schmeckte nach Medikamenten. Nach Morphium.

Die Frau blickte mit großen Augen zu Eli auf. Jetzt nahm Eli noch einen weiteren Geschmack wahr. Einen verfaulten Geschmack, der sich mit dem Geruch von Schimmelkäse vermischte.

Krebs. Die Frau hatte Krebs.

Elis Magen krampfte sich vor Ekel zusammen, und Eli musste die Frau loslassen und sich auf der Couch aufsetzen, um sich nicht übergeben zu müssen.

Die Kamera flog über Southfork, während sich die Musik dem abschließenden Crescendo näherte. Die Frau schrie nicht mehr, lag einfach still auf dem Rücken, während das Blut in immer schwächeren Stößen aus ihr herausgepumpt wurde, in

Rinnsalen hinter die Polster der Couch lief. Ihre Augen waren feucht, abwesend, als sie Elis suchten, und sie sagte: »Bitte ... bitte ...«

Eli schluckte den Brechreiz hinunter, beugte sich über die Frau.

»Verzeihung?«

»Bitte ...«

»Ja. Soll ich etwas tun?«

»... bitte du ... bitte du ...«

Kurz darauf veränderten sich die Augen der Frau, erstarrten, sahen nicht mehr. Eli schob die Lider herab. Sie öffneten sich wieder. Eli zog die Decke vom Fußboden und legte sie der Frau übers Gesicht, setzte sich aufrecht auf die Couch.

Das Blut taugte als Nahrung, obwohl es widerlich schmeckte, aber das Morphium ...

Auf dem Bildschirm ein Wolkenkratzer aus Spiegeln. Ein Mann in einem Anzug und mit einem Cowboyhut auf dem Kopf stieg aus einem Auto, ging auf den Wolkenkratzer zu. Eli versuchte von der Couch aufzustehen. Es ging nicht. Der Wolkenkratzer begann sich zu neigen, zu drehen. Die Spiegel reflektierten die Wolken, die in Zeitlupe über den Himmel glitten, die Formen von Tieren, Pflanzen annahmen.

Eli lachte auf, als sich ein Mann mit Cowboyhut hinter einen Schreibtisch setzte und anfing, Englisch zu sprechen. Eli verstand, was er sagte, aber die Worte hatten keinen Sinn. Eli schaute sich um. Das ganze Zimmer hatte sich geneigt, weshalb es seltsam war, dass der Fernsehapparat nicht davonrollte. Das Gerede des Cowboymannes hallte durch den Kopf. Eli sah sich nach der Fernbedienung um, aber deren Bruchstücke lagen auf Tisch und Fußboden verteilt.

Ich muss diesen Cowboymann zum Schweigen bringen.

Eli glitt auf den Fußboden hinab, kroch auf allen vieren zum

Fernsehapparat, während das Morphium durch den Körper schnellte, lachte über die Gestalten, die sich in Farben, lauter Farben auflösten. Schaffte es nicht. Sank vor dem Fernseher platt auf den Bauch, während die Farben in den Augen sprühten.

❄

Ein paar Kinder fuhren immer noch Snowracer auf dem Hang zwischen der Björnsongatan und dem kleinen Feld neben dem Parkweg. Auf dem Todeshang, wie er aus irgendeinem Grund genannt wurde. Drei Schatten setzten sich am oberen Ende gleichzeitig in Bewegung, und man hörte einen lautstarken Fluch, als einer der Schatten in den Wald abgedrängt wurde, und das Lachen der anderen, die weiter den Hang hinabglitten, über Buckel flogen und mit dumpfem Krachen und Scheppern landeten.

Lacke blieb stehen, schaute zu Boden. Virginia versuchte, ihn behutsam mit sich zu ziehen. »Jetzt komm schon, Lacke.«

»Es ist so verdammt hart.«

»Weißt du was, ich kann dich nicht tragen.«

Ein Schnauben, das wohl ein Lachen sein sollte, ging in ein Husten über. Lackes Arm löste sich von ihrer Schulter, und er stand mit hängenden Armen da, wandte den Kopf zum Rodelhang.

»Verdammt, da fahren die Kinder Schlitten, und da…«, er machte eine vage Geste zur Brücke am Fuß des Hügels, von dem der Hang ein Teil war, »… da drüben wurde Jocke ermordet.«

»Denk jetzt nicht mehr daran.«

»Wie soll ich damit aufhören können? Vielleicht hat es eines dieser Kinder getan.«

215

»Das glaube ich nicht.«

Sie nahm seinen Arm, um ihn sich wieder um den Hals zu legen, aber Lacke zog ihn zurück. »Nee, schon gut, ich kann alleine gehen.«

Lacke ging tastend den Parkweg hinab. Schnee knirschte unter seinen Füßen. Virginia blieb stehen und betrachtete ihn. Da ging er, der Mann, den sie liebte und mit dem sie unmöglich zusammenleben konnte.

Sie hatte es versucht.

Vor acht Jahren, als Virginias Tochter gerade von zu Hause ausgezogen war, war Lacke bei ihr eingezogen. Virginia arbeitete damals wie heute im ICA-Supermarkt am Arvid Mörnes Väg, oberhalb des Chinaparks. Sie wohnte in einer Zweizimmerwohnung mit Küche in derselben Straße, nur drei Minuten von ihrem Arbeitsplatz entfernt.

Während der vier Monate, die sie zusammenwohnten, war es Virginia nicht gelungen herauszufinden, was Lacke eigentlich machte. Er kannte sich mit Elektrogeräten aus, montierte einen Dimmer für die Lampe im Wohnzimmer. Er verstand sich aufs Kochen; überraschte sie mehrfach mit fantastischen Fischgerichten. Aber was machte er?

Er saß in der Wohnung, ging spazieren, unterhielt sich mit Leuten, las eine Reihe von Büchern und Zeitungen. Das war alles. Für Virginia, die arbeiten ging, seit sie die Schule verlassen hatte, war es eine völlig unbegreifliche Art zu leben. Sie hatte ihn gefragt:

»Also Lacke, ich will ja nichts sagen . . . aber was tust du eigentlich? Woher bekommst du Geld?«

»Ich habe kein Geld.«

»Ein bisschen Geld hast du ja schon.«

»Wir sind hier in Schweden. Trag einen Stuhl hinaus, und stell ihn auf den Bürgersteig, setz dich auf den Stuhl, und warte.

Wenn du lange genug wartest, kommt jemand vorbei und gibt dir Geld. Oder kümmert sich sonstwie um dich.«

»Siehst du mich genauso?«

»Virginia. Wenn du sagst ›Lacke, du musst gehen‹. Dann gehe ich.«

Es hatte noch einen Monat gedauert, bis sie es sagte. Daraufhin hatte er seine Kleider in eine Reisetasche gestopft, seine Bücher in eine zweite. Und war gegangen. Danach hatte sie ihn ein halbes Jahr nicht mehr gesehen. Während dieser Zeit hatte sie angefangen, mehr und alleine zu trinken.

Als sie Lacke wiedersah, hatte er sich verändert, war trauriger. Während des halben Jahres hatte er bei seinem Vater gewohnt, der in einem Haus irgendwo in Südschweden an Krebs dahinsiechte. Als der Vater gestorben war, hatten Lacke und seine Schwester das Haus geerbt, es verkauft und sich das Geld geteilt. Lackes Anteil hatte ausgereicht, um eine Wohnung in Blackeberg zu kaufen, und er war zurückgekommen, um sich hier niederzulassen.

Während der folgenden Jahre trafen sie sich immer häufiger beim Chinesen, wohin Virginia jeden zweiten Abend ging. Manchmal gingen sie zusammen nach Hause und liebten sich ruhig. Sie waren stillschweigend übereingekommen, dass Lacke fort war, wenn Virginia am nächsten Tag von der Arbeit kam. Sie waren auf der Basis maximaler Freiwilligkeit ein Paar – manchmal vergingen zwei, drei Monate, ohne dass sie sich das Bett geteilt hätten, und beiden passte hervorragend, wie es jetzt war.

Sie kamen am ICA-Supermarkt mit seinen Reklameplakaten für billiges Hackfleisch und dem Slogan »Iss, trink und sei froh« vorbei. Lacke blieb stehen, wartete auf sie. Als sie auf gleicher Höhe mit ihm war, bot er ihr seinen Arm an, und Virginia hakte sich bei ihm ein. Lacke nickte zu dem Geschäft.

»Was macht die Arbeit?«

»Nichts Besonderes.« Virginia blieb stehen, zeigte. »Das da habe ich beschriftet.«

Ein Schild, auf dem »PIZZATOMATEN. DREI DOSEN 5,–« geschrieben stand.

»Schön.«

»Findest du?«

»Ja. Man bekommt wahnsinnige Lust auf Pizzatomaten.«

Sie versetzte ihm vorsichtig einen Stoß in die Seite, spürte seine Rippen unter ihrem Ellbogen. »Weiß du überhaupt noch, wie Essen schmeckt?«

»Du brauchst dir keine . . .«

»Nein, aber ich tu's trotzdem.«

❄

»Eeeeli . . . Eeeeliii . . .«

Die Stimme aus dem Fernsehapparat klang vertraut. Eli versuchte sich von ihr zurückzuziehen, aber der Körper wollte nicht gehorchen. Nur die Hände glitten in rasendem Tempo über den Fußboden und suchten etwas, an dem sie sich festhalten konnten, fanden ein Kabel und klammerten sich daran fest, als wäre es ein Rettungsseil aus dem Tunnel, an dessen Ende der Fernsehapparat stand und zu Eli sprach.

»Eli . . . wo bist du?«

Der Kopf war zu schwer, um ihn vom Boden zu heben; Eli war einzig fähig, zum Bildschirm aufzublicken, und natürlich war es . . . ER.

Auf den Schultern seines Seidenmantels lagen helle Strähnen der blonden Perücke aus Menschenhaar, die das feminine

Gesicht noch kleiner aussehen ließ, als es ohnehin schon war. Die schmalen Lippen waren zusammengepresst, zu einem Lippenstiftlächeln hochgezogen, leuchtend wie eine Schnittwunde in dem bleichgepuderten Gesicht.

Eli gelang es, den Kopf ein wenig zu heben und sein ganzes Gesicht zu sehen. Blaue, kindlich große Augen, und über den Augen ... stoßweise wurde die Luft aus Elis Lunge gepresst, der Kopf fiel willenlos zu Boden, das Nasenbein knirschte. Nur die Ruhe. Auf dem Kopf trug Er einen Cowboyhut.

»Eeeliii ...«

Andere Stimmen. Kinderstimmen. Eli hob von Neuem, zitternd wie ein Säugling, den Kopf. Tropfen kranken Bluts liefen aus Elis Nase in den Mund hinab. Der Mann hatte seine Arme in einer willkommen heißenden Geste ausgebreitet, die das rote Futter seines Mantels entblößte. Das Futter brodelte, war ein einziges Gewimmel, bestand aus Lippen, hunderten von Kinderlippen, die sich in Grimassen wanden, eine Geschichte wisperten, Elis Geschichte.

»Eli ... komm heim ...«

Eli schluchzte, schloss die Augen, wartete auf den eisigen Griff im Nacken, aber es passierte nichts. Eli öffnete wieder die Augen. Das Bild hatte sich verändert. Nun zeigte es eine lange Reihe von Kindern in ärmlicher Kleidung, die durch eine verschneite Einöde wanderten, auf ein Schloss aus Eis am Horizont zuwankten.

Das geschieht nicht.

Eli spuckte Blut auf den Fernsehapparat. Rote Flecken durchlöcherten den weißen Schnee, liefen über das Eisschloss.

Das existiert nicht.

Eli zog ruckartig an der Rettungsleine, versuchte sich aus dem Tunnel zu ziehen. Ein Klacken ertönte, als ein Stecker aus der Dose gezogen wurde, auf den Fußboden plumpste. Eli bet-

tete den Kopf auf die Hände, verschwand in der Tiefe eines dunkelroten Wirbels.

❄

Virginia bereitete auf die Schnelle einen Eintopf aus Zwiebeln
und Pizzatomaten zu, während Lacke lange duschte. Als der
Eintopf fertig war, ging sie zu ihm ins Badezimmer. Er saß mit
hängendem Kopf in der Badewanne, der Duschkopf ruhte
schlaff auf seinem Nacken. Die Rückenwirbel waren eine Kette
aus Tischtennisbällen unter seiner Haut.

»Lacke? Das Essen ist fertig.«

»Gut. Gut. Bin ich lange hier gewesen?«

»Nein, nein. Aber das Wasserwerk hat gerade angerufen. Sie
sagen, das Grundwasser geht zur Neige.«

»Was?«

»Komm jetzt.«

Sie nahm ihren Bademantel vom Haken, hielt ihn Lacke hin.
Er richtete sich in der Badewanne auf, indem er sich mit beiden
Händen auf den Rändern abdrückte. Virginia erschrak, als sie
seinen ausgemergelten Körper sah. Lacke bemerkte es und
sagte: »Darauf entstieg er dem Bade, der Göttergleiche, herr-
lich zu schauen.«

Anschließend aßen sie und teilten sich eine Flasche Wein.
Lacke bekam nicht viel herunter, aß aber immerhin etwas. Sie
teilten sich eine zweite Flasche im Wohnzimmer, gingen danach
ins Bett. Eine Zeit lang lagen sie Seite an Seite, schauten sich in
die Augen.

»Ich habe die Pille abgesetzt.«

»Aha. Wir brauchen nicht . . .«

»Nein, aber ich brauche sie nicht mehr. Keine Menstrua-
tion.«

Lacke nickte, dachte nach, strich ihr über die Wange.

»Bist du traurig?«

Virginia lächelte.

»Du bist wirklich der einzige Mann, den ich kenne, der auf die Idee kommen würde, mich das zu fragen. Ja, ein bisschen. Es ist... na ja, es ist eben das, was mich zur Frau gemacht hat. Und jetzt gilt das eben nicht mehr.«

»Mhm. Für mich reicht's allemal.«

»Tatsächlich?«

»Ja.«

»Na, dann komm.«

Das tat er.

Gunnar Holmberg ließ die Füße durch den Schnee schleifen, um keine Fußspuren zu hinterlassen, durch die er der Spurensicherung die Arbeit erschweren würde, blieb stehen und betrachtete die Fußspuren, die von dem Haus wegführten. Das Licht des Feuers ließ den Schnee gelbrot leuchten, und die Hitzeentwicklung war so intensiv, dass sich an seinem Haaransatz Schweißperlen bildeten.

Holmberg hatte sich unzählige spitze Bemerkungen wegen seines möglicherweise naiven Glaubens an das grundsätzlich Gute in Kindern und Jugendlichen anhören müssen. Diesen Glauben versuchte er durch seine eifrigen Schulbesuche und seine vielen und langen Gespräche mit Jugendlichen, die in falsche Gesellschaft geraten waren, lebendig zu erhalten, und dieser Glaube war es, der ihn nun so verletzt darauf reagieren ließ, was er vor seinen Füßen hatte.

Die Spuren im Schnee stammten von kleinen Schuhen. Stammten nicht einmal von jemandem, den man als Jugendlichen bezeichnen konnte, nein, es waren eindeutig Spuren von

Kinderschuhen. Kleine, zierliche Abdrücke im Abstand einer ansehnlichen Schrittlänge. Hier war jemand gelaufen, und zwar schnell.

Aus dem Augenwinkel sah er, dass sich Kriminalanwärter Larsson näherte.

»Lass verdammt nochmal die Füße schleifen!«

»Oh, sorry.«

Larsson schlurfte durch den Schnee, stellte sich neben Holmberg. Der Kriminalanwärter hatte große, vorstehende Augen, die ständig Überraschung auszudrücken schienen und nun auf die Spuren im Schnee gerichtet waren.

»Zum Teufel.«

»Hätte es nicht besser formulieren können. Es ist ein Kind.«

»Ja aber ... das sind doch die reinsten ...«, Larsson ließ seinen Blick über die Spuren schweifen, »die reinsten Dreisprung-schritte.«

»Ja, der Abstand zwischen ihnen ist ziemlich groß.«

»Mehr als groß, das ist doch ... das kann doch überhaupt nicht sein. Wie weit das ist.«

»Wie meinst du das?«

»Ich bin ein ziemlich guter Läufer. Ich könnte so kaum mehr als ... zwei Schritte laufen. Und diese Schritte bleiben die ganze Zeit gleich lang.«

Staffan joggte zwischen den Häusern heran, zwängte sich durch die Schaulustigen, die sich um das Grundstück versammelt hatten, und ging zur Gruppe der Kriminaltechniker, die dabei war, einige Rettungssanitäter zu überwachen, die eine von einem blauen Laken bedeckte Frauenleiche in einen Kranken-wagen hoben.

»Wie ist es gelaufen?«, erkundigte sich Holmberg.

»Nichts ... ist auf den ... Bällstavägen gegangen und dann ...

ließen die Spuren sich nicht mehr verfolgen ... die Autos ... wir werden wohl ... Hunde darauf ansetzen müssen.«

Holmberg nickte, lauschte einem Gespräch, das neben ihm geführt wurde. Ein Nachbar, der einen Teil des Geschehens beobachtet hatte, teilte seine Eindrücke einem Kriminalpolizisten mit.

»Anfangs dachte ich, es wäre eine Art Feuerwerk oder so. Dann sah ich die Hände ... dass es Hände waren, die winkten. Und sie kam hier heraus ... durch das Fenster ... sie kam heraus ...«

»Das Fenster stand also offen?«

»Ja, es war offen. Und sie kam durch es heraus ... und dann brannte das Haus, nicht wahr. Das habe ich dann gesehen. Dass es hinter ihr brannte ... und sie kam heraus ... mein Gott. Sie brannte, nicht wahr, der ganze Körper. Und dann entfernte sie sich vom Haus ...«

»Verzeihung. Sie ging? Sie lief nicht?«

»Nein. Das war ja gerade so verdammt ... sie ging. Fuchtelte mit den Händen, als wollte sie ... ich weiß auch nicht. Und dann blieb sie stehen. Kapieren Sie? Sie blieb tatsächlich stehen. Brannte. Am ganzen Leib. Blieb so stehen. Und schaute sich um. Als, als ... ganz ruhig. Und dann ging sie weiter. Und dann war es, als ... würde es zu Ende gehen, verstehen Sie? Keine Panik oder so, sie ... ja verdammt ... sie schrie nicht. Keinen Ton. Sie ist ... einfach so zusammengebrochen. In die Knie gegangen. Und dann ... peng. In den Schnee.

Und dann war es, als ... ich weiß auch nicht ... das Ganze war so verdammt seltsam. Dann bekam ich irgendwie ... dann bin ich ins Haus gelaufen und habe eine Decke, zwei Decken geholt und bin rausgelaufen und ... habe gelöscht. Mein Gott, also ... als sie da lag, es war ... nein, mein Gott.«

Der Mann verbarg sein Gesicht hinter zwei rußigen Händen,

weinte schluchzend. Der Kriminalbeamte legte eine Hand auf seine Schulter.

»Vielleicht sollten wir morgen eine etwas formellere Aussage aufnehmen. Ansonsten haben Sie aber niemanden aus dem Haus kommen sehen?«

Der Mann schüttelte den Kopf, und der Kriminalpolizist notierte sich etwas in seinem Block.

»Wie gesagt. Ich melde mich morgen noch einmal bei Ihnen. Möchten Sie, dass ich einen der Sanitäter bitte, Ihnen etwas Beruhigendes zu geben, damit Sie schlafen können?«

Der Mann rieb sich die Tränen aus den Augen. Seine Hände hinterließen feuchte Rußstreifen auf den Wangen.

»Nein. Das ist ... falls nötig, habe ich was im Haus.«

Gunnar Holmberg wandte sich wieder dem brennenden Haus zu. Die Bemühungen der Feuerwehr zeigten Wirkung, sodass man kaum noch Flammen auflodern sah. Nur eine riesige Rauchwolke, die in den Nachthimmel aufstieg.

Während Virginia Lacke in ihre Arme schloss, während die Kriminaltechniker Abgüsse der Spuren im Schnee machten, stand Oskar an seinem Fenster und schaute hinaus. Der Schnee hatte eine Decke über den Sträuchern unter dem Fensterblech ausgebreitet und eine weiße Bahn gebildet, die so dicht und ungebrochen war, dass einem der Gedanke kommen mochte, man könnte auf ihr rutschen.

Eli war heute Abend nicht gekommen.

Zwischen halb acht und neun hatte Oskar auf dem Spielplatz gestanden, war auf und ab gegangen, hatte geschaukelt und gefroren. Keine Eli. Gegen neun hatte er gesehen, dass Mama am Fenster stand und herausschaute, und war voller schlimmer

Vorahnungen hineingegangen. *Dallas* und Schokolade und Zimtschnecken, und Mama hatte ihn fragend angesehen, so-dass er sich ihr fast anvertraut hätte, aber dann tat er es doch nicht.

Jetzt war es kurz nach zwölf, und er stand mit einem Loch im Bauch am Fenster. Er öffnete es einen Spaltbreit, atmete die kalte Nachtluft ein. Hatte er tatsächlich nur ihretwegen be-schlossen, dagegen anzukämpfen? Ging es gar nicht um ihn selbst?

Doch.

Aber ihr zuliebe.

Leider. So war es. Wenn sie sich am Montag auf ihn stürzten, würde er nicht den Willen, die Kraft, die Lust haben, sich zu wehren. Das wusste er. Dann würde er nicht zu diesem Training am Donnerstag gehen. Weil es keinen Grund dafür gab.

Er ließ das Fenster in der vagen Hoffnung offen stehen, dass sie heute Nacht zurückkommen und nach ihm rufen würde. Wenn sie mitten in der Nacht aus dem Haus ging, konnte sie auch mitten in der Nacht zurückkommen.

Oskar zog sich aus und ging ins Bett. Er klopfte an die Wand. Keine Antwort. Er zog sich die Decke über den Kopf und kniete im Bett, faltete die Hände, presste seine Stirn gegen sie und flüs-terte:

»Bitte, lieber Gott. Lass sie zurückkommen. Du bekommst alles, was du willst. All meine Zeitschriften, all meine Bücher, all meine Sachen. Was immer du willst. Aber mach, dass sie wieder zurückkommt. Zu mir. Bitte, lieber Gott.«

Er blieb zusammengekauert unter der Decke liegen, bis es so heiß wurde, dass er schwitzte. Dann steckte er den Kopf wieder hinaus, legte ihn aufs Kissen. Kauerte sich wie ein Fötus zusam-men und schloss die Augen. Er sah Bilder von Eli, von Jonny und Micke, von Tomas. Mama. Papa. Lange Zeit lag er so im Bett und beschwor Bilder herauf, die er sehen wollte, dann begannen sie, ein Eigenleben zu führen, während er in den Schlaf abglitt.

Eli und er saßen auf einer Schaukel, die immer höher schaukelte. Höher und höher, bis sie sich von ihren Ketten löste, zum Himmel hinaufflog. Sie hielten die Ränder der Schaukel fest umklammert, ihre Knie lagen aneinander gepresst, und Eli flüsterte:

»Oskar. Oskar . . .«

Er schlug die Augen auf. Der Globus war ausgeschaltet, und das Mondlicht färbte alle Dinge blau. Gene Simmons betrachtete ihn von der gegenüberliegenden Wand und streckte ihm seine lange Zunge heraus. Er kauerte sich zusammen, schloss die Augen. Da hörte er von Neuem das Flüstern.

»Oskar . . .«

Es kam vom Fenster. Er öffnete die Augen, schaute dorthin. Auf der anderen Seite des Fensters sah er die Konturen eines kleinen Kopfes. Er schlug die Decke zur Seite, aber noch ehe er das Bett verlassen hatte, flüsterte Eli:

»Warte. Bleib liegen. Darf ich hereinkommen?«

Oskar flüsterte: »Jaaa . . .«

»Sag, dass ich hereinkommen darf.«

»Du darfst hereinkommen.«

»Mach die Augen zu.«

Oskar kniff die Augen zusammen. Das Fenster schwang auf; kalte Luft zog durchs Zimmer. Das Fenster wurde vorsichtig geschlossen. Er hörte Eli atmen, flüsterte:

»Darf ich jetzt gucken?«

»Warte.«

Die Bettcouch im anderen Zimmer knarrte. Mama stand auf.

Oskar hatte immer noch die Augen geschlossen, als die Decke fortgezogen wurde und sich ein kalter, nackter Körper hinter ihn schob, die Decke über sie beide zog und sich hinter seinem Rücken zusammenkauerte.

Die Tür zu seinem Zimmer wurde geöffnet.

»Oskar?«

»Mmm?«

»Hast du geredet?«

»Nee.«

Mama blieb im Türrahmen stehen, lauschte. Eli lag ganz still hinter seinem Rücken, presste ihre Stirn zwischen seine Schulterblätter. Ihre Atemzüge strömten sein Rückgrat hinab.

Mama schüttelte den Kopf.

»Dann müssen es diese Nachbarn gewesen sein.« Sie lauschte noch einen Moment, sagte dann: »Gute Nacht, mein Schatz«, und schloss die Tür.

Oskar war mit Eli allein. Hinter seinem Rücken hörte er ein Flüstern.

»Diese Nachbarn?«

»Psst.«

Es knarrte, als Mama sich wieder auf die Bettcouch legte. Er schaute zum Fenster. Es war geschlossen.

Eine kalte Hand schob sich über seine Taille, wurde auf seine Brust, sein Herz gelegt. Er presste seine beiden Hände auf die Hand, wärmte sie. Die zweite Hand zwängte sich unter seiner Achselhöhle hindurch, zu seiner Brust hinauf und zwischen seine Hände. Eli drehte den Kopf und legte ihre Wange auf seinen Rücken.

Ein neuer Duft war ins Zimmer gekommen. Der schwache Duft von Papas Frachtmoped, wenn er gerade getankt hatte. Benzin. Oskar senkte den Kopf, roch an ihren Händen. Richtig. Sie waren es, die so rochen.

Lange blieben sie so liegen. Als Oskar hörte, dass Mama im Nebenzimmer gleichmäßig atmete, als ihr Klumpen aus Händen aufgewärmt war und auf seinem Herzen allmählich schwitzig wurde, flüsterte er:

»Wo bist du gewesen?«

»Ich habe mir etwas zu essen besorgt.«

Ihre Lippen kitzelten an seiner Schulter. Sie befreite ihre Hände aus seinen, legte sich auf den Rücken. Oskar blieb einen Augenblick liegen und schaute in Gene Simmons Augen. Dann drehte er sich auf den Bauch. Hinter ihrem Kopf erahnte er, wie die kleinen Gestalten in der Tapete sie neugierig ansahen. Ihre Augen standen weit offen und waren im Mondlicht bläulich schwarz. Auf Oskars Armen bildete sich eine Gänsehaut.

»Und dein Papa?«

»Fort.«

»Fort?«

Oskar sprach unwillkürlich lauter.

»Pssst. Das spielt keine Rolle.«

»Aber . . . wie jetzt . . . hat er . . .«

»Das spielt. Keine Rolle.«

Oskar nickte zum Zeichen, dass er keine Fragen mehr stellen würde, und Eli legte beide Hände unter den Kopf, sah zur Decke.

»Ich fühlte mich einsam. Deshalb bin ich gekommen. Durfte ich das?«

»Ja. Aber . . . du hast ja nichts an.«

»Entschuldige. Findest du das eklig?«

»Nein. Aber frierst du nicht?«

»Nein. Nein.«

Die weißen Strähnen in ihren Haaren waren verschwunden. Ja, sie sah wesentlich gesünder aus als bei ihrer letzten Begegnung. Die Wangen waren runder, und es zeigten sich Lachgrübchen, als Oskar scherzhaft fragte: »Du bist doch hoffentlich nicht so am Kiosk des Liebhabers vorbeigegangen?«

Eli lachte auf, gab sich anschließend sehr ernst und sagte mit gespenstischer Stimme:

»Doch. Und weißt du was? Er hat den Kopf herausgesteckt und gesagt: ›Koooomm ... koooomm ... ich habe Süüüüßes und ... Banaaaanen ...‹«

Oskar bohrte sein Gesicht ins Kissen, Eli drehte sich zu ihm, flüsterte ihm ins Ohr:

»Koooomm ... Guuummi ... bääääärchen ...«

Oskar rief »Nein, nein!« ins Kissen. Sie machte noch eine ganze Weile so weiter. Dann sah Eli sich die Bücher auf seinem Bücherregal an, und Oskar erzählte ihr eine gestraffte Version seines Lieblingsbuchs: Der Nebel, von James Herbert. Elis Rücken leuchtete in der Dunkelheit weiß wie ein großer Bogen Papier, als sie auf dem Bauch im Bett lag und in das Bücherregal blickte.

Er hielt seine Hand so nah an ihre Haut, dass er die Wärme spüren konnte, die von ihr ausging. Dann krümmte er die Finger, ließ sie über ihren Rücken laufen und flüsterte:

»Holterdiholterdipolter. Wie viele Hörner stehen ... hoch?«

»Mmm. Acht?«

»Acht gesprochen und wahr gesprochen, holterdiholterdipolter.«

Dann machte Eli das Gleiche bei ihm, aber er war bei weitem nicht so gut darin wie sie, die Zahl der Wirbel zu fühlen. Schnickschnackschnuck gewann er dagegen überlegen. Sieben zu drei. Sie spielten noch einmal, und er gewann mit neun zu eins. Eli ärgerte sich ein wenig.

»Weißt du, was ich nehmen werde?«

»Ja.«

»Aber woher?«

»Ich weiß es einfach. Es ist immer so. Als bekäme ich ein Bild davon.«

»Noch einmal. Diesmal werde ich nicht denken. Einfach nur tun.«

»Versuch's.«

Sie spielten wieder. Oskar gewann mit acht zu zwei. Eli spielte verbittert, drehte sich zur Wand um.

»Mit dir spiele ich nicht mehr. Du pfuschst.«

Oskar betrachtete ihren Rücken. Traute er sich? Ja, jetzt, wenn sie ihn nicht ansah, ging es.

»Eli. Willst du mit mir gehen?«

Sie drehte sich um, zog sich die Decke bis zum Kinn hinauf.

»Was bedeutet das?«

Oskar richtete den Blick auf die Buchrücken vor sich, zuckte mit den Schultern.

»Dass . . . ob du mit mir zusammen sein willst, oder so.«

»Was heißt ›zusammen‹?«

Ihre Stimme klang misstrauisch, hart. Oskar beeilte sich zu sagen:

»Du hast vielleicht schon einen Freund in der Schule.«

»Nein, aber . . . Oskar, ich kann nicht . . . Ich bin kein Mädchen.«

Oskar schnaubte. »Wie bitte? Bist du ein Junge, oder was?«

»Nein. Nein.«

»Was bist du dann?«

»Nichts.«

»Was heißt denn nichts?«

»Ich bin nichts. Nicht Kind. Nicht alt. Nicht Junge. Nicht Mädchen. Nichts.«

Oskar fuhr mit dem Finger über den Buchrücken von *Die Ratten*, kniff die Lippen zusammen, schüttelte den Kopf. »Willst du jetzt mit mir gehen oder nicht?«

»Oskar, ich würde ja gerne, aber . . . können wir nicht einfach weiter so zusammen sein, wie wir es sind?«

». . . doch.«

»Bist du traurig? Wir können uns Küsschen geben, wenn du das willst.«

»Nein!«

»Willst du nicht?«

»Nein, das will ich nicht!«

Eli runzelte die Stirn.

»Macht man denn irgendetwas Besonderes mit einem, mit dem man geht?«

»Nein.«

»Es ist einfach . . . wie sonst auch?«

»Ja.«

Elis Miene hellte sich auf, und sie verschränkte die Hände auf dem Bauch und sah Oskar an.

»Dann will ich mit dir gehen. Dann sind wir zusammen.«

»Du gehst mit mir?«

»Ja.«

»Gut.«

Voller stiller Freude im Bauch fuhr Oskar fort, die Buchrücken zu studieren. Eli lag still, wartete. Nach einer Weile sagte sie:

»Sonst ist nichts mehr?«

»Nein.«

»Können wir nicht wieder so liegen wie eben?«

Oskar legte sich mit dem Rücken zu ihr. Sie schloss ihre Arme um ihn, und er nahm ihre Hände in seine. So blieben sie liegen, bis Oskar allmählich schläfrig wurde. Sein Blick trübte sich, und es fiel ihm zunehmend schwer, die Augen offen zu halten. Ehe er in den Schlaf hinüberglitt, sagte er:

»Eli?«

»Mmm?«

»Es war gut, dass du gekommen bist.«

»Ja.«

»Warum . . . riechst du nach Benzin?«

Elis Hände pressten sich fester gegen seine Hände, gegen sein Herz. Umarmten ihn. Das Zimmer wurde größer um Oskar, Wände und Decke wurden aufgeweicht, der Fußboden fiel weg, und als er das ganze Bett frei in der Luft schweben spürte, begriff er, dass er schlief.

Samstag, 31. Oktober

Das Nachtlicht ist verbrannt: der muntre Tag
Reckt sich schon hoch auf dunstigen Bergesspitzen.
Mein Leben heißt jetzt Gehen, mein Bleiben Tod.
William Shakespeare – Romeo und Julia, III:5

Grau. Es war alles flauschig grau. Sein Blick wollte einfach nichts fokussieren, es kam ihm vor, als läge er im Inneren einer Regenwolke. Lag? Ja, er lag. Druck gegen Rücken, Po, Fersen. Links von ihm ein zischendes Geräusch. Das Gas. Das Gas war entströmt. Nein. Jetzt wurde es abgeschaltet. Wieder in Gang gesetzt. Im Takt dieses Zischens geschah etwas mit seiner Brust. Sie wurde im Rhythmus des Geräuschs gefüllt, entleert.

War er noch immer im Hallenbad? War er an das Gas angeschlossen? Wie konnte er dann wach sein? War er wach?

Håkan versuchte zu blinzeln, aber nichts geschah. Fast nichts. Etwas zuckte vor dem einen Auge, verdunkelte seine Sicht noch zusätzlich. Sein zweites Auge war nicht da. Er versuchte den Mund zu öffnen. Es gab keinen Mund. In Gedanken beschwor er das Bild seines Mundes herauf, wie er ihn in Spiegeln gesehen hatte, versuchte ... aber er war nicht da. Da war nichts, was seinen Befehlen gehorcht hätte. Als würde er versuchen, einem Stein Bewusstsein einzuflößen, damit er sich rührte. Kein Kontakt.

Das Gefühl großer Hitze auf dem ganzen Gesicht. Ein Pfeil des Grauens schoss in seinen Bauch. Sein Kopf war in etwas Heißes, Erstarrtes gepackt. In Wachs. Ein Apparat übernahm für ihn das Atmen, weil sein Gesicht von Wachs bedeckt war.

Sein Denken streckte sich nach der rechten Hand. Ja. Da war sie. Er öffnete, ballte sie, spürte die Fingerspitzen auf seiner Handfläche. Konnte sie fühlen. Er seufzte erleichtert auf; stellte sich vielmehr einen Seufzer der Erleichterung vor, denn seine Brust bewegte sich im Takt der Maschine, gehorchte nicht seinem Willen.

Sachte hob er die Hand. Es spannte auf seiner Brust, an der Schulter. Die Hand kam in sein Blickfeld, ein flauschiger Klumpen. Er führte die Hand zum Gesicht, hielt inne. Ein leises Piepen an seiner rechten Seite. Langsam wandte er den Kopf dorthin, fühlte etwas Hartes und Scheuerndes unter dem Kinn und bewegte seine Hand dorthin.

Eine Metallhülse, die in seinem Hals saß. Aus der Hülse lief ein Schlauch. Er folgte dem Schlauch, so weit es ihm möglich war, bis zu einem geriffelten, metallischen Gegenstand, an dem der Schlauch endete. Er begriff. Dieser Schlauch musste herausgezogen werden, wenn er sterben wollte. Man hatte es so für ihn eingerichtet. Er ließ seine Finger auf dem Anschluss des Schlauches ruhen.

Eli. Das Schwimmbad. Der Junge. Die Salzsäure.

Seine Erinnerungen endeten mit dem Abschrauben des Deckels vom Marmeladenglas. Er musste die Säure über sich ausgeschüttet haben. Genau nach Plan. Seine einzige Fehleinschätzung bestand darin, dass er noch lebte. Er hatte Bilder gesehen. Frauen, denen eifersüchtige Männer Säure ins Gesicht geschüttet hatten. Er wollte sein Gesicht nicht berühren, geschweige denn es sehen.

Sein Griff um den Schlauch wurde fester. Er gab nicht nach, war festgeschraubt. Er versuchte an dem Metallteil zu drehen, und ganz richtig, es drehte sich. Er schraubte weiter. Er suchte seine zweite Hand, nahm jedoch nur einen stechenden Ball aus Schmerz wahr, wo seine Hand hätte sein sollen. An den Fingerspitzen seiner lebendigen Hand spürte er nun einen leichten, flatternden Druck. Luft begann aus dem Anschluss zu sickern, das zischende Geräusch veränderte sich, wurde dünner.

Das graue Licht um ihn herum vermischte sich mit blinkendem Rot. Er versuchte sein einziges Auge zu schließen, dachte an Sokrates und den Schierlingsbecher. Weil er die Jugend Athens verführt hatte. Vergesset nicht, einen Hahn zu geben dem ... wie war noch sein Name? Archimandros? Nein ...

Ein saugendes Geräusch ertönte, als die Tür aufgeschoben wurde und sich eine weiße Gestalt auf ihn zu bewegte. Er spürte Finger, die seine Finger aufbogen, den Schlauchanschluss seinem Griff entwanden. Die Stimme einer Frau.

»Was tun Sie da?«

Äskulap. Opfert einen Hahn dem Äskulap.

»Lassen Sie los!«

Einen Hahn. Dem Äskulap. Dem Gott der Heilkunst.

Ein Schnaufen, Keuchen, als seine Finger fortgerissen wurden und sie den Schlauch wieder festschraubte.

»Jemand wird Sie im Auge behalten müssen.«

Opfert ihm den Hahn und vergesset es nicht.

Als Oskar aufwachte, war Eli fort. Er lag mit dem Gesicht zur Wand, kalte Luft zog seinen Rücken herab. Er stützte sich auf den Ellbogen, schaute sich im Zimmer um. Das Fenster stand einen Spaltbreit offen. Auf dem Weg musste sie gegangen sein.

Nackt.

Er rollte sich im Bett herum, presste das Gesicht auf die Stelle, an der sie gelegen hatte, schnüffelte. Nichts. Er glitt mit der Nase über das Laken, versuchte den kleinsten Funken ihrer

235

Gegenwart zu finden, aber vergeblich. Nicht einmal der Benzingeruch war geblieben.

War das wirklich passiert? Er legte sich auf den Bauch und horchte in sich hinein.

Ja.

Da waren sie. Ihre Finger auf seinem Rücken. Die Erinnerung an ihre Finger auf seinem Rücken. Holterdipolter. Mama hatte dieses Spiel mit ihm gespielt, als er noch klein war. Aber das war jetzt gewesen. Vor kurzem. Die Haare auf seinen Armen und in seinem Nacken sträubten sich.

Er stieg aus dem Bett, begann sich anzuziehen. Als er die Hose hochgezogen hatte, ging er zum Fenster. Es schneite nicht mehr. Vier Grad unter null. Gut. Hätte der Schnee angefangen zu schmelzen, wäre es zu matschig, um die Papptüten mit den Reklamezetteln vor den Hauseingängen abzustellen. Er stellte sich vor, bei vier Grad unter null nackt aus einem Fenster zu steigen, zwischen schneebedeckte Sträucher, in den ...

Nein.

Er lehnte sich vor, blinzelte.

Der Schnee auf den Sträuchern war vollkommen unberührt.

Gestern Abend hatte er hier gestanden und diese saubere Bahn aus Schnee betrachtet, die bis zur Straße hinablief. Sie sah noch genauso aus wie gestern. Er öffnete das Fenster noch etwas mehr, schob den Kopf hinaus. Die Sträucher wuchsen unter seinem Fenster bis dicht an die Wand, die Schneedecke reichte genauso weit. Sie war unberührt.

Oskar schaute nach rechts, an der rauen Außenwand entlang. Drei Meter weiter lag ihr Fenster.

Kalte Luft strich über Oskars nackte Brust. Es musste im Laufe der Nacht, nachdem sie gegangen war, geschneit haben. Das war die einzige Erklärung. Aber Moment mal ... jetzt, da er darüber nachdachte: Wie war sie eigentlich zu seinem Fenster hinaufgekommen? War sie auf die Sträucher geklettert?

Aber dann konnte die Schneedecke doch nicht mehr so aussehen? Es hatte nicht geschneit, als er ins Bett gegangen war. Ihr Körper und ihre Haare waren nicht feucht gewesen, als sie zu ihm kam, also hatte es um die Zeit auch nicht geschneit. Wann war sie gegangen?

Zwischen dem Moment, in dem sie gegangen war, und jetzt musste folglich genügend Schnee gefallen sein, um alle Spuren zu verdecken ...

Oskar schloss das Fenster, zog sich weiter an. Es war unfassbar, und er neigte wieder mehr zu der Ansicht, dass alles nur ein Traum gewesen war. Dann sah er den Zettel, der zusammengefaltet unter der Uhr auf seinem Schreibtisch lag. Er nahm ihn, faltete ihn auseinander.

»FENSTER, DEN TAG LASS EIN, DAS LEBEN LASS HINAUS.«

Ein Herz, und darunter:

»BIS HEUTE ABEND. ELI.«

Er las sich den Zettel fünf Mal durch. Dann dachte er an sie, wie sie ihn vor dem Schreibtisch stehend geschrieben hatte. Gene Simmons Gesicht hing einen halben Meter dahinter, die Zunge herausgestreckt.

Er lehnte sich über den Schreibtisch, nahm das Poster von der Wand, zerknüllte es und warf es in den Papierkorb.

Dann las er den kleinen Zettel noch drei Mal, faltete ihn zusammen und steckte ihn in die Tasche. Er zog sich weiter an. Heute konnten von ihm aus fünf Reklamezettel zu jeder Wurfsendung gehören, wenn es denn sein musste. Es würde trotzdem laufen wie am Schnürchen.

❄

Das Zimmer roch nach Zigarettenrauch, und Staubpartikel tanzten in den Sonnenstrahlen, die zwischen den Lamellen der Jalousien hereinfielen. Die Staubkörner führten vor seinen Augen ein lustiges Tänzchen auf. Raucherhusten. Er drehte sich im Bett, griff nach dem Feuerzeug und der Zigarettenschachtel, die neben einem randvollen Aschenbecher auf dem Nachttisch lagen.

Er nahm sich eine Zigarette – Camel light, Virginia achtete auf ihre alten Tage auf die Gesundheit –, zündete sie an, legte sich, den Arm unter den Kopf geschoben, wieder auf den Rücken, rauchte und dachte nach.

Virginia war einige Stunden zuvor, vermutlich noch ziemlich müde, arbeiten gegangen. Sie hatten lange wach gelegen, nachdem sie sich geliebt hatten, geredet und geraucht. Es war schon fast zwei Uhr gewesen, als Virginia die letzte Zigarette ausdrückte und erklärte, es sei allmählich Zeit zu schlafen. Lacke war nach einer Weile fortgeschlichen, hatte die letzten Schlucke aus der Weinflasche getrunken und zwei weitere Zigaretten geraucht, ehe auch er sich schlafen legte. Vielleicht vor allem, weil er das so gerne tat; sich an einen warmen, schlafenden Körper zu schmiegen.

Es war schade, dass er es nicht schaffte, immer jemanden neben sich zu haben. Wenn überhaupt, wäre dieser jemand Virginia gewesen. Außerdem ... verdammt, er hatte über Umwege erfahren, wie es ihr inzwischen ging. Es gab Phasen, in denen sie sich in der Stadt sinnlos betrank, irgendwelches Gesindel nach Hause abschleppte. Sie wollte nicht darüber sprechen, aber sie war stärker gealtert als nötig in den letzten Jahren.

Konnten er und Virginia ... ja, was? Alles verkaufen, ein Haus auf dem Land kaufen, Kartoffeln anbauen. Sicher, aber das würde doch nie und nimmer funktionieren. Nach einem Monat würden sie sich gegenseitig auf die Nerven gehen, und sie hatte doch auch noch ihre Mutter hier, ihren Job, und er hatte . . . nun ja . . . seine Briefmarken.

Niemand wusste davon, nicht einmal sein Schwesterherz, weshalb er ein ziemlich schlechtes Gewissen hatte.

Es hatte sich herausgestellt, dass die Briefmarkensammlung seines Alten, die nicht in die Erbmasse aufgenommen worden war, ein kleines Vermögen wert war. Wenn er Geld brauchte, hatte er jedes Mal ein paar Marken verkauft.

Im Moment waren die Preise für Briefmarken im Keller, und er hatte auch nicht mehr viele übrig. Bald würde er so oder so gezwungen sein, sie zu verkaufen. Vielleicht sollte er diese ganz besonderen verkaufen, Norwegen Nummer eins, und sich für all die Biere revanchieren, die er in der letzten Zeit zusammengeschnorrt hatte. Das sollte er tun.

Zwei Häuser auf dem Land. Sommerhäuschen. Die nahe beieinander lagen. Solche Sommerhäuser kosteten doch fast nichts. Und dann natürlich noch eins für Virginias Alte. Drei Häuschen. Und für die Tochter, Lena. Vier. Sicher. Kauf doch gleich ein ganzes Dorf, wenn du schon einmal dabei bist.

Virginia war nur glücklich, wenn sie mit Lacke zusammen war, das hatte sie selber gesagt. Lacke wusste nicht, ob er überhaupt noch fähig war, glücklich zu sein, aber Virginia war der einzige Mensch, mit dem er wirklich gerne zusammen war. Warum sollten sie das also nicht irgendwie hinbekommen?

Lacke setzte sich den Aschenbecher auf den Bauch, aschte hinein, zog an der Zigarette.

Der einzige Mensch, mit dem er jetzt gerne zusammen war. Seit Jocke . . . verschwunden war. Jocke war in Ordnung gewesen. Der Einzige, den er aus seinem Bekanntenkreis einen Freund nannte. Es war wirklich zum Heulen, dass sein Körper verschwunden war. Das war einfach wider die Natur. Es musste eine Beerdigung geben. Es musste eine Leiche geben, die man anschauen konnte, um zu konstatieren: Ja, ja, dort liegst du, mein Freund. Und du bist tot.

Lacke stiegen Tränen in die Augen.

Die Leute hatten immer so verdammt viele Freunde, warfen mit dem Wort nur so um sich. Er hatte einen gehabt, einen einzigen, und ausgerechnet der sollte ihm von irgendeinem kaltblütigen Halbstarken genommen werden. Warum zum Teufel hatte dieses Kind Jocke getötet?

Aus irgendeinem Grund wusste er, dass Gösta nicht log oder sich eine Geschichte ausgedacht hatte, und Jocke war ja auch wirklich verschwunden, aber das Ganze erschien ihm so verdammt sinnlos. Der einzige plausible Grund war irgendetwas mit Stoff. Jocke musste in irgendeine Drogenscheiße verwickelt gewesen sein und die falsche Person hereingelegt haben. Aber warum hatte er denn nichts gesagt?

Bevor er die Wohnung verließ, leerte Lacke den Aschenbecher, stellte die leere Weinflasche in den Schrank unter der Spüle. Musste sie auf den Kopf stellen, damit sie zwischen den vielen anderen noch Platz fand.

Ja, verdammt. Zwei kleine Häuschen. Einen Kartoffelacker. Erde auf den Knien und Lerchengesang im Frühling. Und so weiter. Irgendwann.

Er zog sich die Jacke an und ging hinaus. Als er am ICA-Supermarkt vorbeikam, warf er Virginia, die an der Kasse saß, eine Kusshand zu. Sie lächelte und schnitt ihm eine Grimasse.

Auf dem Weg zur Ibsengatan begegnete er einem Jungen, der zwei große Papptüten schleppte. Er wohnte im selben Block wie er, aber Lacke wusste nicht, wie er hieß. Lacke nickte ihm zu.

»Die sehen schwer aus.«

»Ist schon okay.«

Lacke sah dem Jungen nach, der seine Tüten weiter in Richtung Hochhäuser schleppte. Er hatte trotz allem so verdammt fröhlich ausgesehen. So sollte man sein. Seine Bürde akzeptieren und mit Freude tragen.

So sollte man sein.

Er ging davon aus, auf dem Hof dem Whiskyspendierer vom Chinesen zu begegnen. Der Kerl ging um die Zeit immer spazieren. Manchmal drehte er Runden auf dem Hof. Aber er hatte ihn mittlerweile schon seit zwei Tagen nicht mehr gesehen. Lacke schielte zu den verdunkelten Fenstern der Wohnung hinauf, in welcher der Mann vermutlich wohnte.

Der hockt bestimmt da drinnen und säuft. Ich könnte klingeln.

Ein anderes Mal.

❇

Als es dämmerte, gingen Tommy und seine Mutter zum Friedhof. Papas Grab lag direkt an dem Wall, durch den er vom Råckstasee getrennt war, weshalb sie den Weg durch den Wald nahmen. Bis sie zum Kanaanvägen kamen, blieb Mama stumm, und Tommy hatte geglaubt, sie würde schweigen, weil sie trauerte, doch als sie auf die kleine Straße bogen, die am Rand des Sees vorbeilief, hüstelte Mama und sagte: »Du, Tommy ...«

»Ja.«

»Staffan sagt, dass etwas verschwunden ist. Bei ihm zu Hause. Seit wir bei ihm gewesen sind.«

»Aha.«

»Weißt du etwas darüber?«

Tommy schaufelte Schnee in eine Hand, formte einen Schneeball und zielte auf einen Baum. Treffer.

»Ja. Sie liegt unter seinem Balkon.«

»Sie ist ihm nämlich ziemlich wichtig, weil ...«

»Ich sage doch, sie liegt unter seinem Balkon.«

»Wie ist sie dahingekommen?«

Der schneebedeckte Wall um den Friedhof lag vor ihnen. Ein schwacher rötlicher Lichtschein beleuchtete die Wipfel der Kiefern von unten. Das Grablicht, das Mama in ihrer Hand trug, klirrte. Tommy fragte:

»Hast du Feuer?«

»Feuer? Ach so, ja. Ich habe ein Feuerzeug. Wie ist sie denn . . .«

»Ist mir hingefallen.«

Hinter dem Friedhofstor blieb Tommy stehen, schaute auf die Karte; verschiedene Sektoren, markiert mit Buchstaben. Papa lag in Sektor D.

Im Grunde war das Ganze total krank. Dass man das überhaupt machte. Man verbrannte Menschen, bewahrte ihre Asche auf, vergrub sie in der Erde und nannte den Platz anschließend »Grabstelle 104, Sektor D«.

Fast drei Jahre waren vergangen. Tommy konnte sich nur noch vage an die Beerdigung erinnern, oder wie man das nennen sollte. Die Sache mit dem Sarg und einer Menge Leute, die abwechselnd weinten und sangen.

Er erinnerte sich noch, dass seine Schuhe zu groß gewesen waren, Papas Schuhe, sie rutschten, als er nach Hause ging. Er hatte Angst vor dem Sarg gehabt, ihn während der gesamten Beerdigung in der festen Überzeugung angestarrt, dass Papa sich aus ihm erheben und wieder lebendig sein würde, allerdings . . . verändert.

Nach der Beerdigung war er zwei Wochen lang in ständiger Furcht vor Zombies herumgelaufen. Vor allem wenn es dunkel wurde, glaubte er in den Schatten jene verkümmerte Gestalt aus dem Krankenhausbett zu sehen, die nicht mehr sein Vater war, und nun wie in den Filmen mit ausgestreckten Armen auf ihn zukam.

Diese Angst hatte nach der Urnenbestattung aufgehört. Nur er und Mama, ein Friedhofswächter und ein Priester waren anwesend gewesen. Der Friedhofswächter hatte die Urne vor sich hergetragen und würdevolle Schritte gemacht, während der Priester Mama tröstete. Das Ganze war so verdammt lächerlich gewesen. Die kleine Holzkiste mit Deckel, die so ein alter Knacker im Blaumann vor sich hertrug; wie sollte das etwas mit seinem Vater zu tun haben. Es kam ihm vor wie ein großer Bluff.

Aber die Angst hatte sich gelegt und Tommys Verhältnis zu dem Grab sich mit der Zeit verändert. Heute ging er ab und an alleine hierher, saß eine Weile an dem Grabstein und strich mit den Fingern über die eingemeißelten Buchstaben, die den Namen seines Vaters bildeten. Deshalb kam er. Die Kiste in der Erde ging ihn nichts an, der Name schon.

Der verkümmerte Mensch in dem Krankenhausbett, die Asche in der Kiste, nichts davon war Papa, aber der Name bezeichnete den Menschen in seiner Erinnerung, und deshalb hockte er hier manchmal und strich mit dem Zeigefinger über die Vertiefungen im Stein, die »MARTIN SAMUELSSON« ergaben.

»Oh, wie schön«, sagte Mama.

Tommy ließ den Blick über den Friedhof schweifen.

Überall brannten kleine Kerzen; eine Stadt aus dem Flugzeug gesehen. Vereinzelt bewegten sich dunkle Gestalten zwischen den Grabsteinen. Mama schlug die Richtung zu Papas Grab ein, die Kerze baumelnd in der Hand. Tommy sah ihrem schmalen Rücken hinterher und wurde plötzlich traurig. Nicht seinetwegen, nicht Mamas wegen, nein; wegen allem. Wegen all der Menschen, die zwischen den flackernden Kerzen im Schnee umhergingen, selber nur Schatten waren, die an Steinen standen, Steine betrachteten, Steine berührten. Das war alles so ... dumm.

243

Tot ist tot. Fort.

Dennoch trat Tommy zu seiner Mutter, ging vor Papas Grab in die Hocke, während sie die Kerze anzündete. Solange Mama dabei war, wollte er die Buchstaben nicht berühren.

So hockten sie eine Weile und betrachteten, wie die schwache Flamme die Schattierungen im Marmor kriechen und sich bewegen ließ. Tommy empfand nichts, war höchstens peinlich berührt. Weil er bei diesem Theater mitmachte. Nach kurzer Zeit richtete er sich auf und machte sich auf den Heimweg.

Mama folgte ihm. Ein bisschen zu schnell, wie er fand. *Sie* durfte sich seinethalben ruhig die Augen aus dem Kopf heulen, die ganze Nacht hier draußen hocken bleiben. Sie holte ihn ein, schob behutsam ihren Arm unter seinen. Er ließ es geschehen. Sie gingen Seite an Seite und schauten auf den Råckstasee hinaus, auf dem sich allmählich eine Eisdecke bildete. Wenn es weiter so kalt bliebe, würde man dort in ein paar Tagen Schlittschuh laufen können.

Die ganze Zeit mahlte ein Gedanke in Tommys Kopf wie ein hartnäckiges Gitarrenriff.

Tot ist tot. Tot ist tot. Tot ist tot.

Mama schauderte, presste sich an ihn.

»Es ist so grauenhaft.«

»Findest du?«

»Ja. Staffan hat mir etwas ganz Schreckliches erzählt.«

Staffan. Konnte sie es nicht einmal jetzt lassen, von ihm zu . . .

»Aha.«

»Hast du von dem Haus in Ängby gehört, das abgebrannt ist? Die Frau, die . . .«

»Ja.«

»Staffan hat erzählt, dass sie obduziert worden ist. Ich finde es so grauenvoll, dass sie das tun müssen.«

»Ja, ja. Sicher.«

Eine Ente watschelte auf der spröden Eisdecke zum offenen Wasser vor dem Abwasserrohr am Seeufer. Die kleinen Fische, die man dort im Sommer fangen konnte, rochen nach Kanal.

»Was ist das eigentlich für ein Abwasserrohr?«, erkundigte sich Tommy. »Kommt das vom Krematorium?«

»Keine Ahnung. Willst du es nicht hören? Findest du es unheimlich?«

»Nein, nein.«

Und daraufhin erzählte sie, während sie durch den Wald nach Hause gingen. Nach einer Weile war Tommys Interesse geweckt, und er begann, Fragen zu stellen, die Mama nicht beantworten konnte; sie wusste nur, was Staffan ihr erzählt hatte. Ja, Tommy fragte so viel, war so interessiert, dass Yvonne bereute, überhaupt davon angefangen zu haben.

Später an diesem Abend saß Tommy auf einer Kiste im Schutzraum, drehte die kleine Skulptur eines Pistolenschützen in den Händen. Er deponierte sie wie eine Trophäe auf den drei Kartons voller Kassettendecks. Die Krönung seines Werks.

Einem Polizisten geklaut!

Sorgfältig schloss er den Schutzraum mit Kette und Vorhängeschloss ab, deponierte den Schlüssel in seinem Versteck, setzte sich und dachte darüber nach, was Mama erzählt hatte. Nach einer Weile hörte er vorsichtige Schritte, die sich dem Kellerverschlag näherten. Eine Stimme, die flüsterte: »Tommy…?«

Er stand aus dem Sessel auf, ging zur Tür und öffnete sie schnell. Oskar stand davor und wirkte nervös, hielt ihm einen Geldschein hin.

»Hier. Dein Geld.«

245

Tommy nahm den Fünfziger, schob ihn in seine Tasche, lächelte Oskar an.

»Willst du hier etwa Stammgast werden? Komm rein.«

»Nein, ich muss . . .«

»Ich sag doch, komm rein. Ich möchte dich was fragen.«

Oskar setzte sich mit gefalteten Händen auf die Couch. Tommy ließ sich in den Sessel fallen, sah ihn an.

»Oskar. Du bist doch ein smarter Bursche.«

Oskar zuckte bescheiden mit den Schultern.

»Weißt du, das Haus, das in Ängby abgebrannt ist. Die Tante, die in den Garten gelaufen und verbrannt ist.«

»Ja, davon habe ich gelesen.«

»Hab ich mir gedacht. Haben sie auch etwas über eine Obduktion geschrieben?«

»Nicht dass ich wüsste.«

»Nein. Aber sie ist obduziert worden. Und weißt du was? Sie haben in ihrer Lunge keinen Rauch gefunden. Weißt du, was das bedeutet?«

Oskar dachte nach.

»Dass sie nicht geatmet hat.«

»Ja. Und wann hört man auf zu atmen? Wenn man tot ist. Nicht?«

»Ja.« Oskars Eifer war geweckt. »Darüber habe ich gelesen. Genau. Deshalb macht man auch immer eine Obduktion, wenn es gebrannt hat. Um sicherzugehen . . . dass keiner den Brand gelegt hat, weil er vertuschen wollte, dass er den im Feuer ermordet hat. Ich habe in . . . nun ja, um ehrlich zu sein, in *Hemmets Journal* von einem Typen in England gelesen, der seine Frau ermordet hatte und das mit der Obduktion wusste, also hatte er . . . bevor er das Feuer legte, hatte er ihr einen Schlauch in den Hals geschoben und . . . «

»Okay, okay. Du kennst dich aus. Gut. Aber hier war also kein

Rauch in der Lunge, und die Tante ist trotzdem in den Garten hinaus und da noch eine ganze Zeit herumgelaufen, bevor sie gestorben ist. Wie ist das möglich?«

»Sie muss die Luft angehalten haben. Nee, Blödsinn. Das kann man gar nicht, habe ich auch irgendwo gelesen. Deshalb haben die Leute immer . . .«

»Okay, okay. Dann erklär es mir.«

Oskar legte den Kopf in die Hände, dachte nach, sagte schließlich: »Entweder haben die einen Fehler gemacht, oder sie ist herumgelaufen, obwohl sie schon tot war.«

Tommy nickte. »Stimmt genau. Und weißt du was? Ich glaube einfach nicht, dass diese Fachfuzzis solche Fehler machen. Glaubst du das?«

»Nein, aber . . .«

»Tot ist tot.«

»Ja.«

Tommy zog einen Faden aus dem Sessel, rollte ihn zwischen den Fingern zu einem kleinen Ball und schnippte ihn fort.

»Ja. Das möchte man jedenfalls gerne glauben.«

DRITTER TEIL

Schnee, schmelzend auf Haut

> *Als seine Hand er dann gelegt in meine*
> *Mit heitrer Miene, die mir Mut gewährte,*
> *führt' er mich ein in die geheimen Dinge.*
> Dante Alighieri – Die göttliche Komödie

> *– Ich bin kein Bettlaken. Ich bin ein echtes Gespenst.*
> *Bu . . . Buu . . .*
> *Du sollst Angst bekommen!*
> *– Aber ich habe keine Angst.*
> Nationalteatern – Kohlrouladen und Unterhosen

Donnerstag, 5. November

Morgan hatte kalte Füße. Die Kältewelle, die ungefähr zu der Zeit begonnen hatte, als das U-Boot auf Grund gelaufen war, hatte sich im Laufe der vergangenen Woche noch verschärft. Er liebte seine alten Cowboyboots, aber man konnte in ihnen nunmal keine Wollsocken tragen. Außerdem hatte eine Sohle ein Loch. Natürlich konnte er sich für einen Hunderter irgendwelchen chinesischen Schund kaufen, aber da fror er lieber.

Es war halb zehn, und er war auf dem Weg von der U-Bahn nach Hause. Er war an diesem Morgen auf dem Schrottplatz in Ulvsunda gewesen, um sich zu erkundigen, ob man dort vielleicht eine helfende Hand benötigte, die ein paar Hunderter wert war, aber die Geschäfte liefen schlecht. Dieses Jahr würde es wohl wieder keine Winterstiefel geben. Er hatte mit seinen Kollegen einen Kaffee im Büro getrunken, das mit Ersatzteilkatalogen und Pin-up-Kalendern übersät war, und anschließend die U-Bahn nach Hause genommen.

Larry kam aus einem der Hochhäuser und machte wie üblich ein Gesicht, als drohe ihm die Todesstrafe.

»Hallo, alter Freund!«, rief Morgan.

Larry nickte gemessen, als hätte er seit dem Wachwerden an diesem Morgen gewusst, dass Morgan hier stehen würde, und ging zu ihm.

»Hallo. Wie geht's, wie steht's?«

»Die Zehen halb erfroren, das Auto auf dem Schrott, kein Job und auf dem Heimweg zu einem Teller Tütensuppe. Und selbst?«

Larry ging weiter Richtung Björnsonsgatan, den Parkweg hinab.

»Ach, ich hatte überlegt, Herbert im Krankenhaus zu besuchen. Kommst du mit?«

»Ist er mittlerweile wieder etwas klarer im Kopf?«

»Nein, ich glaube, da hat sich nichts getan.«

»Dann verzichte ich dankend. Dieses Geschwafel macht mich echt fertig. Neulich dachte er, ich wäre seine Mutter, und wollte, dass ich ihm ein Märchen erzähle.«

»Und, hast du es gemacht?«

»Ja klar. Der Wolf und die sieben Geißlein. Aber heute bin ich nicht in der Stimmung.«

Sie gingen weiter. Als Morgan sah, dass Larry ein Paar dicke Handschuhe anhatte, wurde ihm bewusst, wie kalt seine Hände waren, und er schob sie mit etwas Mühe in die engen Jeanstaschen. Vor ihnen tauchte die Brücke auf, unter der Jocke verschwunden war.

Möglicherweise um nicht *darüber* zu sprechen, sagte Larry:

»Hast du heute schon die Zeitung gelesen? Jetzt sagt der Premierminister, dass die Russen an Bord dieses U-Boots Atomwaffen haben.«

»Was hat er denn gedacht, was sie dabei haben? Schleudern?«

»Nein, aber . . . es liegt da doch schon seit einer Woche. Stell dir mal vor, es hätte geknallt.«

»Da mach dir mal keine Sorgen. Die Russen wissen schon, was sie tun.«

»Also ich bin ja nun kein Kommunist . . .«

»Ich doch auch nicht.«

»Nicht, sieh an. Und wen hast du bei der letzten Wahl gewählt? Etwa die Liberalen?«

»Na, jedenfalls keine Moskautreuen.«

Dieses Wortgefecht lieferten sie sich nicht zum ersten Mal.

Jetzt wiederholten sie es, um *das andere* nicht sehen, nicht daran denken zu müssen, als sie sich dem Brückengewölbe näherten. Trotzdem verstummten ihre Stimmen, als sie unter den Brückenbogen traten und stehen blieben. Beide hatten das Gefühl, der jeweils andere hätte zuerst innegehalten. Sie betrachteten die Blätterhaufen, die inzwischen zu Schneehaufen geworden waren und Formen andeuteten, die beide unangenehm berührten. Larry schüttelte den Kopf.

»Verdammt, was soll man nur tun?«

Morgan vergrub die Hände tiefer in den Taschen, stampfte mit den Füßen auf, um sie zu wärmen.

»Außer Gösta kann da keiner was tun.«

Beide blickten zu der Wohnung hinauf, in der Gösta wohnte. Keine Gardinen, eine schmutzige Fensterscheibe. Larry hielt Morgan eine Zigarettenschachtel hin. Er nahm sich eine heraus, und Larry nahm sich auch eine, zündete beide an. Sie standen da und rauchten, betrachteten die Schneehaufen. Nach einer Weile wurden sie von jugendlichen Stimmen aus ihren Gedanken gerissen.

Eine Gruppe von Kindern mit Schlittschuhen und Helmen in den Händen näherte sich von der Schule kommend und wurde von einem Mann mit militärischem Äußeren angeführt. Die Kinder gingen im Abstand von einem Meter, bewegten sich fast schon im Gleichschritt. Sie gingen unter der Brücke an Morgan und Larry vorbei. Morgan nickte einem Jungen zu, den er vom Hinterhof seines Mietshauses kannte.

»Zieht ihr in den Krieg, oder was?«

Das Kind schüttelte den Kopf, wollte etwas sagen, trabte dann jedoch weiter, weil es fürchtete, aus der Reihe zu tanzen. Die Kinder gingen Richtung Krankenhaus; machten offenbar einen Ausflug oder so. Morgan trat seine Zigarette aus, formte mit den Händen einen Trichter um den Mund und rief:

253

»Luftangriff! In Deckung!«

Larry lachte kollernd, warf seine Zigarette fort.

»Großer Gott. Dass es immer noch solche Typen gibt. Der verlangt bestimmt, dass die Jacken auf dem Flur in Habachtstellung hängen. Du kommst nicht mit?«

»Nee. Keinen Bock. Aber halt dich ran, vielleicht kannst du noch zu der Reihe da vorn aufschließen.«

»Man sieht sich.«

»Ja genau.«

Sie trennten sich unter der Brücke. Larry verschwand mit langsamen Schritten in der gleichen Richtung wie die Kinder, und Morgan stieg die Treppen hinauf. Mittlerweile war er ganz durchgefroren. Tütensuppe war trotz allem nicht das Schlechteste, wenn man ein wenig Milch hinzugab.

❆

Oskar ging neben seiner Lehrerin. Er musste mit jemandem sprechen, und seine Lehrerin war die Einzige, die ihm einfiel. Trotzdem hätte er die Gruppe gewechselt, wenn er gekonnt hätte. Jonny und Micke gesellten sich sonst nie zu der Gruppe, die einen Spaziergang machte, wenn Ausflugstag war, aber heute hatten sie es getan. Sie hatten am Morgen die Köpfe zusammengesteckt, Blicke in seine Richtung geworfen.

Deshalb ging Oskar neben der Lehrerin. Er wusste selber nicht recht, ob er es tat, um ihren Schutz zu suchen, oder um sich mit einem Erwachsenen unterhalten zu können.

Er war jetzt seit fünf Tagen mit Eli zusammen. Sie trafen sich jeden Abend hinter dem Haus. Mama sagte er, er würde mit Johan spielen.

Gestern Nacht war Eli wieder zu seinem Fenster gekommen. Sie hatten lange wach gelegen, sich Geschichten erzählt, bei denen der eine dort weiterspann, wo der andere aufhörte. Danach waren sie eng umschlungen eingeschlafen, und am Morgen war Eli fort gewesen.

In seiner Hosentasche, neben dem alten, abgegriffenen, zerlesenen Zettel lag nun ein neuer, den er heute Morgen auf seinem Schreibtisch gefunden hatte, als er seine Schulsachen packte.

»MEIN LEBEN HEISST JETZT GEHEN, MEIN BLEIBEN TOD. ELI«

Er wusste, dass es ein Zitat aus Romeo und Julia war. Eli hatte ihm erzählt, dass die Worte, die sie auf den ersten Zettel geschrieben hatte, aus dem Stück stammten, und Oskar hatte sich das Buch in der Schulbibliothek ausgeliehen. Es hatte ihm recht gut gefallen, auch wenn es darin eine ganze Reihe von Wörtern gab, die er nicht verstand. *Ihre Vestalinnentracht ist kränklich-grünlich.* Verstand Eli all diese Worte?

Jonny, Micke und die Mädchen gingen zwanzig Meter hinter Oskar und der Lehrerin. Sie kamen am Chinapark vorbei, in dem einige Kindergartenkinder Schlitten fuhren und so schrien, dass die Luft in Stücke zerschnitten wurde. Oskar trat gegen einen Schneehaufen und sagte leise:

»Marie-Louise?«

»Ja?«

»Woher weiß man, dass man jemanden liebt?«

»Oh. Ja . . .«

Die Lehrerin vergrub ihre Hände in den Taschen des Dufflecoats, blickte schräg in den Himmel hinauf. Oskar überlegte, ob sie an diesen Mann dachte, der sie ein paar Mal von der Schule abgeholt hatte. Oskar hatte nicht gefallen, wie er aussah. Der Kerl wirkte verschlagen.

»Das ist sicher ganz verschieden, aber . . . ich würde jedenfalls sagen, wenn man weiß . . . oder zumindest ganz stark glaubt, mit diesem Menschen will ich für immer zusammen sein.«

»Man kann sozusagen nicht mehr ohne ihn sein.«

»Ja genau. Zwei Menschen, die nicht ohneeinander sein können ... das ist wohl Liebe.«

»Wie bei Romeo und Julia.«

»Ja, und je größer die Hindernisse ... hast du das mal gesehen?«

»Gelesen.«

Die Lehrerin sah ihn an und lächelte dabei auf eine Art, die Oskar bis jetzt immer geliebt hatte, nun jedoch ein wenig unangenehm fand. Er sagte schnell:

»Und wenn es zwei Jungen sind?«

»Dann sind sie Freunde. Das ist ja auch eine Art Liebe. Oder wenn du meinst ... ja, Jungen können sich natürlich auch so lieben.«

»Und was machen sie dann?«

Die Lehrerin sprach ein wenig leiser.

»Nun ja, das ist ja nichts Schlimmes, aber ... wenn du darüber sprechen willst, sollten wir das lieber später tun.«

Sie gingen ein paar Meter schweigend weiter und erreichten die Böschung, die zur Bucht Kvarnviken hinabführte. Der Geisterhang. Die Lehrerin atmete tief durch, ein Duft von kaltem Nadelwald. Dann sagte sie:

»Man geht einen Bund ein. Unabhängig davon, ob es jetzt Jungen oder Mädchen sind, geht man eine Art Bund ein, dass ... du und ich, wir gehören zusammen. Man weiß es einfach.«

Oskar nickte. Er hörte die Stimmen der Mädchen näherkommen. Gleich würden sie die Lehrerin wie üblich für sich beanspruchen. Er trat so nahe an die Lehrerin heran, dass ihre Jacken sich berührten, sagte:

»Kann man eigentlich beides sein ... Junge und Mädchen? Oder weder Junge noch Mädchen?«

»Nein. Menschen jedenfalls nicht. Es gibt gewisse Tiere, die ...«

Michelle lief zu ihnen, schrie mit piepsiger Stimme: »Frau Lehrerin! Jonny hat mir Schnee in den Nacken geworfen!«

Sie waren den Hang halbwegs hinuntergekommen. Kurz darauf waren alle Mädchen da und berichteten, was Jonny und Micke alles getan hatten.

Oskar wurde langsamer, ließ sich ein paar Schritte zurückfallen. Er drehte sich um. Jonny und Micke waren auf der Kuppe des Hangs. Sie winkten Oskar zu. Er winkte nicht zurück. Stattdessen hob er einen kräftigen Ast auf, der neben dem Weg lag, und entfernte im Gehen kleinere Zweige.

Er kam an dem Geisterhaus vorbei, das dem Hang seinen Namen gegeben hatte. Ein riesiges Lagergebäude mit Wellblechwänden, das zwischen den kleinen Bäumen total irre aussah. Auf die Wand, die dem Hang zugewandt war, hatte jemand mit großen Buchstaben gesprayt:

»BEKOMMEN WIR DEIN MOPED?«

Die Mädchen und die Lehrerin spielten Fangen, liefen den Weg hinunter, der parallel zum Wasser verlief. Er hatte nicht vor, zu ihnen zu laufen. Jonny und Micke waren hinter ihm, ja. Er packte seinen Stock fester, trabte weiter.

Es war ein schöner Tag. Die Wasserfläche war vor ein paar Tagen zugefroren und die Eisdecke mittlerweile so dick, dass die Schlittschuhgruppe, angeführt von Lehrer Ávila, hinuntergegangen war, um darauf zu laufen. Als Jonny und Micke erklärten, dass sie in die Gruppe wollten, die einen Spaziergang machte, hatte Oskar noch kurz überlegt, ob er nach Hause laufen, seine Schlittschuhe holen und die Gruppe wechseln sollte. Aber er hatte seit zwei Jahren keine neuen Schlittschuhe mehr bekommen, würde vermutlich mit den Füßen überhaupt nicht mehr hineinkommen.

Außerdem hatte er Angst vor Eis.

Als kleiner Junge war er einmal bei Papa draußen in Södersvik gewesen, und Papa war hinausgegangen, um die Reusen zu leeren. Vom Bootssteg aus hatte Oskar gesehen, wie Papa im Eis einbrach und sein Kopf für einen schrecklichen Moment unter der Eiskante verschwand. Oskar hatte allein auf dem Steg gestanden und gellend um Hilfe geschrien. Papa hatte zum Glück ein paar lange Nägel in der Tasche gehabt, die er benutzte, um sich aus dem Eisloch zu hieven, aber Oskar ging seither nur ungern auf eine Eisfläche hinaus.

Jemand packte seine Arme.

Er wandte sich schnell um, sah, dass die Lehrerin und die Mädchen hinter einer Wegbiegung, hinter dem Hügel verschwunden waren. Jonny sagte: »Jetzt geht das Schweinchen baden.«

Oskar umklammerte fester seinen Stock, packte ihn mit beiden Händen. Er war seine einzige Chance. Sie zerrten an ihm und schleiften ihn mit sich. Zur Eisfläche hinunter.

»Das Schweinchen riecht nach Scheiße und muss gebadet werden.«

»Lasst mich los.«

»Später. Ganz ruhig. Später lassen wir dich schon los.«

Sie waren auf dem Eis. Es gab nichts, wogegen sich seine Füße hätten stemmen können. Sie schleiften ihn rückwärts auf das Eis hinaus, zum Eisloch an der Sauna. Seine Fersen zogen eine doppelte Spur durch den Schnee. Dazwischen schleifte der Stock, zog eine flachere Spur.

Weit entfernt auf dem Eis sah er kleine Gestalten, die sich bewegten. Er brüllte, schrie um Hilfe.

»Schrei du ruhig. Vielleicht zieht dich ja rechtzeitig einer raus.«

Nur wenige Schritte entfernt gähnte schwarz das Eisloch.

Oskar spannte jeden Muskel an und warf sich, drehte sich mit einem Ruck zur Seite. Mickes Griff löste sich. Oskar hing an Jonnys Armen und schwang den Stock gegen sein Schienbein; er sprang Oskar fast aus der Hand, als das Holz den Knochen traf.

»Aua, verdammt!«

Jonny ließ los, und Oskar fiel aufs Eis. Er richtete sich am Rand des Eislochs auf, hielt den Stock mit beiden Händen. Jonny griff sich ans Schienbein.

»Du verdammter Idiot. Jetzt bist du dran.«

Jonny ging langsam auf ihn zu, wagte wohl nicht zu laufen, weil er Angst hatte, selber im Wasser zu landen, wenn er Oskar mit zu viel Schwung stieß. Er zeigte auf den Stock.

»Leg ihn weg, sonst bring ich dich um, kapiert?«

Oskar biss die Zähne zusammen. Als Jonny nur noch etwas mehr als eine Armlänge entfernt war, holte Oskar mit dem Stock zu einem Schlag gegen seine Schulter aus. Jonny duckte sich und Oskar spürte einen dumpfen Stoß in den Händen, als das schwere Ende des Stocks Jonnys Ohr traf. Er flog zur Seite wie ein Bowlingkegel, plumpste brüllend der Länge nach aufs Eis.

Micke, der zwei Schritte hinter Jonny gestanden hatte, wich jetzt zurück, hielt die Hände vor sich hoch.

»Verdammt, das war doch nur Spaß . . . wir wollten dich doch nicht . . .«

Oskar ging auf ihn zu und schwang den Stock mit einem dumpfen Brummen. Micke drehte sich um und lief zum Ufer. Oskar blieb stehen, senkte den Stock.

Jonny lag zusammengekrümmt auf der Seite und presste eine Hand auf sein Ohr. Blut sickerte zwischen den Fingern hindurch. Oskar wollte sich entschuldigen. Es war niemals seine Absicht gewesen, ihm so wehzutun. Er ging neben Jonny in die

Hocke, stützte sich auf den Stock, wollte »Entschuldigung« sagen, aber noch ehe er dazu kam, sah er Jonny.

Er war ganz klein, lag zusammengekauert wie ein Fötus und wimmerte »aua, aua«, während ein dünnes Blutrinnsal in den Kragen seiner Jacke lief. Er wand den Kopf schwach hin und her.

Oskar betrachtete ihn verblüfft.

Dieses kleine, blutende Bündel auf dem Eis würde ihm nichts tun. Konnte ihn weder schlagen noch ärgern, sich nicht einmal verteidigen.

Ich könnte ihn noch ein paar Mal schlagen, damit endgültig Ruhe herrscht.

Oskar richtete sich auf, lehnte sich auf den Stock. Der Rausch wich einer tief im Bauch sitzenden Übelkeit. Was hatte er nur getan? Jonny musste richtig verletzt sein, wenn er so blutete. Und wenn er verblutete? Oskar setzte sich aufs Eis, zog einen Schuh aus und zog seine Wollsocke vom Fuß. Rutschte auf den Knien zu Jonny, tippte die Hand an, die dieser gegen sein Ohr presste, und schob die Wollsocke darunter.

»Hier. Nimm die.«

Jonny nahm die Wollsocke und presste sie auf sein verletztes Ohr. Oskar schaute auf das Eis hinaus. Er sah eine Gestalt, die auf Schlittschuhen näher kam. Es war ein Erwachsener.

Dünne Schreie ertönten in der Ferne. Kinderschreie. Panikschreie. Ein einziger heller, schneidender Ton, der sich wenige Sekunden später mit weiteren vermischte. Die Gestalt, die sich genähert hatte, blieb stehen, verharrte einen Moment reglos, machte kehrt und lief wieder davon.

Oskar kniete neben Jonny, spürte den Schnee schmelzen, seine Knie feucht werden. Jonny kniff die Augen fest zu, stieß zwischen den Zähnen wimmernde Laute hervor. Oskar senkte sein Gesicht zu Jonnys.

»Kannst du gehen?«

Jonny öffnete den Mund, um etwas zu sagen, und gelbes und weißes Erbrochenes spritzte zwischen seinen Lippen heraus, befleckte den Schnee. Ein bisschen davon landete auch auf Oskars Hand. Er betrachtete die schleimigen Tropfen, die auf dem Handrücken waberten und bekam ernsthaft Angst. Er ließ den Stock fallen und lief zum Ufer, um Hilfe zu holen.

Die Kinderschreie beim Krankenhaus waren lauter geworden. Er lief in ihre Richtung.

❄

Lehrer Ávila, Fernando Cristóbal de Reyes y Ávila, lief gerne Schlittschuh. Ja. Zu den Dingen, die er an Schweden am meisten schätzte, gehörten die langen Winter. Er hatte mittlerweile zehn Jahre in Folge am Wasalauf teilgenommen, und in den wenigen Jahren, in denen die äußeren Schärengebiete zufroren, setzte er sich jedes Wochenende ins Auto und fuhr nach Gräddö hinaus, um auf Tourenschlittschuhen so weit Richtung Söderarm hinauszulaufen, wie die Eisdecke zuließ.

Es war jetzt drei Jahre her, dass die Schären zuletzt zugefroren waren, aber bei einem derart frühen Wintereinbruch wie in diesem Jahr bestand Hoffnung. Natürlich würde es auf Gräddö wie üblich vor Schlittschuhenthusiasten nur so wimmeln, wenn es richtig fror, doch das galt nur tagsüber. Und Fernando Ávila lief am liebsten nachts.

Der Wasalauf in allen Ehren, aber man fühlte sich wie eine unter tausenden von Ameisen eines Volks, das plötzlich beschlossen hatte zu emigrieren. Auf den weiten Eisflächen in einer Mondscheinnacht allein zu sein war etwas vollkommen anderes. Fernando Ávila war zwar ein ausgesprochen lauer Katholik, aber wahrlich: In Momenten wie diesen war ihm Gott nah.

Das rhythmische Scharren der Schlittschuhkufen, das Mondlicht, das dem Eis einen bleiernen Glanz verlieh, die Sterne, die ihre Unendlichkeit über ihm wölbten, der kalte Wind, der ihm ins Gesicht schlug, Ewigkeit und Tiefe und Raum in allen Richtungen. Größer konnte das Leben nicht sein.

Ein kleiner Junge zog an seinem Hosenbein.

»Herr Lehrer, ich muss Pipi.«

Ávila erwachte aus seinen Träumen und zeigte auf ein paar Bäume am Ufer, die über das Wasser hinausragten; das kahle Geäst legte sich wie ein schützender Vorhang bis aufs Eis.

»Da du kannst Pipi machen.«

Der Junge schaute blinzelnd zu den Bäumen.

»Auf dem Eis?«

»Ja? Was macht das? Wird neues Eis. Gelb.«

Der Junge sah ihn an, als hätte er nicht alle Tassen im Schrank, lief aber trotzdem in Richtung der Bäume davon.

Ávila ließ den Blick übers Eis schweifen, um sicherzugehen, dass keiner von den Älteren zu weit hinausgelaufen war. Mit einigen schnellen Schritten lief er weiter hinaus, um sich einen besseren Überblick zu verschaffen. Zählte die Kinder ab. Alles in Ordnung. Neun. Und der Junge, der pinkelte. Zehn.

Er fuhr herum, schaute in die andere Richtung, erstarrte.

Da hinten ging etwas vor. Ein Gemenge aus Körpern bewegte sich auf etwas zu, das ein Eisloch sein musste, kleine aufragende Bäume markierten die Stelle. Während er stillstand und schaute, löste sich die Gruppe auf, und er sah, dass einer eine Art Stab in der Hand hielt.

Der Stab wurde geschwungen, und ein anderer fiel um. Er hörte aus der Ferne einen Aufschrei, drehte sich um, kontrollierte seine eigene Gruppe ein letztes Mal und setzte sich in Richtung der anderen Gruppe in Bewegung. Einer aus ihr lief inzwischen zum Ufer.

Dann hörte er den Schrei.

Ein schriller Kinderschrei aus seiner eigenen Gruppe. Er blieb so abrupt stehen, dass der Schnee von seinen Schlittschuhen aufspritzte. Er hatte inzwischen erkannt, dass die Kinder an dem Eisloch schon etwas älter waren. Vielleicht Oskar. Ältere Kinder. Sie kamen alleine zurecht. Zu seiner eigenen Gruppe gehörten kleinere Kinder.

Der Schrei wurde lauter, und während er kehrtmachte und darauf zulief, hörte er, dass andere Stimmen einfielen.

Cojones!

Ausgerechnet wenn er einmal einen Moment nicht da war, musste natürlich etwas passieren. Gebe Gott, dass das Eis nicht gebrochen war. Er lief, so schnell er konnte, Schnee wirbelte um seine Schlittschuhe, als er auf die Quelle des Schreis zuschoss. Er sah jetzt, dass sich mehrere Kinder versammelt hatten und alle zusammen wie am Spieß schrien, während weitere zu ihnen stießen. Er sah zudem, dass sich vom Krankenhaus her eine erwachsene Person zum Wasser hinabbewegte.

Mit zwei, drei letzten, kräftigen Schritten war er bei den Kindern und bremste so heftig, dass eisige Hobelspäne auf die Jacken der Kinder flogen. Er begriff nicht. Alle Kinder standen an dem Ästevorhang versammelt, schauten zu etwas auf dem Eis hinab und schrien.

Er glitt zu den Kindern.

»Was ist los?«

Eines der Kinder zeigte auf das Eis hinab, auf einen Klumpen, der darin festsaß und wie eine braune, gefrorene Grassode mit einer roten Kerbe an der Seite aussah. Oder wie ein überfahrener Igel. Er beugte sich zu dem Klumpen hinab und erkannte, dass es ein Kopf war. Ein Kopf, der festgefroren im Eis hing, sodass nur der Scheitel und der obere Teil der Stirn herauslugten.

Der Junge, den er zum Pinkeln fortgeschickt hatte, stand ein paar Meter entfernt schluchzend auf dem Eis.

»I-hi-hich bi-in ge-gegen i-hin gefah-ha-ren.«

Ávila richtete sich auf.

»Alle weg! Alle fahren zum Ufer. Jetzt.«

Die Kinder schienen ebenfalls im Eis festgefroren zu sein, die kleineren schrien immer weiter. Er hob seine Trillerpfeife an den Mund, blies zweimal kräftig hinein. Die Schreie verstummten. Er machte ein paar Schritte, wodurch er in den Rücken der Kinder gelangte und sie zum Ufer scheuchen konnte. Die Kinder kamen mit. Nur ein Junge aus der Fünften blieb stehen und beugte sich neugierig zu dem Klumpen hinab.

»Du auch!«

Ávila befahl ihn mit einer Geste zu sich. Am Ufer angekommen, sagte er zu der Frau, die vom Krankenhaus heruntergekommen war: »Ruf Polizei. Krankenwagen. Es liegt Mensch festgefroren in Eis.«

Die Frau lief zum Krankenhaus zurück. Ávila zählte die Kinder am Ufer ab und erkannte, dass eines fehlte. Der Junge, der gegen den Kopf gefahren war, hockte noch immer auf dem Eis, hatte sein Gesicht in den Händen vergraben. Ávila glitt zu ihm und hob ihn unter den Armen an. Der Junge drehte sich um und schlang seine Arme um Ávila, der den Jungen sanft, wie ein zerbrechliches Paket, hochhob und mit ihm zum Ufer lief.

»Kann man mit ihm sprechen?«

»Sprechen kann er ja nicht...«

»Nein, aber er versteht doch, was man sagt.«

»Ich denke schon, aber...«

»Nur ganz kurz.«

Durch den Nebel, der sein Auge bedeckte, sah Håkan einen dunkel gekleideten Mann einen Stuhl heranziehen und sich neben das Bett setzen. Er konnte das Gesicht des Mannes nicht erkennen, aber vermutlich war seine Miene gewollt neutral.

In den letzten Tagen war Håkan immer wieder in einer roten Wolke versunken, die von Linien so dünn wie einzelne Haare durchzogen war. Heute war der erste Tag, an dem er bei vollem Bewusstsein war, aber er wusste nicht, wie viele Tage verstrichen waren, seit er hier lag.

Am Vormittag hatte Håkan mit den Fingern der Hand, in der er Gefühl hatte, sein neues Gesicht erforscht. Ein gummiartiger Verband bedeckte es komplett, aber anhand der Konturen unter dem Verband, denen er schmerzhaft mit den Fingerspitzen gefolgt war, hatte er erkennen müssen, dass er kein Gesicht mehr hatte.

Håkan Bengtsson existierte nicht mehr. Geblieben war ein nicht identifizierbarer Körper in einem Krankenhausbett. Sie würden ihn natürlich mit seinem zweiten Mord in Verbindung bringen können, nicht jedoch mit seinem früheren oder jetzigen Leben. Mit Eli.

Danke, gut, Herr Wachtmeister. Ein tolles Leben. Ich habe eine Haut aus Napalm in meinem Gesicht, die unablässig brennt, aber ansonsten geht alles seinen geregelten Gang.

»Also schön, mir ist schon klar, dass Sie nicht sprechen können, aber könnten Sie nicht nicken, wenn Sie hören, was ich sage? Können Sie nicken?«

Ich kann. Aber ich will nicht.

Der Mann neben dem Bett seufzte.

»Sie haben hier ja versucht, sich das Leben zu nehmen, also sind Sie ganz offensichtlich nicht völlig . . . weggetreten. Bereitet es Ihnen Probleme, den Kopf zu bewegen? Können Sie die

Hand heben, wenn Sie hören, was ich sage? Können Sie die Hand heben?«

Håkan blendete den Polizisten aus und dachte an jenen Ort in Dantes Hölle, Limbus, an den alle großen Seelen nach ihrem Tod geführt wurden, die nicht dem christlichen Glauben angehörten. Er versuchte sich den Ort im Detail vorzustellen.

»Schauen Sie, wir würden gerne wissen, wer Sie sind.«

In welchem Kreis oder welcher himmlischen Sphäre landete Dante selbst nach seinem Tod . . .

Der Polizist zog seinen Stuhl zehn Zentimeter näher heran.

»Wissen Sie, wir werden es früher oder später ohnehin herausfinden. Aber Sie könnten uns ein wenig Arbeit ersparen, indem Sie unsere Fragen beantworten.«

Niemand vermisst mich. Niemand kennt mich. Versucht's ruhig.

Eine Krankenschwester kam herein. »Da ist ein Anruf für Sie.«

Der Polizist stand auf, ging zur Tür. Ehe er hinausging, drehte er sich noch einmal um.

»Bin gleich zurück.«

Håkans Gedanken wandten sich nun der wirklich entscheidenden Frage zu. In welchem Kreis der Hölle würde er selber landen? Kindermörder. Siebter Kreis. Andererseits; der erste Kreis. All jene, die aus Liebe gesündigt haben. Dann hatten natürlich auch die Sodomiten einen eigenen Kreis. Angemessen wäre sicherlich, man würde in dem Kreis landen, der das schlimmste Verbrechen markierte, das man begangen hatte.

Also; hatte man ein wirklich großes Verbrechen begangen, konnte man anschließend lustig drauflos sündigen im Bereich jener Verbrechen, die in höher liegenden Kreisen bestraft wurden. Es konnte ohnehin nicht mehr schlimmer kommen. So

266

ungefähr wie bei diesen Mördern in den USA, die zu dreihundert Jahren Gefängnis verurteilt wurden.

Die diversen Kreise wirbelten in Spiralmustern. Der Höllentrichter. Zerberus mit seinem Schwanz. Håkan beschwor die gewalttätigen Männer, die verbitterten Frauen, die Hochmütigen in ihrem siedenden Kessel, in ihrem Feuerregen herauf, wandelte zwischen ihnen, suchte seine Position.

Eins wusste er jedenfalls ganz genau. Er würde niemals im untersten Kreis landen, in dem Luzifer in einem Eismeer stehend auf Judas und Brutus herumkaute. Dem Kreis der Verräter.

Wieder öffnete sich mit diesem seltsamen, saugenden Laut die Tür. Der Polizist setzte sich an sein Bett.

»Tja, mein Lieber. Es hat ganz den Anschein, als hätten wir noch einen gefunden, unten am See in Blackeberg. Jedenfalls ist es das gleiche Seil.«

Nein!

Håkans Körper zuckte unwillkürlich zusammen, als der Polizist das Wort »Blackeberg« aussprach. Der Polizist nickte. »Sie hören ganz offensichtlich, was ich sage. Das ist ja schön. Dann dürfen wir wohl annehmen, dass Sie in einem der westlichen Vororte gewohnt haben. Aber wo? Råcksta? Vällingby? Blackeberg?«

Die Erinnerung daran, wie er sich den Mann unterhalb des Krankenhauses vom Hals geschafft hatte, schoss ihm durch den Kopf. Er war nachlässig gewesen. Er hatte es vermasselt.

»Okay. Dann werde ich Sie mal ein bisschen in Ruhe lassen. Sie können ja mal darüber nachdenken, ob Sie nicht doch mit uns zusammenarbeiten wollen. Dadurch würde alles viel einfacher. Nicht wahr?«

Der Polizist stand auf und ging hinaus. Stattdessen kam eine Krankenschwester herein, setzte sich in seinem Zimmer auf einen Stuhl, überwachte ihn.

Håkan begann, den Kopf verneinend hin und her zu werfen. Er streckte die Hand aus und riss am Schlauch des Beatmungsgeräts. Die Krankenschwester eilte herbei und zerrte seine Hand fort.

»Wir werden Sie fixieren müssen. Noch ein Mal, und wir binden Sie fest. Haben Sie mich verstanden? Wenn Sie nicht leben wollen, ist das Ihre Sache, aber solange Sie hier sind, ist es unsere Aufgabe, Sie am Leben zu erhalten. Ganz gleich, was Sie getan oder nicht getan haben. Verstanden? Wir werden alle erforderlichen Maßnahmen ergreifen, um dieser Aufgabe gerecht zu werden, und wenn wir sie festschnallen müssen. Hören Sie, was ich Ihnen sage? Alles wird für alle Beteiligten einfacher, wenn Sie mit uns zusammenarbeiten.«

Zusammenarbeiten. Zusammenarbeiten. Plötzlich wollen alle mit einem zusammenarbeiten. Ich bin kein Mensch mehr. Ich bin ein Projekt. Oh, mein Gott. Eli, Eli. Hilf mir.

❄

Schon im Treppenhaus hörte Oskar Mamas Stimme. Sie telefonierte mit jemandem und war wütend. Mit Jonnys Mutter? Er blieb vor der Tür stehen und lauschte.

»Sie werden hier anrufen und mich fragen, was ich falsch gemacht habe ... doch, und ob sie das werden, und was soll ich dann sagen? Ja, tut mir leid, mein Sohn hat leider keinen Vater, und deshalb ... ja, aber dann zeig das auch mal ... nein, das hast du nicht ... ich finde, *du* kannst mit ihm über diese Sache sprechen.«

Oskar schloss die Tür auf und trat in den Flur. Mama sagte »Da kommt er« in den Hörer und drehte sich zu Oskar um.

»Die Schule hat angerufen und ich ... du musst mit deinem Papa über diese Sache sprechen, denn ich ...« Sie sprach wieder in den Hörer. »Jetzt musst du … ich *bin* ruhig … du hast leicht reden, hockst einfach da draußen herum und …«

Oskar ging in sein Zimmer, legte sich aufs Bett und presste die Hände auf die Ohren. Das Blut rauschte in seinem Kopf.

Als er zum Krankenhaus gekommen war, hatte er anfangs geglaubt, dass die ganzen Menschen, die dort herumliefen, etwas mit dem zu tun hatten, was er mit Jonny gemacht hatte. Wie sich herausstellte, war dem nicht so. Heute hatte er zum ersten Mal in seinem Leben einen toten Menschen gesehen.

Mama öffnete die Tür zu seinem Zimmer. Oskar nahm die Hände von den Ohren.

»Dein Papa möchte mit dir sprechen.«

Oskar legte den Hörer ans Ohr und hörte eine ferne Stimme, die Namen von Leuchttürmen und Windstärken, Windrichtungen herunterleierte. Er wartete mit dem Hörer am Ohr, ohne etwas zu sagen. Mama runzelte fragend die Stirn. Oskar legte die Hand auf den Hörer und flüsterte: »Der Seewetterbericht.«

Mama öffnete den Mund, um etwas zu sagen, seufzte dann aber nur und ließ die Hände sinken. Sie ging in die Küche. Oskar setzte sich auf den Stuhl im Flur und lauschte gemeinsam mit seinem Vater dem Seewetterbericht.

Er wusste, dass Papa von dem, was im Radio gesagt wurde, abgelenkt sein würde, wenn Oskar jetzt anfing zu sprechen. Der Seewetterbericht war seinem Vater heilig. Wenn Oskar bei ihm war, kam um 16.45 jegliche Aktivität zum Erliegen, und Papa setzte sich ans Radio, während er geistesabwesend auf die Felder hinausblickte, als wollte er kontrollieren, dass die Angaben aus dem Radio der Wahrheit entsprachen.

Es war zwar schon lange her, dass Papa zur See gefahren war, aber es war eine Angewohnheit, die er niemals aufgegeben hatte.

Almagrundet Nordwest 8, kommende Nacht westdrehend. Gute Sicht.
Ålandmeer und Schärenmeer Nordwest 10, kommende Nacht Unwetter-
warnung. Gute Sicht.

So. Das Wichtigste war vorbei.

»Hallo, Papa.«

»Ah, du bist da. Hallo. Hier wird es Sturm geben diese Nacht.«

»Ja, habe ich gehört.«

»Hm. Wie geht es dir?«

»Gut.«

»Tja, Mama hat mir von der Sache mit Jonny erzählt. Das war natürlich nicht so toll.«

»Nein. Das war es wohl nicht.«

»Er hat eine Gehirnerschütterung, hat sie gesagt.«

»Ja. Er hat gebrochen.«

»Tja, das tut man dann oft. Harry ... du bist ihm mal begegnet ... er hat einmal das Senkblei gegen den Kopf bekommen und er ... na ja, anschließend hat er gereihert ohne Ende.«

»Ist er wieder gesund geworden?«

»Ja klar, das war ... na ja, letztes Frühjahr ist er allerdings gestorben. Aber das hatte natürlich nichts damit zu tun. Nein. Er war ziemlich schnell wieder auf dem Damm.«

»Ja.«

»Wir wollen hoffen, dass für diesen Jungen das Gleiche gilt.«

»Ja.«

Das Radio leierte weiter die Meeresabschnitte herunter; Bottnischer Meerbusen und was noch alles. Mehrmals hatte er mit einem Atlas vor sich bei Papa gesessen und mit dem Finger die Leuchttürme verfolgt, die nacheinander erwähnt wurden. Eine Zeit lang konnte er alle Orte in der richtigen Reihenfolge auswendig, aber inzwischen hatte er sie vergessen. Papa räusperte sich.

»Also, Mama und ich haben darüber gesprochen, ob ... ob du vielleicht Lust hast, dieses Wochenende zu mir zu kommen.«

»Mmm.«

»Dann könnten wir uns über die Sache unterhalten und über ... alles.«

»Dieses Wochenende?«

»Ja. Wenn du Lust hast.«

»Ja. Aber ich habe nicht so viel ... und wenn ich Samstag komme?«

»Oder Freitagabend.«

»Nee, aber ... Samstagmorgen.«

»Ja klar, klingt doch toll. Dann werde ich wohl eine Eiderente aus der Gefriertruhe holen.«

Oskar führte den Mund dichter an den Hörer heran und flüsterte: »Aber ohne Schrot.«

Papa lachte.

Als Oskar letzten Herbst dort gewesen war, hatte er sich auf einem Schrotkorn, das noch in dem Seevogel gesessen hatte, einen Zahn zerbissen. Mama hatte er gesagt, in einer Kartoffel sei ein Stein gewesen. Seevögel waren Oskars Leibgericht, während Mama es »unglaublich grausam« fand, die wehrlosen Vögel zu schießen. Dass er sich einen Zahn auf dem Mordinstrument kaputtgebissen hatte, konnte womöglich zu dem Verbot führen, etwas Derartiges zu essen.

»Ich werde besonders gut nachsehen«, sagte Papa.

»Läuft das Moped?«

»Ja. Wieso?«

»Nein, war nur so ein Gedanke.«

»Ach so. Ja, es liegt ziemlich viel Schnee, wir können sicher eine Runde drehen.«

»Gut.«

»Okay, dann sehen wir uns am Samstag. Du nimmt den Bus um zehn?«

»Ja.«

»Dann komme ich dich abholen. Mit dem Moped. Das Auto ist nicht richtig in Schuss.«

»Okay. Gut. Soll ich dir Mama noch einmal geben?«

»Ja ... nein ... du kannst ihr ja sagen, wie wir es machen, nicht?«

»Mmm. Tschüss, bis bald.«

»Ja genau. Tschüss.«

Oskar legte auf, blieb einen Moment sitzen und stellte sich vor, wie es werden würde. Sie würden eine Runde mit dem Moped drehen. Das war klasse. Dabei zog Oskar Miniskier an, und sie befestigten ein Seil am Moped, an dessen Ende ein Stock war. An diesem Stock hielt Oskar sich mit beiden Händen fest, und dann fuhren sie durchs Dorf wie schneegetragene Wasserskiläufer. Das und eine Eiderente mit Vogelbeergelee. Außerdem würde er nur einen Abend von Eli getrennt sein.

Er ging in sein Zimmer und packte seine Sportsachen und sein Messer ein, weil er nicht mehr nach Hause kommen würde, bevor er Eli traf. Er hatte einen Plan. Als er im Flur stand und seine Jacke anzog, kam Mama aus der Küche, wischte sich an ihrer Schürze das Mehl von den Händen. »Und? Was hat er gesagt?«

»Ich soll am Samstag zu ihm kommen.«

»Gut. Aber über das andere?«

»Ich muss jetzt zum Training.«

»Hat er gar nichts gesagt?«

»Do-och, aber ich muss jetzt los.«

»Und wohin?«

»Zur Schwimmhalle.«

»Zu welcher Schwimmhalle?«

»Der an der Schule. Der kleinen.«

»Was willst du denn da?«

»Trainieren. Ich bin so gegen halb neun wieder da. Oder neun. Ich wollte mich nachher noch mit Johan treffen.«

Mama wirkte bedrückt, wusste nicht, was sie mit ihren mehligen Händen anfangen sollte, steckte sie beide in die große Tasche in der Mitte der Schürze.

»Aha. Ja, ja. Sei vorsichtig. Pass auf, dass du nicht auf dem Beckenrand ausrutschst. Hast du deine Mütze?«

»Ja, ja.«

»Dann zieh sie an, wenn du schwimmen warst. Es ist kalt draußen, und wenn man nasse Haare hat . . .«

Oskar trat einen Schritt vor, gab ihr einen flüchtigen Kuss auf die Wange, sagte Tschüss und ging. Als er aus dem Haus trat, schielte er zu seinem Fenster hinauf. Dort stand Mama, die Hände immer noch in der großen Tasche. Oskar winkte. Mama hob langsam eine Hand und erwiderte seinen Gruß.

Er weinte den halben Weg zum Training.

Die Clique hatte sich im Treppenhaus vor Göstas Tür versammelt. Lacke, Virginia, Morgan, Larry, Karlsson. Keiner von ihnen wollte es auf sich nehmen zu klingeln, denn wer es tat, würde anschließend auch ihr Anliegen vorbringen müssen. Bereits im Treppenhaus nahmen sie einen schwachen Hauch von Göstas Geruch wahr. Pisse. Morgan stieß Karlsson an und murmelte etwas Unverständliches. Karlsson hob die Ohrschützer an, die er statt einer Mütze trug, und fragte: »Was?«

»Ich habe gefragt, ob du diese Dinger nicht mal abnehmen kannst. Du siehst ja aus wie ein Vollidiot.«

»Das ist deine Meinung.«

Jedenfalls nahm Karlsson die Ohrschützer ab, steckte sie in die Manteltasche und sagte: »Das wirst du übernehmen müssen, Larry. Immerhin hast du es gesehen.«

Larry seufzte und klingelte. Ein wütendes Kreischen war hinter der Tür zu hören, gefolgt von einem dumpfen Knall, als würde etwas zu Boden fallen. Larry räusperte sich. Die Sache gefiel ihm nicht. Mit der ganzen Clique hinter sich fühlte er sich wie ein Bulle, es fehlten nur noch die gezogenen Pistolen. Man hörte schlurfende Schritte in der Wohnung, dann eine Stimme. »Meine Süße, hast du dir wehgetan?«

Die Tür wurde geöffnet. Eine Welle von Uringestank schlug Larry ins Gesicht, und er schnappte nach Luft. Gösta stand im Türrahmen, trug ein verwaschenes Hemd, Weste und Fliege. Eine orange-weiß-getigerte Katze saß zusammengekauert in seiner Armbeuge.

»Ja?«

»Grüß dich, Gösta, wie geht's?«

Göstas Augen fuhren flackernd über die Gruppe im Treppenhaus. Er war ziemlich betrunken.

»Ganz gut.«

»Ja also, wir sind gekommen, weil . . . weißt du schon, was passiert ist?«

»Nein.«

»Sie haben Jocke gefunden. Heute.«

»Ach wirklich. Aha. Ja.«

»Und jetzt ist es so . . . dass . . .«

Larry drehte sich um, suchte die Unterstützung seiner Delegation. Mehr als eine ermunternde Geste Morgans erntete er jedoch nicht. Larry schaffte es nicht, hier draußen als eine Art Amtsperson zu stehen und ein Ultimatum zu stellen. Es gab nur einen Weg, so sehr ihm dieser auch widerstrebte. Er fragte: »Können wir hereinkommen?«

Er hatte irgendeine Form von Widerstand erwartet. Gösta war es mit Sicherheit nicht gewohnt, dass einfach so fünf Personen auftauchten, um ihm einen Besuch abzustatten. Aber Gösta nickte nur und wich zwei Schritte in den Flur zurück, um sie eintreten zu lassen.

Larry zögerte einen Moment; der Geruch, der ihnen aus der Wohnung entgegenschlug, war einfach unglaublich, hing wie eine klebrige Wolke in der Luft. Während er noch zögerte, war Lacke gefolgt von Virginia schon einmal eingetreten. Lacke kraulte die Katze auf Göstas Arm hinter den Ohren.

»Schöner Kater. Wie heißt er?«

»Sie. Thisbe.«

»Schöner Name. Hast du auch einen Pyramus?«

»Nee.«

Einer nach dem anderen traten sie ein und versuchten durch den Mund zu atmen.

Ein paar Minuten später hatten alle den Versuch aufgegeben, den Gestank von sich fern zu halten, und gewöhnten sich allmählich an ihn. Katzen wurden von Couch und Sesseln verscheucht, zwei Stühle aus der Küche geholt, Schnaps, Grapetonic und Gläser auf den Tisch gestellt, und nachdem sie eine Weile über die Katzen und das Wetter geplaudert hatten, sagte Gösta:

»Sie haben Jocke also gefunden.«

Larry leerte sein Glas. Die Wärme des Schnapses in seinem Magen machte es ihm leichter. Er schenkte sich noch einen ein, sagte: »Ja. Unten am Krankenhaus. Er lag festgefroren im Eis.«

»Im Eis?«

»Ja. Es war ein ziemliches Theater. Ich war da, um Herbert zu besuchen, ich weiß nicht, ob du ihn kennst ... na jedenfalls, als ich aus dem Krankenhaus komme, sind die Bullen da und ein Krankenwagen, und kurz darauf ist die Feuerwehr gekommen ...«

»Hat es auch noch gebrannt?«

»Nein, aber sie mussten ihn doch freihacken. Na ja, zu der Zeit wusste ich natürlich noch gar nicht, dass er es war, aber als sie ihn ans Ufer schafften, habe ich seine Kleider erkannt, denn das Gesicht ... da war ja rundherum Eis, nicht, da konnte man also nichts ... aber die Kleider ...«

Gösta fuchtelte mit der Hand, als streichele er einen großen, unsichtbaren Hund.

»Warte mal ... heißt das, er ist ertrunken? Ich verstehe nicht ...«

Larry trank einen Schluck, wischte sich über den Mund.

»Nein. Das haben die Bullen anfangs auch geglaubt. Soweit ich weiß. Jedenfalls standen sie die meiste Zeit mit verschränkten Armen herum, und die Typen aus dem Krankenwagen hatten alle Hände voll mit einem Jungen zu tun, der angetrabt kam und am Kopf blutete, es war also ...«

Gösta streichelte den unsichtbaren Hund jetzt noch eifriger oder versuchte ihn von sich zu schieben. Ein paar Tropfen von seinem Drink spritzten aus seinem Glas und landeten auf dem Teppich.

»Ja aber ... jetzt komme ich nicht mehr ... blutete am Kopf ...«

Morgan setzte die Katze, die auf seinem Schoß gesessen hatte, auf den Boden und strich sich über die Hose.

»Das tut nichts zur Sache. Jetzt komm schon, Larry.«

»Okay, aber als sie ihn dann ans Ufer gebracht haben. Und ich gesehen habe, dass er es war. Da hat man auch gesehen, dass da ein Seil war, so. Verknotet. Und in dem Seil hingen Steine. Daraufhin sind die Bullen vielleicht mächtig in Schwung gekommen. Fingen an, in ihre Funkgeräte zu labern, und sperr-

276

ten alles mit diesen Bändern ab und scheuchten die Leute weg und so. Auf einmal waren sie mächtig interessiert. Also ... nun ja, kurz und gut, er ist dort versenkt worden.«

Gösta lehnte sich auf der Couch zurück, hielt sich die Hand vor die Augen. Virginia, die zwischen ihm und Lacke saß, strich ihm übers Knie. Morgan füllte Göstas Glas auf, sagte: »Die Sache ist die, dass sie Jocke jetzt gefunden haben, nicht. Willst du Tonic? Hier. Sie haben Jocke gefunden und wissen jetzt, dass er ermordet worden ist. Und das rückt die ganze Sache in ein völlig anderes Licht.«

Karlsson räusperte sich, schlug einen verbindlichen Ton an.

»Im schwedischen Rechtswesen gibt es etwas, das man ... «

»Halt den Mund«, schnitt Morgan ihm das Wort ab. »Darf man hier rauchen?«

Gösta nickte lahm. Während Morgan Zigaretten und Feuerzeug herauszog, lehnte sich Lacke auf der Couch vor, sodass er Gösta in die Augen sehen konnte.

»Gösta. Du hast doch gesehen, was passiert ist. Das sollten die Bullen erfahren.«

»Erfahren? Wie denn?«

»Na ja, indem du zur Polizei gehst und erzählst, was du gesehen hast.«

»Nein ... *nein.*«

Es wurde still im Raum.

Lacke seufzte, schenkte sich ein halbes Glas Schnaps und einen kleinen Schuss Tonic ein, nahm einen großen Schluck und schloss die Augen, als die brennende Wolke seinen Magen füllte. Er wollte Gösta nicht zwingen.

Karlsson hatte beim Chinesen etwas von Zeugnispflicht und Beweisverantwortung gefaselt, aber so sehr Lacke auch wollte, dass der Täter gefasst wurde, hatte er doch nicht vor, einem

Kumpel die Bullen auf den Hals zu hetzen wie ein Polizeispitzel.

Eine graugesprenkelte Katze knuffte ihren Kopf gegen sein Schienbein. Er hob sie sich auf den Schoß, streichelte abwesend ihren Rücken. *Spielt es noch eine Rolle?* Jocke war tot, jetzt hatte er Gewissheit. Welche Bedeutung hatte das andere im Grunde noch?

Morgan stand auf, ging mit dem Glas in der Hand zum Fenster.

»Hast du hier gestanden? Als du es gesehen hast?«

». . . ja.«

Morgan nickte, nuckelte an seinem Drink.

»Tja, dann verstehe ich. Von hier aus sieht man wirklich alles. Verdammt schöne Bude, übrigens. Tolle Aussicht. Na ja, abgesehen von . . . tolle Aussicht.«

Eine Träne lief Lackes Wange herab. Virginia nahm seine Hand und drückte sie. Lacke nahm einen tüchtigen Schluck, um den Schmerz fortzubrennen, der seine Brust zerriss.

Larry, der eine Weile die Katzen beobachtet hatte, die sich sinnlosen Mustern folgend im Zimmer bewegten, trommelte mit den Fingern auf seinem Glas und sagte: »Und wenn man ihnen nur einen Tipp geben würde? Über den Tatort? Vielleicht finden sie dann Fingerabdrücke und . . . was sie halt so finden.«

Karlsson lächelte.

»Und wie sollen wir ihnen erklären, woher wir das wissen? Dass wir es einfach wissen? Sie werden sich bestimmt dafür interessieren, wie . . . von wem wir das wissen.«

»Wir könnten doch anonym anrufen. Damit sie es erfahren.«

Gösta murmelte etwas auf der Couch. Virginia lehnte sich näher zu ihm hin.

»Was hast du gesagt?«

Gösta sprach mit schwacher, ganz schwacher Stimme, während er in sein Glas hinabsah.

»Entschuldigt. Aber ich habe zu große Angst. Ich kann das nicht.«

Morgan wandte sich am Fenster um, machte eine wegwerfende Geste.

»Dann ist es eben so. Ende der Diskussion.« Er sah Karlsson scharf an. »Wir müssen uns etwas einfallen lassen. Die Sache auf andere Art hinbekommen. Eine Zeichnung machen, anrufen, was auch immer. Wir lassen uns etwas einfallen.«

Er ging zu Gösta und stupste seinen Fuß mit den Zehenspitzen an.

»Hörst du, Gösta, jetzt reiß dich mal zusammen. Wir regeln das auch so. Mach dir keine Sorgen. Gösta? Hörst du, was ich sage? Wir regeln das. Prost!«

Er streckte sein Glas aus, stieß mit Göstas an und nahm einen Schluck.

»Wir kriegen das schon hin. Oder nicht?«

Er hatte sich vor der Schwimmhalle von den anderen getrennt und sich auf den Heimweg gemacht, als er ihre Stimme von der Schule her hörte.

»Psst. Oskar!«

Er kam die Treppe herunter, und sie trat aus dem Schatten. Sie hatte dort gesessen und auf ihn gewartet. Dann hatte sie gehört, wie er sich von den anderen verabschiedet und sie ihm geantwortet hatten, als wäre er ein ganz normaler Mensch.

Das Training war gut gewesen. Er war gar nicht so schwach, wie er immer geglaubt hatte, schaffte mehr als manch anderer

Junge, der schon öfter dabei gewesen war. Seine Sorge, der Lehrer könnte ihn darüber ausfragen, was auf dem Eis passiert war, erwies sich als unberechtigt. Ávila hatte ihn nur gefragt: »Möchtest du darüber reden?«, und als Oskar den Kopf geschüttelt hatte, war die Sache für ihn erledigt gewesen.

Die Schwimmhalle war eine andere, von der Schule getrennte Welt. Der Lehrer war weniger streng als sonst, und die anderen Jungen ließen ihn in Ruhe. Micke war allerdings nicht da gewesen. Hatte Micke jetzt etwa Angst vor ihm? Der Gedanke war schwindelerregend.

Er ging Eli entgegen.

»Hallo.«

»Hi.«

Ohne ein Wort darüber zu verlieren, hatten sie das Grußwort getauscht. Eli trug ein viel zu großes kariertes Hemd und sah wieder so ... verkümmert aus. Die Haut war trocken und das Gesicht abgemagert. Schon gestern Abend hatte Oskar die ersten weißen Haare bemerkt, und heute Abend waren es noch mehr.

Wenn sie gesund war, war sie für Oskar das süßeste Mädchen, das er je gesehen hatte. Aber so, wie sie jetzt war ... das ließ sich überhaupt nicht vergleichen. Kein Mensch sah so aus. Höchstens Liliputaner. Aber Liliputaner waren nicht so schmal, so ... es gab einfach nichts Vergleichbares. Er war froh, dass sie sich den anderen Jungen nicht gezeigt hatte.

»Wie geht's?«, fragte er.

»Geht so.«

»Sollen wir was machen?«

»Klar.«

Seite an Seite machten sie sich auf den Heimweg. Oskar hatte einen Plan. Sie würden einen Bund eingehen. Wenn sie einen Bund eingingen, würde Eli gesund werden. Es war ein magischer Gedanke, inspiriert von den Büchern, die er las. Aber Magie … natürlich gibt es Magie, und nicht zu knapp. Für Menschen, die sich der Magie verweigerten, konnte es übel ausgehen.

Sie kamen auf den Hof. Er berührte Elis Schulter.

»Sollen wir uns in den Müllkellern umschauen?«

»O-kay.«

Sie gingen in Elis Haus, und Oskar schloss die Kellertür auf.

»Hast du keinen Kellerschlüssel?«, fragte er.

»Ich glaube nicht.«

Im Kellergang war es stockfinster. Hinter ihnen fiel die Tür schwer ins Schloss. Sie standen regungslos nebeneinander, atmeten. Oskar flüsterte:

»Weißt du, Eli. Heute … Jonny und Micke haben versucht, mich ins Wasser zu werfen. In ein Loch im Eis.«

»Nein! Du …«

»Warte. Weißt du, was ich getan habe? Ich hatte einen Ast, einen großen Ast. Den habe ich Jonny so an den Kopf geschlagen, dass er blutete. Er hat eine Gehirnerschütterung, musste ins Krankenhaus. Ich bin nicht im Wasser gelandet. Ich … habe ihn geschlagen.«

Es wurde einige Sekunden still. Dann sagte Eli:

»Oskar.«

»Ja?«

»Jippie.«

Oskar streckte sich nach dem Lichtschalter, wollte ihr Gesicht sehen. Drückte ihn. Sie sah ihm direkt in die Augen, und er sah ihre Pupillen. Für einen Moment, ehe sie sich ans Licht gewöhnt hatten, waren sie wie diese Kristalle, die sie in Physik hatten, wie hieß das noch … elliptisch.

Wie bei Echsen. Nein. Bei Katzen. Katzen.

Eli blinzelte. Die Pupillen waren wieder wie immer.

»Was ist?«

»Nichts. Komm . . .«

Oskar ging zum Sperrmüllkeller und öffnete die Tür. Der Sack war fast voll, war schon eine ganze Weile nicht mehr geleert worden. Eli zwängte sich neben ihn, und sie durchwühlten die Abfälle. Oskar stieß auf eine Tüte mit leeren Pfandflaschen, Eli fand ein Spielzeugschwert aus Plastik, fuchtelte damit herum, sagte:

»Sollen wir uns auch die anderen Keller ansehen?«

»Nein, Tommy und die anderen sind vielleicht da.«

»Wer sind die?«

»Ach ein paar ältere Jungen, die einen Keller haben, in dem sie . . . abends rumhängen.«

»Sind es viele?«

»Nee, drei. Meistens nur Tommy.«

»Und mit denen ist nicht zu spaßen.«

Oskar zuckte mit den Schultern. »Na schön, wir gucken mal.«

Sie gingen zusammen in Oskars Haus, in den nächsten Kellergang, in Tommys Haus. Als Oskar mit dem Schlüssel in der Hand dastand und die letzte Tür aufschließen wollte, zögerte er. Und wenn sie nun da waren? Wenn sie Eli sahen? Wenn sie . . . daraus würde sich unter Umständen etwas ergeben, womit er nicht umgehen konnte. Eli hielt das Plastikschwert vor sich hoch. »Was ist?«

»Nichts.«

Er schloss auf. Sobald sie in den Gang kamen, hörte er Musik, die aus dem Kellerverschlag drang. Sich umdrehend, flüsterte er: »Sie sind da! Komm.«

Eli blieb stehen, schnupperte.

»Was riecht hier so komisch?«

Oskar vergewisserte sich, dass sich am Ende des Gangs nichts rührte, schnupperte auch, nahm aber außer den üblichen Kellergerüchen nichts wahr. Eli sagte: »Farbe. Leim.«

Oskar schnupperte noch einmal. Er roch zwar nichts, wusste aber natürlich, was es war. Als er sich zu Eli umdrehte, um sie fortzubringen, sah er, dass sie etwas mit dem Türschloss machte.

»Komm jetzt. Was tust du da?«

»Ich habe nur ...«

Während Oskar die Tür zum nächsten Kellergang aufschloss, dem Rückzugsweg, schloss sich hinter ihnen die Tür, aber es klang nicht wie sonst. Man hörte kein Klicken, nur ein metallisches Schlagen. Auf dem Rückweg zu *ihrem* Keller erzählte er Eli vom Schnüffeln; wie die Jungs werden konnten, wenn sie etwas geschnüffelt hatten.

In seinem eigenen Keller fühlte er sich wieder sicher. Er fiel auf die Knie und zählte die leeren Pfandflaschen in der Plastiktüte. Vierzehn Bierflaschen und eine Schnapsflasche, für die es kein Pfand gab.

Als er aufblickte, um Eli das Ergebnis mitzuteilen, stand sie vor ihm und hatte das Plastikschwert wie zum Schlag erhoben. Da er so sehr an plötzliche Schläge gewöhnt war, zuckte er ein wenig zusammen. Aber Eli murmelte etwas, senkte anschließend das Schwert auf seine Schulter und sagte mit möglichst tiefer Stimme:

»Hiermit schlage ich dich, Jonnys Bezwinger, zum Ritter über Blackeberg und alle umliegenden Orte, als da wären Vällingby ... mmm ...«

»Råcksta.«

»Råcksta.«

»Ängby vielleicht?«

»Ängby vielleicht.«

Eli schlug ihm für jeden neuen Ort leicht auf die Schulter.

283

Oskar zog sein Messer aus der Tasche, hielt es hoch, proklamierte, dass er der Ritter von Ängby Vielleicht war und wollte, dass Eli eine schöne Jungfrau war, die er vor dem Drachen retten konnte.

Aber Eli war ein grauenvolles Monster, das schöne Jungfrauen zu Mittag fraß, und er musste mit ihr kämpfen. Oskar ließ das Messer in der Scheide, während sie kämpften, riefen, in den Gängen umhertollten. Mitten in ihrem Spiel scharrte ein Schlüssel im Schloss zur Kellertür.

Rasch schoben sie sich in einen Vorratskeller, in dem sie kaum Platz hatten, Hüfte an Hüfte saßen, tief und möglichst lautlos atmeten. Eine Männerstimme ertönte.

»Was macht ihr hier unten?«

Oskar saß ganz dicht an Eli gedrängt. Es kochte in seiner Brust. Der Mann ging ein paar Schritte in den Keller hinein.

»Wo seid ihr?«

Oskar und Eli hielten den Atem an, als der Mann stillstand, lauschte. Dann sagte er: »Verdammte Blagen«, und ging. Sie blieben in dem Vorratskeller hocken, bis sie sicher sein konnten, dass der Mann verschwunden war. Anschließend krochen sie heraus, lehnten sich an die Bretterwand, kicherten. Nach einer Weile legte sich Eli ausgestreckt auf den Zementboden, blickte zur Decke. Oskar stieß ihren Fuß an.

»Bist du müde?«

»Ja. Müde.«

Oskar zog das Messer aus der Scheide, betrachtete es. Es war schwer, schön. Vorsichtig presste er den Zeigefinger gegen die Messerspitze, zog ihn wieder fort. Ein kleiner roter Punkt. Er wiederholte es, diesmal fester. Als er das Messer fortzog, quoll eine Blutperle heraus. Aber so sollte es nicht gemacht werden.

»Eli? Willst du mal was machen?«

Sie schaute immer noch zur Decke.

»Was denn?«

»Willst du ... einen Bund mit mir eingehen?«

»Ja.«

Hätte sie gefragt »Wie?«, hätte er ihr vielleicht erzählt, was er vorhatte, bevor er es tat. Aber sie sagte einfach »ja«. Sie machte mit, wobei auch immer. Oskar schluckte schwer, packte die Klinge so, dass die spitze Seite auf seinem Handteller ruhte, schloss die Augen und zog die Klinge aus der Hand. Ein stechender, brennender Schmerz. Er stöhnte auf.

Habe ich es getan?

Er öffnete die Augen, öffnete die Hand. Ja. Eine schmale Furche zeigte sich in seinem Handteller, aus der langsam Blut drang; nicht in einem schmalen Rinnsal, wie er sich vorgestellt hatte, sondern als eine Kette von Perlen, die vor seinen faszinierten Augen zu einer dickeren, ungleichmäßigen Linie zusammenflossen.

Eli hob den Kopf.

»Was tust du da?«

Oskar hielt seine Hand immer noch vors Gesicht, starrte sie an und sagte: »Das ist ja ganz einfach. Eli, das war überhaupt nicht ...«

Er hielt ihr seine blutende Hand hin. Ihre Augen weiteten sich, und sie schüttelte heftig den Kopf, während sie rückwärts kroch, fort von seiner Hand.

»Nein, Oskar ...«

»Was ist denn?«

»Oskar, nein.«

»Es tut fast gar nicht weh.«

Eli kroch nicht länger rückwärts, sondern starrte seine Hand an, während sie weiter den Kopf schüttelte. Oskar hatte die Klinge des Messers in der anderen Hand, hielt es ihr mit dem Griff voraus hin.

»Du brauchst dir nur in den Finger zu stechen oder so. Dann vermischen wir es. Dann sind wir einen Bund eingegangen.«

Eli nahm das Messer nicht an. Oskar legte es zwischen ihnen auf den Fußboden, um mit der unverletzten Hand einen Tropfen Blut auffangen zu können, der aus seiner Wunde fiel.

»Nun komm schon. Willst du nicht?«

»Oskar . . . das geht nicht. Du steckst dich an, du . . .«

»Man spürt es gar nicht, es . . .«

Eine Spukgestalt flog in Elis Gesicht und verzerrte es zu etwas, das vollkommen anders war als das Mädchen, das er kannte, weshalb er vergaß, das Blut aufzufangen, das von seiner Hand herabtropfte. Sie sah jetzt aus wie das Monster, das sie eben im Spiel gewesen war, und Oskar schrak zurück, während der Schmerz in seiner Hand größer wurde.

»Eli, was . . .«

Sie setzte sich auf, zog die Beine unter sich, hockte auf allen vieren und hatte nur noch Augen für seine blutende Hand, schob sich einen Schritt auf sie zu. Hielt inne, biss die Zähne zusammen und zischte: »Geh fort!«

Oskar stiegen Angsttränen in die Augen. »Eli, hör auf. Hör auf zu spielen. Hör auf damit.«

Eli schob sich noch etwas näher, hielt erneut inne. Sie zwang den Körper, sich so zusammenzukauern, dass ihr Kopf sich zum Boden neigte, und schrie:

»Geh! Sonst bist du tot!«

Oskar richtete sich auf, wich zwei Schritte zurück. Seine Füße schlugen gegen die Tüte mit den Flaschen, die klirrend umfiel. Er presste sich an die Wand, während Eli zu dem kleinen Blutfleck krabbelte, der von seiner Hand auf den Boden getropft war.

Noch eine Flasche fiel um, zersprang auf dem Zement, während Oskar an die Wand gepresst dastand und Eli anstarrte, die ihre Zunge herausstreckte und den schmutzigen Zement ableckte, mit der Zunge über die Stelle fuhr, auf die Oskars Blut gefallen war.

Eine Flasche klirrte schwach und hörte auf zu wackeln. Eli leckte und leckte den Fußboden ab. Als sie den Kopf hob, saß auf ihrer Nasenspitze ein grauer Schmutzfleck. »Geh … bitte … geh …«

Dann flog erneut diese Spukgestalt in ihr Gesicht, doch ehe sie die Oberhand gewinnen konnte, richtete Eli sich auf, lief durch den Kellergang davon, öffnete die Tür zu ihrem Haus und verschwand.

Oskar blieb, die verletzte Hand zur Faust geballt, zurück. Blut sickerte allmählich in die Ritzen hervor. Er öffnete die Hand, betrachtete die Wunde. Das Messer war tiefer eingedrungen, als er beabsichtigt hatte, aber er glaubte nicht, dass es gefährlich war. Das Blut fing bereits an zu gerinnen.

Er betrachtete den nunmehr bleichen Fleck auf dem Kellerboden. Anschließend leckte er kostend etwas von dem Blut auf seinem Handteller ab, spuckte aus.

❄

Nachtbeleuchtung.

Morgen früh würden sie Mund und Hals operieren. Sie hofften sicher, dass dabei etwas herauskommen würde. Die Zunge war noch da, er konnte sie in der versiegelten Mundhöhle bewegen, seinen Gaumen mit ihr kitzeln. Vielleicht würde er sogar wieder sprechen können, obwohl die Lippen fort waren. Aber er hatte gar nicht vor zu sprechen.

Eine Frau, er wusste nicht, ob sie Krankenschwester oder Polizistin war, saß wenige Meter entfernt in der Zimmerecke und las ein Buch, bewachte ihn.

Setzen sie so viel Personal ein, nur weil irgendjemand sein Leben für beendet hält?

Er hatte erkannt, dass er wertvoll war und sie sich viel von ihm versprachen. Vermutlich waren sie in diesem Moment dabei, alte Akten herauszusuchen, Fälle, die sie mit ihm als Täter zu lösen hofften. Am Nachmittag war ein Polizeibeamter da gewesen und hatte seine Fingerabdrücke abgenommen. Er hatte sich dem nicht widersetzt. Es spielte keine Rolle.

Möglicherweise würde man ihn über die Fingerabdrücke mit den Morden in Växjö und Norrköping in Verbindung bringen können. Er hatte versucht, sich ins Gedächtnis zu rufen, wie er damals vorgegangen war, ob er Fingerabdrücke oder andere Spuren hinterlassen hatte. Vermutlich war es so.

Ihn beunruhigte einzig und allein, dass es den Menschen durch diese Vorfälle womöglich gelingen könnte, Eli aufzuspüren.

Den Menschen . . .

Sie hatten Zettel in seinen Briefkasten geworfen, ihm gedroht.

Jemand, der bei der Post arbeitete und in der gleichen Einfamilienhaussiedlung wohnte wie er, hatte den anderen Nachbarn verraten, welche Art von Post, welche Art von Filmen er zugestellt bekam.

Es dauerte gut einen Monat, bis er seine Stelle an der Schule verlor. Jemand wie er durfte nicht mit Kindern in Kontakt kommen. Er war freiwillig gegangen, obwohl die Lehrergewerkschaft ihm vermutlich beigestanden hätte.

Er hatte in seiner Schule doch gar nichts gemacht, so dumm war er nun wirklich nicht.

Die Kampagne gegen ihn wurde danach immer heftiger, bis jemand schließlich eines Nachts einen Molotowcocktail durchs Wohnzimmerfenster warf. Er hatte sich nur in Unterhose in den Garten gerettet und zugesehen, wie sein ganzes Leben in Flammen aufging.

Die Ermittlungen hatten sich in die Länge gezogen, weshalb er auch kein Geld von der Versicherung bekam. Von seinen kärglichen Ersparnissen war er fortgegangen und hatte sich in Växjö ein Zimmer gemietet. Dort hatte er anschließend begonnen, am eigenen Tod zu arbeiten.

Er hatte sich so systematisch dem Alkohol hingegeben, dass er sich mit allem berauschte, was ihm in die Finger kam. Aknelösung, Lösungsmittel. Er stahl die nötigen Zutaten zur Weinherstellung, trank alles, noch ehe der Wein richtig gegoren war.

Er hielt sich möglichst viel im Freien auf, wollte in gewisser Weise, dass »die Menschen« ihn tagtäglich sterben sahen.

Im Vollrausch wurde er unvorsichtig, begrapschte kleine Jungen, wurde geschlagen, landete bei der Polizei. Drei Tage saß er in Untersuchungshaft und spuckte sich die Eingeweide aus dem Leib. Dann wurde er wieder freigelassen und trank weiter.

Eines Abends, als Håkan mit einer Flasche halbgegorenem Wein in einer Plastiktüte in der Nähe eines Spielplatzes auf einer Bank saß, kam Eli und setzte sich neben ihn. In seinem Rausch hatte Håkan praktisch sofort die Hand auf Elis Oberschenkel gelegt. Eli hatte sie dort liegen lassen, Håkans Kopf in die Hände genommen, ihn zu sich umgedreht und gesagt: »Du wirst mich begleiten.«

Håkan hatte gelallt, eine solche Schönheit könne er sich derzeit leider nicht leisten, aber sobald seine Finanzen es wieder zuließen …

Eli hatte seine Hand vom Oberschenkel entfernt, sich

289

gebückt, seine Weinflasche genommen, sie ausgeschüttet und gesagt: »Du verstehst nicht. Hör zu. Du wirst jetzt aufhören zu trinken. Du wirst mich begleiten. Du wirst mir helfen. Ich brauche dich. Und ich werde dir helfen.« Anschließend hatte Eli die Hand ausgestreckt, und Håkan hatte sie genommen, und sie waren zusammen gegangen.

Er hatte aufgehört zu trinken und war in Elis Dienste getreten.

Eli hatte ihm Geld gegeben, um Kleider zu kaufen und eine andere Wohnung zu mieten. Er hatte alles ausgeführt, ohne abzuwägen, ob Eli »böse« oder »gut« oder etwas anderes war. Eli war schön, und Eli hatte Håkan seine Würde zurückgegeben. Und in seltenen Momenten ... Zärtlichkeit geschenkt.

Es raschelte, als die Wächterin in ihrem Buch umblätterte. Vermutlich irgendein Schundroman. In Platons Wächterstaat sollten die gebildetsten Menschen die »Wächter« sein. Aber dies war Schweden im Jahre 1981, und hier lasen sie vermutlich Jan Guillou.

Der Mann im Wasser, der Mann, den er versenkt hatte. Ungeschickt, natürlich. Er hätte Elis Anweisungen befolgen und ihn vergraben sollen. Doch nichts an dem Mann konnte sie auf Elis Fährte führen. Die Bisswunde würde man sicherlich seltsam finden, aber wahrscheinlich davon ausgehen, dass sein Blut ins Wasser geflossen war. Die Kleider des Mannes waren ...

Der Pullover!

Elis Pullover, den Håkan auf dem Körper des Mannes gefunden hatte, als er sich seiner Leiche annehmen wollte. Er hätte ihn mitnehmen, verbrennen sollen.

Stattdessen hatte er ihn unter die Jacke des Mannes gestopft.

Wie würden sie das deuten? Ein blutbefleckter Kinderpullover. Bestand das Risiko, dass irgendjemand Eli in dem Pullover gesehen hatte? Jemand, der ihn wiedererkennen konnte? Zum Beispiel, wenn in der Zeitung ein Bild von ihm veröffentlicht wurde? Jemand, dem Eli vorher begegnet war, jemand, der ...

Oskar. Der Junge auf dem Hof.

Håkans Körper wälzte sich unruhig im Bett. Die Wächterin legte ihr Buch fort, betrachtete ihn.

»Machen Sie jetzt bloß keine Dummheiten.«

Eli überquerte die Björnsonsgatan, trat auf den Hof zwischen den neunstöckigen Häusern, zwei monolithischen Leuchttürmen über den geduckten dreistöckigen Häusern ringsumher. Auf dem Hof war kein Mensch zu sehen, aber die Fenster der Turnhalle verströmten Licht, und Eli glitt die Feuertreppe hinauf, schaute hinein.

Musik schmetterte aus einem kleinen Tonbandgerät. Im Rhythmus der Musik hüpften Frauen mittleren Alters umher, dass der Holzboden krachte. Eli kauerte sich auf dem Metallgitter der Treppe zusammen, legte das Kinn auf die Knie und betrachtete die Szene.

Einige der Frauen hatten Übergewicht, und ihre massiven Brüste hüpften wie fröhliche Bowlingkugeln unter den Trikots. Die Frauen hopsten und sprangen, hoben die Knie so hoch, dass ihr Fleisch in allzu engen Hosen schwabbelte. Sie bewegten sich im Kreis, klatschten in die Hände, sprangen wieder. Währenddessen spielte die Musik. Warmes, sauerstoffgesättigtes Blut strömte durch durstige Muskeln.

Aber es waren zu viele.

Eli sprang von der Feuertreppe hinab, landete sanft auf dem

gefrorenen Erdboden darunter, ging um die Turnhalle herum und blieb vor der Schwimmhalle stehen.

Die großen Milchglasscheiben legten Rechtecke aus Licht auf die Schneedecke. Über jedem großen Fenster saß ein kleineres, längliches Fenster aus gewöhnlichem Glas. Eli sprang hinauf, hielt sich mit den Händen an der Dachkante fest und schaute hinein. Die Schwimmhalle war leer. Die Oberfläche des Beckens glitzerte im Schein der Neonröhren. Im Wasser trieben ein paar Bälle.

Baden. Plantschen. Spielen.

Eli schwang hin und her, ein dunkles Pendel. Betrachtete die Bälle, sah sie in die Luft fliegen, geworfen werden, Lachen und Johlen und Wasser, das spritzte. Eli ließ die Dachkante los, fiel und ließ sich ganz bewusst so hart aufkommen, dass es wehtat, ging über den Schulhof zum Parkweg, blieb unter einem hohen Baum am Wegrand stehen. Dunkelheit. Keine Menschen. Eli ließ den Blick zum Baumwipfel schweifen, den fünf, sechs Meter hohen glatten Stamm hinauf. Streifte die Schuhe ab. Dachte neue Hände, neue Füße herbei.

Es tat kaum noch weh, war nicht mehr als ein Kribbeln, ein elektrischer Strom durch Finger und Zehen, wenn sie schmäler wurden, sich umformten. Das Skelett knirschte in den Fingern, wenn es sich ausdehnte, durch die schmelzende Haut der Fingerspitzen schoss und lange, gekrümmte Krallen herausbildete. Gleiches geschah mit den Zehen.

Eli sprang zwei Meter hoch den Stamm hinauf, schlug die Krallen hinein und kletterte zu einem dicken Ast hinauf, der über dem Weg hing. Krümmte die Krallen der Füße um den Ast und blieb regungslos hocken.

Ein Ziehen in den Wurzeln der Zähne, als Eli sie scharf dachte. Die Zahnkronen beulten sich nach außen, wurden von einer unsichtbaren Feile geschliffen, spitz. Eli biss sich vorsichtig in die Unterlippe, und eine halbmondförmige Reihe von Nadeln punktierte beinahe die Haut.

Jetzt hieß es nur noch warten.

✳

Es war schon fast zehn, und die Temperatur im Raum wurde allmählich unerträglich. Zwei Flaschen Schnaps waren geleert worden, eine neue stand auf dem Tisch, und alle waren sich einig, dass Gösta schwer in Ordnung war und man ihm das niemals vergessen würde.

Einzig Virginia hatte sich beim Alkohol zurückgehalten, da sie am nächsten Morgen früh aufstehen und arbeiten gehen musste. Sie schien zudem die Einzige zu sein, der die Luft im Raum etwas ausmachte. Der schon vorher stickige Geruch aus Katzenpisse und verbrauchter Luft hatte sich inzwischen mit Rauch, Schnapsfahnen und den Ausdünstungen von sechs Körpern vermischt.

Lacke und Gösta saßen nach wie vor links und rechts von ihr auf der Couch, mittlerweile jedoch halb weggetreten. Gösta streichelte eine Katze auf seinem Schoß, eine schielende Katze, was Morgan zu solchen Lachanfällen animiert hatte, dass er mit dem Kopf gegen den Tisch geschlagen war und anschließend ein Glas unverdünnten Schnaps getrunken hatte, um den Schmerz zu betäuben.

Lacke sagte nicht viel. Er saß die meiste Zeit nur da und stierte vor sich hin, während seine Augen immer trüber wurden. Ab und zu bewegten sich seine Lippen lautlos, als unterhalte er sich mit einem Gespenst.

Virginia stand auf, trat ans Fenster. »Kann ich das Fenster ein bisschen aufmachen?«

Gösta schüttelte den Kopf.

»Die Katzen . . . könnten . . . rausspringen.«

»Aber ich stehe doch hier und passe auf.«

Gösta schüttelte rein automatisch weiter den Kopf, und Virginia öffnete das Fenster. Luft! Gierig atmete sie die unbefleckte Luft ein und fühlte sich augenblicklich besser. Lacke, der auf der Couch seitlich in die Lücke sackte, die Virginia hinterlassen hatte, setzte sich jetzt wieder auf und sagte laut:

»Ein Freund! Ein wahrer . . . Freund!«

Zustimmendes Gemurmel erhob sich im Raum. Alle begriffen, dass er Jocke gemeint hatte. Lacke starrte das leere Glas in seiner Hand an und fuhr fort.

»Man hat einen Freund . . . der einen niemals im Stich lässt. Und das wiegt alles auf. Hört ihr? Alles! Und kapiert ihr, Jocke und ich, wir waren . . . so!«

Er ballte die Hand zur Faust, schüttelte sie vor seinem Gesicht.

»Und das kann durch nichts ersetzt werden. Durch nichts! Ihr sitzt hier und labert so Sachen wie, verdammt feiner Kerl, aber ihr . . . ihr seid nur leer. Wie Schalen! Ich habe nichts mehr, jetzt wo Jocke . . . fort ist. Nichts. Also erzählt mir nichts von Verlust, erzählt mir nichts von . . .«

Virginia stand am Fenster und hörte zu. Sie ging zu Lacke, um ihn daran zu erinnern, dass es sie auch noch gab. Ging vor ihm in die Hocke, versuchte seinem Blick zu begegnen, setzte an: »Lacke . . .«

»Nein! Komm mir jetzt bloß nicht mit . . . ›Lacke, Lacke‹ . . . es ist einfach so. Du kapierst das nicht. Du bist . . . kalt. Du fährst in die Stadt und schnappst dir irgend so einen verdammten Fernfahrer, nimmst ihn mit nach Hause und lässt dich von ihm überfahren, wenn dir alles zu schwer wird. Das tust du. Ein verdammter . . . Fernfahrerkonvoi, der da losfährt. Aber ein Freund . . . ein Freund . . .«

Virginia richtete sich mit Tränen in den Augen auf, gab Lacke eine Ohrfeige und lief aus der Wohnung. Lacke kippte auf der Couch um und schlug gegen Göstas Schulter. Gösta murmelte: »Das Fenster, das Fenster . . .«

Morgan schloss es, sagte: »Klasse Lacke. Das hast du ja toll hingekriegt. Die siehst du nie wieder.«

Lacke stand auf, ging auf schwankenden Beinen zu Morgan, der aus dem Fenster sah. »Ach scheiße, ich wollte sie doch nicht . . .«

»Nee, ist klar. Aber sag das mal lieber ihr.«

Morgan nickte nach unten, wo Virginia gerade aus der Tür trat und mit schnellen Schritten und gesenktem Blick Richtung Park ging. Lacke hörte, was er gesagt hatte. Seine letzten Worte zu ihr hingen wie ein Echo in seinem Kopf. *Habe ich das wirklich gesagt?* Er fuhr herum und eilte zur Tür.

»Ich muss . . .«

Morgan nickte. »Trödel nicht. Schöne Grüße von mir.«

Lacke stürzte die Treppen so schnell hinunter, wie seine zittrigen Beine ihn zu tragen vermochten. Die gesprenkelten Treppenstufen waren ein Flimmern vor seinen Augen, und das Geländer glitt so rasch durch seine Hand, dass sie sich an der Reibungshitze verbrannte. Er stolperte auf einem Treppenabsatz, fiel hin und stieß sich mit voller Wucht den Ellbogen. Der Arm wurde ganz heiß und war wie gelähmt. Er rappelte sich wieder auf und stolperte weiter die Treppen hinab. Er eilte zu Hilfe, um ein Leben zu retten. Sein eigenes.

Virginia entfernte sich von den Hochhäusern, ging in den Park, drehte sich nicht um.

Sie weinte schluchzend, eilte im Laufschritt fort, als wollte sie vor ihren Tränen davonrennen. Doch die Tränen verfolgten sie, drängten sich in ihre Augen und liefen tropfend die Wangen herab. Ihre Absätze durchstießen den Schnee, klackerten auf dem Asphalt des Parkwegs, und sie schlug die Arme um sich, umarmte sich selbst.

Weit und breit war kein Mensch zu sehen, sodass sie den Tränen freien Lauf ließ, während sie heimwärts ging, die Arme gegen den Bauch presste; der Schmerz darin war wie ein boshafter Fötus.

Lass einen Menschen zu dir herein und er tut dir weh.

Sie hatte ihre Gründe, warum sie sich nur auf kurze Beziehungen einließ. Lass niemanden herein. Von innen heraus haben sie ganz andere Möglichkeiten, einen zu verletzen. Tröste dich selbst. Mit der Angst kann man leben, solange sie nur einem selber gilt. Solange es keine Hoffnung gibt.

Aber sie hatte Hoffnungen in Lacke gesetzt, gehofft, dass zwischen ihnen langsam etwas wachsen würde. Und sie schließlich. Eines Tages. Was? Er nahm ihr Essen und ihre Wärme, aber im Grunde bedeutete sie ihm nichts.

Sie ging geduckt den Parkweg hinab, kauerte sich über ihrer Trauer zusammen. Ihr Rücken krümmte sich, und es kam ihr vor, als säße dort ein Dämon, der ihr schreckliche Dinge ins Ohr flüsterte.

Nie mehr. Nichts.

Als sie gerade anfing, sich vorzustellen, wie dieser Dämon aussah, stürzte er sich auf sie.

Ein großes Gewicht landete auf ihrem Rücken, und sie fiel hilflos zur Seite. Ihre Wange schlug in den Schnee, und der Film aus Tränen verwandelte sich in Eis. Das Gewicht aber blieb.

Einen Moment lang glaubte sie tatsächlich, es wäre der Trauerdämon, der feste Form angenommen und sich auf sie geworfen hatte. Dann aber spürte sie den stechenden Schmerz am Hals, als scharfe Zähne die Haut durchbohrten. Es gelang ihr, wieder auf die Beine zu kommen, und sie drehte sich und versuchte loszuwerden, was auf ihrem Rücken saß.

Da war etwas, das ihr in den Nacken, in den Hals biss, und ein Blutrinnsal lief ihr zwischen die Brüste. Sie schrie mit aller Macht und versuchte das Tier auf ihrem Rücken abzuschütteln, schrie immer weiter, während sie erneut in den Schnee fiel.

Bis sich etwas Hartes auf ihren Mund legte. Eine Hand.

Auf ihrer Wange lagen Krallen, die sich in das weiche Fleisch gruben ... immer tiefer, bis sie den Backenknochen erreichten.

Die Zähne mahlten nicht mehr, und sie hörte ein Geräusch, als würde jemand mit einem Strohhalm die letzten Tropfen aus einem Glas saugen. Flüssigkeit lief ihr übers Auge, und sie wusste nicht, ob es Tränen waren oder Blut.

Als Lacke aus dem Hochhaus trat, war Virginia kaum mehr als eine dunkle, schemenhafte Gestalt, die sich auf dem Weg durch den Park Richtung Arvid Mörnes Väg bewegte. Nach dem Gewaltmarsch durch das Treppenhaus spürte er Stiche in der Brust, und die Schmerzen im Ellbogen strahlten pulsierend bis in die Schulter aus. Trotzdem lief er, lief, so schnell er konnte. Sein Kopf wurde durch die frische Luft und die panische Angst, Virginia zu verlieren, allmählich klarer.

Als er zu der Biegung des Parkwegs gelangte, an der »Jockes Weg«, wie er ihn inzwischen nannte, auf »Virginias Weg« stieß, blieb er stehen und sog so gut er konnte Luft in seine Lunge, um ihren Namen zu rufen. Sie ging nur fünfzig Meter vor ihm unter den Bäumen.

Als er gerade zu seinem Ruf ansetzen wollte, sah er, wie ein Schatten aus dem Baum über Virginia herabfiel und auf ihr landete, sodass sie umfiel. Aus seinem Schrei wurde nur ein Stöhnen, und er lief wieder auf sie zu. Er wollte rufen, hatte aber nicht genug Luft, um gleichzeitig zu laufen und zu schreien.

Er lief.

Vor ihm stand Virginia mit einem großen Klumpen auf dem Rücken wieder auf, fuhr herum wie ein wahnsinniger Buckliger und fiel erneut hin.

Er hatte keinen Plan, sein Kopf war leer. Ein einziger Gedanke trieb ihn an: Virginia zu erreichen und das Ding von ihrem Rücken zu entfernen. Sie lag am Wegrand im Schnee, während die schwarze Masse auf ihr umherkroch.

Er erreichte Virginia und legte alles, was er noch an Kraft aufbieten konnte, in einen Tritt in das Schwarze. Sein Fuß traf etwas Hartes, und er hörte ein scharfes Knacken wie von brechendem Eis. Das Schwarze fiel von Virginias Rücken und landete neben ihr im Schnee.

Virginia lag still, der Schnee war voller dunkler Flecken. Das Schwarze setzte sich auf.

Ein Kind.

Lacke stand da und schaute in das denkbar liebreizendste Kindergesicht, umrahmt von einem Schleier schwarzer Haare. Ein Paar riesiger Augen begegnete Lackes Blick.

Das Kind stellte sich wie eine Katze auf alle viere, war bereit zum Sprung. Sein Gesicht veränderte sich, als es die Lippen bleckte und Lacke die Reihen scharfer Zähne im Dunkeln aufblitzen sah.

Einige keuchende Atemzüge verstrichen so. Das Kind blieb auf allen vieren, und Lacke sah, dass seine Finger Krallen waren, die sich deutlich vom Schnee absetzten.

Dann strich eine schmerzverzerrte Grimasse über das Gesicht des Kindes, und es richtete sich auf und lief mit schnellen, langen Schritten Richtung Schule. Wenige Sekunden später tauchte es in die Schatten ein und war verschwunden.

Lacke blieb zurück und blinzelte Schweiß fort, der ihm in die Augen lief. Dann warf er sich neben Virginia auf die Erde. Er sah die Wunde. Der ganze Nacken war aufgerissen, schwarze Striemen liefen zum Haaransatz hinauf, den Rücken hinab. Er riss sich die Jacke vom Leib, zog den Pullover aus, den er darunter trug, und zerknüllte den Ärmel zu einem Ball, den er auf die Wunde presste.

»Virginia! Virginia! Liebe, geliebte ...«

Endlich brachte er die Worte über die Lippen.

Samstag, 7. November

Unterwegs zu Papa. Jede Biegung der Straße war ihm vertraut; er war diese Strecke schon ... wie oft gefahren? Alleine vielleicht nur zehn oder zwölf Mal, aber zusammen mit Mama mindestens weitere dreißig Mal. Mama und Papa hatten sich getrennt, als er vier war, aber Mama und Oskar waren an Wochenenden und Feiertagen weiterhin hinausgefahren.

In den letzten drei Jahren hatte er schließlich alleine den Bus nehmen dürfen. Diesmal hatte Mama ihn nicht einmal mehr bis zur Haltestelle Technische Hochschule begleitet, von wo die Busse abgingen. Er war jetzt ein großer Junge; hatte ein eigenes Fahrkartenheft für die U-Bahn im Portmonee.

Eigentlich hatte er das Portmonee nur, damit er das Fahrkartenheft nicht verlor, aber heute lagen darin außerdem noch zwanzig Kronen für Süßigkeiten und Ähnliches sowie die Zettel von Eli.

Oskar knibbelte an dem Pflaster im Handteller. Er wollte sie nicht mehr treffen. Sie war unheimlich. Was im Keller passiert war, als –

Sie zeigte ihr wahres Gesicht.

– wäre da etwas in ihr, was ... das Grauen war. All das, wovor man sich stets in Acht nehmen sollte. Große Höhen, Feuer, Glas im Gras, Schlangen. All das, wovor Mama ihn mit aller Macht beschützen wollte.

Vielleicht hatte er deshalb nicht gewollt, dass Eli und Mama sich begegneten. Mama hätte das Furchtbare erkannt und ihm verboten, sich in seiner Nähe aufzuhalten. In Elis Nähe.

Der Bus verließ die Autobahn und nahm die Landstraße Richtung Spillersboda. Es war der einzige Bus, der nach Rådmansö hinausging, weshalb er kreuz und quer fahren musste, um möglichst viele Dörfer abzuklappern. Der Bus passierte die Hügellandschaft aus aufgestapelten Brettern am Sägewerk von Spillersboda, fuhr eine scharfe Kurve und rutschte beinahe den Hang zum Bootsanleger hinunter.

Er hatte am Freitagabend nicht auf Eli gewartet.

Stattdessen hatte er sich seinen Snowracer genommen und war losgezogen, um auf dem Geisterhang alleine Schlitten zu fahren. Mama hatte protestiert, weil er tagsüber wegen einer Erkältung nicht in die Schule gegangen war, aber er hatte erklärt, er fühle sich schon viel besser.

Den Snowracer auf dem Rücken, ging er durch den Chinapark. Der Geisterhang begann etwa hundert Meter hinter den letzten Parklaternen, hundert Meter dunklen Waldes. Schnee knirschte unter seinen Füßen. Ein saugendes Säuseln aus dem Inneren des Waldes, wie von Atemzügen. Mondlicht sickerte herab, und die Erde zwischen den Bäumen war ein Geflecht aus Schatten, in dem Gestalten ohne Gesicht standen und warteten, hin und her schwankten.

Er erreichte den Punkt, an dem der Weg steil zum Kvarnviken abfiel, setzte sich auf den Snowracer. Das Geisterhaus war eine schwarze Wand neben dem Hang, ein Verbot: *Du darfst hier nicht sein, wenn es dunkel ist. Das ist jetzt unser Platz. Wenn du hier spielen willst, musst du mit uns spielen.*

Am unteren Ende des Hangs glommen einzelne Lichter im Vereinsheim von Kvarnvikens Bootsverein. Oskar schob sich

301

etwas nach vorn, das Gefälle übernahm das Kommando, und der Snowracer kam ins Rutschen. Er umklammerte das Lenkrad, wollte die Augen schließen, traute sich jedoch nicht, denn dann würde er unter Umständen vom Weg abkommen und auf den steilen Hang zum Geisterhaus geraten.

Er schoss den Hang hinab, ein Projektil aus Nerven und angespannten Muskeln. Schneller, immer schneller. Unförmige, schneewirbelnde Arme streckten sich aus dem Geisterhaus nach ihm, schnappten nach seiner Mütze, berührten seine Wangen.

Vielleicht war es nur ein plötzlicher Windstoß, aber im unteren Drittel des Rodelhangs fuhr er in eine zähe, durchsichtige Haut, die quer über den Weg gespannt lag, ihn zu stoppen versuchte. Doch sein Tempo war zu hoch.

Der Snowracer fuhr in die Haut hinein, und sie legte sich auf Oskars Gesicht und Körper, wurde jedoch gedehnt, gespannt, bis sie riss, und er sie durchstieß.

Auf der Bucht funkelten die Lichter. Er saß auf dem Snowracer und schaute zu der Stelle hinaus, an der er am gestrigen Morgen Jonny niedergeknüppelt hatte. Wandte sich um. Das Geisterhaus war nur eine hässliche Baracke aus Blech.

Er zog den Snowracer wieder den Hang hinauf. Fuhr hinab. Zog ihn wieder hinauf. Fuhr wieder hinab. Konnte einfach nicht aufhören. Und er fuhr, fuhr, bis sein Gesicht eine Maske aus Eis war.

Dann ging er nach Hause.

Er hatte in der Nacht nur vier oder fünf Stunden geschlafen, weil er befürchtet hatte, Eli könnte zu ihm kommen. Denn was würde er sagen, was tun müssen, wenn sie kam. Er würde sie von sich stoßen müssen. Deshalb war er im Bus nach Norrtälje eingeschlafen und wachte erst wieder auf, als sie da waren. Im Bus nach Rådmansö hielt er sich wach, machte ein Spiel aus dem

302

Versuch, sich an möglichst viele Einzelheiten am Wegesrand zu erinnern.

Da vorn kommt gleich ein gelbes Haus mit einer Windmühle auf dem Rasen.

Ein gelbes Haus mit einer verschneiten Windmühle zog am Fenster vorüber. Und so weiter. In Spillersboda stieg ein Mädchen in den Bus. Oskar griff nach der Rückenlehne des Sitzes vor ihm. Sie sah ein bisschen so aus wie Eli, war sie aber natürlich nicht. Das Mädchen setzte sich zwei Reihen vor Oskar. Er betrachtete ihren Nacken.

Was ist nur los mit ihr?

Der Gedanke war Oskar bereits unten im Keller gekommen, während er die Flaschen wieder einsammelte und das Blut in seiner Hand mit einem Stück Stoff aus dem Müllkeller abwischte; dass Eli ein Vampir war. Es erklärte alles Mögliche.

Dass sie sich niemals tagsüber zeigte.

Dass sie im Dunkeln sehen konnte, wie ihm mittlerweile klar geworden war.

Und jede Menge anderer Dinge: ihre Art zu reden, den Würfel, ihre Gewandtheit, alles Dinge, die an sich auch eine natürlich Erklärung haben mochten ... aber dann war da noch, wie sie sein Blut vom Boden aufgeleckt hatte, und das, was ihn endgültig innerlich zu Eis erstarren ließ, wenn er nur daran dachte:

»Darf ich hereinkommen? Sag, dass ich hereinkommen darf.«

Die Tatsache, dass sie eine Einladung benötigt hatte, um in sein Zimmer kommen zu können, zu seinem Bett. Und er hatte sie eingeladen. Einen Vampir. Ein Wesen, das von Menschenblut lebte. Eli. Es gab nicht *einen* Menschen, dem er davon erzählen konnte. Niemand würde ihm glauben. Und wenn ihm trotz allem doch jemand glaubte, was würde dann passieren?

Oskar sah eine Karawane von Männern vor sich, die durch

den Durchgang zum Hof in Blackeberg gingen, den Durchgang, in dem er und Eli sich umarmt hatten, und angespitzte Pflöcke in den Händen trugen. Er hatte nun Angst vor Eli und wollte sie nicht mehr sehen, aber *das* wollte er auch nicht.

Eine Dreiviertelstunde nachdem er in Norrtälje in den Bus gestiegen war, erreichte er Södersvik. Er zog an der Schnur, und beim Fahrer klingelte ein Glöckchen. Der Bus hielt genau vor dem Geschäft, und er musste warten, bis eine alte Tante, die er erkannte, ohne sich an ihren Namen erinnern zu können, ausstieg.

Papa stand unterhalb der Treppenstufen, nickte und sagte an die alte Tante gewandt »hm«. Oskar stieg aus dem Bus, blieb einen Augenblick vor Papa stehen. In der letzten Woche waren Dinge geschehen, die dazu geführt hatten, dass Oskar sich jetzt groß fühlte. Nicht erwachsen. Aber jedenfalls größer. Das alles fiel nun von ihm ab, als er vor Papa stand.

Mama behauptete, Papa sei auf eine ungute Art kindisch. Unreif, unfähig, Verantwortung zu übernehmen. Oh, sie sagte durchaus auch nette Dinge über ihn, aber das war ein Problem, auf das sie immer wieder zurückkam. Seine Unreife.

Für Oskar war Papa dagegen ein Sinnbild für den Erwachsenen an sich, wie er jetzt vor ihm stand und seine kräftigen Arme ausstreckte, und Oskar ließ sich in seine Umarmung fallen.

Papa roch anders als die Menschen in der Stadt. In seiner zerrissenen, mit Klettband geflickten Helly-Hansen-Weste hing die immer gleiche Mischung aus Holz, Farbe, Metall und vor allem Öl. Das waren die Düfte, aber so nahm Oskar diesen Geruch gar nicht wahr. Er war für ihn schlichtweg »Papas Geruch«. Er liebte ihn und atmete tief durch die Nase ein, während er sein Gesicht gegen Papas Brust presste.

»Ja, hallo du.«

»Hallo, Papa.«

»Hattest du eine gute Reise?«

»Nee, wir sind mit einem Elch zusammengestoßen.«

»Oh je. Das ist ja übel.«

»War nur Spaß.«

»Aha, aha. Tja, ich erinnere mich noch . . .«

Während sie zum Geschäft gingen, erzählte Papa, wie er einmal mit einem Lastwagen einen Elch angefahren hatte. Oskar kannte die Geschichte schon und schaute sich um, brummte nur ab und zu bestätigend.

Södersviks Geschäft sah so heruntergekommen aus wie eh und je. Schilder und Wimpel, die in Erwartung des nächsten Sommers an ihrem Platz belassen worden waren, ließen den ganzen Laden aussehen wie eine überdimensionierte Eisbude. Das große Zelt hinter dem Geschäft, in dem Gartengeräte, Blumenerde, Gartenmöbel und Ähnliches verkauft wurde, war bis zur nächsten Sommersaison abgebaut worden.

Im Sommer vervierfachte sich Södersviks Einwohnerzahl. Das ganze Areal Richtung Norrtäljebucht und Lågarö war ein einziges Gewimmel aus Sommerhäusern und Wochenendhäusern, und obwohl die Briefkästen nach Lågarö hinaus zu jeweils dreißig Stück in doppelten Reihen hingen, musste der Briefträger um diese Jahreszeit nur selten dort hinausfahren. Keine Menschen, keine Post.

Passend dazu, dass sie das Moped erreichten, kam Papa zum Ende seiner Geschichte von dem Elch.

»... also musste ich ihm einen mit dem Brecheisen überbraten, das ich dabei hatte, um Kisten zu öffnen und so. Mitten zwischen die Augen. Er fuhr so zusammen und ... tja. Nein, das hat keinen Spaß gemacht.«

»Nee. Schon klar.«

Oskar sprang auf die Ladefläche, zog die Beine unter sich.

305

Papa suchte in der Tasche seiner Weste, zog eine Zipfelmütze heraus.

»Hier. Zieht ein bisschen an den Ohren.«

»Lass mal, ich hab selber eine.«

Oskar zog seine eigene Zipfelmütze heraus, setzte sie auf. Papa stopfte die andere wieder in die Tasche.

»Was ist mit dir? Es zieht ein bisschen an den Ohren.«

Papa lachte.

»Nee, ich bin das gewohnt.«

Das wusste Oskar natürlich. Er wollte ihn nur ein bisschen ärgern. Er konnte sich nicht erinnern, seinen Vater jemals mit einer Wollmütze gesehen zu haben. Wenn es so richtig bitterkalt und windig wurde, mochte es wohl vorkommen, dass er sich eine Art Bärenfellmütze mit Ohrschützern aufsetzte, die er »das Erbteil« nannte, aber mehr kam nicht in Frage.

Papa trat den Motor des Mopeds an, und er kreischte wie eine Motorsäge. Er rief Oskar etwas über den »Leerlauf« zu und legte den ersten Gang ein. Das Moped machte einen Satz nach vorn, der Oskar beinahe rücklings herunterfallen ließ, und Papa rief »die Kupplung« und dann rollten sie los.

Der zweite. Der dritte. Das Moped schoss durchs Dorf. Oskar saß im Schneidersitz auf der klappernden Ladefläche. Er fühlte sich wie der König über alle Reiche dieser Erde und hätte ewig so weiterfahren mögen.

❄

Ein Arzt hatte es ihm erklärt. Die Dämpfe, die er eingeatmet hatte, hatten seine Stimmbänder verätzt, weshalb er wahrscheinlich nie wieder normal sprechen können würde. Durch eine neuerliche Operation konnte eine rudimentäre Fähigkeit, Vokale hervorzubringen, wiederhergestellt werden, aber da auch Zunge und Lippen schwer verletzt waren, würden weitere Operationen erforderlich sein, um ihn wieder in die Lage zu versetzen, Konsonanten zu formen.

Als alter Schwedischlehrer konnte Håkan nicht umhin, den Gedanken faszinierend zu finden; auf chirurgischem Wege Sprache zu erzeugen.

Er wusste eine Menge über Phoneme und die kleinsten Bestandteile der Sprache, die vielen Kulturen gemeinsam waren. Nie zuvor hatte er sich jedoch Gedanken über die eigentlichen Sprachwerkzeuge – den Gaumen, die Lippen, die Zunge, die Stimmbänder – gemacht. Mit dem Skalpell die Sprache aus einem unförmigen Rohmaterial herauszumeißeln, wie Rodins Skulpturen allmählich aus unbearbeitetem Marmor Gestalt annahmen.

Dennoch war das Ganze natürlich sinnlos. Er hatte nicht vor zu sprechen. Außerdem hegte er den Verdacht, dass der Arzt aus einem ganz bestimmten Grund über diese Dinge gesprochen hatte. Er war, was man gemeinhin selbstmordgefährdet nannte. Folglich war es wichtig, ihm eine Art lineare Zeitauffassung einzuprägen. Ihm das Gefühl vom Leben als Projekt, als Traum von zukünftigen Eroberungen wiederzugeben.

Er wollte davon nichts wissen.

Wenn Eli ihn brauchte, konnte er sich vorstellen zu leben. Sonst nicht. Nichts deutete darauf hin, dass Eli ihn brauchte.

Aber wie hätte Eli auch an diesem Ort Kontakt zu ihm aufnehmen können?

Angesichts der Baumwipfel vor seinem Fenster ahnte er, dass er sich in größerer Höhe befand. Außerdem wurde er gut bewacht. Außer Ärzten und Krankenschwestern gab es immer mindestens einen Polizisten in seiner Nähe. Eli konnte nicht zu ihm, und er konnte nicht zu Eli. Ihm hatte vorgeschwebt auszubrechen, ein letztes Mal Kontakt zu Eli aufzunehmen. Aber wie?

Die Operation an seinem Hals hatte ihn wieder befähigt, eigenständig zu atmen, er musste nicht mehr an ein Beatmungsgerät angeschlossen werden. Nahrung konnte er allerdings auf normalem Wege noch nicht zu sich nehmen (auch das würde in Angriff genommen werden, hatte der Arzt ihm versichert). Der Infusionsschlauch schaukelte am Rande seines Blickfelds beständig hin und her. Zog er ihn heraus, würde vermutlich irgendwo ein Alarm ausgelöst werden, und es kam noch erschwerend hinzu, dass er ausgesprochen schlecht sah. An einen Ausbruch war also vorerst nicht zu denken.

Ein plastischer Chirurg hatte ein Stück Haut von seinem Rücken zu seinem Lid verpflanzt, damit er das Auge schließen konnte.

Er schloss das Auge.

Die Tür zu seinem Zimmer wurde geöffnet. Es war mal wieder so weit. Er erkannte die Stimme. Es war immer der gleiche Mann.

»Tja, mein Lieber«, sagte der Mann. »Die meinen hier, dass die nächste Zeit mit Sprechen noch nicht viel ist. Wirklich schade. Aber mir will einfach die Idee nicht aus dem Kopf, dass wir uns trotzdem verständigen könnten, Sie und ich, wenn Sie nur ein klein wenig dazu bereit wären.«

Håkan versuchte sich in Erinnerung zu rufen, was Platon in »Der Staat« über Mörder und Gewaltverbrecher sagte, wie man seiner Meinung nach mit ihnen verfahren sollte.

»Ach, jetzt können Sie ja auch Ihr Auge schließen. Wie schön. Wissen Sie was? Was halten Sie davon, wenn ich ein bisschen konkreter werde. Mir ist nämlich der Gedanke gekommen, dass Sie mir vielleicht nicht glauben, dass wir Sie identifizieren werden. Aber das werden wir. Sie werden sich sicher erinnern, dass sie eine Armbanduhr trugen. Glücklicherweise war es ein älteres Fabrikat mit den Initialen und der Seriennummer des Herstellers. Den werden wir in ein paar Tagen auf die eine oder andere Art ausfindig gemacht haben. In einer Woche vielleicht. Und es gibt noch weitere Dinge dieser Art.

Wir finden Sie, daran führt kein Weg vorbei.

Also ... Max. Ich weiß nicht, warum ich Sie Max nennen will, es ist nur eine provisorische Lösung. Max? Vielleicht haben Sie ja Lust, uns in diesem Punkt ein wenig behilflich zu sein? Ansonsten werden wir ein Foto von Ihnen machen müssen und es eventuell an die Presse weitergeben und ... nun ja, Sie verstehen schon. Das wird ... kompliziert. Es wäre alles so viel einfacher, wenn Sie jetzt mit mir sprechen ... oder etwas in der Art ... würden.

Sie hatten doch einen Zettel mit dem Morsealphabet in der Tasche. Beherrschen Sie das Morsealphabet? Wenn es so ist, könnten wir uns durch Klopfzeichen unterhalten.«

Håkan öffnete sein Auge, schaute zu den beiden dunklen Flecken in dem Weißen, dem verschwommenen Oval, das für ihn das Gesicht des Mannes war. Der Mann beschloss offenbar, dies als Ermunterung aufzufassen, und sprach weiter.

»Und dann dieser Mann im Wasser. Sie haben ihn doch gar nicht getötet, nicht wahr? Die Pathologen sagen, dass die Bisswunden am Hals vermutlich von einem Kind stammen. Und jetzt ist eine Anzeige bei uns eingegangen, auf die ich leider nicht näher eingehen kann, aber ... ich glaube jedenfalls, dass Sie jemanden decken. Ist es so? Heben Sie die Hand, wenn es so ist.«

Håkan schloss sein Auge. Der Polizist seufzte.

»Okay. Dann lassen wir den Apparat eben weiterarbeiten. Gibt es gar nichts, was Sie mir mitteilen möchten, ehe ich gehe?«

Der Polizist wollte schon aufstehen, als Håkan die Hand hob. Der Polizist setzte sich wieder. Håkan hob die Hand noch ein klein wenig höher. Und winkte.

Tschüss.

Dem Beamten entfuhr ein grunzender Laut, dann stand er auf und ging.

❄

Virginias Verletzungen waren nicht lebensbedrohlich gewesen. Am Freitagnachmittag konnte sie das Krankenhaus mit vierzehn Stichen und einem großen Pflaster am Hals verlassen, ein etwas kleineres klebte auf ihrer Wange. Sie lehnte Lackes Angebot ab, bei ihr zu bleiben, bei ihr zu wohnen, bis es ihr wieder besser ging.

Am Freitagabend war sie in der festen Überzeugung zu Bett gegangen, dass sie am Samstagmorgen aufstehen und zur Arbeit gehen würde. Sie konnte es sich einfach nicht leisten, zu Hause zu bleiben.

Sie hatte nicht einschlafen können. Der Gedanke an den Überfall wollte ihr nicht aus dem Kopf, sie fand keine Ruhe. Während sie mit weit offenen Augen im Bett lag, glaubte sie schwarze Klumpen zu sehen, die aus den Schatten an der Schlafzimmerdecke auftauchten und auf sie herabfielen. Unter dem großen Pflaster auf ihrem Hals juckte es. Gegen zwei Uhr morgens war sie hungrig geworden, in die Küche gegangen und hatte den Kühlschrank geöffnet.

Sie hatte einen Bärenhunger gehabt, aber als sie die Lebensmittel im Kühlschrank betrachtete, gab es darin nichts, worauf sie Appetit hatte. Trotzdem hatte sie aus alter Gewohnheit Brot, Butter, Käse und Milch herausgeholt und auf den Küchentisch gestellt.

Sie machte sich ein Käsebrot und goss Milch in ein Glas. Anschließend saß sie am Tisch und betrachtete die weiße Flüssigkeit im Glas, die braune Brotscheibe, die mit einer gelben

Haut belegt war. Das Ganze sah ekelhaft aus. Sie wollte es nicht haben. Sie warf das Brot weg, goss die Milch in den Abfluss. Im Kühlschrank gab es noch eine halb volle Flasche Weißwein. Sie schenkte sich ein Glas ein, führte es an die Lippen. Als ihr der Weingeruch in die Nase stieg, verging ihr die Lust darauf.

Getrieben vom Gefühl einer Niederlage füllte sie ein Glas mit Leitungswasser. Als sie es an den Mund hob, zögerte sie. Wasser kann man doch wohl immer . . . ? Ja. Das Wasser konnte sie trinken. Aber es schmeckte . . . muffig. Als hätte man alles, was an Wasser wohlschmeckend war, herausgefiltert und einen abgestandenen Bodensatz zurückgelassen.

Sie legte sich wieder ins Bett und wälzte sich stundenlang unruhig von einer Seite auf die andere, schlief schließlich ein.

Als sie wach wurde, war es halb elf. Sie sprang aus dem Bett, zog sich im Halbdunkel des Schlafzimmers an. Großer Gott. Sie hätte schon um acht im Geschäft sein müssen. Warum hatte man sie nicht angerufen?

Moment mal. Sie *war* vom Klingeln eines Telefons geweckt worden. Es hatte in ihrem letzten Traum vor dem Aufwachen geklingelt, war dann verstummt. Wenn sie nicht angerufen hätten, würde sie immer noch schlafen. Sie knöpfte ihre Bluse zu, ging zum Fenster und zog die Jalousien hoch.

Das Tageslicht traf sie wie ein Schlag ins Gesicht. Sie taumelte rückwärts, fort vom Fenster, und ließ die Schnur der Jalousie los. Rasselnd rutschte sie wieder herab, hing schief. Sie setzte sich aufs Bett. Ein Lichtstrahl fiel zum Fenster herein, traf ihren nackten Fuß.

Tausend Nadeln.

Als würde ihre Haut gleichzeitig in zwei Richtungen gedreht;

ein irrender Schmerz auf der Haut, die dem Licht ausgesetzt war.

Was ist hier los?

Sie zog den Fuß fort, zog sich Strümpfe an. Anschließend schob sie den Fuß von Neuem ins Licht. Besser. Nur noch hundert Nadeln. Sie stand auf, um zur Arbeit zu gehen, setzte sich wieder hin.

Eine Art . . . Schock.

Es war ein furchtbares Gefühl gewesen, als sie die Jalousien hochgezogen hatte. Als wäre das Licht eine schwere Materie, die gegen ihren Körper geschleudert wurde, Virginia von sich stieß. Besonders schlimm war es an den Augen. Zwei kräftige Daumen, die gegen sie gepresst wurden und sie aus ihren Höhlen zu pressen drohten. Sie brannten noch immer.

Virginia rieb sich die Augen mit den Handflächen, holte ihre Sonnenbrille aus dem Badezimmerschrank und setzte sie auf.

Der Hunger rumorte in ihrem Körper, aber es reichte schon, an den Inhalt des Kühlschranks, der Speisekammer auch nur zu denken, um jeden Gedanken an ein Frühstück wieder verschwinden zu lassen. Außerdem hatte sie keine Zeit. Sie kam fast drei Stunden zu spät.

Sie trat aus der Wohnung, schloss die Tür hinter sich ab und eilte im Laufschritt die Treppen hinab. Ihr Körper war geschwächt. Vielleicht war es trotz allem ein Fehler, zur Arbeit zu gehen. Nun. Der Supermarkt hatte nur noch vier Stunden geöffnet, und jetzt, um diese Uhrzeit, begann allmählich der Zustrom der Samtagskunden.

In diese Gedanken versunken, sah sie sich nicht vor, ehe sie die Haustür öffnete.

Da war wieder das Licht.

Ihre Augen schmerzten trotz der Sonnenbrille, kochendhei-

312

ßes Wasser wurde über Gesicht und Hände geschüttet. Sie schrie auf, zog die Hände in die Ärmel des Mantels zurück, blickte zu Boden und rannte zum Geschäft. Nacken und Kopfhaut konnte sie nicht schützen, und dort brannte es wie Feuer. Glücklicherweise war es nicht weit bis zum Supermarkt.

Als sie eingetreten war, klangen das Brennen und der Schmerz rasch ab. Die meisten Fensterfronten des Supermarkts waren mit Reklameplakaten und einem Plastikfilm abgedeckt, damit das Sonnenlicht nicht die Waren verdarb. Ein bisschen weh tat es zwar auch so, was daran liegen mochte, dass die Fenster durch die Ritzen zwischen den Plakaten Licht hereinließen. Sie legte ihre Sonnenbrille in die Tasche und ging zum Büro.

Lennart, der Filialleiter und ihr Chef, füllte stehend Formulare aus, schaute jedoch auf, als sie hereinkam. Sie hatte eine Art Verweis erwartet, aber er sagte nur: »Hallo, wie geht's?«

»Ja . . . gut.«

»Solltest du nicht lieber zu Hause bleiben und dich etwas ausruhen?«

»Ach, ich dachte . . .«

»Das wäre nun wirklich nicht nötig gewesen. Lotten übernimmt heute die Kasse. Ich habe angerufen, aber als du nicht an den Apparat gegangen bist . . .«

»Gibt es denn gar nichts, was ich tun kann?«

»Frag mal Berit in der Fleischabteilung. Du, Virginia . . .«

»Ja?«

»Es tut mir wirklich leid, was passiert ist. Ich weiß nicht, was ich sagen soll, aber . . . du hast meine Anteilnahme. Und ich habe vollstes Verständnis, wenn du es die nächste Zeit ein wenig ruhiger angehen möchtest.«

Virginia verstand die Welt nicht mehr. Lennart war nun wirklich niemand, der Verständnis dafür aufbrachte, wenn jemand krank feierte, oder der sich im Allgemeinen für die Probleme

313

anderer interessierte. Auf diese Weise seiner persönlichen Anteilnahme Ausdruck zu verleihen, war eine völlig neue Seite an
ihm. Vermutlich sah sie mit ihren geschwollenen Wangen und
ihren Pflastern ziemlich erbärmlich aus.

Virginia sagte: »Danke. Ich werde sehen, wie ich es mache«,
und ging in die Fleischabteilung.

Sie machte einen Abstecher zu den Kassen, um Lotten guten
Tag zu sagen. Fünf Kunden warteten an Lottens Kasse, und Virginia dachte, dass sie trotz allem eine zweite Kasse öffnen sollten. Es fragte sich allerdings, ob Lennart überhaupt wollte, dass
sie, so wie sie aussah, an der Kasse saß.

Als sie in das Licht trat, das durch die nicht abgedeckten
Fenster hinter den Kassen hereinfiel, ging es wieder los. Das
Gesicht spannte, die Augen schmerzten. Es war längst nicht
so schlimm wie das direkte Sonnenlicht auf der Straße, aber
schlimm genug. Sie hätte dort gar nicht sitzen können.

Lotten erblickte sie, winkte ihr zwischen zwei Kunden zu.

»Hallo, ich habe es gelesen ... Wie geht es dir?«

Virginia hob die Hand, drehte sie von links nach rechts: *Es
geht so.*

Gelesen?

Sie holte sich *Svenska Dagbladet* und *Dagens Nyheter*, nahm sie
mit in die Fleischabteilung, überflog hastig die Titelseiten.
Nichts. Das wäre wohl auch ein wenig übertrieben gewesen.

Die Fleischabteilung lag am hinteren Ende des Supermark-
tes, neben den Milchprodukten; strategisch platziert, um die
Kunden zu zwingen, durch das ganze Geschäft zu gehen, um
dorthin zu gelangen. Virginia blieb bei den Regalreihen mit
Konserven stehen. Der Hunger nagte in ihrem Körper. Eingehend betrachtete sie alle Konserven.

Pizzatomaten, Champignons, Muscheln, Thunfisch, Ravioli,
Brühwürstchen, Erbsensuppe ... nichts. Sie empfand nur Ekel.

Berit sah sie von der Fleischabteilung aus, winkte ihr zu. Sobald Virginia hinter die Verkaufstheke gekommen war, umarmte Berit sie und tastete vorsichtig das Pflaster auf ihrer Wange ab.

»Mein Gott. Du Ärmste.«

»Ach mir geht's ...«

Gut?

Sie zog sich in den kleinen Lagerraum hinter der Fleischtheke zurück. Wenn man Berit erst einmal in Schwung kommen ließ, würde sie zu einer langen Litanei über die Leiden der Menschen im Allgemeinen und über die Bosheit in der heutigen Gesellschaft im Besonderen ausholen.

Virginia setzte sich auf einen Stuhl zwischen der Waage und der Tür zum Kühlhaus. Der Zwischenraum bestand aus wenigen Quadratmetern, war jedoch der schönste Platz im Geschäft. Hierher verlor sich kein Sonnenlicht. Sie blätterte in den Zeitungen, und in einer kleineren Notiz im Lokalteil von *Dagens Nyheter* las sie:

Überfall auf Frau in Blackeberg

Donnerstagnacht wurde im Stockholmer Vorort Blackeberg eine fünfzigjährige Frau überfallen. Ein Passant griff ein, und dem Täter, einer jungen Frau, gelang die Flucht. Das Motiv für die Körperverletzung ist unbekannt. Die Polizei untersucht zurzeit einen möglichen Zusammenhang zu anderen Gewaltverbrechen in den westlichen Vororten im Laufe der letzten Wochen. Die fünfzigjährige Frau soll dem Vernehmen nach nur leicht verletzt sein.

Virginia ließ die Zeitung sinken. Wie seltsam, so über sich selbst zu lesen. »Fünfzigjährige Frau«, »Passant«, »leicht verletzt«. Was sich alles hinter diesen Worten verbarg.

»Einen möglichen Zusammenhang«. Ja, Lacke war der festen Überzeugung gewesen, dass sie von dem gleichen Kind attackiert worden war, das bereits Jocke getötet hatte. Er hatte sich in die Zunge beißen müssen, um es im Krankenhaus nicht auszuplaudern, als eine Polizistin und ein Arzt am Freitagvormittag nochmals ihre Verletzungen untersuchten.

Er hatte vor, es zu erzählen, wollte aber zuvor Gösta informieren und glaubte, dass Gösta die Sache nun anders sehen würde, nachdem auch Virginia etwas zugestoßen war.

Sie hörte ein Rascheln und schaute sich um. Sie brauchte ein paar Sekunden, bis sie erkannte, dass sie selber so zitterte, dass die Zeitung in ihrer Hand Geräusche erzeugte. Sie legte die Zeitungen auf die Ablage über den Kitteln, ging zu Berit hinaus.

»Kann ich was tun?«

»Aber meine Liebe, willst du wirklich?«

»Ja, es ist besser, wenn ich etwas tue.«

»Ich verstehe. Dann wieg doch Krabben ab. Halbkilotüten. Aber solltest du nicht lieber . . .?«

Virginia schüttelte den Kopf und kehrte in den Lagerraum zurück. Sie zog einen weißen Kittel an und setzte sich eine Haube auf, holte einen Karton Krabben aus dem Kühlhaus, zog eine Plastiktüte über die Hand und begann abzuwiegen. Sie griff mit der Hand, die in der Plastiktüte steckte, in den Krabbenkarton, füllte die Tüten, wog ab. Es war eine langweilige, mechanische Arbeit, und ihre rechte Hand fühlte sich bereits nach der vierten Tüte erfroren an. Aber sie tat etwas, und das gab ihr etwas Zeit zum Nachdenken.

Nachts im Krankenhaus hatte Lacke etwas wirklich Seltsames gesagt: Das Kind, das sie überfallen hatte, sei kein Mensch gewesen. Es habe Reißzähne und Krallen gehabt.

Virginia hatte dies natürlich als die Vision eines Betrunkenen oder als eine Halluzination abgetan.

Sie selbst konnte sich an den Überfall kaum erinnern. Eines aber konnte sie akzeptieren: Wer immer sie angesprungen haben mochte, war für einen Erwachsenen viel zu leicht gewesen, sogar fast noch zu leicht, um ein Kind zu sein. Wenn überhaupt, dann ein sehr kleines Kind. Fünf, sechs Jahre alt. Sie wusste noch, dass sie sich mit dem Gewicht auf dem Rücken aufgerichtet hatte. Danach war alles schwarz gewesen, bis sie umgeben von den ganzen Jungs, ausgenommen Gösta, in ihrer eigenen Wohnung aufwachte.

Sie verschloss eine fertige Tüte mit einer Klemme, griff nach der nächsten, kippte einige Hand voll hinein. Vierhundertdreißig Gramm. Fügte sieben Krabben hinzu. Fünfhundertzehn.

Das bisschen schenken wir Ihnen doch gern.

Sie betrachtete ihre Hände, die unabhängig von ihrem Gehirn arbeiteten. Hände. Mit langen Nägeln. Scharfe Zähne. Was war das? Lacke hatte es unverblümt ausgesprochen: ein Vampir. Virginia hatte nur zaghaft gelacht, damit die Wunde an ihrer Wange nicht aufging, aber Lacke hatte nicht einmal gelächelt.

»Du hast ihn nicht gesehen.«

»Aber Lacke . . . so etwas gibt es doch gar nicht.«

»Mag sein. Aber was war es dann?«

»Ein Kind. Mit einer seltsamen Fantasie.«

»Das sich die Nägel hat wachsen lassen? Dessen Zähne geschliffen worden sind? Den Zahnarzt würde ich gerne sehen, der . . .«

»Lacke, es war dunkel. Du warst betrunken, es . . .«

»Es war dunkel. Ich war betrunken. Aber ich habe gesehen, was ich gesehen habe.«

Es brannte und spannte unter dem Pflaster auf ihrem Hals. Sie streifte die Plastiktüte von der rechten Hand, legte ihre Hand auf das Pflaster. Sie war eiskalt, und das war wohltuend.

Aber sie war vollkommen ermattet und hatte das Gefühl, sich nicht mehr lange auf den Beinen halten zu können.

Sie musste mit diesem Karton fertig werden und dann nach Hause gehen. So ging es einfach nicht. Wenn sie sich am Wochenende ausruhte, würde es ihr Montag sicher schon viel besser gehen. Sie streifte die Plastiktüte wieder über und stürzte sich einigermaßen wütend auf die Arbeit. Sie hasste es, krank zu sein.

Ein stechender Schmerz im Zeigefinger. Verdammt. So geht es einem, wenn man nicht bei der Sache ist. Die Krabben waren scharf, wenn sie noch gefroren waren, und sie hatte sich gestochen. Sie zog die Plastiktüte ab und betrachtete ihren Zeigefinger. Ein kleinerer Schnitt, aus dem Blut hervorquoll.

Automatisch steckte sie den Zeigefinger in den Mund, um das Blut abzulecken.

Ein warmer, heilender, wohlschmeckender Fleck breitete sich von dem Punkt aus, an dem ihre Fingerspitze der Zunge begegnete, pflanzte sich fort. Sie saugte stärker an ihrem Finger. Alle wohlschmeckenden Dinge der Welt in konzentrierter Form füllten ihren Mund. Ein Schauer des Wohlbehagens durchfuhr ihren Körper. Sie saugte und saugte an dem Finger, gab sich dem Genuss hin, bis sie erkannte, was sie da eigentlich tat.

Sie riss den Finger aus dem Mund, starrte ihn an. Er war speichelnass, und die kleine Menge Blut, die nun austrat, löste sich wie zu stark verdünnte Wasserfarben augenblicklich im Speichel auf. Sie betrachtete die Krabben, die in dem Karton lagen. Hunderte kleiner, hellrosa gefärbter Körper, von einer Frostschicht bedeckt. Und Augen. Schwarze Stecknadelköpfe, die in all das Weiß und Rosa eingestreut waren, ein umgekehrter Sternenhimmel. Muster, Konstellationen begannen vor ihren Augen zu tanzen.

Die Welt drehte sich um sich selbst, und jemand schlug ihr

auf den Hinterkopf. Vor ihren Augen war eine weiße Fläche mit Spinnweben an den Rändern. Sie begriff, das sie auf dem Fußboden lag, aber ihr fehlte die Kraft, daran etwas zu ändern.

Aus weiter Ferne hörte sie Berits Stimme: »Oh, mein Gott … Virginia …«

✳

Jonny war gerne mit seinem großen Bruder zusammen. Zumindest solange keiner seiner seltsamen Kumpel dabei war. Jimmy kannte ein paar Typen aus Råcksta, vor denen Jonny ziemliche Angst hatte. Eines Abends vor einem Jahr waren sie zu ihrem Haus gekommen, um mit Jimmy zu reden, hatten aber nicht hineingehen und klingeln wollen. Als Jonny ihnen gesagt hatte, dass Jimmy nicht zu Hause war, hatten sie ihn gebeten, seinem Bruder etwas auszurichten.

»Sag deinem Bruderherz, wenn er bis Montag nicht mit der Kohle rüberkommt, klemmt jemand seinen Schädel in eine Schraubzwinge … weißt du, was das ist? … okay … und dreht daran, bis ihm die Mäuse aus den Ohren laufen. Kannst du ihm das ausrichten? Okay, schön. Du heißt Jonny, nicht? Tschüss, Jonny.«

Jonny hatte die Nachricht weitergegeben, und Jimmy hatte nur genickt und gemeint, er wisse Bescheid. Danach war Geld aus Mamas Portmonee verschwunden, und es hatte Riesenärger gegeben.

Inzwischen war Jimmy nicht mehr so oft zu Hause. Es war irgendwie kein Platz mehr für ihn, seit die letzte kleine Schwester hinzugekommen war. Jonny hatte bereits zwei kleinere Geschwister, und es war nicht geplant gewesen, dass es noch mehr werden sollten. Aber dann hatte Mama einen neuen Macker kennen gelernt und … tja … so war es eben.

Jonny und Jimmy hatten jedenfalls den gleichen Vater. Er arbeitete mittlerweile auf einer Ölplattform in Norwegen und hatte nicht nur angefangen, regelmäßig Unterhalt zu zahlen, sondern sogar mehr geschickt, als er eigentlich musste, um ein wenig Wiedergutmachung zu leisten. Mama pries ihn in den höchsten Tönen, ja, wenn sie betrunken war, hatte sie seinetwegen sogar zwei, drei Mal Tränen vergossen und erklärt, einem solchen Mann würde sie nie mehr begegnen. Solange Jonny zurückdenken konnte, war Geldmangel zum ersten Mal kein ständiges Gesprächsthema mehr bei ihnen zu Hause.

Jetzt saßen sie in der Pizzeria am Platz vor dem Einkaufszentrum von Blackeberg. Jimmy hatte vormittags zu Hause vorbeigeschaut und sich ein bisschen mit Mama gestritten, danach waren er und Jonny ausgegangen. Jimmy verteilte Krautsalat auf seiner Pizza, klappte sie zusammen, nahm die große Rolle in beide Hände und begann zu essen. Jonny aß seine Pizza auf herkömmliche Art, dachte aber, wenn er das nächste Mal ohne Jimmy eine Pizza aß, würde er sie genauso essen.

Jimmy kaute, nickte zu dem Verband auf Jonnys Ohr. »Sieht bescheuert aus.«

»Ja.«

»Tut's weh?«

»Halb so wild.«

»Unsere Alte sagt, es ist total am Arsch. Dass du nichts mehr hören können wirst.«

»Ach quatsch. Sie wussten es noch nicht. Es kommt vielleicht wieder in Ordnung.«

»Hm. Also habe ich das jetzt richtig verstanden? Der Typ hat sich einfach einen verdammten Ast geschnappt und dir gegen den Kopf geknallt?«

»Mm.«

»Ist doch zum Kotzen. Und. Was willste jetzt machen?«

»Weiß nicht.«

»Brauchst du Hilfe?«

». . . nee.«

»Was denn. Ich kann ein paar von meinen Kumpels zusammentrommeln, und wir nehmen uns den Typen vor.«

Jonny riss ein großes Stück mit Krabben von seiner Pizza, sein Lieblingsstück, schob es sich in den Mund und kaute. Nein. Er würde auf gar keinen Fall Jimmys Kumpel in die Sache hineinziehen, denn dann konnte es richtig übel ausgehen. Trotzdem musste Jonny bei dem Gedanken grinsen, welch eine Scheißangst Oskar bekommen würde, wenn Jonny zusammen mit Jimmy und, sagen wir, diesen Typen aus Råcksta auf Oskars Hinterhof auftauchen würde. Er schüttelte den Kopf.

Jimmy legte seine Pizzarolle ab, sah Jonny ernst in die Augen.

»Okay. Aber eins sage ich dir. Noch einmal so was, und . . .«

Er ließ die Finger knacken, ballte die Fäuste.

»Du bist mein Bruder, und da darf nicht irgendein Idiot ankommen und . . . Noch mal so was, und du kannst sagen, was du willst. Dann schnappe ich ihn mir. Okay?«

Jimmy streckte seine geballte Faust über den Tisch. Jonny ballte seine und boxte gegen Jimmys. Es war ein schönes Gefühl, dass es jemanden gab, dem er etwas bedeutete. Jimmy nickte.

»Schön. Ich hab da was für dich.«

Er bückte sich unter den Tisch, griff nach einer Plastiktüte, die er den ganzen Vormittag mit sich herumgeschleppt hatte, und zog ein dünnes Fotoalbum heraus. »Unser Alter hat letzte Woche mal vorbeigeschaut. Er hat jetzt einen Bart, ich habe ihn kaum erkannt. Er hatte das hier dabei.«

Jimmy reichte Jonny über den Tisch hinweg das Fotoalbum. Jonny wischte sich die Finger an einer Serviette ab und schlug es auf.

Bilder von Kindern. Von Mama. Ungefähr zehn Jahre jünger als jetzt. Und ein Mann, den er als seinen Vater wiedererkannte. Der Mann schob die Kinder auf Schaukeln an. Auf einem Bild hatte er einen viel zu kleinen Cowboyhut aufgesetzt. Jimmy, vielleicht neun Jahre alt, stand mit einem Plastikgewehr in den Händen und düsterer Miene neben ihm. Ein kleiner Junge, der Jonny sein musste, saß neben ihnen auf der Erde und betrachtete die beiden mit großen Augen.

»Ich durfte es mir ausleihen, bis wir uns das nächste Mal sehen. Er wollte es zurückhaben, hat gesagt, es ist ... ja, verdammt, was hat er noch gesagt ... ›sein teuerstes Stück‹, hat er, glaube ich, gesagt. Ich hab mir gedacht, es könnte auch für dich interessant sein.«

Jonny nickte, ohne von dem Album aufzublicken. Er hatte seinen Vater nur zweimal gesehen, seit er ihre Mutter verlassen hatte, als Jonny vier Jahre alt war. Zu Hause gab es ein einziges Foto von ihm, ein ziemlich schlechtes Bild, auf dem er mit anderen Menschen zusammensaß. Das hier war etwas vollkommen anderes. Hier konnte man sich irgendwie ein richtiges Bild von ihm machen.

»Noch etwas. Zeig das bloß nicht unserer Alten. Ich glaub irgendwie, Papa hat es mitgehen lassen, als er abgehauen ist, und wenn sie es sieht ... tja, also er will es jedenfalls gerne behalten. Du musst mir versprechen, es nicht Mama zu zeigen.«

Immer noch mit der Nase in dem Fotoalbum, ballte Jonny seine Faust und hielt sie über den Tisch. Jimmy lachte auf, und unmittelbar darauf spürte Jonny Jimmys Knöchel an seinen. Promise.

»Hör mal, das kannst du dir auch noch später angucken. Hier, nimm die Tüte.«

Jimmy hielt ihm die Tüte hin, und Jonny schlug widerwillig

das Fotoalbum zu, schob es in die Tüte. Jimmy war mit seiner Pizza fertig, lehnte sich auf dem Stuhl zurück und strich sich über den Bauch.

»Und. Was machen die Weiber?«

❄

Das Dorf sauste vorbei. Schnee, der von den Rädern des Mopeds aufgewirbelt wurde, spritzte nach hinten und bombardierte Oskars Wangen. Er umklammerte mit beiden Händen den Holzstab, machte einen Schlenker zur Seite, aus der Schneewolke heraus. Ein schneidendes Scharren, als die Skier den lockeren Schnee durchschnitten. Der äußere Ski schlug gegen einen orangen Markierungsstab am Straßenrand. Oskar wackelte, gewann das Gleichgewicht zurück.

Die Straße Richtung Lågarö und zur Sommerhaussiedlung war nicht geräumt worden. Das Moped hinterließ drei tiefe Spuren in der unberührten Schneedecke, und fünf Meter dahinter kam Oskar auf den Skiern und hinterließ zwei weitere Spuren. Er fuhr im Zickzack über die Radspuren des Mopeds, er fuhr auf einem Ski wie ein Akrobat, er kauerte sich zu einem kleinen Ball aus Geschwindigkeit zusammen.

Ja, als Papa auf dem langen Hang, der zum alten Dampfschiffanleger hinabführte, langsamer fuhr, war Oskar sogar schneller als das Moped und musste vorsichtig bremsen, damit die Schnur nicht zu schlaff wurde, was sonst zu einem Ruck führen würde, wenn der Hang nicht mehr so steil war und das Moped wieder schneller wurde.

Das Moped erreichte den Anleger, und Papa schaltete in den Leerlauf, stieg auf die Bremse. Oskar war noch immer ziemlich schnell und dachte für einen Moment *lass den Stab los und fahr einfach weiter* ... über den Rand des Stegs hinaus, in das schwarze Wasser hinab. Aber er winkelte die Miniski nach außen, bremste ein paar Meter von der Kante entfernt.

Er stand da und atmete eine Weile, blickte auf das Wasser hinaus. Dünne Eisschollen hatten sich angesammelt, schaukelten auf den kleinen Wellen am Ufersaum. Vielleicht gab es dieses Jahr eine Chance auf richtiges Eis. Dann konnte man nach Vätö auf der anderen Seite des Sunds hinüberspazieren. Oder hielten sie hier eine Fahrrinne nach Norrtälje offen? Oskar erinnerte sich nicht mehr, es war schon Jahre her, dass es so viel Eis gegeben hatte.

Wenn Oskar im Sommer hier draußen war, angelte er von diesem Steg aus immer Heringe. Einzelne Haken an der Spinnangelleine, ganz vorne ein Pilk. Stieß er auf einen richtigen Schwarm, konnten zwei, drei Kilo zusammenkommen, wenn er die nötige Geduld aufbrachte, aber meistens fing er nicht mehr als zehn, fünfzehn Stück. Das reichte für ein Abendessen für ihn und Papa, und die Fische, die zum Braten zu klein waren, bekam die Katze.

Papa stellte sich neben ihn.

»Das hat doch prima geklappt.«

»Mmm. Aber manchmal bricht man durch.«

»Ja, der Schnee ist ein bisschen lose. Man müsste ihn irgendwie zusammenpressen. Man könnte ja ... also wenn man eine Sperrholzplatte nehmen, anhängen und mit einem Gewicht beschweren würde. Ja, wenn du auf der Platte sitzen und sie beschweren würdest, dann ...«

»Sollen wir das machen?«

»Nee, wenn überhaupt, dann erst morgen. Es wird langsam dunkel. Wir sollten sehen, dass wir nach Haus kommen und uns um den Vogel kümmern, wenn wir etwas zu essen haben wollen.«

»Okay.«

Papa schaute auf das Wasser hinaus, schwieg einen Moment.

»Du, ich hab da über etwas nachgedacht.«

»Ja?«

Jetzt kam es. Mama hatte Oskar gesagte, sie habe Papa ausdrücklich gebeten, mit ihm über die Sache mit Jonny zu sprechen. Im Grunde wollte Oskar sogar darüber sprechen. Papa war irgendwie beruhigend weit weg von dem Ganzen, würde nicht eingreifen. Papa räusperte sich, nahm Anlauf. Atmete aus. Schaute aufs Wasser hinaus. Dann sagte er.: »Ja also, ich habe mir überlegt ... hast du eigentlich Schlittschuhe?«

»Nein. Jedenfalls keine, die passen.«

»Nicht, so so. Ich dachte nur, wenn es diesen Winter richtig friert, und danach sieht es ja aus ... könnte es schön sein, welche zu haben. Ich habe welche.«

»Die passen mir wohl eher nicht.«

Papa schnaubte, eine Art Lachen.

»Nein, aber ... Östens Junge hat anscheinend welche, aus denen er herausgewachsen ist. Größe 39. Welche Schuhgröße hast du?«

»38.«

»Ja, aber mit dicken Wollsocken, da ... Weißt du was, ich werde ihn bitten, sie übernehmen zu können.«

»Super.«

»Tja, naja. Sollen wir uns auf den Heimweg machen?«

Oskar nickte. Vielleicht später. Und das mit den Schittschuhen war ja auch toll. Falls sie die Schuhe schon morgen bekommen konnten, würde er sie mit in die Stadt nehmen.

Er stapfte auf seinen Miniskiern zu dem Holzstock, ging rückwärts, bis die Leine gespannt war, zeigte Papa an, dass er bereit war, woraufhin dieser das Moped startete. Den Hang hinauf mussten sie im ersten Gang fahren. Das Moped kreischte

derart, dass aus einem Kiefernwipfel erschrocken Krähen auf-
flogen.

Oskar glitt langsam aufwärts, wie in einem Skilift, stand aufrecht mit zusammengepressten Beinen. Er war ganz darauf
konzentriert, die Skier in den alten Spuren zu halten, um nicht
die Schneedecke zu durchstoßen. Sie bewegten sich heimwärts,
während sich die Dämmerung herabsenkte.

❄

Als Lacke die Treppen vor dem Einkaufszentrum hinunterging, hatte er sich eine Schachtel Pralinen in den Hosenbund
geschoben. Er klaute nur ungern etwas, aber Geld hatte er keines, und er wollte Virginia gerne etwas schenken. Eigentlich
hätte er wohl auch Rosen dabeihaben sollen, aber versuch mal,
in einem Blumengeschäft etwas zu klauen.

Es war schon dunkel, und als er zu dem Hang gelangte, der
zur Schule hinabführte, zögerte er, schaute sich um, scharrte
mit dem Fuß im Schnee und fand einen faustgroßen Stein, den
er lostrat, in die Tasche steckte und mit der Hand umschloss. Er
glaubte zwar nicht, dass der Stein ihm gegen das helfen würde,
was er gesehen hatte, aber das Gewicht und die Kühle des Steins
schenkten ihm wenigstens ansatzweise ein Gefühl von Sicherheit.

Seine Erkundigungen auf den einzelnen Hinterhöfen der
näheren Umgebung waren ergebnislos geblieben, wenn man
einmal von den zahlreichen wachsamen, misstrauischen Blicken von Eltern absah, die mit ihren Kleinen Schneemänner
bauten. Ein böser Onkel.

Erst als er den Mund öffnete, um mit einer Frau zu sprechen,
die Teppiche klopfte, wurde ihm bewusst, wie eigenartig sein
Verhalten erscheinen musste. Die Frau hatte innegehalten und

sich mit dem Teppichklopfer, den sie wie eine Waffe in der Hand hielt, zu ihm umgewandt.

»Entschuldigen Sie bitte«, sagte Lacke. »... Ja also, ich wollte fragen ... ich suche nach einem Kind.«

»Aha?«

Oh ja. Er hatte selber gehört, wie das klang, was ihn nur noch mehr verunsichert hatte. »Ja, das Mädchen ist ... verschwunden. Ich wollte fragen, ob es vielleicht jemand gesehen hat.«

»Ist es Ihr Kind?«

»Nein, aber ...«

Abgesehen von ein paar Jugendlichen hatte er es aufgegeben, mit Leuten zu sprechen, die er nicht kannte. Oder doch wenigstens vom Sehen her kannte. Er begegnete einigen Bekannten, aber keiner von ihnen hatte etwas gesehen. Wer suchet, der findet, sicher. Aber damit das zutraf, musste man wohl auch wissen, wonach man eigentlich suchte.

Er gelangte auf den Parkweg Richtung Schule, warf einen Blick auf Jockes Brücke.

Die Nachricht war in der Zeitung von gestern in großen Artikeln verbreitet worden, nicht zuletzt wohl auch, weil man die Leiche auf so makabere Art gefunden hatte. Ein ermordeter Trinker war ansonsten eher unspektakulär, aber man hatte sich auf die Kinder gestürzt, die zugesehen hatten, die Feuerwehr, die das Eis aufsägen musste, und so weiter. Neben dem Artikel hatte die Zeitung Jockes Passfoto abgedruckt, auf dem er gelinde gesagt aussah wie ein Massenmörder.

Lacke ging an der düsteren Backsteinfassade der Blackebergschule vorbei, an den hohen breiten Treppen, die ihm wie der Eingang zu einem Gerichtsgebäude oder zur Hölle vorkamen. Neben den untersten Treppenstufen hatte jemand »Iron Maiden« an die Wand gesprayt, was immer das bedeuten sollte. Vielleicht war es irgendeine Musikgruppe.

Er passierte den Parkplatz, trat auf die Björnsonsgatan. Normalerweise hätte er nun den Platz hinter der Schule schräg überquert, aber dort war es ... dunkel. Er konnte sich nur zu gut vorstellen, wie dieses Wesen in den Schatten lauerte. Er blickte zu den Wipfeln der hohen Kiefern hinauf, von denen die Straße gesäumt wurde. Ein paar dunklere Klumpen im Geäst. Vermutlich Elsternnester.

Es ging doch nicht nur darum, wie das Wesen aussah, es ging auch darum, wie es angegriffen hatte. Er hätte vielleicht, *vielleicht* noch akzeptieren können, dass es für die Zähne und die Krallen eine natürliche Erklärung gab, wenn da nicht dieser Sprung aus dem Baum gewesen wäre. Ehe sie Virginia nach Hause trugen, hatte er zu dem Baum aufgeblickt. Der Ast, von dem das Wesen herabgesprungen sein musste, hing ungefähr fünf Meter über dem Erdboden.

Sich fünf Meter tief zielgenau auf den Rücken eines Menschen herabfallen zu lassen; wenn man das Wort »Zirkusartist« zu den anderen Dingen hinzufügte, um eine »natürliche« Erklärung zu bekommen, dann mochte es vielleicht angehen. Aber wenn man das alles zusammennahm, war das Ergebnis ebenso ungeheuerlich wie das, was er zu Virginia gesagt hatte und jetzt zutiefst bereute.

Verdammt ...

Er zog die Pralinenschachtel aus der Hose. Hatte seine Körperwärme die Schokolade bereits schmelzen lassen? Er schüttelte prüfend die Schachtel. Nein. Es raschelte in ihr. Die Pralinen klebten nicht aneinander. Er ging die Björnsonsgatan hinab, am ICA vorbei, hielt die Pralinenschachtel in der Hand.

»PIZZATOMATEN. DREI DOSEN 5,–«

Das war sechs Tage her.

Lackes Hand lag immer noch auf dem Stein in seiner Tasche. Er betrachtete das Schild, konnte vor seinem inneren Auge sehen, wie sich Virginias Hand bewegte, um die gleichmäßigen, geraden Buchstaben hervorzuzaubern. Sie war heute doch hoffentlich zu Hause geblieben und hatte sich ausgeruht? Das sähe ihr ähnlich, gleich wieder zur Arbeit zu latschen, noch ehe das Blut richtig getrocknet war.

Als er den Eingang zu ihrem Haus erreichte, blickte er zu ihren Fenstern hinauf. Kein Licht. War sie vielleicht bei ihrer Tochter? Egal. Er würde auf jeden Fall hinaufgehen und die Pralinenschachtel auf der Türklinke absetzen, auch wenn sie nicht zu Hause war. Im Eingangsbereich war es stockfinster. In seinem Nacken sträubten sich die Haare.

Das Kind ist hier.

Sekundenlang blieb er ganz still stehen, stürzte dann zu dem leuchtenden roten Punkt des Lichtschalters, drückte ihn mit dem Rücken der Hand, in der er die Pralinenschachtel hielt. Die andere Hand umklammerte den Stein in seiner Tasche.

Man hörte ein sanftes Klicken von dem Relais im Keller, als die Treppenbeleuchtung anging. Nichts. Virginias Haus. Gelbe Betontreppen und kackbraune Wände. Holztüren. Er atmete ein paar Mal tief durch und stieg die Treppen hinauf.

Erst jetzt wurde ihm bewusst, wie müde er war. Virginia wohnte ganz oben, im dritten Stock, und seine Beine schleppten sich die Treppen hinauf, waren zwei leblose, an den Hüften befestigte Bretter. Er hoffte, dass Virginia zu Hause war und es ihr gut ging und er sich in ihren Kunststoffsessel fallen lassen und an dem Ort ausruhen können würde, an dem er am liebsten sein wollte. Er ließ den Stein in der Tasche los und klingelte. Wartete einen Moment, klingelte erneut.

Er versuchte bereits die Pralinenschachtel auf der Türklinke zu balancieren, als er in der Wohnung schleichende Schritte hörte. Er trat einen Schritt zurück. Die Schritte hörten auf. Sie stand hinter der Tür.

»Wer ist da?«

Noch nie, wirklich nie hatte sie diese Frage gestellt. Man klingelte; tapp, tapp, tapp hörte man ihre Schritte, und die Tür wurde geöffnet. Komm rein, komm rein. Er räusperte sich. »Ich bin's.«

Eine Pause. Konnte er sie atmen hören, oder bildete er sich das nur ein?

»Was willst du?«

»Ich wollte nur mal hören, wie es dir geht.«

Eine erneute Pause.

»Mir geht es nicht gut.«

»Darf ich hereinkommen?«

Er wartete, hielt die Pralinenschachtel dümmlich mit beiden Händen vor sich. Es klackte, als das Schloss geöffnet wurde, Schlüssel rasselten, als sich der Schlüssel im Sicherheitsschloss drehte. Erneutes Rasseln, als die Sicherheitskette losgehakt wurde. Die Klinke wurde herabgedrückt und die Tür geöffnet.

Er wich unwillkürlich einen halben Schritt zurück, stieß mit dem Rücken gegen das Ende des Treppengeländers. Virginia stand in der offenen Tür. Sie sah aus wie der lebendige Tod.

Abgesehen von der geschwollenen Wange war ihr Gesicht von kleinen, winzig kleinen Pusteln übersät, und ihre Augen sahen aus, als hätte sie den schlimmsten Kater aller Zeiten. Ein dichtes Netz roter Linien verzweigte sich auf ihren Augäpfeln, und die Pupillen waren beinahe verschwunden. Sie nickte. »Ich sehe zum Kotzen aus.«

»Aber nein. Es ist nur ... ich dachte vielleicht ... kann ich hereinkommen?«

»Nein. Ich fühle mich zu schwach.«

»Bist du beim Arzt gewesen?«

»Ich werde hingehen. Morgen.«

»Ja. Hier, ich . . .«

Er überreichte die Pralinenschachtel, die er die ganze Zeit wie einen Schild vor sich gehalten hatte. Virginia nahm sie entgegen. »Danke.«

»Du? Gibt es irgendetwas, das ich . . .«

»Nein. Es wird schon werden. Ich muss mich nur ausruhen. Ich fühle mich zu schwach, hier noch länger zu stehen. Ich melde mich.«

»Ja. Ich komme . . .«

Virginia schloss die Tür.

». . . morgen wieder.«

Erneutes Rasseln von Schlössern und Ketten. Er blieb mit hängenden Armen vor ihrer Tür stehen. Trat schließlich vor und legte ein Ohr an sie. Er hörte, dass ein Schrank geöffnet wurde, langsame Schritte in der Wohnung.

Was soll ich nur tun?

Es stand ihm nicht zu, sie zu etwas zu zwingen, was sie nicht wollte, aber am liebsten hätte er sie auf der Stelle ins Krankenhaus gebracht. Na schön. Er würde morgen Vormittag wiederkommen. Hatte sich ihr Zustand bis dahin nicht gebessert, würde er sie ins Krankenhaus bringen, ob sie nun wollte oder nicht.

Lacke ging Schritt für Schritt die Treppen hinab. Er war so müde. Als er den letzten Treppenabsatz vor dem Hauseingang erreichte, setzte er sich auf die oberste Treppenstufe, legte den Kopf in die Hände.

Ich trage die . . . Verantwortung.

Das Licht erlosch. Seine Halssehnen spannten sich, er schnappte heftig nach Luft. Es war nur das Relais. Eine Zeitschaltung. Er saß in der Dunkelheit des Treppenhauses, holte vorsichtig den Stein aus der Manteltasche, hielt ihn in beiden Händen, starrte in die Dunkelheit hinein.

Komm doch, dachte er. *Komm doch*.

❄

Virginia schloss Lackes flehendes Gesicht aus, schloss die Tür ab und legte die Sicherheitskette vor. Sie wollte nicht, dass er sie so sah, wollte nicht, dass irgendwer sie sah. Es hatte sie große Mühe gekostet, die Worte auszusprechen, die sie gesagt hatte, eine Art gundsätzliche Normalität vorzugaukeln.

Seit sie aus dem Supermarkt heimgekommen war, hatte sich ihr Zustand rapide verschlechtert. Lotten hatte ihr nach Hause geholfen, und in ihrem benebelten Zustand hatte Virginia den Schmerz durch das Tageslicht auf ihrem Gesicht einfach akzeptiert. Zuhause angekommen, hatte sie in den Spiegel geschaut und hunderte kleiner Pusteln auf ihrer Gesichtshaut und dem Handrücken erblickt. Verbrennungen.

Sie hatte ein paar Stunden geschlafen, war aufgewacht, als es dunkel wurde. Ihr Hunger hatte in der Zwischenzeit einen anderen Charakter bekommen, sich in Unruhe verwandelt. Ein Schwarm hysterisch zappelnder Stichlinge tummelte sich in ihrem Blutkreislauf. Sie konnte weder liegen, sitzen noch stehen. Sie drehte Runde um Runde in ihrer Wohnung, kratzte sich am ganzen Körper, duschte kalt, um dieses kribbelnde, zappelnde Gefühl einzudämmen. Aber nichts von all dem half.

Es ließ sich nicht beschreiben. Das Gefühl erinnerte sie daran, wie es war, als sie zweiundzwanzig Jahre alt die Nachricht erhalten hatte, dass ihr Vater vom Dach des Sommerhauses gefallen war und sich das Genick gebrochen hatte. Damals war sie auch immer weiter auf und ab gegangen, als gäbe es keinen

Ort auf Erden, an dem ihr Körper sein konnte, an dem es nicht wehtat.

Jetzt war es genauso, nur schlimmer. Die Unruhe, die Angst, gaben nicht einen Augenblick Ruhe. Sie scheuchten Virginia durch die Wohnung, bis sie nicht mehr konnte, bis sie sich auf einen Stuhl setzte und den Kopf gegen den Küchentisch hämmerte. In ihrer Verzweiflung nahm sie zwei Rohypnol und spülte sie mit einem Schluck Weißwein herab, der nach Schmutzwasser schmeckte.

Normalerweise reichte ihr eine, um einschlafen zu können, als hätte man ihr einen Schlag auf den Kopf versetzt. Jetzt bestand die einzige Wirkung der Tabletten darin, dass ihr furchtbar übel wurde und sie fünf Minuten später grünen Schleim und die beiden halbverdauten Tabletten erbrach.

Sie lief weiter auf und ab, zerriss eine Zeitung in winzig kleine Stücke, kroch über den Fußboden und wimmerte vor Angst. Sie robbte in die Küche, riss die Weinflasche vom Küchentisch herab, sodass sie vor ihren Augen auf dem Fußboden zersplitterte.

Sie hob eine der spitzen Scherben auf.

Sie dachte nicht, presste nur das spitze Glas in die Handfläche, und der Schmerz fühlte sich gut, fühlte sich richtig an. Der Stichlingsschwarm in ihrem Körper schoss zu diesem Schmerzpunkt. Blut quoll hervor. Sie presste die Hand an die Lippen und leckte, saugte, und ihre Unruhe legte sich. Erleichtert brach sie in Tränen aus, während sie ihre Hand an einer neuen Stelle punktierte und weitersaugte. Der Geschmack des Bluts vermischte sich mit dem von Tränen.

Zusammengekauert auf dem Küchenfußboden sitzend, die Hand auf den Mund gepresst, gierig saugend wie ein neugeborenes Kind, das zum ersten Mal die Brust seiner Mutter findet, fühlte sie sich zum zweiten Mal an diesem grauenvollen Tag ganz ruhig.

Eine gute halbe Stunde nachdem sie sich vom Fußboden erhoben, die Glasscherben zusammengekehrt und sich ein Pflaster auf die Hand geklebt hatte, meldete sich die Unruhe zurück. Das war der Moment gewesen, in dem Lacke an der Tür geklingelt hatte.

Als sie ihn abgewiesen und die Tür abgeschlossen hatte, ging sie in die Küche und legte die Pralinenschachtel in die Speisekammer. Sie setzte sich auf einen Küchenstuhl und versuchte zu verstehen, aber ihre innere Unruhe ließ es nicht zu. Schon bald war sie wieder auf den Beinen. Sie wusste nur, dass niemand bei ihr sein durfte, schon gar nicht Lacke. Sie würde ihm etwas antun. Die Unruhe würde sie dazu zwingen.

Sie war krank. Gegen Krankheiten gab es Medikamente.

Morgen würde sie einen Arzt aufsuchen, einen Arzt, der sie untersuchte und anschließend sagte: Tja, das ist nur ein Fall von dem und dem. Wir werden Ihnen für die nächsten Wochen das und das verschreiben müssen. Dann ist es bald wieder vorbei.

Sie lief in der Wohnung auf und ab. Ihre Unruhe wurde langsam wieder unerträglich.

Sie schlug sich selbst auf Arme, Beine, aber die kleinen Fische waren zu neuem Leben erwacht, und nichts half. Sie wusste, was sie zu tun hatte. Aus Angst vor dem Schmerz schluchzte sie auf. Aber der Schmerz war so kurz und die Linderung so groß.

Sie ging in die Küche und holte ein scharfes, kleines Obstmesser, setzte sich auf die Couch im Wohnzimmer und setzte die Klinge auf die Innenseite des Unterarms.

Sie tat es nur, um die Nacht zu überstehen. Morgen würde sie sich Hilfe holen. Es sagte sich doch von selbst, dass sie so nicht weitermachen konnte. Sein eigenes Blut trinken. Das musste anders werden. Aber jetzt und bis auf weiteres . . .

Speichel sammelte sich in ihrem Mund, feuchte Erwartung. Sie schnitt. Tief.

Samstag, 7. November (Abend)

Oskar räumte den Tisch ab, und Papa spülte. Die Eiderente war natürlich unglaublich gut gewesen. Keine Schrotkörner. Auf den Tellern gab es kaum etwas abzuspülen. Nachdem der größte Teil der Ente und fast alle Kartoffeln verspeist waren, hatten sie die Teller mit Weißbrot sauber gewischt. Das war das Leckerste von allem. Nur Sauce auf den Teller zu geben und sie mit Stücken luftigen Weißbrots aufzusaugen, die sich in der Sauce halb auflösten, um im Mund regelrecht zu zerschmelzen.

Papa war kein wirklich guter Koch, aber drei Gerichte – Pyttipanna, gebratene Heringe und Ente – bereitete er so oft zu, dass er sie beherrschte. Morgen würde er aus dem restlichen Geflügelfleisch und den letzten Kartoffeln ein Pyttipanna machen.

Oskar hatte die Stunde vor dem Essen in seinem Zimmer verbracht. Er hatte bei Papa ein eigenes Zimmer, das verglichen mit seinem Zimmer in der Stadt kärglich eingerichtet war, ihm aber dennoch gefiel. In der Stadt hatte er Poster und Bilder, jede Menge Sachen, es veränderte sich ständig.

Dieses Zimmer veränderte sich dagegen nie, und genau das gefiel ihm daran so gut.

Es sah heute noch so aus wie damals, als er sieben war. Wenn er das Zimmer mit dem vertrauten Geruch von Feuchtigkeit betrat, die nach einem schnellen Anheizen vor seiner Ankunft noch in der Luft hing, war ihm, als wäre seit langer, langer Zeit nichts mehr geschehen.

Hier lagen noch immer die Donald Duck- und Winnie Puh-

Comics, die sie im Laufe mehrerer Sommer gekauft hatten. In der Stadt las er diese Hefte nicht mehr, hier aber tat er es. Er konnte die Geschichten auswendig, las sie trotzdem immer wieder.

Während die Düfte aus der Küche zu ihm hereinzogen, hatte er auf seinem Bett gelegen und in einem dieser alten Donald Duck-Hefte gelesen. Donald, Tick, Trick und Track und Onkel Dagobert reisten in ein fernes Land, in dem es kein Geld gab und die Kronkorken der Flaschen, die Onkel Dagoberts Beruhigungsmittel enthielten, zur Währung erhoben wurden.

Als er die Geschichte ausgelesen hatte, beschäftigte er sich eine Weile mit seinen Angelhaken, Pilken und Blinkern, die er in einem alten Nähkästchen verwahrte, das er von Papa bekommen hatte. Er band eine neue Leine mit fünf einzelnen Haken und befestigte die Pilke für das Heringsfischen im nächsten Sommer daran. Dann aßen sie, und nachdem Papa gespült hatte, spielten sie Fünf gewinnt.

Oskar saß gerne so mit Papa zusammen; das karierte Papier auf dem schmalen Tisch, ihre Köpfe über das Blatt gebeugt, nah aneinander. Das Feuer knisterte im Holzherd.

Oskar hatte wie üblich die Kreuze und Papa die Kreise. Papa hatte Oskar niemals absichtlich gewinnen lassen, und bis vor ein, zwei Jahren war er stets überlegen gewesen, auch wenn es Oskar ab und an einmal gelang, eine Partie zu gewinnen. Doch diesmal verlief das Spiel ausgeglichener. Vielleicht lag es daran, dass Oskar so viel an seinem Zauberwürfel gearbeitet hatte. Die einzelnen Partien konnten sich über das halbe Blatt erstrecken, was für Oskar von Vorteil war. Er war gut darin, sich Stellen mit Lücken zu merken, die ausgefüllt werden konnten, wenn Papa etwas Bestimmtes vorhatte, konnte er ein Vorrücken als Verteidigung maskieren.

Heute Abend gewann Oskar.

Drei Partien hatten sie in Folge beendet und mit einem »O« in der Mitte versehen. Nur eine kleine, bei der Oskar geistesabwesend gewesen war, hatte ein »P« bekommen. Oskar fügte ein Kreuz hinzu, durch das er vier offene Viererreihen erhielt, von denen Papa nur eine blockieren konnte. Papa seufzte und schüttelte den Kopf.

»Tja, mein Lieber, es sieht ganz so aus, als müsste ich mich geschlagen geben.«

»So sieht es wohl aus.«

Der Form halber blockierte Papa die eine Viererreihe, und Oskar setzte ein fünftes Kreuz an ihre andere Seite, kreiste alles ein und schrieb ein säuberliches »O« hinein. Papa kratzte sich an den Bartstoppeln, blätterte zu einem neuen Blatt um und drohte ihm mit dem Stift.

»Diesmal werde ich dich jedenfalls . . .«

»Träum weiter. Du fängst an.«

Sie waren vier Kreuze und drei Kreise weit in der neuen Partie, als es an der Haustür klopfte. Unmittelbar darauf wurde sie geöffnet, und man hörte das dumpfe Stampfen von jemandem, der sich den Schnee von den Füßen trat.

»Hallo im Haus!«

Papa blickte vom Blatt auf, lehnte sich zurück und schaute in den Flur hinaus. Oskar kniff die Lippen zusammen.

Nein.

Papa nickte dem Neuankömmling zu. »Komm herein.«

»Vielen Dank.«

Plumpe, weiche Schritte ertönten, als jemand mit Wollsocken an den Füßen durch den Flur ging. Einen Moment später betrat Janne die Küche und sagte: »Sieh einer an. Hier sitzt ihr und lasst es euch gut gehen.«

Papa machte eine Geste in Oskars Richtung. »Tja, meinen Jungen kennst du ja schon.«

»Sicher«, sagte Janne. »Hallo Oskar. Wie geht's?«

»Gut.«

Bis jetzt. Hau ab.

Janne schlurfte zum Küchentisch. Seine Wollsocken waren an den Fersen heruntergerutscht und flatterten vorne an den Zehen wie deformierte Taucherflossen. Er zog einen Stuhl heraus und setzte sich.

»Aha, ihr spielt Fünf gewinnt.«

»Ja, aber der Junge ist zu gut geworden. Ich komme nicht mehr gegen ihn an.«

»Ist das wahr? Er hat sicher in der Stadt trainiert, was? Und, traust du dich, gegen mich anzutreten, Oskar?«

Oskar schüttelte den Kopf. Er wollte Janne nicht einmal ins Gesicht sehen, wusste nur zu gut, welcher Anblick sich ihm dort bieten würde. Wässrige Augen, ein zu einem schäfischen Grinsen verzogener Mund, ja genau, Janne sah aus wie ein altes Schaf, und seine blonden, gekräuselten Haare verstärkten diesen Eindruck sogar noch. Er war einer von Papas »Freunden«, die Oskars Feinde waren.

Janne rieb sich die Hände und erzeugte so ein Geräusch wie von Sandpapier, und im Gegenlicht, das aus dem Flur hereinfiel, konnte Oskar kleine Hautschuppen zu Boden schweben sehen. Janne litt an irgendeiner Hautkrankheit, die sein Gesicht, vor allem im Sommer, aussehen ließ wie eine verfaulte Blutorange.

»Tja, hier habt ihr es wirklich gemütlich.«

Das sagst du immer. Hau ab mit deinem ekligen Gesicht und deinen abgedroschenen Worten.

»Papa, sollen wir nicht weiterspielen?«

»Sicher, aber wenn Gäste kommen . . .«

»Spielt ruhig weiter.«

Janne lehnte sich auf seinem Stuhl zurück und schien alle Zeit der Welt zu haben, aber Oskar wusste, die Schlacht war verloren. Es war vorbei. Jetzt würde es wieder *so* werden.

Am liebsten hätte er geschrien, etwas in Stücke geschlagen, am besten Janne, als Papa zur Speisekammer ging und die Flasche holte, zwei Schnapsgläser aus dem Schrank nahm und auf den Tisch stellte. Janne rieb sich die Hände, dass die Schuppen tanzten.

»Ah, sieh einer an. Es ist also doch etwas im Haus ...«

Oskar betrachtete das Blatt mit der laufenden Partie.

Dorthin hätte er sein nächstes Kreuz gesetzt.

Aber heute Abend würde es keine weiteren Kreuze geben. Keine Kreise. Nichts dergleichen.

Es gluckerte spröde in der Flasche, als Papa einschenkte. Der dünne, auf dem Kopf stehende Kegel des Glases füllte sich mit durchsichtiger Flüssigkeit. Es war so klein und zerbrechlich in Papas grobschlächtiger Hand, dass es beinahe verschwand.

Trotzdem machte es alles kaputt. Alles.

Oskar zerknüllte die laufende Partie und warf sie ins Feuer. Papa protestierte nicht. Er und Janne unterhielten sich inzwischen über einen gemeinsamen Bekannten, der sich ein Bein gebrochen hatte, sprachen anschließend über andere Beinbrüche, die sie selber erlebt oder von denen sie gehört hatten, füllten erneut ihre Gläser.

Oskar blieb vor der offen stehenden Ofenluke sitzen und betrachtete das Blatt, das kurz auflodere, dann schwarz wurde. Anschließend holte er die anderen Partien, verbrannte auch sie.

Papa und Janne nahmen Gläser und Flasche und gingen ins Wohnzimmer. Papa meinte zu Oskar, er solle doch »mitkommen und sich was unterhalten«, und Oskar sagte, »später viel-

339

leicht«. Er blieb vor dem Ofen sitzen und schaute ins Feuer. Die Hitze umschloss sein Gesicht. Er stand auf, holte den College-block vom Küchentisch, riss unbenutzte Blätter heraus und ver-brannte sie. Als der ganze Block mit Deckblatt und allem ver-kohlt war, holte er die Bleistifte und verbrannte auch sie.

❄

Um diese Zeit, spätabends, herrschte eine ganz spezielle Atmo-sphäre im Krankenhaus. Maud Carlberg saß an der Information und ließ den Blick über die fast völlig verwaiste Eingangshalle schweifen. Cafeteria und Kiosk waren geschlossen; nur verein-zelt bewegten sich Menschen wie Gespenster unter der hohen Decke.

Abends stellte sie sich gerne vor, dass sie, nur sie allein das riesige Gebäude bewachte, das Danderyds Krankenhaus war. Das stimmte natürlich nicht. Wenn ein Problem auftauchte, brauchte sie nur einen Knopf zu drücken, und innerhalb von höchstens drei Minuten war ein Kollege vom Sicherheitsdienst bei ihr.

Sie hatte sich ein Spiel ausgedacht, um sich während der spä-ten Abendstunden die Zeit zu vertreiben.

Sie überlegte sich einen Beruf, einen Wohnsitz und einen rudimentären persönlichen Hintergrund für eine Person. Eventuell auch noch eine Krankheit. Dann übertrug sie das alles auf den ersten Menschen, der zu ihr kam. Das Ergebnis war oftmals . . . amüsant.

So beschwor sie in Gedanken beispielsweise einen Piloten herauf, der auf der Stockholmer Götgatan wohnte und zwei Hunde besaß, um die sich eine Nachbarin kümmerte, wenn der Pilot unterwegs war. Die Nachbarin war nämlich heimlich in den Piloten verliebt. Das Problem des Piloten bestand darin, dass er oder auch sie kleine grüne Männchen mit roten Zipfelmützen zu sehen meinte, die zwischen den Wolken umherflogen, wenn er oder sie flog.

Okay. Daraufhin hieß es nur noch warten.

Vielleicht kam nach einer Weile eine ältere Frau mit einem verlebten Gesicht. Eine Pilotin. Sie hatte heimlich viel zu viele von den kleinen Flaschen mit hochprozentigen Getränken getrunken, die man an Bord von Flugzeugen bekommt, daraufhin die grünen Männlein gesehen, war gefeuert worden. Jetzt hockte sie tagein, tagaus mit ihren Hunden zu Hause. Der Nachbar war allerdings immer noch in sie verliebt.

So gingen Mauds Gedanken.

Manchmal tadelte sie sich wegen ihres Spiels, weil es sie daran hinderte, die Menschen wirklich ernst zu nehmen. Aber sie konnte einfach nicht davon lassen. Derzeit wartete sie auf einen Priester, dessen ganze Leidenschaft protzigen Sportwagen galt und der es liebte, Anhalter in der Absicht mitzunehmen, sie zu bekehren.

Mann oder Frau? Alt oder jung? Wie sieht so jemand aus?

Maud legte das Kinn in die Hände, blickte zum Eingang. Heute Abend war nicht viel los. Die Besuchszeit war vorüber, und die neuen Patienten, die mit den üblichen Samstagabendverletzungen kamen, bei denen nicht selten Alkohol eine gewisse Rolle gespielt hatte, landeten alle in der Ambulanz.

Die Drehtür setzte sich in Bewegung. Hier kam vielleicht ihr Sportwagenpriester.

Nein, doch nicht. Es war einer dieser Fälle, in denen sie aufgeben musste. Es war ein Kind. Ein feingliedriges kleines … Mädchen von zehn, zwölf Jahren. Maud begann, sich eine Ereigniskette auszumalen, die dazu führen würde, dass dieses Kind am Ende besagter Priester wurde, hörte jedoch gleich wieder damit auf. Das kleine Mädchen sah so unglücklich aus.

341

Das Kind ging zu der großen Übersichtskarte über das Krankenhaus, auf der verschiedenfarbige Linien die Wege markierten, denen man folgen sollte, um zu bestimmten Stellen zu gelangen. Es gab nur wenige Erwachsene, die mit dieser Karte zurechtkamen, wie sollte es da einem Kind gelingen?

Maud lehnte sich vor und rief leise. »Kann ich dir helfen?«

Das Mädchen drehte sich zu ihr um und lächelte scheu, kam zur Information. Seine Haare waren nass, einzelne Schneeflocken, die noch nicht geschmolzen waren, setzten sich glitzernd von ihrem Schwarz ab. Es schaute nicht zu Boden, wie Kinder dies häufig in fremder Umgebung tun, nein, die dunklen, traurigen Augen blickten unverwandt in Mauds, während es sich zu ihrem Informationsschalter bewegte. Ein Gedanke, so deutlich wie eine akustische Wahrnehmung, blitzte in Mauds Kopf auf.

Ich muss dir etwas geben. Was soll ich dir nur geben?

Dümmlich begann sie in Gedanken auf die Schnelle zu rekapitulieren, was sie in ihren Schreibtischschubladen aufbewahrte. Einen Stift? Einen Ballon?

Das Kind stellte sich vor den Schalter. Nur Hals und Kopf reichten über den Rand.

»Entschuldigung, aber . . . ich suche nach meinem Papa.«

»Aha. Liegt er hier im Krankenhaus?«

»Ja, ich weiß nur nicht genau . . .«

Maud schaute zu den Türen, ließ den Blick über die Eingangshalle schweifen und auf dem Kind vor ihr verweilen, das nicht einmal eine Jacke trug, nur einen schwarzen Rollkragenpullover aus Strickwolle, auf dem Wassertropfen und Schneeflocken im Licht des Empfangsschalters glitzerten.

»Bist du ganz allein, meine Kleine? Um diese Uhrzeit?«

»Ja, ich . . . wollte nur wissen, ob er hier ist.«

»Dann wollen wir mal sehen. Wie heißt er?«

»Ich weiß es nicht.«

»Du weißt es nicht?«

Das Kind senkte den Kopf, schien auf dem Fußboden nach etwas zu suchen. Als sich sein Kopf wieder hob, glänzten die großen schwarzen Augen, und die Unterlippe zitterte.

»Nein, er . . . Aber er ist hier.«

»Aber liebe Kleine . . .«

Maud spürte, dass in ihrem Inneren etwas zu zerbrechen drohte, und suchte Schutz in einer Handlung; sie bückte sich und holte die Rolle Küchenpapier aus der untersten Schreibtischschublade, riss ein Blatt ab und reichte es dem Mädchen. Endlich durfte sie ihm etwas geben, wenn es auch nur ein Stück Papier war.

Das Mädchen schnäuzte sich und tupfte sich auf sehr . . . erwachsene Art die Tränen aus den Augen.

»Danke.«

»Aber dann weiß ich wirklich nicht . . . was hat er denn?«

»Er ist . . . die Polizei hat ihn mitgenommen.«

»Aber dann ist es doch vielleicht besser, wenn du zur Polizei gehst.«

»Ja, aber sie haben ihn hierher gebracht. Weil er krank ist.«

»Und was für eine Krankheit hat er?«

»Er . . . ich weiß nur, dass die Polizei ihn hierher gebracht hat. Wo ist er dann wohl?«

»Vermutlich in der obersten Etage, aber da darf man nicht hin, ohne es vorher mit der Polizei abgesprochen zu haben.«

»Ich wollte nur wissen, wo sein Fenster ist, denn dann könnte ich . . . ich weiß nicht.«

Das Mädchen begann wieder zu weinen. Mauds Kehle schnürte sich zusammen, dass es wehtat. Das Mädchen wollte es also wissen, damit es vor dem Krankenhaus im Schnee stehen . . . und zum Fenster seines Papas hinaufschauen konnte. Maud schluckte.

343

»Aber ich könnte anrufen, wenn du möchtest. Ich bin sicher, du kannst . . .«

»Nein. Schon gut. Jetzt weiß ich ja Bescheid. Jetzt kann ich . . . danke. Danke.«

Das Mädchen wandte sich ab, ging zur Drehtür.

Oh, mein Gott, all diese kaputten Familien.

Das Mädchen verschwand durch die Tür, und Maud blieb zurück und starrte auf den Punkt, an dem das Mädchen verschwunden war.

Irgendetwas stimmte hier nicht.

Maud rief sich ins Gedächtnis, wie das Mädchen ausgesehen, wie es sich bewegt hatte. Da war etwas gewesen, das nicht passte, etwas, das man . . . Maud benötigte eine halbe Minute, um darauf zu kommen, was es war. Das Mädchen hatte keine Schuhe getragen.

Maud schoss aus der Kabine der Information und lief zu den Türen. Sie durfte ihren Schalter nur unter ganz bestimmten Umständen unbewacht allein lassen, entschied jedoch, dass dies ein solcher Fall war. Sie trippelte gereizt durch die Drehtür, *nun mach schon, mach schon,* und eilte auf den Parkplatz hinaus. Das Mädchen war nirgendwo zu sehen. Was sollte sie tun? Das Sozialamt musste doch verständigt werden; man hatte sich nicht vergewissert, dass es jemanden gab, der sich um das Mädchen kümmerte, das war die einzig mögliche Erklärung. Wer war ihr Vater?

Maud sah sich auf dem Parkplatz um, konnte das Mädchen jedoch nirgends entdecken. Sie lief ein Stück am Krankenhaus vorbei, Richtung U-Bahn. Kein Mädchen. Auf dem Rückweg zur Information versuchte sie zu entscheiden, wen sie anrufen, was sie tun sollte.

❄

Oskar lag in seinem Bett und wartete auf den Werwolf. In seiner Brust brodelte es; vor Wut, vor Verzweiflung. Aus dem Wohnzimmer drangen die lauten Stimmen Papas und Jannes zu ihm herein, vermischt mit Musik aus dem Kassettenrekorder. Die Djup-Brüder. Oskar konnte zwar die einzelnen Worte nicht verstehen, kannte das Lied jedoch auswendig.

»Wir wohnen auf dem Land und haben bald was gefunden
Wir brauchten was im Stall
Wir verkauften den Wein und kauften das Schwein ...«

Woraufhin die ganze Gruppe anfing, verschiedene Tiere auf dem Bauernhof zu imitieren. Normalerweise fand er die Djup-Brüder lustig. Jetzt hasste er sie. Weil sie mitmachten. Papa und Janne ihr idiotisches Lied vorsangen, während die beiden allmählich betrunken wurden.

Er wusste genau, wie es enden würde.

In einer Stunde oder so würde die Flasche geleert sein und Janne nach Hause gehen. Daraufhin würde Papa noch eine Zeit lang in der Küche umhergehen, auf und ab laufen, bis ihm schließlich einfiel, dass er mit Oskar reden musste.

Er würde in Oskars Zimmer kommen und nicht mehr Papa sein, sondern nur noch eine nach Alkohol stinkende, schwerfällige Masse aus Sehnsucht nach Zärtlichkeit und Sentimentalität. Er würde wollen, dass Oskar wieder aufstand und sich ein bisschen mit ihm unterhielt. Darüber, wie sehr er Mama immer noch liebte, wie sehr er Oskar liebte, und liebte Oskar ihn auch? Er würde über all die Demütigungen lallen, die man ihm angetan hatte, und sich schlimmstenfalls erregen und wütend werden.

Er schlug nie, oh nein. Aber was in Momenten wie diesen mit seinen Augen geschah, war das absolut Schrecklichste, das Oskar sich vorstellen konnte. Es gab in diesen Augenblicken keine Spur mehr von Papa. Nur noch ein Monster, das irgendwie in seinen Körper gekrochen war und dort die Oberhand gewonnen hatte.

Der Mensch, zu dem Papa wurde, wenn er betrunken war, hatte nicht die geringste Ähnlichkeit mit dem Mann, der er in nüchternem Zustand war. Daher war es ein tröstlicher Gedanke, sich Papa als Werwolf vorzustellen und zu glauben, dass er tatsächlich ein vollkommen anderes Wesen in seinem Körper barg. Wie der Mond im Werwolf den Wolf hervorlockte, so lockte der Schnaps in Papa dieses Wesen hervor.

Oskar griff nach einem Winnie Puh-Heft, versuchte zu lesen, konnte sich nicht konzentrieren. Er fühlte sich ausgeliefert. In einer Stunde würde er mit dem Monster allein sein. Und er konnte nichts anderes tun als warten.

Er schmiss das Winnie Puh-Heft an die Wand, stand vom Bett auf, holte sein Portmonee. Ein Fahrkartenheft und zwei Zettel von Eli. Er legte Elis Zettel nebeneinander auf das Bett.

»FENSTER, DEN TAG LASS EIN, DAS LEBEN LASS HINAUS!«

Das Herz.

»BIS HEUTE ABEND. ELI.«

Und der zweite.

»MEIN LEBEN HEISST JETZT GEHEN, MEIN BLEIBEN TOD. ELI.«

Es gibt keine Vampire.

Die Nacht war eine schwarze Hülle vor dem Fenster. Oskar schloss die Augen und dachte an den Weg nach Stockholm, passierte in rasender Fahrt Häuser, Höfe, Felder. Flog auf den Hof in Blackeberg, zu ihrem Fenster hinein, und dort war sie.

Er öffnete die Augen, blickte zum schwarzen Rechteck des Fensters. Da draußen.

Die Djup-Brüder hatten ein Lied angestimmt, in dem es um ein Fahrrad ging, das einen Platten hatte. Papa und Janne lachten über etwas, aber viel zu laut. Irgendetwas kippte um.

Welches Monster wählst du?

Oskar steckte Elis Zettel in das Portmonee zurück und zog sich an. Er schlich in den Flur hinaus, zog Schuhe, Jacke, Mütze an. Sekundenlang rührte er sich im Hausflur nicht vom Fleck, lauschte den Geräuschen, die aus dem Wohnzimmer drangen.

Er drehte sich um und wollte schon gehen, als sein Blick auf etwas fiel und er innehielt.

Auf dem Schuhregal im Flur standen seine alten Gummistiefel, die ihm gepasst hatten, als er vielleicht vier oder fünf Jahre alt gewesen war. Sie hatten dort gestanden, solange er denken konnte, obwohl es niemanden gab, dem sie gepasst hätten. Neben ihnen standen Papas riesige Tretorngummistiefel, der eine war an der Ferse mit einem dieser Flicken abgedichtet, wie man sie auch für Fahrradschläuche benutzte.

Warum hat er sie aufbewahrt?

Oskar verstand. Zwei Menschen wuchsen mit dem Rücken zu ihm aus den Stiefeln heraus. Papas breites Kreuz und neben ihm Oskars schmales. Oskars Arm hochgestreckt, seine Hand in Papas. Sie gingen in ihren Stiefeln über einen Fels, wollten vielleicht Himbeeren pflücken, vielleicht ...

Er schluchzte auf, bekam einen Kloß im Hals. Er streckte die Hand aus, um die kleinen Stiefel zu berühren. Im Wohnzimmer ertönte eine Lachsalve. Jannes verzerrte Stimme. Er imitierte bestimmt irgendwen, konnte so etwas gut.

Oskars Finger schlossen sich um die Stiefelschäfte. Ja. Er wusste zwar nicht warum, aber es erschien ihm richtig. Vorsichtig öffnete er die Haustür, schloss sie hinter sich. Die Nacht war

347

eiskalt, der Schnee ein Meer aus kleinen Diamanten im Mondlicht.

Die Stiefel fest im Griff, ging er zur Landstraße.

✳

Der Wächter schlief. Ein junger Polizeibeamter, der eingesetzt
wurde, seit das Pflegepersonal dagegen protestiert hatte, dass un-
unterbrochen eine Person abgestellt werden musste, um Håkan
zu bewachen. Die Zimmertür war allerdings mit einem codierten
Schloss verriegelt. Deshalb wagte er es sicher auch zu schlafen.

Nur ein Nachtlicht war an, und Håkan studierte die verwisch-
ten Schatten an der Decke, wie ein gesunder Mann zuweilen im
Gras liegt und die Wolken betrachtet. Er suchte Formen, Figuren in den Schatten, wusste nicht, ob er fähig sein würde zu
lesen, sehnte sich jedoch danach, es zu tun.

Eli war fort, und allmählich meldete sich zurück, was sein früheres Leben dominiert hatte. Er würde zu einer langen Gefäng-
nisstrafe verurteilt werden und die Zeit nutzen, um all das zu
lesen, was er noch nicht gelesen hatte, und all das, was er sich
geschworen hatte, noch einmal zu lesen.

Er war gerade dabei, in Gedanken alle Titel von Selma Lager-
löf durchzugehen, als ihn ein scharrendes Geräusch aus seinen
Gedanken riss. Er lauschte, hörte erneut das Scharren. Es kam
vom Fenster.

Er drehte den Kopf so weit, wie ihm dies möglich war, schaute
hin. Von dem schwarzen Himmel setzte sich, beleuchtet vom
Schein des Nachtlichts, ein helleres Oval ab. Ein kleiner, heller
Fleck wurde neben dem Oval gehoben, wackelte hin und her.
Eine Hand. Sie winkte. Die Hand wurde über das Fenster gezogen, woraufhin erneut das scharrende, quietschende Geräusch
ertönte.

Eli.

Als sein Herz losraste, flatterte wie ein Vogel in einem Netz, war Håkan froh, dass er nicht an ein EKG-Gerät angeschlossen war. Er sah sein Herz aus der Brust hervorbrechen, über den Boden zum Fenster kriechen.

Komm herein, Geliebter. Komm herein.

Aber das Fenster war geschlossen, und selbst wenn es offen gewesen wäre, hätten seine Lippen die Worte nicht formen können, die Eli Zutritt zu dem Zimmer verschafft hätten. Möglicherweise konnte er eine Geste machen, die das Gleiche bedeutete, aber er hatte diese Sache nie wirklich verstanden.

Kann ich?

Prüfend zog er erst das eine Bein vom Bett, dann das andere. Setzte die Füße auf den Boden, versuchte aufzustehen. Die Beine wollten sein Gewicht nicht tragen, nachdem er zehn Tage stillgelegen hatte. Er stützte sich auf das Bett, wäre beinahe seitlich weggesackt.

Der Infusionsschlauch wurde so straff gezogen, dass die Haut an der Einstichstelle spannte. Der Schlauch war mit einer Alarmvorrichtung verbunden, parallel zu ihm verlief ein dünner elektrischer Draht. Wenn er den Schlauch an einem der beiden Enden herauszog, wurde der Alarm ausgelöst. Er bewegte den Arm Richtung Infusionsständer, sodass der Schlauch wieder schlaff herabhing, wandte sich erneut dem Fenster zu. Das helle Oval war noch da, erwartete ihn.

Ich muss.

Der Infusionsständer hatte Räder, die Batterie für den Alarm war gleich unter dem Infusionsbeutel festgeschraubt. Er griff nach dem Ständer, bekam ihn zu fassen. Mit dem Ständer als Stütze richtete er sich sachte, ganz sachte auf. Das Zimmer verschwamm vor seinem einzigen Auge, als er einen prüfenden

Schritt machte, stehen blieb, lauschte. Sein Bewacher atmete weiterhin ruhig.

Mit winzigen Schritten schlurfte er durchs Zimmer. Sobald ein Rädchen des Infusionsständers quietschte, blieb er stehen und lauschte. Irgendetwas sagte ihm, dass es seine letzte Begegnung mit Eli sein würde, und er hatte nicht vor, es . . .

zu vermasseln.

Sein Körper war erschöpft wie nach einem Marathonlauf, als er schließlich das Fenster erreichte und sein Gesicht dagegen presste, sodass die gelatineartige Schicht, die seine Haut bedeckte, auf dem Fensterglas verschmiert wurde und sein Gesicht erneut brannte.

Nur zwei Zentimeter eines doppelt verglasten Fensters trennten sein Auge von den Augen seines Geliebten. Eli strich mit der Hand über das Glas, wie um sein entstelltes Gesicht zu liebkosen. Håkan hielt sein Auge Elis so nahe, wie er nur konnte, und dennoch begann der Anblick zu verwischen, Elis schwarze Augen verschwammen, wurden undeutlich.

Er war davon ausgegangen, dass der Tränenkanal verätzt war wie alles andere, doch das war nicht der Fall. Tränen stiegen ihm ins Auge und machten ihn blind. Seinem provisorischen Lid wollte es nicht gelingen, sie fortzuzwinkern, und er strich sich mit seiner unverletzten Hand vorsichtig über das Auge, während sein Körper sich still schluchzend schüttelte.

Seine Hand tastete nach dem Schließhebel des Fensters. Drehte ihn. Rotz lief aus dem Loch, das einmal seine Nase gewesen war, und tropfte auf die Fensterbank, als er das Fenster aufzog.

Kalte Luft strömte in den Raum. Es war nur eine Frage der Zeit, bis sein Bewacher aufwachte. Håkan streckte seinen Arm, seine gesunde Hand aus dem Fenster, zu Eli. Eli zog sich auf das

350

Fensterblech, nahm Håkans Hand zwischen seine, küsste sie, flüsterte: »Hallo, mein Freund.«

Håkan nickte langsam, um zu bestätigen, dass er Eli hörte. Befreite seine Hand aus Elis, strich Eli über die Wange. Die Haut war wie gefrorene Seide unter seiner Hand.

Alles kehrte zurück.

Er würde nicht umringt von sinnlosen Buchstaben in irgendeiner Gefängniszelle verrotten. Nicht von den Mithäftlingen schikaniert werden, weil er in ihren Augen das schrecklichste aller Verbrechen begangen hatte. Er würde bei Eli sein. Er würde ...

Eli lehnte sich zusammengekauert auf dem Fensterblech ganz nah zu ihm heran.

»Was willst du, was soll ich tun?«

Håkan nahm seine Hand von Elis Wange und zeigte auf seinen Hals.

Eli schüttelte den Kopf.

»Dann muss ich ... dich töten. Nachher.«

Håkan nahm die Hand vom Hals, führte sie zu Elis Gesicht. Legte den Zeigefinger einen Augenblick auf Elis Lippen. Zog ihn anschließend zurück.

Zeigte von Neuem auf seinen Hals.

Der Atem quoll in weißen Wolken aus seinem Mund, aber ihm war nicht kalt. Nach zehn Minuten erreichte Oskar das Geschäft. Der Mond hatte ihn von Papas Haus bis hierher begleitet, hinter den Tannenwipfeln Verstecken gespielt. Oskar sah auf die Uhr. Halb elf. Er hatte auf dem Fahrplan im Flur gesehen, dass der letzte Bus von Norrtälje nach Stockholm um halb eins ging.

Er überquerte den offenen Platz vor dem Geschäft, der von den Lampen der Tanksäulen erhellt wurde, trat auf den Kappellskärsvägen hinaus. Er war noch nie getrampt, und Mama würde durchdrehen, wenn sie davon erfuhr. In fremder Leute Autos einsteigen ...

Er ging schneller, ließ einige hell erleuchtete Häuser hinter sich. In ihnen saßen Menschen und hatten es gut. Kinder schliefen in ihren Betten, ohne sich zu sorgen, ihre Eltern könnten hereinkommen und sie wecken, um Unsinn zu reden.

Das hier ist Papas Schuld, nicht meine.

Er schaute auf die Stiefel hinab, die er noch immer in der Hand hielt, warf sie in den Straßengraben, blieb stehen. Da lagen die Stiefel; im Mondlicht waren sie zwei dunkle Fladen im Schnee.

Mama wird mich nie mehr zu ihm hinausfahren lassen.

Papa würde in vielleicht ... einer Stunde entdecken, dass er fort war. Daraufhin würde er aus dem Haus gehen und suchen, nach ihm rufen und anschließend Mama anrufen. Würde er das tun? Vermutlich. Um zu hören, ob Oskar angerufen hatte. Mama würde hören, dass Papa betrunken war, wenn er erzählte, dass Oskar verschwunden war, und es würde ...

Moment. Wie wäre es damit.

Sobald er Norrtälje erreichte, würde er Papa aus einer Telefonzelle anrufen und ihm sagen, dass er nach Stockholm fahren, bei einem Freund übernachten und dann morgen zu Mama nach Hause kommen und so tun würde, als wäre nichts geschehen.

Dann hätte er Papa eine Lektion erteilt, ohne dass dies gleich zu einer Katastrophe führte.

Gut. Und dann ...

Oskar stieg in den Straßengraben hinab, hob die Stiefel wieder auf, stopfte sie in die Jackentasche, ging weiter die Landstraße hinab. Jetzt lief es gut. Jetzt entschied Oskar, wohin er ging, und der Mond blickte freundlich auf ihn herab, beleuchtete seine Schritte. Er hob die Hand zum Gruß und begann zu singen.

»Hier kommt Fritiof Andersson, es schneit auf seinen Hut ...«

Dann konnte er den Text nicht weiter, weshalb er das Lied weitersummte.

Nach ein paar hundert Metern näherte sich ein Auto. Er hörte es schon, als es noch weit entfernt war, blieb stehen und streckte den Daumen aus. Das Auto fuhr an ihm vorbei, hielt an, setzte zurück. Die Tür wurde auf der Beifahrerseite geöffnet; in dem Auto saß eine Frau, die etwas jünger war als Mama. Niemand, vor dem man Angst haben musste.

»Hallo. Wo soll's denn hingehen?«

»Nach Stockholm. Oder Norrtälje.«

»Ich will nach Norrtälje, also ...« Oskar lehnte sich in den Wagen hinein. »Oh. Wissen deine Mama und dein Papa, dass du hier bist?«

»Ja klar. Aber Papas Auto ist kaputt und ... tja.«

Die Frau sah ihn an, schien nachzudenken.

»Na schön, dann steig mal ein.«

»Danke.«

Oskar glitt auf den Beifahrersitz, schloss die Tür hinter sich. Sie fuhren los.

»Dann willst du wohl zur Bushaltestelle?«

»Ja, vielen Dank.«

Oskar setzte sich bequemer hin, genoss die Wärme, die allmählich in seinem Körper aufstieg, vor allem am Rücken. Das musste einer von diesen elektrischen Sitzen sein. Unglaublich, dass es so einfach war. Beleuchtete Häuser sausten vorbei.

Bleibt ihr nur sitzen.

Es geht mit Gesang, es geht mit Spiel nach Spanien und ... woanders hin.

»Wohnst du in Stockholm?«

»Ja. In Blackeberg.«

»Blackeberg ... das ist westlich raus, nicht wahr?«

»Ich glaub schon. Es heißt immer westliche Vororte, also stimmt das wohl.«

»Aha. Wartet zu Hause etwas Wichtiges auf dich?«

»Ja.«

»Es muss schon etwas ganz Besonderes sein, wenn du dich so auf den Weg machst.«

»Ja. Das ist es.«

Es war kalt im Zimmer. Seine Glieder waren ganz steif, nachdem er so lange in unbequemer Körperhaltung geschlafen hatte. Der Wächter streckte sich mit knackenden Gelenken, warf einen Blick auf das Krankenhausbett, war auf einen Schlag hellwach.

Fort ... die Kälte ... verdammt!

Wankend kam er auf die Beine, schaute sich um. Gott sei Dank. Der Mann war nicht ausgebrochen. Aber wie zum Teufel hatte er es bis zum Fenster geschafft? Und ...

Was ist denn das?

Der Mörder stand gegen die Fensterbank gelehnt und hatte ein schwarzes Bündel auf der Schulter. Sein nackter Po lugte unter dem Krankenhauskittel hervor. Der Wächter machte einen Schritt auf das Fenster zu, blieb stehen, stöhnte auf.

Das Bündel war ein Kopf. Ein Paar dunkler Augen begegnete seinen. Er tastete suchend nach seiner Dienstwaffe, bis ihm wieder einfiel, dass er gar keine hatte. Aus Sicherheitsgründen. Die

Waffe befand sich in einem Safe im Korridor. Außerdem; es war doch nur ein Kind, wie er jetzt sah.

»Hallo! Keine Bewegung!«

Er lief die drei Schritte zum Fenster, und der Kopf des Kindes hob sich vom Hals des Mannes.

Als der Polizeibeamte das Fenster erreichte, machte das Kind im gleichen Moment einen Sprung vom Fensterbrett und verschwand nach oben. Seine Füße baumelten noch einen Moment am oberen Rand des Fensters, ehe sie verschwanden.

Die Füße waren nackt.

Der Wächter steckte den Kopf zum Fenster hinaus, sah gerade noch einen Körper aufs Dach und aus seinem Blickfeld verschwinden. Der Mann an seiner Seite röchelte.

Oh, mein Gott.

Schulter und Rücken des Kittels waren in dem schwachen Licht schwarz gefleckt. Der Kopf des Mannes hing herab, und an seinem Hals glänzte eine frische Wunde. Vom Dach hörte man leichte Klopflaute von jemandem, der sich über die Dachbleche bewegte. Er war wie gelähmt.

Vorrang. Was hat hier Vorrang?

Er erinnerte sich nicht mehr. Zuallererst lebensrettende Maßnahmen einleiten. Ja. Aber das konnten andere besser ... er lief zur Tür, tippte die Zahlenkombination ein und schlitterte in den Korridor hinaus, rief:

»Schwester! Schwester! Kommen Sie! Das ist ein Notfall!«

Er lief zur Feuertreppe, während die Nachtschwester aus dem Schwesternzimmer kam, im Laufschritt zu dem Zimmer eilte, das er gerade verlassen hatte. Als sie einander begegneten, fragte sie: »Was ist los?«

»Notfall. Es ist ... ein Notfall. Holen Sie Leute, es ist ... Mord.«

Er fand einfach nicht die richtigen Worte. Etwas Vergleichbares hatte er noch nie erlebt. Gerade weil er so unerfahren war, hatte man ihm diesen tristen Wachposten zugeteilt. Er war sozusagen entbehrlich. Während er zur Treppe lief, zog er sein Funkgerät heraus, alarmierte die Zentrale, bat um Verstärkung.

Die Krankenschwester versuchte, sich auf das Schlimmste gefasst zu machen; ein Körper, der in einer Blutlache auf dem Boden lag, der an einem Laken von einer Heißwasserleitung herabhing. Beides hatte sie bereits gesehen.

Als sie das Zimmer betrat, sah sie nur ein leeres Bett. Und etwas am Fenster. Erst dachte sie, es wäre ein Kleiderbündel, das auf dem Fensterbrett abgelegt worden war. Dann aber sah sie, dass es sich bewegte.

Sie rannte zum Fenster, um es noch zu verhindern, aber der Mann war bereits zu weit gekommen. Er war schon auf dem Fensterbrett, halb aus dem Fenster, als sie loslief. Sie kam noch rechtzeitig hinzu, um einen Zipfel des Krankenhauskittels zu erhaschen, ehe der Körper des Mannes sich hinauswälzte, der Infusionsschlauch aus seinem Arm gerissen wurde. Ein Ratschen, dann blieb sie mit einem Stück blauen Stoffs in der Hand zurück. Zwei Sekunden später hörte sie entfernt einen dumpfen Knall, als der Körper auf dem Erdboden aufschlug, danach das Piepen des Alarms vom Infusionsständer.

Der Taxifahrer fuhr vor dem Eingang der Ambulanz an den Straßenrand. Der ältere Mann auf dem Rücksitz, der ihn während der ganzen Fahrt von Jakobsberg mit der Geschichte seiner Herzbeschwerden unterhalten hatte, öffnete die Autotür und blieb auffordernd sitzen.

Okay, okay.

Der Fahrer öffnete seine Tür, ging um den Wagen herum und streckte einen Arm aus, um den Greis zu stützen. Schnee fiel in seinen Nacken und auf seine Jacke. Der alte Mann wollte gerade nach dem Arm greifen, als sein Blick auf etwas am Himmel fiel und er sitzen blieb.

»Nun kommen Sie schon. Ich halte Sie fest.«

Der alte Mann zeigte nach oben. »Was ist denn das?«

Der Taxifahrer schaute in die Richtung, in die der Mann zeigte.

Auf dem Dach des Krankenhauses stand ein Mensch. Ein kleiner Mensch. Mit nacktem Oberkörper, die Arme eng an den Körper angelegt.

Alarm.

Er sollte über Funk Alarm schlagen. Aber er stand still, war nicht fähig, sich zu bewegen. Wenn er sich jetzt von der Stelle rührte, würde eine Art Gleichgewicht erschüttert werden und der kleine Mensch fallen.

Seine Hand schmerzte, als der alte Mann sie mit krallenartigen Fingern packte, seine Fingernägel in den Handteller bohrte. Dennoch rührte er sich nicht.

Schnee fiel ihm in die Augen, und er zwinkerte. Der Mensch auf dem Dach breitete seine Arme aus, hob sie über den Kopf. Irgendetwas hing zwischen Armen und Körper; eine Haut ... Membran. Der alte Mann zog an seiner Hand, erhob sich aus dem Wagen und stellte sich neben ihn.

Als die Schulter des Greises seine eigene berührte, fiel der kleine Mensch ... das Kind ... direkt nach vorn. Er keuchte auf, und die Finger des Alten bohrten sich erneut in seine Handfläche. Das Kind fiel direkt auf sie zu.

Instinktiv duckten sich beide und hielten sich die Arme über den Kopf.

Nichts geschah.

Als sie wieder aufblickten, war das Kind verschwunden. Der Taxifahrer schaute sich um, aber alles, was es im Luftraum zu sehen gab, war fallender Schnee unter Straßenlaternen. Der alte Mann röchelte.

»Der Todesengel. Das war der Todesengel. Ich werde diesen Ort nie mehr verlassen.«

Samstag, 7. November (Nacht)

»Habba-Habba soudd-soudd!«

Die Gang aus sieben Jungen und Mädchen war am Hötorget eingestiegen. Sie waren ungefähr in Tommys Alter. Betrunken. Die Jungen brüllten von Zeit zu Zeit los, fielen auf die Mädchen, und die Mädchen lachten, schlugen nach ihnen. Dann sangen sie wieder. Das gleiche Lied, immer und immer wieder. Oskar beobachtete sie verstohlen.

Ich werde nie so sein wie sie.

Leider. Er hätte es sich gewünscht, denn sie schienen Spaß zu haben. Aber Oskar würde niemals so sein, sich so verhalten können, wie diese Jungen es taten. Einer von ihnen stellte sich auf den Sitz und sang laut: »A Huleba-Huleba, A-ha-Huleba . . .«

Ein Typ, der bei den Behindertenplätzen am Ende des Wagens saß und vor sich hindöste, rief: »Könnt ihr nicht ein bisschen leiser sein! Ich versuche zu schlafen.«

Eines der Mädchen streckte den Mittelfinger aus, hielt ihn dem Typen hin.

»Schlafen soll man zu Hause.«

Die ganze Gang lachte und stimmte wieder in das Lied ein. Einige Plätze entfernt saß ein Mann und las in einem Buch. Oskar senkte den Kopf ein wenig, um den Titel zu lesen, konnte jedoch nur den Autorennamen entziffern: Göran Tunström. Nichts, was er kannte.

In dem Vierersitz neben Oskars saß eine alte Frau mit einer Handtasche auf dem Schoß. Sie sprach leise vor sich hin, gestikulierte in Richtung eines unsichtbaren Gesprächspartners.

Nie zuvor war er nach zehn Uhr U-Bahn gefahren. Waren das die gleichen Menschen, die tagsüber schweigend vor sich hinstierten, Zeitungen lasen? Oder war es eine spezielle Gruppe, die nur nachts auftauchte? Der Mann mit dem Buch blätterte um. Oskar hatte erstaunlicherweise kein Buch dabei. Schade. Er wäre gerne wie dieser Mann gewesen; unbeeindruckt von allem, was um ihn herum geschah, hätte er in einem Buch gelesen. Aber er hatte nur seinen Walkman und den Würfel dabei. Er hatte vorgehabt, die Kiss-Kassette zu hören, die er von Tommy bekommen hatte, was er im Bus auch getan hatte, aber schon nach ein paar Liedern leid gewesen war.

Er holte den Würfel aus der Tasche. Drei Seiten waren gelöst. Nur ein lächerliches kleines Stück fehlte noch an der vierten. Eli und er hatten eines Abends mit dem Würfel gespielt, darüber gesprochen, wie man vorgehen konnte, und seither war Oskar besser geworden. Er betrachtete alle Seiten, versuchte eine Strategie zu entwickeln, hatte aber immer nur Elis Gesicht vor Augen.

Wie wird sie aussehen?

Er hatte keine Angst. Er existierte in dem Gefühl, dass ... ja ... er konnte überhaupt nicht hier sein um diese Uhrzeit, konnte nicht tun, was er gerade tat. Es existierte nicht. Das war nicht er.

Es gibt mich nicht, und niemand kann mir etwas tun.

Er hatte Papa von Norrtälje aus angerufen, und Papa hatte am Telefon geweint. Er hatte gesagt, er werde jemanden anrufen, der Oskar abholen solle. Es war das zweite Mal in seinem Leben gewesen, dass Oskar seinen Vater weinen hörte. Für einen Moment war Oskar versucht gewesen, sich erweichen zu lassen. Als Papa jedoch anfing, sich aufzuregen und zu schreien, er müsse ja wohl noch sein eigenes Leben führen dürfen und in seinen eigenen vier Wänden machen können, was er wollte, hatte Oskar aufgelegt.

In dem Moment hatte es ernsthaft begonnen; dieses Gefühl, dass es ihn gar nicht gab.

Die Gang aus Jungen und Mädchen stieg am Ängbyplan aus. Einer der Jungen drehte sich um und rief in den Wagen hinein:

»Schlaft gut, meine lieben ... lieben ...«

Er fand nicht das richtige Wort, und eines der Mädchen zog ihn mit sich. Als sich die Türen schon schlossen, riss er sich von ihr los, lief zu ihnen zurück, hielt eine Tür offen und rief:

»... Mitreisenden! Schlaft gut, meine lieben Mitreisenden!«

Er ließ die Tür los, und die Bahn setzte sich in Bewegung. Der lesende Mann ließ sein Buch sinken, sah den Jugendlichen auf dem Bahnsteig hinterher. Dann wandte er sich zu Oskar um, sah ihm in die Augen und lächelte. Oskar erwiderte flüchtig sein Lächeln und tat anschließend, als konzentriere er sich wieder auf den Würfel.

Seine Brust war von dem Gefühl erfüllt ... anerkannt worden zu sein. Der Mann hatte ihn angesehen und ihm einen Gedanken gesandt: *Es ist schon gut. Alles, was du tust, ist okay.*

Dennoch traute er sich nicht, den Mann noch einmal anzusehen. Ihm war, als wüsste der Mann Bescheid. Oskar drehte ein wenig an dem Würfel, drehte wieder zurück.

Außer ihm stiegen in Blackeberg noch zwei weitere Fahrgäste aus anderen Wagen aus. Ein älterer Junge, den er nicht kannte, und ein erwachsener Rocker, der sehr betrunken zu sein schien. Der Rocker taumelte zu dem älteren Jungen und rief:

»Hö'ma', haste ma' ne Fluppe?«

»Sorry, ich rauche nicht.«

Der Rocker schien nur die Ablehnung gehört zu haben, denn er zerrte einen Zehner aus der Tasche und wedelte damit. »Zehn Mäuse! Für nur einen Glimmstängel.«

Der Junge schüttelte den Kopf und ging weiter. Der Rocker blieb wankend zurück, und als Oskar vorbeiging, hob er den Kopf und sagte: »Du!« Doch dann wurden seine Augen schmäler, und er fixierte Oskar und schüttelte den Kopf. »Nee. Schon gut. Friede sei mit dir, Bruder.«

Oskar stieg die Treppen zur Stationshalle hinauf und überlegte, ob der Rocker jetzt auf die stromführende Schiene pinkeln würde. Der ältere Junge verschwand durch die Ausgangstür. Abgesehen vom Fahrkartenkontrolleur an der Sperre war Oskar allein in der Stationshalle.

Nachts war hier alles so verändert. Das Fotogeschäft, der Blumenladen und die Kleiderboutique in der Halle waren unbeleuchtet. Der Kontrolleur saß in seiner Kabine, hatte die Füße auf den Tresen gelegt, las etwas. Es war so still. Auf der Wanduhr war es kurz nach zwei. Eigentlich sollte er jetzt in seinem Bett liegen und schlafen. Zumindest schläfrig sollte er sein. Aber so war es nicht. Er war so müde, dass sich sein Körper ganz hohl anfühlte, aber es war ein Hohlraum voller Elektrizität. Schläfrig war er nicht.

Unten am Bahnsteig wurde eine Tür aufgeschlagen, und er hörte die Stimme des Rockers von unten heraufdringen: »Verneiget euch, ihr Dorfleute, mit Buckel und Baton . . .«

Es war das Lied, das er selber auch gesungen hatte. Er lachte auf und lief los, lief durch die Türen ins Freie, den Hang zur Schule hinab, an der Schule, am Parkplatz vorbei. Es schneite wieder, und die großen Flocken durchlöcherten die Hitze in seinem Gesicht. Während er lief, blickte er auf. Der Mond war noch immer bei ihm, machte Kuckuck zwischen den Hochhäusern.

Als er auf den Hinterhof gelangte, blieb er stehen und atmete durch. Die meisten Fenster waren dunkel, aber war da nicht ein schwacher Lichtschein hinter den Jalousien in Elis Wohnung?

Wie wird sie aussehen?

Er ging den Hang hinauf, warf einen Blick auf sein eigenes, dunkles Fenster. In diesem Zimmer lag der normale Oskar und schlief. Oskar ... vor Eli. Der mit dem Pinkelball in der Unterhose. Er dagegen benutzte den Ball nicht mehr, benötigte ihn nicht länger.

Er schloss die Tür auf und ging durch den Kellergang in ihr Treppenhaus, blieb nicht stehen, um zu schauen, ob noch ein Fleck auf dem Fußboden war, sondern ging einfach vorbei. All das gab es jetzt nicht mehr. Er hatte keine Mutter, keinen Vater, kein früheres Leben, er war einfach nur ... hier. Er trat durch die Tür, stieg die Treppen hinauf.

Auf dem Treppenabsatz stehend, betrachtete er die abgewetzte Holztür, das Namensschild ohne Namen. *Hinter der Tür.*

Er hatte sich vorgestellt, einfach die Treppen hinaufzulaufen und zu klingeln. Stattdessen setzte er sich direkt neben der Tür auf die zweitunterste Treppenstufe.

Und wenn sie nicht wollte, dass er kam?

Immerhin war sie es gewesen, die fortgerannt war. Sie würde vielleicht sagen, er solle gehen, sie wolle ihre Ruhe haben, sie ...

Der Kellerverschlag. Von Tommy und den anderen.

Dort konnte er schlafen, auf der Couch. Nachts waren sie doch bestimmt nicht da, oder? Dann würde er Eli morgen Abend treffen, wie immer.

Es wird nicht wie immer sein.

Er starrte die Klingel an. Es würde nie wieder so sein wie früher. Etwas Großes musste getan werden. Zum Beispiel weglaufen, trampen, mitten in der Nacht nach Hause kommen, um zu zeigen, dass es ... wichtig war. Er hatte keine Angst davor, dass sie vielleicht ein Wesen war, das von Menschenblut lebte, sondern davor, dass sie ihn von sich stoßen könnte.

Er klingelte.

Ein Schrillen drang aus der Wohnung und hörte auf, als er den Knopf losließ. Er blieb sitzen, wartete, klingelte noch einmal, länger. Nichts. Kein Ton.

Sie war nicht zu Hause.

Oskar saß regungslos auf der Treppenstufe, während sich die Enttäuschung wie ein Stein in seinen Bauch senkte. Auf einmal war er müde, unglaublich müde. Langsam richtete er sich auf, ging die Treppen hinab. Auf halbem Weg hatte er eine Idee. Dumm, aber warum nicht. Er ging erneut zu ihrer Tür und buchstabierte mit kurzen und langen Klingelsignalen ihren Namen mit Morsezeichen.

Kurz. Pause. Kurz, lang, kurz, kurz. Pause. Kurz, kurz. E ... L ... I ...

Wartete. Kein Laut drang von der anderen Seite zu ihm heraus. Er wandte sich ab, um zu gehen, als er ihre Stimme hörte.

»Oskar? Bist du es?«

Und es war so, trotz allem; dass die Freude eine Rakete war, die in seiner Brust abgefeuert wurde und aus seinem Mund explodierte mit einem viel zu lauten:

»Ja!«

Um etwas zu tun zu haben, holte Maud Carlberg eine Tasse Kaffee aus dem Raum hinter der Information, setzte sich in das verdunkelte Häuschen. Ihr Dienst war schon seit einer Stunde zu Ende, aber die Polizei hatte sie gebeten zu bleiben.

Zwei Männer, die nicht wie Polizisten gekleidet waren, pinselten dort, wo das kleine Mädchen mit seinen nackten Füßen gegangen war, eine Art Pulver auf den Fußboden.

Der Polizist, der ihr Fragen dazu gestellt hatte, was das Mädchen gesagt und getan und wie es ausgesehen hatte, war nicht besonders freundlich gewesen. Maud hatte die ganze Zeit das Gefühl gehabt, dass seine Stimme andeutete, sie habe sich falsch verhalten. Aber wie hätte sie das ahnen können?

Henrik, ein Kollege vom Sicherheitsdienst, der oft zur gleichen Zeit Abenddienst hatte wie sie, kam zur Information und zeigte auf die Kaffeetasse.

»Für mich?«

»Wenn du möchtest.«

Henrik nahm die Kaffeetasse, trank einen Schluck und schaute in die Eingangshalle. Außer den Männern, die den Fußboden bepinselten, hielt sich dort noch ein uniformierter Polizeibeamter auf, der sich mit einem Taxifahrer unterhielt.

»Viele Leute heute Abend.«

»Ich verstehe gar nichts mehr. Wie ist sie da nur hochgekommen?«

»Keine Ahnung. Das versuchen sie wohl gerade herauszufinden. Sie scheint die Wand hinaufgeklettert zu sein.«

»Das geht doch gar nicht.«

»Nee.«

Henrik holte eine Tüte Lakritz aus der Tasche und hielt sie ihr hin. Maud schüttelte den Kopf, und Henrik nahm drei heraus, schob sie sich in den Mund und zuckte entschuldigend mit den Schultern.

»Ich hab aufgehört zu rauchen. Hab vier Kilo in zwei Wochen zugenommen.« Er schnitt eine Grimasse. »Nein, verdammt. Du hättest ihn sehen sollen.«

»Wen . . . den Mörder?«

»Ja. Er hat die ganze Wand vollgespritzt. Und dann das Gesicht ... mein Gott. Sollte man sich irgendwann umbringen wollen, dann bitteschön mit Tabletten. Stell dir mal vor, Obduzent zu sein. Dann muss man ...«

»Henrik.«

»Ja?«

»Sei still.«

❄

Eli stand in der geöffneten Tür. Oskar saß auf der Treppenstufe. Mit einer Hand umklammerte er den Griff seiner Tasche, als wäre er bereit, jeden Augenblick zu gehen. Eli strich sich eine Strähne hinters Ohr. Sie sah kerngesund aus. Ein kleines, unsicheres Mädchen. Sie sah auf ihre Hände hinab, sagte leise: »Kommst du?«

»Ja.«

Eli nickte fast unmerklich, flocht ihre Finger ineinander. Oskar blieb auf der Treppenstufe sitzen.

»Darf ich ... hereinkommen?«

»Ja.«

Auf einmal ritt Oskar der Teufel. Er sagte: »Sag, dass ich hereinkommen darf.«

Eli hob den Kopf, machte Anstalten, etwas zu sagen, blieb stumm. Sie schloss die Tür ein wenig, hielt inne. Trat mit ihren nackten Füßen auf der Stelle, sagte dann:

»Du darfst hereinkommen.«

Sie wandte sich um und ging in die Wohnung. Oskar folgte ihr, schloss die Tür hinter sich. Er stellte seine Tasche im Flur ab, zog die Jacke aus und hängte sie an eine Hutablage mit Kleiderhaken, an der ansonsten nichts hing.

Eli stand mit hängenden Armen in der Tür zum Wohnzim-

366

mer. Sie trug bloß einen Slip und ein rotes T-Shirt, auf dem Iron Maiden über einem Bild des Skelettmonsters stand, das immer auf ihren Plattenhüllen abgebildet war. Oskar glaubte das Hemd zu erkennen. Er hatte es schon einmal im Müllkeller gesehen. War es dasselbe?

Eli musterte ihre schmutzigen Füße.

»Warum hast du das eben gesagt?«

»Du hast es doch auch gesagt.«

»Ja. Oskar ...«

Sie zögerte. Oskar blieb stehen, wo er stand, die Hand auf der Jacke, die er gerade aufgehängt hatte. Er sah die Jacke an, als er fragte:

»Bist du ein Vampir?«

Sie schlug die Arme um den Leib, schüttelte sachte den Kopf.

»Ich ... lebe von Blut. Aber ich bin nicht ... das.«

»Was ist der Unterschied?«

Sie sah ihm in die Augen und sagte, diesmal mit etwas mehr Nachdruck:

»Es ist ein riesengroßer Unterschied.«

Oskar sah, wie ihre Zehen sich krümmten, entspannten, krümmten. Die nackten Beine waren unglaublich schmal, wo das T-Shirt endete, konnte er den Rand eines weißen Slips sehen. Er machte eine Geste zu ihr hin. »Bist du irgendwie ... tot?«

Zum ersten Mal, seit er gekommen war, lächelte sie.

»Nein. Merkt man das nicht?«

»Ja aber ... du weißt schon ... bist du irgendwie schon einmal gestorben?«

»Nein. Aber ich habe sehr lange gelebt.«

»Also bist du alt. Innerlich. Im Kopf.«

»Nein, bin ich nicht. Das ist das Einzige, was ich selber wirk-

367

lich seltsam finde. Was ich nicht verstehen kann. Warum ich . . . in gewisser Weise . . . nie älter werde als zwölf.«

Oskar dachte nach, strich über den Ärmel seiner Jacke.

»Weil du es bist, vielleicht.«

»Wie meinst du das?«

»Na ja, also . . . du kannst nicht verstehen, warum du nur zwölf Jahre alt bist, weil du nur zwölf Jahre alt bist.«

Eli runzelte die Stirn. »Willst du damit sagen, ich bin dumm?«

»Nein. Aber ein bisschen schwer von Begriff. Wie kleine Kinder im Allgemeinen so sind.«

»So, so. Wie läuft es denn mit dem Würfel?«

Oskar schnaubte, sah ihr in die Augen und erinnerte sich an die Sache mit den Pupillen. Jetzt waren sie wieder ganz normal, aber sie hatten so seltsam ausgesehen, oder etwa nicht? Trotz allem . . . es war zu viel. Man konnte das einfach nicht glauben.

»Eli. Du denkst dir das nur aus, oder?«

Eli strich über das Skelettmonster auf ihrem Bauch, ließ die Hand mitten auf dem gähnenden Mund des Monsters liegen.

»Willst du immer noch einen Bund mit mir eingehen?«

Oskar wich einen halben Schritt zurück.

»Nein.«

Sie schaute zu ihm auf. Traurig, fast anklagend.

»Nicht so. Du begreifst doch wohl . . . ich hätte . . .«

Sie verstummte. Oskar sprach für sie weiter.

»Hättest du mich töten wollen, hättest du es längst getan.«

Eli nickte. Oskar wich noch einen halben Schritt zurück. Wie schnell würde er durch die Tür hinauskommen können? Sollte er die Tasche zurücklassen? Eli schien seine Unruhe, seinen Wunsch zu fliehen, nicht zu bemerken. Oskar blieb mit angespannten Muskeln stehen.

»Werde ich . . . mich anstecken?«

Den Blick weiterhin auf das Monster auf ihrem Bauch gerichtet, schüttelte Eli den Kopf. »Ich will niemanden infizieren. Am allerwenigsten dich.«

»Was ist es dann? Dieser Bund?«

Sie hob den Kopf, blickte zu dem Punkt, an dem sie ihn vermutete, und entdeckte, dass er dort nicht mehr war. Zögerte. Ging dann zu ihm und nahm seinen Kopf in ihre Hände. Oskar ließ es geschehen. Eli sah . . . leer aus. Abwesend. Aber es gab nicht die geringste Andeutung jenes Gesichts, das er im Keller gesehen hatte. Ihre Fingerspitzen berührten seine Ohren. Ruhe durchströmte Oskars Körper.

Es geschehe.

Es geschehe, was immer geschehen soll.

Elis Gesicht war zwanzig Zentimeter von seinem eigenen entfernt. Ihr Atem roch seltsam, wie der Schuppen, in dem Papa alten Eisenschrott verwahrte. Ja. Sie roch nach . . . Rost. Eine Fingerspitze strich über sein Ohr. Sie flüsterte:

»Ich bin ganz allein. Niemand weiß es. Willst du?«

»Ja.«

Sie führte rasch ihr Gesicht zu seinem, schloss ihre Lippen um seine Oberlippe, hielt sie mit einem leichten, ganz leichten Druck fest. Ihre Lippen waren warm und trocken. Speichel schoss ihm in den Mund, und als er seine eigenen Lippen um ihre Unterlippe schloss, wurde sie feucht, weich. Behutsam kosteten sie ihre Lippen und ließen sie aufeinander gleiten, und Oskar verschwand in einem warmen Dunkel, das sich schrittweise erhellte, zu einem großen Saal wurde, einem Schlosssaal, in dessen Mitte ein langer Tisch voller Essen stand, und Oskar . . .

läuft zu den Leckereien, beginnt mit bloßen Händen von ihnen zu essen. Um ihn herum sind andere Kinder, große und kleine. Alle essen

369

von dem Tisch. Am Kopfende des Tisches sitzt ein ... Mann? ... eine Frau ...

ein Mensch, der eine Perücke zu tragen scheint. Eine gewaltige Haarmähne bedeckt den Kopf. Der Mensch hat ein Glas in der Hand, gefüllt mit einer dunkelroten Flüssigkeit, sitzt bequem zurückgelehnt auf seinem Stuhl, nippt an dem Glas und nickt Oskar aufmunternd zu.

Sie essen und essen. Weiter hinten in dem Saal, an der Wand, kann Oskar Menschen in ärmlicher Kleidung ausmachen, die unruhig verfolgen, was um den Tisch herum geschieht. Eine Frau, die ein braunes Tuch um die Haare geschlungen trägt, die Hände vor dem Bauch fest verschränkt hält, und Oskar denkt »Mama«.

Dann klirrt ein Glas, und die Aufmerksamkeit aller Anwesenden wendet sich dem Mann am Kopfende des Tisches zu. Er richtet sich auf. Oskar hat Angst vor diesem Mann. Sein Mund ist klein, schmallippig, unnatürlich rot. Das Gesicht kreideweiß. Oskar fühlt Fleischsaft aus dem Mundwinkel rinnen, ein kleiner Bissen Fleisch liegt ganz vorn in seinem Mund, und er schiebt ihn mit der Zunge fort.

Der Mann hält einen kleinen Lederbeutel hoch. Mit einer graziösen Handbewegung löst er das Band, das den Beutel verschließt, und lässt zwei große weiße Würfel auf den Tisch fallen. Es hallt in dem Saal, als die Würfel rollen, liegen bleiben. Der Mann nimmt die Würfel in die Hand, hält sie Oskar und den anderen Kindern hin.

Der Mann öffnet den Mund, um etwas zu sagen, aber im gleichen Moment fällt der kleine Fleischbissen aus Oskars Mund und ...

Elis Lippen verließen seine, sie löste den Griff um seinen Kopf, trat einen Schritt zurück. Obwohl es ihm Angst machte, versuchte Oskar von Neuem das Bild des Schlosssaals heraufzubeschwören, aber es war fort. Eli sah ihn forschend an. Oskar rieb sich die Augen, nickte.

»Es ist also wahr.«

»Ja.«

So standen sie eine ganze Weile und schwiegen. Dann sagte Eli. »Magst du reinkommen?«

Oskar sagte nichts. Eli zog an ihrem T-Shirt, hob die Hände, ließ sie fallen.

»Ich werde dir niemals etwas antun.«

»Das weiß ich doch.«

»Woran denkst du?«

»Dieses T-Shirt. Ist das aus dem Müllkeller?«

». . . ja.«

»Hast du es gewaschen?«

Eli antwortete nicht.

»Du bist ein bisschen eklig, weißt du das?«

»Wenn du willst, kann ich mich umziehen.«

»Ja. Tu das.«

❄

Er hatte von dem Mann auf der Bahre, unter dem Tuch, gelesen. Dem Ritualmörder.

Benke Edwards hatte alle Arten von Leichen durch diese Korridore zum Kühlraum geschoben. Männer und Frauen jeden Alters und aller Größen. Kinder. Es gab keine speziell für Kinder bestimmte Bahre, und wenige Dinge berührten Benke so unangenehm, wie die leere Fläche, die auf der Bahre blieb, wenn man ein Kind transportierte; das kleine Geschöpf unter dem weißen Tuch, gleichsam an das obere Ende der Bahre gepresst. Das Fußende leer, das Tuch glatt. Diese Fläche war der Tod an sich.

Doch nun schob er einen erwachsenen Mann und damit nicht genug; eine Berühmtheit.

Er schob die Bahre durch die stillen Korridore. Das einzige

371

Geräusch war das leise Quietschen der Gummiräder auf dem Linoleumboden. Hier unten gab es keine Farbmarkierungen auf dem Fußboden. Wenn sich ein Besucher hierher verlor, war er stets in Begleitung eines Krankenhausmitarbeiters.

Benke hatte vor dem Krankenhaus gewartet, während die Polizei Fotos von der Leiche gemacht hatte. Ein paar Typen von der Presse hatten mit ihren Kameras hinter der Absperrung gestanden, mit starken Blitzlichtern Fotos vom Krankenhaus gemacht. Morgen würden diese Bilder in der Zeitung sein, ergänzt durch eine gestrichelte Linie, die anzeigte, wie der Mann gefallen war.

Eine Berühmtheit.

Der Klumpen unter dem Tuch deutete nichts dergleichen an. Ein Klumpen wie jeder andere auch. Er wusste, dass der Mann wie ein Monster aussah, dass sein Körper aufgeplatzt war wie ein wassergefüllter Ballon, als er auf dem gefrorenen Erdboden aufschlug, und er war dankbar für das Tuch. Unter dem Tuch sind wir alle gleich.

Dennoch würden sicher viele Menschen erleichtert sein, dass gerade dieser Klumpen nicht mehr lebendigen Fleisches in die Kälte geschafft wurde, um später zum Feuer transportiert zu werden, sobald die Gerichtsmediziner mit ihm fertig waren. Der Mann hatte eine Wunde am Hals gehabt, die den Polizeifotografen ganz besonders interessiert hatte.

Aber spielte das eine Rolle?

Benke neigte dazu, sich ein wenig als Philosophen zu betrachten, was höchstwahrscheinlich mit seiner Arbeit zusammenhing. Er hatte so viel von dem gesehen, was der Mensch in Wahrheit, letzten Endes war, dass er eine Theorie entwickelt hatte, und die war ganz einfach.

»Alles sitzt im Gehirn.«

Seine Stimme hallte in den menschenleeren Korridoren, als

er die Bahre vor der Tür zum Kühlraum anhielt, den Code eintippte und die Tür öffnete.

Ja. Alles ist im Gehirn. Von Beginn an. Der Körper ist nur eine Art Serviceeinheit, die das Gehirn mit sich herumschleppen muss, um am Leben zu bleiben. Aber alles ist von Anfang an dort, im Gehirn. Und der einzige Weg, jemanden wie den Mann unter dem Tuch zu verändern, bestünde darin, sein Gehirn zu operieren.

Oder es abzuschalten.

Das Schloss, das die Tür zehn Sekunden offen halten sollte, nachdem man den Code eingetippt hatte, war immer noch nicht repariert worden, und Benke musste die Tür mit einer Hand aufhalten, während er mit der anderen nach dem Kopfende der Bahre griff und sie in den Kühlraum zog. Die Bahre schlug gegen den Türpfosten, und Benke fluchte.

In der Chirurgie hätten sie das in null Komma nichts repariert.

Dann sah er etwas Eigenartiges.

Direkt unter und links von der Erhebung, die der Kopf des Mannes war, gab es einen bräunlichen Fleck auf dem Tuch. Die Tür schloss sich hinter ihnen, als Benke den Kopf senkte, um sich die Sache etwas genauer anzusehen. Der Fleck wurde langsam größer.

Er blutet.

Benke war niemand, der sich leicht ins Bockshorn jagen ließ. So etwas hatte er auch früher schon erlebt. Es war vermutlich nur eine Ansammlung von Blut im Schädelinneren, die freigesetzt wurde, als die Bahre gegen den Türpfosten schlug.

Der Fleck auf dem Tuch wurde größer.

Benke ging zum Erste-Hilfe-Schrank und holte Mullbinden und Leukoplast heraus. Er hatte einen solchen Schrank an einem Ort wie diesem immer etwas komisch gefunden, aber er war natürlich für den Fall gedacht, dass sich hier eine lebende Person verletzte; sich die Finger an der Bahre klemmte oder Ähnliches.

Er fasste das Tuch direkt oberhalb des Flecks und sammelte sich einen Augenblick. Selbstverständlich hatte er keine Angst vor Leichen, aber diese hatte wirklich ziemlich übel ausgesehen, und Benke würde sie verbinden müssen. Er und sonst niemand würde Ärger bekommen, wenn massenhaft Blut in den Kühlraum lief.

Also schluckte er und zog das Tuch herab.

Das Gesicht des Mannes trotzte jeder Beschreibung. Es war schlichtweg unvorstellbar, dass er eine Woche lang mit einem solchen Gesicht gelebt hatte, in dem es nichts gab, was sich als etwas Menschliches erkennen ließ; abgesehen von einem Ohr und einem . . . Auge.

Hätten sie es nicht . . . zukleben können?

Das Auge stand offen. Natürlich. Es gab praktisch kein Lid, um es zu schließen. Und das Auge war so mitgenommen, dass es aussah, als hätten sich im Augapfel Narben gebildet.

Benke riss sich von dem toten Blick los und konzentrierte sich auf das, was er zu tun hatte. Die Quelle des Flecks schien die Wunde am Hals zu sein.

Ein weiches Ploppen war zu hören, und Benke schaute sich hastig um. Verdammter Mist. Seine Nerven spielten ihm also doch einen Streich. Ein zweites Ploppen. Es kam von seinen Füßen. Er schaute an sich hinab. Ein Wassertropfen fiel von der Bahre und landete auf seinem Schuh. Plopp.

Wasser?

Er untersuchte die Wunde am Hals des Mannes. Unter ihr hatte sich eine Pfütze gebildet und breitete sich auf dem Blech der Bahre aus.

Plopp.

Er bewegte seinen Fuß zur Seite. Es tropfte auf den Kachelboden.

Plipp.

Er berührte die Flüssigkeit mit dem Zeigefinger, rieb Daumen und Zeigefinger aneinander. Das war kein Wasser. Es war eine glatte, zähflüssige, durchsichtige Flüssigkeit. Er roch an seinen Fingern, aber es war nichts, was er kannte.

Als er auf den weißen Fußboden hinabblickte, hatte sich dort bereits eine kleine Pfütze gebildet. Die Flüssigkeit war nicht durchsichtig, sondern hellrosa, sah aus wie etwas, das er beim Separieren von Blut in Transfusionsbeuteln gesehen hatte. Wie das, was übrig bleibt, wenn die roten Blutkörperchen herabsinken.

Plasma.

Dieser Mann blutete Blutplasma.

Wie dies möglich sein konnte, würden die Experten morgen oder vielmehr heute klären müssen. Sein Job war nur, diese Blutung zu stoppen, damit hier nichts schmutzig wurde. Er wollte nach Hause, neben seiner schlafenden Frau ins Bett kriechen, ein paar Seiten in *Das Ekel aus Säffle* lesen und anschließend schlafen.

Benke faltete die Mullbinde zu einer dicken Kompresse zusammen und presste sie auf die Wunde. Wie zum Teufel sollte er das Klebeband befestigen? Auch der restliche Hals des Mannes war so zerfetzt, dass man Probleme hatte, Flecken unbeschädigter Haut für das Pflaster zu finden. Egal. Er wollte nach Hause. Er zog lange Streifen Klebeband ab und verklebte sie kreuz und quer auf dem Hals, weshalb man ihm später vermutlich Fragen stellen würde, aber das war ihm jetzt egal.

Ich bin Hausmeister, kein Chirurg.

Als die Kompresse platziert war, wischte er die Bahre und den Fußboden trocken. Anschließend rollte er die Leiche in Raum vier und rieb sich die Hände. Das war's. Ein gut erledigter Job und eine nette Geschichte, die man in Zukunft zum Besten geben konnte. Während er einen letzten prüfenden Blick in den Raum warf und das Licht löschte, begann er bereits, sich geschliffene Formulierungen zurechtzulegen.

Ihr habt doch sicher von diesem Mörder gehört, der aus dem obersten Stock gefallen ist, nicht? Ich hab mich ja dann um ihn gekümmert, danach, und als ich mit ihm zum Kühlraum hinuntergefahren bin, habe ich etwas Seltsames gesehen . . .

Er nahm den Aufzug zu seinem Zimmer, wusch sich gründlich die Hände, zog sich um und warf den Kittel auf dem Weg nach draußen in die Wäsche. Er ging zum Parkplatz, setzte sich ins Auto und rauchte in aller Ruhe eine Zigarette, ehe er den Motor anließ. Nachdem er sie im Aschenbecher ausgedrückt hatte, den er wirklich bald einmal leeren sollte, drehte er den Zündschlüssel.

Wie üblich, wenn es kalt oder feucht war, bockte der Wagen ein wenig, sprang allerdings letzten Endes immer an, wollte vorher nur ein bisschen herumzicken. Als das Wah-Wah-Geräusch beim dritten Versuch in ein stotterndes Motorbrummen überging, schoss es ihm durch den Kopf.

Es gerinnt nicht.

Nein. Was da aus dem Hals des Mannes lief, würde unter der Kompresse nicht gerinnen. Es würde durchbluten und anschließend weiter auf den Fußboden laufen . . . und wenn sie in ein paar Stunden die Tür öffneten . . .

Mist!

Er zog den Schlüssel aus dem Zündschloss und stopfte ihn wütend in die Tasche, während er aus dem Wagen stieg und zum Krankenhaus zurückging.

✳

Das Wohnzimmer war nicht ganz so leer wie der Flur und die Küche. Hier standen eine Couch, ein Sessel und ein großer

Tisch, auf dem jede Menge kleiner Gegenstände lagen. Neben der Couch waren drei Umzugskartons aufeinander gestapelt. Eine einsame Stehlampe warf schwaches gelbes Licht auf den Tisch. Aber das war auch schon alles. Keine Teppiche, keine Bilder, kein Fernsehapparat. Vor den Zimmerfenstern hingen dicke Decken.

Es sieht aus wie eine Gefängniszelle. Eine große Gefängniszelle.

Oskar pfiff kurz und prüfend. Tatsächlich. Es hallte, wenn auch nur schwach. Vermutlich wegen der Decken. Er stellte seine Tasche neben dem Sessel ab. Als die Metallbeschläge der Unterseite auf den harten Linoleumboden trafen, wurde das Klackern trostlos verstärkt.

Er sah sich gerade die Sachen an, die auf dem Tisch lagen, als Eli aus dem Nachbarzimmer kam, jetzt ihr viel zu großes kariertes Hemd trug. Oskar zeigte auf das Wohnzimmer.

»Wollt ihr umziehen?«

»Nein. Wieso?«

»Ich dachte nur.«

Ihr?

Dass er bisher nicht daran gedacht hatte. Oskar ließ den Blick über die Gegenstände auf der Tischplatte schweifen. Sie sahen allesamt wie Spielzeug aus. Altes Spielzeug.

»Dieser Mann, der hier gewohnt hat. Das war gar nicht dein Vater, oder?«

»Nein.«

»War er auch . . . ?«

»Nein.«

Oskar nickte, sah sich erneut im Zimmer um. Man konnte sich kaum vorstellen, dass jemand so wohnte. Es sei denn . . .

»Bist du irgendwie . . . arm?«

Eli ging zum Tisch, hob einen Gegenstand auf, der aussah wie ein schwarzes Ei, und überreichte ihn Oskar, der sich vorlehnte und ihn unter die Lampe hielt, um besser sehen zu können.

Die Oberfläche des Eis war rau, und als Oskar es näher betrachtete, sah er, dass darauf hunderte komplizierter Windungen aus Golddrähten verliefen. Das Ei war schwer, so als wäre es aus irgendeinem Metall gefertigt. Oskar drehte das Ei und sah, dass die Goldfäden in flachen Furchen in der Oberfläche des Eis versenkt lagen. Eli stellte sich neben Oskar, und er nahm von Neuem diesen Geruch wahr ... den Geruch von Rost.

»Was meinst du, wie viel ist es wert?«

»Keine Ahnung. Viel?«

»Es gibt nur zwei davon. Hätte man beide, würde man sie verkaufen und sich zum Beispiel ein Atomkraftwerk kaufen können.«

»Nee ...?«

»Tja, ich weiß nicht. Was kostet denn so ein Atomkraftwerk? Fünfzig Millionen?«

»Ich glaube, das kostet ... Milliarden.«

»Aha. Nein, dann geht das wohl doch nicht.«

»Was willst du denn mit einem Atomkraftwerk?«

Eli lachte auf.

»Leg es zwischen deine Hände. So. Und dann rollst du es zwischen den Händen.«

Oskar befolgte Elis Anweisungen. Vorsichtig rollte er das Ei zwischen seinen gewölbten Händen und spürte, wie das Ei ... zersprang, auf seine Handfläche verteilt wurde. Er stöhnte auf und nahm die obere Hand fort. Das Ei war nur noch ein Haufen hunderter ... tausender Scherben in seiner Hand.

»Entschuldige! Ich war vorsichtig, ich ...«

»Psst. Das soll so sein. Pass nur auf, dass du kein Teil verlierst. Leg sie da drauf.«

Eli zeigte auf ein weißes Blatt, das auf dem Couchtisch lag. Oskar hielt den Atem an, als er behutsam die glitzernden Splitter aus seiner Hand fallen ließ. Die einzelnen Teile waren kleiner als Wassertropfen, und Oskar musste mit den Fingern der anderen Hand über den Handteller streichen, damit alle herabfielen.

»Aber es ist doch kaputtgegangen.«

»Hier. Schau her.«

Eli zog die Lampe näher an den Tisch heran, konzentrierte ihren matten Lichtschein über dem Haufen aus Metallstückchen. Oskar beugte sich hinab und schaute. Ein Teilchen, nicht größer als eine Zecke, lag alleine neben dem Splitterhaufen, und als er ganz nahe heranging, konnte er erkennen, dass es an einigen Stellen Zacken und Furchen hatte, an anderen fast mikroskopisch kleine, glühbirnenförmige Ausbuchtungen. Er begriff.

»Es ist ein Puzzle.«

»Ja.«

»Aber . . . kannst du es wieder zusammensetzen?«

»Ich denke schon.«

»Das muss doch ewig dauern.«

»Ja.«

Oskar betrachtete weitere Teile, die neben dem Haufen verstreut lagen. Auf den ersten Blick schienen sie mit dem ersten Teil identisch zu sein, aber wenn man genauer hinsah, erkannte man, dass es kleine Variationen gab. Die Furchen saßen nicht genau an der gleichen Stelle, die Ausbuchtungen verliefen in einem anderen Winkel. Er sah auch ein Teil, das abgesehen von einer haardünnen Borte aus Gold eine glatte Seite hatte. Ein Teil des äußeren Rands.

Er ließ sich in einen Sessel fallen.

»Ich würde wahnsinnig werden.«

»Stell dir erst einmal den vor, der es gemacht hat.«

Eli verdrehte die Augen und streckte die Zunge heraus, sodass sie aussah wie der eine Zwerg aus dem Schneewittchenfilm von Disney. Oskar lachte. Ha-ha. Das Geräusch blieb in der Luft, vibrierte zwischen den Wänden. Trostlos. Eli setzte sich im Schneidersitz auf die Couch, sah ihn ... erwartungsvoll an. Er wich ihrem Blick aus und betrachtete die Tischplatte, eine Ruinenlandschaft aus Spielzeug.

Trostlos.

Er war auf einmal wieder so müde. Sie war nicht »seine Freundin«, konnte es nicht sein. Sie war ... etwas anderes. Es gab eine große Distanz zwischen ihnen, die sich nicht ... er schloss die Augen und lehnte sich im Sessel zurück, und das Schwarze hinter seinen Lidern war der weite Raum, der sie voneinander trennte.

Er schlummerte ein, glitt in einen Sekundentraum.

Der Raum zwischen ihnen füllte sich mit hässlichen, klebrigen Insekten, die auf ihn zuflogen, und als sie näher kamen, sah er, dass sie Zähne hatten. Er fuchtelte mit der Hand, um sie zu verscheuchen, und wachte auf. Eli saß auf der Couch und betrachtete ihn.

»Oskar. Ich bin ein Mensch genau wie du. Stell dir einfach vor, dass ich ... eine sehr ungewöhnliche Krankheit habe.«

Oskar nickte.

Ein Gedanke wollte sich einstellen. Irgendetwas. Ein Zusammenhang. Aber er bekam ihn nicht zu fassen, ließ ihn fallen. Daraufhin stellte sich jedoch dieser andere Gedanke wieder ein, der grauenhafte. Dass Eli sich nur verstellte und in ihrem Inneren ein uralter Mensch hockte, ihn betrachtete, alles wusste, insgeheim höhnisch lächelte.

Das geht nicht.

Um irgendetwas zu tun, holte er den Walkman aus seiner Tasche, nahm die Kassette heraus, las den Text: »Kiss: Unmasked«, drehte sie um, »Kiss: Destroyer«, legte sie wieder ein.

Ich sollte nach Hause gehen.

Eli lehnte sich auf der Couch vor.

»Was ist das?«

»Das hier? Ein Walkman.«

»Ist das zum . . . Musik hören?«

»Ja.«

Sie weiß nichts. Sie ist superintelligent und weiß nichts. Was macht sie den ganzen Tag? Schlafen natürlich. Wo hat sie den Sarg? Ja, genau. Sie schlief nie, wenn sie bei mir war. Sie lag einfach nur in meinem Bett und wartete darauf, dass es hell wurde. Mein Leben heißt jetzt gehen . . .

»Darf ich ihn ausprobieren?«

Oskar reichte ihr den Walkman. Sie nahm ihn, schien nicht zu wissen, was man damit anstellen sollte, setzte dann jedoch den Kopfhörer auf, sah ihn fragend an. Oskar zeigte auf die Knöpfe.

»Drück den Knopf, auf dem ›play‹ steht.«

Eli suchte nach dem richtigen Knopf, drückte auf »play«. Oskar fühlte eine Art innerer Ruhe. Das war etwas ganz Normales; einem Freund Musik vorspielen. Er fragte sich, wie Eli *Kiss* gefallen würde.

Sie drückte auf »play«, und Oskar konnte noch von seinem Sessel aus das verzerrte, raunende Scheppern von Gitarre, Schlagzeug, Stimme hören. Sie war mitten in einem der rockigeren Stücke gelandet.

Eli riss die Augen auf und schrie vor Schmerz, und Oskar erschreckte sich so, dass er sich nach hinten gegen die Rückenlehne des Sessels warf. Er wippte, kippte fast nach hinten, während er sah, wie Eli sich den Kopfhörer so heftig von den Ohren zerrte, dass die Kabel abgerissen wurden, ihn von sich warf, die Hände auf die Ohren presste, wimmerte.

Oskars Mund stand offen, und er betrachtete den Kopfhörer, der gegen die Wand geflogen war. Er ging hin, hob ihn auf. Er

381

war kaputt. Beide Kabel hatten sich von den Hörermuscheln gelöst. Er legte ihn auf den Tisch und sank wieder in den Sessel.

Eli nahm die Hände von den Ohren.

»Entschuldige, ich . . . das hat so wehgetan.«

»Das macht nichts.«

»War er teuer?«

»Nein.«

Eli hob den obersten Umzugskarton herab, steckte die Hand hinein, holte ein paar Geldscheine heraus und hielt sie Oskar hin.

»Hier.«

Er nahm die Geldscheine entgegen, zählte sie. Drei Tausender und zwei Hunderter. Er empfand fast so etwas wie Angst, betrachtete den Karton, aus dem sie die Geldscheine genommen hatte, dann Eli, anschließend wieder die Geldscheine.

»Ich . . . er hat fünfzig Kronen gekostet.«

»Nimm es trotzdem.«

»Ja aber, das . . . es ist doch nur der Kopfhörer kaputtgegangen, und den . . .«

»Ich schenke es dir. Bitte.«

Oskar zögerte, stopfte dann die Geldscheine in die Hosentasche, während er sie in Reklamezettel umrechnete. Ungefähr ein Jahr von Samstagen, ungefähr . . . fünfundzwanzigtausend ausgeteilte Zettel. Hundertundfünfzig Stunden. Mehr. Ein Vermögen. Die Geldscheine kratzten ein wenig in der Tasche.

»Tja dann, danke.«

Eli nickte und nahm etwas vom Tisch, das ein verwickeltes Knäuel aus Knoten zu sein schien, vermutlich jedoch ein Puzzle war. Oskar beobachtete sie, während sie an den Knoten zupfte. Der gebeugte Nacken, ihre langen schmalen Finger, die über die Fadenenden strichen. In Gedanken ging er noch einmal alles durch, was sie ihm erzählt hatte. Ihr Vater, die Tante in der Stadt, die Schule, in die sie ging. Alles nur Lug und Trug.

Und woher hatte sie das viele Geld? Geklaut?

Das Gefühl war so ungewohnt, dass er anfangs nicht begriff, was es war. Es begann wie eine Art Kribbeln in der Haut, verbreitete sich ins Fleisch, schlug dann einen scharfen, kalten Bogen vom Bauch in den Kopf. Er war ... wütend. Nicht verzweifelt oder ängstlich, sondern wütend.

Weil sie gelogen hatte und dann ... wem hatte sie dieses Geld eigentlich geklaut? Jemandem, den sie ...? Er faltete die Hände auf dem Bauch, lehnte sich zurück.

»Du tötest Menschen.«

»Oskar ...«

»Wenn das alles wahr ist, musst du doch Menschen töten. Ihr Geld klauen.«

»Das Geld habe ich geschenkt bekommen.«

»Du lügst immer nur. Die ganze Zeit.«

»Das ist wahr.«

»Was ist wahr? Dass du lügst?«

Eli legte das Knotenknäuel auf den Tisch, sah ihn mit gequälten Augen an, breitete die Hände aus. »Was willst du, was soll ich tun?«

»Gib mir einen Beweis.«

»Wofür?«

»Dafür, dass du bist ... was du zu sein behauptest.«

Sie sah ihn lange an. Dann schüttelte sie den Kopf.

»Ich will nicht.«

»Und warum nicht?«

»Rate mal.«

Oskar sank tiefer in seinen Sessel, fühlte unter der Handfläche den kleinen Hügel, den die Geldscheine in seiner Hosentasche bildeten, sah die Reklamestapel vor sich, die heute Morgen gekommen waren und bis Dienstag ausgeteilt werden mussten. Graue Müdigkeit im Körper. Grau im Kopf. Zorn. »Rate mal.« Noch mehr Spiele, noch mehr Lügen. Er wollte gehen. Schlafen.

Das Geld. Sie hat mir Geld gegeben, damit ich bleibe.

Er stand aus dem Sessel auf, holte das zerknitterte Bündel Papier aus der Tasche, legte alles außer einem Hunderter auf den Tisch, schob den Hunderter in seine Tasche zurück und sagte: »Ich gehe nach Hause.«

Sie lehnte sich vor, packte sein Handgelenk. »Bleib. Bitte.«

»Warum sollte ich? Du lügst doch nur.«

Er versuchte sich von ihr zu entfernen, aber der Griff um sein Handgelenk wurde fester.

»Lass mich los!«

»Ich bin kein Zirkusmonster!«

Oskar biss die Zähne zusammen, sagte ruhig. »Lass mich los.«

Sie ließ nicht los. Der kalte Bogen aus Wut in Oskars Brust begann zu vibrieren, zu singen, und er stürzte sich auf sie. Er warf sich auf sie und presste sie in die Couch zurück. Sie wog fast nichts, und er presste sie gegen die Armlehne der Couch und setzte sich auf ihre Brust, während der Bogen sich spannte, schüttelte, schwarze Punkte vor seine Augen streute, als er den Arm hob und ihr mit voller Wucht ins Gesicht schlug.

Er hockte auf ihrer Brust und blickte verwirrt auf ihren kleinen Kopf hinab, der im Profil auf dem schwarzen Couchleder lag, während eine große rote Blume auf ihrer Wange erschien, wo er sie getroffen hatte. Sie lag still, mit offenen Augen. Er strich sich mit den Händen übers Gesicht.

»Entschuldige, Entschuldige. Ich . . .«

Plötzlich warf sie sich herum, warf ihn von ihrer Brust ab, presste ihn gegen die Rückenlehne der Couch. Er versuchte ihre Schulter zu packen, griff jedoch ins Leere, bekam dann ihre Hüften zu fassen, sodass sie mit dem Bauch direkt auf seinem Gesicht landete. Er warf sie von sich und drehte sich herum, und sie versuchten beide, den anderen zu packen.

Sie rollten auf der Couch herum und rangen miteinander. Mit angespannten Muskeln und großem Ernst, aber zugleich vorsichtig, damit keiner dem anderen wehtat. Sie wanden sich umeinander, stießen gegen den Tisch.

Teile des schwarzen Eis fielen mit dem Geräusch von Sprühregen auf einem Blechdach zu Boden.

Er fuhr nicht noch einmal nach oben, um sich einen neuen Kittel zu holen. Seine Schicht war ja schon zu Ende.

Das ist meine Freizeit, ich mache das nur aus Gefälligkeit.

Er würde sich einen der Reservekittel der Obduzenten nehmen können, die im Kühlraum hingen, falls es ... klebrig war. Der Aufzug kam, und er stieg ein und drückte auf Untergeschoss 2. Was sollte er tun, wenn es so war? Telefonieren und nachhören, ob einer aus der Ambulanz herunterkommen und die Wunde nähen konnte? Für Dinge dieser Art gab es kein Standardverfahren.

Die Blutung, oder wie auch immer man es nennen sollte, hatte vermutlich aufgehört, aber er musste sich einfach vergewissern. Sonst würde er diese Nacht nicht ruhig schlafen können, wach liegen und es tropfen hören.

Er lächelte in sich hinein, als er aus dem Aufzug trat. Wie viele normale Menschen wären wohl in der Lage, so etwas in Ordnung zu bringen, ohne Muffensausen zu bekommen? Nicht viele. Er war recht zufrieden mit sich, weil er ... nun ja, seine Pflicht tat. Verantwortung übernahm.

Ich bin wohl schlicht und ergreifend nicht normal.

Und das ließ sich nicht leugnen: Es gab in ihm etwas, das hoffte ... tja, dass es weitergeblutet hatte; dass er in der Ambulanz anrufen müsste und es ein bisschen Theater geben würde. So gerne er auch heimfahren und schlafen wollte. Denn auf die Art würde eine noch bessere Story daraus werden.

Nein, er war vermutlich wirklich nicht normal. Mit Leichen hatte er keinerlei Probleme, sie waren für ihn Servicemaschinen mit erloschenen Gehirnen. Was ihn hingegen ein wenig aus dem Konzept bringen konnte, waren diese Korridore.

Der bloße Gedanke an dieses Netzwerk aus Tunneln zehn Meter unter der Erde, die leeren Säle und Räume, die wie eine Art Verwaltungsabteilung in der Hölle waren. So groß. So still. So leer.

Die Leichen sind im Vergleich dazu das blühende Leben.

Er tippte den Code ein und drückte aus alter Gewohnheit den Türöffner, der jedoch nur mit einem hilflosen Klicken reagierte. Also drückte er die Tür von Hand auf, betrat den Kühlraum und zog sich ein Paar Gummihandschuhe an.

Was war denn jetzt los?

Der Mann, den er mit einem Tuch bedeckt verlassen hatte, lag nun nackt. Sein Penis war steif, erhob sich schräg abstehend vom Unterleib. Das Tuch lag auf dem Fußboden. Benkes Raucherluftröhre pfiff, als er nach Luft schnappte.

Der Mann war nicht tot. Nein. Er war nicht tot ... denn er bewegte sich.

Langsam, gleichsam träumend wand er sich auf der Bahre. Seine Hände tasteten blind umher, und Benke trat instinktiv einen Schritt zurück, als eine von ihnen – sie sah nicht einmal aus wie eine Hand – an seinem Gesicht vorbeistrich. Der Mann versuchte sich aufzurichten, fiel auf die Stahlpritsche zurück. Das einsame Auge blickte ohne zu zwinkern ins Leere.

Ein Laut. Der Mann gab einen Laut von sich.

»Eeeeeeeee . . .«

Benke strich sich mit der Hand über das Gesicht. Irgendetwas war mit seiner Haut geschehen. Seine Hand fühlte sich . . . er sah sie an. Die Gummihandschuhe.

Hinter der Hand sah er den Mann einen weiteren Versuch machen, sich aufzurichten.

Was zum Teufel soll ich nur tun?

Erneut fiel der Mann mit einem gedämpften Knall auf die Pritsche zurück. Einige Tropfen Flüssigkeit spritzten auf Benkes Gesicht. Er versuchte sie mit dem Gummihandschuh fortzuwischen, verschmierte sie jedoch nur.

Er zog einen Hemdzipfel hoch, wischte sich damit ab.

Zehn Stockwerke. Er ist zehn Stockwerke tief gefallen.

Okay. Okay. Du hast hier eine ganz bestimmte Situation. Bewältige sie.

Wenn der Mann nicht tot war, musste er doch zumindest im Sterben liegen und benötigte dringend ärztliche Hilfe.

»Eeeee . . .«

»Ich bin hier. Ich werde Ihnen helfen. Ich bringe Sie in die Ambulanz. Versuchen Sie, still zu liegen, ich werde . . .«

Benke trat vor und legte seine Hände auf den widerspenstigen Körper. Die nicht deformierte Hand des Mannes schoss vor und packte Benkes Handgelenk. Verdammt, wie viel Kraft er doch trotz allem noch hatte. Benke benötigte beide Hände, um sich aus dem Griff des Mannes befreien zu können.

Das Einzige, womit er den Mann zudecken konnte, um ihn zu wärmen, waren Leichentücher. Benke nahm drei Stück und bedeckte mit ihnen den Körper, der sich unablässig wand wie ein Wurm am Haken, während er stetig diesen Laut ausstieß. Benke lehnte sich über den Mann, der ein wenig zur Ruhe gekommen war, seit Benke die Tücher über ihn gebreitet hatte.

»Ich bringe Sie jetzt auf dem schnellsten Weg in die Ambulanz, okay? Versuchen Sie, still zu liegen.«

Er schob die Bahre zur Tür und erinnerte sich trotz der
Umstände daran, dass der Türöffner nicht funktionierte. Er
ging um das Kopfende der Bahre herum und öffnete die Tür,
blickte auf den Kopf des Mannes hinab, wünschte sich, es nicht
getan zu haben.

Der Mund, der kein Mund war, öffnete sich.

Das halbverheilte Wundgewebe wurde mit einem Laut aufgerissen wie beim Abhäuten eines Fisches, einzelne Striemen
hellroter Haut weigerten sich zu reißen, wurden gedehnt, als
sich das Loch in der unteren Gesichtshälfte vergrößerte, weiter
vergrößerte.

»AAAAAA!«

Der Schrei hallte durch die leeren Korridore, und Benkes
Herz schlug schneller.

Lieg still! Sei still!

Hätte er in diesem Moment einen Hammer in der Hand
gehabt, wäre das Risiko groß gewesen, dass er mit ihm auf diese
widerwärtige, zitternde Masse mit dem starrenden Auge eingeschlagen hätte, in der die Hautstriemen über der Mundhöhle
nun rissen wie zu stark gespannte Gummibänder, sodass Benke
die Zähne des Mannes zwischen all dem Roten, Braunen, Näs-
senden, das sein Gesicht war, weiß leuchten sah.

Benke kehrte zum Fußende der Bahre zurück und begann,
sie durch die Korridore zum Aufzug zu schieben. Er lief halb
und hatte höllische Angst, der Mann könnte sich umdrehen
und von der Bahre fallen.

Die Korridore schienen sich wie in einem Albtraum schier
endlos vor ihm zu erstrecken. Ja. Das Ganze war wie ein Albtraum. Alle Gedanken an eine »gute Story« waren wie weg-
geblasen. Er wollte nur noch dorthin gelangen, wo es andere

Menschen gab, lebende Menschen, die ihn von diesem Monster befreien konnten, das auf der Bahre lag und schrie.

Er erreichte den Aufzug und drückte den Knopf, der ihn herabholte, vergegenwärtigte sich innerlich den Weg zur Ambulanz. In fünf Minuten würde er dort sein.

Schon im Erdgeschoss würde es andere Menschen geben, die ihm beistehen konnten. Noch zwei Minuten, und er würde wieder in der Wirklichkeit sein.

Jetzt komm schon, du verdammter Aufzug!

Die gesunde Hand des Mannes winkte.

Benke betrachtete sie und schloss die Augen, öffnete sie wieder. Der Mann versuchte, leise etwas zu sagen. Er winkte Benke zu sich, war folglich bei Bewusstsein.

Benke stellte sich neben die Bahre, beugte sich über den Mann. »Ja? Was ist?«

Die winkende Hand umklammerte plötzlich seinen Nacken, zog seinen Kopf nach unten. Benke verlor das Gleichgewicht, fiel auf den Mann. Der Griff um seinen Nacken war wie eine eiserne Kralle, als sein Kopf geschleift wurde zu dem ... Loch.

Er versuchte nach dem Stahlrohr am Kopfende der Bahre zu greifen, um sich zu befreien, aber sein Kopf wurde zur Seite gedreht und seine Augen landeten nur wenige Zentimeter entfernt von der durchnässten Kompresse auf dem Hals des Mannes.

»Lass los, verdammt ...«

Ein Finger drückte sich in sein Ohr, und er *hörte*, wie die Knochen im Gehörgang gebrochen wurden, als sich der Finger hineinpresste, immer tiefer hinein. Seine Beine traten aus, und als sein Schienbein die Stahlrohre am Untergestell der Bahre traf, schrie er endlich auf.

Dann wurden Zähne in seine Wange geschlagen, und der Finger in seinem Ohr reichte so tief hinein, dass etwas erlosch und er ... kapitulierte.

Das Letzte, was er sah, war die nasse Kompresse, die sich vor seinen Augen verfärbte und hellrot wurde, während der Mann sein Gesicht aß.

Das Letzte, was er hörte, war ein *Pling,* als der Aufzug eintraf.

❄

Sie lagen nebeneinander auf der Couch, schwitzten, keuchten. Oskar war am ganzen Körper grün und blau, erschöpft. Er musste derart gähnen, dass seine Kiefer knackten. Eli gähnte auch. Oskar wandte ihr den Kopf zu.

»Hör auf.«

»Entschuldige.«

»Du bist doch gar nicht müde, oder?«

»Nein.«

Oskar mühte sich, die Augen offen zu halten, redete beinahe, ohne die Lippen zu bewegen. Elis Gesicht wurde verschwommen, unwirklich.

»Was machst du? Um an Blut zu kommen?«

Eli sah ihn lange an. Dann entschloss sie sich zu etwas, und Oskar sah, dass sich hinter ihren Wangen, Lippen etwas bewegte, so als spiele sie dort mit ihrer Zunge. Dann öffneten sich ihre Lippen, und sie riss den Mund auf.

Und er sah ihre Zähne. Sie schloss den Mund wieder.

Oskar wandte den Kopf ab und blickte zur Decke, wo ein Faden staubigen Spinngewebes von der unbenutzten Deckenlampe herabhing. Er hatte nicht einmal mehr die Kraft, sich zu wundern. Aha. Sie war ein Vampir. Aber das hatte er ja schon gewusst.

»Seid ihr viele?«

»Wer ihr?«

»Du weißt schon.«

»Nein, tue ich nicht.«

Oskars Augen flackerten über die Decke, versuchten weitere Spinnweben zu finden. Fanden zwei. Er meinte eine Spinne zu sehen, die über eine andere hinwegkroch. Er blinzelte. Blinzelte erneut. Seine Augen waren voller Sand. Keine Spinne.

»Wie soll ich dich nennen? Das, was du bist.«

»Eli.«

»Heißt du so?«

»Fast.«

»Wie heißt du denn richtig?«

Eine Pause. Eli rückte ein wenig von ihm ab, zur Rückenlehne, drehte sich auf die Seite.

»Elias.«

»Das ist doch . . . ein Jungenname.«

»Ja.«

Oskar schloss die Augen, konnte nicht mehr. Die Lider klebten auf den Augäpfeln. Ein schwarzes Loch begann zu wachsen, seinen ganzen Körper zu umfangen. Ein schwaches, kreiselndes Gefühl weit hinten in seinem Kopf, dass er etwas sagen, etwas tun sollte. Aber er konnte nicht.

Das schwarze Loch implodierte in Zeitlupe. Er wurde nach vorn, nach innen gesogen, schlug einen langsamen Purzelbaum in den Raum, in den Schlaf hinein.

Weit entfernt spürte er, dass jemand über eine Wange strich. Es wollte ihm einfach nicht gelingen, den Gedanken zu formulieren: Wenn er dies spürte, musste es seine eigene sein. Aber irgendwo, auf einem fernen Planeten, strich jemand behutsam über die Wange eines anderen Menschen.

Und das war gut.

Dann gab es nur noch Sterne.

Vierter Teil

Hier kommt der Trolle Kompanie!

Hier kommt der Trolle Kompanie
An ihr vorbei kommt keiner nie.
Tino Tatz im Trollwald

SONNTAG, 8. NOVEMBER

Die Tranebergbrücke. Als sie 1934 eingeweiht wurde, war sie ein bisschen der Stolz der Nation. Die größte Betonbrücke mit einem Brückenbogen auf der ganzen Welt. Ein einziger mächtiger Bogen, der sich zwischen dem Stadtteil Kungsholmen und einem westlichen Vorort spannte, der damals aus kleinen Gartenstädten wie Bromma und Äppelviken bestand. Den Fertighäusern der Schrebergartenbewegung in Ängby.

Aber die modernen Zeiten kündigten sich schon an. Die ersten richtigen Vororte mit dreistöckigen Mietshäusern waren bereits in Traneberg und Abrahamsberg errichtet worden, und der Staat hatte in westlicher Richtung große Areale Land angekauft, um binnen weniger Jahre mit dem Bau der Orte zu beginnen, die später Vällingby, Hässelby und Blackeberg heißen sollten.

Zu all diesen Orten bildete die Tranebergbrücke einen Brückenkopf. Fast alle, die zu den westlichen Vororten wollen oder aus ihnen kommen, nehmen den Weg über die Tranebergbrücke.

Schon in den sechziger Jahren gab es alarmierende Berichte darüber, dass die Brücke auf Grund des starken Verkehrsaufkommens, das sie belastete, langsam, aber sicher verwitterte. Man renovierte und verstärkte mehrfach, aber der große Um- und Neubau, von dem gelegentlich die Rede war, lag noch in weiter Zukunft.

Am Morgen des 8. November 1981, eines Sonntags, sah die Brücke folglich müde aus. Ein verlebter Greis, der traurig über die Zeiten nachsann, in denen der Himmel heller und die Wolken leichter waren und er die größte Betonbrücke in einem Brückenbogen auf der ganzen Welt war. Seit den frühen Morgenstunden hatte es getaut, und Schneematsch lief in die Risse der Brücke. Man wagte es nicht, Salz zu streuen, weil dies den betagten Beton noch zusätzlich zerfressen hätte.

Um diese Uhrzeit herrschte nicht viel Verkehr, vor allem nicht an einem Sonntagmorgen. Die Bahnen hatten ihren Nachtbetrieb eingestellt, und die wenigen Autofahrer, die über die Brücke fuhren, sehnten sich entweder ins Bett oder wieder zurück ins Bett.

Benny Melin bildete eine Ausnahme. Okay, natürlich sehnte auch er sich allmählich nach seinem Bett, würde vermutlich jedoch zu glücklich sein, um schlafen zu können.

Acht Mal hatte er sich über Kontaktanzeigen mit verschiedenen Frauen getroffen, aber Betty, mit der er sich am Samstagabend verabredet hatte, war die erste ... ja, die erste, bei der es »Klick« gemacht hatte wie beim König, als er Sylvia begegnete.

Es würde sich etwas entwickeln. Das wussten sie beide.

Gemeinsam hatten sie darüber gelacht, wie lächerlich das klingen würde: »Benny und Betty«. Wie zwei Komiker, die zusammen auftraten, aber was sollte man da machen? Und wenn sie Kinder bekamen, wie würden sie die Kleinen taufen? Lenny und Netty?

Ja, sie hatten wirklich viel Spaß zusammen gehabt. In ihrer Bude auf Kungsholmen gehockt und sich gegenseitig von ihren Welten erzählt und mit recht gutem Ergebnis versucht, aus diesen ein gemeinsames Puzzle zu legen. In den frühen Morgenstunden hatte es im Grunde nur noch zwei Möglichkeiten gegeben, was sie als Nächstes tun konnten.

Und Benny hatte getan, was er für das Richtige hielt, auch wenn es ihm schwer gefallen war. Er hatte sich mit dem Versprechen von ihr verabschiedet, dass sie sich am Sonntagabend wiedersehen würden, sich in sein Auto gesetzt und war Richtung Brommaplan nach Hause gefahren, während er aus vollem Hals »I can't help falling in love with you« sang.

Benny war mit anderen Worten niemand, der noch über die nötige Energie verfügte, sich über den erbärmlichen Zustand der Tranebergbrücke an diesem Sonntagmorgen zu beklagen oder ihn auch nur zu bemerken. Immerhin war es die Brücke, die ihn ins Paradies führte, ins Reich der Liebe.

Er hatte gerade das Ende der Brücke auf der Tranebergsseite erreicht und zum vielleicht zehnten Mal den Refrain angestimmt, als die blaue Gestalt mitten auf der Fahrbahn im Scheinwerferlicht auftauchte.

Er konnte noch denken: *Nicht bremsen!,* ehe er vom Gas ging, den Lenker drehte und nach links rutschte, als zwischen ihm und dem Menschen noch ungefähr fünf Meter lagen. Er nahm flüchtig einen blauen Kittel und ein Paar weißer Beine wahr, ehe die linke Seite seines Wagens gegen die Betonbarriere zwischen den Fahrbahnen prallte.

Als das Auto gegen die Barriere und an ihr entlang gepresst wurde, war das Kreischen so laut, dass es alle anderen Geräusche übertönte. Der Rückspiegel wurde abgerissen und flog davon, und die Tür zu seiner Linken wurde eingedrückt, bis sie seine Hüfte berührte, ehe der Wagen wieder auf die Fahrbahn geschleudert wurde.

Er versuchte gegenzulenken, aber das Auto rutschte auf die andere Seite und schlug gegen die Absperrung vor dem Gehsteig. Der zweite Rückspiegel wurde abgeschlagen und flog über das Brückengeländer, wobei er das Licht der Brückenbeleuchtung in den Himmel reflektierte. Benny bremste vorsichtig, und der Wagen schleuderte nicht mehr ganz so heftig; das Auto berührte die Betonbarriere diesmal nur ganz kurz.

Nach etwa hundert Metern gelang es ihm, das Auto zum Stehen zu bringen. Er atmete tief durch, blieb bei laufendem Motor regungslos mit den Händen im Schoß sitzen, hatte Blutgeschmack im Mund; er hatte sich in die Lippe gebissen.

Was war denn das für ein Verrückter?

Er sah in den Rückspiegel und konnte den Menschen im gelblichen Lichtschein der Straßenbeleuchtung mitten auf der Fahrbahn weiterschlurfen sehen, als wäre nichts passiert. Er wurde wütend. Sicher irgend so ein Irrer, aber wenn das Maß voll war, dann war es voll.

Er versuchte die Tür neben sich zu öffnen, aber es ging nicht. Das Schloss hatte sich verklemmt. Er löste den Sicherheitsgurt und schob sich auf die Beifahrerseite. Ehe er sich aus dem Wagen schlängelte, schaltete er noch das Warnblinklicht ein. Anschließend stellte er sich mit verschränkten Armen neben den Wagen und wartete.

Er sah, dass der Mensch, der sich über die Brücke bewegte, eine Art Krankenhauskittel und ansonsten nichts trug. Nackte Füße, nackte Beine. Es blieb abzuwarten, ob es überhaupt möglich sein würde, ein vernünftiges Wort mit ihm zu reden.

Ihm?

Die Gestalt kam näher. Schneematsch spritzte um seine nackten Füße auf, er ging, als wäre an seiner Brust ein Draht befestigt, der ihn erbarmungslos mitzog. Benny machte einen Schritt auf die Gestalt zu und blieb stehen. Der Mensch war jetzt noch etwa zehn Meter entfernt und Benny konnte deutlich sein … Gesicht sehen.

Benny stöhnte auf, stützte sich auf den Wagen. Dann kroch er über die Beifahrerseite rasch hinein, legte den ersten Gang ein und fuhr davon, dass die Hinterräder den Schneematsch nur so hochspritzten und vermutlich … das da auf der Straße besudelten.

Als er in seine Wohnung kam, schenkte er sich einen ordentlichen Whisky ein, leerte das Glas halb. Anschließend rief er die Polizei an, erzählte, was er gesehen hatte, was geschehen war. Als er die letzten Tropfen seines Whiskys getrunken hatte und überlegte, trotz allem ins Bett zu gehen, war der Einsatz bereits in vollem Gange.

❄

Man durchforstete den gesamten Judarnwald. Fünf Hunde, zwanzig Polizisten. Sogar ein Polizeihubschrauber war im Einsatz, was in solchen Fällen eher ungewöhnlich war.

Ein verletzter, verwirrter Mann. Ein einzelner Hundeführer hätte ihn aufgreifen können.

Aber zum einen genoss dieser Fall in ganz besonderem Maße die Aufmerksamkeit der Medien (zwei Beamte waren ausschließlich dazu abgestellt worden, sich um die Journalisten zu kümmern, die sich bei Weibulls Baumschule neben der U-Bahn-Station Åkeshov versammelt hatten), man wollte deutlich machen, dass die Polizei an diesem Sonntagmorgen nicht auf der faulen Haut lag.

Und zum anderen hatte man Bengt »Benke« Edwards gefunden.

Das heißt; man ging zumindest davon aus, dass es Bengt Edwards war, weil der Mann, den man gefunden hatte, einen Trauring mit dem eingravierten Namen »Gunilla« trug.

Gunilla war der Name von Bengts Ehefrau, das wussten seine Kollegen. Keiner von ihnen konnte sich allerdings dazu durchringen, sie anzurufen und ihr mitzuteilen, dass er tot war und sie trotzdem nicht ganz sicher waren, ob er es wirklich war. Sie zu fragen, ob sie ihnen vielleicht besondere Merkmale nennen konnte, die ... an der unteren Körperhälfte zu finden waren?

399

Der Pathologe, der um sieben Uhr morgens eingetroffen war, um sich der Leiche des Ritualmörders anzunehmen, hatte sich einer neuen Aufgabe stellen müssen. Wenn er mit dem, was von Bengt Edwards übrig war, konfrontiert worden wäre, ohne die genauen Umstände seines Todes zu kennen, hätte er wahrscheinlich angenommen, es mit einem Körper zu tun zu haben, der bei starker Kälte ein oder mehrere Tage im Freien gelegen hatte.

Der Körper wäre dann während dieser Zeit von Ratten, Füchsen, vielleicht auch Vielfraßen und Bären geschändet worden, falls das Wort »schänden« angebracht ist, wenn ein Tier eine solche Handlung ausführt. Jedenfalls hätten größere Raubtiere auf vergleichbare Weise Fleischstücke abgerissen, kleinere Nager sich auf abstehende Teile wie Nase, Ohren, Finger gestürzt.

Der in aller Eile verfasste, vorläufige Bericht des Pathologen, der an die Polizei weitergeleitet wurde, bildete den zweiten Grund dafür, dass der Einsatz so massiv war. Offiziell ließ man verlautbaren, der flüchtige Mann sei als extrem gewalttätig einzustufen.

Im Klartext hieß das: Er war vollkommen wahnsinnig.

Die Tatsache, dass der Mann überhaupt noch lebte, war nicht mehr und nicht weniger als ein Wunder. Kein Wunder von der Art, die den Vatikan zum Weihrauchschwenken veranlasst hätte, aber nichtsdestotrotz ein Wunder. Vor seinem Sturz aus dem zehnten Stockwerk war er ein Pflegefall gewesen, nun war er auf den Beinen und lief herum und tat noch mehr als das.

Aber es konnte ihm unmöglich gut gehen. Es war zwar etwas wärmer geworden, aber es waren nach wie vor nur wenige Grad über null, und der Mann war nur mit einem Krankenhausleibchen bekleidet. Soweit die Polizei wusste, hatte er keine Mithelfer, weshalb es ihm unmöglich sein würde, sich mehr als höchstens ein paar Stunden im Wald versteckt zu halten.

Der Anruf von Benny Melin war fast eine Stunde, nachdem er den Mann auf der Tranebergbrücke gesehen hatte, eingegangen. Aber nur wenige Minuten später hatte sich eine ältere Frau bei der Polizei gemeldet.

Sie war mit ihrem Hund auf einem morgendlichen Spaziergang gewesen, als sie einen Mann in Krankenhauskleidung in der Nähe der Stallungen von Åkeshov gesehen hatte, wo die Schafherde des Königs den Winter über untergebracht war. Sie war auf der Stelle heimgekehrt und hatte die Polizei angerufen, weil ihr der Gedanke gekommen war, dass die Schafe unter Umständen in Gefahr sein könnten.

Zehn Minuten später war der erste Streifenwagen vor Ort gewesen, und die Beamten hatten als Erstes nervös und mit gezogenen Waffen die Ställe durchsucht.

Die Schafe waren unruhig geworden, und noch ehe die Polizisten den ganzen Stall durchsucht hatten, war er eine brodelnde Masse aus erregten, wolligen Körpern, lautstarkem Blöken und fast menschlich klingenden Schreien, die wiederum weitere Polizisten anlockten.

Bei der Durchsuchung der Pferche gelangte eine ganze Reihe von Schafen auf den Mittelgang, und als die Polizisten endlich sicher sein konnten, dass der Mann nicht in den Ställen war, und das Gebäude mit klingelnden Ohren verließen, schlüpfte ein Widder durch die Stalltür ins Freie. Ein älterer Beamter mit Bauern in der Verwandtschaft warf sich auf den Widder, packte ihn bei den Hörnern und schleifte ihn in die Ställe zurück.

Erst nachdem er das Tier in seinen Pferch zurückbugsiert hatte, wurde ihm bewusst, dass das grelle Flimmern, das er während seines Eingreifens aus den Augenwinkeln wahrgenommen hatte, ein Blitzlichtgewitter gewesen war. Er gelangte zu der fälschlichen Einschätzung, das Thema sei zu ernst, als dass die Presse ein solches Bild benutzen würde. Kurz darauf wurde

401

jedoch außerhalb des Suchgebiets ein Raum für die wartenden Journalisten eingerichtet.

Inzwischen war es halb acht, und das Morgengrauen schlich sich unter tropfenden Bäumen heran. Die Jagd auf den einsamen Irren war gut organisiert und in vollem Gange. Man ging davon aus, ihn noch vor Mittag gefasst zu haben.

Oh ja, es sollten noch einige Stunden vergehen, in denen die Wärmekameras des Hubschraubers keinerlei Ergebnisse lieferten, die sekretsensiblen Schnauzen der Hunde nichts fanden, bis ernsthaft darüber spekuliert wurde, dass der Mann vielleicht gar nicht mehr lebte und man auf der Suche nach einer Leiche war.

❄

Als das erste bleiche Licht der Morgendämmerung zwischen den Lamellen der Jalousien hereinfiel und Virginias Handfläche wie eine glühend heiße Glühbirne traf, wollte sie nur noch eins: sterben. Dennoch zog sie instinktiv die Hand fort und zog sich tiefer in das Zimmer zurück.

Ihre Haut war an mehr als dreißig Stellen aufgeschnitten. Die ganze Wohnung war voller Blut.

Im Laufe der Nacht hatte sie mehrmals Arterien geöffnet, um zu trinken, aber nicht alles aufsaugen, aufschlürfen können, was herausfloss. Das Blut war auf dem Fußboden, auf Tischen und Stühlen gelandet. Der große Webteppich im Wohnzimmer sah aus, als hätte man auf ihm ein Reh ausgeweidet.

Befriedigung und Erleichterung wurden mit jeder neuen Wunde, die sie öffnete, mit jedem Schluck, den sie von ihrem eigenen, immer dünner werdenden Blut nahm, kleiner. Als es dämmerte, war sie eine wimmernde Masse aus Abstinenz und Angst. Angst vor dem, was getan werden musste, wenn sie weiterleben wollte.

Die Erkenntnis hatte sich Schritt für Schritt eingestellt, war ihr schließlich zur Gewissheit geworden. Das Blut eines anderen Menschen würde sie ... gesund machen. Und sie war nicht fähig, sich das Leben zu nehmen. Vermutlich war es nicht einmal möglich; die Wunden, die sie sich mit dem Obstmesser zufügte, heilten unnatürlich schnell. Wie tief und fest sie auch schnitt, eine Minute später blutete es bereits nicht mehr. Schon nach einer Stunde hatte die Vernarbung eingesetzt.

Außerdem ...

Sie hatte etwas gefühlt.

Es war gegen Morgen gewesen, während sie auf einem Küchenstuhl saß und an einer Wunde in der Armbeuge saugte, der zweiten an der gleichen Stelle, als sie in die Tiefe ihres Körpers abtauchte und sie erblickte.

Die Seuche.

Virginia sah sie natürlich nicht, aber ihr offenbarte sich plötzlich eine allumfassende Wahrnehmung dessen, was sie war. Als bekäme man als Schwangere ein Ultraschallbild seines eigenen Bauchs zu Gesicht und sähe auf dem Schirm, womit dieser Bauch gefüllt war; nicht mit einem Kind, sondern einer großen, sich windenden Schlange. Dies war es, was man in sich trug.

Denn in diesem Moment hatte sie gesehen, dass diese Seuche ein eigenes Leben führte, einen Antrieb hatte, der völlig unabhängig von ihrem Körper war. Dass diese Krankheit auch dann noch weiterleben würde, wenn sie es nicht tat. Eine Mutter würde beim Anblick einer solchen Ultraschallaufnahme schockiert sterben, aber niemand würde es bemerken, da die Schlange es übernähme, statt ihrer den Körper zu steuern.

Selbstmord war folglich sinnlos.

Das Einzige, was die Seuche zu fürchten schien, war Sonnenlicht. Das bleiche Licht auf ihrer Hand war schmerzvoller gewesen als noch die tiefsten Wunden.

Lange saß sie zusammengekauert in einer Ecke des Wohnzimmers und sah das Licht des Morgengrauens ein Gitter auf den fleckigen Teppich werfen. Sie dachte an ihren Enkel Ted, der immer zu dem Fleck krabbelte, der von der Nachmittagssonne auf dem Fußboden beschienen wurde, sich hinlegte und mit dem Daumen im Mund in der Sonnenpfütze einschlief.

Seine nackte, samtene Haut, diese dünne Haut, man bräuchte sie nur –

WAS DENKE ICH DA!

Virginia zuckte zusammen, stierte ins Leere. Sie hatte Ted gesehen, und sie hatte sich vorgestellt, dass –

NEIN!

Sie schlug sich gegen den Kopf, schlug immer weiter, bis das Bild zersplittert war. Aber sie durfte ihn nie wieder sehen, durfte nie wieder jemanden sehen, den sie liebte.

Ich darf nie mehr jemandem begegnen, den ich liebe.

Virginia zwang ihren Körper, sich aufzurichten, bewegte sich langsam zu dem Lichtgitter. Die Krankheit protestierte und wollte sie zurückziehen, aber sie war stärker, hatte einstweilen noch die Kontrolle über ihren Körper. Das Licht brannte in den Augen, die Ränder des Gitters brannten auf der Hornhaut wie glühende Stahldrähte.

Brenne! Verbrenne!

Ihr rechter Arm war von Narben und getrocknetem Blut bedeckt. Sie streckte ihn ins Licht.

Sie hätte es sich niemals vorstellen können.

Was das Licht am Samstag mit ihr angestellt hatte, war ein sanftes Streicheln gewesen. Nun wurde die Flamme eines Schweißbrenners entzündet und auf ihre Haut gerichtet. Nach einer Sekunde wurde die Haut kreideweiß. Nach zwei Sekunden begann sie zu rauchen. Nach drei Sekunden bildete sich eine Blase, wurde schwarz und platzte zischend auf. In der vierten Sekunde zog sie den Arm zurück und kroch schluchzend ins Schlafzimmer.

Der Gestank verbrannten Fleisches verpestete die Luft, und sie wagte es nicht, ihren Arm anzusehen, als sie ins Bett robbte.

Ruhe.

Aber das Bett . . .

Trotz der heruntergelassenen Jalousien war zu viel Licht im Schlafzimmer. Selbst wenn sie sich zudeckte, fühlte sie sich auf dem Bett schutzlos ausgeliefert. Ihre Ohren nahmen noch jedes kleinste Morgengeräusch im Haus wahr, und jeder Laut war eine potenzielle Bedrohung. Über ihr ging jemand über einen Fußboden. Sie zuckte zusammen, drehte den Kopf in Richtung des Geräuschs, lauschte. Eine Schublade wurde herausgezogen, das Klirren von Metall in der Etage über ihr.

Teelöffel.

Sie wusste angesichts der Sprödheit des Geräusches, dass es . . . Teelöffel waren. Sie hatte die mit Samt ausgeschlagene Schatulle mit silbernen Teelöffeln vor Augen, die einst ihrer Großmutter gehört hatte und die sie von ihrer Mutter geschenkt bekommen hatte, als diese ins Altersheim kam. Sie hatte damals die Schatulle geöffnet, die Löffel betrachtet und erkannt, dass sie noch nie benutzt worden waren.

Daran dachte Virginia jetzt, als sie aus dem Bett zu Boden glitt, die Decke mitzog, zu dem zweitürigen Kleiderschrank kroch, seine Türen öffnete. Auf dem Boden des Schranks lagen eine zweite Decke und ein paar Laken.

Sie hatte Trauer empfunden, als sie die Löffel musterte. Die Löffel, die womöglich sechzig Jahre in ihrer Schatulle gelegen hatten, ohne dass sie jemals jemand herausgenommen, sie in der Hand gehalten, benutzt hätte.

Immer mehr Geräusche umgaben sie, das Haus erwachte.

Virginia hörte sie nicht mehr, als sie die Decke und die Laken ausbreitete, sich in sie hüllte, in den Kleiderschrank kroch und die Türen schloss. Es war stockfinster in dem Schrank. Sie zog sich die Decken und die Laken über den Kopf, kauerte sich zusammen wie eine Larve in einem doppelten Kokon.

Niemals.

Paradierend, in Habachtstellung auf ihrem Samtbett, wartend. Zierliche, kleine Teelöffel aus Silber. Sie rollte sich zusammen, der Stoff der Decken lag dicht auf ihrem Gesicht.

Wer soll sie jetzt bekommen?

Ihre Tochter. Ja. Lena würde sie bekommen und die Löffel benutzen, um Ted zu füttern. Dann würden sich die Löffel freuen. Ted würde mit diesen Löffeln sein Kartoffelpüree essen. Das war gut.

Sie lag still wie ein Stein, Ruhe verbreitete sich in ihrem Körper. Ein letzter Gedanke kam ihr noch, ehe sie in dieser Ruhe versank. *Warum ist es nicht heiß?*

Mit der Decke auf dem Gesicht, eingewickelt in dicken Stoff, sollte es um ihren Kopf so warm sein, dass man schwitzte. Die Frage schwebte verschlafen in einem großen, schwarzen Raum, landete schließlich bei einer sehr einfachen Antwort.

Weil ich seit Minuten nicht mehr geatmet habe.

Und nicht einmal jetzt, als ihr das bewusst wurde, hatte sie das Gefühl, es tun zu *müssen*. Keine Erstickungsgefühle, kein Sauerstoffmangel. Sie musste nicht mehr atmen, das war alles.

Der Gottesdienst begann erst um elf, aber schon um Viertel nach zehn standen Tommy und Yvonne in Blackeberg auf dem Bahnsteig und warteten auf die Bahn.

Staffan, der im Kirchenchor sang, hatte Yvonne erzählt, wie

das Thema der heutigen Predigt lautete. Yvonne hatte es dann an Tommy weitergegeben und sich zaghaft erkundigt, ob er vielleicht mitkommen wolle, ein Angebot, dem er zu ihrer Überraschung zugestimmt hatte.

Es würde um die Jugend von heute gehen.

Ausgehend von jener Stelle im Alten Testament, in der vom Auszug Israels aus Ägypten erzählt wurde, hatte der Pfarrer mit Staffans Hilfe eine Predigt zusammengestellt, in der es um *Leitsterne* ging. Was sich ein junger Mensch in der heutigen Gesellschaft sozusagen vor Augen führen konnte, wovon er sich auf seiner Wanderung durch die Wüste leiten lassen konnte und so weiter.

Tommy hatte sich die entsprechende Passage in der Bibel durchgelesen und gesagt, er komme gerne mit.

Als die Bahn an diesem Sonntagmorgen vom Islandstorget kommend aus dem U-Bahn-Schacht herandonnerte, dabei eine Säule aus Luft vor sich herschiebend, die Yvonnes Haare flattern ließ, war sie deshalb rundum glücklich. Sie sah ihren Sohn an, der neben ihr stand und die Hände tief in den Jackentaschen vergraben hatte.

Es wird schon werden.

Ja. Allein die Tatsache, dass er sie zum Sonntagsgottesdienst begleiten wollte, war großartig. Aber darüber hinaus deutete dies doch auch an, dass er Staffan akzeptiert hatte, oder etwa nicht?

Sie stiegen in die Bahn, setzten sich neben einen älteren Mann gegenüber. Bevor die Bahn kam, hatten sie darüber gesprochen, was sie beide am Morgen im Radio gehört hatten; die Jagd auf den Ritualmörder im Judarnwald. Yvonne lehnte sich zu Tommy vor.

»Glaubst du, sie kriegen ihn?«

Tommy zuckte mit den Schultern.

»Ich denke schon. Aber es ist natürlich ein ziemlich großer Wald, wir werden wohl Staffan fragen müssen.«

»Ich finde es einfach so schrecklich. Stell dir vor, er kommt hierher.«

»Was soll er denn hier? Obwohl, sicher. Was soll er im Judarn-wald. Da kann er genauso gut hierher kommen.«

»Oh Gott.«

Der ältere Mann streckte sich, machte eine Bewegung, als schüttelte er etwas von den Schultern ab, sagte: »Man kann sich doch wirklich fragen, ob so jemand überhaupt noch ein Mensch ist.«

Tommy blickte zu dem Mann auf. Yvonne sagte »Hm« und lächelte ihn an, was der Mann als Aufforderung zum Weiter-sprechen auffasste.

»Ich meine … erst diese grässlichen … Untaten, und dann … in diesem Zustand, ein solcher Sturz. Nein, ich sage Ihnen: Das ist kein Mensch, und ich hoffe, die Polizei erschießt ihn an Ort und Stelle.«

Tommy nickte, signalisierte, dass er der gleichen Meinung war.

»Man sollte ihn am erstbesten Baum aufknüpfen.«

Der Mann geriet in Wallung.

»Genau. Das sage ich doch die ganze Zeit. Sie hätten ihm schon im Krankenhaus eine Giftspritze oder so etwas verpassen sollen, wie man es bei tollwütigen Hunden macht. Dann müss-ten wir hier nicht in ständiger Angst sitzen und Zeuge dieser panischen Jagd werden, die mit Steuergeldern bezahlt wird. Ein Hubschrauber. Oh ja, ich bin gerade an Åkeshov vorbeigefah-ren, sie haben einen Hubschrauber im Einsatz. Dafür ist Geld da. Aber den Rentnern eine Rente zu zahlen, mit der man nach einem langen Leben im Dienste der Gesellschaft auskommen kann, das geht natürlich nicht. Aber einen Hubschrauber aufsteigen zu lassen, der herumfliegt und die Tiere zu Tode erschreckt . . .«

Sein Monolog ging weiter, bis sie Vällingby erreichten, wo Yvonne und Tommy ausstiegen, während der Mann sitzen blieb. Die Bahn würde hier wenden, offenbar hatte er vor, den gleichen Weg zurückzufahren, um noch einen Blick auf den Hubschrauber zu erhaschen, vielleicht vor neuem Publikum seinen Monolog fortzusetzen.

Staffan wartete vor der Sankt Thomas-Kirche, die einem Backsteintrümmerhaufen glich.

Er trug einen Anzug und eine ausgeblichene, blaugelb gestreifte Krawatte, die Tommy an dieses Bild aus dem letzten Weltkrieg erinnerte: »Ein schwedischer Tiger«. Staffans Miene hellte sich auf, als er sie erblickte und ihnen entgegenging. Er umarmte Yvonne und hielt Tommy die Hand hin, der sie nahm und schüttelte.

»Wirklich schön, dass ihr kommen konntet. Vor allem du, Tommy. Was hat dich . . .?«

»Ich wollte einfach mal sehen, wie es so ist.«

»Mm. Nun ja, ich hoffe, du wirst zufrieden sein und öfter vorbeischauen.«

Yvonne strich über Tommys Schulter.

»Er hat in der Bibel nachgelesen, worüber ihr heute sprechen wollt.«

»Das auch noch. Tja, das ist ja wirklich . . . ach übrigens, Tommy. Ich konnte diese Trophäe nicht finden. Aber . . . ich denke, wir ziehen einen Schlussstrich unter die Angelegenheit, was meinst du?«

»Mmm.«

Staffan schien darauf zu warten, dass Tommy noch etwas sagte, als dieser jedoch schwieg, wandte er sich an Yvonne.

»Eigentlich sollte ich jetzt in Åkeshov sein, aber . . . ich wollte den Gottesdienst nicht verpassen. Wenn er vorbei ist, muss ich allerdings gleich wieder los, wir werden uns wohl ...«

Tommy ging in die Kirche.

In den Bankreihen saßen nur vereinzelte, ältere Menschen, die ihm den Rücken zuwandten. Den Hüten nach zu urteilen, waren es vor allem Frauen.

Lampen, die entlang der Wände hingen, verströmten gelbes Licht im Kirchenraum. Zwischen den Bankreihen lag in der Mitte ein roter Teppich mit eingewebten geometrischen Figuren, der bis zum Altar führte; ein Steinklotz, auf dem Vasen mit Blumen platziert waren. Über allem hing ein großes Holzkreuz, an dem ein modernistischer Jesus hing. Sein Gesichtsausdruck ließ sich problemlos als höhnisches Lächeln deuten.

Am hinteren Ende der Kirche, im Eingangsbereich, wo Tommy sich aufhielt, gab es einen Ständer mit Broschüren, eine Sparbüchse zum Bezahlen und ein großes Taufbecken. Tommy ging zu dem Taufbecken und schaute hinein.

Perfekt.

Als es ihm ins Auge gefallen war, hatte er gedacht, dass es fast zu gut war; vermutlich würde es mit Wasser gefüllt sein. Doch das war es nicht. Das ganze Taufbecken war aus einem einzigen Steinblock gemeißelt und reichte Tommy bis zur Taille. Das eigentliche Becken war dunkelgrau, rau und knochentrocken.

Okay. Dann wollen wir mal.

Aus der Jackentasche holte er eine fest verschlossene Zwei-literplastiktüte, die mit einem weißen Pulver gefüllt war, und schaute sich um. Niemand sah in seine Richtung. Er machte mit dem Finger ein Loch in die Tüte und ließ den Inhalt in das Taufbecken rieseln.

Anschließend stopfte er die leere Tüte in die Tasche und ging wieder hinaus, während er sich einen guten Grund auszudenken versuchte, um in der Kirche nicht neben Mama sitzen zu müssen, warum er ganz hinten, am Taufbecken sitzen wollte.

Er konnte sagen, dass er gerne gehen können wollte, ohne zu stören, falls es ihm doch zu langweilig wurde. Das klang glaubwürdig. Das klang …

Perfekt.

✳

Oskar schlug die Augen auf und bekam Angst. Er wusste nicht, wo er war. Das Zimmer war stockfinster, er erkannte die kahlen Wände nicht.

Er lag auf einer Couch unter einer Decke, die ein wenig unangenehm roch.

Die Wände trieben vor seinen Augen, schwammen frei in der Luft, während er sie an der richtigen Stelle zu platzieren, sie so zu stellen versuchte, dass sie zusammen einen Raum bildeten, den er kannte. Es wollte ihm nicht gelingen.

Er zog die Decke bis zur Nase hoch. Ein muffiger Geruch stieg ihm in die Nasenlöcher, und er versuchte sich zu beruhigen, den Raum nicht weiter umzugestalten und sich stattdessen zu erinnern.

Ja. Jetzt fiel ihm alles wieder ein.

Papa. Janne. Das Trampen. Eli. Die Couch. Spinnweben.

Er schaute zur Decke. Die staubigen Spinnwebenfäden waren noch da, wenn auch nur schwer zu erkennen im Zwielicht. Er war mit Eli neben sich auf der Couch eingeschlafen. Wie viel Zeit war seither vergangen? War es schon Morgen?

Die Fenster waren mit Decken verhängt, aber an den Rändern konnte er schmale Fransen aus grauem Licht ausmachen. Er schlug die Decke zur Seite, ging zum Balkonfenster und lupfte die Decke. Die Jalousien waren heruntergelassen. Er ver-

411

änderte den Winkel der Lamellen und, tatsächlich, da draußen war es Morgen.

Er hatte Kopfschmerzen, und das Licht blendete ihn schmerzhaft. Er stöhnte auf, ließ die Decke fallen und tastete mit beiden Händen Hals und Nacken ab. Nein. Natürlich nicht. Sie hatte doch gesagt, dass sie ihm niemals ...

Aber wo war sie?

Er sah sich im Zimmer um; sein Blick fiel auf die geschlossene Tür zu dem Zimmer, in dem Eli einen anderen Pullover angezogen hatte. Er ging ein paar Schritte auf die Tür zu, zögerte. Sie lag im Schatten. Er ballte die Hände zu Fäusten, lutschte an einem Fingerknöchel.

Wenn sie nun wirklich ... in einem Sarg liegt.

Albern. Warum sollte sie das tun? Warum tun Vampire das überhaupt? Weil sie tot sind. Und Eli hat gesagt, dass sie nicht ...

Aber wenn ...

Er lutschte weiter an seinem Knöchel, ließ die Zunge darüber spielen. Ihr Kuss. Der Tisch voller Gerichte. Allein schon, dass sie so etwas tun konnte. Und ... die Zähne. Raubtierzähne.

Wenn es doch nur ein bisschen heller wäre.

Neben der Tür saß der Schalter für die Deckenlampe. Er drückte ihn, ohne zu glauben, dass etwas passieren würde. Doch sieh an. Die Lampe ging an. Geblendet von ihrem hellen Lichtschein kniff er die Augen zusammen, damit sie sich an die Helligkeit gewöhnen konnten, ehe er sich zur Tür umwandte, die Hand auf die Klinke legte.

Das Licht half ihm kein bisschen. Das Ganze wurde vielmehr noch unheimlicher, seit die Tür nur eine gewöhnliche Tür war. Wie die Tür zu seinem eigenen Zimmer. Genauso. Die Klinke fühlte sich in seiner Hand vollkommen gleich an. Würde sie tatsächlich in dem Raum liegen? Die Arme womöglich gekreuzt auf der Brust?

Ich muss es sehen.

Er drückte prüfend die Klinke hinunter, die leichten Widerstand leistete. Also war die Tür nicht abgeschlossen, denn dann hätte sich die Klinke ganz leicht herunterdrücken lassen. Er drückte die Klinke ganz nach unten, und die Tür öffnete sich, ein Türspalt weitete sich. Das Zimmer dahinter lag im Dunkeln.

Warte!

Würde das Licht sie verletzen, wenn er die Tür öffnete?

Nein. Gestern Abend hatte sie neben der Stehlampe gesessen, ohne dass es ihr etwas auszumachen schien. Aber diese Lampe war viel heller, und es war vielleicht eine ... spezielle Glühbirne in der Stehlampe, eine Birne, die ... Vampiren nichts ausmachte.

Das war nun wirklich lächerlich. »Spezialgeschäft für Vampirlampen.«

Und sie hätte die Deckenlampe bestimmt nicht hängen lassen, wenn sie ... schädlich für sie sein könnte.

Dennoch öffnete er die Tür ganz vorsichtig, ließ den Lichtkegel sich nur ganz sachte im Zimmer ausbreiten. Es war genauso leer wie das Wohnzimmer. Ein Bett und ein Kleiderhaufen, das war alles. Auf dem Bett gab es nur ein Laken und ein Kissen. Die Decke, mit der er zugedeckt gewesen war, stammte anscheinend von hier. An der Wand neben dem Bett klebte ein Blatt Papier.

Das Morsealphabet.

Hier hatte sie also gelegen, wenn sie ...

Er atmete tief durch. Es war ihm gelungen, es völlig zu vergessen.

Hinter dieser Wand liegt mein Zimmer.

Ja. Er befand sich zwei Meter von seinem eigenen Bett, von seinem eigenen, normalen Leben entfernt.

Er legte sich aufs Bett, hatte die Eingebung, an der Wand eine Nachricht zu klopfen. An Oskar. Auf der anderen Seite. Was sollte er sagen?

W.O. B.I.S.T. D.U.

Er lutschte wieder am Knöchel. Er war hier. Eli war es, die fort war.

Ihm war schwindlig, er war verwirrt. Er ließ den Kopf aufs Kissen fallen, das Gesicht dem Raum zugewandt. Das Kissen roch eigenartig. Wie die Decke, nur stärker. Ein muffiger, schmieriger Geruch. Er betrachtete den Kleiderhaufen, der ein paar Meter vom Bett entfernt lag.

Das ist so eklig.

Er wollte nicht länger hier sein. Die Wohnung war vollkommen still und leer, und alles war so ... absolut gar nicht normal. Sein Blick wanderte über den Kleiderhaufen, verweilte auf den Kleiderschränken, von denen die gesamte gegenüberliegende Wand, bis zur Tür, verdeckt wurde: zwei doppeltürige Schränke und einer mit einer Tür.

Dort.

Er zog die Beine an, starrte auf die geschlossenen Schranktüren. Er wollte nicht. Hatte Bauchschmerzen. Ein stechender, brennender Schmerz in seinem Unterleib.

Er musste pinkeln.

Er stand vom Bett auf und ging zur Tür, ohne die Kleiderschränke aus den Augen zu lassen. Ganz ähnliche standen in seinem Zimmer, und er wusste, dass für sie durchaus genug Platz in ihnen war. Sie war dort, und er wollte sie nicht mehr sehen.

Auch die Lampe im Flur funktionierte. Er schaltete sie an und ging durch den kurzen Gang zum Badezimmer. Die Tür

414

zum Badezimmer war abgeschlossen. Das Farbplättchen über der Klinke stand auf Rot. Er klopfte an die Tür.

»Eli?«

Kein Ton. Er klopfte erneut.

»Eli, bist du da?«

Nichts. Aber als er ihren Namen laut aussprach, fiel ihm wieder ein, dass er falsch war. Es war das Letzte, was sie gesagt hatte, als sie auf der Couch lagen. Dass sie eigentlich … Elias hieß. Elias. Ein Jungenname. War Eli ein Junge? Sie hatten sich doch … geküsst und im gleichen Bett geschlafen und …

Oskar presste seine Hände gegen die Badezimmertür, legte die Stirn auf die Hände. Er dachte. Dachte intensiv nach und begriff nicht, dass er in gewisser Weise akzeptieren konnte, dass sie ein Vampir war, es aber so viel schwerer sein sollte zu akzeptieren, dass sie womöglich ein Junge war.

Das Wort war ihm natürlich geläufig. Schwul. Schwule Sau. Jonny sagte so etwas. Dass es schlimmer war, schwul zu sein als …

Er klopfte erneut an die Tür.

»Elias?«

Als er den Namen aussprach, hatte er ein flaues Gefühl im Magen. Nein. Daran würde er sich nie gewöhnen können. Sie … er hieß Eli. Aber das war alles zu viel für ihn. Ganz gleich, was Eli nun war, es war zu viel. Er konnte nicht mehr. Es war einfach nichts normal bei ihr.

Er hob die Stirn von den Händen, stemmte sich gegen den Wunsch zu pinkeln.

Schritte auf der Treppe und kurz darauf das Geräusch des Briefschlitzes, der geöffnet wurde, ein Plumpsen. Er entfernte sich vom Badezimmer, sah nach, was es war. Reklame.

»RINDERHACKFLEISCH 14.90/KG«

Grelle, rote Buchstaben und Ziffern. Er hob den Reklamezet-

415

tel auf und begriff; presste das Auge gegen das Schlüsselloch, während draußen Schritte auf der Treppe hallten und es knallte, wenn Briefschlitze geöffnet wurden und wieder zufielen.

Eine halbe Minute später kam seine Mutter auf dem Weg nach unten an dem Schlüsselloch vorbei. Er sah nur ganz flüchtig ein bisschen von ihren Haaren, den Kragen ihres Mantels, aber er wusste, dass sie es war.

Wer sonst sollte seine Reklamezettel austeilen, wenn er nicht da war?

Die Reklamezettel fest umklammernd sank Oskar an der Wohnungstür zu Boden, lehnte die Stirn auf die Knie. Er weinte nicht. Der Drang zu pinkeln war ein brennender Ameisenhaufen in seinem Unterleib, der ihn irgendwie daran hinderte.

Aber immer wieder dachte er den einen Gedanken:

Es gibt mich nicht. Es gibt mich nicht.

Lacke hatte sich die ganze Nacht Sorgen gemacht. Seit er Virginia verlassen hatte, nagte eine schleichende Sorge in seinem Bauch. Am Samstagabend hatte er eine Stunde mit den Jungs beim Chinesen zusammengesessen und versucht, ihnen seine Befürchtungen nahezubringen, aber keiner von ihnen hatte auf ihn eingehen wollen. Lacke hatte gespürt, dass er unter Umständen die Fassung verlieren und Gefahr laufen würde, wahnsinnig wütend zu werden, und war gegangen.

Das war doch alles nur Mist mit den Jungs.

Sicher, das war nichts Neues, aber er hatte trotz allem geglaubt ... tja, was zum Teufel hatte er eigentlich geglaubt?

Dass ich nicht allein damit stehe.

Dass außer ihm wenigstens einer von ihnen spürte, dass sich etwas verdammt Übles zusammenbraute.

Es wurde so viel gelabert, große Reden schwangen sie, vor allem Morgan, aber wenn es dann wirklich darauf ankam, war keiner von ihnen in der Lage, auch nur einen Finger krumm zu machen und etwas zu tun.

Nicht dass Lacke gewusst hätte, was er tun sollte, aber er machte sich wenigstens Sorgen. Auch wenn das nicht viel brachte. Er hatte den größten Teil der Nacht wachgelegen und zwischendurch immer wieder versucht, ein wenig in Dostojewskis *Dämonen* zu lesen, aber sofort wieder vergessen, was auf der vorigen Seite, im vorigen Satz passiert war, und schließlich aufgegeben.

Ein Gutes hatte diese Nacht trotz allem gehabt: Er hatte eine Entscheidung getroffen. Am Sonntagvormittag war er bei Virginia gewesen, hatte geklopft. Niemand hatte ihm geöffnet, und er war davon ausgegangen ... hatte gehofft, dass sie ins Krankenhaus gegangen war. Auf dem Rückweg war er an zwei Frauen vorbeigekommen, die sich unterhielten, und er hatte etwas von einem Mörder aufgeschnappt, nach dem die Polizei im Judarnwald fahndete.

Mein Gott, hier lauert ein Mörder in jedem verdammten Busch. Jetzt haben die Zeitungen was Neues, worin sie sich suhlen können.

Gut zehn Tage waren vergangen, seit man den Vällingbymörder gefasst hatte, und die Zeitungen waren es leid zu spekulieren, wer er war und warum er getan hatte, was er getan hatte.

Die Artikel, die über ihn geschrieben worden waren, wiesen einen eindeutigen Hang zur ... nun ja, Schadenfreude auf. Man hatte mit quälender Genauigkeit den jetzigen Zustand des Mörders beschrieben, der noch ein halbes Jahr im Krankenhaus liegen müssen würde. Direkt daneben fand sich ein kleiner informativer Artikel darüber, was Salzsäure mit dem menschlichen Körper anstellte, sodass man sich so richtig daran ergötzen konnte, welche Schmerzen er haben musste.

Nein, Lacke konnte sich an so etwas nicht erfreuen und fand es einfach nur widerlich, wie die Leute über jemanden hetzten, der »seine gerechte Strafe bekommen hatte« und so weiter. Er war uneingeschränkt gegen die Todesstrafe. Nicht etwa, weil er eine »moderne« Rechtsauffassung hatte, nein, nein. Die war eher uralt und lautete: Wenn jemand mein Kind tötet, dann töte ich die betreffende Person. Dostojewski laberte viel von Vergebung, Gnade. Sicher. Von Seiten der Gesellschaft, absolut. Aber ich als Elternteil des getöteten Kindes habe das volle moralische Recht, der Person das Leben zu nehmen, die es getan hat. Dass die Gesellschaft mir anschließend acht Jahre oder so im Knast aufbrummt, ist etwas anderes.

Das war nicht Dostojewskis Meinung, und das wusste Lacke. Aber er und Fjodor hatten in diesem Punkt eben unterschiedliche Auffassungen.

Lacke dachte über diese Dinge nach, während er nach Hause in die Ibsengatan ging. Zu Hause angekommen, merkte er, dass er Hunger hatte, kochte sich eine Portion kleiner Makkaroni und löffelte sie mit Ketchup direkt aus dem Topf. Während er Wasser in den Topf laufen ließ, damit er sich später leichter spülen ließ, plumpste etwas durch den Briefschlitz.

Reklame. Er scherte sich nicht darum, hatte ja doch kein Geld.

Richtig. Da war doch was.

Er wischte den Küchentisch mit dem Spüllappen ab, holte das Briefmarkenalbum seines Alten aus dem Büfett, das ebenfalls ein Erbstück seines Vaters war und damals nur mit einiger Mühe nach Blackeberg verfrachtet werden konnte. Er legte das Album behutsam auf den Küchentisch, öffnete es.

Da waren sie. Vier ungestempelte Exemplare der ersten Briefmarke, die jemals in Norwegen herausgegeben worden war. Er beugte sich über das Album, musterte mit zusammengekniffenen Augen den Löwen, der vor hellblauem Hintergrund auf den Hintertatzen stand.

Unglaublich.

Vier Schilling hatten sie gekostet, als sie 1855 herauskamen. Jetzt waren sie ... mehr wert. Dass sie in zwei Paaren zusammenhingen, machte sie noch wertvoller.

Das war es, was er heute Nacht beschlossen hatte, während er sich zwischen verrauchten Laken hin und her wälzte; es war so weit. Diese letzte Sache mit Virginia war der Tropfen, der das Fass zum Überlaufen gebracht hatte. Hinzu kam dann noch das Unvermögen der Jungs, es zu kapieren, die Erkenntnis: Nein, das sind keine Menschen, mit denen man auf Dauer seine Zeit verbringen will.

Er würde fortgehen, und Virginia auch.

Schlechte Preise hin oder her, gut dreihunderttausend würde er für die Briefmarken bestimmt bekommen, weitere zweihunderttausend für die Wohnung. Anschließend war die Zeit reif für ein Haus auf dem Land. Ja, okay: für zwei Häuser. Einen kleinen Hof. Das Geld dafür war da, und es würde funktionieren. Sobald Virginia wieder gesund war, würde er ihr seine Idee erklären, und er glaubte ... ja, er war fast sicher, dass sie einverstanden sein, die Idee regelrecht lieben würde.

So sollte es sein.

Lacke war jetzt ruhiger, sah alles ganz deutlich vor sich. Was er heute, was er in Zukunft tun würde. Es würde sich alles regeln.

Ganz erfüllt von erfreulichen Gedanken dieser Art, ging er ins Schlafzimmer, legte sich aufs Bett, um sich fünf Minuten auszuruhen, und schlief ein.

❄

»Wir sehen sie auf Straßen und Plätzen, stehen ihnen fragend gegenüber und sagen uns: Was können wir tun?«

Nie zuvor in seinem ganzen Leben war Tommy so langweilig gewesen. Der Gottesdienst dauerte erst eine halbe Stunde, und er dachte, dass es spaßiger gewesen wäre, wenn er auf einem Stuhl gesessen und die Wand angestarrt hätte.

»Gesegnet sei« und »Jubelgesang« und »Die Freude des Herrn«, aber warum saßen dann alle da und glotzten, als würden sie sich ein Qualifikationsspiel zwischen Bulgarien und Rumänien anschauen? Es bedeutete ihnen nichts, was sie in dem Buch lasen, wovon sie sangen. Auch dem Pfarrer schien es nichts zu bedeuten. Das Ganze war nur etwas, das er erledigen musste, um sein Gehalt zu bekommen.

Jedenfalls hatte jetzt die Predigt begonnen.

Wenn der Pfarrer genau diese Stelle in der Bibel ansprach, die Tommy gelesen hatte, dann würde er es tun. Sonst nicht.

Der Pfaffe darf selber entscheiden.

Tommy griff in seine Tasche. Die Sachen lagen bereit, und das Taufbecken war nur drei Meter von seinem Platz in der hintersten Bankreihe entfernt. Seine Mutter saß ganz vorn, vermutlich um Staffan anstrahlen zu können, während er seine sinnlosen Lieder sang, die Hände locker vor dem Polizeischwanz gefaltet.

Tommy biss die Zähne zusammen. Er hoffte, der Pfarrer würde es sagen.

»Wir erblicken Orientierungslosigkeit in ihren Augen, die Orientierungslosigkeit eines Menschen, der sich verirrt hat und nicht mehr heimfindet. Wenn ich einen solchen jungen Menschen sehe, rufe ich mir stets den Auszug Israels aus Ägypten ins Gedächtnis.«

Tommy erstarrte. Aber der Pfarrer würde vielleicht nicht

genau darauf eingehen. Vielleicht würde er über das Rote Meer sprechen. Trotzdem holte er schon einmal die Sachen aus der Tasche; ein Feuerzeug und ein Zündbrikett. Seine Hände zitterten.

»Denn so müssen wir diese jungen Menschen betrachten, die uns manches Mal verständnislos zurücklassen. Sie durchwandern eine Wüste aus unbeantworteten Fragen und unklaren Zukunftsaussichten. Aber es besteht ein großer Unterschied zwischen dem Volk Israel und der Jugend von heute . . .«

Jetzt sag's schon . . .

»Das Volk Israel hatte jemanden, der es führte. Sie erinnern sich sicherlich an die Worte der Heiligen Schrift. ›Und der Herr zog vor ihnen her, des Tages in einer Wolkensäule, dass er sie den rechten Weg führte, und des Nachts in einer Feuersäule, dass er ihnen leuchtete.‹ Es ist diese Wolkensäule, diese Feuersäule, an der es den Jugendlichen von heute mangelt und . . .«

Der Pfarrer schaute auf seine Blätter hinab.

Tommy hatte das Brikett bereits angezündet, hielt es zwischen Daumen und Zeigefinger. Die Spitze brannte mit einer reinen, blauen Flamme, die zu seinen Fingern herableckte. Als der Pfarrer in seine Papiere blickte, nutzte er die Gelegenheit.

Er ging in die Hocke, machte einen Schritt aus der Bank heraus, streckte den Arm aus, so weit es ging, warf das Zündbrikett in einem Bogen in das Taufbecken und zog sich rasch wieder in seine Bank zurück. Keiner hatte es bemerkt.

Der Pfarrer blickte wieder auf.

». . . und es ist unsere Schuldigkeit als Erwachsene, diese Wolkensäule, dieser Leitstern für die jungen Menschen zu sein. Wo sonst sollen sie ihn finden? Und die Kraft hierzu können wir aus den Taten des Herrn schöpfen . . .«

Weißer Rauch stieg aus dem Taufbecken auf, und Tommy nahm bereits den vertrauten, süßen Duft wahr.

Er hatte das sicher schon tausend Mal gemacht; Salpetersäure und Zucker angezündet. Aber nur selten in solchen Mengen und nie zuvor in einem Gebäude. Er war gespannt, wie der Effekt sein würde, wenn es keinen Wind gab, der den Rauch zerstreute. Er flocht die Finger ineinander, presste die Hände fest zusammen.

Bror Ardelius, stellvertretender Pfarrer in der Gemeinde Vällingby, sah den Rauch als Erster. Er sah darin, was es war: Rauch aus dem Taufbecken. Sein Leben lang hatte er auf ein Zeichen des Herrn gewartet, und es war unzweifelhaft so, dass er, als er die erste Rauchschwade aufsteigen sah, für einen kurzen Moment dachte:

Oh Herr. Endlich.

Doch der Gedanke verschwand sofort wieder, und dass ihn das Gefühl eines Wunders so schnell verließ, nahm er als Beleg dafür, dass dies kein Wunder, kein Zeichen war. Es war bloß das: Rauch, der aus dem Taufbecken aufstieg. Aber warum?

Der Hausmeister, mit dem er sich nicht sonderlich gut verstand, hatte sich einen Scherz erlaubt. Das Wasser im Becken hatte angefangen ... zu kochen ...

Sein Problem war nun, dass er mitten in seiner Predigt war und sich nicht lange damit befassen konnte, über diese Fragen nachzudenken. Folglich tat Bror Ardelius, was die meisten Menschen in einer solchen Situation tun: Er machte weiter, als wäre nichts geschehen, und hoffte, dass sich die Probleme von alleine lösen würden, wenn man ihnen kein Gewicht beimaß. Also räusperte er sich und versuchte sich zu erinnern, was er zuletzt gesagt hatte.

Die Taten des Herrn. Etwas darüber, Kraft aus den Taten des Herrn zu schöpfen. Ein Beispiel.

Er schielte auf die Stichworte auf seinem Blatt hinab. Dort stand: barfuß.

Barfuß? Was meine ich damit? Dass die Juden barfuß gingen, oder dass Jesus . . . eine lange Wanderung . . .

Er blickte auf, sah, dass der Rauch inzwischen dichter geworden war, eine Säule bildete, die sachte aus dem Taufbecken zur Decke aufstieg. Was hatte er zuletzt gesagt? Ach ja. Er erinnerte sich. Die Worte hingen noch in der Luft.

»Und die Kraft dazu können wir aus den Taten des Herrn schöpfen.«

Das war ein angemessener Abschluss. Es war nicht gut, nicht das, was er ursprünglich geplant hatte, aber durchaus passend. Er lächelte die Gemeinde verwirrt an und nickte Birgitta zu, die den Chor leitete.

Der Chor, acht Personen, erhob sich wie ein Mann und ging zum Podium. Als die Sänger sich zur Gemeinde umdrehten, konnte er ihren Gesichtern ansehen, dass auch sie den Rauch sahen. Gelobt sei Gott, der Herr; ihm war flüchtig der Gedanke gekommen, dass er womöglich der Einzige war, der ihn sah.

Birgitta schaute ihn fragend an, und er machte eine Handbewegung: *fang an, fang an.*

Der Chor begann zu singen.

Führe mich, Herr, führe mich in Gerechtigkeit
Lass meine Augen schauen deinen Weg

Eine von Wesleys wirklich hübschen Kompositionen. Bror Ardelius hätte sich gewünscht, die Schönheit des Gesangs genießen zu können, aber die Wolkensäule beunruhigte ihn allmählich. Dicker, weißer Rauch quoll aus dem Taufbecken, und im Becken selbst brannte etwas mit einer bläulich weißen Flamme, das zischte und Funken sprühte. Ein süßlicher Geruch stieg ihm in die Nase, und seine Gemeinde blickte sich um, wollte herausfinden, woher das knisternde Geräusch kam.

Denn einzig du, o Herr, einzig du
schenkst der Seele Ruhe und Zuversicht

Eine der Frauen im Chor begann zu husten. Die Gemeindemitglieder wandten ihre Köpfe von dem qualmenden Taufbecken ab und Bror Ardelius zu, um von ihm Führung in der Frage zu erhalten, wie sie sich verhalten sollten, um zu erfahren, ob dies zum Gottesdienst gehörte.

Weitere Personen begannen zu husten, hielten sich Taschentücher oder Ärmel vor Nase und Mund. Die Kirche füllte sich mit einem dünnen Nebel, und durch diesen Nebel hindurch sah Bror Ardelius, wie jemand in der hintersten Bankreihe aufstand und zur Tür hinauslief.

Ja. Das ist wohl das einzig Vernünftige.

Er lehnte sich zum Mikrofon vor.

»Ja, es ist ein kleines … Missgeschick passiert, und ich denke, es wird das Beste sein, wenn wir … den Raum verlassen.«

Schon bei dem Wort »Missgeschick« verließ Staffan das Podium und bewegte sich mit schnellen, kontrollierten Schritten Richtung Ausgang. Er begriff. Das hatte Yvonnes Sohn, dieser missratene Dieb, auf dem Gewissen. Schon in diesem Moment, während er das Podium verließ, versuchte er sich zu zügeln, denn er ahnte, wenn er Tommy jetzt in die Finger bekam, lief er ernsthaft Gefahr, ihm eine zu langen.

Das war zwar genau, was dieser Rowdy brauchte, das war genau die Führung, an der es ihm fehlte.

Hallo Wolkensäule, komm mir mal helfen. Dem Burschen fehlt nichts als ein paar ordentliche Ohrfeigen.

Aber so, wie die Dinge momentan lagen, würde Yvonne dies nicht akzeptieren. Waren sie erst einmal verheiratet, sah die Sache schon ganz anders aus. Dann würde er verdammt nochmal Tommys Erziehung übernehmen. Aber zuallererst würde er ihn sich jetzt schnappen. Ihn zumindest gehörig durchschütteln.

Doch Staffan kam nicht weit. Bror Ardelius' Worte von der Kanzel hatten die Wirkung eines Startschusses auf die Gemeinde, die nur auf seine Erlaubnis gewartet hatte, um die Kirche zu verlassen. Auf halber Strecke im Mittelgang wurde Staffan der Weg von alten, verhutzelten Frauen versperrt, die mit verbissener Entschlossenheit zum Ausgang strebten.

Seine rechte Hand bewegte sich zur Hüfte, aber er hielt auf halbem Weg inne, ballte sie zur Faust. Selbst wenn er jetzt einen Schlagstock gehabt hätte, wäre es wohl kaum angemessen gewesen, ihn auch einzusetzen.

Die Rauchentwicklung im Taufbecken schwächte sich allmählich ab, aber die Kirche war inzwischen in einen Dunst gehüllt, der nach der Herstellung von Süßigkeiten und Chemikalien roch. Die Kirchentüren wurden weit aufgeschlagen, und durch den Dunst hindurch war ein deutlich markiertes Rechteck aus einfallendem Morgenlicht zu sehen.

Die Gemeinde bewegte sich hustend ins Licht.

In der Küche gab es einen einzigen Stuhl und sonst nichts. Oskar zog ihn zur Spüle, stellte sich darauf und pinkelte in das Spülbecken, wobei er Wasser laufen ließ. Als er fertig war, stellte er den Stuhl wieder dorthin, wo er zuvor gestanden hatte. In der ansonsten leeren Küche sah er seltsam aus. Wie ein Museumsstück.

Wozu benutzt sie ihn?

Er schaute sich um. Über dem Kühlschrank hing eine Reihe von Schränken, an die man nur heranreichte, wenn man sich auf den Stuhl stellte. Er zog den Stuhl dorthin und legte die Hand auf den Kühlschrankgriff, um sich abzustützen. Sein Magen rumorte. Er hatte Hunger.

Ohne weiter darüber nachzudenken, öffnete er den Kühlschrank, um nachzusehen, womit er gefüllt war. Viel war es nicht. Eine geöffnete Milchtüte, ein halbes Paket Brot. Butter und Käse. Oskar streckte sich nach der Milch.

Aber . . . Eli . . .

Er verharrte mit dem Milchpaket in der Hand, blinzelte. Das konnte doch gar nicht sein. Aß sie etwa auch normale Lebensmittel? Anscheinend ja. Er nahm die Milchtüte aus dem Kühlschrank, stellte sie auf die Spüle. Im Küchenschrank darüber war fast nichts. Zwei Teller, zwei Gläser. Er nahm ein Glas, goss Milch hinein.

Und die Erkenntnis traf ihn mit voller Wucht. Mit dem kalten Milchglas in der Hand wurde es ihm endlich wirklich klar, mit aller Macht.

Sie trinkt Blut.

Gestern Nacht, in dem Chaos aus Schläfrigkeit und Losgelöstheit von der Welt, in der Dunkelheit war ihm in gewisser Weise alles möglich erschienen. Doch jetzt, in dieser Küche, in der keine Decken vor den Fenstern hingen und die Jalousien fahles Morgenlicht hereinließen, mit einem Milchglas in der Hand, erschien es ihm so . . . jenseits von allem.

Zum Beispiel: *Wenn man Milch und Brot im Kühlschrank hatte, musste man doch wohl ein Mensch sein, oder nicht?*

Er trank etwas Milch und spuckte sie sofort wieder aus. Sie war sauer. Er roch an dem, was im Glas war. Ja. Sauer. Er goss die Milch in den Ausguss, spülte das Glas und trank Wasser, um den

Geschmack im Mund fortzuspülen, betrachtete anschließend den Datumstempel auf der Milchtüte.

»UNGEÖFFNET MINDESTENS HALTBAR BIS 28. OKT.«

Die Milch war zehn Tage alt. Oskar begriff.

Die Milch gehört diesem Typen.

Der Kühlschrank stand immer noch offen. Die Lebensmittel gehören dem Typen.

Eklig. Eklig.

Oskar knallte den Kühlschrank zu. Was hatte dieser Kerl hier zu suchen gehabt? Was hatten er und Eli . . . Oskar erstarrte.

Sie hat ihn getötet.

Ja. Eli hatte den Typen hier bei sich, um . . . von ihm essen zu können, hatte ihn als lebende Blutbank benutzt. So machte sie das. Aber warum war der Kerl damit einverstanden gewesen? Und wenn sie ihn getötet hatte, wo war dann die Leiche?

Oskar schielte zu den hohen Küchenschränken hinauf. Plötzlich wollte er nicht mehr in der Küche sein, wollte er überhaupt nicht mehr in dieser Wohnung sein. Er verließ die Küche, ging durch den Flur. Die verschlossene Badezimmertür.

Da drinnen liegt sie.

Er eilte ins Wohnzimmer, griff nach seiner Tasche. Der Walkman lag auf dem Tisch. Er musste nur einen neuen Kopfhörer kaufen. Als er den Walkman aufhob, um ihn in die Tasche zu legen, sah er den Zettel. Er lag auf dem Couchtisch, auf der Höhe der Stelle, an der sein Kopf gelegen hatte.

Hallo. Ich hoffe, du hast gut geschlafen. Ich werde jetzt auch schlafen. Ich bin im Badezimmer. Versuch bitte nicht, hineinzugehen. Ich vertraue dir. Ich weiß nicht, was ich schreiben soll. Ich hoffe, du kannst mich gern haben, obwohl du weißt, wie ich bin. Ich habe dich gern. Sehr gern. Du liegst jetzt hier

auf der Couch und schnarchst. Bitte. Hab keine Angst vor
mir.

Bitte, bitte, bitte *hab keine Angst vor mir.*
Sollen wir uns heute Abend treffen? Schreib es auf den Zettel,
wenn du das willst.

Wenn du Nein schreibst, ziehe ich heute Abend um. Das
muss ich wohl ohnehin bald tun. Aber wenn du Ja schreibst,
bleibe ich noch ein bisschen. Ich weiß nicht, was ich schreiben soll. Ich bin einsam. Ich glaube, einsamer, als du dir vorstellen kannst. Vielleicht kannst du es doch.

Entschuldige bitte, dass ich deinen Musikapparat kaputtgemacht habe. Nimm dir Geld, wenn du möchtest. Ich habe viel
Geld. Hab keine Angst vor mir. Du brauchst dich nicht zu
fürchten. Das weißt du vielleicht. Ich hoffe, dass du es weißt.
Ich habe dich so wahnsinnig gern.

Dein
Eli

P.S. Du darfst gerne bleiben. Aber wenn du gehst, achte bitte
darauf, dass die Tür ins Schloss fällt. E.

Oskar las den Zettel mehrere Male. Dann griff er nach dem Stift,
der daneben lag, schaute sich in dem leeren Zimmer um, in Elis
Leben. Auf dem Tisch lagen noch die zerknitterten Geldscheine, die er von ihr bekommen hatte. Er nahm sich einen
Tausender, steckte ihn in die Tasche.

Lange betrachtete er die leere Fläche unter Elis Namen.
Dann senkte er den Stift und schrieb mit Buchstaben, die so
groß waren wie die Fläche, das Wort

»JA«.

Er legte den Stift auf das Papier, stand auf und verstaute den

Walkman in der Tasche. Dann wandte er sich ein letztes Mal um und blickte auf die Buchstaben, die nun auf dem Kopf standen.

»JA«

Daraufhin schüttelte er den Kopf, zog den Tausender aus der Tasche, legte ihn auf den Tisch zurück. Als er ins Treppenhaus kam, kontrollierte er sorgsam, dass die Tür ins Schloss gefallen war. Zog mehrmals an ihr.

❄

Aus dem Echo des Tages, 16.45, Sonntag, 8. November 1981

Die Fahndung der Polizei nach dem Mann, der in der Nacht zum Sonntag nach einem Tötungsdelikt aus dem Krankenhaus von Danderyd entflohen war, ist bislang ergebnislos geblieben.

Die Polizei hat im Laufe des Sonntags auf der Suche nach dem Mann, der unter dem dringenden Verdacht steht, der so genannte Ritualmörder zu sein, den Judarnwald im westlichen Stockholm durchkämmt. Der Mann war zum Zeitpunkt seiner Flucht schwer verletzt, weshalb die Polizei annimmt, dass ihm bei seiner Flucht geholfen wurde.

Arnold Lehrman von der Stockholmer Polizei:

»Ja, davon müssen wir ausgehen. Es dürfte ihm ansonsten körperlich unmöglich gewesen sein, sich in diesem ... Zustand so lange unserem Zugriff zu entziehen. Wir haben hier draußen dreißig Beamte, Hunde, einen Fahndungshubschrauber im Einsatz. Es ist einfach unmöglich.«

»Werden Sie die Suche im Judarnwald fortsetzen?«

»Ja. Es kann nicht ausgeschlossen werden, dass er sich weiterhin in diesem Gebiet aufhält. Aber wir werden unsere Fahndungsbemühungen hier einschränken, um uns stärker darauf zu konzentrieren ... herauszufinden, wie er dieses Areal verlassen hat.«

Der Man hat ein stark entstelltes Gesicht und ist zum Zeitpunkt seiner Flucht mit einem hellblauen Krankenhauskittel bekleidet gewesen. Sachdienliche Hinweise aus der Bevölkerung nimmt die Polizei unter folgender Telefonnummer entgegen ...

SONNTAG, 8. NOVEMBER (ABEND)

Das Interesse der Öffentlichkeit für die Fahndung im Judarnwald hatte seinen Höhepunkt erreicht. Die Abendzeitungen
waren der Ansicht, dass sie nicht noch einmal das Phantombild
des Mörders abdrucken konnten. Man hatte auf Fotos von seiner Ergreifung gehofft, aber in Ermangelung solcher brachten
beide großen Zeitungen stattdessen das Schafbild.

Expressen hatte es sogar auf der Titelseite.

Man konnte sagen, was man wollte, aber das Bild hatte wenigstens eine gewisse Dramatik. Das vor Anstrengung verzerrte
Gesicht des Polizisten, die zappelnden Beine und das offene
Maul des Widders. Man konnte das Keuchen, das Blöken beinahe hören.

Die eine der beiden Zeitungen hatte sogar den königlichen
Hof um eine Stellungnahme ersucht. Immerhin waren es die
Schafe des Königs, die das Polizeicorps derart behandelte.
Der König und die Königin hatten allerdings zwei Tage zuvor
verlautbaren lassen, dass sie ein drittes Kind erwarteten, und
waren deshalb eventuell der Meinung, dass es damit genug sein
musste. Jedenfalls verzichtete der Hof auf einen Kommentar.

Natürlich widmete man auch mehrere Zeitungsseiten Karten
vom Judarnwald und den westlichen Vororten. Wo der Mann
gesehen worden war, wie die Fahndung der Polizei durchgeführt wurde. Aber das alles hatte man auch früher schon gesehen, in anderen Zusammenhängen. Das Schafbild war etwas
Neues und wollte einem nicht mehr aus dem Kopf.

431

Expressen hatte sogar einen kleinen Scherz gewagt. Die Bildunterschrift begann mit den Worten »Wolf im Schafspelz?«

Man durfte ein wenig lachen, und das war auch bitter nötig. Man hatte doch Angst. Der gleiche Mann, der mindestens zwei Personen ermordet hatte, fast drei, war wieder auf freiem Fuß, und den Kindern wurde erneut ein Ausgangsverbot erteilt, ein für Montag geplanter Schulausflug in den Judarnwald abgeblasen.

Und über allem lag ein stummer Zorn darüber, dass eine Person, eine einzige Person die Macht haben sollte, das Leben so vieler Menschen zu dominieren, und zwar einzig und allein kraft ihrer Bösartigkeit und ihrer ... Unsterblichkeit.

Ja. Experten und Professoren, die hinzugezogen wurden, um in Zeitungen und Fernsehen Zeugnis abzulegen, sagten ausnahmslos das Gleiche: Der Mann konnte unmöglich leben. Auf direkte Nachfrage bekannte man allerdings im nächsten Atemzug, dass die Flucht des Mannes genauso unmöglich war.

Ein Dozent in Danderyd hinterließ einen schlechten Eindruck in den Fernsehnachrichten, als er in einem aggressiven Tonfall erklärte: »Er war noch bis vor kurzem an einen Respirator angeschlossen. Wissen Sie, was das heißt? Es heißt, dass man nicht eigenständig atmen kann. Wenn man dann noch einen Sturz aus dreißig Meter Höhe hinzufügt...« Der Ton des Dozenten deutete an, dass der Reporter ein Idiot und die ganze Geschichte im Grunde eine Erfindung der Medien war.

Kurzum, alles war ein riesiges Tohuwabohu aus Vermutungen, Absurditäten, Gerüchten und – natürlich – Angst. Kein Wunder, dass man trotz allem das Schafbild brachte. Es war zumindest konkret. Und so wurde das Schafbild im ganzen Land verbreitet und fand seinen Weg zu den Augen der Menschen.

Lacke sah es, als er am Kiosk des Liebhabers auf dem Weg zu Gösta für seine letzten Kronen eine Schachtel Prince Denmark kaufte. Er hatte den ganzen Nachmittag geschlafen und fühlte sich wie Raskolnikow, die Welt war nebelverhangen unwirklich. Er warf einen Blick auf das Schafbild und nickte für sich. In seinem momentanen Zustand fand er es nicht weiter verwunderlich, dass die Polizei Schafe verhaftete.

Erst auf halbem Weg zu Gösta fiel ihm das Bild wieder ein, und er dachte: »Was zum Teufel war denn das?«, hatte jedoch nicht die Energie, es herauszufinden. Er zündete sich eine Zigarette an und ging weiter.

Oskar sah es, als er heimkam, nachdem er sich den Nachmittag damit vertrieben hatte, durch Vällingby zu strolchen. Als er dort aus der Bahn ausstieg, war gleichzeitig Tommy eingestiegen. Tommy war nervös, aufgewühlt und meinte, er habe »ein echt geiles Ding gedreht«, kam aber nicht mehr dazu, ihm mehr zu erzählen, ehe sich die Türen schlossen. Zu Hause lag ein Zettel auf dem Küchentisch; Mama war zu einem Abendessen mit dem Chor. Etwas zu essen stand im Kühlschrank, die Reklame war ausgeteilt, Küsschen.

Auf der Küchenbank lag die Abendzeitung. Oskar betrachtete das Schafbild und las alles, was über die Suche geschrieben stand. Anschließend nahm er eine Sache in Angriff, bei der er in Verzug geraten war: die Artikel über den Ritualmörder aus den Zeitungen der letzten Tage auszuschneiden und aufzuheben. Er hob den Zeitungsstapel vom Putzschrank, holte Buch, Schere und Kleber und fing an.

Staffan sah das Bild ungefähr zweihundert Meter von der Stelle entfernt, an der die Aufnahme gemacht worden war. Er hatte Tommy nicht erwischt und sich mit ein paar knappen Worten von einer verzweifelten Yvonne verabschiedet und nach Åkeshov begeben. Dort hatte jemand einen Kollegen, den er nicht kannte, den »Schafmann« genannt, aber er begriff erst, was gemeint gewesen war, als er einige Stunden später die Abendzeitung zu Gesicht bekam.

Innerhalb der Polizeiführung war man über das mangelnde Taktgefühl der Zeitungen erbost, aber die meisten Polizisten vor Ort fanden das Ganze ziemlich komisch. Mit Ausnahme des »Schafmanns« natürlich. Wochenlang musste er sich immer wieder ein »bäääää« oder »schöner Pulli, ist das Schurwolle?« gefallen lassen.

Jonny sah es, als sein vierjähriger kleiner Bruder, kleiner *Halb*bruder Kalle mit einem Geschenk zu ihm kam. Ein Bauklotz, den er in die Titelseite der Zeitung vom Tage eingepackt hatte. Jonny warf den Kleinen aus dem Zimmer, erklärte, er habe keine Lust zu spielen, schloss die Tür ab. Anschließend holte er einmal mehr das Fotoalbum heraus und betrachtete die Fotografien von seinem Vater, seinem richtigen Vater, der nicht Kalles Vater war.

Kurz darauf hörte er seinen Stiefvater mit Kalle schimpfen, weil er die Zeitung kaputtgemacht hatte. Daraufhin packte er das Geschenk aus und drehte den Bauklotz zwischen den Fingern, während er das Schafbild musterte. Er musste lachen, und die Haut am Ohr spannte. Er legte das Fotoalbum in seinen Sportbeutel, es war am sichersten, es in der Schule zu verwahren, woraufhin sich seine Gedanken der Frage zuwandten, was zum Teufel er mit Oskar anstellen sollte.

Das Schafbild sollte den Startschuss zu einer kleineren Debatte über die Bildethik der Presse bilden, war aber nichtsdestotrotz in beiden großen Abendzeitungen Teil des traditionellen Jahresrückblicks auf die besten Schnappschüsse des Jahres. Der eingefangene Widder wurde im Frühsommer zu den Weiden in der Nähe von Schloss Drottningholm getrieben und erfuhr niemals etwas von seinem Tag im Rampenlicht.

❄

Virginia ruht in Decken und Tücher gehüllt. Die Augen sind geschlossen, der Körper regungslos. Bald wird sie erwachen. Elf Stunden hat sie so gelegen. Die Körpertemperatur ist auf siebenundzwanzig Grad gesunken, was der Lufttemperatur im Kleiderschrank entspricht. Ihr Herz schlägt vier Mal in der Minute ganz schwach.

Während dieser elf Stunden hat sich ihr Körper unwiderruflich verwandelt. Magen und Lunge haben sich einer neuen Art von Leben angepasst. Das Interessanteste aus medizinischer Sicht ist eine noch im Wachstum befindliche Zyste im Sinusknoten des Herzens, jenem Zellhaufen, der die Kontraktionen des Herzens steuert. Die Größe der Zyste hat sich inzwischen verdoppelt. Ein krebsähnliches Wuchern fremder Zellen schreitet ungehemmt fort.

Könnte man eine Probe dieser fremden Zellen entnehmen und die Probe unter ein Mikroskop legen, würde man etwas erblicken, das alle Herzspezialisten damit abtun würden, dass irgendwelche Laborproben verwechselt wurden. Ein geschmackloser Scherz.

Die Geschwulst im Sinusknoten besteht nämlich aus Gehirnzellen.

Ja. In Virginias Herz bildet sich ein separates, kleines Gehirn heraus. Dieses neue Gehirn ist während seines Aufbaus abhängig vom großen Gehirn gewesen. Nun aber ist es eigenständig lebensfähig, und was Virginia für die Dauer eines schrecklichen Moments empfand, ist völlig zutreffend: Es würde leben, selbst wenn der Körper starb.

Virginia schlug die Augen auf und wusste, sie war wach. Sie wusste es, obwohl das Anheben der Lider keinen Unterschied machte. Es war noch so dunkel wie zuvor. Aber ihr Bewusstsein wurde eingeschaltet. Ja. Ihr Bewusstsein erwachte zum Leben, und gleichzeitig gab es da etwas anderes, das sich schnell zurückzog.

Wie . . .

Wie wenn man ein Sommerhaus betritt, das den Winter über leer gestanden hat. Man öffnet die Tür und streckt sich nach dem Lichtschalter, und wenn man das Licht einschaltet, hört man im gleichen Moment das schnelle Klackern, Scharren kleiner Krallen auf dem Fußboden, und man erhascht einen Blick auf die Ratte, die unter der Spüle verschwindet.

Ein unangenehmes Gefühl. Man weiß, dass sie dort gelebt hat, während man fort war, dass sie dieses Haus als das ihre betrachtet und wieder hervorkriechen wird, sobald man das Licht löscht.

Ich bin nicht allein.

Ihr Mund fühlte sich an wie Papier. Sie hatte kein Gefühl in der Zunge. Sie blieb liegen und dachte an das Sommerhaus, das sie und Per, Lenas Vater, ein paar Sommer lang gemietet hatten, als Lena noch klein war.

An das Rattennest, das sie ganz hinten unter der Spüle gefunden hatten. Die Ratten hatten kleine Stücke einiger leerer Milchpakete und einer Cornflakesverpackung kleingebissen, sich eine Art kleines Haus gebaut, eine fantastische Konstruktion aus bunten Papierschnipseln.

Virginia hatte sich irgendwie schuldig gefühlt, als sie das kleine Haus mit dem Staubsauger entfernt hatte. Nein, mehr als das. Es war das abergläubische Gefühl eines Frevels gewesen. Als sie den kalten, mechanischen Schnabel des Staubsaugers in die feine, zerbrechliche Konstruktion stieß, die von der Ratte den Winter über erbaut worden war, hatte sie das Gefühl, einen guten Geist in die Flucht zu schlagen.

Und ganz richtig. Als die Ratte nicht in die Fallen ging, sondern weiter von ihren Vorräten fraß, obwohl es Sommer war, hatte Per Rattengift ausgestreut. Sie hatten sich deshalb gestritten. Sie hatten sich auch über andere Dinge gestritten. Über alles. Anfang Juli war die Ratte irgendwo in der Wand gestorben.

Je mehr sich der Gestank des toten, verwesenden Rattenkörpers in dem Haus ausbreitete, desto stärker war ihre Ehe in diesem Sommer verwittert. Schließlich waren sie eine Woche früher als geplant nach Hause gefahren, weil sie den Gestank und einander nicht länger ertragen konnten. Der gute Geist hatte sie verlassen.

Was ist aus dem Haus geworden? Wohnen dort jetzt andere Leute?
Sie hörte ein Fiepen, ein Zischen.
Es ist wirklich eine Ratte! In den Decken!
Sie geriet in Panik.

Noch eingewickelt warf sie sich zur Seite, traf die Schranktüren, sodass sie aufschwangen, und plumpste auf den Fußboden hinaus. Sie trat mit den Beinen, fuchtelte mit den Armen, bis es ihr endlich gelang, sich zu befreien. Angeekelt kroch sie auf das Bett, in die Zimmerecke, zog die Knie unters Kinn, starrte auf den Deckenhaufen, wartete auf eine Bewegung. Wenn sie kam, würde sie schreien. So laut schreien, dass das ganze Haus mit Hämmern, Äxten hinzueilte und auf den Deckenhaufen einschlug, bis die Ratte tot war.

Die Decke, die zuoberst lag, war grün, mit blauen Punkten. War da nicht eine Bewegung? Sie holte Luft, um zu schreien, und das Fiepen, Zischen ertönte erneut.

Ich ... atme.

Ja genau. Es war das Letzte gewesen, was sie festgestellt hatte, bevor sie einschlief; dass sie nicht atmete. Jetzt atmete sie wieder. Sie sog prüfend Luft ein und hörte das Fiepen, das Zischen. Es kam aus ihrer Luftröhre. Während sie geruht hatte, war sie eingetrocknet, gab jetzt Laute von sich. Sie räusperte sich und hatte einen verrotteten Geschmack im Mund.

Sie erinnerte sich. An alles.

Sie betrachtete ihre Arme. Sie waren von Striemen getrockneten Blutes bedeckt, aber es ließen sich weder Wunden noch Narben entdecken. Sie fixierte den Punkt in der Armbeuge, an dem sie sich mindestens zwei Mal geschnitten hatte. Möglicherweise ein schwacher Streifen rosa gefärbter Haut. Ja. Eventuell. Ansonsten war alles verheilt.

Sie rieb sich die Augen und sah auf die Uhr. Viertel nach sechs. Es war Abend. Dunkel. Erneut betrachtete sie die grüne Decke, die blauen Punkte.

Woher kommt das Licht?

Die Lampe an der Decke war aus, draußen war es dunkel, die Jalousien waren heruntergelassen. Wie war es dann möglich, dass sie alle Konturen und Farbtöne so deutlich sah? In dem Schrank war es stockfinster gewesen. Dort hatte sie nichts gesehen. Aber jetzt ... es war wie mitten am helllichten Tag.

Ein bisschen Licht sickert immer durch.

Atmete sie?

Es ließ sich nicht kontrollieren. Sobald sie anfing, ans Atmen zu denken, fing sie auch an, ihre Atmung zu steuern. Vielleicht atmete sie ja nur, wenn sie daran dachte.

Aber dieser erste Atemzug, den sie für eine Ratte gehalten hatte . . . an den hatte sie nicht gedacht. Obwohl er vielleicht nur gewesen war wie ein . . . wie ein . . .

Sie kniff die Augen zusammen.

Ted.

Sie war bei seiner Geburt dabei gewesen. Den Mann, der Teds Vater war, hatte Lena nach der Nacht, in der Ted gezeugt wurde, nie mehr gesehen. Er war irgendein finnischer Geschäftsmann, der an einer Konferenz in Stockholm teilnahm und so weiter. Also war Virginia bei der Entbindung dabei gewesen, hatte ihre Tochter dazu überredet, dabei sein zu dürfen.

Und jetzt fiel er ihr wieder ein. Teds erster Atemzug.

Und wie er herausgekommen war. Der kleine Körper, klebrig, lila, kaum menschlich. Die Explosion des Glücks in ihrer Brust, die sich in eine Wolke aus Sorge verwandelte, als er nicht atmete. Die Hebamme hatte das kleine Wesen seelenruhig in ihre Hände genommen. Virginia hatte geglaubt, dass sie den Körper mit dem Kopf nach unten halten, ihm einen Klaps auf den Po geben würde, aber als die Hebamme ihn in ihre Hände nahm, bildete sich eine Speichelblase vor seinem Mund. Eine Blase, die wuchs, wuchs . . . platzte. Und dann kam der Schrei, der erste Schrei. Und er atmete.

So?

War Virginias erster, fiepender Atemzug das gewesen? Ein . . . Geburtsschrei?

Sie streckte sich, legte sich auf dem Rücken ins Bett. Fuhr fort, ihren inneren Film von der Entbindung abzuspulen. Wie sie Ted hatte waschen dürfen, weil Lena zu mitgenommen gewesen war, viel Blut verloren hatte. Ja. Nach Teds Geburt war es auf den Entbindungstisch gelaufen, und die Krankenschwester hatte große Mengen Papier herbeigeschafft. Mit der Zeit hatte die Blutung von alleine aufgehört.

439

Der Haufen durchgeblutetes Papier, die dunkelroten Hände der Hebamme. Die Ruhe, die Effektivität trotz des vielen … Blutes. Des vielen Blutes.

Durst.

Ihr Mund war klebrig trocken, und sie spulte den Film vor und zurück, zoomte auf alles, was blutüberströmt war; die Hände der Hebamme, *mit der Zunge über diese Hände zu fahren, die durchtränkten Wattebäusche auf dem Fußboden, sie in den Mund zu stecken und an ihnen zu saugen, Lenas Schoß, aus dem das Blut in einem dünnen Rinnsal floss, es …*

Sie setzte sich mit einem Ruck auf, lief geduckt ins Badezimmer und riss den Toilettendeckel hoch, beugte sich über die Schüssel. Es kam nichts. Nur ein trockenes, wimmerndes Würgen. Sie lehnte die Stirn auf den Rand der Toilette. Die Bilder von der Entbindung wallten von Neuem in ihr auf.

Willnichtwillnichtwillni

Sie rammte ihre Stirn mit Wucht gegen das Porzellan, und ein Geysir eisig klaren Schmerzes sprühte in ihrem Kopf in die Höhe. Vor ihren Augen wurde alles leuchtend blau. Sie lächelte und fiel seitlich zu Boden, auf den Badezimmerteppich, der …

Er hat 14.90 gekostet, aber ich habe ihn für einen Zehner bekommen, weil sich ein großer Stoffbausch gelöst hat, als die Kassiererin das Preisschild abzog, und als ich aus dem Kaufhaus auf den Vorplatz gekommen bin, ist da eine Taube gewesen, die in einem Pappkarton gepickt hat, in dem noch ein paar Pommes frites lagen, und die Taube war grau … und … blau … es war …

… Gegenlicht …

Sie wusste nicht, wie lange sie bewusstlos gewesen war. Eine Minute, eine Stunde? Vielleicht auch nur ein paar Sekunden. Jedenfalls hatte sich etwas verändert. Sie war ruhig.

Der flauschige Stoff des Badezimmerteppichs fühlte sich

schön an unter der Wange, als sie so dalag und das rostfleckige Rohr betrachtete, das vom Waschbecken kommend im Fußboden verschwand. Das Rohr hatte eine schöne Form.

Der intensive Geruch von Urin. Sie hatte sich nicht bepinkelt, oh nein, denn das war ... Lackes Pisse, die sie roch. Sie krümmte den Körper, bewegte ihr Gesicht zum Boden unter der Toilette, schnüffelte. Lacke ... und Morgan. Sie konnte nicht begreifen, woher sie das wusste, aber sie wusste: Morgan hatte daneben gepinkelt.

Aber Morgan ist doch gar nicht hier gewesen.

Doch, natürlich. An jenem Abend, in der Nacht, als die anderen sie nach Hause gebracht hatten. Dem Abend, an dem sie überfallen worden war. Gebissen. Ja. Natürlich. Es passte alles zusammen. Morgan war hier gewesen, Morgan hatte gepinkelt, und sie hatte drüben auf der Couch gelegen, nachdem sie gebissen worden war, und jetzt konnte sie in der Dunkelheit sehen und vertrug kein Licht und brauchte Blut und –

Vampir.

So war es. Sie hatte sich keine seltene und unangenehme Krankheit eingehandelt, die man in einem Krankenhaus heilen konnte, oder in der Psychiatrie oder mit ...

Lichttherapie!

Sie lachte hustend auf, legte sich rücklings auf den Fußboden, blickte zur Decke, ging alles noch einmal durch. Die schnell heilenden Wunden, die Wirkung der Sonne auf ihre Haut, das Blut.

Sie sagte es laut.

»Ich bin ein Vampir.«

Das war doch nicht möglich. So etwas gab es doch gar nicht. Und trotzdem wurde es so leichter. Als ließe ein Druck in ihrem Kopf nach. Als fiele die Last einer Schuld von ihr ab. Sie konnte nichts dafür. Diese widerwärtigen Fantasien, die schrecklichen

Dinge, die sie sich die ganze Nacht angetan hatte. Dafür konnte sie doch gar nichts.

Es war doch . . . ganz natürlich.

Sie richtete sich halb auf, ließ ein Bad ein, setzte sich auf den Toilettenstuhl und betrachtete das laufende Wasser, die Badewanne, die sich langsam füllte. Das Telefon klingelte. Sie nahm es nur als ein gleichgültiges Signal wahr, als einen mechanischen Laut, der bedeutungslos war. Sie konnte ohnehin mit niemandem sprechen. Keiner konnte mit ihr sprechen.

❄

Oskar hatte die Zeitung von Samstag noch nicht gelesen. Jetzt lag sie vor ihm auf dem Küchentisch. Er hatte die gleiche Seite inzwischen bereits eine ganze Weile aufgeschlagen und immer wieder den Artikel zu dem Bild gelesen, dem Bild, das ihn in seinen Bann gezogen hatte. In dem Text ging es um den Mann, den man in der Nähe des Krankenhauses von Blackeberg im Eis gefunden hatte. Wie man ihn gefunden hatte, wie die Bergungsarbeiten verlaufen waren. Es gab ein kleines Bild von Lehrer Ávila, auf dem er auf das Loch im Eis deutete. In den Worten, mit denen Ávila zitiert wurde, hatte der Journalist die sprachlichen Eigenheiten des Lehrers berichtigt.

All das war durchaus interessant und wert, ausgeschnitten und aufbewahrt zu werden, dennoch war es nicht das, was er sich ansah, wovon er sich nicht losreißen konnte.

Es war das Bild von dem Pullover.

Unter der Jacke des toten Mannes hatte man einen blutbesudelten Pullover in Kindergröße gefunden, der vor einem neutralen Hintergrund abgebildet war. Oskar kannte diesen Pullover.

Frierst du nicht?

In dem Artikel stand, dass der tote Mann, Joakim Bengtsson, zuletzt am Samstag, den 24. Oktober, lebend gesehen worden war. Oskar erinnerte sich an den Abend. Eli hatte den Würfel gelöst. Er hatte ihre Wange gestreichelt, und sie hatte den Hof verlassen. In der Nacht hatten sie und ihr ... Typ ... sich gestritten, und der Typ war hinausgegangen.

War das der Abend gewesen, an dem Eli es getan hatte?

Ja. Vermutlich. Am nächsten Tag hatte sie wesentlich gesünder ausgesehen.

Er betrachtete das Bild. Es war schwarzweiß, aber im Text stand, dass der Pullover hellrosa war. Der Autor des Artikels fragte sich, ob der Mörder ein weiteres junges Opfer auf dem Gewissen hatte.

Moment mal.

Der Vällingbymörder. In dem Artikel stand, dass laut Polizei eindeutige Indizien dafür sprachen, dass der Mann im Eis von dem so genannten Ritualmörder getötet worden war, der gut eine Woche zuvor im Schwimmbad von Vällingby gefasst worden und inzwischen wieder geflohen war.

War das ... der Typ? Aber ... der Junge im Wald ... warum?

Oskar sah Tommy vor sich, wie er auf der Bank am Spielplatz saß, die Bewegung mit dem Finger.

Aufgehängt an einem Baum ... die Kehle durchgeschnitten ... ssssitt.

Er begriff, begriff alles. Dass all diese Artikel, die er ausgeschnitten und aufbewahrt hatte, Radio, Fernsehen, das ganze Gerede, die ganze Angst ...

Eli.

Oskar wusste nicht, was er tun sollte, was er tun musste. Also ging er zum Kühlschrank und holte die Portion Lasagne heraus, die Mama ihm dorthin gestellt hatte. Er aß sie kalt, während er weiter auf die Artikel starrte. Als er gegessen hatte, klopfte es an der Wand. Er schloss die Augen, um besser zu hören. Das Morsealphabet konnte er inzwischen auswendig.

I.C.H. G.E.H.E. R.A.U.S.

Er stand schnell auf, ging in sein Zimmer, legte sich bäuchlings aufs Bett und klopfte seine Antwort.

K.O.M.M. H.E.R.

Eine Pause. Dann:

D.E.I.N.E. M.A.M.A.

Oskar erwiderte klopfend.

F.O.R.T.

Mama würde erst gegen zehn Uhr wieder zu Hause sein. Sie hatten also noch mindestens drei Stunden. Als Oskar sein letztes Wort geklopft hatte, legte er den Kopf aufs Kissen. Für einen Moment, ganz darauf konzentriert, die Worte zu formulieren, hatte er es ganz vergessen.

Der Pullover ... die Zeitung ...

Er zuckte zusammen und wollte aufstehen, um die Zeitungen einzusammeln, die noch herumlagen. Sie würde doch sehen ... wissen, dass er ...

Dann legte er den Kopf wieder auf das Kissen, ließ es bleiben.

Ein leiser Pfiff vor dem Fenster. Er stand vom Bett auf, ging hin und lehnte sich auf die Fensterbank. Sie stand darunter, das Gesicht zum Licht gewandt. Sie trug das viel zu große, karierte Hemd.

Er machte eine Geste mit dem Finger: *Komm zur Tür.*

»Sag ihm nicht, dass ich hier bin, okay?«

Yvonne schnitt eine Grimasse, blies den Rauch durch den Mundwinkel zum halb offen stehenden Küchenfenster hinaus, sagte nichts.

Tommy schnaubte. »Warum rauchst du so, zum Fenster raus?«

Die Asche an ihrer Zigarette war so lang geworden, dass sie sich allmählich krümmte. Tommy zeigte darauf und machte eine Tupf-tupf-Bewegung mit dem Zeigefinger. Sie ignorierte ihn.

»Weil Staffan der Rauchgeruch nicht passt, stimmt's?«

Tommy lehnte sich auf dem Küchenstuhl zurück, betrachtete die Asche und fragte sich, wodurch sie eigentlich so lang werden konnte, ohne abzufallen, wedelte mit der Hand vor dem Gesicht.

»Ich mag den Geruch von Zigarettenrauch auch nicht. Mochte ihn überhaupt nicht, als ich klein war. Damals hast du aber nie das Fenster aufgemacht. Pass auf ...«

Die Asche fiel hinab und landete auf Yvonnes Oberschenkel. Sie wischte die Asche weg, und auf ihrer Hose blieb ein grauer Streifen zurück. Sie drohte ihm mit der Hand, in der sie die Zigarette hielt.

»Und ob ich es aufgemacht habe. Meistens jedenfalls. Wenn wir Besuch hatten, mag es vielleicht einmal vorgekommen sein ... und außerdem, gerade du solltest nun wirklich nicht erzählen, dass du keinen Rauch magst.«

Tommy grinste. »Ein bisschen lustig war es aber schon, nicht?«

»Nein, das war es nicht. Stell dir vor, es wäre Panik ausgebrochen. Wenn die Leute ... und dann diese Schale, dieses ... «

»Taufbecken.«

»Das Taufbecken, ja. Der Pfarrer war völlig verzweifelt, es war eine ... schwarze Kruste auf allem ... Staffan musste ... «

»Staffan, Staffan ... «

»Ja, Staffan. Er hat nicht gesagt, dass du es warst. Er hat mir gesagt, dass es schwierig für ihn war, wegen seiner ... Überzeu-

gung, dazustehen und dem Pfarrer ins Gesicht zu lügen, aber
dass er ... um dich zu schützen ...«

»Das kapierst du doch wohl.«

»Was soll ich kapieren?«

»Dass er sich selber schützt.«

»Er hat ja wohl nicht ...«

»Denk doch mal nach.«

Yvonne zog lange an ihrer Zigarette, drückte sie im Aschenbecher aus und steckte sich sofort eine neue an.

»Es war ... antik. Jetzt müssen sie es restaurieren lassen.«

»Und Staffans Stiefsohn war der Übeltäter. Wie sähe das wohl
aus?«

»Du bist nicht sein Stiefsohn.«

»Nein, aber du weißt, was ich meine. Wenn ich Staffan sagen
würde, ich hätte vor, zu diesem Pfaffen zu gehen und ihm zu
erzählen ›ich hab das getan, ich heiße Tommy, und Staffan ist
mein ... Stieffreund‹. Ich glaube nicht, dass ihm das gefallen
würde.«

»Du wirst selber mit ihm reden müssen.«

»Nee. Jedenfalls nicht heute.«

»Du traust dich nicht.«

»Du hörst dich an wie ein kleines Kind.«

»Und du benimmst dich wie ein kleines Kind.«

»Ein bisschen Spaß hat es doch gemacht, oder?«

»Nein, Tommy. Das hat es nicht.«

Tommy seufzte. Ihm war durchaus klar gewesen, dass Mama
auch wütend sein würde, aber er hatte trotz allem geglaubt,
dass sie dem Ganzen auch komische Seiten abgewinnen würde.
Doch sie war jetzt auf Staffans Seite. Das musste er wohl oder
übel einsehen.

Das Problem, das eigentliche Problem war folglich, dass er
etwas finden musste, wo er wohnen konnte. Wenn die beiden

heirateten. Bis auf Weiteres konnte er an einem Abend wie diesem, an dem Staffan zu Besuch kam, im Keller pennen. Gegen acht würde Staffan seinen Dienst in Åkeshov beenden und anschließend direkt herkommen. Und Tommy hatte nicht die Absicht, sich von diesem Heini eine verdammte Moralpredigt anzuhören. Niemals.

Also ging Tommy in sein Zimmer und holte Decke und Kissen von seinem Bett, während Yvonne sitzen blieb und rauchte, aus dem Küchenfester sah. Als er fertig war, stellte er sich mit dem Kissen unter dem einen Arm und der zusammengerollten Decke unter dem anderen in die Küchentür.

»Okay. Ich geh jetzt. Sag ihm bitte nicht, dass ich da bin.«

Yvonne drehte sich zu ihm um. Sie hatte Tränen in den Augen, lächelte schwach.

»Du siehst aus wie damals, wenn ... wenn du gekommen bist und ...«

Die Worte blieben ihr im Hals stecken. Tommy rührte sich nicht von der Stelle. Yvonne schluckte, räusperte sich und sah ihn mit klaren Augen an, sagte leise: »Tommy. Was soll ich tun?«

»Ich weiß es nicht.«

»Soll ich ...?«

»Nein. Jedenfalls nicht mir zuliebe. Es ist, wie es ist.«

Yvonne nickte. Tommy merkte, dass er auch sehr traurig wurde und besser gehen sollte, ehe es daneben ging.

»Du? Du sagst ihm doch nicht, dass ...«

»Nein, nein. Das tue ich nicht.«

»Gut. Danke.«

Yvonne stand auf und ging zu Tommy. Umarmte ihn. Sie roch intensiv nach Zigarettenrauch. Hätte Tommy die Arme frei gehabt, hätte er ihre Umarmung erwidert. So aber legte er nur den Kopf auf ihre Schulter, und sie blieben eine Weile so stehen.

Dann ging Tommy.

Ich traue ihr nicht. Staffan erzählt ihr sicher irgendeinen Bockmist und dann ...

Im Keller warf er die Decke und das Kissen auf die Couch, schob sich einen Portionsbeutel Kautabak unter die Oberlippe und dachte nach.

Das Beste wäre, er würde erschossen.

Aber Staffan war mit Sicherheit niemand, der ... nein, nein. Er war eher jemand, der dem Mörder einen Volltreffer in die Stirn verpasste und von den anderen Bullen eine Schachtel Pralinen geschenkt bekam. Der Held. Danach würde er vielleicht herkommen und nach Tommy suchen.

Er fischte den Schlüssel heraus, trat in den Kellergang und schloss den Schutzraum auf, nahm die Kette mit hinein. Mit dem Feuerzeug als Lampe tastete er sich in den kurzen Korridor mit den Lagerräumen zu beiden Seiten vor. In den Lagerräumen gab es Konserven, alte Gesellschaftsspiele, Gaskocher und anderes, um eine Belagerung zu überstehen.

Er öffnete eine Tür, warf die Kette hinein.

Okay. Er hatte einen Notausgang.

Ehe er den Schutzraum verließ, hob er die Schützentrophäe herab, wog sie in der Hand. Mindestens zwei Kilo. Ließ sie sich vielleicht verkaufen? Allein schon der Wert des Metalls, wenn man sie einschmolz.

Er musterte das Gesicht des Pistolenschützen. Sah er Staffan nicht trotz allem ziemlich ähnlich? Dann gab es nur eins: einschmelzen.

Die Einäscherung. Das definitive Ende.

Das absolut Geilste wäre, alles außer dem Schädel einzuschmelzen und die Skulptur anschließend Staffan zurückzugeben. Eine erstarrte Pfütze aus Metall, aus der nur noch dieser kleine Kopf herauslugte. Das würde sich vermutlich nicht in die Tat umsetzen lassen. Leider.

Er stellte die Skulptur an ihren Platz zurück, ging hinaus und schloss die Tür, ohne am Schließmechanismus zu drehen. So würde er sich dort verkriechen können, falls es nötig wurde. Was er im Grunde nicht glaubte.

Es war nur für den Fall der Fälle.

❄

Lacke ließ es zehn Mal klingeln, ehe er auflegte. Gösta saß auf der Couch, streichelte einer orange getigerten Katze den Kopf und blickte nicht auf, als er Lacke fragte: »Keiner zu Hause?«

Lacke strich sich mit der Hand übers Gesicht, sagte gereizt: »Doch, verdammt. Hast du nicht gehört, wie ich mich unterhalten habe?«

»Willst du noch einen?«

Lacke entspannte sich, versuchte zu lächeln.

»Sorry, ich wollte dich nicht ... ja, verdammt. Danke.«

Gösta lehnte sich so unvorsichtig zum Tisch vor, dass die Katze auf seinem Schoß eingeklemmt wurde. Sie fauchte und sprang herunter, setzte sich und starrte Gösta beleidigt an, der einen kleinen Schluck Tonic und eine größere Menge Gin in Lackes Glas goss, es ihm hinhielt.

»Hier. Mach dir keine Sorgen, sie ist sicher nur ... ja ...«

»Im Krankenhaus. Ja danke. Sie ist ins Krankenhaus gefahren, und die haben sie aufgenommen.«

»Ja ... genau.«

»Dann sag das doch.«

»He?«

»Ach, schon gut. Prost.«

»Prost.«

Sie tranken beide. Nach einer Weile begann Gösta, sich in der Nase zu bohren. Lacke sah ihn an, und Gösta zog den Finger heraus, lächelte entschuldigend. Er war es nicht gewohnt, Besuch zu haben.

Eine dicke, trächtige Katze lag platt auf dem Fußboden, schien kaum den Kopf heben zu können. Gösta nickte zu ihr hin. »Miriam bekommt bald Junge.«

Lacke nahm einen großen Schluck, grimassierte. Mit jedem Tropfen Abstumpfung, den ihm der Alkohol schenkte, nahm er den Gestank in der Wohnung weniger wahr.

»Was machst du mit ihnen?«

»Wie meinst du das?«

»Mit den Jungen. Was machst du mit ihnen? Du lässt sie leben, was?«

»Ja, aber in letzter Zeit sind sie meistens tot.«

»Sodass ... was denn. Die Dicke da, wie hieß sie noch ... Miriam? ... ihr Bauch, da sind jetzt nur ein paar tote Junge drin?«

»Ja.«

Lacke leerte sein Glas, stellte es auf den Tisch. Gösta machte eine fragende Geste in Richtung Ginflasche. Lacke schüttelte den Kopf.

»Nee. Ich mach mal Pause.«

Er senkte den Kopf. Ein orangefarbener Teppich, der so voller Katzenhaare war, dass er aussah, als wäre er daraus gemacht. Überall Katzen. Wie viele waren es? Er begann zu zählen. Kam auf achtzehn. Allein in diesem Zimmer.

»Du hast nie überlegt ... was zu machen? Sie zu kastrieren oder sie, wie sagt man ... sterilisieren zu lassen? Es würde ja schon reichen, nur ein Geschlecht zu nehmen.«

Gösta sah ihn verständnislos an.

»Wie soll das gehen?«

»Nein, hast Recht.«

Lacke malte sich aus, wie Gösta mit vielleicht ... fünfundzwanzig Katzen in der Bahn sitzen würde. In einem Karton. Nein. In einer Plastiktüte, einem Sack. Wie er zum Tierarzt fahren und die ganzen Katzen auskippen würde: »Einmal kastrieren, bitte.« Er lachte kollernd. Gösta legte den Kopf schief.

»Was ist los?«

»Ach, ich habe nur überlegt ... vielleicht bekommt man ja Mengenrabatt.«

Gösta wusste diesen Witz nicht zu schätzen, und Lacke wedelte abwehrend mit den Händen. »Nein, sorry. Ich bin nur ... äh, ich bin völlig ... also das mit Virginia, ich ...« Plötzlich richtete er sich auf und schlug mit der flachen Hand auf den Tisch.

»Ich will hier nicht mehr sein!«

Gösta zuckte auf der Couch zusammen. Die Katze zu Lackes Füßen schlich davon, versteckte sich unter dem Sessel. Von irgendeinem Punkt im Zimmer ertönte ein Fauchen. Gösta rutschte unruhig hin und her, wackelte mit seinem Glas.

»Das brauchst du ja auch nicht. Nicht wegen mir ...«

»So meine ich das nicht. Hier. Hier. In Blackeberg. Das alles. Diese Häuser, die Straßen, auf denen man geht, die Plätze, die Menschen, das ist alles nur ... wie eine einzige große, verdammte Krankheit, kapierst du? Da ist irgendein Fehler. Sie haben sich diesen Ort ausgedacht, das Ganze geplant, damit es ... perfekt wird. Und aus irgendeinem seltsamen Grund ist es gründlich schief gelaufen. Wegen irgendeinem Scheiß.

Als ... ich kann es nicht richtig erklären ... als hätten sie da so eine Idee für die Winkel gehabt, irgendwas, in welchem Winkel die Häuser stehen sollten, im Verhältnis zueinander. Damit Harmonie entstehen würde oder so. Und dann war an dem Messstab, dem Winkelhaken oder was immer sie für sowas benutzen, etwas nicht in Ordnung, und es ist von Anfang an schief gelaufen, und dann wurde es nur immer schlimmer. Und jetzt rennt

451

man hier zwischen den Häusern herum und spürt einfach, dass … nein. Nein, nein, nein. Man sollte nicht hier sein. Man ist hier fehl am Platz, verstehst du?

Obwohl, es sind natürlich nicht die Winkel, es ist etwas anderes, etwas, das einfach … wie eine Krankheit, die in … den Wänden sitzt und ich … will nicht mehr hier sein.«

Ein Klirren, als Gösta ungebeten einen neuen Drink in Lackes Glas einschenkte. Lacke nahm ihn dankbar entgegen. Sein Ausbruch hatte eine angenehme Ruhe in seinem Körper hinterlassen, eine Ruhe, die der Alkohol nun mit Wärme ausfüllte. Er lehnte sich im Sessel zurück, atmete auf.

Sie schwiegen, bis es an der Tür klingelte. Lacke fragte: »Erwartest du Besuch?«

Gösta schüttelte den Kopf, während er sich mühsam von der Couch erhob.

»Nee. Verdammt viel los heute Abend.«

Lacke grinste und erhob Gösta zugewandt sein Glas, als dieser vorbeiging. Er fühlte sich jetzt besser. Tatsächlich fühlte er sich ganz okay.

Die Wohnungstür wurde geöffnet. Jemand, der davor stand, sagte etwas, und Gösta antwortete:

»Du bist herzlich willkommen.«

In der Badewanne liegend, in dem heißen Wasser, das sich rosa verfärbte, als sich das getrocknete Blut auf ihrer Haut auflöste, hatte Virginia sich entschieden.

Gösta.

Ihr neues Bewusstsein flüsterte ihr ein, dass es jemand sein musste, der sie hereinließ. Ihr altes Bewusstsein, dass es niemand sein durfte, den sie liebte. Oder auch nur gern hatte. Auf Gösta traf beides zu.

Sie stieg aus der Wanne, trocknete sich ab, zog Hose und Bluse an. Erst auf der Straße wurde ihr bewusst, dass sie keinen Mantel angezogen hatte. Dennoch fror sie nicht.

Laufend neue Entdeckungen.

Unterhalb des Hochhauses blieb sie stehen und sah zu Göstas Fenster hinauf. Er war zu Hause, war immer zu Hause.

Und wenn er sich wehrt?

Daran hatte sie nicht gedacht. Sie hatte sich das Ganze schlichtweg so vorgestellt, dass sie sich holen würde, was sie benötigte. Aber vielleicht wollte Gösta ja leben.

Natürlich will er leben. Er ist ein Mensch, er hat Spaß an bestimmten Dingen und denk nur an die ganzen Katzen, die kommen ...

Der Gedanke wurde gebremst, verschwand. Sie legte die Hand aufs Herz. Es schlug fünf Mal in der Minute, und sie wusste, dass sie ihr Herz schützen musste. Dass an der Sache mit den ... Pflöcken etwas dran war.

Sie nahm den Aufzug in die nächstoberste Etage, klingelte. Als Gösta die Tür öffnete und Virginia sah, weiteten sich seine Augen mit einem Ausdruck, der an Entsetzen erinnerte.

Weiß er etwa Bescheid? Sieht man es?

Gösta sagte: »Ja, aber ... du bist's?«

»Ja. Kann ich ...«

Sie zeigte in die Wohnung, begriff nicht, wusste nur intuitiv, dass es einer Einladung bedurfte, sonst ... sonst ... irgendwas. Gösta nickte, trat einen Schritt zurück.

»Du bist herzlich willkommen.«

Sie trat in den Flur, und Gösta zog die Tür hinter ihr zu, sah sie mit wässrigen Augen an. Er war unrasiert; die schlaffe Haut an seinem Hals war von Bartstoppeln schmutzig grau. Der Gestank in der Wohnung war schlimmer, als sie ihn in Erinnerung hatte, prägnanter.

Ich will nicht.

Das alte Gehirn wurde abgeschaltet. Der Hunger gewann die Oberhand. Sie legte ihre Hände auf Göstas Schultern, sah, wie ihre Hände sich auf Göstas Schultern legten, und ließ es geschehen. Die alte Virginia hockte jetzt zusammengekauert irgendwo ganz hinten in ihrem Kopf, hatte die Kontrolle verloren.

Der Mund sagte: »Magst du mir bei einer Sache helfen? Steh bitte ganz still.«

Sie hörte etwas. Eine Stimme.

»Virginia! Hallo! Mein Gott, bin ich froh, dass ...«

Lacke schreckte zurück, als sich Virginias Kopf zu ihm umwandte.

Ihre Augen waren leer. So als hätte jemand Nadeln in sie gestochen und herausgesaugt, was Virginia war, und nur den ausdruckslosen Blick eines anatomischen Modells zurückgelassen. Bild 8: Die Augen.

Virginia starrte ihn eine Sekunde an, ließ daraufhin Gösta los, wandte sich zur Tür um und drückte die Klinke, aber die Tür war abgeschlossen. Sie drehte an dem Knopf des Schlosses, aber Lacke packte sie und zog sie von der Tür fort.

»Du gehst nirgendwohin, bis du ...«

Virginia kämpfte in seinem Griff, ihr Ellbogen traf seinen Mund, und die Lippe platzte an den Zähnen auf. Er hielt ihre Arme fest umklammert, presste seine Wange gegen ihren Rücken.

»Ginja, verdammt. Ich muss mit dir reden. Ich habe mir wahnsinnige Sorgen gemacht. Jetzt beruhige dich doch, was ist denn los?«

Sie warf sich mit einem Ruck Richtung Tür, aber Lacke hielt sie fest und zerrte sie zum Wohnzimmer. Er gab sich alle Mühe, ruhig und leise zu sprechen wie zu einem erschreckten Tier, während er sie vor sich herschob.

»Gösta schenkt dir jetzt erst einmal ein Glas ein, und dann setzen wir uns in aller Ruhe hin und reden über alles, denn ich ... ich werde dir helfen. Was immer es ist, ich werde dir helfen, okay?«

»Nein, Lacke. Nein.«

»Doch, Ginja. Doch.«

Gösta zwängte sich an ihnen vorbei ins Wohnzimmer, mixte in Lackes Glas einen Drink für Virginia. Lacke bugsierte Virginia in den Raum, ließ sie los und stellte sich in die Tür zum Flur, die Hände gegen die Türpfosten gestemmt wie ein Wächter. Er leckte etwas Blut von seiner Unterlippe.

Virginia stand angespannt mitten im Zimmer und schaute sich um, als wäre sie auf der Suche nach einem Fluchtweg. Ihr Blick fiel auf das Fenster.

»Nein, Ginja.«

Lacke machte sich bereit, zu ihr zu laufen, sie von Neuem festzuhalten, falls sie eine Dummheit versuchen sollte.

Was ist denn nur los mit ihr? Sie sieht aus, als wäre das ganze Zimmer voller Gespenster.

Er hörte ein Geräusch ganz ähnlich dem, wenn man ein Ei in eine heiße Pfanne schlägt.

Noch eins, genauso.

Noch eins.

Das Zimmer war von einem stetig lauter werdenden Fauchen und Zischen erfüllt.

Alle Katzen im Raum hatten sich aufgerichtet, buckelten, hatten die Schwänze gehoben und sahen Virginia an. Sogar Miriam erhob sich schwerfällig und mit schleppendem Bauch, legte die Ohren nach hinten, bleckte die Zähne.

Aus dem Schlafzimmer, der Küche kamen weitere Katzen hinzu.

Gösta schenkte nicht länger ein; er stand mit der Flasche in

455

der Hand da und betrachtete mit großen Augen seine Katzen. Inzwischen hing das Fauchen wie eine elektrisch geladene Wolke im Raum und wurde immer lauter. Lacke musste rufen, um die Stimmen der Katzen zu übertönen.

»Gösta, was tun sie?«

Gösta schüttelte den Kopf und machte eine ausholende Bewegung mit dem Arm, sodass ein wenig Gin aus der Flasche spritzte.

»Ich weiß nicht . . . ich habe sie noch nie . . .«

Eine kleine schwarze Katze machte einen Satz auf Virginias Oberschenkel, bohrte ihre Krallen hinein und biss sich fest. Gösta stellte die Flasche mit einem Knall auf dem Tisch ab, sagte: »Pfui, Titania, pfui!«

Virginia lehnte sich vor, packte die Katze am Rücken und versuchte sie fortzuziehen. Zwei andere Katzen nutzten die Gelegenheit und sprangen ihr auf den Rücken und in den Nacken. Virginia schrie auf, zerrte die Katze von ihrem Bein und warf sie von sich. Sie flog durchs Zimmer, prallte gegen die Tischkante und fiel Gösta vor die Füße. Eine der Katzen auf Virginias Rücken kletterte auf ihren Kopf und klammerte sich mit den Krallen daran fest, während sie Virginia in die Stirn biss.

Noch ehe Lacke bei ihr war, waren drei weitere Katzen an ihr hochgesprungen. Sie schrien wie am Spieß, während Virginia mit den Fäusten auf sie einschlug. Trotzdem hielten sie sich fest und rissen mit ihren kleinen Zähnen an ihrem Fleisch.

Lackes Hände gruben sich in die wimmelnde, pulsierende Masse auf Virginias Brust, griffen in Haut, die über angespannte Muskeln glitt, und zerrte kleine Körper fort, und Virginias Bluse wurde zerrissen, sie schrie und –

Sie weint

Nein; was ihre Wange herablief, war Blut. Lacke packte die Katze, die auf ihrem Kopf saß, aber das Tier bohrte seine Krallen tiefer in die Kopfhaut, saß wie angenäht. Sein Kopf fand Platz in Lackes Hand, und er zerrte ihn hin und her, bis er durch den Lärm hindurch ein

knack

hörte, und als er den Kopf losließ, fiel er willenlos auf Virginias Scheitel herab. Ein Tropfen Blut drang aus der Schnauze der Katze.

»Aua! Meine liebe Kleine . . .«

Gösta erreichte Virginia und begann mit Tränen in den Augen die Katze zu streicheln, die sich noch im Tod an Virginias Kopf klammerte.

»Meine liebe Kleine, mein Liebling . . .«

Lacke senkte den Blick, und seine Augen begegneten Virginias.

Sie war wieder sie selbst.

Virginia.

Lass mich gehen.

Durch den doppelten Tunnel, der ihre Augen waren, betrachtete Virginia, was mit ihrem Körper geschah, und Lackes Versuch, sie zu retten.

Lass es geschehen.

Es war nicht sie, die dagegen ankämpfte, die um sich schlug. Es war dieses andere, das leben wollte, das wollte, dass sein . . . Wirt am Leben blieb. Sie selber hatte aufgegeben, als sie Göstas Hals sah, den Gestank in seiner Wohnung roch. So würde ihr Leben fortan aussehen. Und sie wollte es nicht.

Der Schmerz. Sie spürte den Schmerz, die Kratzwunden. Doch das alles würde schon bald vorbei sein.

Also . . . lass es geschehen.

Lacke sah das, akzeptierte es jedoch nicht.

Der Hof . . . zwei Häuser . . . ein Garten . . .

Panisch versuchte er die Katzen von Virginia herabzuzerren. Sie saßen fest, waren pelzige Muskelpakete. Die wenigen Tiere, die er herunternehmen konnte, zogen Streifen ihrer Kleidung mit sich, hinterließen tief gepflügte Wunden in der Haut darunter, aber die meisten Katzen saßen so fest wie Blutegel. Er versuchte auf sie einzuschlagen, er hörte Knochen, die brachen, aber wenn eine herabfiel, kam gleich eine neue hinzu, denn die Katzen kletterten übereinander in ihrem Eifer zu . . .

Schwarz.

Ein Schlag traf ihn ins Gesicht, und er stolperte einen Meter zurück, fiel beinahe hin, stützte sich auf die Wand, blinzelte. Gösta stand mit geballten Fäusten neben Virginia, starrte ihn mit tränenverzerrt wütendem Blick an.

»Du tust ihnen weh! Du tust ihnen weh!«

Neben Gösta war Virginia eine einzige brodelnde Masse aus miauendem, fauchendem Fell. Miriam schleppte sich über den Fußboden, richtete sich auf die Hinterläufe auf und verbiss sich in Virginias Wade. Gösta sah es, beugte sich hinab und drohte ihr mit dem Finger.

»So etwas darfst du nicht machen, Kleines. Das tut weh.«

Lackes Verstand setzte aus. Er machte zwei Schritte nach vorn und holte zu einem Tritt gegen Miriam aus. Sein Fuß versank in dem geblähten Bauch der Katze, und Lacke empfand keinen Ekel, nur Befriedigung, als der Sack mit den Eingeweiden von seinem Fuß abhob und am Heizungskörper zerschellte. Er griff nach Virginias Arm –

Nur raus, wir müssen hier raus

– und zog sie zur Wohnungstür.

458

Virginia versuchte sich zu wehren. Aber die Seuche und Lacke wurden von den gleichen Kräften angetrieben und waren stärker als sie. Durch die Tunnel, die aus ihrem Kopf herausführten, sah sie Gösta auf die Knie fallen, hörte seinen Trauerschrei, als er eine tote Katze in die Hände nahm, ihren Rücken streichelte.

Verzeih mir, verzeih mir

Dann zog Lacke sie mit sich, und der Anblick verschwand, als ihr eine Katze ins Gesicht hinaufkletterte und ihr in den Kopf biss, und alles war Schmerz, lebendige Nadeln durchlöcherten ihre Haut, und sie befand sich in einer organischen eisernen Jungfrau, als sie das Gleichgewicht verlor, fiel, spürte, dass sie über den Boden geschleift wurde.

Lass mich gehen.

Aber die Katze vor ihren Augen änderte ihre Position, und Virginia sah, dass vor ihr die Wohnungstür geöffnet wurde, Lackes Hand, dunkelrot, die sie mitzerrte, und sie sah das Treppenhaus, die Treppen, und kam wieder auf die Beine, kämpfte sich vor, in ihr eigenes Bewusstsein hinein, übernahm das Kommando und –

Virginia befreite mit einer ruckartigen Bewegung ihren Arm aus seiner Hand.

Lacke wandte sich zu der krabbelnden Masse aus Fell um, die ihr Körper war, um sie erneut zu packen, um –

Was? Was?

Hinaus. Um hinauszugelangen.

Aber Virginia zwängte sich an ihm vorbei, und für die Dauer einer Sekunde wurde ein zitternder Katzenrücken gegen sein Gesicht gepresst. Danach war sie im Treppenhaus, wo das Fauchen der Katzen hallte wie erregtes Flüstern, während sie zum Treppenabsatz rannte und –

Neinneinnein

Lacke versuchte zu ihr zu gelangen, um sie aufzuhalten, aber wie jemand, der ganz fest daran glaubt, weich zu landen oder dem es egal ist, ob er landet, kippte Virginia willenlos nach vorn und ließ sich die Treppe hinunterfallen.

Katzen, die eingeklemmt wurden, schrien auf, als Virginia die Betonstufen hinabholperte. Dumpfes Knirschen, wenn dünne Beine gebrochen wurden, schwerere Stöße, die Lacke innerlich zusammenzucken ließen, als Virginias Kopf –

Etwas stieg über seinen Fuß.

Eine kleine graue Katze mit verkrüppelten Hinterpfoten schleppte sich ins Treppenhaus hinaus, hockte sich an den Kopf der Treppe und maunzte traurig.

Virginia lag regungslos am Fuß der Treppe. Die Katzen, die den Sturz überlebt hatten, ließen sie liegen, kamen wieder die Treppe hinauf, liefen in den Flur der Wohnung und begannen sich zu putzen.

Nur die kleine graue blieb zurück und bedauerte, dass sie nicht dabei gewesen war.

Die Polizei berief für Sonntagabend eine Pressekonferenz ein.

Man hatte sich für einen Konferenzraum im Polizeipräsidium entschieden, in dem vierzig Personen Platz fanden, aber es stellte sich heraus, dass er zu klein war. Zahlreiche Journalisten von europäischen Zeitungen und Fernsehsendern waren angereist. Die Tatsache, dass der Mann im Tagesverlauf nicht gefasst werden konnte, hatte die Nachricht größer werden lassen, und einem britischen Journalisten gelang die vielleicht beste Analyse, warum das Ganze solch großes Interesse weckte:

»Es ist die Jagd auf das Monster. Sein Aussehen und was er getan hat. Er ist das Monster, um das es in den Märchen geht. Und wenn wir es fangen, möchten wir uns jedes Mal nur zu gerne einreden, dass es für immer gebannt sein wird.«

Bereits eine Viertelstunde vor der angesetzten Zeit war die Luft in dem schlecht belüfteten Raum heiß und feucht, und die Einzigen, die sich nicht beklagten, waren die Mitglieder des italienischen Fernsehteams, die erklärten, Schlimmeres gewöhnt zu sein.

Man zog in einen größeren Raum um, und um Punkt acht Uhr trat, flankiert von dem Kommissar, der die Ermittlungen geleitet und mit dem Ritualmörder im Krankenhaus gesprochen hatte, sowie dem Einsatzleiter, der im Tagesverlauf die Operation im Judarnwald koordiniert hatte, der Polizeichef ein.

Die drei Männer fürchteten nicht, von den Journalisten in Stücke gerissen zu werden, da sie beschlossen hatten, ihnen einen Knochen hinzuwerfen.

Die Polizei hatte nämlich ein Foto des Mannes.

Die Nachforschungen nach der Uhr hatten endlich zu einem Ergebnis geführt. Ein Uhrmacher in Karlskoga hatte sich am Samstag die Zeit genommen, seine Kartothek mit abgelaufenen Garantieurkunden durchzugehen und war auf die Nummer gestoßen, nach der er auf Bitte der Polizei suchen sollte.

Er meldete sich bei der Polizei und gab den Beamten Namen, Adresse und Telefonnummer des Mannes, der als Käufer registriert war. Die Stockholmer Polizei überprüfte den Namen in der Kartei und bat die Kollegen in Karlskoga, zu der angegebenen Adresse zu fahren und zu schauen, was sie herausfinden konnten.

Im Polizeipräsidium stellte sich eine gewisse Erregung ein, als sich herausstellte, dass der Mann tatsächlich sieben Jahre zuvor wegen eines Vergewaltigungsversuchs an einem neunjährigen Kind verurteilt worden war. Drei Jahre hatte er als Fall für die Psychiatrie in einer Anstalt gesessen. Dann hatte man ihm die Genesung attestiert und ihn freigelassen.

Aber die Polizei von Karlskoga traf den Mann zu Hause und quicklebendig an.

Doch, er hatte eine solche Uhr besessen. Nein, er erinnerte sich nicht mehr, was aus ihr geworden war. Es bedurfte eines stundenlangen Verhörs im Polizeipräsidium von Karlskoga und des Hinweises darauf, dass seine psychische Gesundheit jederzeit zum Gegenstand einer Überprüfung werden konnte, bis der Mann sich wieder erinnerte, wem er die Uhr verkauft hatte.

Håkan Bengtsson, Karlstad. Sie waren sich irgendwo begegnet und hatten irgendetwas gemacht, er erinnerte sich nicht mehr, was es war. Jedenfalls hatte er ihm die Uhr verkauft, kannte seine Adresse jedoch nicht und konnte ihn auch nur vage beschreiben und durfte er jetzt nach Hause fahren?

Håkan Bengtsson war in keiner Straftäterkartei registriert. Man fand vierundzwanzig Håkan Bengtssons in der Region Karlstad. Die Hälfte konnte auf Grund ihres Alters von vornherein ausgeschlossen werden. Dann begann man zu telefonieren. Wesentlich erleichert wurde die Suche durch die Tatsache, dass Personen, die sprechen konnten, als mögliche Kandidaten nicht in Frage kamen. Gegen neun Uhr abends war es den Beamten gelungen, die Liste auf eine Person zu reduzieren. Einen Håkan Bengtsson, der als Schwedischlehrer in der Sekundarstufe I gearbeitet und Karlstad verlassen hatte, als sein Haus unter ungeklärten Umständen niederbrannte.

Man setzte sich mit dem Direktor der Schule in Verbindung und erfuhr, nun ja, dass es Gerüchte gegeben hatte, Håkan Bengtsson möge auf eine unpassende Weise Kinder. Man brachte den Rektor auch dazu, sich am Samstagabend zur Schule zu begeben und aus dem Archiv ein altes Foto von Håkan Bengtsson herauszusuchen, das aus dem Schuljahrbuch von 1976 stammte.

Ein Polizist in Karlstad, der ohnehin am Sonntag in Stockholm zu tun hatte, faxte zunächst eine Kopie und fuhr anschließend Samstagnacht mit dem Original in die Hauptstadt. Das Bild erreichte das Polizeipräsidium in Stockholm um ein Uhr nachts, also gut eine halbe Stunde, nachdem der fragliche Mann aus seinem Krankenhausfenster gestürzt und für tot erklärt worden war.

Den Sonntagmorgen hatte man darauf verwandt, mit Hilfe von Zahnarztakten und Krankenblättern aus Karlstad zu bestätigen, dass die Person auf dem Foto der gleiche Mann war, der bis zur letzten Nacht an sein Krankenbett gefesselt gewesen war, und tatsächlich: Er war es.

Am Sonntagnachmittag traf man sich im Präsidium zu einer Besprechung. Man hatte damit gerechnet, in aller Ruhe ermitteln zu können, was der verstorbene Mann getrieben hatte, seit er Karlstad verließ, herauszufinden, ob seine Taten Teil eines größeren Zusammenhangs waren, ob weitere Opfer seinen Weg pflasterten.

Doch nun hatte sich die Lage verändert.

Der Mann lebte noch und war auf freiem Fuß, weshalb die Polizei im Moment ihre wichtigste Aufgabe darin sah, herauszufinden, wo der Mann gewohnt hatte, weil eine gewisse Chance bestand, dass er versuchen würde, dorthin zurückzukehren. Sein Fußmarsch in Richtung westliche Vororte mochte zumindest darauf hindeuten.

Also beschloss man, falls der Mann bis zur Pressekonferenz nicht gefasst worden war, würde man sich den zwar etwas unzuverlässigen, aber ach so vielköpfigen Spürhund Öffentlichkeit zunutze machen.

Immerhin bestand die Möglichkeit, dass ihn jemand gesehen hatte, als er noch so aussah wie auf dem Foto, und womöglich wusste, wo er ungefähr gewohnt hatte. Außerdem, doch das war natürlich zweitrangig, brauchte man dringend etwas, das man den Massenmedien vor die Füße werfen konnte.

Also saßen dort die drei Polizeibeamten an dem langen Tisch auf dem Podium, und ein Raunen ging durch die Reihen der versammelten Journalisten, als der Polizeichef mit einer einfachen Geste, von der er wusste, dass sie die dramatisch effektvollste war, das vergrößerte Schulfoto von Håkan Bengtsson hochhielt und sagte:

»Der Mann, den wir suchen, heißt Håkan Bengtsson, und ehe sein Gesicht entstellt wurde, sah er ... so aus.«

Der Polizeichef machte eine Pause, während die Kameras klickten und das Blitzlichtgewitter den Raum für einige Sekunden in ein Stroboskop verwandelte.

Es gab selbstverständlich Kopien von dem körnigen Bild, die anschließend an die Journalisten verteilt werden sollten, aber vor allem die ausländischen Zeitungen würden sich vermutlich für das emotional vielsagendere Bild des Polizeichefs mit dem Mörder – sozusagen – in seiner Hand entscheiden.

Als alle ihre Fotos bekommen und der Ermittler und der Fahndungsleiter Bericht erstattet hatten, war die Zeit gekommen, um Fragen zu stellen. Als Erster erhielt ein Journalist von *Dagens Nyheter* das Wort.

»Wann rechnen Sie damit, den Mann verhaften zu können?«

Der Polizeichef atmete einmal tief durch, beschloss, sein Ansehen aufs Spiel zu setzen, lehnte sich zum Mikrofon vor und sagte:

»Spätestens morgen.«

❋

»Hi.«

»Hallo.«

Oskar ging vor Eli ins Wohnzimmer, um die Schallplatte zu holen, die er sich überlegt hatte. Er blätterte in Mamas schmaler Plattensammlung und fand sie. Die Wikinger. Die ganze Gruppe stand in etwas, das ein Skelett eines Wikingerschiffs zu sein schien, und in ihren glänzenden Anzügen wirkten die Musiker dort völlig deplatziert.

Eli kam nicht. Mit der Platte in der Hand ging Oskar in den Flur zurück. Sie stand noch immer vor der Wohnungstür.

»Oskar. Du musst mich einladen.«

»Aber . . . das Fenster. Du bist doch schon . . .«

»Das hier ist ein neuer Eingang.«

»Aha. Du darfst . . .«

Oskar verstummte, leckte sich die Lippen, betrachtete die Platte. Das Bild auf dem Umschlag war bei Dunkelheit mit Blitzlicht aufgenommen worden, und die Wikinger leuchteten wie eine Gruppe von Heiligen, die soeben an Land gehen wollten. Er machte einen Schritt auf Eli zu, zeigte ihr die Platte.

»Guck mal. Das sieht aus, als wären sie im Bauch eines Wals oder so.«

»Oskar . . .«

»Ja?«

Eli rührte sich nicht und sah mit schlaff herabhängenden Armen Oskar an. Er grinste, ging zur Tür, strich mit der Hand durch die Luft zwischen Türrahmen und Schwelle, vor Elis Gesicht.

»Was denn? Ist hier vielleicht etwas?«

»Fang nicht so an.«

»Aber jetzt mal im Ernst. Was passiert, wenn ich es nicht tue?«

»Fang. Es. Nicht. An.« Eli lächelte dünn. »Willst du es sehen? Was passiert? Ja? Willst du das?«

Eli sagte dies auf eine Art, die offensichtlich darauf abzielte, Oskar Nein sagen zu lassen; die Verheißung von etwas Schrecklichem. Aber Oskar schluckte und sagte: »Ja. Das will ich! Lass sehen!«

»Du hast auf den Zettel geschrieben, dass ...«

»Ja, das habe ich. Aber jetzt lass mal sehen! Was passiert?«

Eli kniff die Lippen zusammen, dachte eine Sekunde nach und trat anschließend einen Schritt vor, überquerte die Türschwelle. Oskars ganzer Körper war angespannt, wartete auf einen blauen Blitz, darauf, dass die Tür sich bewegen, durch Eli hindurchschwingen und zuschlagen würde, oder etwas Ähnliches, doch es passierte nichts dergleichen. Eli betrat den Flur, schloss die Tür hinter sich. Oskar zuckte mit den Schultern.

»War das alles?«

»Nicht ganz.«

Eli stand so, wie sie vor der Tür gestanden hatte. Regungslos, die Arme herabhängend und die Augen auf Oskars gerichtet. Oskar schüttelte den Kopf.

»Was denn? Das ist doch ...«

Er verstummte, als eine Träne aus Elis Augenwinkel quoll, nein, eine aus jedem Augenwinkel. Allerdings war es gar keine Träne, denn sie hatte eine dunkle Farbe. Die Haut in Elis Gesicht begann sich zu röten, wurde rosa, hellrot, weinrot, und ihre Hände ballten sich zu Fäusen, als sich die Poren im Gesicht öffneten und kleine Perlen aus Blut auf dem ganzen Gesicht herausquollen. Am Hals geschah das Gleiche.

Elis Lippen verzerrten sich vor Schmerz, und ein Tropfen Blut rann aus ihrem Mundwinkel, vereinte sich mit den Perlen, die aus der Haut drangen und am Kinn immer größer wurden, sich abwärts bewegten, um sich mit den Tropfen auf dem Hals zu vereinen.

Aus Oskars Armen wich alle Kraft; sie fielen hinab, und die

Platte glitt aus ihrer Hülle, schlug einmal mit der Kante auf den Fußboden, legte sich anschließend flach auf den Läufer im Flur. Sein Blick glitt zu Elis Händen.

Die Handrücken waren feucht, bedeckt von einem dünnen Film aus Blut, und es quoll immer mehr heraus.

Erneut sah er Eli in die Augen, fand sie jedoch nicht mehr. Die Augen schienen in ihre Höhlen eingesunken zu sein, sie waren voller Blut, das überlief, den Nasenrücken entlang über die Lippen in den Mund rann, wo mehr Blut hervorquoll, zwei dünne Ströme liefen aus den Mundwinkeln den Hals herab, verschwanden unter dem Halsausschnitt ihres Pullovers, auf dem sich inzwischen dunklere Flecken bildeten.

Eli blutete aus allen Poren am ganzen Körper.

Oskar rang keuchend nach Luft, schrie: »Du darfst hereinkommen, du darfst ... du bist willkommen, du darfst ... du darfst hier sein!«

Eli entspannte sich. Die geballten Fäuste öffneten sich. Die Grimasse aus Schmerz löste sich auf. Oskar dachte für einen Moment, dass auch das Blut verschwinden würde, dass alles gleichsam gar nicht passiert war, sobald er sie erst einmal eingeladen hatte.

Aber das stimmte nicht. Es floss zwar nicht mehr, aber Elis Gesicht und Hände blieben dunkelrot, und während die beiden sich wortlos gegenüberstanden, begann das Blut zu gerinnen, dunkle Streifen und Klumpen bildeten sich an den Stellen, wo mehr Blut geflossen war, und Oskar stieg ein schwacher Krankenhausgeruch in die Nase.

Er hob die Platte vom Boden auf, schob sie in die Hülle zurück und sagte, ohne Eli anzusehen: »Entschuldige, ich ... ich hätte nicht gedacht ...«

»Ist schon okay. Ich wollte es. Aber ich denke, ich sollte jetzt duschen. Hast du eine Plastiktüte?«

»Eine Plastiktüte?«

»Ja. Für die Kleider.«

Oskar nickte, ging in die Küche und fand in dem Schrank unter der Spüle eine Plastiktüte mit der Aufschrift »ICA-Supermarkt – Iss, trink und sei froh«. Er ging ins Wohnzimmer, legte die Platte auf den Couchtisch und blieb mit der raschelnden Plastiktüte in der Hand stehen.

Wenn ich nichts gesagt hätte. Wenn ich sie . . . weiterbluten gelassen hätte.

Er zerknüllte die Tüte in seiner Hand zu einem Ball, ließ sie zu Boden fallen. Dann hob er sie wieder auf, warf sie in die Luft, fing sie auf. Im Badezimmer wurde die Dusche angedreht.

Alles ist wahr. Sie ist . . . er ist . . .

Während er zum Badezimmer ging, faltete er die Plastiktüte wieder auseinander. Iss, trink und sei froh. Es plätscherte hinter der verschlossenen Tür. Das Schloss stand auf weiß. Er klopfte vorsichtig an.

»Eli . . .«

»Ja. Komm rein.«

»Nein, ich wollte nur . . . die Tüte.«

»Ich kann dich nicht hören. Komm rein.«

»Nein.«

»Oskar, ich . . .«

»Ich leg die Tüte hierhin!«

Er legte die Tüte vor der Badezimmertür ab und floh ins Wohnzimmer. Dort zog er die Platte aus der Hülle, legte sie auf den Plattenteller, schaltete den Plattenspieler ein und führte die Nadel zum dritten Stück, seinem Lieblingslied.

Erst kam ein ziemlich langes Intro, und danach ertönte die sanfte Stimme des Sängers aus den Boxen.

Das Mädel steckt sich Blumen ins Haar
während über die Wiese es geht

neunzehn wird sie schon bald dieses Jahr
und sie lächelt ganz still, das ist wahr

Eli kam ins Wohnzimmer. Sie hatte sich ein Handtuch um die Hüften geschlungen, in der Hand hielt sie die Plastiktüte mit den Kleidern. Das Gesicht war jetzt sauber, und die nassen Haare lagen in Strähnen auf Wangen und Ohren. Oskar verschränkte neben dem Plattenspieler stehend die Arme vor der Brust und nickte ihr zu.

Warum lächelst du, fragt der Junge sie
Als er am Tor sie ganz zufällig sieht
Nun, ich denke an ihn, den ich begehr'
An ihn, den ich liebe so . . .

»Oskar?«

»Ja?« Er stellte leiser, nickte zum Plattenspieler hin. »Albern, nicht?«

Eli schüttelte den Kopf. »Nein, das ist toll. Es gefällt mir.«

»Wirklich?«

»Ja. Aber du . . .« Eli schien noch etwas sagen zu wollen, meinte dann jedoch nur »ach was« und löste das Handtuch, das sie sich um die Taille geknotet hatte. Es fiel zu ihren Füßen auf den Fußboden und sie stand nur wenige Schritte entfernt nackt vor Oskar. Eli zeigte mit einer schweifenden Handbewegung auf ihren schmächtigen Körper, sagte: »Jetzt weißt du's.«

. . . hinunter zum See, wo sie zeichnen im Sand
Still sagen beide zueinand;
Du bist mein Freund, dich will ich haben
La-lala-lalala . . .

Es folgte ein kurzer instrumentaler Abschnitt, und das Lied war vorbei. Ein leichtes Kratzen aus den Boxen, während die Nadel sich zum nächsten Lied bewegte, während Oskar Eli betrachtete.

Die kleinen Brustwarzen sahen beinahe schwarz aus auf ihrer

bleichen Haut. Der Oberkörper war schlank, flach, ohne Konturen. Nur die Form der Rippen zeichnete sich deutlich im grellen Licht der Deckenlampe ab. Die dünnen Arme und Beine wirkten im Verhältnis zum Rumpf unnatürlich lang; ein junger Baum, überzogen von menschlicher Haut. Zwischen den Beinen hatte Eli ... nichts. Keine Ritze, keinen Penis. Nur eine glatte Fläche aus Haut.

Oskar strich sich mit der Hand durchs Haar, ließ sie im Nacken liegen. Er wollte dieses alberne Mama-Wort nicht sagen, aber es rutschte ihm trotzdem heraus.

»Du hast ja ... gar keinen Strulli.«

Eli senkte den Kopf, schaute zu ihrem Unterleib hinab, als wäre dies eine völlig neue Entdeckung für sie. Das nächste Lied begann, und Oskar hörte nicht, was Eli erwiderte. Er legte den Hebel um, der den Tonarm von der Schallplatte hob.

»Was hast du gesagt?«

»Ich habe gesagt, dass ich früher einen hatte.«

»Und was ist mit ihm passiert?«

Eli lachte auf, und Oskar hörte selber, wie die Frage klang, und errötete ein wenig. Eli breitete die Arme aus und schob die Unterlippe über die Oberlippe.

»Hab ihn in der U-Bahn vergessen.«

»Ach quatsch, du bist albern.«

Ohne Eli anzusehen, ging Oskar an ihm vorbei zum Badezimmer, um sich zu vergewissern, dass es dort keine Spuren gab.

Warmer Dampf hing in der Luft, der Spiegel war beschlagen. Die Badewanne war so weiß wie zuvor, nur ein schwacher gelber Rand aus altem Schmutz, der niemals wegging, unterhalb des Rands. Das Waschbecken war sauber.

Es ist nicht passiert.

Eli war nur ins Badezimmer gegangen, um den Schein zu wahren, hatte die Illusion fallen lassen. Aber, nein: die Seife.

470

Er hob sie an. Das Seifestück war hellrosa gestreift, und in der kleinen Vertiefung im Waschbecken darunter, in der Wasserpfütze, lag ein Klumpen von etwas, das aussah wie eine Kaulquappe, ja: lebendig, und er zuckte zusammen, als es anfing zu –

schwimmen

– mit dem Schwanz zu schlagen und sich zum Abfluss der Vertiefung zu robben, ins Waschbecken zu rinnen, und an der Kante hängen blieb. Aber dort rührte es sich nicht, war doch nicht lebendig. Er ließ Wasser aus dem Hahn laufen und spritzte den Klumpen so an, dass er in den Abfluss lief, spülte die Seife ab und wischte die Vertiefung aus. Daraufhin nahm er seinen Bademantel vom Haken, ging ins Wohnzimmer zurück und reichte ihn Eli, der immer noch nackt im Zimmer stand, sich umschaute.

»Danke. Wann kommt deine Mutter?«

»In ein paar Stunden.« Oskar hielt die Tüte mit den Kleidern hoch. »Soll ich die wegwerfen?«

Eli streifte sich den Bademantel über, zog den Gürtel zu.

»Nein. Die nehme ich mit.« Sie berührte Oskars Schulter. »Du? Du begreifst doch, dass ich kein Mädchen bin, dass ich nicht ...«

Oskar entfernte sich einen Schritt von ihm.

»Mein Gott, du laberst vielleicht! Das weiß ich doch. Das hast du mir doch schon gesagt!«

»Das habe ich nicht.«

»Und ob du das hast.«

»Wann denn?«

Oskar dachte nach.

»Das weiß ich nicht mehr, aber ich wusste es jedenfalls. Habe es längst gewusst.«

»Bist du jetzt ... traurig?«

471

»Warum sollte ich traurig sein?«

»Weil . . . ich weiß nicht. Weil du es . . . irgendwie schwierig findest. Deine Kumpel . . .«

»Hör auf! Hör auf. Du hast sie doch nicht mehr alle. Hör auf.«

»Okay.«

Eli zupfte am Gürtel des Bademantels, ging dann zum Plattenspieler und betrachtete die sich drehende Schallplatte, wandte sich um, schaute sich im Zimmer um.

»Weißt du, es ist lange her, dass ich . . . einfach so bei jemandem zu Hause war. Ich weiß nicht recht . . . Was soll ich tun?«

»Woher soll ich das denn wissen?«

Eli ließ die Schultern sinken, vergrub die Hände in den Taschen des Bademantels, schaute wie hypnotisiert auf das dunkle Loch in der Schallplatte. Öffnete den Mund, um etwas zu sagen, schloss ihn wieder. Sie hob die rechte Hand aus der Tasche, streckte sie zur Platte aus und presste ihren Zeigefinger darauf, sodass sie stoppte.

»Vorsichtig. Davon kann er . . . kaputtgehen.«

»Entschuldige.«

Eli zog hastig den Finger zurück, und die Platte setzte sich wieder in Bewegung, drehte sich weiter. Oskar sah, dass der Finger einen feuchten Fleck hinterlassen hatte, der jedes Mal von Neuem sichtbar wurde, wenn die Stelle auf der Platte in den Lichtkegel der Deckenlampe kam. Eli schob die Hand in die Bademanteltasche zurück, betrachtete die Platte, als versuche er, der Musik zu lauschen, indem er die Rillen studierte.

»Das klingt jetzt . . . aber . . .«, es zuckte in Elis Mundwinkel, ». . . ich habe seit zweihundert Jahren keinen . . . normalen Freund mehr gehabt.«

Er sah Oskar mit einem Entschuldige-dass-ich-so-alberne-Sachen-sage-Lächeln an. Oskar riss die Augen auf.

»Bist du so alt?«

»Ja. Nein. Ich wurde vor ungefähr zweihundertzwanzig Jahren geboren, aber die Hälfte der Zeit habe ich geschlafen.«

»Das tue ich doch auch. Oder jedenfalls ... acht Stunden ... das macht ... ein Drittel.«

»Ja. Obwohl ... wenn ich schlafen sage, meine ich mehrere Monate, in denen ich ... überhaupt nicht aufstehe. Und dann wieder ein paar Monate, in denen ich ... lebe. Allerdings ruhe ich dann tagsüber.«

»So funktioniert das?«

»Ich weiß es nicht. So ist es jedenfalls bei mir. Und wenn ich dann wach werde, bin ich ... wieder klein. Und schwach. Dann brauche ich Hilfe. Vielleicht habe ich deshalb überlebt. Weil ich klein bin. Und die Menschen mir helfen wollen. Wenn auch aus ... sehr unterschiedlichen Gründen.«

Ein Schatten flog über Elis Wange, als er die Zähne zusammenbiss, die Hände tiefer in den Bademanteltaschen vergrub, dort etwas fand und es herauszog. Ein dünner, glänzender Streifen Papier. Etwas, das Mama vergessen hatte; sie benutzte gelegentlich Oskars Bademantel. Eli legte den Streifen vorsichtig in die Tasche zurück, so als wäre er wertvoll.

»Schläfst du denn in einem Sarg?«

Eli lachte auf, schüttelte den Kopf.

»Nein. Nein. Ich ...«

Oskar konnte nicht länger den Mantel des Schweigens darüber breiten. Es war gar nicht seine Absicht, aber es klang wie eine Anklage, als er sagte: »Aber du tötest Menschen!«

Eli sah ihm mit einem Gesichtsausdruck in die Augen, der Erstaunen auszudrücken schien, so als hätte Oskar mit Nachdruck darauf hingewiesen, dass er fünf Finger an jeder Hand hatte, oder etwas ähnlich Selbstverständliches gesagt.

»Ja. Ich töte Menschen. Das ist bedauerlich.«

»Warum tust du es dann?«

In Elis Augen blitzte Wut auf.

»Wenn du eine bessere Idee hast, bin ich ganz Ohr.«

»Ja, was denn ... Blut ... es muss doch möglich sein, dass ...
irgendwie ... dass du ...«

»Das ist es nicht.«

»Und warum nicht?«

Eli schnaubte, die Augen verengten sich.

»Weil ich so bin wie du.«

»Wie meinst du das, wie ich? Ich ...«

Eli machte eine ausholende Bewegung, als hielte er ein Messer in der Hand, sagte:

»Was glotzt du denn so, du verdammter Idiot. Willst du sterben, oder was?« Stach mit der leeren Hand zu. »So ergeht es
einem, wenn man mich anglotzt.«

Oskar rieb Ober- und Unterlippe aneinander, befeuchtete
sie.

»Was sagst du da?«

»Ich habe das nicht gesagt. Du hast es gesagt. Es war das Erste,
was ich dich sagen gehört habe. Auf dem Spielplatz.«

Oskar erinnerte sich, an den Baum, das Messer und daran,
dass er die Klinge danach wie einen Spiegel angewinkelt und
Eli zum ersten Mal gesehen hatte.

*Man kann dich in Spiegeln sehen? Ich habe dich zum ersten Mal in
einem Spiegel gesehen.*

»Ich ... töte keine Menschen.«

»Nein. Aber du würdest es gerne tun. Wenn du könntest. Und
du würdest es wirklich tun, wenn du müsstest.«

»Weil ich sie hasse. Das ist ein riesiger ...«

»Unterschied. Ist es das?«

»Ja ...?«

»Wenn du damit davonkämst. Wenn es einfach so passieren würde. Wenn du dir wünschen könntest, sie wären tot, und daraufhin würden sie sterben. Würdest du es dann nicht tun?«

»... doch.«

»Doch. Und das geschähe nur zu deinem Vergnügen. Aus Rache. Ich tue es, weil ich es tun muss. Es gibt keinen anderen Weg.«

»Aber das ist doch, weil sie ... sie mir wehtun, weil sie mich ärgern, weil ich ...«

»Weil du leben willst. Genau wie ich.«

Eli streckte seine Arme aus, legte sie auf Oskars Wangen, zog sein Gesicht näher an das eigene heran.

»Werde für eine Weile ich.«

Und küsste ihn.

❄

Die Finger des Mannes sind um die Würfel gekrümmt, und Oskar sieht, dass seine Fingernägel schwarz lackiert sind.

Das Schweigen hängt wie ein erstickender Nebel in dem Saal. Die schmale Hand dreht sich ... langsam ... und die Würfel fallen heraus, auf den Tisch herab ... pa-dang. Stoßen gegeneinander, rollen, bleiben liegen.

Eine Zwei. Und eine Vier.

Ohne zu wissen, was der Grund für dieses Gefühl ist, empfindet Oskar Erleichterung, als der Mann am Tisch vorbeigeht, sich vor die Reihe der Jungen stellt wie ein General vor seine Armee. Die Stimme des Mannes ist tonlos, weder dunkel noch hell, als er einen langen Zeigefinger ausstreckt und die Reihe abzuzählen beginnt.

»Eins ... zwei ... drei ... vier ...«

Oskar blickt nach links, dorthin, wo der Mann zu zählen begonnen hat. Die Jungen stehen entspannt, erlöst. Ein Schluchzen. Der Junge

475

neben Oskar krümmt sich, seine Unterlippe zittert. Er ist ... Nummer sechs. Oskar begreift auf einmal seine eigene Erleichterung.

»Fünf ... sechs ... und sieben.«

Der Finger zeigt direkt auf Oskar. Der Mann sieht ihm in die Augen. Und lächelt.

Nein!

Es war doch ... Oskars Augen reißen sich von dem Mann los, betrachten die Würfel.

Sie zeigen jetzt eine Drei und eine Vier. Der Junge neben Oskar schaut sich so verschlafen um, als wäre er soeben aus einem Albtraum erwacht. Für eine Sekunde begegnen sich ihre Blicke. Leer. Verständnislos.

Dann ein Schrei von der Wand.

... Mama ...

Die Frau mit dem braunen Kopftuch läuft auf ihn zu, aber zwei Männer gehen dazwischen, packen ihre Arme und ... werfen sie an die Steinwand zurück. Oskars Arme zucken, wie um sie aufzufangen, als sie fällt, und seine Lippen formen das Wort:

»... Mama!«

als sich Hände mit der Kraft von Schraubstöcken auf seine Schultern legen und er aus der Reihe heraus zu einer kleinen Tür geführt wird. Der Mann mit der Perücke hält noch immer den Finger erhoben, folgt ihm damit, während er aus dem Saal gestoßen, gezerrt wird, in einen dunklen Raum hinein, der nach

... Alkohol ...

... riecht, dann Flimmern, undeutliche Bilder; Licht, Dunkel, Stein, nackte Haut ...

bis sich das Bild stabilisiert und Oskar einen starken Druck auf der Brust spürt. Er kann seine Arme nicht bewegen. Das rechte Ohr fühlt sich an, als würde es reißen, liegt auf eine ... Holzscheibe gepresst.

Etwas ist in seinem Mund. Ein Tauende. Er saugt an dem Tau, öffnet die Augen.

Er liegt bäuchlings auf einem Tisch. Seine Arme sind an den Tischbei-

*nen festgebunden. Er ist nackt. Vor seinen Augen sind zwei Gestalten;
der Mann mit der Perücke sowie eine weitere Person. Ein kleiner, dicker
Mann, der ... komisch aussieht. Nein. Der aussieht wie jemand, der
glaubt, dass er komisch ist. Jemand, der dauernd Geschichten erzählt,
über die keiner lacht. Der komische Mann hat ein Messer in der einen
Hand, eine Schüssel in der anderen.*

Irgendetwas stimmt nicht.

*Der Druck auf seiner Brust, am Ohr. An den Knien. Es müsste auch
einen Druck an ... seinem Strulli geben. Aber es ist, als sei genau an dieser Stelle ... ein Loch im Tisch. Oskar versucht sich zu winden, um es
besser fühlen zu können, aber sein Körper ist zu fest verschnürt.*

*Der Mann mit der Perücke sagt etwas zu dem komischen Mann, und
der komische Mann lacht, nickt. Dann gehen beide in die Hocke. Der
Perückenmann richtet den Blick auf Oskar. Seine Augen sind so strahlend blau wie der Himmel an einem kalten Herbsttag, wirken freundlich
interessiert. Der Mann schaut in Oskars Augen, als suchte er in ihnen
etwas Schönes, etwas, das er liebt.*

*Der komische Mann kriecht mit dem Messer und der Schüssel in den
Händen unter den Tisch. Und Oskar begreift.*

*Er weiß darüber hinaus, wenn er nur dieses Tauende aus seinem Mund
herausbekommt, muss er nicht hier sein. Dann verschwindet er.*

Oskar versuchte seinen Kopf nach hinten zu werfen, den Kuss
zu verlassen. Aber Eli, der seine Reaktion vorhergesehen hatte,
wölbte eine Hand um seinen Hinterkopf, presste Oskars Lippen
auf die eigenen, zwang ihn, in Elis Erinnerungen zu verharren,
machte weiter.

*Das Tauende wird in seinen Mund gepresst, und ein säuselnder Laut
ertönt, als Oskar vor Angst einen fahren lässt. Der Perückenmann*

477

rümpft die Nase und schnalzt tadelnd. Seine Augen verändern sich nicht. Auf seinem Gesicht liegt weiter die gleiche Miene wie bei einem Kind, das dabei ist, einen Karton zu öffnen, wohlwissend, dass sich darin ein kleiner Welpe befindet.

Kalte Finger packen Oskars Glied, ziehen es in die Länge. Er öffnet den Mund, um »Nein!« zu schreien, doch das Tau macht es ihm unmöglich, das Wort zu artikulieren und es dringt nicht mehr heraus als »äääää!«.

Der Mann unter dem Tisch fragt etwas, und der Perückenmann nickt, ohne Oskar aus den Augen zu lassen. Dann der Schmerz. Ein glühender Pfahl wird in seinen Unterleib getrieben, gleitet durch Bauch, Brust immer weiter hinauf, dabei ein Rohr aus Feuer ätzend, das sich durch seinen Körper bewegt, und er schreit, schreit, während sich seine Augen mit Tränen füllen und sein Körper brennt.

Das Herz hämmert gegen den Tisch wie eine Faust gegen eine Pforte, und er kneift die Augen zusammen, er beißt in das Tau, während er in weiter Ferne ein Plätschern, Rieseln hört, er sieht . . .

. . . seine Mutter auf Knien am Bach, Kleider waschend. Mama. Mama. Sie verliert etwas, ein Stück Stoff, und Oskar steht auf, er hat auf dem Bauch gelegen, und sein Körper brennt, er steht auf, läuft zum Bach, zu dem rasch abtreibenden kleinen Stoffstück, er wirft sich in den Bach, um seinen Körper zu löschen, um das Stoffstück zu retten, und bekommt es zu fassen. Ein Hemd seiner Schwester. Er hält es gegen das Licht, zu seiner Mutter hin, die sich als Silhouette am Ufer abzeichnet, und Tropfen fallen aus dem Stoff, glitzern in der Sonne, fallen plätschernd in den Bach, in seine Augen, und er kann nicht deutlich sehen wegen des Wassers, das ihm in die Augen läuft, über seine Wangen, als er . . .

. . . die Augen öffnet und verschwommen das blonde Haar, die blauen Augen sieht wie ferne Waldseen. Er sieht die Schale, die der Mann in seinen Händen hält, die Schale, die zum Mund geführt wird, und wie er trinkt. Wie der Mann die Augen schließt, sie endlich schließt und trinkt . . .

Mehr Zeit . . . Unendlich viel Zeit. Eingesperrt. Der Mann beißt. Und trinkt. Beißt. Und trinkt.

Dann erreicht der glühende Pfahl seinen Kopf, und alles wird hellrot, als er seinen Kopf nach hinten wirft, fort von dem Tau, und fällt . .

Eli fing Oskar auf, als er sich von den Lippen löste und nach hinten fiel. Hielt ihn in den Armen. Oskar griff nach dem, wonach er greifen konnte, dem Körper vor ihm, und klammerte sich an ihn, sah sich blind im Zimmer um.

Ganz ruhig.

Nach einer Weile tauchte allmählich ein Muster vor Oskars Augen auf. Eine Tapete. Beige mit weißen, fast unsichtbaren Rosen. Er erkannte sie. Es war die Tapete in ihrem Wohnzimmer. Er war im Wohnzimmer in Mamas und seiner Wohnung.

Das in seinen Armen war . . . Eli.

Ein Junge. Mein Freund. Ja.

Oskar war schlecht, ihm war schwindlig. Er befreite sich aus der Umarmung, setzte sich auf die Couch und sah sich um, als wollte er sich vergewissern, dass er zurück war, dass er nicht mehr . . . dort war. Er schluckte, merkte, dass er sich jedes einzelne Detail an dem Ort, den er soeben besucht hatte, vergegenwärtigen konnte. Das Ganze war wie eine wirkliche Erinnerung. Etwas, das ihm erst kürzlich widerfahren war. Der komische Mann, die Schale, der Schmerz . . .

Eli kniete vor ihm auf dem Fußboden, die Hände auf den Bauch gepresst.

»Entschuldige.«

Genau wie . . .

»Was ist mit Mama passiert?«

Eli sah ihn unsicher an, fragte:

»Meinst du mit . . . meiner Mama?«

»Nein . . .« Oskar verstummte, hatte das Bild von Mama am Bach vor Augen, als sie Kleider wusch. Aber es war gar nicht seine Mutter. Sie waren sich überhaupt nicht ähnlich. Er rieb sich die Augen, sagte:

»Ja genau. Mit deiner Mama.«

»Ich weiß es nicht.«

»Die haben sie doch wohl nicht . . .«

»Ich weiß es nicht!«

Elis Hände ballten sich auf dem Bauch so fest, dass die Knöchel weiß wurden, er zog die Schultern hoch. Dann entspannte er sich wieder, sagte sanfter:

»Ich weiß es nicht. Entschuldige. Ich muss mich für das Ganze entschuldigen . . . für alles. Ich wollte, dass du . . . ich weiß auch nicht. Verzeih mir. Es war . . . dumm.«

Eli war eine Kopie seiner Mutter. Schmächtiger, glatter, jünger, aber . . . eine Kopie. In zwanzig Jahren würde Eli vermutlich genauso aussehen wie die Frau am Bach.

Abgesehen davon, dass es nicht so kommen wird. Denn er wird genauso aussehen wie jetzt.

Oskar seufzte erschöpft, lehnte sich auf der Couch zurück. Das war einfach zu viel. Leichte Kopfschmerzen tasteten sich über seine Schläfen, fanden Halt, drückten zu. Einfach zu viel.

Eli stand auf.

»Ich werde jetzt gehen.«

Oskar lehnte den Kopf in die Hand, nickte. Er hatte nicht die Kraft zu protestieren oder darüber nachzudenken, was er tun sollte. Eli zog den Bademantel aus, wodurch Oskar nochmals Gelegenheit bekam, einen Blick auf den Unterleib zu werfen. Jetzt sah er, dass sich von der bleichen Haut ein schwachrosa Fleck, eine Narbe absetzte.

Wie stellt er es an, wenn er . . . pinkelt? Vielleicht muss er ja nicht . . .

Er konnte einfach nicht danach fragen. Eli ging neben der Plastiktüte in die Hocke, öffnete sie und begann, seine Kleider herauszuziehen. Oskar sagte: »Du kannst ... was von mir haben.«

»Ist schon gut.«

Eli holte das karierte Hemd heraus. Dunkle Flecken auf hellblauem Grund. Oskar setzte sich auf. Die Kopfschmerzen wirbelten gegen seine Schläfen.

»Sei nicht albern, du kannst ...«

»Ist schon okay.«

Eli wollte sich das blutbefleckte Hemd überziehen, und Oskar sagte: »Du bist doch eklig, kapierst du das nicht? Du bist doch eklig.«

Eli wandte sich mit dem Hemd in der Hand um: »Findest du?«

»Ja.«

Eli stopfte das Hemd in die Tüte zurück.

»Was soll ich denn sonst anziehen?«

»Etwas aus dem Kleiderschrank, nimm dir, was du willst.«

Eli nickte und ging in Oskars Zimmer, wo die Kleiderschränke standen, während Oskar seitwärts auf die Couch hinabrutschte und die Hände gegen die Schläfen presste, als wollte er verhindern, dass sie zersprangen.

Mama, Elis Mama, meine Mama, Eli, ich. Zweihundert Jahre. Elis Papa. Elis Papa? Dieser Typ, der ... Der Typ.

Eli kehrte ins Wohnzimmer zurück. Oskar wollte schon sagen, was ihm auf der Zunge lag, hielt dann jedoch inne, als er sah, dass Eli ein Kleid angezogen hatte. Ein verblichenes, gelbes Sommerkleid mit kleinen weißen Punkten. Eins von Mamas Kleidern. Eli strich mit der Hand darüber.

»Ist das okay? Ich habe genommen, was am verwaschensten aussah.«

»Aber das ist doch . . .«

»Ich gebe es dir dann später wieder zurück.«

»Ja. Ja, ja.«

Eli ging zu ihm, hockte sich vor ihn, nahm seine Hand.

»Du? Es tut mir leid, dass . . . ich weiß nicht, was ich sagen . . .«

Oskar wedelte mit der anderen Hand, um ihn zum Schweigen zu bringen, sagte: »Du weißt, dass dieser Typ, dass er ausgebrochen ist, oder?«

»Welcher Typ?«

»Der Typ, der . . . von dem du gesagt hast, er wäre dein Papa. Der mit dir zusammengewohnt hat.«

»Was ist mit ihm?«

Oskar schloss die Augen. Blaue Blitze leuchteten unter seinen Lidern. Die Kette der Ereignisse, die er aus den Zeitungsberichten rekonstruiert hatte, rauschte vorbei, und er wurde wütend, zog seine Hand aus Elis und ballte sie, schlug mit der Faust gegen seinen pochenden Kopf, sagte mit geschlossenen Augen: »Hör auf, hör einfach auf damit. Ich weiß alles, okay. Hör auf, mir etwas vorzuspielen. Hör auf zu lügen, ich habe das so verdammt satt.«

Eli sagte nichts. Oskar kniff die Augen zusammen, atmete aus und ein.

»Der Typ ist abgehauen. Sie haben den ganzen Tag nach ihm gesucht, ihn aber nicht gefunden. Jetzt weißt du es.«

Eine Pause. Dann Elis Stimme über Oskars Kopf.

»Wo?«

»Hier. Im Judarn. Dem Wald. Bei Åkeshov.«

Oskar öffnete die Augen. Eli hatte sich aufgerichtet. Er hatte die Hände auf den Mund gelegt, über den Händen waren große, verängstigte Augen. Das Kleid war ihm zu groß, hing wie ein Sack auf seinen schmalen Schultern, weshalb er aussah wie ein Kind, das sich unerlaubt die Kleider seiner Mama ausgeliehen hatte und jetzt mit einer harten Strafe rechnete.

»Oskar«, sagte Eli. »Wenn es dunkel ist, geh nicht hinaus. Versprich mir das.«

Das Kleid. Die Worte. Oskar schnaubte, konnte sich einfach nicht verkneifen, es zu sagen.

»Du hörst dich an wie meine Mutter.«

❉

Das Eichhörnchen saust den Stamm hinab, verharrt, lauscht. Eine Sirene, in weiter Ferne.

Auf dem Bergslagsvägen fährt ein Krankenwagen mit blinkendem Blaulicht, eingeschalteter Sirene vorbei.

In diesem Krankenwagen befinden sich drei Personen. Lacke Sörensson sitzt auf einem Klappsitz und hält eine blutleere, zerkratzte Hand, die Virginia Lindblad gehört. Ein Rettungssanitäter justiert den Schlauch, der physiologische Kochsalzlösung in Virginias Körper leitet, um ihrem Herzen etwas zu pumpen zu geben, nachdem sie so viel Blut verloren hat.

Das Eichhörnchen schätzt das Geräusch als ungefährlich, irrelevant ein. Es setzt seinen Weg den Baumstamm hinunter fort. Den ganzen Tag sind Menschen, Hunde im Wald gewesen. Keine ruhige Minute hat es gegeben, und erst jetzt, nach Einbruch der Dunkelheit, wagt sich das Eichhörnchen von der Eiche hinab, auf der es gezwungenermaßen den ganzen Tag verbracht hat.

Jetzt sind das Hundegebell und die Stimmen verstummt, verschwunden. Auch der donnernde Vogel, der über den Baumwipfeln kreiste, scheint zu seinem Nest zurückgeflogen zu sein.

Das Eichhörnchen erreicht den Fuß des Baums, läuft parallel zu einer dicken Wurzel. Es gefällt ihm nicht, sich nach Einbruch der Dunkelheit auf dem Erdboden zu bewegen, aber der Hunger treibt es vorwärts. Es bewegt sich wachsam, hält an und lauscht, schaut sich alle zehn Meter um. Macht einen Umweg um einen Dachsbau, in dem noch im Sommer eine Dachsfamilie gewohnt hat. Es hat sie lange nicht mehr gesehen, aber man kann nie vorsichtig genug sein.

Schließlich erreicht es sein Ziel; den nächstgelegenen der zahlreichen Wintervorräte, die es im Herbst angelegt hat. Die Temperatur ist jetzt in den Abendstunden wieder unter den Gefrierpunkt gefallen, und auf dem Schnee, der im Tagesverlauf zu schmelzen begonnen hat, bildet sich eine dünne, harte Kruste. Das Eichhörnchen scharrt mit seinen Krallen über diese Kruste, durchbricht sie und arbeitet sich abwärts. Hält inne, lauscht, gräbt erneut. Durch Schnee, Laub, Erde.

Als es eine Nuss zwischen die Pfoten hebt, hört es gleichzeitig ein Geräusch.

Gefahr.

Es nimmt die Nuss zwischen die Zähne und läuft in eine Kiefer hinauf, ohne sich die Zeit zu nehmen, den Vorrat wieder zu bedecken. Einmal in Sicherheit auf einem Ast, nimmt es die Nuss wieder zwischen die Pfoten, versucht das Geräusch zu orten. Der Hunger ist groß und die Nahrung nur wenige Zentimeter von seinem Maul entfernt, aber erst muss die Gefahr lokalisiert und als nicht bedrohlich eingeschätzt werden, ehe Zeit für eine Mahlzeit ist.

Der Kopf des Eichhörnchens ruckt von rechts nach links, das Näschen zittert, als es auf die vielschattige Landschaft zu seinen Füßen hinabblickt und die Quelle des Geräuschs ortet. Oh ja. Der Umweg ist der Mühe wert gewesen. Das scharrende, schmatzende Geräusch kommt aus dem Dachsbau.

Dachse können nicht in Bäume klettern, weshalb die Wachsamkeit des Eichhörnchens ein wenig nachlässt und es in die Nuss beißt, während es weiter den Erdboden beobachtet, nun aber eher wie ein Zuschauer im Theater, dritter Rang. Es will sehen, was passiert, wie viele Dachse es sind.

Doch was da aus dem Bau herauskommt, ist nie und nimmer ein Dachs. Das Eichhörnchen nimmt die Nuss aus dem Mund, schaut und versucht zu verstehen. Verknüpft das, was es sieht, mit ihm bekannten Tatsachen. Ohne Erfolg.

Deshalb nimmt es die Nuss wieder in den Mund, rennt höher in den Baum hinauf, bis in die Wipfel hinein.

Vielleicht kann so etwas auf Bäume klettern.

Man kann nie vorsichtig genug sein.

Sonntag, 8. November (Abend/Nacht)

Es ist halb neun, Sonntagabend.

Während der Krankenwagen mit Virginia und Lacke die Tranebergbrücke überquert, der Polizeichef im Polizeidistrikt Stockholm den bildhungrigen Journalisten eine Fotografie hinhält, Eli ein Kleid aus dem Kleiderschrank von Oskars Mutter auswählt, Tommy Sekundenkleber in eine Plastiktüte quetscht und die herrliche Betäubung und das Vergessen tief durch die Nase einatmet, während ein Eichhörnchen als das erste Lebewesen seit vierzehn Stunden Håkan Bengtsson sieht, schenkt sich Staffan, einer der Beamten, die nach ihm gesucht haben, eine Tasse Tee ein.

Er hat nicht bemerkt, dass ganz vorn an der Tülle ein Stückchen Porzellan fehlt, und ein großer Teil des Tees läuft an der Tülle, der Kanne entlang auf die Spüle herab. Er murmelt etwas und kippt die Kanne weiter nach vorn, sodass der Tee herabplätschert und der Deckel der Kanne in die Tasse fällt. Siedend heißer Tee spritzt auf seine Hände, und er stellt die Kanne mit einem Knall ab, hält die Arme steif an den Seiten, während er in Gedanken das hebräische Alphabet aufsagt, um den Wunsch zu unterdrücken, die Kanne gegen die Wand zu schleudern.

Aleph, Beth, Gimel, Daleth . . .

Yvonne kam in die Küche und sah Staffan mit geschlossenen Augen über die Spüle gebeugt stehen.

»Was ist los?«

Staffan schüttelte den Kopf. »Nichts.«

Lamed, Mem, Nun, Samesh . . .

»Bist du traurig?«

»Nein.«

Koff, Resh, Shin, Taff. So. Besser.

Er öffnete die Augen, zeigte auf die Teekanne.

»Das ist ja vielleicht eine miese Teekanne.«

»Sie ist mies?«

»Ja, sie . . . sie tropft.«

»Ist mir noch gar nicht aufgefallen.«

»Jedenfalls tropft sie.«

»Die ist doch völlig in Ordnung.«

Staffan kniff die Lippen zusammen, streckte die Hand, die er sich verbrannt hatte, Yvonne entgegen und machte eine Geste in ihre Richtung: Friede. Shalom. Sei still. »Yvonne. Ich habe gerade . . . unglaubliche Lust, dich zu schlagen. Also bitte: Rede nicht weiter.«

Yvonne wich einen halben Schritt zurück. Etwas in ihrem Inneren war darauf vorbereitet gewesen. Sie hatte der Erkenntnis keinen Zugang zu ihrem Bewusstsein gewährt, aber dennoch geahnt, dass es in Staffans Kopf hinter der frommen Fassade die eine oder andere Form von . . . Wut gab.

Sie verschränkte die Arme vor der Brust und atmete ein paarmal tief durch, während Staffan die Teetasse mit dem Deckel darin anstarrte. Dann sagte sie: »Kommt das öfter vor?«

»Was?«

»Dass du schlägst. Wenn dir etwas nicht passt.«

»Habe ich dich geschlagen?«

»Nein, aber du hast gesagt . . .«

»Ich habe es gesagt. Und du hast auf mich gehört. Jetzt ist wieder alles in Ordnung.«

»Und wenn ich nicht auf dich gehört hätte?«

Staffan wirkte jetzt vollkommen ruhig, und Yvonne entspannte sich, senkte die Arme. Er nahm ihre Hände in seine, küsste ganz leicht ihre Handrücken.

»Yvonne. Man muss aufeinander hören.«

Der Tee wurde eingegossen, und sie tranken ihn im Wohnzimmer. Staffan nahm sich vor, nicht zu vergessen, Yvonne eine neue Teekanne zu schenken. Sie erkundigte sich nach der Fahndung im Judarnwald, und Staffan erzählte. Sie gab ihr Bestes, das Gespräch um andere Themen kreisen zu lassen, aber schließlich stellte er dann doch die unausweichliche Frage.

»Wo ist Tommy?«

»Ich . . . weiß nicht.«

»Du weißt es nicht? Yvonne . . .«

»Na ja, bei einem Freund.«

»Hm. Wann kommt er nach Hause?«

»Nein, ich glaube . . . er wollte dort übernachten.«

»Dort?«

»Ja, bei . . .«

Yvonne ging innerlich die Namen von Tommys Freunden durch, die sie kannte, da sie ungern sagen wollte, dass Tommy nachts fort war, ohne dass sie gewusst hätte, wo er schlief. Staffan legte großen Wert auf die Verantwortung, die Eltern für ihre Kinder hatten.

». . . bei Robban.«

»Robban. Ist das sein bester Freund?«

»Ja, das ist er wohl.«

»Wie heißt Robban denn weiter?«

». . . Ahlgren, wieso? Ist das jemand, mit dem du . . .«

»Nein, ich habe nur überlegt.«

Staffan nahm seinen Löffel und schlug ihn leicht gegen die Teetasse. Ein sprödes Klirren. Er nickte.

»Schön. Also, hör mal ... ich denke, wir sollten diesen Robban anrufen und Tommy bitten, kurz nach Hause zu kommen. Damit ich mich ein wenig mit ihm unterhalten kann.«

»Ich habe die Nummer nicht.«

»Nein, aber ... Ahlgren. Du weißt doch sicher, wo er wohnt? Wir müssen doch nur im Telefonbuch nachschlagen.«

Staffan stand auf, und Yvonne biss sich auf die Unterlippe und spürte, dass sie auf dem besten Weg war, ein Labyrinth zu errichten, und es immer schwieriger werden würde, wieder aus ihm herauszufinden. Er holte das örtliche Telefonbuch, stellte sich mitten ins Wohnzimmer, blätterte darin, murmelte:

»Ahlgren, Ahlgren. Hm. In welcher Straße wohnt er?«

»Ich ... Björnsonsgatan.«

»Björnsons ... nein. Da gibt es keinen Ahlgren. Aber es gibt einen hier in der Ibsengatan. Könnte er das sein?«

Als Yvonne nicht antwortete, legte Staffan den Finger ins Telefonbuch und sagte:

»Ich denke, ich versuche es mal mit ihm. Dann heißt er sicher Robert, nicht?«

»Staffan ...«

»Ja?«

»Ich habe ihm versprochen, es nicht zu erzählen.«

»Jetzt verstehe ich nur Bahnhof.«

»Tommy. Ich habe ihm gesagt, ich würde nicht verraten ... wo er ist.«

»Also ist er gar nicht bei Robban?«

»Nein.«

»Wo ist er dann?«

»Ich ... ich habe es versprochen.«

Staffan legte das Telefonbuch auf den Couchtisch, setzte sich neben Yvonne auf die Couch. Sie trank einen Schluck Tee, hielt sich die Teetasse vors Gesicht, als wollte sie sich dahinter verstecken, während Staffan abwartete. Als sie die Tasse auf die Untertasse zurückstellte, merkte sie, dass ihre Hände zitterten. Staffan legte seine Hand auf ihr Knie.

»Yvonne. Du musst doch verstehen, dass ...«

»Ich habe es versprochen.«

»Ich möchte mich mit ihm unterhalten. Entschuldige bitte, Yvonne, aber ich glaube, es ist genau diese Art von Unfähigkeit, Dinge anzupacken, wenn sie akut sind, die dazu führt ... ja, dass solche Dinge passieren. Meine Erfahrungen mit jungen Menschen haben mich gelehrt, je schneller sie eine Reaktion auf ihr Verhalten bekommen, desto größer ist die Chance, dass ... nimm nur mal einen Heroinabhängigen. Wenn jemand reagiert hätte, als er noch Sachen wie, sagen wir, Hasch nahm ...«

»So etwas nimmt Tommy doch nicht.«

»Bist du da sicher?«

Es wurde still. Yvonne wusste, mit jeder Sekunde, die vorübertickte, wurde ein »Ja« auf Staffans Frage wertloser. Tick-tick. Jetzt hatte sie bereits »Nein« geantwortet, ohne das Wort ausgesprochen zu haben. Und Tommy war zuweilen seltsam, wenn er nach Hause kam. Da war etwas mit seinen Augen. Und wenn er nun wirklich ...

Staffan lehnte sich auf der Couch zurück, wusste, dass die Schlacht gewonnen war. Jetzt wartete er nur noch auf die Vorbehalte.

Yvonnes Augen suchten nach etwas auf dem Tisch.

»Was ist?«

»Meine Zigaretten, hast du sie ...«

»In der Küche. Yvonne ...«

»Ja, schon gut. Aber du darfst nicht jetzt zu ihm gehen.«

»Gut. Das ist deine Entscheidung. Wenn du meinst ...«

»Dann morgen früh. Ehe er zur Schule geht. Versprich mir, dass du nicht jetzt hingehst.«

»Versprochen. Und? Was ist das nun für ein mysteriöser Ort, an dem er sich aufhält?«

Yvonne erzählte es ihm.

Anschließend ging sie in die Küche und rauchte eine Zigarette, blies den Rauch aus dem offenen Fenster, rauchte noch eine und achtete weniger darauf, wo der Rauch landete. Als Staffan in die Küche kam, demonstrativ den Rauch mit der Hand fortwedelte und wissen wollte, wo der Kellerschlüssel war, erklärte sie, dass sie es vergessen hatte, sich morgen früh jedoch vermutlich wieder daran erinnern würde.

Wenn er brav war.

❄

Als Eli gegangen war, setzte Oskar sich wieder an den Küchentisch, blickte von den aufgeschlagenen Artikeln auf. Die Kopfschmerzen ließen allmählich nach, weil sich die Eindrücke zu einem Muster ordneten.

Eli hatte ihm erklärt, dass der Typ ... infiziert war. Mehr als das. Die Seuche war das Einzige in ihm, was noch lebendig war. Das Gehirn war tot, und die Seuche lenkte ihn. Zu Eli.

Eli hatte ihn angewiesen, ihn gebeten, nichts zu unternehmen. Eli würde morgen fortgehen, sobald es dunkel wurde, und Oskar hatte daraufhin natürlich gefragt, warum nicht jetzt, diese Nacht?

Weil es ... nicht geht.

Warum nicht? Ich kann dir helfen.

Oskar, es geht nicht. Ich bin zu schwach.

Wie kannst du zu schwach sein. Du hast doch ...

Ich bin es einfach.

Und Oskar hatte begriffen, dass er die Ursache für Elis fehlende Kraft war. Das viele Blut, das im Flur vergossen worden war. Wenn der Typ Eli in die Finger bekam, war dies Oskars Schuld.

Die Kleider!

Oskar stand so heftig auf, dass der Stuhl nach hinten kippte und krachend auf den Boden schlug.

Die Tüte mit Elis blutverschmierten Kleidern lag noch vor der Couch, das Hemd hing halb heraus. Er presste es in die Tüte zurück, und der Ärmel war wie ein feuchter Pilz, als er ihn tiefer hineindrückte, die Tüte zuband, und ... Er hielt inne, betrachtete die Hand, mit der er das Hemd hinabgedrückt hatte.

Die Schnittwunde in ihr hatte eine Kruste bekommen, die ein klein wenig aufgesprungen war und entblößte, was darunter lag.

... das Blut ... er wollte es nicht mit meinem vermischen ... bin ich ... jetzt infiziert?

Die Tüte in der Hand, bewegten sich seine Beine rein automatisch zur Wohnungstür, wo er auf Geräusche an der Haustür lauschte. Dort war alles still, und er lief die Treppe zum Müllschlucker hinauf, öffnete die Luke. Er streckte die Tüte durch die Öffnung und hielt sie in der Dunkelheit des Schachts fest.

Ein kalter Luftzug wehte saugend durch den Mülleinwurf, kühlte seine Hand, die regungslos den Plastikknoten der Tüte umklammerte. Die weiße Tüte setzte sich deutlich von den schwarzen, leicht unebenen Wänden des Tunnels ab. Wenn er losließ, würde die Tüte sich nicht aufwärts bewegen. Sie würde nach unten fallen. Die Schwerkraft würde sie nach unten ziehen. Zum Müllsack.

In ein paar Tagen würde die Müllabfuhr kommen und den Sack abholen. Sie kam immer frühmorgens. Die orange blinkenden Lichter würden ungefähr zu der Uhrzeit über die Decke in Oskars Zimmer spielen, zu der er im Allgemeinen aufwachte, und er würde in seinem Bett liegen und das saugende, knirschende Rumoren hören, wenn der Müll zermalmt wurde. Vielleicht würde er aufstehen und die Männer in ihren Overalls beobachten, die mit routinierten Bewegungen die Säcke hineinwarfen, den Knopf drückten. Die Kiefer des Müllwagens, die sich schlossen, und die Männer, die anschließend in den Wagen sprangen, das kurze Stück bis zum nächsten Hauseingang weiterfuhren.

Und das alles schenkte ihm stets ein solches Gefühl von ... Wärme. Das Gefühl, dass er in seinem Zimmer geborgen war, dass Dinge funktionierten. Vielleicht empfand er auch Sehnsucht. Nach diesen Männern, nach dem Müllwagen, danach, in der schwach beleuchteten Fahrerkabine sitzen zu dürfen, davonzufahren ...

Loslassen. Ich muss loslassen.

Seine Hand war krampfhaft um die Tüte geschlossen, und sein Arm tat weh, weil er so lange ausgestreckt gehalten wurde. Der Handrücken war vom Luftzug schon ganz ausgekühlt. Er ließ los.

Ein Zischen, als die Tüte an den Wänden vorbeischarrte, eine halbe Sekunde der Stille, als sie frei hinabfiel, und dann ein dumpfer Knall, als sie in dem Sack landete.

Ich helfe dir.

Erneut betrachtete er seine Hand. Die Hand, die hilft. Die Hand, die ...

Ich bringe jemanden um. Ich gehe rein und hole das Messer, und dann gehe ich raus und bringe jemanden um. Jonny. Ich schneide ihm die Kehle durch und fange das Blut auf und gehe damit zu Eli nach Hause, denn was spielt das jetzt noch für eine Rolle, ich habe mich sowieso angesteckt, und bald werde ich ...

Die Beine wollten unter ihm nachgeben, und er musste sich auf den Rand des Mülleinwurfs stützen, um nicht umzukippen.

493

Er hatte es gedacht, es ernst gemeint. Das war nicht mehr wie das Spiel mit dem Baum. Er hatte ... für einen Moment ... wirklich gedacht, dass er es tun würde.

Heiß. Er war ganz heiß, so als hätte er Fieber. Schmerz rumorte in seinem Körper, und er wollte sich auf der Stelle hinlegen.

Ich habe mich angesteckt. Ich werde ein ... Vampir.

Er zwang seine Beine, sich die Treppe hinabzubewegen, während er sich mit einer Hand –

der nicht infizierten

– auf das Treppengeländer stützte. Er schaffte es in die Wohnung, in sein Zimmer, legte sich aufs Bett und starrte auf die Tapete. Den Wald. Im nächsten Moment tauchte eine seiner Figuren auf und sah ihm in die Augen. Der kleine Zwerg. Er strich mit dem Finger über ihn, während ihm ein unglaublich lächerlicher Gedanke in den Sinn kam:

Morgen werde ich zur Schule gehen.

Und es gab ein Arbeitsblatt, das er noch nicht ausgefüllt hatte. Afrika. Er sollte jetzt aufstehen, sich an den Schreibtisch setzen, die Lampe einschalten und im Atlas nachschlagen. Sinnlose Namen heraussuchen und sie auf die gestrichelten Linien schreiben.

Das war es, was er tun sollte. Er strich sachte über die Mütze des Zwergs. Dann klopfte er.

E.L.I.

Keine Antwort. Er war wahrscheinlich draußen und –

macht, was wir so tun.

Er zog sich die Decke über den Kopf. Er hatte Schüttelfrost, versuchte sich auszumalen. Wie es sein würde. Immer und ewig zu leben. Gefürchtet, gehasst. Nein. Eli würde ihn nicht hassen. Wenn sie ... zusammen ...

Er versuchte es sich vorzustellen, fantasierte. Nach einer

Weile wurde die Wohnungstür aufgeschlossen, und Mama war zu Hause.

❋

Fettkissen.

Tommy glotzte hohl das Bild vor sich an. Das Mädel presste seine Brüste mit den Händen zusammen, sodass sie vorstanden wie zwei Ballons, spitzte den Mund. Das sah total krank aus. Eigentlich hatte er vorgehabt zu wichsen, aber mit seinem Gehirn stimmte etwas nicht, denn er fand, dass die Braut aussah wie ein Monster.

Unnatürlich langsam schlug er die Illustrierte zu, stopfte sie unter das Couchpolster. Jede kleinste Bewegung war Gegenstand bewussten Denkens. Zugedröhnt. Er war total zugedröhnt von dem Kleber. Und das war gut so. Es gab keine Welt mehr. Nur den Raum, in dem er sich aufhielt, und davor das ... eine wogende Wüste.

Staffan.

Er versuchte an Staffan zu denken, aber es wollte ihm nicht gelingen. Er bekam ihn einfach nicht zu packen, hatte immer nur diesen Polizisten aus Pappmaché vor Augen, der im Postamt stand. In Lebensgröße. Um Räuber abzuschrecken.

Sollen wir die Post ausrauben?

Nee, du spinnst wohl, da ist doch dieser Papp-Polizist!

Tommy kicherte, als der Papp-Polizist Staffans Gesicht bekam. Strafdienst. Die Post bewachen. Dieser Papptyp hatte auch eine Aufschrift, was stand da noch?

Verbrechen lohnt sich nicht. Nee. *Die Polizei sieht dich.* Nee. Was zum Teufel war es noch? *Nimm dich in Acht! Ich bin Pistolenschützenkönig!*

Tommy lachte, lachte immer weiter. Lachte so sehr, dass es

ihn schüttelte und er das Gefühl hatte, die nackte Glühbirne an der Decke schwänge im Rhythmus seines Lachens hin und her. Lachte darüber. *Nimm dich in Acht! Der Papierpolizist! Mit der Papp-Pistole! Und dem Pappschädel!*

Es klopfte in seinem Kopf. Jemand wollte in die Post.

Der Papp-Polizist spitzt die Ohren. Es gibt zweihundert Papptausender in der Post. Die Pengpistole entsichern. Peng-peng.

Klopf. Klopf. Klopf.

Peng.

. . . Staffan . . . Mama, verdammt . . .

Tommy erstarrte, versuchte zu denken. Es ging nicht. In seinem Kopf war nichts als eine ausgefranste Wolke. Dann wurde er ruhig. Vielleicht war es Robban oder Lasse. Oder aber es war Staffan. Und der war aus Pappe.

Penisattrappe, gemacht aus Pappe.

Tommy räusperte sich, sagte mit belegter Stimme: »Wer ist da?«

»Ich.«

Er erkannte die Stimme, konnte sie nicht zuordnen. Es war jedenfalls nicht Staffan. Nicht der Papp-Papa.

Barbapapa. Hör auf.

»Und wer bist du?«

»Kannst du bitte aufmachen?

»Die Post hat schon zu. Komm in fünf Jahren zurück.«

»Ich habe Geld.«

»Papiergeld?«

»Ja.«

»Dann ist es okay.«

Er stand von der Couch auf. Sachte, ganz sachte. Die Konturen der Gegenstände wollten nicht stillhalten. Sein Kopf war voller Blei.

Die Betonmütze.

Schwankend blieb er ein paar Sekunden stehen. Der Zement-
boden neigte sich traumgleich nach rechts, nach links, wie im
Lustigen Haus. Er ging vorwärts, machte immer nur einen
Schritt in Folge, hob den Türhaken herab, schob die Tür auf.
Vor ihm stand dieses Mädchen. Oskars Freundin. Tommy
glotzte es an, ohne zu begreifen, was er sah.

Sonne und Bad.

Das Mädchen trug nur ein dünnes Kleid, gelb, mit weißen
Punkten, die Tommys Augen magisch anzogen, und er versuchte die Punkte zu fixieren, aber sie begannen zu tanzen,
bewegten sich so, dass ihm ganz übel wurde. Sie war vielleicht
zwanzig Zentimeter kleiner als er.

Süß wie . . . wie der Sommer.

»Ist es plötzlich Sommer geworden?«, sagte er.

Das Mädchen legte den Kopf schief.

»Hä?«

»Ich meine ja nur, du hast schließlich ein . . . wie heißt das
noch . . . ein Sommerkleid an.«

»Ja.«

Tommy nickte, war zufrieden, dass ihm das Wort eingefallen
war. Was hatte sie gesagt? Geld? Aha. Oskar hatte ihr erzählt,
dass . . .

»Möchtest du . . . was kaufen?«

»Ja.«

»Was denn?«

»Kann ich hereinkommen?«

»Ja klar.«

»Sag, dass ich hereinkommen darf.«

Tommy machte eine übertriebene, ausholende Bewegung
mit dem Arm. Sah seine eigene Hand sich in Zeitlupe bewegen,
ein Fisch unter Drogen, der in der Luft über dem Fußboden
umherschwamm.

»Hereinspaziert. Wilkommen in . . . der Filiale.«

Er konnte nicht länger stehen. Der Fußboden wollte ihn haben. Er drehte sich um, plumpste auf die Couch. Das Mädchen trat ein, schloss die Tür hinter sich, legte den Haken vor. Er sah sie als ein unglaublich großes Hähnchen, kicherte über den Anblick. Das Hähnchen setzte sich auf den Sessel.

»Was ist los?«

»Ach nichts, es ist nur . . . du bist so . . . gelb.«

»Aha.«

Das Mädchen legte seine Hände gekreuzt auf eine kleine Tasche in seinem Schoß, die er bis jetzt noch gar nicht bemerkt hatte. Nein. Keine Tasche. Das war eher ein . . . Necessaire. Tommy betrachtete sie. Man sieht eine Tasche. Man fragt sich, was darin ist.

»Was hast du in . . . da drin?«

»Geld.«

»Ja klar.«

Nee. Das ist schräg. Das ist irgendwie komisch.

»Und was willst du kaufen?«

Das Mädchen zog den Reißverschluss des Necessaires auf und holte einen Tausender heraus. Dann noch einen. Und noch einen. Dreitausend. Die Geldscheine sahen lächerlich groß aus in ihren kleinen Händen, als sie sich vorbeugte und sie auf den Fußboden legte.

Tommy prustete: »Was ist denn jetzt?«

»Dreitausend.«

»Ja. Und was soll das?«

»Für dich.«

»Nee.«

»Doch.«

»Das ist doch bestimmt so bescheuertes . . . Spielgeld oder so, nicht?«

»Nein.«

»Nicht?«

»Nein.«

»Und warum soll ich das bekommen?«

»Weil ich dir etwas abkaufen möchte.«

»Du willst was für dreitau ... nee.«

Tommy streckte den Arm aus, so weit es ging, griff nach einem der Geldscheine. Tastete ihn ab, ließ ihn rascheln, hielt ihn ins Licht und sah, dass er ein Wasserzeichen hatte. Der gleiche König oder wer immer das war wie auf dem Geldschein selbst. Er war echt.

»Du machst also keine Witze.«

»Nein.«

Dreitausend. Ich könnte ... könnte irgendwohin fahren. Irgendwohin fliegen.

Da würden Staffan und seine Alte dumm gucken und ... Tommy hatte jetzt einen klareren Kopf. Die ganze Sache war total gaga, aber okay: dreitausend Kronen. Daran ließ sich nicht rütteln. Fragte sich nur ...

»Und was willst du dafür kaufen? Dafür kannst du dir doch alles Mögliche ...«

»Blut.«

»Blut.«

»Ja.«

Tommy schnaubte, schüttelte den Kopf.

»Nein, tut mir leid. Haben wir ... gerade nicht vorrätig.«

Das Mädchen saß ganz still auf seinem Sessel und betrachtete ihn, lächelte nicht einmal.

»Jetzt mal im Ernst«, sagte Tommy. »Was ist Sache?«

»Du bekommst das Geld ... wenn ich ein bisschen Blut bekomme.«

»Ich hab aber keins.«

»Doch.«

»Nein.«

»Doch.«

Tommy begriff.

Was zum Teufel ...

»Meinst du das ... ernst?«

Das Mädchen zeigte auf die Tausender.

»Es ist nicht weiter schlimm.«

»Aber ... was denn ... wie?«

Das Mädchen steckte die Hand in das Necessaire, holte etwas heraus. Ein kleines, weißes, viereckiges Stück Plastik. Schüttelte es. Es klirrte ein wenig. Jetzt erkannte Tommy, was es war. Ein Päckchen Rasierklingen. Sie legte es auf ihren Schoß, holte noch etwas heraus. Ein hautfarbenes Rechteck. Ein großes Pflaster.

Das ist doch lächerlich.

»Nein, jetzt hör aber auf. Kapierst du nicht, dass ... ich könnte dir das Geld doch einfach klauen, was. Es einfach in die Tasche stecken und sagen, nee, wieso? Dreitausend? Hab ich nie gesehen. Das ist viel Geld, kapierst du das nicht? Wo hast du das überhaupt her?«

Das Mädchen schloss die Augen, seufzte. Als es die Augen wieder aufschlug, sahen sie ihn nicht mehr ganz so freundlich an.

»Willst du nun. Oder willst du nicht?«

Sie meint es ernst. Sie meint es verdammt nochmal ernst. Nee ... nee ...

»Was jetzt, willst du wirklich irgendwie ... sssittt, und dann ...«

Das Mädchen nickte eifrig.

Sssittt? Moment mal. Moment jetzt mal ... wie war das noch ... Schweine ...

Er runzelte die Stirn. Der Gedanke titschte durch seinen Kopf wie ein hart geworfener Gummiball in einem Zimmer, versuchte Halt zu finden, zur Ruhe zu kommen. Und kam zur Ruhe. Er erinnerte sich wieder, riss den Mund auf, sah ihr in die Augen.

»... nee ...?«

»Doch.«

»Das ist doch ein Scherz, oder? Hör mal. Geh jetzt. Nein. Jetzt wirst du mal schön abhauen.«

»Ich leide an einer Krankheit. Ich brauche Blut. Du kannst noch mehr Geld haben, wenn du möchtest.«

Sie wühlte in dem Necessaire, suchte, holte zwei weitere Tausender heraus, legte sie auf den Fußboden. Fünftausend. »Bitte.«

Der Mörder. Vällingby. Die Kehle durchgeschnitten. Aber verdammt nochmal ... dieses Mädchen ...

»Was willst du denn damit ... verdammt ... du bist doch nur ein Kind, du ...«

»Hast du Angst?«

»Nein, ich könnte doch ... hast du Angst?«

»Ja.«

»Wovor?«

»Davor, dass du Nein sagst.«

»Ja aber, ich sage ja nein. Das ist doch ... nee, jetzt mach mal halblang. Geh nach Hause.«

Das Mädchen blieb regungslos auf seinem Sessel sitzen, dachte nach. Dann nickte es, stand auf, hob das Geld vom Fußboden auf, schob es in das Necessaire zurück. Tommy betrachtete den Punkt, an dem es gelegen hatte. Fünf. Tausend. Ein leises Klirren, als der Haken angehoben wurde. Tommy drehte sich auf den Rücken.

»Aber ... wie jetzt ... willst du mir die Kehle aufschneiden, oder was?«

»Nein. Nur die Armbeuge. Ein bisschen.«

»Aber was willst du damit?«

»Es trinken.«

»Jetzt?«

»Ja.«

Tommy peilte sein Inneres an und sah die Tafel über den Blutkreislauf wie Pauspapier auf die Innenseite seiner Haut gelegt, fühlte vielleicht zum ersten Mal überhaupt in seinem Leben, dass er einen Blutkreislauf hatte. Nicht nur isolierte Punkte, Wunden, aus denen ein oder mehrere Tropfen Blut hervorquollen, sondern einen großen, pumpenden Baum aus Adern gefüllt mit ... wie viel war es? ... Vier, fünf Liter Blut.

»Was ist das für eine Krankheit?«

Das Mädchen sagte nichts, verharrte nur an der Tür, den Haken in der Hand, musterte ihn, und die Striche der Arterie und Venen an seinem Körper, die Karte, bekam auf einmal den Charakter eines ... Schemas zum Zerlegen eines Schlachtkörpers. Er verdrängte den Gedanken, dachte stattdessen *Werde Blutspender. Fünfundzwanzig Mäuse und ein Käsebrötchen.* Dann sagte er:

»Dann gib mir das Geld.«

Das Mädchen zog den Reißverschluss des Necessaires auf und holte die Geldscheine wieder heraus.

»Wie wäre es, wenn ich dir jetzt ... drei gebe. Und zwei hinterher?«

»Ja, okay. Aber ich könnte mich natürlich genauso gut ... auf dich stürzen und dir das Geld einfach klauen, kapierst du das nicht?«

»Nein. Das könntest du nicht.«

Sie hielt ihm die Tausender hin, hielt sie zwischen Zeige- und Mittelfinger. Er hielt jeden einzelnen ins Licht, stellte fest, dass sie echt waren, und rollte sie anschließend zu einem Zylinder zusammen, um den er die linke Hand ballte.

»Schön. Und jetzt?«

Das Mädchen legte die beiden anderen Tausender auf den Sessel, ging neben der Couch in die Hocke, zog das Päckchen Rasierklingen aus dem Necessaire, schüttelte eine Klinge heraus.

Das macht sie nicht zum ersten Mal.

Das Mädchen drehte die Rasierklinge zwischen den Fingern, als wollte es feststellen, welche Seite die schärfere war. Anschließend hielt sie die Klinge neben ihrem Gesicht hoch. Eine kurze Mitteilung, bestehend aus einem einzigen Wort: *Wilkinson.* Sie sagte:

»Du wirst keinem Menschen davon erzählen.«

»Was passiert sonst?«

»Du wirst es keinem erzählen. Niemandem.«

»Nein.« Tommy schielte zu seiner ausgestreckten Armbeuge, zu den Tausendern, die auf dem Sessel lagen. »Und wie viel willst du dir nehmen?«

»Einen Liter.«

»Ist das ... viel?«

»Ja.«

»Ist es so viel, dass ich ...«

»Nein. Du wirst es überleben.«

»Es kommt ja Neues.«

»Ja.«

Tommy nickte und schaute anschließend fasziniert zu, wie sich die Rasierklinge, glänzend wie ein kleiner Spiegel, auf seine Haut herabsenkte. Als geschähe dies jemand anderem, an einem anderen Ort. Er sah nur das Spiel der Linien. Den Kieferknochen des Mädchens, seine dunklen Haare, seinen weißen Arm, das Rechteck der Rasierklinge, das auf dem Arm ein dünnes Härchen zur Seite schob und sein Ziel erreichte, einen Augenblick auf der Schwellung der Vene ruhte, die etwas dunkler war als die umliegende Haut.

503

Leicht, ganz leicht wurde sie herabgepresst. Eine Ecke sank in die Haut ein, ohne sie zu durchstoßen. Dann –

sssitt.

Eine ruckartige Bewegung nach hinten, und Tommy stöhnte auf, ballte die andere Hand fester um die Geldscheine. Es krachte in seinem Kopf, als die Zähne zusammengebissen wurden, aufeinander knirschten. Das Blut quoll heraus, wurde stoßweise herausgepresst.

Ein Klirren, als die Rasierklinge zu Boden fiel und das Mädchen seinen Arm mit beiden Händen packte, seine Lippen auf die Armbeuge presste.

Tommy wandte den Kopf ab, fühlte nur ihre warmen Lippen, die schleckende Zunge auf seiner Haut und sah erneut die Karte in seinem Körper vor sich, die Kanäle, durch die das Blut floss und zu dem ... Riss strömte.

Es läuft aus mir heraus.

Ja. Der Schmerz wurde stärker. Sein Arm wurde allmählich paralysiert; er spürte die Lippen nicht mehr, fühlte nur den Sog, wie es ... aus ihm herausgesaugt wurde, wie es ...

Fortläuft.

Er bekam Angst. Wollte dem Ganzen ein Ende setzen. Es tat zu weh. Tränen stiegen ihm in die Augen, er öffnete den Mund, um etwas zu sagen, um ... er konnte nicht. Es gab keine Worte, die ... Er winkelte seinen freien Arm zum Mund, presste die geballte Faust gegen die Lippen, spürte den Zylinder aus Papier, der ein Stückchen herauslugte, und biss hinein.

✳

21:17, Sonntagabend, Ängbyplan:

Ein Mann wird vor dem Friseursalon beobachtet. Gesicht und Hände sind gegen das Schaufenster gepresst. Er scheint völlig betrunken zu sein. Die Polizei ist fünfzehn Minuten später vor Ort. Der Mann hat den Platz inzwischen wieder verlassen. Das Glas des Schaufensters ist unbeschädigt, weist nur Spuren von Lehm oder Erde auf. In dem hell erleuchteten Fenster stehen eine Reihe von Fotos, die Jugendliche zeigen, Frisurmodelle.

❋

»Schläfst du?«

»Nein.«

Ein Hauch von Parfüm und Kälte, als Mama in Oskars Zimmer kommt, sich auf die Bettkante setzt.

»Hast du eine schöne Zeit gehabt?«

»Ja klar.«

»Was hast du gemacht?«

»Nichts Besonderes.«

»Ich habe die Zeitungen gesehen. Auf dem Küchentisch.«

»Mm.«

Oskar zog die Decke fester um sich und tat, als müsste er gähnen.

»Bist du schläfrig?«

»Mm.«

Wahr und auch wieder nicht wahr. Er war müde, so müde, dass ihm der Kopf schwirrte. Er wollte sich einfach nur in die Decke kuscheln, den Eingang versiegeln und erst wieder herauskommen, wenn ... wenn ... aber schläfrig, nein. Und ... konnte er jetzt überhaupt schlafen, nachdem er sich angesteckt hatte?

Er hörte, dass Mama eine Frage zu Papa stellte, und sagte »gut«, ohne zu wissen, worauf er eigentlich antwortete. Es wurde still. Dann seufzte Mama schwer.

»Mein kleiner Liebling, wie geht es dir eigentlich? Kann ich etwas für dich tun?«

»Nein.«

»Aber was ist denn?«

Oskar bohrte das Gesicht ins Kissen, atmete aus, sodass Nase, Mund, Lippen feuchtwarm wurden. Er schaffte das nicht. Es war zu schwer. Er musste es wenigstens einem Menschen sagen. Ins Kissen hinein sagte er: »... ngeste ...«

»Was hast du gesagt?«

Er hob den Kopf aus dem Kissen.

»Ich habe mich angesteckt.«

Mamas Hand strich über seinen Hinterkopf, über seinen Nacken, abwärts, und die Decke glitt ein wenig von ihm herunter.

»Wie meinst du das, angeste ... aber ... du bist ja noch angezogen!«

»Ja, ich ...«

»Lass mal fühlen. Bist du heiß?« Sie legte ihre kalte Wange auf seine Stirn. »Du hast ja Fieber. Komm. Du musst dich ausziehen und ordentlich hinlegen.« Sie stand vom Bett auf, rüttelte behutsam seine Schulter. »Komm.«

Sie atmete heftiger ein, ihr kam ein Gedanke. In einem anderen Tonfall sagte sie:

»Hast du dich nicht ordentlich angezogen, als du bei Papa warst?«

»Doch. Das ist es nicht.«

»Hast du deine Mütze angezogen?«

»Jaa. Das ist es nicht.«

»Was ist es dann?«

Oskar presste das Gesicht wieder ins Kissen, umarmte es und sagte: »... erdezumampie ...«

»Oskar, was sagst du?«

506

»Ich werde zum Vampir!«

Pause. Ein leises Rascheln von Mamas Mantel, als sie die Arme vor der Brust verschränkte.

»Oskar. Du stehst jetzt sofort auf. Und ziehst dich aus. Und dann legst du dich wieder hin.«

»Ich werde zum Vampir.«

Mamas Atemzüge. Deutlich hörbar, wütend. »Morgen werde ich diese ganzen Bücher wegwerfen, in denen du immer liest.«

Die Decke wurde fortgezogen. Oskar stand auf, zog sich langsam aus; vermied es, Mama anzusehen. Dann legte er sich wieder ins Bett, und Mama deckte ihn ordentlich zu.

»Möchtest du etwas?«

Oskar schüttelte den Kopf.

»Sollen wir Fieber . . .?«

Oskar schüttelte heftiger den Kopf. Jetzt sah er Mama an. Sie stand über das Bett gebeugt, die Hände auf den Knien. Forschende, bekümmerte Augen.

»Gibt es irgendetwas, das ich für dich tun kann?«

»Nein. Doch.«

»Was denn?«

»Nein, schon gut.«

»Jetzt sag schon.«

»Kannst du . . . mir ein Märchen erzählen?«

Ein Flimmern verschiedener Gefühle zog über Mamas Gesicht; Trauer, Freude, Sorge, der Anflug eines Lächelns, eine Sorgenfalte. Alles binnen weniger Sekunden. Dann sagte sie: »Ich . . . kenne keine Märchen. Aber ich . . . ich kann dir eins vorlesen, wenn du willst. Wenn wir ein Buch haben . . .«

Ihr Blick schweifte zu dem Bücherregal neben Oskars Kopf.

»Nein, nicht nötig.«

»Ja, aber das tue ich doch gern.«

»Nein. Ich will nicht.«

»Warum nicht? Du hast doch gerade gesagt ...«

»Ja, aber ... nein. Ich will nicht.«

»Soll ich ... soll ich dir etwas vorsingen?«

»Nein!«

Mama kniff die Lippen zusammen, war verletzt. Dann beschloss sie, es nicht zu sein, weil Oskar krank war, und sagte: »Ich könnte mir sicher etwas ausdenken, wenn es ...«

»Nein, schon gut. Ich will jetzt schlafen.«

Schließlich sagte Mama gute Nacht und verließ das Zimmer. Oskar lag mit weit offenen Augen im Bett, schaute zum Fenster. Er versuchte in sich hineinzuhorchen, ob er dabei war ... einer zu werden, wusste jedoch nicht, wie sich das anfühlen sollte. Eli. Wie war es eigentlich dazu gekommen, als sie ... einer geworden war?

Von allem getrennt zu werden..

Alles zu verlassen. Mama, Papa, die Schule ... Jonny, Tomas ...

Bei Eli zu sein. Für immer.

Er hörte, dass im Wohnzimmer der Fernsehapparat eingeschaltet, die Lautstärke hastig gesenkt wurde. Leises Klappern der Kaffeekanne in der Küche. Der Gasherd, der entzündet wurde, das Klirren von Tassen und Untertellern. Schränke, die geöffnet wurden.

Die alltäglichen Geräusche. Er hatte sie hunderte Male gehört. Und er wurde traurig. So wahnsinnig traurig.

❄

Die Wunden waren verheilt. Von den Kratzern auf Virginias Körper waren nur weiße Striche zurückgeblieben, hier und da Reste von Wundschorf, die noch nicht abgefallen waren. Lacke strich über ihre Hand, die von einem Ledergurt an den Körper gepresst wurde, und weiterer Wundschorf zerbröselte unter seinen Fingern.

Virginia hatte sich gewehrt, heftig gewehrt, als sie wieder zu Bewusstsein gekommen war und begriff, was mit ihr geschah. Sie hatte den Katheter für die Bluttransfusion herausgerissen, geschrien und getreten.

Lacke hatte den Anblick nicht ertragen können, als sie mit ihr kämpften, die Tatsache, dass sie wie verwandelt war. Er war in die Cafeteria hinuntergegangen und hatte dort einen Kaffee getrunken. Anschließend noch einen und danach noch einen. Als er sich zum dritten Mal nachschenken wollte, hatte ihn die Frau an der Kasse müde darauf hingewiesen, dass man sich eigentlich nur einmal kostenlos nachschenken durfte. Lacke hatte daraufhin erwidert, dass er pleite war, sich fühlte, als würde er morgen sterben, und sie daraufhin gefragt, ob sie nicht eine Ausnahme machen konnte?

Das konnte sie. Sie schenkte Lacke sogar ein trockenes Marzipanteilchen, »das morgen sonst sowieso in den Müll wandern würde«. Er hatte sich das Teilchen mit einem Kloß im Hals einverleibt, über die relative Güte und relative Bosheit des Menschen nachgedacht. Anschließend hatte er sich vor den Eingang gestellt und die vorletzte Zigarette aus seiner Schachtel geraucht, ehe er wieder zu Virginia hinaufgegangen war.

Sie hatten Virginia festgeschnallt.

Eine Krankenschwester hatte einen Schlag abbekommen, durch den ihre Brille zersplittert war, sodass eine Scherbe ihre Augenbraue zerschnitten hatte. Virginia war durch nichts zu beruhigen gewesen. Auf Grund ihres Allgemeinzustands hatte man nicht gewagt, ihr eine Spritze zu geben, weshalb man ihre

Arme mit Lederriemen festgespannt hatte, vor allem, wie es hieß, um »sie daran zu hindern, sich selber zu verletzen«.

Lacke verrieb den Wundschorf zwischen den Fingern; ein Pulver so fein wie Pigment färbte seine Fingerspitzen rot. Aus den Augenwinkeln nahm er eine Bewegung wahr; das Blut aus dem Beutel, der an einem Infusionsständer neben Virginias Bett hing, fiel tröpfchenweise in einen Plastikzylinder und anschließend weiter zu dem Katheter in Virginias Arm.

Offenbar hatten sie zunächst, nachdem sie Virginias Blutgruppe bestimmt hatten, eine Bluttransfusion durchgeführt, bei der sie eine bestimmte Menge Blut in sie hineinpumpten, aber jetzt, nachdem sich ihr Zustand stabilisiert hatte, bekam sie es nur noch tröpfchenweise verabreicht. Auf der halb vollen Blutkonserve klebte ein Etikett mit jeder Menge unverständlicher Markierungen, aus denen ein großes »A« hervorstach. Die Blutgruppe natürlich.

Aber ... Moment mal ...

Lacke hatte Blutgruppe B, und er erinnerte sich, dass er und Virginia einmal darüber gesprochen hatten, dass Virginia ebenfalls Blutgruppe B hatte und dass sie dem anderen deshalb ... ja sicher. Genau das hatten sie gesagt. Dass sie sich gegenseitig Blut spenden konnten, weil sie die gleiche Blutgruppe hatten. Und Lacke hatte B, da war er sich vollkommen sicher.

Er stand auf, trat in den Korridor hinaus.

Solche Fehler machen die hier doch wohl nicht?

Er fand eine Krankenschwester.

»Entschuldigen Sie bitte, aber ...«

Sie warf einen Blick auf seine abgetragenen Kleider, nahm eine etwas reservierte Körperhaltung ein, sagte: »Ja?«

»Ich frage mich nur, Virginia ... Virginia Lindblad, die kürzlich ... eingeliefert wurde ...«

Die Krankenschwester nickte, sah jetzt beinahe abweisend aus, war vielleicht dabei gewesen, als sie . . .

»Ja also, ich frage mich nur . . . die Blutgruppe.«

»Was ist damit?«

»Nun, ich habe gesehen, dass auf der Blutkonserve A steht . . . aber das ist nicht ihre Blutgruppe.«

»Ich verstehe nicht ganz.«

»Nun . . . äh . . . haben Sie einen Moment Zeit?«

Die Krankenschwester blickte den Korridor entlang. Vielleicht wollte sie kontrollieren, ob ihr jemand zu Hilfe eilen konnte, falls die Situation außer Kontrolle geriete, vielleicht wollte sie aber auch verdeutlichen, dass sie eigentlich wichtigere Dinge zu tun hatte, begleitete Lacke aber dennoch in das Zimmer, in dem Virginia mit geschlossenen Augen lag und das Blut sachte durch den Schlauch tropfte. Lacke zeigte auf die Blutkonserve.

»Hier. Dieses A. Bedeutet es, dass . . .«

»Dass die Konserve Blutgruppe A enthält, ja genau. Es herrscht mittlerweile ein ungeheurer Mangel an Blutspendern. Wenn die Menschen nur wüssten, wie . . .«

»Entschuldigen Sie. Ja. Aber sie hat Blutgruppe B. Ist es dann nicht gefährlich, wenn . . .«

»Doch, das ist es.«

Die Krankenschwester war nicht direkt unhöflich, aber ihre Körperhaltung deutete an, dass Lackes Recht, die Kompetenz des Krankenhauses in Frage zu stellen, minimal war. Sie zuckte leicht mit den Schultern, sagte: »Wenn man Blutgruppe B hat, was bei dieser Patientin jedoch nicht der Fall ist. Sie hat AB.«

»Aber . . . es steht doch A auf . . . dem Beutel.«

Die Krankenschwester seufzte und sagte, als würde sie einem Kind erklären, dass es auf dem Mond keine Menschen gab:

»Personen mit der Blutgruppe AB können Blut von sämtlichen Blutgruppen aufnehmen.«

»Aber ... aha. Dann hat sie also die Blutgruppe gewechselt.«

Die Krankenschwester hob die Augenbrauen. Das Kind hatte soeben behauptet, es sei auf dem Mond gewesen und habe dort oben Menschen gesehen. Sie machte eine Handbewegung, als schnitte sie ein Band durch und sagte: »So etwas gibt es nicht.«

»Nicht. Dann hat sie sich wohl geirrt.«

»Ja, das hat sie wohl. Wenn Sie mich jetzt bitte entschuldigen würden, ich habe auch noch etwas anderes zu tun.«

Die Krankenschwester kontrollierte den Katheter in Virginias Arm, drehte den Ständer ein wenig und verließ mit einem Blick auf Lacke, der besagte, dies waren wichtige Dinge und gnade ihm Gott, wenn er an ihnen herumfummelte, mit energischen Schritten das Zimmer.

Was passiert, wenn man das falsche Blut bekommt? Das Blut ... klumpt.

Nein. Virginia musste das falsch in Erinnerung gehabt haben.

Er ging in die Zimmerecke, in der ein kleiner, gepolsterter Stuhl und ein Tisch mit einer Plastikblume standen, setzte sich auf den Stuhl und ließ den Blick über das Zimmer schweifen. Kahle Wände, glänzender Fußboden. Neonröhren an der Decke. Virginias Bett aus Stahlrohren, darauf eine blassgelbe Decke, auf der »Landschaftsverband« stand.

So wird es also irgendwann einmal sein.

Bei Dostojewski waren Krankheit und Tod fast immer schmutzig, erbärmlich. Erdrückt unter Wagenrädern, Lehm, Typhus, blutbefleckte Taschentücher. Und so weiter. Aber weiß der Teufel, ob das im Grunde nicht besser war als das hier: in einer Art polierter Maschine entsorgt zu werden.

Lacke lehnte sich auf dem Stuhl zurück und schloss die

Augen. Die Rückenlehne war zu kurz, sein Kopf fiel nach hinten. Er richtete sich auf, stützte den Ellbogen auf die Armlehne und legte das Gesicht in die Hand. Betrachtete die Plastikblume. Es kam ihm vor, als stünde sie dort nur, um zusätzlich zu unterstreichen, dass es hier kein Leben geben durfte; hier herrschte Zucht und Ordnung.

Die Blume verharrte auf seiner Netzhaut, als er seine Augen wieder schloss, und verwandelte sich in eine richtige Blume, wuchs, wurde zu einem Garten. Dem Garten des Hauses, das sie kaufen würden. Lacke stand in dem Garten, betrachtete einen Rosenstock mit glänzenden roten Blüten. Aus dem Haus fiel ein langer Menschenschatten. Die Sonne sank schnell, und der Schatten wuchs, wurde immer länger, erstreckte sich über den Garten . . .

Er zuckte zusammen und war wach. Seine Hand war nass von Speichel, der ihm im Schlaf aus dem Mundwinkel geflossen war. Er strich sich über den Mund, schmatzte und versuchte den Kopf zu heben. Es ging nicht. Sein Nacken hatte sich verkrampft. Lacke zwang ihn mit einem Knirschen wieder in eine gerade Position, hielt inne.

Weit geöffnete Augen sahen ihn an.

»Hallo, bist du . . .«

Sein Mund schloss sich wieder. Festgehalten von den Riemen lag Virginia auf dem Rücken und hatte ihm das Gesicht zugewandt. Aber dieses Gesicht war viel zu still. Es zeigte keinerlei Regung wie Wiedererkennen, Freude . . . nichts. Die Augen blinzelten nicht.

Tot! Sie ist . . .

Lacke schoss aus dem Stuhl, und es knackte in seinem Nacken. Er warf sich vor dem Bett auf die Knie, griff nach den

513

Stahlrohren und näherte sein Gesicht ihrem, als wollte er durch seine bloße Gegenwart die Seele in ihr Gesicht zurückzwingen, aus der Tiefe heraufholen.

»Ginja! Hörst du mich?«

Nichts. Dennoch hätte er schwören können, dass ihre Augen auf irgendeine Art in seine blickten, dass sie nicht tot waren. Durch sie hindurch suchte er nach Virginias; warf Enterhaken in die Löcher aus, die ihre Pupillen waren, um dahinter in der Dunkelheit Halt zu finden an ...

Die Pupillen. Sehen sie so aus, wenn man ...

Ihre Pupillen waren nicht rund. Sie waren senkrecht gestreckt, zu Spitzen langgezogen. Er grimassierte, als ein eisig ausstrahlender Schmerz seinen Nacken durchzuckte, griff mit der Hand hin und rieb ihn sich.

Virginia schloss die Augen, öffnete sie wieder. Und war da.

Lacke riss dümmlich den Mund auf, rieb sich weiter mechanisch den Nacken. Ein hölzernes Klacken, als Virginia den Mund öffnete, fragte: »Hast du Schmerzen?«

Lacke nahm die Hand aus seinem Nacken, als wäre er dabei ertappt worden, etwas Verbotenes zu tun.

»Nein, ich wollte nur ... ich dachte, du wärst ...«

»Ich sitze fest.«

»Ja, du ... hast vorhin ein bisschen randaliert. Warte, ich werde ...« Lacke streckte die Hand zwischen zwei Bettlatten und fing an, einen der Riemen zu lösen.

»Nein.«

»Was ist?«

»Lass das.«

Lacke zögerte, den Riemen zwischen den Fingern.

»Willst du dich wieder schlagen, oder was?«

Virginia schloss die Augen halb.

»Lass das bleiben.«

Lacke ließ den Riemen los und wusste nicht, was er mit seinen Händen anfangen sollte, nachdem sie ihrer Aufgabe beraubt waren. Ohne sich aufzurichten, drehte er sich auf den Knien und zog den kleinen Stuhl zum Bett, woraufhin ein weiterer Schmerzensstich seinen Nacken durchfuhr, schob sich schwerfällig auf ihn.

Virginia nickte fast unmerklich. »Hast du Lena angerufen?«

»Nein. Ich kann . . .«

»Gut.«

»Möchtest du nicht, dass ich . . .?«

»Nein.«

Schweigen stellte sich zwischen sie. Jenes Schweigen, das so typisch für Krankenhäuser ist und daraus entsteht, dass die Situation – einer im Bett, krank oder verletzt, und einer gesund daneben – im Grunde schon alles sagt. Worte werden nichtig, überflüssig. Nur das Wichtigste kann noch gesagt werden. Lange sahen sie sich an und sagten, was sich ohne Worte sagen ließ. Dann drehte Virginia den Kopf gerade und blickte zur Decke.

»Du musst mir helfen.«

»Was immer du willst.«

Virginia leckte sich die Lippen, atmete ein und entließ die Luft in einem so tiefen und langen Seufzer, dass er aus verborgenen Luftreserven in ihrem Körper gesaugt zu werden schien. Dann glitt ihr Blick forschend über Lackes Körper, als nähme sie ein letztes Mal Abschied von der Leiche eines Geliebten und wollte sich sein Bild einprägen. Schließlich brachte sie die Worte über die Lippen.

»Ich bin ein Vampir.«

Lackes Mundwinkel wollten sich zu einem abfälligen Grinsen verziehen, der Mund einen abwiegelnden Kommentar formu-

515

lieren, der gerne auch ein bisschen komisch sein durfte. Aber seine Mundwinkel rührten sich nicht, und der Kommentar verirrte sich, kam nie auch nur in die Nähe seiner Lippen. Stattdessen brachte er nur ein »Nein« heraus.

Er rieb sich den Nacken, um der herrschenden Stimmung ein Ende zu setzen, der Regungslosigkeit, die alle Worte zu Wahrheiten werden ließ. Virginia sprach leise, beherrscht.

»Ich bin zu Gösta gegangen, um ihn zu töten. Wenn nicht passiert wäre. Was passiert ist. Hätte ich ihn umgebracht. Und dann . . . sein Blut getrunken. Ich hätte es getan. Das war meine Absicht. Bei dem Ganzen. Begreifst du jetzt?«

Lackes Blick irrte über die Wände des Zimmers, als suchten sie nach der Mücke, dem Ursprung dieses qualvollen, pfeifenden Lauts, der in der Stille sein Gehirn kitzelte, jegliches Denken verhinderte. Schließlich fiel er auf die Neonlampen an der Decke.

»Diese Neonröhren surren ja vielleicht.«

Virginia betrachtete die Neonröhren, sagte: »Ich vertrage kein Licht. Ich kann nichts essen. Ich habe schreckliche Gedanken. Ich werde Menschen wehtun. Dir wehtun. Ich will nicht mehr leben.«

Endlich etwas Konkretes, worauf man antworten konnte.

»So etwas darfst du nicht sagen«, widersprach Lacke. »Hörst du? Du darfst so etwas nicht sagen. Hörst du mich?«

»Du verstehst das nicht.«

»Nein, das tue ich wahrscheinlich nicht. Aber du sollst verdammt nochmal nicht sterben. Hast du kapiert? Du liegst doch jetzt hier, du redest, du bist doch . . . es ist doch okay.«

Lacke stand von seinem Stuhl auf, ging ziellos ein paar Schritte durchs Zimmer, machte eine ausholende Geste.

»Du darfst doch . . . du darfst so etwas nicht sagen.«

»Lacke. Lacke?«

»Ja!«

»Du weißt, dass es wahr ist. Stimmt's?«

»Was denn?«

»Was ich sage.«

Lacke schnaubte und schüttelte den Kopf, während seine Hände den Körper, alle Taschen abtasteten. »Ich muss eine rauchen. Das . . .«

Er fand die zerknitterte Zigarettenschachtel, das Feuerzeug. Es gelang ihm, die letzte Zigarette herauszuzupfen, er steckte sie in den Mund. Dann fiel ihm wieder ein, wo er war, und er nahm die Zigarette aus dem Mund.

»Mist, die werden mich achtkantig rausschmeißen, wenn ich . . .«

»Mach doch das Fenster auf.«

»Du meinst, ich soll gleich freiwillig springen?«

Virginia lächelte. Lacke ging zum Fenster, öffnete es, so weit es eben ging, und lehnte sich hinaus.

Die Krankenschwester, mit der er vorhin gesprochen hatte, konnte Zigarettenrauch sicher noch auf zehn Kilometer Entfernung riechen. Er zündete die Zigarette an und nahm einen tiefen Zug, bemühte sich, den Rauch so auszublasen, dass er nicht zum Fenster hineingeweht wurde, schaute zu den Sternen auf. In seinem Rücken ergriff Virginia von Neuem das Wort.

»Es war dieses Kind. Ich habe mich bei ihm angesteckt. Und dann . . . ist es einfach gewachsen. Ich weiß, wo es sitzt. Im Herzen. Im ganzen Herzen. Wie ein Krebsgeschwür. Ich habe keine Kontrolle darüber.«

Lacke blies eine Rauchwolke aus. Seine Stimme hallte zwischen den hohen Gebäuden ringsumher.

»Du sprichst doch jetzt mit mir. Du bist doch . . . wie immer.«

»Ich strenge mich an. Außerdem habe ich Blut bekommen.

Aber ich kann mich auch fallen lassen. Ich kann mich jederzeit fallen lassen. Und dann übernimmt es die Kontrolle. Ich weiß es. Ich spüre es.« Virginia atmete mehrmals schwer, fuhr dann fort: »Du stehst da drüben. Ich sehe dich an. Und ich will ... dich essen.«

Lacke wusste nicht, ob es die Nackensperre oder etwas anderes war, was ihm einen Schauer über den Rücken jagte. Er fühlte sich plötzlich schutzlos. Rasch drückte er die Zigarette an der Wand aus, schnippte die Kippe in einem Bogen fort, wandte sich wieder dem Raum zu.

»Das ist doch kompletter Wahnsinn.«

»Ja. Aber es ist so.«

Lacke verschränkte die Arme vor der Brust. Mit einem gekünstelten Lachen fragte er: »Und was willst du von mir, was soll ich bitteschön tun?«

»Ich will, dass du ... mein Herz zerstörst.«

»Wie bitte? Und wie?«

»Irgendwie.«

Lacke verdrehte die Augen.

»Hörst du, was du da sagst? Wie das klingt? Du hast sie doch nicht mehr alle. Soll ich etwa ... einen Pflock in dich hineinschlagen, oder was?«

»Ja.«

»Nee, nee, nee. Das kannst du vergessen. Da wirst du dir schon etwas Besseres einfallen lassen müssen.«

Lacke lachte, schüttelte den Kopf. Virginia beobachtete ihn, wie er dort im Zimmer auf und ab ging, die Arme noch immer vor der Brust verschränkt. Dann nickte sie still.

»Okay.«

Er ging zu ihr, nahm ihre Hand. Es erschien ihm unnatürlich, dass sie ... fixiert war. Der Platz reichte nicht einmal, um beide Hände um ihre Hand zu legen. Sie war jedenfalls warm,

518

drückte seine. Mit der freien Hand streichelte er ihr über die Wange.

»Soll ich dich wirklich nicht losmachen?«

»Nein. Es könnte ... kommen.«

»Du wirst wieder gesund. Du wirst sehen, das kommt schon wieder in Ordnung. Ich habe doch nur dich. Soll ich dir ein Geheimnis verraten?«

Ohne ihre Hand loszulassen, setzte er sich auf den Stuhl und begann zu erzählen, erzählte ihr alles. Die Briefmarken, der Löwe, Norwegen, das Geld. Das Häuschen, das sie haben würden. Schwedenrot. Er ließ seine Fantasie spielen und beschrieb ihr lang und breit, wie der Garten aussehen würde, welche Blumen sie pflanzen würden und dass man einen kleinen Tisch hinausstellen, eine Laube anlegen könnte, in der man sitzen und ...

Irgendwann in seinem Redestrom begannen Tränen aus Virginias Augen zu laufen. Stille, durchsichtige Perlen, die ihre Wangen herabliefen, den Kissenbezug nässten. Kein Schluchzen, nur diese Tränen, die liefen, ein Geschmeide aus Trauer ... oder Freude?

Lacke verstummte. Virginia drückte seine Hand.

Dann ging Lacke in den Flur hinaus, und es gelang ihm mit einer Mischung aus Überredung und flehentlichem Bitten, das Personal zu veranlassen, ein zweites Bett in Virginias Zimmer zu schieben. Lacke stellte es so, dass es direkt neben ihrem stand. Anschließend löschte er das Licht, zog sich aus und legte sich unter die steife Bettdecke, suchte und fand ihre Hand.

Lange blieben sie so liegen und schwiegen. Dann kamen die Worte: »Lacke. Ich liebe dich.«

Lacke antwortete nicht, ließ die Worte im Raum hängen, ließ sie sich einkapseln und wachsen, bis sie zu einer großen roten

Decke wurden, die durch das Zimmer schwebte, sich auf ihn herabsenkte und ihn die ganze Nacht wärmte.

❊

4:23, Montagmorgen, Islandstorget:

Eine Reihe von Personen im Umkreis der Björnsonsgatan wird von lauten Schreien geweckt. Eine dieser Personen alarmiert die Polizei in dem Glauben, einen Säugling schreien zu hören. Als die Polizei zehn Minuten später vor Ort eintrifft, sind die Schreie verstummt. Man durchkämmt die nähere Umgebung und findet eine größere Zahl toter Katzen. Bei einigen sind die Extremitäten vom Körper abgetrennt worden. Die Polizei notiert Namen und Telefonnummer bei den Katzen, die ein Halsband tragen, um die Besitzer benachrichtigen zu können. Die Straßenmeisterei wird hinzugerufen, um die Tierkadaver fortzuschaffen.

❊

Noch eine halbe Stunde bis Sonnenaufgang.

Eli sitzt zurückgelehnt auf dem Sessel im Wohnzimmer. Er ist die ganze Nacht, den Morgen über im Haus gewesen. Hat gepackt, was gepackt werden muss.

Am nächsten Abend, sobald es dunkel geworden ist, wird Eli zu einer Telefonzelle gehen, ein Taxi rufen. Er weiß nicht, welche Nummer man anrufen muss, doch dies dürfte etwas sein, was ihm jeder sagen kann. Man muss nur fragen. Sobald das Taxi gekommen ist, wird er seine drei Kartons in den Kofferraum packen und den Taxifahrer bitten zu fahren . . .

Aber wohin?

Eli schließt die Augen und versucht sich einen Ort vorzustellen, an dem er gerne sein würde.

Wie üblich stellt sich als Erstes das Bild der Kate ein, in der er mit seinen Eltern, seinen größeren Geschwistern gelebt hat. Aber sie gibt es nicht mehr. Außerhalb von Norrköping, wo sie damals stand, liegt heute ein Kreisverkehr. Der Bach, in dem Mama Kleider wusch, ist vertrocknet, zugewachsen, zu einer Senke am Straßenrand geworden.

Eli hat genug Geld, könnte den Taxifahrer bitten, irgendwohin zu fahren, soweit die Dunkelheit es erlaubt. Nach Norden. Nach Süden. Könnte sich auf die Rückbank setzen und ihm sagen, dass er für zweitausend Kronen nach Norden fahren soll. Dann aussteigen. Neu anfangen. Jemanden finden, der ...

Eli wirft den Kopf in den Nacken, schreit zur Decke:

»Ich will nicht!«

Die staubigen Spinnweben werden von seinem Atemhauch sachte in Bewegung gesetzt. Der Laut erstirbt in dem geschlossenen Raum. Eli hebt die Hände vors Gesicht, presst die Fingerspitzen gegen die Lider. Spürt den nahenden Sonnenaufgang als eine innere Unruhe, flüstert:

»Gott. Gott? Warum darf ich nichts haben? Warum darf ich nicht ...«

Diese Frage ist ihm inzwischen schon viele Jahre durch den Kopf gegangen.

Warum darf ich nicht leben?

Weil du tot sein solltest.

Nachdem er sich angesteckt hat, ist Eli ein einziges Mal einem anderen Träger der Seuche begegnet. Einer erwachsenen Frau, die ebenso zynisch und geistig zerrüttet war wie der Mann mit der Perücke. Aber Eli bekam damals zumindest eine Antwort auf eine andere Frage, die ihn lange beschäftigt hatte.

»Sind wir viele?«

Die Frau hatte den Kopf geschüttelt und mit theatralischer

Traurigkeit gesagt: »Nein, wir sind so wenige, so furchtbar wenige.«

»Warum?«

»Warum? Na, weil die meisten sich das Leben nehmen, natürlich. Das ist doch nicht schwer zu verstehen. Es ist ja solch eine Bürde, oh je, oh je.« Sie ließ ihre Hände flattern, sagte mit schriller Stimme: »Ooooh, ich ertrage es nicht, Menschen auf dem Gewissen zu haben.«

»Können wir sterben?«

»Natürlich. Wir brauchen uns nur selber in Brand zu stecken. Oder es die Menschen tun lassen; sie tun es nur zu gern, haben es zu allen Zeiten getan. Oder . . .« Sie streckte ihren Zeigefinger aus, presste ihn über dem Herzen ganz fest gegen Elis Brustkorb. »Dort. Dort sitzt es, nicht wahr? Aber jetzt, mein Freund, kommt mir eine hervorragende Idee . . .«

Und Eli hatte vor der guten Idee fliehen müssen. Wie zuvor. Wie später.

Eli legte die Hand aufs Herz, tastete nach seinen langsamen Schlägen. Vielleicht lag es daran, dass er ein Kind war. Vielleicht hatte er dem Ganzen deshalb kein Ende gesetzt. Die Gewissensbisse waren schwächer als seine Lust zu leben.

Eli erhob sich vom Sessel. Håkan würde heute Nacht nicht kommen. Aber bevor Eli sich zur Ruhe begab, musste er noch nach Tommy sehen, sicher sein, dass er sich erholt hatte. Angesteckt hatte er sich nicht. Aber Oskar zuliebe wollte er sich vergewissern, dass Tommy über den Berg war.

Eli löschte alle Lampen und verließ die Wohnung.

In Tommys Treppenaufgang zog er die Kellertür einfach auf; er hatte schon vor einiger Zeit, als er mit Oskar hier unten war, ein Stück Papier in das Schloss gestopft, damit es nicht einrastete, wenn die Tür geschlossen wurde. Er trat in den Kellergang, und die Tür schloss sich hinter ihm mit einem dumpfen Schlag.

Er blieb stehen, lauschte. Nichts.

Keine Atemgeräusche eines Schlafenden; nur der durchdringende Geruch von Lösungsmitteln, Leim. Mit schnellen Schritten ging er zu dem Kellerverschlag und zog die Tür auf.

Leer.

Noch zwanzig Minuten bis zum Morgengrauen.

Tommy hatte die Nacht in einem Dämmerzustand zwischen Schlaf, Halbschlaf und Albträumen verbracht. Er wusste nicht, wie viel Zeit vergangen war, als er langsam richtig wach wurde. Das nackte Glühbirnenlicht im Keller war immer gleich. Vielleicht dämmerte es, war Morgen, Tag. Vielleicht hatte die Schule schon begonnen. Es war ihm egal.

Sein Mund schmeckte nach Klebstoff. Verschlafen schaute er sich um. Auf seiner Brust lagen zwei Geldscheine. Tausender. Er beugte den Arm, um nach ihnen zu greifen, spürte, dass die Haut spannte. Ein großes Pflaster klebte in seiner Armbeuge, in der Mitte war ein kleiner Blutfleck.

Da war doch ... noch mehr ...

Er drehte sich auf der Couch, suchte an den Innenkanten der Polster und fand die Rolle, die er während der Nacht verloren hatte. Noch einmal dreitausend. Er glättete die Geldscheine, legte sie zu den Scheinen, die auf seiner Brust gelegen hatten, raschelte mit ihnen. Fünftausend. Was er damit alles tun konnte.

Er betrachtete das Pflaster und musste lachen. Verdammt gut bezahlt dafür, dass man nur herumliegt und die Augen zumacht.

Verdammt gut bezahlt dafür, dass man nur herumliegt und die Augen zumacht.

Woher hatte er das jetzt wieder? Das hatte jemand gesagt, jemand ...

Ja genau. Tobbes Schwester, wie hieß sie noch ... Ingela? Tobbe hatte erzählt, dass sie herumhurte. Dass sie fünfhundert Mäuse dafür nahm, und Tobbes Kommentar war gewesen:

»Verdammt gut bezahlt dafür ...«

Dass man nur herumliegt und die Augen zumacht.

Tommy umklammerte die Geldscheine in seiner Hand, zerknüllte sie zu einem Ball. Sie hatte für sein Blut bezahlt und davon getrunken. Sie leide an einer Krankheit, hatte sie gesagt. Aber was war das für eine verdammte Krankheit? Von einer solchen Krankheit hatte er noch nie gehört. Und wenn man so etwas hatte, ging man doch ins Krankenhaus, dann bekam man doch ... Man ging doch echt nicht mit fünftausend Mäusen in einen Keller und ...

Sssittt.

Nein?

Tommy setzte sich auf der Couch auf, zog die Decke von sich.

So etwas gab es doch gar nicht. Nein, nein. Vampire. Das Mädchen in dem gelben Kleid musste irgendwie glauben, dass sie ein ... aber Moment mal, Moment. Da war doch dieser Ritualmörder, der ... nach dem sie fahndeten ...

Tommy legte den Kopf in die Hände; die Geldscheine raschelten an seinem Ohr. Er begriff nicht, wie das alles zusammenhing. Jedenfalls hatte er jetzt eine Heidenangst vor diesem Mädchen.

Als er gerade überlegte, trotz allem in die Wohnung hinaufzugehen, obwohl es noch Nacht war, ob er das Ganze nehmen sollte, wie es kam, hörte er, dass in seinem Treppenaufgang die Haustür geöffnet wurde. Sein Herz flatterte wie ein erschrockener Vogel, und er schaute sich um.

Waffen.

Das Einzige, was es hier gab, war der Besen. Tommys Mund verzog sich für eine Sekunde zu einem Grinsen.

Ein Besen, eine tolle Waffe gegen Vampire.

Dann erinnerte er sich, stand auf und trat aus dem Kellerverschlag, während er das Geld in seine Hosentasche stopfte. Mit einem Satz überquerte er den Gang und glitt in den Schutzraum hinein, während sich gleichzeitig die Kellertür öffnete. Aus Angst, das Mädchen könnte das Geräusch hören, traute er sich nicht, die Tür abzuschließen.

Er ging in der Dunkelheit in die Hocke, versuchte möglichst lautlos zu atmen.

❄

Die Rasierklinge schimmerte auf dem Fußboden. Eine Ecke war braun befleckt wie von Rost. Eli riss ein Stück vom Umschlag einer Motorradillustrierten ab, wickelte die Rasierklinge in das Papier und steckte sie in die Gesäßtasche.

Tommy war fort, was bedeutete, dass er lebte. Er war ohne fremde Hilfe aufgebrochen, nach Hause gegangen, um zu schlafen, und selbst wenn er sich etwas zusammenreimen sollte, wusste er doch nicht, wo Eli wohnte, also ...

Ist alles so, wie es sein soll. Alles ist ... Spitze.

An der Wand lehnte ein hölzerner Besen mit einem langen Stiel.

Eli nahm ihn, zerbrach den Stiel an seinem Knie, gleich unten am Besenkörper. Die Bruchstelle war uneben, spitz. Ein armlanger, dünner Pflock. Er setzte sich die Spitze auf den Brustkorb, zwischen zwei Rippen. Exakt an den Punkt, auf den die Frau damals mit dem Finger gezeigt hatte.

Er atmete tief durch, umklammerte den Stiel und kostete den Gedanken.

Hinein! Hinein!

Er atmete aus, lockerte den Griff. Packte wieder zu. Presste.

Zwei Minuten stand er so da, die Spitze einen Zentimeter vom Herzen entfernt, den Stiel fest in der Hand, als die Klinke der Kellertür herabgedrückt wurde und die Tür aufglitt.

Er nahm den Holzstock von der Brust, lauschte. Langsame, tastende Schritte im Gang, wie von einem Kind, das erst vor kurzem gelernt hat zu gehen. Ein sehr großes Kind, das erst vor kurzem gelernt hat zu gehen.

Tommy hörte die Schritte und dachte: *Wer?*

Nicht Staffan, nicht Lasse, nicht Robban. Jemand, der irgendwie krank war, jemand, der etwas sehr Schweres trug . . . *Der Weihnachtsmann!* Seine Hand schoss zum Mund, um ein Kichern zu unterdrücken, als er den Weihnachtsmann in der Disneyversion vor sich sah –

Hohoho! Say »Mama«!

– der mit seinem riesigen Sack auf dem Rücken durch den Kellergang herangestolpert kam.

Die Lippen zitterten unter seinem Handteller, und er biss die Zähne zusammen, damit sie nicht klapperten. In der Hocke bleibend schlich er jeweils um eine Fußlänge von der Tür fort. Er spürte den Winkel der Ecke in seinem Rücken, während sich gleichzeitig der Speer aus Licht, der durch den Türspalt hereinfiel, verdunkelte.

Der Weihnachtsmann stand zwischen Lampe und Schutzraum. Tommy presste seine zweite Hand auf die erste, um nicht zu schreien, und wartete darauf, dass sich die Tür öffnete.

Kein Fluchtweg.

Durch die Ritzen in der Tür zeichnete sich in durchbrochenen Linien Håkans Körper ab. Eli streckte den Stock so weit aus, wie es ging, und stieß die Tür an. Sie schwang etwa zehn Zentimeter auf, dann war ihr der Körper davor im Weg.

Eine Hand packte den Türrand und warf sie mit solcher Wucht auf, dass sie gegen die Wand knallte, ein Scharnier abriss. Die Tür kippte, schwang am verbliebenen Scharnier zurück, schlug gegen die Schulter des Körpers, der nun in der Türöffnung stand.

Was willst du von mir?

Auf dem Hemd, das den Körper bis zu den Knien bedeckte, war an einigen Stellen noch die blaue Farbe zu erkennen. Der Rest war eine schmutzige Fläche aus Erde, Lehm, Flecken von etwas, das Elis Nase als Tierblut und Menschenblut identifizierte. Das Hemd war an manchen Stellen zerrissen; durch die Löcher sah man weiße Haut, in die Striemen geätzt waren, die nie mehr heilen würden.

Das Gesicht hatte sich nicht verändert. Eine unbeholfen geknetete Masse aus nacktem Fleisch mit einem einzigen geröteten Auge, dorthin geworfen wie zum Spaß, eine reife Kirsche, um einen vergammelten Keks zu krönen. Aber der Mund stand jetzt offen.

Ein schwarzes Loch in der unteren Gesichtshälfte. Die Zahnreihen wurden von keinen Lippen verdeckt und lagen deshalb bloß; ein unregelmäßiger weißer Kranz, der die Dunkelheit in der Mundhöhle noch dunkler erscheinen ließ. Das Loch wurde in einer kauenden Bewegung geweitet, verkleinert und heraus kam:

»Eeeiiiij.«

Es war nicht auszumachen, ob der Laut »hi« oder »Eli« bedeuten sollte, weil er ohne Hilfe von Lippen oder Zunge

geformt wurde. Eli richtete den Stock auf Håkans Herz, sagte:
»Hi.«

Was willst du?

Der Untod. Eli wusste nichts darüber, wusste nicht, ob das
Wesen, das vor ihm stand, den gleichen Beschränkungen unter-
lag wie er selbst. Ob es überhaupt etwas nutzen würde, sein Herz
zu zerstören. Dass Håkan regungslos im Türrahmen verharrte,
deutete allerdings trotz allem eines an: Er benötigte eine Einladung.

Håkans Pupille ruckte auf und ab über Elis Körper, der Eli in
dem dünnen gelben Kleid schutzlos vorkam. Er hätte sich mehr
Stoff gewünscht, mehr Hindernisse zwischen seinem eigenen
Körper und Håkans. Vorsichtig näherte Eli die Stockspitze
Håkans Brust.

Kann er etwas fühlen? Kann er sich jetzt überhaupt . . . fürchten?

Eli selbst empfand ein fast vergessenes Gefühl: die Angst vor
Schmerz. Es heilte ja alles, aber von Håkan ging eine Bedrohung von solcher Macht aus, dass . . .

»Was willst du?«

Ein hohler, krächzender Laut, als das Wesen Luft heraus-
presste und ein Tropfen einer gelblich zähen Flüssigkeit aus
dem doppelten Loch rann, das einmal die Nase gewesen war.
Ein Stöhnen? Dann ein gebrochen geflüstertes »Ääääjjj . . .«,
und ein Arm ruckte schnell, krampfhaft,

Babybewegungen

griff linkisch am Saum nach dem Kittel, zog ihn hoch.

Håkans Penis stand schräg vom Körper ab, pochte auf Aufmerksamkeit, und Eli betrachtete seine steife Schwellung,
durchzogen von einem Netz aus Adern und –

Wie kann er . . . er muss ihn die ganze Zeit schon gehabt haben.

»Ääääjjlll . . .«

Aggressive Zuckungen in Håkans Hand, als er seine Vorhaut

vor- und zurückzog, vor und zurück, und die Eichel auftauchte und wieder verschwand, auftauchte und wieder verschwand wie ein Stehaufmännchen, während er einen Laut ausstieß, der Wonne oder Qual ausdrückte.

»Āääe ...«

Und Eli lachte erleichtert.

Das ganze Theater. Nur um wichsen zu dürfen.

Er würde dort stehen bleiben, unfähig, sich von der Stelle zu rühren, bis ... bis ...

Kann er kommen? Er wird da ... bis in alle Ewigkeit stehen müssen.

Eli sah eine dieser obszönen Puppen vor sich, die man mit einem Schlüssel aufzog; ein Mönch, dessen Kutte hochrutschte und der onanierte, solange die Feder gespannt war ...

klickediklick, klickediklick ...

Eli lachte und war so in dieses wahnsinnige Bild versunken, dass er es gar nicht merkte, als Håkan uneingeladen einen Schritt in den Raum hineinmachte. Er bemerkte erst etwas, als die Faust, die sich gerade noch um eine unmögliche Wonne geschlossen hatte, bereits über seinem Kopf zum Schlag erhoben wurde.

In einem rasenden Reflex schoss der Arm nach unten, und die Faust landete mit einer Wucht auf Elis Ohr, die ein Pferd hätte töten können. Schräg abwärts fiel der Schlag, und Elis Ohr wurde so heftig umgeknickt, dass die Haut riss und sich das halbe Ohr vom Kopf löste, der abrupt nach unten geschleudert wurde und mit einem dumpfen Krachen auf dem Betonboden aufschlug.

Als Tommy erkannte, dass dieses Etwas, das in den Gang gekommen war, nicht in den Schutzraum wollte, wagte er die Hände vom Mund zu nehmen. Er saß in die Ecke gepresst, lauschte und versuchte zu verstehen.

Die Stimme des Mädchens.

Hi. Was willst du.

Dann das Lachen. Und dann diese andere Stimme. Die nicht einmal klang, als käme sie von einem Menschen. Anschließend ein gedämpftes Krachen, Geräusche von Körpern, die sich bewegten.

Jetzt war da draußen eine Art ... Ortswechsel im Gange. Etwas wurde über den Boden geschleift, und Tommy hatte nicht die Absicht herauszufinden, was es war. Aber die Geräusche übertönten die Geräusche, die er selber machte, als er sich aufrichtete, an der Wand entlangtastete und den Kartonstapel fand.

Sein Herz ratterte wie eine Spielzeugtrommel, und seine Hände zitterten. Er traute sich nicht, das Feuerzeug zu benutzen, und schloss deshalb, um sich besser konzentrieren zu können, die Augen, strich mit der Hand über das obere Ende des Stapels.

Seine Finger schlossen sich um den Gegenstand, den er fand. Staffans Pistolentrophäe. Vorsichtig hob er sie von ihrem Platz herab, wog sie in der Hand. Wenn er die Brust der Figur als Griff benutzte, wurde der Steinsockel zu einer Keule. Er öffnete die Augen und stellte fest, dass er vage die Konturen des silbernen Schützen erkennen konnte.

Freund. Kleiner Freund.

Die Trophäe an die Brust gepresst, sank er wieder in die Ecke, wartete ab, dass es endlich vorbei sein würde.

Eli wurde hantiert. Während er aus der Dunkelheit, in der er versunken war, zur Oberfläche zurückschwamm, spürte er, wie sein Körper in der Ferne, in einem anderen Teil des Meeres ... hantiert wurde.

Fester Druck gegen den Rücken, die Beine, die nach oben, nach hinten gepresst wurden, und Eisenringe, die um seine

Knöchel gezurrt waren. Die Knöchel mit ihren Eisenringen befanden sich nun zu beiden Seiten seines Kopfes, und das Rückgrat war so gespannt, dass es bald brechen würde.

Ich gehe kaputt.

Der Kopf war ein Behältnis aus gleißendem Schmerz, als sein Körper mit Gewalt doppeltgeschlagen, gebündelt wurde wie ein Stoffballen, und Eli glaubte, sich noch immer in einer Schmerzhalluzination zu befinden, denn als seine Augen endlich wieder etwas wahrnahmen, sahen sie nichts als gelb. Und hinter allem Gelben einen massiven, wogenden Schatten.

Dann kam die Kälte. Auf der dünnen Haut zwischen seinen Pobacken rieb eine Kugel aus Eis. Etwas versuchte, zunächst pochend, dann stoßend, in ihn einzudringen. Eli stöhnte auf; der Stoff des Kleides, der auf seinem Gesicht gelegen hatte, wurde fortgeblasen, und er konnte sehen.

Håkan lag auf ihm. Das einzige Auge stierte auf Elis gespreizte Pobacken hinab. Die Hände umklammerten Elis Knöchel. Die Beine waren erbarmungslos nach hinten gebogen worden, sodass die Knie neben den Schultern zu Boden gepresst wurden, und als Håkan den Druck nochmals erhöhte, hörte Eli die Sehnen an der Rückseite der Oberschenkel reißen wie zu fest gespannte Saiten.

»Neeeein!«

Eli brüllte in Håkans unförmiges Gesicht hinauf, auf dem sich keinerlei Gefühle ablesen ließen. Ein Striemen zähen Sabbers drang aus Håkans Mund, dehnte sich und riss, fiel auf Elis Lippen herab, und der Geschmack von Leiche füllte seinen Mund. Elis Arme streckten sich vom Körper, willenlos wie die einer Stoffpuppe.

Da war etwas unter seinen Fingern. Etwas Rundes. Hartes.

Er versuchte zu denken, kämpfte darum, inmitten des schwarzen, saugenden Wahnsinns eine Taucherglocke aus Licht zu erschaffen. Und sah sich selbst im Innern dieser Glocke. Mit einem Pflock in der Hand.

Ja.

Eli umklammerte den Besenstiel in seiner Hand, schloss die Finger um diesen dünnen Rettungsanker, während Håkan weiter pochte, stieß, einzudringen versuchte.

Die Spitze. Die Spitze muss auf der richtigen Seite sein.

Er wandte seinen Kopf dem Stock zu und sah, dass die Spitze in Stoßrichtung lag.

Eine Chance.

Es herrschte Stille in Elis Kopf, als er sich vor Augen führte, was er tun würde. Dann tat er es. In einer einzigen, schnellen Bewegung hob er den Stock vom Boden auf und stieß mit aller ihm zu Gebote stehenden Kraft nach Håkans Gesicht.

Der Unterarm strich seitlich an seinem Oberschenkel vorbei, und der Stock wurde zu einer geraden Linie, die ... wenige Zentimeter vor Håkans Gesicht endete, als Eli wegen seiner Körperhaltung die Hand nicht weiter zu strecken vermochte.

Er war gescheitert.

Für eine Sekunde schoss Eli der Gedanke durch den Kopf, dass er eventuell fähig sein könnte, dem eigenen Körper den Tod zu befehlen. Er musste alles abstellen ...

Dann stieß Håkan vorwärts und warf gleichzeitig seinen Kopf nach unten. Mit dem schmatzenden Laut eines Löffels, der in Brei gepresst wird, drang die Holzspitze in sein Auge.

Håkan schrie nicht. Womöglich spürte er es nicht einmal. Vielleicht ließ ihn einzig und allein die Verwunderung darüber, dass er nichts mehr sah, den Griff um Elis Knöchel lösen. Ohne den Schmerz in seinen innerlich zerrissenen Beinen zu spüren, wand Eli seine Füße los und trat gegen Håkans Brust.

Ein feuchtes Schmatzen, als Fußsohle auf Haut traf und Håkan nach hinten kippte. Eli zog die Beine unter sich, und

532

begleitet von einer Woge kalten Schmerzes im Rücken kam er auf die Knie. Håkan war nicht gefallen, nur nach hinten geklappt worden, und wie eine elektrische Puppe in der Geisterbahn richtete er sich nun wieder auf.

Sie knieten sich gegenüber.

Der Stock in Håkans Auge sank in kleinen Schüben herab, herab mit der Deutlichkeit eines Sekundenzeigers, fiel schließlich heraus, machte ein paar Trommelschläge auf dem Fußboden und lag still. Durchsichtige Flüssigkeit ergoss sich aus dem Loch, in dem er gesessen hatte, ein wahrer Tränenstrom.

Keiner der beiden rührte sich.

Die Flüssigkeit aus Håkans Auge tropfte auf seine nackten Schenkel herab.

Eli konzentrierte alle Kraft im rechten Arm, ballte die Faust. Als Håkans Schulter zuckte und sein Körper Anstalten machte, sich erneut nach Eli zu strecken und weiterzumachen, wo sie beide aufgehört hatten, schlug Eli mit der rechten Hand in die linke Seite von Håkans Brust.

Rippen wurden gebrochen und die Haut einen Moment lang gespannt, ehe sie nachgab und riss.

Håkans Kopf senkte sich, um zu sehen, was er nicht mehr sehen konnte, als Eli im Brustkorb tastete und das Herz fand. Ein kalter, weicher, vollkommen regloser Klumpen.

Es lebt nicht. Aber es muss doch . . .

Eli zerdrückte das Herz, das allzu bereitwillig nachgab, sich zerquetschen ließ wie eine tote Qualle.

Håkan reagierte, als säße eine lästige Fliege auf seiner Haut, hob den Arm, um loszuwerden, was ihn irritierte, aber ehe es ihm gelingen konnte, Elis Handgelenk zu packen, zog Eli die Hand heraus, von deren Faust wabernde Fetzen des Herzens abfielen.

Ich muss hier weg.

Eli wollte aufstehen, aber die Beine gehorchten ihm nicht. Håkans Arme tasteten blind umher, suchten ihn. Eli legte sich auf den Bauch und begann, aus dem Raum zu robben, wobei die Knie über den Zement scharrten. Håkans Kopf wandte sich dem Geräusch zu, und er streckte die Hände aus, bekam das Kleid zu fassen und riss einen Ärmel ab, ehe Eli die Türöffnung erreichte, wieder auf die Knie kam.

Håkan stand auf.

Eli würde eine Frist von wenigen Sekunden haben, bis Håkan den Weg zur Türöffnung gefunden hatte. Er versuchte seine zerschundenen Glieder anzuweisen, zumindest so weit zu heilen, dass er stehen konnte, aber als Håkan die Türöffnung erreichte, waren Elis Beine gerade einmal so stark, dass er sich auf die Wand gestützt aufrichten konnte.

Splitter der groben Holzplanken bohrten sich in seine Fingerspitzen, als er tastend nach ihnen griff, um nicht zu fallen. Jetzt wusste er. Dass Håkan ihn ohne Herz, blind, verfolgen würde bis ... bis ...

Ich muss ... zerstören ... muss ... ihn zerstören.

Ein schwarzer Strich.

Ein senkrechter schwarzer Strich vor seinen Augen, der vorhin noch nicht da gewesen war. Eli wusste, was er zu tun hatte.

»Äääää ...«

Håkans Hand schloss sich um den Rand der Türöffnung, woraufhin sein Körper aus dem Kellerverschlag stolperte, während seine Hände tastend um sich griffen. Eli presste sich mit dem Rücken gegen die Wand, wartete den richtigen Augenblick ab.

Håkan kam heraus, machte ein paar zögernde Schritte, blieb lauschend, witternd, direkt vor Eli stehen.

Eli lehnte sich vor, sodass die Hände auf Höhe von Håkans Schulter waren. Dann holte er mit dem Rücken zur Wand Schwung, warf sich nach vorn und setzte alles daran, Håkan aus dem Gleichgewicht zu bringen.

Es gelang.

Håkan machte einen trippelnden Schritt zur Seite und fiel gegen die Tür des Schutzraums. Der Türspalt, den Eli als schwarzen Strich gesehen hatte, weitete sich, als die Tür nach innen aufschwang und Håkan mit Halt suchenden Armen in die Dunkelheit stürzte, während Eli gleichzeitig bäuchlings in den Kellergang fiel, wobei es ihm gelang, vor dem Boden abzubremsen, ehe er mit dem Gesicht aufschlug. Dann robbte er zur Tür, bekam das untere Drehrad zu fassen.

Håkan lag regungslos auf dem Boden, als Eli die Tür zuzog und an dem Rad drehte, das Schloss einrasten ließ. Anschließend kroch er in den Kellerraum, holte den Stock und verkeilte ihn zwischen den Drehrädern, damit sie sich von innen nicht mehr bewegen ließen.

Eli konzentrierte die Energien seines Körpers weiter auf den Heilungsprozess und begann, auf allen vieren den Keller zu verlassen. Blut, das aus seinem Ohr floss, hinterließ, beim Schutzraum beginnend, eine geschlängelte Spur. An der Kellertür war er so weit wiederhergestellt, dass er aufstehen konnte. Er drückte die Tür auf und bewegte sich auf wackligen Beinen die Treppe hinauf.

Ruhen Ruhen Ruhen

Er stieß die Tür auf und trat in den Lichtschein der Eingangslampe. Er war malträtiert, gedemütigt, und unter dem Horizont drohte der Sonnenaufgang.

Ruhen Ruhen Ruhen

Aber er musste ... auslöschen. Und er kannte nur eine Methode, die hundertprozentig funktionierte. Feuer. Stolpernd verließ er den Hinterhof, machte sich auf den Weg zum einzigen ihm bekannten Ort, an dem er es finden konnte.

✳

7:34, Montagmorgen, Blackeberg:

Im ICA-Supermarkt am Arvid Mörnes Väg geht die Alarmanlage. Elf Minuten später ist die Polizei vor Ort und stellt fest, dass das Schaufenster eingeschlagen wurde. Der Geschäftsführer, der in der Nachbarschaft wohnt, ist anwesend. Er gibt an, von seinem Fenster aus eine sehr junge, dunkelhaarige Person beobachtet zu haben, die sich rennend vom Tatort entfernt hat. Man durchsucht das Geschäft, ohne feststellen zu können, dass etwas gestohlen wurde.

7:36, Sonnenaufgang.

✳

Die Jalousien des Krankenhauses waren wesentlich besser, lichtundurchlässiger als bei ihr zu Hause. Nur an einer Stelle waren die Lamellen ein wenig beschädigt und ließen einen dünnen Strahl Morgenlicht herein, der einen staubig grauen Schnitt in die dunkle Decke ritzte.

Virginia lag ausgestreckt, steif in ihrem Bett und starrte den grauen Striemen an, der jedes Mal erzitterte, wenn ein Windstoß das Fenster vibrieren ließ. Reflektiertes, schwaches Licht. Nicht mehr als eine sanfte Irritation, ein Körnchen Schlaf im Auge.

Lacke schnorchelte und röhrte im Nachbarbett. Sie hatten lange wachgelegen, geredet. Vor allem Erinnerungen ausge-

536

tauscht. Gegen vier Uhr morgens war Lacke schließlich eingeschlafen, immer noch mit ihrer Hand in seiner.

Sie hatte ihre Hand aus Lackes lösen müssen, als eine Stunde später eine Krankenschwester kam, um den Blutdruck zu kontrollieren, den sie zufriedenstellend fand, und Virginia mit einem schiefen, tatsächlich zärtlichen Blick auf Lacke wieder verließ. Virginia hatte gehört, wie Lacke darum gebeten hatte, bei ihr bleiben zu dürfen, die Gründe, die er für seinen Wunsch angeführt hatte. Daher vermutlich der zärtliche Blick.

Jetzt hatte Virginia die Hände auf der Brust gefaltet und kämpfte gegen den Trieb ihres Körpers ... sich abzuschalten. *Einschlafen* war dafür kaum das richtige Wort. Sobald sie sich nicht bewusst auf ihre Atmung konzentrierte, hörte sie auf. Aber sie musste wach bleiben.

Sie hoffte, dass eine Krankenschwester kommen würde, bevor Lacke wach wurde. Ja. Am besten wäre es, er würde schlafen, bis es vorbei war.

Doch das war wohl nur ein frommer Wunsch.

Die Sonne holte Eli am Durchgang ein, war eine glühende Zange, die sein gemartertes Ohr packte. Instinktiv wich er in den Schatten des Durchgangs zurück, presste die drei Plastikflaschen mit Brennspiritus an die Brust, als wollte er auch sie vor der Sonne schützen.

Zehn Schritte entfernt lag sein eigener Hauseingang. Zwanzig Schritte Oskars. Und dreißig Schritte Tommys.

Das geht nicht.

Nein. Wenn er gesund und stark gewesen wäre, hätte er unter Umständen den Versuch gewagt, bis zu Oskars Hauseingang zu gelangen, schnurstracks durch die Lichtflut, die mit jeder

Sekunde, die er jetzt wartete, stärker wurde. Aber nicht bis zu Tommys. Und nicht jetzt.

Zehn Schritte. Dann ins Haus. Das große Fenster im Treppenhaus. Wenn ich stolpere. Wenn die Sonne . . .

Eli lief los.

Die Sonne stürzte sich auf ihn wie ein hungriger Löwe, verbiss sich in seinem Rücken. Eli verlor fast das Gleichgewicht, als er von der physischen, tosenden Macht der Sonne nach vorn geschleudert wurde. Die Natur spie ihre Verabscheuung über seinen Verstoß aus; sich auch nur für einen Moment im Tageslicht zu zeigen.

Es zischte, brodelte wie von kochendem Öl auf Elis Rücken, als er die Tür erreichte, sie aufriss. Der Schmerz raubte ihm fast die Sinne, und er bewegte sich wie jemand, der unter Drogen stand, blind zur Treppe; wagte aus Furcht, sie könnten schmelzen, nicht die Augen zu öffnen.

Er verlor eine der Flaschen, hörte sie über den Fußboden rollen. Nichts zu machen. Mit gesenktem Kopf, einen Arm um die verbliebenen Flaschen gelegt, den anderen auf dem Treppengeländer, hinkte er die Treppen hinauf, erreichte den Treppenabsatz. Noch eine Treppe.

Durch das Fenster versetzte ihm die Sonne mit ihrer Tatze einen letzten Schlag in den Nacken, schnappte nach ihm, biss ihn in die Schenkel, Waden, Fersen, während er die Treppe hinaufstieg. Er brannte. Es fehlten nur noch die Flammen. Es gelang ihm, die Tür zu öffnen, er fiel in die herrliche, kühle Dunkelheit dahinter und schlug die Tür hinter sich zu. Aber es war nicht dunkel.

Die Küchentür stand offen, und in der Küche hingen keine Decken vor den Fenstern. Das Licht war dennoch gedämpfter, grauer als das, dem er sich gerade ausgesetzt hatte, und ohne zu zögern, ließ Eli die Flaschen zu Boden fallen und ging weiter.

Während das Licht auf seinem schlurfenden Weg durch den Flur zum Badezimmer verhältnismäßig zärtlich über seinen Rücken schürfte, stieg ihm der Geruch verbrannten Fleisches in die Nase.

Ich werde nie mehr heil werden.

Er streckte den Arm aus, öffnete die Badezimmertür und kroch in die kompakte Dunkelheit. Er schob ein paar Plastikkanister zur Seite, schloss die Tür hinter sich, verriegelte sie.

Ehe er in die Badewanne glitt, dachte er noch:

Ich habe die Wohnungstür nicht abgeschlossen.

Doch da war es schon zu spät. Die Ruhe schaltete ihn in dem Moment ab, in dem er in der feuchten Dunkelheit versank. Er hätte ohnehin nicht mehr genug Kraft gehabt.

Tommy saß still, in die Ecke gepresst. Er hielt den Atem an, bis seine Ohren zu rauschen begannen und Sternschnuppen die Nacht vor seinen Augen durchkreuzten. Als er die Kellertür zuschlagen hörte, wagte er die Luft mit einem langgezogenen Keuchen entfahren zu lassen, das zwischen den Betonwänden widerhallte, dann erstarb.

Es war vollkommen still. Die Dunkelheit war so total, dass sie Masse, Gewicht hatte.

Er hob eine Hand vor sein Gesicht. Nichts. Kein Unterschied. Er strich sich übers Gesicht, als wollte er sich vergewissern, dass er überhaupt existierte. Doch. Unter den Fingerspitzen fühlte er seine Nase, seine Lippen. Es war unwirklich. Sie flimmerten unter seinen Fingern vorbei, verschwanden.

Die kleine Figur in seiner anderen Hand erschien ihm lebendiger, wirklicher als er selbst. Er umklammerte sie, hielt sich an sie.

Zuvor hatte Tommy den Kopf zwischen die Knie gesenkt, die Augen fest geschlossen, die Hände auf die Ohren gepresst, um nicht wissen, nicht hören zu müssen, was in dem Kellerraum vorging. Es hatte sich angehört, als würde das kleine Mädchen ermordet. Er hatte nichts tun können, nicht den Mut gehabt, und deshalb hatte er versucht, die gesamte Situation zu leugnen, indem er verschwand.

Er war mit seinem Vater zusammen gewesen. Auf dem Fußballplatz, im Wald, im Kanaanbad. Schließlich hatte er in der Erinnerung an den Tag auf dem Råckstafeld verweilt, an dem er und Papa ein ferngesteuertes Flugzeug ausprobiert hatten, das sich Papa von einem Arbeitskollegen geliehen hatte.

Mama war eine Zeit lang bei ihnen gewesen, bis es ihr schließlich doch zu langweilig geworden war, das Flugzeug zu beobachten, das seine Bahnen durch die Luft zog, und sie nach Hause ging. Er und Papa hatten weitergemacht, bis es dunkel wurde und das Flugzeug nur noch eine Silhouette vor dem rosa Abendhimmel war. Daraufhin waren sie Hand in Hand durch den Wald nach Hause gegangen.

In diesen Tag hatte Tommy sich zurückversetzt, die Schreie und den Wahnsinn vergessend, der sich nur wenige Meter von ihm entfernt abspielte. Für ihn gab es nur das wütende Surren des Flugzeugs, die Wärme von Papas großer Hand auf seinem Rücken, während er das Flugzeug nervös in weiten Kreisen über dem Feld, dem Friedhof manövrierte.

Damals war Tommy noch nie auf einem Friedhof gewesen; hatte sich Menschen vorgestellt, die planlos zwischen den Gräbern umherirrten und große, glänzende Comictränen vergossen, die klatschend auf die Steine hinabfielen. So hatte er es sich damals ausgemalt. Dann war Papa gestorben, und Tommy erfuhr, dass Friedhofstrauer nur selten, viel zu selten so aussah. Die Hände fester auf die Ohren gepresst und bloß weg mit solchen Gedanken. Denk an den Weg durch den Wald, denk an den Geruch des Spezialbenzins für das Modellflugzeug in dem kleinen Fläschchen, denk ...

Erst als er durch seinen Gehörschutz hindurch hörte, dass ein Schlosskolben bis zum Anschlag gedreht wurde, hatte er die Hände fortgenommen und aufgeblickt, jedoch vergebens, weil der Schutzraum schwärzer gewesen war als der Raum hinter seinen Augenlidern. Er hatte die Luft angehalten, während der zweite Schlosskolben scheppernd einrastete, und sie weiter angehalten, solange was-immer-es-war sich noch im Keller aufhielt.

Dann hörte er das ferne Zuschlagen der Kellertür, eine Vibration in den Wänden, und hier war er jetzt. Lebend.

Es hat mich nicht bekommen.

Was genau dieses »es« war, wusste er nicht, doch was immer es war, es hatte ihn nicht entdeckt.

Tommy richtete sich aus seiner zusammengekauerten Position auf. Ein kribbelnder Ameisenpfad verlief durch seine tauben Beinmuskeln, als er sich entlang der Wand zur Tür tastete. Seine Hände waren aus Furcht und dadurch, dass er sie gegen die Ohren gepresst hatte, ganz verschwitzt, die kleine Statue glitt ihm beinahe aus den Fingern.

Seine freie Hand fand das Drehrad des Schlosses, begann zu kurbeln.

Es bewegte sich etwa zehn Zentimeter, dann stoppte es jäh.

Was ist denn jetzt los ...

Er drückte fester, aber das Rad wollte sich einfach nicht von der Stelle rühren. Er ließ die kleine Statue los, um beide Hände einsetzen zu können, und sie fiel mit einem *dumpfen Laut* zu Boden. Er hielt inne.

Das klang seltsam. Als wäre da etwas . . . Weiches.

Er ging neben der Tür in die Hocke, versuchte am unteren Rad zu drehen. Das gleiche Problem. Zehn Zentimeter, dann war Schluss. Er setzte sich auf den Fußboden, versuchte praktisch zu denken.

Verdammt, muss ich jetzt etwa hier bleiben.

Schon möglich.

Trotzdem beschlich es ihn ... jenes Grauen, das ihn nach Papas Tod monatelang heimgesucht hatte. Er hatte es schon lange nicht mehr empfunden, aber jetzt, eingeschlossen in eine pechschwarze Dunkelheit, regte es sich erneut in ihm. Die Liebe zu Papa, die sich durch den Tod in Angst vor ihm verwandelt hatte. Vor seinem Körper.

Er bekam einen Kloß im Hals, seine Finger erstarrten.

Denk jetzt. Denk!

Im Lagerraum auf der anderen Seite lagen in einem Regal Kerzen. Das Problem war nur, in dieser Dunkelheit dorthin zu gelangen.

Idiot!

Er schlug sich gegen die Stirn, dass es klatschte, lachte auf. Er hatte doch ein Feuerzeug! Und außerdem: Was hätte es denn auch für einen verdammten Sinn gehabt, nach Kerzen zu suchen, wenn er dann doch nicht in der Lage gewesen wäre, sie anzuzünden?

Wie dieser Typ mit tausend Konservendosen, der keinen Dosenöffner hatte und umgeben von Lebensmitteln verhungerte.

Während er in seiner Tasche nach dem Feuerzeug suchte, dachte er, dass seine Situation gar nicht *so* hoffnungslos war. Früher oder später würde schon jemand in den Keller kommen, wenn sonst niemand, dann doch auf jeden Fall Mama. Hauptsache, er bekam etwas Licht.

Er zog das Feuerzeug aus der Tasche, machte es an.

Seine Augen, die sich an die Dunkelheit gewöhnt hatten, wurden einen Moment lang von der Flamme geblendet, aber als sie sich auf die neuen Lichtverhältnisse eingestellt hatten, sah er, dass er nicht allein war.

Ausgestreckt auf dem Fußboden, direkt zu seinen Füßen lag ...

... *Papa* ...

Dass sein Vater verbrannt worden war, fiel ihm nicht ein, als er im flackernden Schein der Feuerzeugflamme das Gesicht der Leiche sah, das exakt seinen Erwartungen daran entsprach, wie man aussehen musste, wenn man jahrelang in der Erde gelegen hatte.

... *Papa* ...

Gellend schrie er direkt in die Flamme, sodass sie ausgeblasen wurde, aber in der Sekunde vor ihrem Erlöschen hatte er noch gesehen, dass Papas Kopf zuckte und ...

... *es lebt* ...

Sein Darminhalt entleerte sich mit einer feuchten Explosion in seine Hose, die warm über seinen Po spritzte. Dann gaben seine Beine nach, sein Skelett löste sich auf, und er brach zusammen und ließ das Feuerzeug fallen, das über den Fußboden davonrutschte. Seine Hand landete direkt auf den kalten Zehen der Leiche. Scharfe Nägel zerkratzten seine Handfläche, und während er weiter brüllte –

Aber Papa! Hast du dir etwa die Zehennägel nicht geschnitten?

– begann er den kalten Fuß zu streicheln, zu liebkosen, als wäre er ein verfrorener Welpe, der getröstet werden musste. Er streichelte weiter das Schienbein hinauf, über den Oberschenkel und spürte, dass unter der Haut Muskeln gespannt wurden, sie bewegten sich, während er stoßweise weiterschrie, röhrte wie ein Hirsch.

Seine Fingerspitzen stießen auf Metall. Die kleine Statue. Sie

543

lag eingebettet zwischen den Schenkeln der Leiche. Er packte die Brust der Figur, hörte auf zu schreien und kehrte für einen Moment zum Konkreten zurück.

Die Keule.

In der Stille nach seinem Schrei hörte er ein triefendes, glibbriges Geräusch, als die Leiche den Oberkörper anhob, und als ein kaltes Glied seinen Handrücken berührte, zog er die Hand zurück und umklammerte die kleine Statue.

Das ist nicht Papa.

Nein. Tommy rutschte auf kotverklebten Oberschenkeln rückwärts, fort von der Leiche, und glaubte für einen Moment in der Dunkelheit sehen zu können, als sich das, was er hörte, in ein Bild verwandelte und er sah, wie sich die Leiche in der Dunkelheit aufrichtete, eine gelbliche Kontur, ein Sternbild.

Während er, sich mit den Füßen abstoßend, rückwärts zur Wand rutschte, stieß der Körper auf der anderen Seite ein kurzes, gehauchtes »...aa...« aus.

Und Tommy sah ...

Einen kleinen Elefanten, einen kleinen gezeichneten Elefanten, und hier kommt (tröööt) der große Elefant, und dann ... in die Höh'! ... mit den Rüsseln und »A« trompeten, dann kommen Magnus, Brasse und Eva und singen: »Dort! Ist hier! Wo man nicht ...«

Nein, wie ging das noch ...

Die Leiche musste gegen den Kartonstapel gestoßen sein, denn man hörte das Krachen, Scheppern von Rundfunkgeräten, die zu Boden fielen, während Tommy mit solchem Schwung gegen die Wand rutschte, dass sein Hinterkopf dagegenschlug und sich sein Schädel mit weißem Rauschen füllte. Durch das Rauschen hindurch ließ sich das Schmatzen steifer, nackter Füße vernehmen, die über den Boden stapften, suchten.

Hier. Ist dort. Wo man nicht ist. Nein. Doch.

Ja genau. Er war nicht hier. Er konnte sich nicht sehen, sah nicht, was die Geräusche erzeugte. Folglich waren es nur Laute. Es war nur etwas, dem er lauschte, während er in das schwarze Stoffnetz der Lautsprecherbox starrte. Das alles hier war etwas, das es überhaupt nicht gab.

Hier. Ist dort. Wo man nicht ist.

Fast hätte er es laut gesungen, aber ein letzter Funken Verstand sagte ihm, dass er es lieber nicht tun sollte. Das weiße Rauschen verstummte allmählich und ließ eine leere Fläche zurück, auf der er mühsam Gedanken aufzustapeln begann.

Das Gesicht. Das Gesicht.

Er wollte nicht an dieses Gesicht denken, wollte *nicht* an dieses Gesicht . . .

Da war etwas gewesen mit dem Gesicht, das im Lichtschein des Feuerzeugs aufgetaucht war.

Der Körper näherte sich. Die Schritte klangen nicht nur näher, jetzt über den Boden schlurfend, nein, er spürte seine Gegenwart zudem wie einen Schatten, der finsterer war als die Finsternis.

Er biss sich in die Unterlippe, bis er Blutgeschmack im Mund hatte, und schloss die Augen.

Sah seine eigenen zwei Augen aus dem Bild verschwinden wie zwei . . .

Augen.

Es hat keine Augen.

Ein schwacher Lufthauch auf seinem Gesicht, als eine Hand durch die Luft strich.

Blind. Es ist blind.

Er war sich nicht sicher, aber der Klumpen auf den Schultern dieses Wesens hatte keine Augen gehabt.

Als die Hand erneut durch die Luft fuhr, spürte Tommy das Streicheln verdrängter Luft auf seiner Wange eine Zehntelsekunde, bevor sie ihn erreichte, und konnte sich rechtzeitig ducken, sodass die Hand nur über seine Haare strich. Er setzte seine Bewegung fort, warf sich flach auf den Bauch und schlängelte sich über den Boden, wedelte mit den Händen über den Boden, schwamm auf dem Trockenen.

Das Feuerzeug, das Feuerzeug . . .

Etwas piekste an seiner Wange. Als er begriff, dass es die Zehennägel des Wesens waren, rollte er sich schnell herum, um nicht mehr an der gleichen Stelle zu sein, wenn die Hände kamen, um nach ihm zu suchen.

Hier. Ist dort. Wo ich nicht.

Es spritzte aus seinem Mund heraus. Er versuchte es zu unterdrücken, aber es ging nicht. Speichel spritzte ihm aus dem Mund, und aus seinem heiser gebrüllten Hals drangen Gluckser des Lachens oder Weinens, Schluchzer, während seine Hände, zwei Radarstrahlen auf der Suche nach dem einzigen Vorteil, den er gegenüber der Dunkelheit, die ihn holen wollte, vielleicht, vielleicht hatte, weiter über den Boden schweiften.

Lieber Gott, hilf mir. Lass das Licht deines Gesichts . . . Lieber Gott . . . verzeih mir das in der Kirche, verzeih mir . . . alles. Lieber Gott. Ich werde immer fest an dich glauben, was immer du willst, wenn du mich nur . . . das Feuerzeug finden lässt . . . sei mein Freund, bitte Gott.

Es passierte etwas.

Als Tommy spürte, dass die Hand des Wesens über seinen Fuß tastete, war der Raum im gleichen Moment für den Bruchteil einer Sekunde in blauweißes Licht gehüllt, wie von einem Blitzlicht erhellt, und Tommy sah während dieses Sekundenbruchteils tatsächlich die umgekippten Kartons, die ungleichmäßige Struktur der Wand, die Passage in die Lagerräume.

Und er sah das Feuerzeug.

Es lag nur einen Meter von seiner rechten Hand entfernt, und als sich die Dunkelheit von Neuem um ihn schloss, hatte

sich die Position des Feuerzeugs auf seiner Netzhaut einge-
brannt. Er zerrte seinen Fuß aus dem Griff des Wesens, streckte
den Arm aus, bekam das Feuerzeug zu fassen, umklammerte es,
sprang auf.

Ohne sich Gedanken darüber zu machen, ob dies zu viel verlangt sein könnte, setzte er in Gedanken zu einem Stoßgebet
an.

Lass es blind sein, lieber Gott. Lass es blind sein. Gott. Lass es . . .

Er zündete das Feuerzeug an. Ein Blitz ähnlich dem von
eben, dann leuchtete die gelbe Flamme mit ihrem blauen
Kern.

Das Wesen stand still, sein Kopf wandte sich nach dem
Geräusch um, und es bewegte sich darauf zu. Die Flamme flackerte, als er zwei Schritte zur Seite wich und die Tür erreichte.
Das Wesen blieb stehen, wo Tommy drei Sekunden zuvor
gestanden hatte.

Wenn er in der Lage gewesen wäre, sich zu freuen, hätte er es
sicher getan. Aber im fahlen Licht des Feuerzeugs wurde alles
unbarmherzig wirklich. Er konnte sich nicht länger in die Vor-
stellung flüchten, dass er überhaupt nicht da war, dass dies alles
nicht ihm widerfuhr.

Er war mit dem, wovor er am meisten Angst hatte, in einem
geräuschisolierten Raum eingeschlossen. Sein Bauch rumorte,
aber seine Eingeweide waren leer. Es kam nur etwas Luft, und
das Wesen drehte einmal mehr den Kopf in seine Richtung.

Tommy zerrte mit seiner freien Hand am Drehrad des
Schließmechanismus, weshalb die Hand, in der er das Feuerzeug hielt, zitterte und die Flamme erneut erlosch. Das Drehrad
rührte sich nicht von der Stelle, aber Tommy hatte aus den
Augenwinkeln noch wahrgenommen, dass dieses Wesen direkt
auf ihn zukam, und warf sich fort von der Tür und hin zu der
Wand, an der er zuvor gesessen hatte.

547

Er schluchzte, wimmerte.

Lass Schluss sein. Lieber Gott, lass Schluss sein.

Erneut sah er den großen Elefanten vor sich, der den Hut hob und mit nasaler Stimme sagte:

Jetzt ist hier Schluuuss! Stoßt in die Trompete, den Rüssel, Tröööt! Jetzt ist Schluss!

Ich werde verrückt, ich ... es ...

Er schüttelte den Kopf, zündete erneut das Feuerzeug an. Dort, auf dem Fußboden vor ihm, stand die kleine Statue. Er bückte sich, hob sie auf, hüpfte zwei Schritte zur Seite, bewegte sich zur anderen Wand. Schaute zu, während das Wesen mit den Händen den leeren Raum absuchte, den er soeben verlassen hatte.

Blindekuh.

Das Feuerzeug in der einen Hand, die Statue in der anderen. Er öffnete den Mund, um es zu sagen, brachte aber nur ein zischelndes Flüstern heraus.

»Komm doch ...«

Das Wesen lauschte, wandte sich um, kam auf ihn zu.

Er hob Staffans Trophäe wie eine Keule, und als das Wesen nur noch einen halben Meter entfernt war, holte er zum Schlag gegen den Schädel aus.

Wie bei einem perfekten Elfmeter, bei dem man schon beim Schuss spürt, dieser Ball ... der wird ein Volltreffer, spürte Tommy bereits beim Ausholen –

Ja!

– und als der scharfkantige Stein die Schläfe des Wesens mit einer Wucht traf, die sich in einem Strahl durch Tommys Arm fortsetzte, triumphierte er bereits. Es war nur noch eine Bestätigung, als der Schädel mit einem Krachen wie von brechendem Eis zersplittert wurde, kalte Flüssigkeit auf Tommys Gesicht spritzte und das Wesen zu Boden ging.

Tommy blieb stehen, keuchte, betrachtete den Körper, der hingeworfen auf dem Fußboden lag.

Er hat einen Ständer.

Ja. Wie ein winziger, halb umgestürzter Grabstein stand der Schwanz des Wesens vom Körper ab, und Tommy blieb stehen, starrte, wartete darauf, dass er erschlaffen würde. Doch das tat er nicht. Tommy wollte lachen, aber das tat ihm im Hals zu weh.

Ein pochender Schmerz im Daumen. Tommy sah hinab. Das Feuerzeug hatte begonnen, die Haut auf dem Daumen, die den Gasknopf herabgedrückt hielt, zu verbrennen. Instinktiv wollte er loslassen, tat es jedoch nicht. Der Daumen hatte sich auf dem Knopf verkrampft.

Er winkelte das Feuerzeug in die andere Richtung, wollte es ohnehin nicht ausgehen lassen, wollte nicht im Dunkeln sein mit diesem ...

Eine Bewegung.

Und Tommy spürte, dass etwas Wesentliches, Unverzichtbares, um Tommy zu sein, ihn verließ, als das Wesen erneut den Kopf hob und sich aufzurichten begann.

Ein Elefant balancierte auf einem kleinen, kleinen Spinnenfaaaaaden!

Der Faden riss. Der Elefant stürzte ab.

Und Tommy schlug noch einmal zu. Und noch einmal.

Nach einer Weile fing die Sache allmählich an, ihm richtig Spaß zu machen.

MONTAG, 9. NOVEMBER

Morgan ging einfach an der Kontrollschranke vorbei und wedelte mit einer Monatskarte, die vor einem halben Jahr abgelaufen war, während Larry pflichtschuldigst stehen blieb, ein zerknittertes Fahrkartenheft hervorzog und »Ängbyplan« sagte.

Der Fahrkartenkontrolleur blickte von dem Buch auf, in dem er las, und stempelte zwei Streifen ab. Morgan lachte, als Larry ihn einholte und sie die Treppen hinabstiegen.

»Scheiße, warum machst du das?«

»Was denn? Entwerten?«

»Ja. Du bist doch so oder so geliefert.«

»Das ist es nicht.«

»Was ist es dann?«

»Ich bin nicht wie du, okay?«

»Was denn ... er hat doch nur da rumgesessen und ... der hätte doch nicht einmal reagiert, wenn man mit einem Foto des Königs gewunken hätte.«

»Ja, ja. Red nicht so verdammt laut.«

»Glaubst du etwa, er kommt uns hinterher?«

Ehe sie die Türen zum Bahnsteig öffneten, formte Morgan die Hände zu einem Trichter um den Mund und rief in Richtung Stationshalle: »Alarm! Alarm! Schwarzfahrer!«

Larry schob sich hinaus, ging ein paar Schritte den Bahnsteig hinab. Als Morgan ihn einholte, sagte er: »Du bist ganz schön kindisch, weißt du das?«

»Absolut. Jetzt lass hören. Wie ist das nun gewesen?«

Larry hatte Morgan noch in der Nacht angerufen und ihm kurz berichtet, was Gösta ihm zehn Minuten zuvor am Telefon erzählt hatte. Daraufhin hatten sie verabredet, sich frühmorgens an der U-Bahn zu treffen, um ins Krankenhaus zu fahren.

Jetzt wiederholte er die ganze Geschichte. Virginia, Lacke, Gösta. Die Katzen. Der Krankenwagen, in dem Lacke mitgefahren war. Er schmückte das Ganze mit ein paar eigenen Details aus, und noch ehe er fertig war, kam die Bahn Richtung Innenstadt. Sie stiegen ein, suchten sich zwei gegenüberliegende Sitzplätze, und Larry beendete seine Geschichte mit den Worten:

»...und dann sind sie mit heulenden Sirenen losgefahren.«

Morgan nickte, knabberte an seinem Daumennagel und sah aus dem Fenster, während der Zug aus dem Schacht glitt, am Islandstorget hielt.

»Und warum zum Teufel ist das passiert?«

»Das mit den Katzen? Keine Ahnung. Sie sind irgendwie durchgedreht.«

»Aber alle? Auf einmal?«

»Ja. Hast du einen besseren Vorschlag?«

»Nee. Diese verdammten Katzen. Lacke ist jetzt bestimmt total fertig.«

»Mm. Er war schon die ganze letzte Zeit nicht mehr er selbst.«

»Nee.« Morgan seufzte. »Lacke kann einem echt leid tun. Man sollte ... ach, ich weiß auch nicht. Irgendwas auf die Beine stellen.«

»Und Virginia?«

»Ja, schon klar. Aber irgendwie verletzt zu sein. Krank. Das ist eben, wie es ist, nicht wahr. Man liegt herum. Aber so richtig beschissen ist doch, daneben zu sitzen und ... ach, ich weiß auch nicht, aber er war ja ziemlich ... ich meine neulich, als er ... wovon hat er da noch gefaselt? Von Werwölfen?«

»Vampiren.«

»Ja genau. Das ist nun wirklich kein Zeichen dafür, dass man in Topform ist, nicht wahr?«

Der Zug hielt am Ängbyplan. Als sich die Türen wieder schlossen, sagte Morgan: »So. Jetzt sitzen wir im gleichen Boot.«

»Ich glaube, dass sie weniger streng sind, wenn man zwei Streifen entwertet hat.«

»Du glaubst es. Aber du weißt es nicht.«

»Hast du die Wahlprognosen gesehen? Für die Kommunisten?«

»Ja, ja. Bis zur Wahl wendet sich das noch zum Besseren. Es gibt jede Menge heimliche Linke, die mit dem Wahlzettel in der Hand dann doch dem Ruf ihres Herzens folgen.«

»Glaubst du.«

»Nein. Ich weiß es. An dem Tag, an dem die Kommunisten aus dem Parlament fliegen, fange ich an, an Vampire zu glauben. Obwohl, eins ist klar: Die Konservativen wird es immer geben. Bohman und seine Kompanie. Das sind die wahren Blutsauger ...«

Morgan setzte zu einem seiner Monologe an. Auf Höhe der Haltestelle Åkeshov hörte Larry ihm nicht mehr zu. Vor den Gewächshäusern stand ein einzelner Polizist und blickte zur Bahn auf. Larry sorgte sich kurz, als er an seine unzureichend entwertete Fahrkarte dachte, tat den Gedanken aber augenblicklich ab, als ihm wieder einfiel, warum die Polizei dort Posten bezogen hatte.

Der Beamte sah im Übrigen vor allem gelangweilt aus. Larry entspannte sich; nur einzelne Worte aus Morgans Litanei bohrten sich in sein Bewusstsein, während sie weiter Richtung Sabbatsberg donnerten.

❄

Schon Viertel vor acht, und immer noch keine Krankenschwester.

Der schmutziggraue Striemen an der Decke war hellgrau geworden, und die Jalousien ließen inzwischen genügend Licht durch, um Virginia das Gefühl zu geben, in einem Solarium zu liegen. Ihr Körper war erhitzt, pochte, aber das war alles. Mehr würde nicht passieren.

Lacke schnarchte im Nachbarbett, sein Mund kaute im Schlaf. Sie war bereit. Hätte sie auf einen Knopf drücken können, um eine Krankenschwester kommen zu lassen, hätte sie es getan. Aber ihre Hände saßen fest, konnten nichts tun.

Also wartete sie. Das Hitzegefühl auf der Haut war zwar quälend, aber nicht unerträglich. Schlimmer war der ununterbrochene Kraftakt, der nötig war, um sich wachzuhalten. Ein Moment der Unachtsamkeit, und ihre Atmung hörte auf, Räume in ihrem Kopf wurden in einem rasenden Tempo abgeschaltet, und sie musste die Augen aufsperren und den Kopf schütteln, um sie wieder einzuschalten.

Gleichzeitig war diese notwendige Wachsamkeit ein Segen; sie hinderte Virginia am Denken. Ihre gesamte mentale Energie war darauf gerichtet, sich wachzuhalten. Es blieb kein Platz für Zweifel, Reue, Alternativen.

Um Punkt acht Uhr kam die Krankenschwester.

Als sie den Mund öffnete, um »Guten Morgen, guten Morgen!« zu sagen oder was Krankenschwestern morgens so sagen, zischte Virginia: »Pssst!«

Der Mund der Krankenschwester schloss sich mit einem

553

erstaunten Klacken, und sie runzelte die Stirn, als sie im Zwielicht zu Virginias Bett ging, sich über sie beugte und sagte: »Nun, wie ...«

»Schhhh!« Virginia flüsterte. »Entschuldigen Sie bitte, aber ich will ihn nicht wecken.« Sie nickte zu Lacke hin.

Die Krankenschwester nickte, sagte leiser. »Nein, nein. Aber ich müsste die Temperatur messen und eine Blutprobe entnehmen.«

»Ja, natürlich. Aber könnten Sie ihn ... vorher hinausfahren?«

»Hinausfah ... soll ich ihn wecken?«

»Nein. Aber wenn Sie ihn hinausfahren könnten, während er schläft.«

Die Krankenschwester betrachtete Lacke, als wollte sie entscheiden, ob das, worum Virginia sie bat, überhaupt möglich war, lächelte daraufhin, schüttelte den Kopf und sagte: »Das geht schon auch so. Wir messen die Temperatur im Mund, Sie brauchen nicht das Gefühl zu haben, dass ...«

»Das ist es nicht. Könnten Sie nicht einfach ... tun, worum ich Sie bitte?«

Die Krankenschwester warf einen hastigen Blick auf ihre Uhr.

»Sie müssen schon entschuldigen, aber ich habe noch andere Patienten, die ...«

Virginia zischte so laut sie sich traute:

»Bitte!«

Die Krankenschwester wich einen halben Schritt zurück. Offensichtlich wusste sie, was in der vergangenen Nacht mit Virginia passiert war. Ihre Augen schweiften über die Riemen, die Virginias Arme festhielten. Was sie sah, schien sie zu beruhigen, und so trat sie wieder ans Bett heran. Nun sprach sie zu Virginia, als wäre diese nicht im Vollbesitz ihrer geistigen Kräfte.

»Es ist so ... dass ich ... dass wir, um Ihnen besser helfen zu können, eine kleine Probe ...«

Virginia schloss die Augen, seufzte, gab auf. Dann sagte sie: »Könnten Sie bitte die Jalousien hochziehen?«

Die Krankenschwester nickte und ging zum Fenster. Währenddessen strampelte Virginia die Decke von sich, lag mit entblößtem Körper im Bett. Hielt die Luft an. Schloss die Augen.

Es war vorbei. Jetzt *wollte* sie abgeschaltet werden. Die gleichen Funktionen, gegen die sie den ganzen Morgen angekämpft hatte, versuchte sie nun bewusst in Gang zu setzen. Doch das klappte nicht. Stattdessen stellte sich ein, worüber man immer spricht; ihr Leben zog wie ein Filmstreifen im Schnelldurchlauf an ihr vorbei.

Der Vogel, den ich in einem Pappkarton hatte ... der Duft frisch gemungelter Laken in der Waschküche ... Mama, die sich über die Krümel der Zimtschnecken beugt ... Papa ... der Rauch seiner Pfeife ... Per ... das Sommerhaus ... Lena und ich, der große Pfifferling, den wir in jenem Sommer fanden ... Ted mit Blaubeermus auf der Wange ... Lacke, sein Rücken ... Lacke ...

Ein klirrendes Rasseln ertönte, als die Jalousien hochgezogen wurden, und sie wurde in ein Meer aus Feuer gesogen.

Oskar war wie üblich um zehn nach sieben von Mama geweckt worden. Er war wie üblich aufgestanden und hatte gefrühstückt. Er hatte sich wie üblich angezogen und anschließend Mama gegen halb acht zum Abschied umarmt.

Er fühlte sich wie üblich.

Voller Sorge, schlimmer Vorahnungen, sicher. Doch auch das war nicht weiter ungewöhnlich, wenn er den ersten Tag nach dem Wochenende wieder in die Schule gehen sollte.

Er packte das Erdkundebuch, den Atlas und das Arbeitsblatt, das er nicht gemacht hatte, in den Ranzen, war um fünf nach halb acht fertig, musste aber erst in einer Viertelstunde los. Sollte er das Arbeitsblatt noch schnell machen? Nein. Keine Lust.

Er setzte sich an seinen Schreibtisch, sah die Wand an.

Hieß dies, dass er sich nicht angesteckt hatte? Oder gab es eine Inkubationszeit? Nein. Dieser Typ ... bei ihm hatte es ja nur ein paar Stunden gedauert.

Ich bin nicht infiziert.

Eigentlich hätte er froh, erleichtert sein sollen, aber er war es nicht. Das Telefon klingelte.

Eli! Es ist etwas passiert mit ...

Er stand abrupt vom Tisch auf, rannte in den Flur, riss den Telefonhörer an sich.

»HallohiersprichtOskar!«

»Ja ... hallo.«

Papa. Nur Papa.

»Hallo.«

»Tja, du bist also ... zu Hause.«

»Ich bin auf dem Sprung in die Schule.«

»Aha, dann will ich dich nicht ... ist Mama zu Hause?«

»Nein, sie ist zur Arbeit.«

»Ja, habe ich mir gedacht.«

Oskar begriff. Deshalb rief er um diese seltsame Uhrzeit an; weil er wusste, dass Mama nicht zu Hause war. Papa räusperte sich.

»Ja also, ich dachte nur ... das am Samstag. Das war ja ein bisschen ... unglücklich.«

»Ja.«

»Ja. Hast du Mama erzählt ... was los war?«

»Was glaubst du?«

Es wurde still am anderen Ende. Das statische Rauschen von hundert Kilometern Telefonleitungen. Krähen, die auf ihnen kauerten, während die Gespräche der Menschen unter ihren Krallen vorbeisausten. Papa räusperte sich wieder.

»Ach übrigens, ich habe nach den Schlittschuhen gefragt, und es geht in Ordnung. Du kannst sie haben.«

»Ich muss jetzt gehen.«

»Ja, schon klar. Dann noch ... dann noch viel Spaß in der Schule.«

»Ja. Tschüss.«

Oskar legte den Hörer auf, nahm seinen Ranzen und machte sich auf den Weg in die Schule.

Er fühlte nichts.

Noch fünf Minuten, bis die Stunde anfing, und einige aus seiner Klasse standen im Gang vor dem Klassenzimmer. Oskar zögerte einen Moment, warf sich dann den Ranzen auf den Rücken und ging zum Klassenzimmer. Alle sahen sich nach ihm um.

Spießrutenlauf. Gruppenkeile.

Ja, er hatte das Schlimmste befürchtet. Alle wussten natürlich, was am Donnerstag mit Jonny passiert war, und obwohl er Jonnys Gesicht nicht unter den Umstehenden entdeckte, war es jedenfalls Mickes Version, die sie am Freitag gehört hatten. Micke war da und lächelte wie üblich sein Idiotenlächeln.

Statt langsamer zu gehen, irgendwie fluchtbereit zu sein, verlängerte er seine Schritte, ging schnell zum Klassenzimmer. Er war innerlich leer. Es interessierte ihn nicht mehr, was passierte. Es war nicht wichtig.

Und natürlich: Das Wunder geschah. Das Meer teilte sich.

Die Gruppe vor dem Klassenzimmer löste sich auf, machte für Oskar den Weg zur Tür frei. Im Grunde hatte er nichts anderes erwartet. Ob es nun daran lag, dass er Stärke ausstrahlte oder dass er ein übelriechender Paria war, dem man besser aus dem Weg gehen sollte; es spielte keine Rolle.

Er war jetzt aus anderem Holz geschnitzt. Sie spürten es und wichen zurück.

Ohne nach rechts oder links zu schauen, betrat Oskar das Klassenzimmer und setzte sich an sein Pult. Er hörte Murmeln im Gang vor der Klasse, und ein paar Minuten später strömten die anderen herein. Johan hob den Daumen, als er an Oskars Pult vorbeiging.

Oskar zuckte mit den Schultern.

Dann kam die Lehrerin, und fünf Minuten nach Beginn der Schulstunde traf schließlich Jonny ein. Oskar hatte angenommen, dass er eine Art Verband auf dem Ohr haben würde, aber dem war nicht so. Das Ohr war allerdings dunkelrot, angeschwollen und schien nicht zum Körper zu gehören.

Jonny setzte sich auf seinen Platz. Er sah Oskar nicht an, sah niemanden an.

Er schämt sich.

Ja, so war es. Oskar wandte sich um, wollte Jonny ansehen, der ein Fotoalbum aus seinem Ranzen holte und unter das Pult schob. Und er sah, dass Jonnys Wangen feuerrot angelaufen waren, farblich zu seinem Ohr passten. Oskar überlegte, ihm die Zunge herauszustrecken, verzichtete jedoch darauf.

Zu kindisch.

Tommy hatte montags immer erst um Viertel vor neun Schule, also stand Staffan um acht Uhr auf und trank auf die Schnelle eine Tasse Kaffee, ehe er hinunterging, um mit dem Burschen ein ernstes Wörtchen zu reden.

Yvonne war bereits zur Arbeit gegangen; Staffan sollte um neun Uhr seinen Dienst im Judarnwald antreten, um auf Sparflamme eine Durchsuchung des Waldes fortzusetzen, die vermutlich ergebnislos verlaufen würde.

Nun ja, im Grunde war es ganz schön, im Freien zu sein, und das Wetter schien auch passabel zu werden. Er spülte seine Kaffeetasse unter fließendem Wasser aus, dachte einen Augenblick nach, zog dann seine Uniform an. Er hatte erwogen, in Zivil zu Tommy hinunterzugehen, sozusagen als ein ganz gewöhnlicher Mensch mit ihm zu reden. Aber streng genommen war es ein Fall für die Polizei, Vandalismus, und außerdem war die Uniform eine Hülle aus Autorität, an der es ihm seiner Meinung nach zwar auch im Privaten nicht mangelte, aber ... nun ja.

Außerdem war es natürlich praktisch, fertig angezogen zu sein, da er anschließend zur Arbeit musste. Also zog Staffan seine Dienstuniform und die Winterjacke an, überprüfte im Spiegel, welchen Eindruck er machte, und befand ihn für gut. Anschließend nahm er den Kellerschlüssel, den Yvonne ihm auf den Küchentisch gelegt hatte, ging hinaus, zog die Tür zu, warf einen Blick auf das Schloss (eine Berufskrankheit) und ging die Treppen hinab, schloss die Kellertür auf.

Und apropos Berufskrankheit ...

Hier war mit dem Schloss etwas nicht in Ordnung. Da war kein Widerstand, als er den Schlüssel drehte, die Tür ließ sich einfach so öffnen. Er ging in die Hocke, untersuchte den Schließmechanismus.

Aha. Papier.

Ein uralter Trick von Einbrechern; sich unter einem Vorwand Zugang zu einer Räumlichkeit zu verschaffen, die man leerräumen wollte, das Schloss zu manipulieren und anschließend zu hoffen, dass der Besitzer es nicht merkte, wenn er den Raum verließ.

Staffan klappte sein Messer auf, dröselte das Papier heraus.

Tommy natürlich.

Es kam Staffan nicht in den Sinn, sich zu fragen, warum Tommy das Schloss einer Tür manipulieren sollte, zu der er einen Schlüssel besaß. Tommy war ein Dieb, der sich hier unten herumtrieb, und dies war der Trick eines Diebes. Also: Tommy.

Yvonne hatte ihm beschrieben, welcher Kellerverschlag Tommys war, und während Staffan dorthin unterwegs war, bereitete er innerlich die Standpauke vor, die er Tommy halten würde. Er hatte sich vorgenommen, ein bisschen kumpelhaft zu sein, behutsam vorzugehen, aber die Sache mit dem Schloss hatte wieder seine Wut geweckt.

Er würde Tommy erklären – erklären, nicht drohen –, wie das alles mit dem Jugendgefängnis, den Sozialbehörden, der Strafmündigkeit und so weiter zusammenhing. Damit er begriff, auf welche schiefe Bahn er da geriet.

Die Tür zum Kellerverschlag stand offen. Staffan schaute hinein. Sieh an. *Der Vogel ist ausgeflogen.* Dann sah er die Flecken. Er ging in die Hocke, strich mit dem Finger über einen von ihnen.

Blut.

Tommys Decke lag auf der Couch, und auch auf ihr waren einzelne Blutflecken. Und der Fußboden war, wie er nun erkannte, da sein Blick darauf eingestellt war, voller Blut.

Erschrocken zog er sich aus dem Verschlag zurück.

Vor seinen Augen lag jetzt … ein Tatort. Statt der Standpauke, die er sich vorgenommen hatte, begann er innerlich im Regelbuch über die korrekte Vorgehensweise an Tatorten zu blättern. Er konnte es auswendig, aber während er die einzelnen Paragraphen abhakte –

sichern Sie Material, das auf Grund seiner Eigenart verschwinden

könnte . . . halten Sie die Uhrzeit fest . . . vermeiden Sie es, Stellen zu kon-
taminieren, an denen Spuren von Fasern gesichert werden könnten

– hörte er hinter sich ein leises Murmeln. Ein Murmeln, das
von gedämpften Stößen unterbrochen wurde.

Durch die Drehräder des Schlosses zum Schutzraum war ein
Stock gezogen worden. Er ging zu der Tür, lauschte. Tatsächlich. Das Murmeln, die Stöße kamen von dort. Es klang beinahe
wie eine . . . Messe. Eine Litanei, deren Worte er nicht verstehen
konnte.

Teufelsanbeter . . .

Ein lächerlicher Gedanke, doch als er den Stock, der in der
Tür saß, betrachtete, bekam er angesichts dessen, was er an der
Spitze des Stocks erblickte, tatsächlich Angst. Dunkelrote, klum-
pige Striemen, die sich etwa zehn Zentimeter den Stock hinauf
zogen. So, genau so, sahen Messerklingen aus, wenn sie zu
Gewalttaten benutzt worden und zum Teil getrocknet waren.

Das Murmeln hinter der Tür ging weiter.

Verstärkung rufen?

Nein. Hinter der Tür wurde eventuell eine Straftat begangen,
die unter Umständen abgeschlossen wurde, während er nach
oben lief, um zu telefonieren. Er musste alleine zurechtkom-
men.

Er öffnete den Knopf des Pistolenhalfters, um seine Waffe
leichter erreichen zu können, hakte den Schlagstock los. Mit
der anderen Hand zog er ein Taschentuch aus seiner Hose,
legte es behutsam auf das Stockende und begann, ihn aus den
Drehrädern zu ziehen, wobei er lauschend festzustellen versuchte, ob das Scharren des Stocks in dem Raum hinter der Tür
zu einer Veränderung, zu Aktivitäten führte.

Nein. Die Litanei und das Wummern gingen weiter.

Der Stock war jetzt heraus. Er lehnte ihn an die Wand, um
keine Hand- oder Fingerabdrücke zu zerstören.

Er wusste natürlich, ein Taschentuch war keine Garantie dafür, dass Abdrücke nicht verwischt wurden, weshalb er zwei steife Finger auf eine der Speichen legte, statt das Drehrad selber anzufassen, und drehte.

Der Kolben des Schlosses glitt zur Seite. Er leckte sich die Lippen. Sein Hals war ausgedörrt. Das zweite Rad wurde bis zum Anschlag gedreht, und die Tür glitt einen Zentimeter auf.

Jetzt hörte er die Worte. Es war ein Lied. Die Stimme ein krächzendes, gebrochenes Flüstern:

Zweihundertvierundsiebzig Elefanten balancierten
Auf einem kleinen, kleinen Spinnenfa-
(Bums.)
-aaaden!
Das fanden sie so interessant
Sie holten noch einen anderen Elefant!
Zweihundertfünfundsiebzig Elefanten balancierten
Auf einem kleinen, kleinen Spinnenfa-
(Bums.)
-aaaden!
Das fanden sie so interessant . . .

Staffan winkelte den Schlagstock vom Körper ab, schob die Tür damit auf.

Er sah.

Der Klumpen, hinter dem Tommy kniete, wäre nur mit größter Mühe noch als ein menschlicher Körper zu erkennen gewesen, wenn nicht, halb vom Körper abgetrennt, Arme von ihm abgestanden hätten. Brustpartie, Bauch, Gesicht waren eine einzige Erhebung aus Fleisch, Eingeweiden, zertrümmerten Knochen.

Mit beiden Händen hielt Tommy einen viereckigen Stein, mit dem er an einer bestimmten Stelle in dem Lied auf die Schlachtreste einschlug, die so wenig Widerstand boten, dass der Stein hindurchsauste und mit einem dumpfen Knall auf dem Fußboden aufschlug, ehe er von Neuem angehoben wurde und ein weiterer Elefant auf den Faden kam.

Staffan konnte nicht mit Sicherheit sagen, ob es tatsächlich Tommy war. Die Gestalt, die den Stein hielt, war selber so blutüberströmt, dass es schwer zu erkennen war ... Staffan wurde extrem übel. Er schluckte herunter, was ihm sauer aufstieß und immer stärker zu werden drohte, schlug die Augen nieder, um nicht sehen zu müssen, und sein Blick fiel auf einen Zinnsoldaten, der an der Türschwelle lag. Nein. Es war ein Pistolenschütze. Er erkannte ihn. Die Figur lag so, dass die Pistole geradewegs auf die Decke zielte.

Wo ist der Sockel?

Dann begriff er.

In seinem Kopf drehte sich alles, und Fingerabdrücke und Beweissicherung ignorierend, stützte er sich mit der Hand auf den Türpfosten, um nicht umzukippen, während das Lied monoton weiterging:

Zweihundertsiebenundsiebzig Elefanten balancierten
Auf einem kleinen, kleinen ...

Wenn er so halluzinierte, musste es übel um Tommy stehen. Staffan meinte zu sehen ... ja ... sah klar und deutlich, dass sich die Menschenreste auf dem Boden zwischen den einzelnen Schlägen ... bewegten.

Sich aufzurichten versuchten.

Morgan rauchte wie ein Schlot; als er seine Kippe in das Blumenbeet vor dem Eingang des Krankenhauses schnippte, hatte Larry seine Zigarette erst halb aufgeraucht. Morgan vergrub die Hände in den Taschen, ging auf dem Parkplatz auf und ab, fluchte, als Schneematsch durch das Loch in seiner Sohle eindrang und sein Strumpf nass wurde.

»Larry. Hast du Kohle?«

»Du weißt doch, dass ich von Invalidenrente lebe und . . .«

»Ja, ich weiß. Aber hast du Kohle?«

»Warum fragst du? Ich verleihe nichts, wenn es . . .«

»Nein, nein, nein. Aber ich habe überlegt: Lacke. Ob wir ihn nicht einladen sollten . . . du weißt schon.«

Larry hustete, betrachtete vorwurfsvoll seine Zigarette.

»Wie jetzt . . . damit er sich besser fühlt?«

»Ja.«

»Nein . . . ich weiß nicht.«

»Was soll das heißen? Weil du nicht glaubst, dass es ihm dann besser geht, oder weil du kein Geld hast oder weil du zu geizig bist, etwas vorzustrecken?«

Larry seufzte, zog nochmals hustend an seiner Zigarette, verzog das Gesicht zu einer Grimasse und trat die Kippe mit dem Fuß aus. Anschließend hob er sie auf, legte sie in einen sandgefüllten Topf, sah auf die Uhr. »Morgen . . . es ist erst halb neun.«

»Ja, ja. Aber in ein paar Stunden. Wenn der Alkoholladen öffnet.«

»Mal sehen.«

»Also hast du Kohle.«

»Sollen wir jetzt reingehen?«

Sie betraten durch die Drehtür das Krankenhaus. Morgan strich sich mit den Händen durchs Haar und ging zu der Frau an der Information, um sich zu erkundigen, wo Virginia lag, während Larry einige Zierfische beobachtete, die sich schläfrig in einem großen, blubbernden Zylinder bewegten.

Eine Minute später kehrte Morgan zurück, strich sich über seine Lederweste, als wollte er etwas abstreifen, was an ihm klebte, sagte: »Bescheuerte Kuh. Sie wollte mir nichts sagen.«

»Sie ist bestimmt auf der Intensivstation.«

»Kann man da rein?«

»Manchmal.«

»Du scheinst ja Erfahrung zu haben.«

»Die habe ich.«

Sie gingen Richtung Intensivabteilung. Larry kannte den Weg.

Viele von Larrys »Bekannten« lagen im Krankenhaus oder hatten darin gelegen. Im Moment waren es auch ohne Virginia allein in diesem Krankenhaus zwei. Morgan hegte den Verdacht, dass Leute, die Larry nur flüchtig begegnet waren, erst zu Bekannten oder sogar Freunden wurden, sobald sie ins Krankenhaus mussten. Dann spürte Larry sie auf, ging sie besuchen.

Warum er das tat, tja, das wollte Morgan gerade fragen, als sie die Schwingtüren zur Intensivabteilung erreichten, aufdrückten und am hinteren Ende des Flurs Lacke entdeckten. Er saß nur mit einer Unterhose bekleidet auf einem Lehnstuhl. Seine Hände umklammerten die Armlehnen, während er auf einen Raum vor sich starrte, in dem gehetzt Menschen ein und aus gingen.

Morgan schnüffelte. »Scheiße, haben die hier jemand verbrannt, oder was ist los?« Er lachte auf. »Diese verdammten Konservativen. Eine Sparmaßnahme, weißt du. Die überlassen es mittlerweile den Krankenhäusern . . .«

Er verstummte, als sie Lacke erreichten. Sein Gesicht war aschfahl, die Augen rot, blind. Morgan ahnte, was passiert war, ließ Larry vorgehen, war selber nicht besonders gut in so etwas.

Larry ging zu Lacke, legte eine Hand auf seinen Arm.

»Hallo, Lacke. Wie geht es dir?«

Heilloses Durcheinander in dem Zimmer neben ihnen. Die Fenster, die man von der Tür aus sehen konnte, standen weit offen, dennoch trieb der beißende Geruch von Asche in den Korridor hinaus. Nebel hing in dem Zimmer, in dem Menschen zusammenstanden und mit lauten Stimmen sprachen, gestikulierten. Morgan schnappte die Worte »Verantwortung des Krankenhauses« und »wir müssen versuchen ...« auf.

Was sie versuchen mussten, hörte er nicht, denn Lacke wandte sich ihnen zu, starrte sie an wie zwei Fremdlinge, sagte: »... hätte es verstehen müssen ...«

Larry lehnte sich über ihn.

»Was hättest du verstehen müssen?«

»Dass es passieren würde.«

»Was ist denn passiert?«

Lackes Augen wurden klar, er sah zu dem nebelverhangenen, traumgleichen Zimmer und sagte schlicht: »Sie ist verbrannt.«

»Virginia?«

»Ja. Sie ist verbrannt.«

Morgan machte zwei Schritte auf das Zimmer zu, lugte hinein. Ein älterer Mann mit Autorität trat zu ihm.

»Entschuldigen Sie, aber das ist hier kein Zirkus.«

»Nein, nein. Ich wollte nur ...«

Morgan lag bereits eine spitzfindige Bemerkung auf der Zunge, dass er nach seiner Boa Constrictor suche, schluckte sie jedoch herunter. Jedenfalls hatte er ein paar Sachen gesehen. Zwei Betten. Das eine mit einem zerknitterten Laken und einer Decke, die zur Seite geworfen war, als hätte es jemand hastig verlassen.

Das andre war vom Fußende bis zum Kopfkissen von einer dicken, dunkelgrauen Decke bedeckt. Die Holzplanke am Kopfende des Betts war rußgeschwärzt. Unter der Decke sah man die Konturen eines unfassbar schmalen Menschen. Kopf, Brustkorb, Becken waren das Einzige, was sich deutlich ausmachen ließ. Der Rest hätte ebenso gut Falten, Unebenheiten in der Decke sein können.

Morgan rieb sich die Augen so fest, dass er die Augäpfel einige Zentimeter in seinen Schädel zu pressen schien. *Es ist wahr. Es ist verdammt nochmal wahr.*

Er schaute sich im Korridor um, suchte nach jemandem, an dem er seine Verwirrung auslassen konnte, und erblickte einen älteren Mann, der auf einen Rollator gestützt und mit einem Infusionsständer auf Rädern neben sich in das Zimmer hineinzuschauen versuchte. Morgan machte einen Schritt auf ihn zu.

»Was stehst du hier rum und glotzt, du verdammter Idiot? Soll ich dir den Rollator wegziehen, oder was?«

Der Mann zog sich in Zehnzentimeterschritten zurück. Morgan ballte die Fäuste, bezähmte sich. Dann erinnerte er sich, dass er etwas in dem Zimmer gesehen hatte, machte abrupt kehrt und ging zurück.

Der Mann, der ihn eben angesprochen hatte, wollte gerade das Zimmer verlassen.

»Sie müssen wirklich entschuldigen, aber . . .«

»Ja, ja . . .« Morgan schob ihn zur Seite, ». . . ich will doch nur die Kleider meines Freunds holen, wenn das okay ist. Oder finden Sie, er soll da draußen den ganzen Tag als Aktfigur hocken?«

Der Mann verschränkte die Arme vor der Brust, ließ Morgan vorbei, der Lackes Kleider von dem Stuhl neben dem ungemachten Bett aufsammelte, einen Blick auf das andere Bett warf. Eine schwarz verkohlte Hand mit gespreizten Fingern ragte unter der Decke hervor. Die Hand war bis zur Unkenntlichkeit verbrannt; für den Ring an ihrem Mittelfinger galt dies jedoch nicht. Ein goldfarbener Ring mit einem blauen Stein, Virginias Ring. Ehe Morgan sich umwandte, konnte er noch er-

567

kennen, dass über das Handgelenk ein Lederriemen gespannt war.

Der Mann stand noch mit verschränkten Armen in der Tür.

»Zufrieden?«

»Nein. Warum zum Teufel ist sie festgeschnallt?«

Der Mann schüttelte den Kopf.

»Sie können Ihrem Kumpel ausrichten, dass die Polizei jeden Moment kommt und sich vermutlich mit ihm unterhalten will.«

»Und warum?«

»Das weiß ich nicht. Ich bin kein Polizist.«

»Ach nein. Das hätte man aber beinahe glauben können.«

Im Korridor halfen sie sich gegenseitig, Lacke anzuziehen, und waren gerade fertig geworden, als zwei Polizeikommissare eintrafen. Lacke war nicht ansprechbar, aber die Krankenschwester, die vorhin die Jalousien hochgezogen hatte, war geistesgegenwärtig genug, um bestätigen zu können, dass Lacke mit dem Ganzen nichts zu tun gehabt hatte. Dass er noch geschlafen hatte, als es . . . anfing.

Sie wurde von ihren Kollegen getröstet. Larry und Morgan brachten Lacke aus dem Krankenhaus.

Als sie die Drehtüren hinter sich gelassen hatten, atmete Morgan die kalte Luft tief ein und sagte: »Tja, ich muss mal eine Runde reihern«, beugte sich über die Blumenbeete und spuckte die mit grünem Schleim vermischten Reste des gestrigen Abendessens auf die unbelaubten Sträucher.

Als er fertig war, strich er sich über den Mund und wischte die Hand an seiner Hose ab. Daraufhin hielt er die Hand hoch, als wäre sie Beweismaterial, und sagte zu Larry:

»Jetzt musst du verdammt nochmal was springen lassen.«

Sie fuhren nach Blackeberg, und Morgan bekam hundertfünfzig Kronen, um dafür Schnaps einkaufen zu gehen, während Larry Lacke in seine Wohnung mitnahm.

Lacke ließ sich führen. Während der Bahnfahrt hatte er keinen Ton gesagt.

Im Aufzug zu Larrys Wohnung in der sechsten Etage begann er zu weinen. Nicht still und leise, nein, er flennte wie ein Kind, nur schlimmer, mehr. Als Larry die Aufzugtür öffnete und ihn ins Treppenhaus hinausschob, wurden seine Schreie lauter, hallten zwischen den Betonwänden wider. Lackes Schreie ursprünglicher, bodenloser Trauer schallten durch alle Etagen des Treppenhauses, strömten durch Briefschlitze, Schlüssellöcher, verwandelten das Hochhaus in eine Gruft, die über Liebe und Hoffnung errichtet wurde. Larry erschauderte; etwas Vergleichbares hatte er noch nie gehört. So weinte man nicht. So durfte man nicht weinen. Man starb, wenn man so weinte.

Die Nachbarn. Sie werden glauben, ich bringe ihn um.

Larry fingerte an seinem Schlüsselbund herum, während alles menschliche Leiden, Jahrtausende der Ohnmacht und Enttäuschungen, die in diesem Moment einen Kanal in Lackes gebrechlichen Körper gefunden hatten, weiter aus ihm herausschossen.

Der Schlüssel fand ins Schloss, und mit einer Kraftanstrengung, die er sich gar nicht zugetraut hätte, trug Larry Lacke in die Wohnung und schloss die Tür. Lacke schrie weiter, die Luft schien ihm niemals ausgehen zu wollen. Larry brach der Schweiß aus.

Was zum Teufel soll ich . . . soll ich . . .

In Panik tat er, was er in Filmen gesehen hatte. Mit der flachen Hand versetzt er Lacke eine Ohrfeige, erschrak über das scharfe Klatschen und bereute es sofort wieder. Aber es funktionierte.

Lacke verstummte abrupt, starrte Larry mit wirren Augen an, sodass Larry glaubte, nun selber eine gelangt zu bekommen. Dann aber wurde der Ausdruck in Lackes Augen sanfter, er öffnete und schloss den Mund, als würde er nach Luft schnappen, und sagte: »Larry, ich ...«

Larry legte die Arme um ihn, und Lacke lehnte seine Wange auf Larrys Schulter und weinte, dass er sich schüttelte. Nach einer Weile gaben Larrys Beine allmählich nach. Er versuchte sich aus der Umarmung zu lösen, um sich auf den Stuhl im Flur zu setzen, aber Lacke klammerte sich an ihn und folgte nach. Larry landete auf dem Stuhl, und Lackes Beine wurden unter ihm eingeklappt, sein Kopf glitt auf Larrys Schoß hinab.

Larry strich ihm über die Haare, wusste nicht, was er sagen sollte, flüsterte nur:

»Ist ja gut ... ist ja gut ...«

Larrys Beine schliefen langsam ein, als sich etwas veränderte. Die Tränen waren versiegt, einem stillen Wimmern gewichen, als er spürte, wie sich Lackes Kiefer auf dem Oberschenkel anspannten. Lacke hob den Kopf, wischte mit dem Hemdsärmel Rotz ab und sagte: »Ich werde es töten.«

»Wen?«

Lacke senkte den Blick, sah durch Larrys Brust hindurch und nickte.

»Ich werde es töten. Es darf nicht leben.«

✳

In der großen Pause um halb zehn kamen sowohl Staffe als auch Johan zu Oskar, sagten »verdammt stark gemacht« und »Scheiße, echt klasse«. Staffe spendierte Lakritz, und Johan wollte wissen, ob Oskar Lust hatte, bei Gelegenheit mit ihm nach Pfandflaschen fragen zu gehen.

Niemand knuffte ihn oder hielt sich die Nase zu, wenn er in die Nähe kam. Sogar Micke Siskov setzte ein Lächeln auf und nickte ermunternd, als hätte Oskar eine lustige Geschichte erzählt, als sie einander im Korridor vor dem Speisesaal begegneten.

Als hätten alle nur darauf gewartet, dass er tun würde, was er getan hatte, und jetzt, nachdem er die Sache durchgezogen hatte, war er einer von ihnen.

Das Problem war nur, er konnte es nicht genießen. Er konstatierte es, aber es berührte ihn nicht. Sicher, es war gut, nicht mehr geschlagen zu werden. Aber wenn jemand versucht hätte, ihn zu schlagen, hätte er zurückgeschlagen. Er gehörte nicht mehr hierher. Während der Mathestunde blickte er von seinem Buch auf und betrachtete die Klassenkameraden, mit denen er sechs Jahre zur Schule gegangen war. Sie hatten ihre Köpfe über die Aufgaben gesenkt, kauten auf Stiften herum, schickten sich Zettel, kicherten. Und er dachte: *Das sind doch . . . Kinder.*

Und er war selber ein Kind, aber . . .

Er kritzelte ein Kreuz in sein Buch, machte einen Galgen mit Schlinge daraus.

Ich bin ein Kind, aber . . .

Er zeichnete einen Zug. Ein Auto. Ein Boot.

Ein Haus. Mit einer offenen Tür.

Seine Unruhe wurde immer größer. Als sich die Mathestunde dem Ende zuneigte, konnte er nicht mehr stillsitzen, stampfte mit den Füßen, trommelte mit den Händen auf das Pult. Die Lehrerin bat ihn mit einem erstaunten Blick über die Schulter, still zu sein. Er versuchte es, aber kurz darauf war die Unruhe wieder da und ruckte an ihren Marionettenfäden, sodass seine Beine sich ganz von selbst bewegten.

Als die letzte Stunde beginnen sollte, Sport, hielt er es nicht mehr aus. Im Gang sagte er zu Johan: »Sag Ávila, ich wäre krank, okay?«

»Haust du ab?«

»Hab keine Sportsachen dabei.«

Das stimmte zwar; er hatte am Morgen tatsächlich seine Sportsachen vergessen, aber es war nicht der wahre Grund, warum er schwänzen musste. Auf dem Weg zur U-Bahn sah er seine Klasse aufgestellt in einer Reihe. Tomas rief ihm »buuuh« hinterher.

Er würde ihn vermutlich verpfeifen, aber das spielte keine Rolle. Nicht die geringste.

Tauben flatterten in grauen Schwärmen auf, als er in Vällingby über den Platz hastete. Eine Frau mit Kinderwagen rümpfte die Nase über ihn; wieder so einer, dem Tiere völlig egal waren. Aber er hatte es eilig, und was zwischen ihm und seinem Ziel lag, waren nur Requisiten, die ihm im Weg standen.

Vor dem Spielzeuggeschäft blieb er stehen, sah ins Schaufenster. Schlümpfe standen in einer zuckersüßen Landschaft aufgestellt. Für so etwas war er zu alt. In einer Kiste zu Hause lagen ein paar Big Jim-Puppen, mit denen er oft gespielt hatte, als er noch klein war.

Noch vor einem Jahr.

Ein elektronisches Klingelsignal ertönte, als er die Tür zum Spielzeuggeschäft aufzog. Er ging durch einen engen Gang, in dem die Regale mit Plastikpuppen, Kampffiguren und Verpackungen mit Modellbausätzen gefüllt waren. Gleich neben der Kasse standen Kartons mit Gussformen für Zinnsoldaten. Den Zinn bekam man an der Kasse.

Was er haben wollte, befand sich auf der eigentlichen Ladentheke.

Ja, die Kopien standen unter den Plastikpuppen aufgestapelt, aber bei den Originalen, mit der Unterschrift Rubiks, des Erfinders, auf der Verpackung, waren sie vorsichtiger. Sie kosteten neunundachtzig Kronen das Stück.

Ein kleiner, untersetzter Mann stand mit einem Lächeln hinter der Verkaufstheke, das Oskar als »devot«, bezeichnet hätte, wenn ihm das Wort geläufig gewesen wäre.

»Und . . . hat man etwas Besonderes im Auge?«

Oskar hatte gewusst, dass die Würfel auf der Theke stehen würden, hatte einen Plan.

»Ja. Ich wollte fragen . . . Lackfarben. Für die Zinnsachen.«

»Ja?«

Der Mann machte eine Geste zu den Reihen winzig kleiner Farbtöpfe, die hinter ihm standen. Oskar lehnte sich vor, legte die Finger der einen Hand direkt vor den Würfeln auf die Theke, während er mit dem Daumen die Tasche festhielt, die geöffnet darunter hing. Er tat so, als würde er zwischen den Farben suchen.

»Gibt es auch Gold?«

»Gold, ja natürlich.«

Als sich der Mann umdrehte, nahm Oskar einen der Würfel, legte ihn in die Tasche und schaffte es mit knapper Not, die Hand wieder in die gleiche Position zu bringen wie zuvor, bevor sich der Mann mit zwei Farbtöpfen zu ihm umdrehte, die er auf die Ladentheke stellte. Oskars Herz pochte Hitze auf Wangen, Ohren.

»Matt oder metallic.«

Der Mann blickte zu Oskar auf, der spürte, dass sein ganzes Gesicht ein einziges Warnblinklicht war, auf dem »Hier ist ein Dieb« geschrieben stand. Um seine geröteten Wangen nicht zur Schau zu stellen, beugte er sich über die Farbtöpfe, sagte: »Metallic ... sieht gut aus.«

Er hatte zwanzig Kronen. Die Farbe kostete neunzehn. Er bekam sie in einer kleinen Tüte, die er in seine Jackentasche stopfte, um die Schultasche nicht öffnen zu müssen.

Vor dem Geschäft kam wie immer der Kick, aber stärker als sonst. Er entfernte sich trabend von dem Geschäft wie ein freigekaufter Sklave, den man erst kürzlich von seinen Ketten befreit hatte. Er konnte es nicht lassen, zum Parkplatz zu laufen und im Schutze zweier Autos vorsichtig die Verpackung zu öffnen und den Würfel herauszuholen.

Er war wesentlich schwerer als die Kopie, die er selber besaß. Die Sektionen glitten wie auf Kugellagern. Waren es vielleicht sogar Kugellager? Nun, er hatte nicht vor, ihn auseinander zu nehmen, und dabei zu riskieren, ihn kaputtzumachen.

Seit der Würfel nicht mehr in ihm lag, war der Karton nichts als ein hässliches Ding aus durchsichtigem Plastik, und als er den Parkplatz verließ, warf er ihn in eine Mülltonne. Der Würfel ohne Verpackung war schöner. Er steckte ihn in die Jackentasche, um mit den Fingern über ihn streichen, mit seinem Gewicht in der Hand spielen zu können. Es war ein gutes Geschenk, ein schönes ... Abschiedsgeschenk.

In der Eingangshalle der U-Bahn-Station blieb er stehen.

Wenn Eli denkt ... dass ich ...

Ja. Dass er, indem er Eli etwas schenkte, gleichsam akzeptierte, dass Eli fortging. Ein Abschiedsgeschenk überreichen, schön, das war's. Tschüss, tschüss. So war es doch gar nicht. Er wollte doch absolut nicht, dass ...

Sein Blick schweifte durch die Halle, fiel auf den Zeitungskiosk. Den Zeitungsständer. *Expressen.* Ein großes Foto von dem Typen, der mit Eli zusammengewohnt hatte, nahm die gesamte Titelseite ein.

Oskar ging hin und blätterte in der Zeitung. Fünf Seiten waren der Jagd im Judarnwald gewidmet ... der Ritualmörder ... Hintergrund und dann: noch eine Seite, auf der das Foto abgedruckt war. Håkan Bengtsson ... Karlstad ... acht Monate lang an einem unbekannten Ort ... die Polizei bittet die Bevölkerung um ihre Mithilfe ... sollte jemand beobachtet haben ...

In Oskars Brust fuhr Angst ihre Stacheln aus.

Wenn ihn außer mir noch jemand gesehen hat, der weiß, wo er gewohnt hat ...

Die Kioskbesitzerin lehnte sich aus der Verkaufsluke heraus.

»Willst du sie jetzt kaufen oder nicht?«

Oskar schüttelte den Kopf, warf die Zeitung in den Ständer zurück und lief los. Erst auf dem Bahnsteig fiel ihm ein, dass er dem Fahrkartenkontrolleur gar nicht seine Streifenkarte gezeigt hatte. Er stampfte mit dem Fuß auf, lutschte an seinen Fingerknöcheln, hätte fast geweint.

Nun komm doch, liebe Bahn, komm schon ...

Lacke lag halb auf der Couch und schaute blinzelnd zum Balkon, auf dem Morgan vergeblich versuchte, einen Dompfaff zu sich zu locken, der auf dem Nachbargeländer hockte. Die sinkende Sonne hing genau hinter Morgans Kopf, verbreitete einen Glorienschein um seine Haare.

»Jaaa ... nun komm schon. Ich tu dir doch nichts.«

Larry saß auf dem Sessel, schaute halb weggetreten einen Sprachkurs in Spanisch, der im Schulfernsehen lief. Steife Menschen bewegten sich in konstruierten Situationen über den Bildschirm, sagten:

»Yo tengo un bolso.«

»Qué hay en el bolso?«

Morgan senkte den Kopf, sodass die Sonnenstrahlen Lacke in die Augen schienen und er sie schloss, während er Larry murmeln hörte:

»Ke haj en el bolzo.«

In der Wohnung roch es muffig nach Zigarettenrauch und Staub. Die Dreiviertelliterflasche war geleert, die leere Flasche stand neben einem randvollen Aschenbecher auf dem Couchtisch. Lacke starrte auf ein paar Brandmale, die nachlässig ausgedrückte Kippen auf der Tischplatte hinterlassen hatten; sie bewegten sich gleitend vor seinen Augen, sanftmütige Käfer.

»Una camisa y pantalones.«

Larry gluckste vor sich hin.

». . . pantalones.«

Sie hatten ihm nicht geglaubt. Oder besser gesagt, sie hatten ihm geglaubt, sich jedoch geweigert, die Ereignisse so zu deuten, wie er es tat. »Spontane Selbstverbrennung«, hatte Larry gesagt, und Morgan hatte ihn gebeten, das bitteschön zu buchstabieren.

Nur dass spontane Selbstverbrennung ungefähr genauso gut dokumentiert und wissenschaftlich belegt ist wie Vampire. Will sagen, überhaupt nicht.

Aber man beschließt in der Regel, der unwahrscheinlichen Erklärung Glauben zu schenken, die einen am wenigsten zum Handeln animiert. Sie hatten nicht vor, ihm zu helfen. Morgan hatte sich Lackes Geschichte von den Vorfällen im Krankenhaus mit großem Ernst angehört, aber als es darum ging, denjenigen auszulöschen, der die Ursache von allem war, hatte er gesagt:

»Was jetzt, du meinst, dass wir irgendwie . . . Vampirjäger werden sollen? Du und ich und Larry. Dass wir uns Pflöcke und Kreuze und so ein Zeug besorgen sollen ... Nee, entschuldige mal Lacke, aber es fällt mir ein bisschen ... schwer, mir das vorzustellen.«

Als er in ihre misstrauischen, sich distanzierenden Gesichter sah, hatte Lacke unwillkürlich gedacht:

Virginia hätte mir geglaubt,

und der Schmerz hatte seine Nägel in ihn gebohrt. Er selber hatte Virginia nicht geglaubt, und deshalb hatte sie ... er hätte lieber ein paar Jahre für einen Mord aus Barmherzigkeit im Gefängnis gesessen, als mit diesem Bild auf der Netzhaut leben zu müssen:

Ihr Körper, der sich im Bett windet, während sich die Haut schwarz verfärbt, zu rauchen beginnt. Das Krankenhaushemd, das auf dem Bauch nach oben rutscht, ihr Geschlecht entblößt. Das Klappern der Stahlrohre ihres Betts, als ihre Hüften schlagen, auf und ab pumpen in einem wahnsinnigen Liebesakt mit einem unsichtbaren Mann, während auf ihren Schenkeln Flammen auflodern, sie schreit, schreit und der Gestank von verbrannten Haaren, verbrannter Haut füllt den Raum, ihre schreckerfüllten Augen, den meinen zugewandt, und in der Sekunde danach werden sie weiß, beginnen zu kochen ... platzen ...

Lacke hatte mehr als die halbe Flasche getrunken. Morgan und Larry ließen ihn gewähren.

»... pantalones.«

Lacke versuchte von der Couch aufzustehen. Sein Hinterkopf wog so viel wie der Rest seines Körpers. Er stützte sich auf die Tischplatte, zog sich mühsam hoch. Larry stand auf, um ihm behilflich zu sein.

»Lacke, verdammt ... schlaf ein bisschen.«

»Nein, ich muss nach Hause.«

»Was willst du denn zu Hause?«

»Muss nur . . . was erledigen.«

»Es hat doch wohl nichts mit dem zu tun . . . worüber du geredet hast?«

»Nein, nein.«

Während Lacke sich zum Flur vortastete, kam Morgan vom Balkon herein.

»Hör mal! Wo willst du denn hin?«

»Nach Hause.«

»Dann komme ich mit.«

Lacke wandte sich um, bemühte sich, seinen Körper zu stabilisieren, sich möglichst nüchtern zu geben. Morgan ging zu ihm, hielt die Hände bereit, falls Lacke umfallen würde. Lacke schüttelte den Kopf, gab Morgan einen Klaps auf die Schulter.

»Ich will jetzt alleine sein, okay? Ich will alleine sein. Ehrlich.«

»Kommst du denn klar?«

»Ich komme schon klar.«

Lacke nickte wiederholt, blieb in dieser Bewegung hängen, war gezwungen, sie bewusst abzubrechen, um nicht ewig so stehen zu bleiben, wandte sich dann um und ging in den Flur hinaus, zog sich Schuhe und Mantel an.

Er wusste, er war sehr betrunken, aber das war er schon so oft gewesen, dass er eine Art Routine darin hatte, seine Bewegungen vom Gehirn abzukoppeln, sie mechanisch auszuführen. Er hätte, zumindest für kurze Zeit, Mikado spielen können, ohne mit der Hand zu zittern.

Aus der Wohnung hörte er die Stimmen der anderen.

»Sollten wir ihn nicht . . .?«

»Nein. Wenn er das sagt, muss man es respektieren.«

Sie kamen jedenfalls noch in den Flur, um sich von ihm zu

verabschieden. Umarmten ihn ein wenig unbeholfen. Morgan packte ihn bei den Armen, senkte den Kopf, um Lacke in die Augen sehen zu können, und sagte:

»Du hast doch hoffentlich nicht vor, irgendwelche Dummheiten zu machen, was? Du hast uns, das weißt du doch.«

»Nein, nein. Ja, ja.«

Vor dem Hochhaus blieb er eine Weile stehen, betrachtete die Sonne, die im Wipfel einer Kiefer ruhte.

Ich werde nie mehr . . . die Sonne . . .

Virginias Tod, wie sie gestorben war, hing wie ein Senkblei in seiner Brust an der Stelle, an der bis jetzt das Herz gewesen war, ließ ihn geduckt gehen. Das Nachmittagslicht auf den Straßen war wie ein Hohn. Die wenigen Menschen, die sich darin bewegten . . . Hohn. Die Stimmen. Sie unterhielten sich über alltägliche Dinge, als könnte nicht . . . überall, jeden Moment . . .

Es kann auch euch treffen.

Vor dem Kiosk stand ein Mensch, der sich zur Luke hineinlehnte und mit dem Besitzer unterhielt. Lacke sah einen schwarzen Klumpen vom Himmel herabfallen, auf dem Rücken Halt finden und . . .

Was zum Teufel . . .

Er blieb vor den ausgehängten Schlagzeilen stehen, blinzelte, versuchte das Foto, das fast den gesamten Raum einnahm, richtig zu fokussieren. Der Ritualmörder. Lacke schnaubte. Er wusste doch Bescheid. Wie es sich eigentlich verhielt. Aber . . .

Er kannte dieses Gesicht. Das war doch . . .

Beim Chinesen. Der Mann, der . . . mir einen Whisky ausgegeben hat. Nee . . .

Er trat einen Schritt näher, betrachtete das Bild genauer. Doch. Und ob er das war. Die gleichen engstehenden Augen, die gleichen ... Lacke führte die Hand zum Mund, presste die Finger auf die Lippen. Bilder wirbelten umher, und er versuchte, einen Zusammenhang herzustellen.

Er war von dem Mann eingeladen worden, der Jocke getötet hatte. Jockes Mörder hatte in der gleichen Häuserzeile gewohnt wie er selbst, nur ein paar Häuser weiter. Er hatte ihn ein paar Mal gegrüßt, er hatte ...

Aber er hatte es doch gar nicht getan. Das war doch ...

Eine Stimme. Sagte etwas.

»Hallo Lacke! Jemand, den du kennst?«

Der Kioskbesitzer und der Mann davor betrachteten ihn. Er sagte: »... ja«, und setzte sich wieder in Bewegung, ging heimwärts. Die Welt verschwand. Vor sich sah er den Hauseingang, aus dem der Mann gekommen war. Die abgedeckten Fenster. Er würde nachsehen. Das würde er.

Seine Füße bewegten sich schneller, und sein Rückgrat streckte sich; das Senkblei war nun ein Glockenschlegel, der gegen seinen Brustkorb schlug, ihn erzittern ließ, eine tosende Ankündigung, die seinen Körper durchfuhr.

Jetzt komme ich. Jetzt verdammt ... komme ich.

Die U-Bahn hielt in Råcksta, und Oskar kaute ungeduldig, in Panik auf seinen Lippen herum; er fand, dass die Türen zu lange offen standen. Als es im Lautsprecher klickte, dachte er, der Fahrer würde den Fahrgästen mitteilen, dass sie hier eine Weile halten mussten, aber –

»VORSICHT AN DEN TÜREN. DIE TÜREN SCHLIESSEN.«

– die Bahn setzte sich in Bewegung.

Er hatte keinen Plan, außer Eli zu warnen; dass jederzeit irgendwer die Polizei anrufen und sagen konnte, dass er oder sie diesen Typen gesehen hatte. In Blackeberg. Auf diesem Hinterhof. In diesem Hauseingang. In dieser Wohnung.

Was passiert, wenn die Polizei ... wenn sie die Tür aufbrechen ... das Badezimmer ...

Die Bahn ratterte über die Brücke, und Oskar schaute aus dem Fenster. Zwei Männer standen am Kiosk des Liebhabers, und halb verdeckt von dem einen konnte Oskar die verhassten Schlagzeilen sehen. Jetzt entfernte sich einer der Männer im Laufschritt vom Kiosk.

Irgendwer. Irgendwer kann es wissen. Er könnte es wissen.

Schon als die Bahn langsamer wurde, war Oskar an den Türen, presste seine Finger durch die Gummilippen, als glitten die Türen auf die Art schneller auseinander. Er lehnte die Stirn gegen das Glas, Kühle an seiner heißen Stirn. Die Bremsen quietschten, und der Fahrer musste mit seinen Gedanken woanders gewesen sein, weil er sich erst jetzt zu Wort meldete:

»NÄCHSTER HALT. BLACKEBERG.«

Auf dem Bahnsteig stand Jonny. Zusammen mit Tomas.

Nein. Neinneinnein nimm sie da weg.

Als die Bahn schaukelnd anhielt, begegneten Oskars Augen Jonnys, die größer wurden, und als sich die Türen mit einem Zischen öffneten, sah Oskar, dass Jonny etwas zu Tomas sagte.

Oskar spannte seine Muskeln an, warf sich aus der Tür und rannte los.

Tomas' langes Bein wurde ausgestreckt, stellte sich ihm in den Weg, und er fiel der Länge nach auf den Bahnsteig und schürfte sich die Handflächen auf, als er den Fall abzubremsen versuchte. Jonny setzte sich auf seinen Rücken. »Hast du es etwa eilig?«

»Lass mich los! Lass mich los!«

»Und warum?«

Oskar schloss die Augen, ballte die Fäuste. Atmete ein paar Mal tief durch, so tief er konnte mit Jonnys Gewicht auf sich, und sagte in den Beton hinab:

»Macht, was ihr wollt. Und lasst mich dann gehen.«

»Okay.«

Sie griffen ihm unter die Arme, zogen ihn auf die Füße. Oskar gelang es, einen flüchtigen Blick auf die Stationsuhr zu werfen. Zehn nach zwei. Der Sekundenzeiger stotterte über das Zifferblatt. Er spannte die Muskeln in Gesicht und Bauch an, versuchte sich zu einem Stein zu machen, der unempfindlich war für Schläge.

Hauptsache, es geht schnell.

Erst als er erkannte, was sie vorhatten, begann er sich zu wehren. Aber beide hatten wie auf ein stillschweigendes Kommando seine Arme so weit nach hinten gebogen, dass er bei jeder Bewegung das Gefühl hatte, die Arme würden brechen. Sie schoben ihn zum anderen Rand des Bahnsteigs.

Das wagen sie nicht. Sie können nicht . . .

Aber Tomas war verrückt und Jonny . . .

Er versuchte sich mit den Füßen dagegen zu stemmen. Sie tanzten zappelnd über den Bahnsteig, während Tomas und Jonny ihn zu der weißen Sicherheitsmarkierung vor der Bahnsteigkante schleiften.

Die Haare an Oskars linker Schläfe kitzelten am Ohr, flatterten im Luftschub aus dem Schacht, als sich die Bahn aus der Stadt näherte. Die Schienen sangen, und Jonny flüsterte: »Jetzt wirst du sterben, kapiert.«

Tomas kicherte, packte Oskars Arme noch fester. Es wurde schwarz in Oskars Kopf: *Sie wollen es tun.* Sie lehnten ihn vor, sodass sein Oberkörper über die Kante hinausragte.

Die Scheinwerfer der näherkommenden Bahn schossen einen Pfeil kalten Lichts über die Schienen. Oskar wandte den

Kopf nach links und sah den Zug, der aus dem Schacht herandonnerte.

BÖÖÖÖÖÖÖ!

Das Signalhorn des Zuges brüllte, und Oskars Herz zuckte in
einem Todesstoß zusammen, während er sich gleichzeitig
bepinkelte und sein letzter Gedanke war –

Eli!

– ehe er nach hinten gerissen und sein Blickfeld vom Grün
der Wagen ausgefüllt wurde, als der Zug zehn Zentimeter vor
seinen Augen vorbeischoss.

Er lag rücklings auf dem Bahnsteig, Dampf drang in Schüben
aus seinem Mund. Die Nässe in seinem Unterkörper wurde käl-
ter. Jonny hockte sich neben ihn.

»Nur damit du kapierst. Was Sache ist. Hast du es kapiert?«

Oskar nickte instinktiv. Es musste ein Ende haben. Die alten
Impulse. Jonny tastete vorsichtig sein verletztes Ohr ab,
lächelte. Dann legte er die Hand auf Oskars Mund, presste seine
Wangen zusammen.

»Schrei wie ein Schwein, wenn du es kapiert hast.«

Und Oskar schrie. Wie ein Schwein. Die beiden lachten.
Tomas sagte: »Das konnte er früher aber besser.«

Jonny nickte. »Wir werden ihn wohl wieder öfter trainieren
müssen.«

Auf der anderen Seite fuhr die U-Bahn ein. Die beiden gingen davon.

Oskar blieb noch einen Moment liegen, fühlte sich leer.
Dann tauchte über ihm ein Gesicht auf. Eine ältere Frau. Sie
hielt ihm eine Hand hin.

»Mein armer Junge, ich habe alles gesehen. Du musst zur
Polizei gehen, das war doch der reinste . . .«

583

Die Polizei

»... Mordversuch. Komm, ich werde dir ...«

Ohne sich um ihre Hand zu scheren, rappelte Oskar sich auf. Während er zu den Türen und die Treppen hinaufstolperte, konnte er noch die Stimme der älteren Frau hinter sich hören:

»Was ist mit dir ...«

❄

Die Bullen.

Lacke erschrak, als er auf den Hof kam und den Streifenwagen auf dem Hügel stehen sah. Zwei Polizisten standen vor dem Wagen, der eine notierte etwas in einem Block. Er ging davon aus, dass sie dasselbe suchten wie er, jedoch schlechter informiert waren. Die Polizisten hatten sein Zögern nicht bemerkt, sodass er seinen Weg zum ersten Eingang der Häuserzeile fortsetzte, hineinging.

Die Namen auf der Tafel der Hausbewohner sagten ihm nichts, aber er wusste ja, wohin er musste: ganz hinten rechts. Neben der Kellertür lag eine Flasche Brennspiritus. Er blieb stehen, betrachtete sie, als könnte sie ihm einen Hinweis darauf geben, wie er nun vorgehen sollte.

Brennspiritus brennt. Virginia hat gebrannt.

Doch an diesem Punkt blieb sein Gedanke stecken, und er fühlte nur wieder diese trockene, schreiende Wut in sich, ging weiter die Treppen hinauf. Die Dinge hatten sich verschoben.

Sein Kopf war jetzt klar, sein Körper dagegen schwerfällig. Die Füße rutschten auf den Treppenstufen weg, und er musste sich auf das Geländer stützen, um die Treppe hinaufzumanövrieren, während sein Gehirn glasklar überlegte:

Ich gehe hinein. Ich finde es. Ich schlage etwas durch sein Herz. Dann warte ich auf die Bullen.

Vor der Tür ohne Namensschild blieb er stehen.

Und wie zum Teufel soll ich hineinkommen?

Wie zum Spaß warf er den Arm nach vorn, drückte die Klinke herab.

Und die Tür öffnete sich, enthüllte eine leere Wohnung. Weder Möbel, Teppiche noch Bilder. Keine Kleider. Er leckte sich die Lippen.

Es ist abgehauen. Ich habe hier nichts zu ...

Auf dem Fußboden im Flur lagen noch zwei Flaschen Brennspiritus. Er versuchte zu verstehen, was das zu bedeuten hatte. Trank dieses Wesen ... nein. Das ...

Es bedeutet nur, dass hier vor Kurzem noch jemand gewesen ist. Sonst würden die Flaschen da nicht mehr liegen.

Ja.

Er trat ein, blieb im Flur stehen und lauschte, hörte nichts. Er drehte eine Runde durch die Wohnung, sah, dass in mehreren Zimmern Decken vor den Fenstern hingen, kannte den Grund und wusste, dass er richtig war.

Schließlich blieb er vor der Badezimmertür stehen, drückte die Klinke herab. Abgeschlossen. Aber dieses Schloss ließ sich problemlos öffnen; er benötigte nur einen Schraubenzieher oder etwas anderes in der Art.

Erneut verschob sich seine Konzentration auf die Bewegungen, darauf, Bewegungen auszuführen. Er würde nicht mehr denken, brauchte nicht mehr denken. Wenn er jetzt anfing nachzudenken, würde er zögern, und zögern wollte er nicht. Also: die Bewegungen.

Er öffnete die Küchenschubladen, fand ein Küchenmesser, kehrte zum Badezimmer zurück. Er setzte die Klinge in die Schraube in der Mitte und drehte gegen den Uhrzeigersinn.

Das Schloss ging auf, er öffnete die Tür. Es war stockfinster in dem Raum. Er suchte nach dem Lichtschalter, fand ihn und machte das Licht an.

Gott steh uns bei. Das ist doch verdammt nochmal . . .

Lacke fiel das Küchenmesser aus der Hand. Die Badewanne vor seinen Füßen war halbhoch mit Blut gefüllt. Auf dem Badezimmerboden lag eine Anzahl großer Plastikkanister, deren durchsichtige Plastikflächen rot gestreift waren. Das Messer klirrte auf den Kacheln wie ein kleines Glöckchen.

Seine Zunge klebte am Gaumen, als er sich vorbeugte, um . . . um was? Um es . . . *zu fühlen* . . . oder etwas anderes, etwas Primitiveres zu tun; der Faszination angesichts einer solchen Menge Blut nachzugeben . . . einfach die Hand hineintauchen zu dürfen –

seine Hände in Blut baden zu dürfen.

Er senkte seine Finger zu der stillen, dunklen Oberfläche und . . . versank. Seine Finger wurden gleichsam gekappt, verschwanden, und mit gähnend offenem Mund streckte er die Hand tiefer hinein, bis sie . . .

Er schrie auf, schreckte zurück.

Er riss die Hand aus der Badewanne, und Blutstropfen spritzten in hohem Bogen um ihn herum, landeten an der Decke, auf den Wänden. Reflexartig schlug er die Hand vor den Mund. Erkannte erst, was er getan hatte, als seine Zunge und seine Lippen das Süße, Klebrige registrierten. Er spuckte, wischte sich die Hand an der Hose ab, legte die andere, saubere Hand auf den Mund.

Es liegt jemand . . . darunter.

Ja. Was er unter seinen Fingerspitzen gefühlt hatte, war ein Bauch gewesen. Der unter dem Druck seiner Hand nachgegeben hatte, ehe er sie wieder hochzog. Um die Gedanken von seinem Ekel abzulenken, suchten seine Augen den Fußboden ab, fanden das Küchenmesser, nahmen es wieder in die Hand, umklammerten seinen Griff.

Was zum Teufel soll ich ...

In nüchternem Zustand wäre er nun vielleicht gegangen und hätte diesen dunklen Waldsee verlassen, der unter seiner jetzt wieder stillen, spiegelglatten Fläche alles Mögliche enthalten konnte. Zum Beispiel einen zerstückelten Körper.

Der Bauch ist vielleicht ... vielleicht ist das nur der Bauch ...

Aber der Alkohol machte ihn auch seiner eigenen Angst gegenüber rücksichtslos, weshalb er, als er die dünne Kette sah, die vom Badewannenrand in die dunkle Flüssigkeit hinabführte, die Hand ausstreckte und daran zog.

Der Stopfen wurde herausgezogen, und es begann in den Rohren zu rieseln und zu gluckern, und an der Oberfläche bildete sich ein kleiner Strudel. Er fiel vor der Badewanne auf die Knie, leckte sich die Lippen. Nahm den herben Geschmack auf der Zunge wahr, spuckte auf den Fußboden.

Der Pegel senkte sich langsam. Ein scharf konturierter Rand in einem dunkleren Rot wurde an seinem Höchststand sichtbar.

Das Blut muss hier schon länger gewesen sein.

Nach etwa einer Minute ragte die Kontur einer Nase aus der Oberfläche am Kopfende heraus. Am Fußende tauchten Zehen auf, die immer weiter herausragten, zu zwei halben Füßen wurden. Der Wirbel an der Oberfläche war nun enger, stärker geworden, lag genau zwischen den Füßen.

Sein Blick kroch über den Kinderkörper, der Schritt für Schritt auf dem Grund der Wanne sichtbar wurde. Ein Paar Hände, auf der Brust gefaltet. Kniescheiben. Ein Gesicht. Es gurgelte schwach, als das letzte Blut ablief.

Der Körper vor seinen Augen war dunkelrot; gefleckt und klebrig wie ein Neugeborenes. Einen Nabel hatte er, aber kein

587

Geschlechtsorgan. Junge oder Mädchen? Es spielte keine Rolle. Als er das Gesicht mit den geschlossenen Augen studierte, erkannte er es nur zu gut.

❄

Als Oskar zu laufen versuchte, verkrampften sich seine Beine, verweigerten ihm den Dienst.

Während fünf leuchtend schwarzer Sekunden hatte er tatsächlich geglaubt, er würde sterben, sie würden ihn hinunterstoßen. Nun wollte es seinen Muskeln nicht gelingen, diesen Gedanken abzustreifen.

In der Passage zwischen Schule und Turnhalle ging es nicht mehr weiter.

Er wollte sich hinlegen, sich zum Beispiel rückwärts in diese Sträucher kippen lassen. Die Jacke und die gefütterte Hose würden dafür sorgen, dass es nicht piekste; die Zweige würden ihn einfach sanft auffangen. Aber er hatte es eilig. Der Sekundenzeiger; sein ruckender Marsch über das Zifferblatt.

Die Schule.

Die rötlich braune, kantige Backsteinfassade aus Steinen, die man aufeinander geschichtet hatte. In Gedanken schoss er wie ein Vogel durch die Gänge, in die Klassenzimmer. Jonny war da. Tomas. Sie saßen an ihren Pulten und grinsten höhnisch über ihn. Er senkte den Kopf, sah auf seine Stiefel hinab.

Die Schnürsenkel waren schmutzig; ein Schuh ging auf. Eine Metallöse am Spann war nach außen gebogen worden. Er ging ein wenig schräg nach innen; an den Fersen war das Lederimitat an beiden Schuhen ausgeleiert, blankgewetzt. Dennoch würde er diese Schuhe vermutlich den ganzen Winter über tragen müssen.

Es war kalt und nass in seiner Hose. Er hob den Kopf.

Sie dürfen nicht gewinnen. Sie dürfen. Nicht. Gewinnen.

Warme, pulsierende Flüssigkeit lief in seine Beine hinab. Die geraden Mörtelstriche der Backsteinfassade wurden angewinkelt, ausradiert, verschwanden, als er loslief. Seine Schritte wurden so lang, dass es um die Füße nur so klatschte und spritzte. Der Erdboden glitt unter ihm dahin, und nun hatte er im Gegenteil das Gefühl, der Erdball rolle zu schnell, er komme nicht mehr mit.

Die Beine stolperten mit ihm davon, während die Hochhäuser, der alte Konsumladen, die Kokosmakronenfabrik vorbeigekurbelt wurden und das Tempo in Kombination mit der Macht der Gewohnheit ihn schnurstracks auf seinen Hinterhof, an Elis Hauseingang vorbei und zu seinem eigenen Haus rennen ließ.

Fast wäre er mit einem Polizisten zusammengestoßen, der gerade in Oskars Haus gehen wollte. Der Polizist streckte die Arme aus, bremste ihn.

»Holla! Hier hat es aber einer eilig!«

Seine Zunge erstarrte. Der Polizist ließ ihn los, betrachtete ihn ... misstrauisch?

»Wohnst du hier?«

Oskar nickte. Er hatte den Polizisten noch nie gesehen, aber er sah ziemlich nett aus. Nein. Er hatte ein Gesicht, das Oskar normalerweise nett gefunden hätte. Der Polizist zupfte an seiner Nase, sagte:

»Tja, es ist nämlich so, dass hier ... etwas passiert ist. In der Nachbarschaft. Deshalb mache ich hier die Runde und frage alle, ob jemand etwas gehört hat. Oder gesehen.«

»In welchem ... welchem Haus?«

Der Polizist machte eine Kopfbewegung zu Tommys Haus und Oskars Panik legte sich ein wenig.

»In dem da. Aber nicht im Treppenhaus, sondern ... im Kel-

ler. Du hast dort nicht zufällig etwas gehört oder etwas Unge-
wöhnliches bemerkt? In den letzten Tagen?«

Oskar schüttelte den Kopf. Die Gedanken schossen ihm derart
chaotisch durch den Kopf, dass er im Grunde gar nichts dachte,
aber es war ihm, als würden seine Augen, deutlich sichtbar für den
Polizisten, vor Angst förmlich sprühen. Und der Polizist legte tatsächlich den Kopf schief und betrachtete ihn forschend.

»Wie geht es dir?«

». . . gut.«

»Du brauchst keine Angst zu haben. Es ist . . . jetzt vorbei. Es
gibt also nichts, weshalb du dir Sorgen machen müsstest. Sind
deine Eltern zu Hause?«

»Nein. Mama. Nein.«

»Okay. Ich werde sicher noch einmal vorbeikommen, du
kannst also in Ruhe überlegen, ob du vielleicht doch etwas gesehen hast.«

Der Beamte hielt ihm die Tür auf. »Nach dir.«

»Nein, ich will noch kurz . . .«

Oskar machte kehrt und gab sich alle Mühe, ganz natürlich
zu wirken, als er den Hang hinabging. Auf halbem Weg drehte
er sich um und sah den Polizisten ins Haus gehen.

Sie haben Eli geschnappt.

Seine Kiefer begannen zu zittern, und die Zähne klackerten
ein unverständliches Morsesignal durchs Knochengerüst, während er die Tür zu Elis Haus aufzog, die Treppen hinaufstieg.
Würden sie diese Bänder vor Elis Tür gespannt, sie abgesperrt
haben?

Sag, dass ich hereinkommen darf.

Die Tür stand einen Spaltbreit offen.

Wenn die Polizei hier gewesen war, warum hatten sie dann
die Tür offen gelassen? Das machten sie doch bestimmt nicht.
Er legte die Finger auf die Klinke, schob die Tür vorsichtig auf,

schlich in den Flur. In der Wohnung war es dunkel, und er stieß mit dem Fuß gegen etwas. Eine Plastikflasche. Im ersten Moment dachte er, es wäre Blut in der Flasche, dann aber sah er, dass es rotgefärbter Brennspiritus war.

Atemgeräusche.

Jemand atmete.

Bewegte sich.

Das Geräusch kam aus dem Flur, der zum Badezimmer führte. Oskar ging ganz vorsichtig darauf zu, machte immer nur einen Schritt auf einmal, zog die Lippen nach innen, um die Zähne verstummen zu lassen, woraufhin sich das Zittern zu seinem Kinn, in seinen Hals hinab verschob, an dem ersten Ansatz eines Adamsapfels ruckte. Er bog um die Ecke, schaute zum Badezimmer.

Das ist kein Polizist.

Ein Mann in schäbigen Kleidern kniete neben der Badewanne, sein Oberkörper lehnte sich über die Wanne, lag außerhalb von Oskars Blickfeld. Er sah nur eine schmutzige, graue Hose, ein Paar löchriger Schuhe, deren Spitzen auf den gekachelten Boden wiesen. Den Saum eines Mantels.

Der Typ!

Aber er ... atmet.

Ja. Keuchendes Aus- und Einatmen, an Seufzer erinnernd, schallte aus dem Badezimmer herüber, und Oskar schlich sich, ohne zu denken, näher heran. Stück für Stück sah er mehr von dem Badezimmer und hatte es fast erreicht, als er erkannte, was dort geschah.

Lacke schaffte es nicht.

Der Körper auf dem Boden der Badewanne sah vollkommen kraftlos aus, atmete nicht. Er hatte die Hand auf seine Brust gelegt und festgestellt, dass das Herz schlug, allerdings nur wenige Schläge in der Minute.

Er hatte etwas . . . Furchteinflößendes erwartet. Etwas, das auf einer Ebene mit dem Grauen war, das er im Krankenhaus erlebt hatte. Aber dieser kleine, blutige Fetzen von einem Menschen sah nicht aus, als könnte er jemals wieder aufstehen, geschweige denn einem anderen Schaden zufügen. Es war doch nur ein Kind. Ein verletztes Kind.

Als hätte man mitangesehen, wie jemand, den man liebt, vom Krebs zu Tode gequält wurde, um danach unter dem Mikroskop eine Krebszelle zu betrachten. Nichts. Das da? Das hatte es getan? Dieses winzige Ding?

Zerstöre mein Herz.

Er schluchzte auf und ließ den Kopf fallen, sodass er mit einem dumpfen, hallenden Knall gegen den Badewannenrand schlug. Er konnte. Einfach. Kein Kind töten. Ein schlafendes Kind. Das ging einfach nicht. Ganz gleich . . .

So hat es überlebt.

Es. Es. Nicht Kind. Es.

Es hatte sich auf Virginia gestürzt und . . . es hatte Jocke getötet. Es. Das Wesen, das hier vor ihm lag. Das Wesen, das es wieder tun würde, anderen Menschen wieder etwas antun würde. Und das Wesen war kein Mensch. Es atmete ja nicht einmal, und dennoch schlug sein Herz wie . . . wie bei einem Tier im Winterschlaf.

Denk an die anderen.

Eine giftige Schlange, wo Menschen wohnen. Soll ich es nicht töten, nur weil es im Moment so wehrlos erscheint?

Trotzdem war es nicht das, was ihn schließlich seine Entscheidung treffen ließ. Zu ihr fand er vielmehr, als er noch einmal das Gesicht betrachtete; das Gesicht, das von einem dünnen Film aus Blut bedeckt war und ihm auf einmal das Gefühl gab, dass es . . . leise lächelte.

Über alles lächelte, was es getan hatte.

Genug.

Er hob das Küchenmesser über der Brust des Wesens, rückte mit den Beinen ein wenig nach hinten, um all sein Gewicht in den Stich legen zu können und –

»AAAAHHH!«

Oskar schrie.

Der Typ zuckte nicht zusammen; sein Körper erstarrte nur, und sein Kopf wandte sich Oskar zu. Langsam sagte er: »Ich muss es tun. Verstehst du?«

Oskar erkannte ihn. Einer von den Säufern, die an seinem Hof wohnten, er grüßte ihn manchmal.

Warum tut er das?

Es spielte keine Rolle. Entscheidend war, dass der Typ ein Messer in der Hand hielt, ein Messer, das direkt auf Elis Brust gerichtet war, der dort nackt, entblößt in der Badewanne lag.

»Bitte nicht.«

Der Kopf des Typen bewegte sich nach rechts, nach links, eher wie um etwas auf dem Fußboden zu suchen, denn um zu verneinen.

»Nein . . .«

Er wandte sich wieder der Badewanne, dem Messer zu. Oskar hätte ihm gerne erklärt, dass das in der Badewanne sein Freund war, es sein . . . dass er ein Geschenk für das in der Badewanne hatte, dass . . . *dass es Eli war.*

»Warte.«

Die Spitze des Messers ruhte erneut auf Elis Brust, so fest hinabgedrückt, dass sie fast schon die Haut punktierte. Oskar wusste im Grunde nicht, was er tat, als er die Hand in die Jacken-

! initseite=1068,3.497,4.77,0,0,0," "," " ,0 tasche schob und den Würfel herauszog, ihn dem Typen zeigte.

»Sieh mal!«

Lacke sah ihn nur aus den Augenwinkeln als ein plötzliches Eindringen von Farben inmitten all des Schwarzen, Grauen, das ihn umgab. Trotz der Blase aus Entschlossenheit, die ihn umschloss, musste er einfach den Kopf dorthin wenden und schauen, was es war.

In der Hand des Jungen war einer dieser Würfel. Fröhliche Farben.

Das Ding sah in dieser Umgebung total krank aus. Ein Papagei unter Krähen. Einen Moment lang war er wie hypnotisiert von der Farbenpracht des Spielzeugs, dann wandte er den Blick wieder der Badewanne zu, dem Messer, das zwischen den Rippen eindringen wollte.

Ich muss nur ... drücken ...

Ein Funkeln.

Die Augen des Wesens standen offen.

Er spannte die Muskeln an, um das Messer ganz hineinzustoßen, und seine Schläfe explodierte.

Es knackte in dem Würfel, als seine Ecke den Kopf des Typen traf und er Oskars Hand entwunden wurde. Der Typ fiel zur Seite, landete auf einem Plastikkanister, der fortrutschte, und knallte mit einem Wummern wie von einer Basstrommel gegen den Badewannenrand.

Eli setzte sich auf.

In der Badezimmertür stehend, konnte Oskar nur die Rückseite seines Körpers sehen. Die Haare lagen klebrig und platt auf dem Hinterkopf, und der Rücken war eine einzige, große Wunde.

Der Typ versuchte auf die Füße zu kommen, aber Eli fiel mehr aus der Badewanne, als dass er sprang, und landete auf seinem Schoß; ein Kind, das zu seinem Papa gekrochen kommt, um getröstet zu werden. Eli legte seine Arme um den Hals des Typen und zog seinen Kopf an sich, wie um etwas Zärtliches zu flüstern.

Oskar wich aus dem Badezimmer zurück, als Eli sich im Hals des Typen verbiss. Eli hatte ihn nicht gesehen. Aber der Typ sah ihn. Sein Blick verharrte auf Oskar, wich nicht von ihm, während sich Oskar rückwärts in den Flur zurückzog.

»Entschuldige.«

Oskar war nicht fähig, einen Ton hervorzubringen, aber seine Lippen formten das Wort, ehe er um die Ecke bog und der Blickkontakt abgebrochen wurde.

Er stand mit der Hand auf der Türklinke, als der Typ schrie. Dann verschwand das Geräusch abrupt, als wäre eine Hand auf seinen Mund gelegt worden.

Oskar zögerte. Dann zog er die Wohnungstür zu. Und schloss ab.

Ohne nach rechts zu schauen, ging er durch den Flur ins Wohnzimmer, setzte sich auf den Sessel und begann vor sich hinzusummen, um die Geräusche aus dem Badezimmer zu übertönen.

FÜNFTER TEIL

Lass den Richtigen herein

> *Mittlerweile ist das*
> *meine einzige Chance, Klartext zu reden . . .*
> bob hund – Einer, der sich sträubt

> *Let the right one in*
> *Let the old dreams die*
> *Let the wrong ones go*
> *They cannot do*
> *What you want them to do*
> Morrissey – Let the right one slip in

Aus dem *Echo des Tages*, 16:45, 9. November 1981

Der Polizei ist es am Montagmorgen gelungen, den so genannten Ritualmörder zu ergreifen. Der Mann hielt sich bei seiner Verhaftung in einem Kellerraum in Blackeberg im westlichen Stockholm auf. Polizeisprecher Bengt Lärn:

»Eine Person ist verhaftet worden, das ist korrekt.«

»Sind Sie sicher, dass es der gesuchte Mann ist?«

»Ziemlich sicher. Gewisse Faktoren erschweren allerdings eine positive Identifizierung.«

»Welche Faktoren?«

»Darauf kann ich zum jetzigen Zeitpunkt leider nicht näher eingehen.«

Der Mann wurde nach seiner Verhaftung in ein Krankenhaus gebracht. Sein Zustand wird als äußerst kritisch beschrieben.

Außer dem Verhafteten war auch ein sechzehnjähriger Junge anwesend. Der Junge ist körperlich unversehrt geblieben, steht jedoch unter einem schweren Schock und ist zur Beobachtung ins Krankenhaus eingeliefert worden.

Die Polizei durchsucht derzeit die nähere Umgebung, um weitere Informationen zum Hergang der Ereignisse zu sammeln.

König Carl Gustav hat heute die Brücke über den Almösund in Bohuslän eingeweiht. In seiner Einweihungsrede ...

Aus diagnostischen Aufzeichnungen des Professors für Chirurgie T. Hallberg, verfasst im Auftrag der Polizei

... vorläufige Untersuchung erschwert ... Muskelkontraktionen spasmischer Art ... nicht lokalisierbare Stimulierung des zentralen Nervensystems ... Herztätigkeit eingestellt ...

Muskelbewegungen enden 14:25 ... bei der Obduktion lassen sich bislang gänzlich unbekannte ... kräftig deformierte innere Organe nachweisen ...

Der Aal, der tot und in Stücke geschnitten in der Bratpfanne springt ... bei menschlichem Gewebe nie zuvor observiert ... bitte darum, den Körper behalten zu dürfen ... freundlichst ...

Aus der Wochenzeitschrift *Västerort*, Nr. 46

WER TÖTETE UNSERE KATZEN?

»Das Einzige, was mir von ihr geblieben ist, ist ihr Halsband«, sagt Svea Nordström und zeigt auf die verschneite Wiese, auf der ihre Katze und die acht anderer Hausbesitzer tot aufgefunden wurden ...

Aus *Aktuellt*, schwedisches Fernsehen, Montag, 9. November, 21:00

Die Polizei hat am frühen Abend die Wohnung durchsucht, in der dem Vernehmen nach der so genannte Ritualmörder gewohnt haben soll, der heute Morgen gefasst wurde.

Hinweise aus der Bevölkerung hatten dazu geführt, dass die Polizei die Wohnung in Blackeberg lokalisieren konnte, fünfzig Meter von der Stelle entfernt, an welcher der Mann heute Morgen gefasst wurde.

Unser Reporter Folke Ahlmarker ist vor Ort:

»Die Rettungssanitäter sind soeben dabei, die sterblichen Überreste eines Mannes herauszutragen, der in der Wohnung tot aufgefunden wurde. Die Identität des Mannes ist noch ungeklärt. Wie es scheint, ist die Wohnung ansonsten völlig leer. Offensichtlich verdichten sich zudem Hinweise darauf, dass sich vor kurzem weitere Personen in der Wohnung aufgehalten haben.«

»Wie geht die Polizei jetzt vor?«

»Man hat den ganzen Tag über die Menschen in der näheren Umgebung befragt, aber falls dadurch neue Erkenntnisse erzielt worden sind, so sind sie uns bislang jedenfalls nicht mitgeteilt worden.«

»Danke, Folke.«

Die Brücke zur Insel Tjörn, die sechs Wochen früher als geplant fertig gestellt wurde, konnte bereits heute von König Carl Gustaf eingeweiht werden ...

MONTAG, 9. NOVEMBER

Blauer Lichtpuls an der Zimmerdecke.

Oskar liegt in seinem Bett, die Hände im Nacken verschränkt.

Unter dem Bett stehen zwei Pappkartons. In dem einen liegen Geld, Unmengen von Geldscheinen, und zwei Flaschen Brennspiritus, der andere ist voller Puzzles.

Der Karton mit den Kleidern ist zurückgeblieben.

Um die Kartons zu verbergen, hat Oskar sein Eishockeyspiel schräg davorgestellt. Morgen wird er sie in den Keller hinabtragen, wenn er es schafft. Mama schaut fern, ruft, dass man ihr Haus auf dem Bildschirm sehen kann. Aber er braucht nur aufzustehen und zum Fenster zu gehen, um das gleiche Bild aus einem anderen Blickwinkel zu sehen.

Die Kartons hatte er von Elis Balkon auf seinen eigenen geworfen, als es noch hell war, während Eli sich wusch. Als Eli aus dem Badezimmer kam, waren die Wunden auf seinem Rücken verheilt und er leicht beschwipst von dem Alkohol im Blut.

Sie lagen zusammen im Bett, umarmten sich. Oskar erzählte, was in der U-Bahn passiert war. Eli sagte:

»Entschuldige. Dass ich das alles ins Rollen gebracht habe.«

»Nein, schon gut.«

Lange schwiegen sie. Dann fragte Eli vorsichtig:

»Würdest du gerne . . . so werden wie ich?«

». . . nein. Ich würde gerne bei dir sein, aber . . .«

»Nein. Natürlich willst du das nicht. Das verstehe ich doch.«

Als es dämmerte, standen sie schließlich auf, zogen sich an. Sie standen gerade eng umschlungen im Wohnzimmer, als sie die Säge hörten. Das Schloss wurde aufgesägt.

Sie liefen zum Balkon, sprangen über das Geländer, landeten einigermaßen weich in den Sträuchern darunter.

In der Wohnung hörten sie jemanden sagen:

»Was zum Teufel . . .«

Sie kauerten sich unter dem Balkon zusammen. Aber die Zeit wurde knapp.

Eli wandte Oskar das Gesicht zu, sagte:

»Ich . . .«

Schloss den Mund. Presste daraufhin einen Kuss auf Oskars Lippen.

Oskar sah für ein paar Sekunden mit Elis Augen. Und was er sah, war . . . er selbst. Nur um so vieles hübscher, schöner, stärker, als er in seinen eigenen Augen war. Gesehen mit Liebe.

Für ein paar Sekunden.

Stimmen in der Nachbarwohnung.

Ehe sie aufstanden, hatte Eli als Letztes den Zettel mit dem Morsealphabet abgerissen. Nun trampelten fremde Füße in dem Zimmer herum, in dem Eli gelegen und Nachrichten für ihn geklopft hatte.

Oskar legte die flache Hand gegen die Wand.

»Du . . .«

DIENSTAG, 10. NOVEMBER

Oskar ging am Dienstag nicht zur Schule. Er lag in seinem Bett und lauschte den Geräuschen, die durch die Wand drangen, und fragte sich, ob die Polizisten etwas finden würden, was sie zu ihm führen konnte. Am Nachmittag wurde es still, und sie waren immer noch nicht gekommen.

Daraufhin stand er auf, zog sich an und ging zu Elis Haus. Die Tür zur Wohnung war versiegelt. Man durfte sie nicht betreten. Während er dort stand und schaute, kam ein Polizist die Treppe herauf. Aber er war ja nur ein neugieriger Junge aus der Nachbarschaft.

Als es dämmerte, trug er die Kartons in den Keller und deckte sie mit einem alten Teppich ab. Er würde später entscheiden, was er mit ihnen tun sollte. Wenn inzwischen ein Dieb in ihren Kellerverschlag einbrach, würde er sich mit Sicherheit freuen.

Er saß lange im Dunkel des Kellers, dachte an Eli, Tommy, den Typen. Eli hatte ihm alles erzählt; es war nie seine Absicht gewesen, dass die Dinge sich so entwickelten.

Aber Tommy lebte und würde wieder gesund werden. Das hatte seine Mutter Oskars Mutter erzählt. Morgen durfte er wieder nach Hause.

Morgen.

Morgen würde Oskar wieder zur Schule gehen.

Zu Jonny, Tomas, zu ...

Wir werden ihn wohl wieder öfter trainieren müssen.

Jonnys kalte, harte Finger auf seinen Wangen. Sie pressen das weiche Fleisch gegen die Kiefer, bis sein Mund wider Willen aufgezwungen wird.

Schrei wie ein Schwein.

Oskar faltete die Hände, lehnte sein Gesicht gegen sie, betrachtete den kleinen Hügel, den der Teppich auf den Kartons bildete. Er stand auf, zog den Teppich herab und öffnete den Karton mit dem Geld.

Tausender, Hunderter kunterbunt durcheinander, ein paar Geldbündel. Er wühlte mit den Händen in dem Geld, bis er eine der Plastikflaschen fand. Dann ging er in die Wohnung hinauf und holte Streichhölzer.

Ein einziger Scheinwerfer warf einen kalten, weißen Lichtschein auf den Schulhof. Außerhalb seines Lichtkegels sah man die Konturen fest montierter Spielgeräte. Die Tischtennistische, die so voller Risse waren, dass man auf ihnen nur mit Tennisbällen spielen konnte, waren von Schneematsch bedeckt.

Im Schulgebäude waren zwei Fensterreihen hell erleuchtet. Abendkurse. Ihretwegen war auch einer der Seiteneingänge geöffnet.

Er tastete sich durch die dunklen Gänge zu seinem Klassenzimmer, blieb eine Weile stehen und betrachtete die Pultreihen. Jetzt, am Abend, erschien ihm das Klassenzimmer unwirklich; als benutzten Gespenster es lautlos wispernd für ihren Unterricht, wie auch immer dieser aussehen mochte.

Er ging zu Jonnys Pult, hob den Deckel an und sprühte einige Deziliter Brennspiritus hinein. Tomas' Pult: das Gleiche. Er stand einen Augenblick vor Mickes Pult, entschied sich dagegen. Dann setzte er sich an sein eigenes Pult. Ließ den Brennspiritus eindringen. Wie man es bei Grillkohle machte.

Ich bin ein Gespenst. Buuuh ... buuuh ...

Er öffnete den Deckel des Pults, holte *Feuerteufel* heraus,

605

lächelte über den Titel und steckte das Buch in seine Tasche. Das Schwedischheft, in das er eine Geschichte geschrieben hatte, die ihm gefiel. Auch sein Lieblingsstift wanderte in die Tasche. Dann stand er auf, drehte eine Runde durch das Klassenzimmer und genoss es einfach, dort zu sein. In Frieden.

Jonnys Pult roch chemisch, als er den Deckel erneut anhob, die Streichhölzer herauszog.

Nein, Moment . . .

Er holte zwei grobe Holzlineale aus dem Regal am hinteren Ende der Klasse. Bockte mit dem einen Jonnys Pult auf, mit dem anderen das von Tomas. Sonst würde es nicht weiterbrennen, wenn er den Deckel losließ.

Zwei hungrige Urzeittiere, deren Mäuler nach Nahrung gierten. Drachen.

Er zündete ein Streichholz an, hielt es in der Hand, bis die Flamme groß und klar brannte. Ließ es fallen.

Es fiel als ein gelber Tropfen aus seiner Hand und –

WRUMMM

Verd . . .

Seine Augen brannten, als ein lila Kometenschwanz aus dem Pult in die Höhe schoss, über sein Gesicht leckte. Er schrak zurück; er hatte geglaubt, es würde brennen wie ... wie Grillkohle, aber das Pult brannte sofort lichterloh, wurde zu einer einzigen großen Flamme, die sich nach der Decke reckte.

Es brannte zu stark.

Das Licht tanzte, flatterte über die Wände des Klassenzimmers, und eine Girlande aus großen Pappbuchstaben, die über Jonnys Pult hing, löste sich und fiel mit brennendem P und Q zu Boden. Die zweite Hälfte der Girlande schwang in einem weiten Bogen, und Flammen fielen in Tomas' Pult, das augenblicklich mit dem gleichen

WRUMMM

saugenden Knall entflammt wurde, während Oskar aus dem Klassenzimmer rannte, wobei die Schultasche gegen seine Hüften schlug.

Und wenn jetzt die ganze Schule . . .

Als er das Ende des Gangs erreichte, begannen die Schulglocken zu klingeln. Metallisches Schrillen erfüllte das Gebäude, und erst als er schon ein ganzes Stück die Treppen hinuntergeeilt war, begriff er, dass es der Feueralarm war.

Auf dem Schulhof klingelte die große Schulglocke wütend Schüler in die Klassen zurück, die es nicht gab, sammelte die Geister der Schule und begleitete Oskar auf dem halben Heimweg.

Erst als er zum alten Konsumladen hinaufgelangte und das Klingeln nicht mehr zu hören war, entspannte er sich und ging ruhig nach Hause.

Im Badezimmerspiegel sah er, dass die Spitzen seiner Wimpern eingerollt, versengt waren. Als er mit dem Finger darüber strich, fielen sie ab.

MITTWOCH, 11. NOVEMBER

Zu Hause. Nicht in der Schule. Kopfschmerzen. Das Telefon klingelte um neun. Er ging nicht an den Apparat. Gegen Mittag sah er Tommy und seine Mutter am Fenster vorbeikommen. Tommy ging gebeugt, langsam. Wie ein alter Mann. Oskar duckte sich unter das Fensterbrett, als sie vorbeigingen.

Das Telefon klingelte im Stundentakt. Schließlich, gegen zwölf, ging er an den Apparat. »Ja, hier spricht Oskar.«

»Hallo. Ich heiße Bertil Svanberg und bin, wie du vielleicht weißt, der Rektor an der Schule, in die du . . .«

Er legte auf. Es klingelte erneut. Er starrte eine Weile das klingelnde Telefon an, stellte sich vor, wie der Rektor in seinem karierten Jackett dasaß und mit den Fingern trommelte, Grimassen schnitt. Dann zog er sich an und ging in den Keller.

Er spielte mit den Puzzles, stocherte in der kleinen weißen Holzschatulle herum, in der die mehreren hundert Teile des gläsernen Eis glitzerten. Eli hatte nur ein paar Tausender und den Würfel mitgenommen. Er schloss den Karton mit den Puzzles, öffnete den zweiten, strich mit der Hand durch die raschelnden Geldscheine. Nahm eine Hand voll heraus, warf sie auf den Boden. Stopfte sie sich in die Taschen. Holte sie einen nach dem anderen wieder heraus, spielte »Der Junge mit den Goldhosen«, bis er keine Lust mehr hatte. Zwölf zerknitterte Tausender und sieben Hunderter lagen zu seinen Füßen.

Er sammelte die Tausender in einem Haufen und faltete sie zusammen. Legte die Hunderter zurück, schloss den Karton.

Ging in die Wohnung hinauf, suchte einen weißen Briefumschlag heraus, in den er die Tausender legte. Blieb mit dem Kuvert in der Hand sitzen und überlegte, wie er es machen sollte. Er wollte nicht schreiben; jemand würde seine Handschrift erkennen können.

Das Telefon klingelte.

Hört endlich auf. Kapiert endlich, dass es mich nicht gibt.

Jemand wollte ein ernstes Wörtchen mit ihm reden. Jemand wollte ihn fragen, ob er begriff, was er da getan hatte. Er begriff es nur zu gut. Und Jonny und Tomas begriffen es mit Sicherheit auch. Ganz genau. Daran konnte es nicht den geringsten Zweifel geben.

Er ging zu seinem Schreibtisch und holte seine selbstklebenden Buchstaben heraus. Mitten auf den Umschlag klebte er ein »T« und ein »O«. Das erste »M« geriet etwas schief, aber das zweite klebte wieder gerade. Genau wie das »Y«.

Als er mit dem Briefumschlag in der Jackentasche die Tür zu Tommys Haus öffnete, hatte er größere Angst als am Vorabend in der Schule. Vorsichtig und mit pochendem Herzen schob er den Umschlag ganz leise in Tommys Briefeinwurf, damit es keiner hörte und zur Tür kam oder ihn vom Fenster aus sah.

Aber es kam niemand, und als Oskar in der Wohnung zurück war, fühlte er sich etwas besser. Jedenfalls eine Zeit lang. Bis sich schleichend wieder das Gefühl einstellte.

Ich sollte ... nicht hier sein.

Um drei kam Mama nach Hause, Stunden früher als üblich. Oskar saß gerade im Wohnzimmer und hörte die Platte der Wikinger. Sie kam ins Zimmer, hob die Nadel an und schaltete den Plattenspieler aus. Ihr Gesichtsausdruck ließ erahnen, dass sie Bescheid wusste.

»Wie geht es dir?«

»Nicht besonders.«

»Nicht . . .«

Sie seufzte, setzte sich auf die Couch.

»Der Rektor deiner Schule hat mich angerufen. Auf der Arbeit. Er hat erzählt, dass . . . es gestern Abend gebrannt hat. In der Schule.«

»Aha. Ist sie abgebrannt?«

»Nein, aber . . .«

Sie schloss den Mund, und ihr Blick verharrte für Sekunden auf dem handgewebten Teppich. Dann sah sie auf und begegnete seinem Blick.

»Oskar. Warst du das?«

Er sah ihr unverwandt in die Augen und sagte:

»Nein.«

Pause.

»Nun ja, es war nämlich offenbar so, dass in der Klasse vieles kaputtgegangen ist, aber dass . . . dass die Pulte von Jonny und Tomas . . . dass es in denen angefangen hat zu brennen.«

»Aha.«

»Und die beiden waren offenbar ziemlich sicher, dass . . . dass du das getan hast.«

»Aber das stimmt nicht.«

Mama blieb auf der Couch sitzen und atmete durch die Nase. Sie saßen einen Meter voneinander entfernt, doch der Abstand zwischen ihnen war unendlich.

»Sie wollen . . . mit dir reden.«

»Ich will aber nicht mit ihnen reden.«

Es würde ein langer Abend werden. Im Fernsehen lief nichts Gutes.

In dieser Nacht konnte Oskar nicht schlafen. Er stand auf, tapste zum Fenster. Er hatte den Eindruck, dass in dem Klettergerüst am Spielplatz jemand saß. Aber das war natürlich nur Einbildung. Dennoch starrte er weiter den Schatten dort unten an, bis seine Lider schwer wurden.

Als er sich ins Bett legte, konnte er trotzdem nicht schlafen. Vorsichtig klopfte er an die Wand. Keine Antwort. Nur das trockene Geräusch seiner eigenen Fingerspitzen, Knöchel auf Beton, an eine Tür klopfend, die für immer verschlossen war.

Donnerstag, 12. November

Morgens übergab Oskar sich und durfte noch einen Tag zu Hause bleiben. Obwohl er in der Nacht nur wenige Stunden geschlafen hatte, konnte er sich einfach nicht ausruhen. Nagende Unruhe hatte seinen Körper gepackt und trieb ihn immer wieder durch die Wohnung. Er hob Dinge an, betrachtete sie, legte sie wieder zurück.

Ihm war, als gäbe es etwas, das er tun sollte. Es war absolut zwingend, dass er es tat. Aber er konnte einfach nicht begreifen, was es war.

Als die Pulte von Jonny und Tomas in Flammen aufgegangen waren, hatte er in dem Moment gedacht, das wäre es gewesen. Aber das war es nicht. Es musste etwas anderes sein.

Eine große Theatervorstellung, die nun vorbei war. Er schlenderte auf der leergeräumten, unbeleuchteten Bühne umher und fegte zusammen, was vergessen worden war. Während es etwas anderes war ...

Aber was?

Gegen elf kam mit der Post ein einziger Brief. Sein Herz machte einen Satz in seiner Brust, als er ihn aufhob, umdrehte.

Er war für Mama. In der oberen rechten Ecke stand »Rektorat Södra Ängby« gestempelt. Ohne ihn zu öffnen, riss er ihn in kleine Fetzen, spülte sie in der Toilette hinunter. Bereute es. Zu spät. Es war ihm egal, was da stand, aber wenn er sich auf die Art einmischte, würde es noch mehr Ärger geben, als ihm ohnehin schon blühte.

Aber auch das spielte keine Rolle.

Er zog sich aus, streifte seinen Bademantel über. Stand vor dem Spiegel im Flur, musterte sich. Er tat, als wäre er ein anderer. Lehnte sich vor, um das Spiegelglas zu küssen. Als seine Lippen die kalte Fläche berührten, klingelte gleichzeitig das Telefon. Gedankenverloren hob er den Hörer ab. »Ja, ich bin's.«

»Oskar?«

»Ja.«

»Hallo, hier Fernando.«

»Bitte?«

»Ja also, Ávila. Lehrer Ávila.«

»Ach so. Hallo.«

»Ich wollte nur hören ... kommst du heute Abend zum Training?«

»Ich bin ... ein bisschen krank.«

Es wurde still am anderen Ende. Oskar konnte die Atemzüge des Lehrers hören. Eins. Zwei. Dann »Oskar. Ob du getan hast. Oder nicht getan hast. Ist mir egal. Wenn du reden willst; wir reden. Wenn du nicht reden willst; wir lassen es. Aber ich will, du kommst zum Training.«

»Und ... warum?«

»Weil Oskar; du kannst nicht sitzen wie eine *caracol*, wie sagt man, wie eine Schnecke. In ihrem Haus. Wenn du nicht krank bist, wirst du krank. Bist du krank?«

»... ja.«

»Dann brauchst du körperliches Training. Du kommst heute Abend.«

»Und die anderen?«

»Die anderen? Was sind die anderen? Benehmen sie sich dumm, ich sage buh, sie hören auf. Aber sie benehmen sich nicht dumm. Es ist Training.«

Oskar antwortete nicht.

»Okay? Du kommst?«

»Ja ...«

»Schön. Bis dahin.«

Oskar legte auf, und es herrschte wieder Stille um ihn herum. Er wollte eigentlich nicht zum Training gehen, aber er wollte seinen Lehrer treffen. Vielleicht konnte er ein bisschen früher hingehen und schauen, ob sein Lehrer bereits da war. Anschließend dann wieder nach Hause gehen, sobald das Training begann.

Das würde Lehrer Ávila zwar nie im Leben akzeptieren, aber ...

Er drehte noch ein paar Runden durch die Wohnung, packte dann seine Sporttasche, tat es vor allem, um etwas zu tun zu haben. Glücklicherweise hatte er Mickes Pult nicht abgefackelt, denn Micke würde möglicherweise beim Training auftauchen. Allerdings war es unter Umständen trotzdem kaputtgegangen, da es neben Jonnys stand. Wie viel war eigentlich kaputtgegangen?

Wen konnte man da fragen ...

Gegen drei klingelte wieder das Telefon. Oskar zögerte, bevor er den Hörer abhob, aber nach der Hoffnung, die in ihm aufgeblitzt war, als er das einsame Kuvert sah, musste er einfach an den Apparat gehen.

»Ja, hier ist Oskar.«

»Hi, hier ist Johan.«

»Hallo.«

»Wie geht's?«

»Geht so.«

»Sollen wir heute Abend was machen?«

»Wann denn?«

»Ja ... so gegen sieben.«

»Nein, ich will ... zum Training.«

»Ach so. Okay. Schade. Tschüss.«
»Ach Johan?«
»Ja?«
»Ich ... habe gehört, dass es in unserer Klasse gebrannt hat. Ist ... viel kaputtgegangen?«
»Nee. Nur ein paar Pulte.«
»Sonst nichts?«
»Neee ... ein bisschen Papierkram und so.«
»Aha.«
»Dein Pult hat nichts abbekommen.«
»Ja. Gut.«
»Okay. Tschüss.«
»Tschüss.«

Oskar legte mit einem flauen Gefühl im Bauch auf. Er hatte geglaubt, alle wüssten, dass er es getan hatte. Aber so hatte es sich bei Johan nicht angehört. Und Mama hatte doch gesagt, es sei viel kaputtgegangen. Aber sie mochte natürlich übertrieben haben.

Oskar beschloss, Johan zu glauben. Schließlich hatte er die Klasse mit eigenen Augen gesehen.

»Oh Mann, eh ...«

Johan legte den Hörer auf, schaute sich unsicher um. Jimmy schüttelte den Kopf, blies Rauch zu Jonnys Zimmerfenster hinaus.

»Was Bescheuerteres habe ich ja echt noch nie gehört.«

Mit kläglicher Stimme sagte Johan: »Das ist gar nicht so einfach.«

Jimmy wandte sich an Jonny, der auf seinem Bett saß und einen Fussel des Bettüberzugs zwischen den Fingern rieb.

615

»Wie war das noch? Die halbe Klasse ist abgebrannt?«

Jonny nickte. »Alle in der Klasse hassen ihn.«

»Und du ...« Jimmy wandte sich wieder Johan zu, »du sagst ... wie war das noch? Ein bisschen Papierkram. Glaubst du, er fällt darauf herein?«

Johan senkte beschämt den Kopf.

»Ich wusste nicht, was ich sagen sollte. Ich dachte, er würde ... misstrauisch werden, wenn ich sage, dass ...«

»Ja, schon gut. Getan ist getan. Jetzt können wir nur noch hoffen, dass er kommt.«

Johans Augen flackerten zwischen Jonny und Jimmy hin und her. Die Blicke der beiden gingen ins Leere, verloren sich in Bildern des kommenden Abends.

»Was habt ihr vor?«

Jimmy lehnte sich auf seinem Stuhl vor, wischte etwas Asche weg, die auf den Ärmel seines Pullovers gefallen war, und sagte bedächtig:

»Er hat alles, was wir von unserem Vater hatten, verbrannt. Was wir vorhaben, ist etwas, wofür du dich nicht ... sonderlich interessieren musst. Meinst du nicht auch?«

Mama kam gegen halb sechs. Die Lüge und das fehlende Vertrauen vom Vorabend hingen noch immer wie ein kalter Nebel zwischen ihnen, und Mama ging direkt in die Küche, begann unnötig laut mit dem Abwasch zu klappern. Oskar schloss seine Tür, legte sich aufs Bett und starrte an die Decke.

Er konnte gehen. Auf den Hof. In den Keller. Zu dem Platz vor dem Einkaufszentrum. Die U-Bahn nehmen. Aber es gab trotzdem keinen Ort ... keinen Ort, an dem er ... nichts.

Er hörte Mama zum Telefon gehen, eine lange Nummer wählen. Papas vermutlich.

Oskar fror ein wenig.

Er zog die Decke über sich, setzte sich auf, lehnte den Hinterkopf an die Wand, lauschte den Geräuschen von Mamas und Papas Gespräch. Wenn er nur mit Papa sprechen könnte. Aber das konnte er nicht. Daraus wurde ja doch nie etwas.

Oskar schlang die Decke um sich. Kurz darauf begann Mama zu schreien, und der Indianerhäuptling fiel aufs Bett herab, presste die Decke, seine Hände auf die Ohren.

Es ist so still im Kopf. Das ist . . . der Weltraum.

Oskar machte die Striche, Farben, Punkte vor seinen Augen zu Planeten, entlegenen Sonnensystemen, die er durchquerte, landete auf Kometen, flog eine Zeit lang mit ihnen, sprang wieder ab und schwebte im Raum, bis an der Decke gerüttelt wurde und er die Augen öffnete.

Mama stand vor ihm. Ihr Mund war verzerrt, ihre Stimme ein hackendes Stakkato, als sie zu ihm sprach:

»So. Jetzt hat Papa erzählt . . . dass er . . . letzten Samstag . . . dass du . . . wo warst du? Was? Wo warst du? Kannst du mir das bitte mal erklären?«

Mama zog direkt neben seinem Gesicht an der Decke. Ihr Hals spannte sich zu einem dicken, harten Strang.

»Jetzt fährst du nicht mehr dahin. Nie mehr. Hast du gehört? Warum hast du denn nichts gesagt? Also . . . dieses Schwein. Menschen wie er sollten keine Kinder haben. Er wird dich nicht wieder treffen. Dann kann er da draußen hocken und saufen, so viel er will. Hast du gehört. Wir brauchen ihn nicht. Ich bin so . . .«

Mama machte abrupt kehrt und knallte die Tür zu, dass die Wände wackelten. Oskar hörte sie schnell wieder die lange Nummer wählen, fluchen, als sie eine Zahl vergaß, von vorn anfangen musste. Wenige Sekunden nachdem sie die letzte Ziffer gewählt hatte, schrie sie wieder los.

Oskar kroch aus der Decke, nahm seine Sporttasche und ging in den Flur, wo Mama so beschäftigt war, Papa anzuschreien, dass sie es gar nicht merkte, als er in die Stiefel glitt und ohne sie zuzubinden zur Wohnungstür ging.

Erst als er schon im Treppenhaus stand, sah sie ihn.

»Hallo! Wo willst du hin?«

Oskar knallte die Tür zu und lief die Treppen hinab, lief mit klappernden Sohlen zur Schwimmhalle.

»Roger, Prebbe ...«

Jimmy zeigte mit der Plastikgabel auf die beiden, die aus der U-Bahn kamen. Der Bissen Krabbensalat, den Jonny gerade von seinem Sandwich abgebissen hatte, blieb ihm fast im Hals stecken, und er musste noch einmal schlucken, um ihn herunterzubekommen. Er sah seinen Bruder fragend an, aber Jimmys Aufmerksamkeit war ganz auf die beiden Männer gerichtet, die zur Würstchenbude schlenderten und ihn begrüßten.

Roger war dünn und hatte lange, strähnige Haare, trug eine Lederjacke. Seine Gesichtshaut war von hunderten winziger Krater durchlöchert und wirkte eingeschrumpft, da die Knochen deutlich vorstanden und seine Augen unnatürlich groß erschienen.

Prebbe trug eine Jeansjacke mit abgeschnittenen Ärmeln und darunter ein T-Shirt und sonst nichts, obwohl es nur ein paar Grad über null waren. Er war groß und dick. Ging überall aus dem Leim, hatte kurzgeschorene Haare. Ein Gebirgsjäger, der außer Form war.

Jimmy sagte etwas zu ihnen, zeigte den Weg, und sie gingen

zu der Transformatorenstation oberhalb der U-Bahn-Gleise.
Jonny flüsterte:

»Warum sind die gekommen?«

»Um uns zu helfen, natürlich.«

»Ist das wirklich nötig?«

Jimmy schnaubte und schüttelte den Kopf, als hätte Jonny
nun wirklich nicht die geringste Ahnung, wie der Hase lief.

»Wie hast du dir das denn mit dem Pauker vorgestellt?«

»Ávila?«

»Ja. Dachtest du, er würde uns einfach so hereinlassen und . . .
was?«

Darauf wusste Jonny keine Antwort, weshalb er seinem Bruder hinter das kleine Backsteinhäuschen folgte. Roger und
Prebbe standen mit den Händen in den Taschen im Schatten
und stampften auf der Stelle. Jimmy holte ein silberfarbenes
Zigarettenetui aus der Jackentasche, klappte es auf und hielt es
den beiden hin.

Roger studierte die sechs handgedrehten Zigaretten, die
darin lagen, sagte: »Gedreht und bereit, man dankt . . .«, und
schnappte sich mit zwei dürren Fingern die dickste.

Prebbe verzog das Gesicht zu einer Grimasse, die ihn aussehen ließ wie einen der alten Knacker in der Loge aus der Mup-
pet-Show. »Die haben nicht mehr den richtigen Schmackes,
wenn sie schon zu lange liegen.«

Jimmy wackelte einladend mit dem Etui, sagte:

»Du blödes Arschloch. Die habe ich erst vor einer Stunde
gedreht. Und das ist nicht so ein marokkanischer Dreck, wie du
ihn immer anschleppst. Das ist super Stoff.«

Prebbe seufzte auf und nahm sich eine der Zigaretten, bekam
Feuer von Roger.

Jonny sah seinen Bruder an. Jimmys Gesicht war vor dem
Licht des Bahnsteigs eine scharf gezeichnete Silhouette. Jonny

bewunderte ihn und fragte sich, ob er selber es jemals wagen würde, jemanden wie Prebbe ein »blödes Arschloch« zu nennen.

Jimmy nahm selber auch eine Zigarette, zündete sie an. Das zusammengerollte Papier an der Spitze brannte einen kurzen Moment, ehe es zu Glut wurde. Er nahm einen tiefen Zug, und Jonny wurde von dem süßlichen Geruch umhüllt, der stets in Jimmys Kleidern hing.

Sie rauchten eine Weile schweigend. Dann hielt Roger seine Zigarette Jonny hin.

»Willst du mal ziehen?«

Jonny wollte schon die Hand ausstrecken, um sie anzunehmen, als Jimmy Roger einen Schlag auf die Schulter versetzte.

»Idiot. Willst du, dass er so wird wie wir, he?«

»Wär doch ganz nett.«

»Für dich vielleicht. Aber nicht für ihn.«

Roger zuckte mit den Schultern, nahm sein Angebot zurück.

Es war halb sieben, als alle ihre Zigaretten geraucht hatten, und als Jimmy nun sprach, tat er dies mit übertriebener Deutlichkeit, jedes seiner Worte schien eine komplizierte Skulptur zu sein, die der Mund formen musste.

»Okay. Das hier . . . ist Jonny. Mein Bruder.«

Roger und Prebbe nickten billigend. Jimmy griff mit einer etwas täppischen Bewegung nach Jonnys Kinn, drehte seinen Kopf so, dass die beiden anderen ihn im Profil sehen konnten.

»Schaut euch das Ohr an. Das hat er getan. Der Typ, um den wir uns heute . . . kümmern wollen.«

Roger trat einen Schritt vor, begutachtete Jonnys Ohr, schnalzte.

»Oh, verdammt. Sieht echt beschissen aus.«

»Ich brauche keine ... Experten ... meinung. Ihr hört einfach zu. Wir machen es so ...«

✳

Die Gittertüren in dem Korridor zwischen den Backsteinwänden waren aufgeschlossen. Kaklack, kaklack hallten Oskars Schuhe, als er zur Tür der Schwimmhalle ging, sie aufzog. Feuchte Wärme legte sich auf sein Gesicht, und eine Dampfwolke wallte in den kalten Korridor hinaus. Er beeilte sich einzutreten und die Tür zu schließen.

Er streifte die Schuhe ab und betrat den Umkleideraum. Er war leer. Aus der Dusche drang das Geräusch rieselnden Wassers und eine dunkle Stimme, die sang:

Besame, besame mucho
Como si fuera esta noche la ultima vez ...

Lehrer Ávila. Ohne seine Jacke auszuziehen, setzte Oskar sich auf eine der Bänke, wartete. Kurz darauf hörten das Plätschern und der Gesang auf, und der Lehrer kam mit einem Handtuch um die Hüften in den Umkleideraum. Seine Brust war vor lauter schwarzer, gekräuselter Haare, in die sich ein paar graue Strähnen mischten, ganz wollig. Oskar fand, dass er aussah wie ein Wesen von einem anderen Stern. Ávila erblickte ihn, lächelte breit.

»Oskar! Du kriechen also doch aus deinem Haus.«

Oskar nickte.

»Es wurde ein bisschen ... eng.«

Der Lehrer lachte, kratzte sich an der Brust; seine Fingerspitzen verschwanden in dem Wolligen.

»Du bist früh.«

»Ja, ich wollte ...«

Oskar zuckte mit den Schultern. Sein Lehrer hörte auf, sich zu kratzen.

»Du wolltest?«

»Ich weiß nicht.«

»Reden?«

»Nee, ich wollte nur ...«

»Lass dich mal anschauen.«

Mit einigen schnellen Schritten war der Lehrer bei Oskar, studierte sein Gesicht, nickte. »Aha. Okay.«

»Wie ... bitte?«

»Du warst es.« Der Lehrer zeigte auf seine Augen. »Ich sehe. Du hast verbrannt auf Augenbrauen. Nein, wie heißt das? Darunter ...«

»Die Wimpern?«

»Die Wimpern. Genau. Hier an den Haaren auch ein bisschen. Hm. Wenn du willst, dass es keiner erfährt, musst du dir die Haare schneiden lassen. Wi ... impern wachsen schnell nach. Montag es ist weg. Benzin?«

»Brennspiritus.«

Der Lehrer blies Luft zwischen den Lippen aus, schüttelte den Kopf.

»Sehr gefährlich. Vermutlich ...«, Ávila berührte mit seinem Zeigefinger Oskars Schläfe, »... du bist ein bisschen verrückt. Nicht sehr. Aber ein bisschen. Warum Brennspiritus?«

»Ich ... habe ihn gefunden.«

»Gefunden? Wo denn?«

Oskar blickte zum Gesicht seines Lehrers auf; ein feuchter, wohlwollender Stein. Und er wollte erzählen, wollte alles erzählen, wusste nur nicht, wo er anfangen sollte. Sein Lehrer wartete, sagte dann:

»Mit dem Feuer zu spielen ist sehr gefährlich. Ist keine gute Methode. Viel besser Körper trainieren.«

Oskar nickte, und das Gefühl verschwand. Der Lehrer war in Ordnung, aber er würde es trotzdem niemals verstehen.

»Jetzt ziehst du dich um, und ich zeige dir bisschen Technik an Scheibenhantel. Okay?«

Ávila wandte sich um, ging in Richtung Lehrerzimmer, blieb vor der Tür stehen.

»Und Oskar. Du brauchst dir keine Sorgen zu machen. Ich sage es niemandem, wenn nicht du willst. Gut? Nach dem Training können wir mehr reden.«

Oskar zog sich um. Als er fertig war, kamen Patrik und Hasse, zwei Jungen aus der 6a. Sie grüßten Oskar, aber er hatte das Gefühl, dass sie ihn ein wenig zu lange ansahen, und als er in den Trainingsraum ging, hörte er sie flüstern.

Er hatte ein flaues Gefühl im Bauch und bereute, dass er hergekommen war. Aber unmittelbar darauf kam der Lehrer, jetzt in einem T-Shirt und kurzer Hose, und zeigte ihnen, wie man der Scheibenhantel einen effektiveren Ruck geben konnte, indem man sie auf den Fingerspitzen ruhen ließ, und Oskar schaffte 28 Kilo; zwei Kilo mehr als beim letzten Mal. Ávila notierte die neue Rekordmarke in seinem Notizbuch.

Weitere Jugendliche kamen hinzu, darunter auch Micke. Er lächelte wie üblich sein kryptisches Lächeln, das bedeuten konnte, er würde einem im nächsten Moment ein tolles Geschenk machen, genauso gut aber auch, dass er einem etwas Furchtbares antun würde.

Letzteres war der Fall, auch wenn Micke die volle Tragweite seines Tuns nicht erfasste.

Auf dem Weg zum Training hatte ihn Jonny abgefangen und um einen Gefallen gebeten, weil sich Jonny einen Scherz mit Oskar erlauben wollte. Das hörte sich in Mickes Ohren gut an. Er mochte Scherze. Außerdem war Mickes komplette Sammlung von Eishockeysammelbildern Dienstagabend verbrannt, weshalb er für einen kleinen Scherz auf Oskars Kosten gerne zu haben war.

Doch bis auf Weiteres lächelte er.

Das Training ging weiter. Oskar hatte das Gefühl, dass die anderen ihn komisch ansahen, aber sobald er versuchte, ihren Blicken zu begegnen, schauten sie weg. Er wäre am liebsten nach Hause gegangen.

... nein ... geh ...

Geh einfach.

Aber Ávila behielt ihn im Auge und spornte ihn an, und so ergab sich irgendwie keine Möglichkeit zu gehen. Außerdem: Hier zu bleiben war auf jeden Fall besser, als zu Hause zu sein.

Als Oskar seine Trainingseinheit beendet hatte, war er so erschöpft, dass er nicht einmal mehr die Kraft hatte, sich schlecht zu fühlen. Er ging, ein bisschen hinter den anderen zurückbleibend, in den Waschraum, duschte mit dem Rücken zum Raum. Nicht dass es eine Rolle gespielt hätte. Man ging anschließend ohnehin nackt schwimmen.

Nach dem Duschen stand er eine Weile an der Glaswand zwischen Dusche und Becken, wischte ein Guckloch in den Kondensnebel, der das Glas bedeckte, betrachtete die anderen, die im Schwimmbassin umhertollten, sich hinterherjagten, einander Bälle zuwarfen. Und es überkam ihn wieder. Nicht als ein in Worten formulierter Gedanke, sondern als ein ungeheuer intensives Gefühl:

Ich bin allein. Ich bin ... ganz allein.

Dann sah ihn der Lehrer, winkte ihm zu, er solle hereinkommen, ins Wasser springen. Oskar trottete die kurze Treppe hinunter, ging zum Beckenrand und schaute in das chemisch blaue Wasser hinab. Sein Körper fühlte sich zu keinem Sprung fähig, weshalb er Schritt für Schritt die Beckenleiter hinabstieg und sich vom einigermaßen kalten Wasser umschließen ließ.

Micke saß auf dem Beckenrand, lächelte und nickte ihm zu. Oskar schwamm ein paar Züge auf seinen Lehrer zu.

»Oskar!«

Er sah den Ball aus den Augenwinkeln eine Sekunde zu spät heranfliegen. Er klatschte direkt vor ihm ins Wasser und spritzte ihm Chlorwasser in die Augen. Es brannte wie Tränen. Er rieb sich die Augen, und als er aufblickte, sah er den Lehrer, der ihn mit ... mitleidiger? ... Miene ansah.

Oder verächtlicher.

Vielleicht bildete er sich das auch nur ein, aber dennoch schlug er den Ball weg, der vor seiner Nase schaukelte und tauchte unter. Er ließ den Kopf unter die Wasseroberfläche gleiten, Haare umwogten kitzelnd seine Ohren. Er streckte die Arme aus und trieb mit dem Gesicht unter Wasser, mit dem Wasser schaukelnd. Spielte, er wäre tot.

Dann könnte er hier bis in alle Ewigkeit treiben.

Und müsste sich nie mehr aufrichten und den Blicken all jener begegnen, die ihm letzten Endes doch nur übel mitspielen wollten. Und die Welt wäre, wenn er schließlich seinen Kopf hob, verschwunden, und es gäbe nur noch ihn und ein großes Blau.

Doch selbst mit den Ohren unter Wasser konnte er die fernen Laute hören, die Schläge aus der Welt um ihn herum, und als er sein Gesicht aus dem Wasser zog, war sie natürlich noch da; hallend, lärmend.

Micke hatte seinen Platz auf dem Beckenrand verlassen, und die anderen waren mit einer Art Volleyballspiel beschäftigt. Der weiße Ball flog in die Luft, setzte sich deutlich von der Schwärze der Fensterscheiben ab. Oskar paddelte zu einer Ecke im tiefen Teil des Beckens, stand dort nur mit der Nase über Wasser und schaute zu.

Micke eilte mit schnellen Schritten aus der Dusche am anderen Ende der Halle heran und rief: »Herr Lehrer! In Ihrem Zimmer klingelt das Telefon!«

Ávila murmelte etwas und ging am Beckenrand entlang davon. Er nickte Micke zu und verschwand in der Dusche. Das Letzte, was Oskar von ihm sah, war eine verschwommene Kontur hinter beschlagenem Glas.

Dann war er verschwunden.

Sobald Micke den Umkleideraum verlassen hatte, nahmen sie ihre Positionen ein.

Jonny und Jimmy glitten in den Trainingsraum; Roger und Prebbe pressten sich hinter den Türpfosten an die Wand. Sie hörten Micke in der Schwimmhalle rufen, machten sich bereit.

Weiche Barfußschritte, die näher kamen, am Trainingsraum vorbeigingen, und zwei Sekunden später trat Lehrer Ávila durch die Tür zum Umkleideraum und ging zum Lehrerzimmer. Prebbe hatte die mit Münzgeld gefüllten, doppelten Kniestrümpfe bereits einmal um die Hand gewickelt, um sie besser im Griff zu haben. Als der Lehrer die Tür erreichte und ihm den Rücken zuwandte, trat Prebbe einen Schritt vor und schwang das Gewicht gegen seinen Hinterkopf.

Prebbe war nicht sonderlich geschickt, und Ávila musste etwas gehört haben. Als der Schlag halb ausgeführt war, wandte er den Kopf zur Seite, sodass die Strümpfe ihn am Ohr trafen. Das Ergebnis fiel dennoch wie gewünscht aus. Der Lehrer wurde schräg nach vorn geschleudert, schlug mit dem Kopf gegen den Türrahmen und rutschte zu Boden.

Prebbe setzte sich auf seine Brust und platzierte das schwere Bündel mit Münzen in seiner Handfläche, um wenn nötig zu einem etwas kontrollierteren Schlag ausholen zu können, was jedoch nicht der Fall zu sein schien. Die Arme des Lehrers zuckten zwar ein wenig, aber er leistete nicht den geringsten Widerstand. Prebbe glaubte nicht, dass er tot war. Es sah einfach nicht danach aus.

Roger trat näher und beugte sich über den liegenden Körper, als hätte er etwas Derartiges noch nie gesehen.

»Ist das ein Türke?«

»Weiß ich doch nicht. Schnapp dir die Schlüssel.«

Während Roger die Schlüssel aus der kurzen Hose des Lehrers heraussuchte, sah er Jonny und Jimmy den Trainingsraum verlassen, zum Becken gehen. Er fand die Schlüssel, probierte einen nach dem anderen an der Tür zum Lehrerzimmer aus, schielte auf Ávila hinab.

»Echt behaart wie ein Affe. Hundert pro ein Türke.«

»Jetzt mach schon.«

Roger seufzte, probierte weitere Schlüssel.

»Ich sage das nur dir zuliebe. Ist doch ein etwas besseres Gefühl, wenn ...«

»Jetzt halt endlich die Klappe. Mach voran.«

Roger fand den richtigen Schlüssel und schloss die Tür auf. Ehe er hineinging, zeigte er auf den Lehrer und sagte:

»Du solltest vielleicht nicht so auf ihm sitzen. Er bekommt ja keine Luft.«

Prebbe glitt von der Brust herab, setzte sich neben den liegenden Körper, hielt das Gewicht schlagbereit in der Hand, falls Ávila sich doch noch wehren sollte.

Roger durchsuchte die Taschen der Jacke, die im Lehrerzimmer hing, fand ein Portmonee mit dreihundert Kronen. In einer Schublade im Schreibtisch, zu der er nach einigem Suchen den Schlüssel fand, lagen zehn ungestempelte Streifenkarten für die U-Bahn, die er ebenfalls einsteckte.

Eine ziemlich magere Beute. Aber darum ging es hier ja auch nicht. Eine reine Gefälligkeit.

Oskar stand immer noch in der Ecke des Schwimmbeckens und pustete Blasen ins Wasser, als Jonny und Jimmy hereinkamen. Seine erste Reaktion war nicht Angst, sondern Entrüstung.

Sie trugen doch tatsächlich Straßenkleidung.

Ja, nicht einmal die Schuhe hatten sie ausgezogen, und Lehrer Ávila achtete doch immer peinlich genau darauf ...

Als Jimmy sich an den Rand des Beckens stellte und die Wasserfläche abzusuchen begann, regte sich erstmals Angst in ihm. Er war Jimmy zwei, drei Mal flüchtig begegnet, und schon damals war Jonnys größerer Bruder ihm unheimlich gewesen. Jetzt war da außerdem etwas mit seinen Augen ... mit der Art, wie er den Kopf bewegte.

Wie Tommy und die anderen, wenn sie ...

Jimmys Blick fand Oskars, und er fühlte mit einem kalten Schauer, dass er ... nackt war. Jimmy trug Kleider, einen Panzer. Oskar saß in dem kalten Wasser, und jeder Zentimeter seiner Haut war entblößt. Jimmy nickte Jonny zu, machte eine Halbkreisbewegung mit der Hand, woraufhin sie sich entlang der beiden Längsseiten des Beckens Oskar näherten. Im Gehen schrie Jimmy den anderen zu:

»Haut ab! Alle! Raus aus dem Wasser!«

Die anderen standen still oder traten Wasser, wirkten unschlüssig. Jimmy stellte sich an den Beckenrand, holte ein Stilett aus der Jackentasche, ließ die Klinge herausschnellen und hielt das Messer wie einen Pfeil auf die Traube der Jungen gerichtet, deutete damit auf den anderen Beckenrand.

Oskar saß in die Ecke gedrängt und sah verfroren zu, während die anderen Jungen schleunigst zur anderen Seite schwammen oder wateten und ihn alleine im Becken zurückließen.

Der Lehrer . . . wo ist unser Lehrer . . .

Eine Hand griff in seine Haare. Finger verflochten sich so fest, dass seine Kopfhaut brannte und sein Kopf rückwärts in die Ecke gezogen wurde. Über sich hörte er Jonnys Stimme.

»Das da ist mein Bruder. Du Drecksau.«

Oskars Kopf wurde zwei Mal nach hinten geschlagen, und Wasser spritzte in seine Ohren, während Jimmy zur Schwimmbeckenecke trat, mit dem Stilett in der Hand in die Hocke ging.

»Hallöchen Oskar.«

Oskar schluckte Wasser und begann zu husten. Jede schüttelnde Kopfbewegung, die durch das Husten entstand, ließ seine Kopfhaut brennen, wo Jonnys Finger noch fester zupackten. Als er nicht mehr husten musste, ließ Jimmy die Klinge seines Stiletts über den Kachelrand klirren.

»Weißt du, ich habe mir das so gedacht. Wir werden hier einen kleinen Wettkampf veranstalten. Bleib ganz still sitzen . . .«

Das Stilett strich knapp an Oskars Stirn vorbei, als Jimmy es Jonny überreichte, statt seiner in Oskars Haare griff. Oskar wagte nicht, etwas zu tun. Er hatte einige Sekunden in Jimmys Augen schauen können, und sie hatten vollkommen wahnsinnig ausgesehen, waren so voller Hass gewesen, dass man ihrem Blick nicht begegnen konnte.

Sein Kopf wurde in die Beckenecke gepresst. Seine Arme wedelten kraftlos durchs Wasser. Es gab nichts, woran er sich festhalten konnte. Er suchte die anderen Jungen. Sie standen am anderen Kopfende des Beckens. Micke hielt sich ganz außen, grinste immer noch erwartungsvoll. Die anderen schienen vor allem Angst zu haben.

Keiner von ihnen würde ihm zu Hilfe eilen.

»Also, wir machen Folgendes . . . es ist ganz einfach. Ganz ein-
fache Regeln. Du bleibst unter Wasser, und zwar . . . fünf Minuten. Schaffst du das, ritzen wir dir nur die Haut ein bisschen auf
oder so. Nur so, dass du ein kleines Andenken hast. Wenn du es
nicht schaffst . . . und dann wieder hochkommst, steche ich dir
ein Auge aus. Okay? Hast du die Regeln verstanden?«

Oskar bekam Wasser in den Mund. Wasser spritzte von seinen
Lippen, als er stotternd sagte:

». . . das geht nicht . . .«

Jimmy schüttelte den Kopf.

»Das ist dein Problem. Siehst du die Uhr da? In zwanzig
Sekunden fangen wir an. Fünf Minuten. Oder das Auge. Du solltest jetzt lieber atmen. Zehn . . . neun . . . acht . . . sieben . . .«

Oskar versuchte sich mit den Füßen abzustoßen, aber er
musste schon auf den Zehen stehen, um überhaupt den Kopf
über Wasser halten zu können, und Jimmys Hand hielt seine
Haare in einem festen Griff, machte jede Bewegung unmöglich.

Wenn ich die Haare losreiße . . . fünf Minuten . . .

Wenn er es allein versucht hatte, war er höchstens auf drei
gekommen. Jedenfalls fast.

»Sechs . . . fünf . . . vier . . . drei . . .«

Unser Lehrer. Ávila wird zurückkommen, bevor . . .

»Zwei . . . eins . . . null!«

Oskar gelang nur ein halber Atemzug, ehe sein Kopf unter
Wasser gepresst wurde. Er verlor den Halt unter den Füßen, und
der untere Teil seines Körpers trieb sachte nach oben, bis er,
den Kopf auf die Brust gepresst, etwa zwanzig Zentimeter unter
der Oberfläche lag, die Kopfhaut brennend wie Feuer, als das
Chlorwasser in feine Risse und Wunden im Haarboden drang.

Es konnte kaum mehr als eine Minute vergangen sein, als er
allmählich in Panik geriet.

Er sperrte die Augen auf und sah nur hellblau ... und rosafarbene Schleier, die von seinem Kopf an den Augen vorbeiglitten, als er mit dem Körper dagegenzuhalten versuchte, obwohl es nicht ging, da er nirgendwo Halt fand. Seine Beine traten oben an der Oberfläche, und das Hellblau vor seinen Augen kräuselte sich, wurde in Lichtwellen gebrochen.

Blasen stiegen aus seinem Mund, und er schlug mit den Armen. Er schwebte auf dem Rücken, und seine Augen wurden magisch von dem Weißen angezogen, den schwankenden Strahlen der Neonröhren an der Decke. Sein Herz klopfte wie eine Hand gegen eine Glasscheibe, und als er unfreiwillig Wasser durch die Nase einatmete, begann sich in seinem Körper eine Art Ruhe auszubreiten. Doch sein Herz schlug fester, beharrlicher, wollte leben, und er zappelte erneut verzweifelt, versuchte nach etwas zu greifen, wo es nichts gab, wonach man greifen konnte.

Sein Kopf wurde noch etwas tiefer hinabgedrückt. Und seltsamerweise dachte er:

Lieber das. Als das Auge.

Als zwei Minuten vorüber waren, bekam Micke allmählich ein verdammt mulmiges Gefühl.

Es schien tatsächlich so ... als wollten sie wirklich ... Er schaute zu den anderen Jungen hinüber, aber keiner von ihnen schien gewillt, etwas zu tun, und er selber sagte auch nur halb erstickt:

»Jonny ... was zum Teufel ...«

Aber Jonny schien ihn überhaupt nicht zu hören. Mucksmäuschenstill kniete er auf dem Beckenrand, die Spitze des Stiletts auf die Wasserfläche gerichtet, die gebrochene weiße Form, die sich dort unten bewegte.

Micke schaute zur Dusche. Warum zum Teufel kam Ávila nicht zurück? Patrik war doch losgerannt, um ihn zu holen, warum kam er denn nicht? Micke zog sich weiter in die Ecke zurück, zu der dunklen Glastür, die in die Nacht hinausführte. Verschränkte die Arme vor der Brust.

Aus den Augenwinkeln meinte er zu sehen, dass draußen etwas vom Dach herabfiel. Es wurde gegen die Glastür geklopft, dass sie in ihren Angeln erzitterte.

Er stellte sich auf die Zehen, lugte zu dem Fenster aus ganz normalem Glas ganz oben hinaus und sah ein kleines Mädchen. Das Mädchen blickte zu ihm auf.

»Sag: Komm herein!«

»B . . . bitte?«

Micke schaute sich wieder zu den Vorgängen am Becken um. Oskars Körper hatte aufgehört, sich zu bewegen, aber Jimmy stand immer noch über den Beckenrand gelehnt und presste den Kopf nach unten. Es tat weh in Mickes Hals, als er schluckte.

Egal was. Hauptsache, das hört auf.

Es klopfte wieder gegen die Scheibe, diesmal noch fester. Er sah in die Dunkelheit hinaus. Als das Mädchen den Mund öffnete und ihn anschrie, konnte er sehen . . . dass ihre Zähne . . . und dass etwas von ihren Armen herabhing.

»Sag, dass ich hereinkommen darf!«

Egal was.

Micke nickte, sagte kaum hörbar:

»Du darfst hereinkommen.«

Das Mädchen zog sich von der Tür zurück, verschwand in der Dunkelheit. Was da von ihren Armen herabhing, schimmerte kurz auf, dann war sie fort. Micke drehte sich wieder zum Becken um. Jimmy hatte Oskars Kopf aus dem Wasser gezogen und von Jonny das Stilett zurückbekommen, senkte es zu Oskars Gesicht und zielte.

Ein Lichtfleck zeichnete sich vor dem schwarzen Mittelfenster ab, und eine Mikrosekunde später wurde es zerbrochen.

Das Sicherheitsglas zersplitterte nicht wie gewöhnliches Glas. Es explodierte vielmehr zu tausenden winzig kleiner, abgerundeter Fragmente, die klirrend auf den Beckenrand fielen, in die Halle flogen, aufs Wasser hinaus, und glitzerten wie eine Myriade weißer Sterne.

EPILOG
FREITAG, 13. NOVEMBER

Freitag, der dreizehnte . . .

Gunnar Holmberg saß in dem verwaisten Büro des Schuldirektors und versuchte Ordnung in seine Notizen zu bringen.

Den ganzen Tag hatte er in der Schule von Blackeberg verbracht; den Tatort besichtigt, mit Schülern gesprochen. Zwei Kriminaltechniker aus der Innenstadt und ein Experte für Blutspritzer vom Kriminaltechnischen Labor der Landespolizei waren immer noch dabei, in der Schwimmhalle Spuren zu sichern.

Gestern Abend waren hier zwei Jugendliche ermordet worden. Ein dritter war . . . verschwunden.

Er hatte auch mit Marie-Louise gesprochen, der Klassenlehrerin. Dabei war ihm klar geworden, dass der verschwundene Junge, Oskar Eriksson, der Schüler gewesen war, der vor drei Wochen aufgezeigt und die Frage nach dem Heroin beantwortet hatte. Er erinnerte sich noch gut an ihn.

Ich lese viel und so.

Er erinnerte sich auch, dass er geglaubt hatte, der Junge würde als Erster zu seinem Streifenwagen kommen. Dann hätte er ihn vielleicht zu einer kleinen Spritztour mitgenommen. Wenn möglich sein Selbstvertrauen ein wenig gestärkt. Aber der Junge war nicht gekommen. Und nun war er verschwunden.

Gunnar überflog seine Notizen zu den Gesprächen mit den anderen Schülern, die sich gestern Abend in der Schwimmhalle aufgehalten hatten. Ihre Zeugenaussagen stimmten im Großen

634

und Ganzen überein, und ein Wort tauchte in ihnen immer wieder auf: Engel.

Oskar Eriksson war von einem Engel geholt worden.

Von dem gleichen Engel, der den Zeugenaussagen zufolge Jonny und Jimmy Forsberg die Köpfe abgerissen und sie auf dem Grund des Schwimmbeckens zurückgelassen hatte.

Als Gunnar die Sache mit dem Engel dem Tatortfotografen erzählte, der mit einer Unterwasserkamera die beiden Köpfe an der Stelle fotografierte, an der man sie entdeckt hatte, sagte dieser: »Dann aber wohl kaum einer aus dem Himmel.«

Er sah aus dem Fenster, versuchte eine vernünftige Erklärung zu finden.

Auf dem Schulhof wehte die Schulflagge auf Halbmast.

Bei den Gesprächen mit den Jungen aus der Schwimmhalle waren zwei Psychologen anwesend gewesen, da einige von ihnen besorgniserregende Anzeichen dafür aufwiesen, allzu leichtfertig über das Geschehene zu sprechen, so als wäre es ein Film, etwas, das in Wirklichkeit gar nicht passiert war. Und das hätte man natürlich am liebsten auch geglaubt.

Das Problem war nur, dass der Mann, der die Blutspritzer analysierte, die Aussagen der Schüler im Großen und Ganzen bestätigte.

Das Blut hatte solche Bahnen zurückgelegt und Spuren an solchen Stellen hinterlassen (Dach, Balken), dass sich einem unmittelbar der Eindruck aufdrängte, dass sie von etwas kamen, das ... flog. Nun arbeitete man daran, *das* zu erklären. Oder sich etwas zusammenzureimen.

Es würde ihnen sicher gelingen.

Der Lehrer der Jungen lag mit einer schweren Gehirnerschütterung auf der Intensivstation und konnte frühestens morgen vernommen werden. Er würde ihnen sicher kaum etwas Neues erzählen können.

635

Gunnar presste die Hände gegen seine Schläfen, sodass sich seine Augen verengten, blickte auf die Notizen hinab.

»Engel ... Flügel, der Kopf platzte ... das Stilett ... versuchten Oskar zu ertränken ... Oskar war schon ganz blau ... Zähne wie bei einem Löwen ... hat Oskar geholt ...«

Und er konnte nichts anderes denken als:

Ich sollte verreisen.

❄

»Gehört der dir?«

Stefan Larsson, Schaffner auf der Strecke Stockholm-Karlstad, zeigte auf die Reisetasche in der Gepäckablage. Solch eine sah man heutzutage nicht mehr oft. Einen richtigen ... Koffer.

Der Junge in dem Abteil nickte und hielt ihm seine Fahrkarte hin. Stefan stempelte sie ab.

»Kommt dich jemand abholen?«

Der Junge schüttelte den Kopf.

»Der ist nicht so schwer, wie er aussieht.«

»Nein, sicher. Was ist denn da drin, wenn man fragen darf?«

»Alles Mögliche.«

Stefan sah auf die Uhr und lochte Luft mit seiner Zange.

»Bis wir da sind, ist es Abend.«

»Mm.«

»Gehören die Kartons auch dir?«

»Ja.«

»Ich will mich ja nicht ... aber wie willst du ...?«

»Mir hilft jemand. Später.«

»Aha. Na schön. Okay. Na dann, gute Reise.«

»Danke.«

Stefan zog die Abteiltür zu, ging zum nächsten. Der Junge schien zurechtzukommen. Wenn er selber so viel zu schleppen gehabt hätte, wäre er mit Sicherheit nicht so guter Dinge gewesen.

Aber wenn man jung ist, ist das wahrscheinlich anders.

Sollte jemand auf die Idee kommen, die klimatischen Verhältnisse im November 1981 zu überprüfen, wird er feststellen, dass es ein ungewöhnlich milder Winter war. Ich habe mir die Freiheit genommen, die Temperatur um ein paar Grad zu senken.

Ansonsten ist alles in diesem Buch wahr, auch wenn es anders passiert ist.

Darüber hinaus möchte ich einigen Menschen danken.

Eva Månsson, Michael Rübsahmen, Kristoffer Sjögren und Emma Berntsson haben die erste Version gelesen und Kommentare abgeliefert, die sehr hilfreich waren.

Jan-Olof Wesström hat sie gelesen und darauf verzichtet, sie zu kommentieren. Aber er ist mein bester Freund.

Aron Haglund hat die Geschichte gelesen und so sehr gemocht, dass ich den Mut gefunden habe, sie abzuschicken. Vielen Dank.

Mein Dank gilt auch dem Personal der Stadtbücherei von Vingåker, das mit viel Geduld und Freundlichkeit ungewöhnliche Bücher für mich aufgespürt hat, die ich beim Schreiben benötigte. Eine kleine Bibliothek mit einem großen Herzen.

Und natürlich danke ich auch Mia, meiner Frau, die mir gelauscht hat, wenn ich ihr aus dem immer umfangreicher werdenden Manuskript vorgelesen habe, die mich überzeugt hat zu ändern, was schlecht war, zu entwickeln, was okay war. Ich wage es nicht, Szenen zu erwähnen, die ohne sie nicht gestrichen worden wären.

Euch allen vielen Dank.

John Ajvide Lindqvist